三通鼓

SAN TONG GU

宋老邪◎著

北京联合出版公司
Beijing United Publishing Co.,Ltd.

图书在版编目（CIP）数据

三通鼓 / 宋老邪著. -- 北京：北京联合出版公司，
2015.10
ISBN 978-7-5502-4428-3

Ⅰ. ①三… Ⅱ. ①宋… Ⅲ. ①长篇小说－中国－当代
Ⅳ. ①I247.5

中国版本图书馆CIP数据核字(2015)第000896号

三通鼓

作　　者：宋老邪
出版统筹：精典博维
出版监制：陈　娟
选题策划：樊　秀
责任编辑：丰雪飞
装帧设计：八　牛

北京联合出版公司出版
（北京市西城区德外大街83号楼9层 100088）
北京雁林吉兆印刷有限公司印刷·新华书店经销
字数280千字　710毫米×1000毫米　1/16　21印张
2015年10月第1版　2015年10月第1次印刷
ISBN 978-7-5502-4428-3
定价：29.80元

目录

三通鼓

SAN TONG GU

第一章　法场鼓声

1926年。

这一年，北京城的秋天显得特别的短。八月十五还没到，几场连天的秋雨过后，街边巷口的树木已经黄叶纷落，紧跟着又落了几场霜，一下子天光气候已经像是初冬，而且每天都是冷雾弥漫，根本见不到那种蓝天清澈、金风爽飒的天气。

街道上，往年这时节还很少见的骆驼队已经从门头沟进了京城，驼背上负着小山似的煤包，驼铃当当，驼蹄踏踏，驼鼻喷着股股白气，慢慢地把冬天的气息驮到了北京。

北京人念旧，虽然早前已经把“顺治门”的名字改为“宣武门”，可北京城的老百姓还是喜欢叫它的老名字，就像一直管“崇文门”叫“哈德门”，管“朝阳门”叫“齐化门”一样。而且这个习惯已经到了根深蒂固的程度，甚至两年后，南京国民政府一道命令，把“北京”改成了“北平”，可在老百姓嘴里，依然叫它“北京”。

老人们讲，这顺治门是死门，大门洞顶刻着三个字“后悔迟”，所有秋后斩首的犯人都要经过这里押往“弃市”菜市口。唯一变化的是，中华民国已经不再用大刀砍头了，上来就直接枪毙。

那两年被枪毙的犯人特别多，可里边的大盗土匪却没多少了，大部分是闹革命的青年学生，每当被送往菜市口行刑时，学生们都被捆绑着坐在敞车上，背靠着背闷声不语，就这么沉默着直到死的那一刻。

虽然说枪毙学生远没有枪毙土匪大盗有意思，可每逢听到消息，从顺治门到菜市口这一段路还是围满了看热闹的人，整个场景就像厂甸庙会一样热闹。小贩们推出各种小吃和玩意儿大声叫卖着，有的人也早早租好临街酒楼的二层靠窗的位置，和朋友们一边吃聊，一边等着窗下的刑车经过。最兴奋的是那群半大孩子，他们就是义务的宣传员，一路跟着刑车跑着，嘴里还不停地喊着自编的歌谣，声音合在一起，能把窝在宅院里不知情的老百姓都叫到街头。

八月初二这一天，北京的老百姓遇到了一件好久未有的大事。就在三天前，京师警察厅贴出告示，罪案累累的飞天大盗黑燕子要被押往菜市口枪毙，京师警察厅厅长田逢济亲赴法场监斩。

黑燕子，这是个传奇般的名字。短短一年里，京城很多富商显贵的家都被他光顾过，无论宅院被守护得多么天衣无缝，都会被他神不知鬼不觉地潜入然后洗劫一空，这令警察局的侦探们头痛不已，最后不得不悬赏两千块大洋缉拿他。

说来捉到黑燕子也是巧合。传说他一次得病高烧后昏迷不醒，他的一个小兄弟请来了大夫，这个大夫给他治病时无意中听到他嘀咕出自己的身份，然后就偷偷报了警。毕竟两千块大洋是个大数，不吃不喝治一年病人也挣不来的。

听说午时三刻要在菜市口枪毙黑燕子，而且京师警察厅厅长田逢济亲自监斩，北京人显得特别兴奋，都想看看这个大名鼎鼎的飞天大盗长了个什么样子，全身的筋骨是不是像传说中那样能够随意伸缩。最主要的是，临刑前唱戏骂人的江湖大盗远比那些闷声等死的革命学生要好玩得多。

天气还是十分肃冷潮寒，清晨的大雾一直没有散去，太阳在雾霾里时隐时现地穿梭着，发着惨白的光，整个北京城显得沉重且压抑，没有一丝生气。而南城顺治门外却像赶集一样热闹，早饭刚过，看热闹的人群已经聚集在顺治门到菜市口的沿路，小报记者高举着照相机找有利的位置，小贩们穿梭在拥挤的人群中叫卖着，加上孩子的哭声、闲汉们的叫嚷说笑声，乱哄哄吵成一片！

那群半大小子又开始窜跑着大声地报喊黑燕子囚车的最新进展情况，而且乐此不疲。

“出红差喽！出红差喽！今天枪毙大盗黑燕子，囚车已经出了京师警察厅了！好几十的军警押着哪！”他们连宣传再报道地喊着。

听到之后，人们你传我、我传你地互相转告，不一会儿工夫就传到菜市口法场这里。

因为菜市口法场是终点，所以人也最多，所有消息到这里汇总后再加上个人想当然的推测，最后变成人们兴奋议论的话题。

一袋烟的工夫，又有个消息传来。

“黑燕子没锁在木笼子里，用敞车拉着呢，十多支大洋枪指着脑袋，听说大筋给挑了，刚过了头发胡同！”

听到消息的人都惊奇地议论，有个剃头的叹气道：“完喽！不管你多棒的一人，就算武功再高，兹要脚筋一挑，整个人立马就瘫，脑袋也耷拉了。你们不知道啊，咱们大活人平时走路蹦跳，都指着这根大筋揪着劲呢！”

听了这话，人群里发出一阵叹息议论。

又过了半个时辰，新的消息来了，一个眼神兴奋得发光的叫花子大声喊：“黑燕子是个大胖子，不是传说里的小瘦子！囚车刚过南教堂，马上就到顺治门，警察厅厅长没坐小轿车，骑了匹大红马！”

人们惊讶万分，因为传说中黑燕子是个矮瘦的小个子，大致模样就像《水浒传》里的“鼓上蚤”时迁一样。

“不会吧，又他妈胡说，怎么会是个胖子呢，应该是瘦子才对！”有个年轻人一脸不信，拉了一下同来的三个伙伴，“走，咱们迎过去看看。”

临近顺治门，看热闹的人群黑压压簇成一片，拥着两辆敞车向前蹭走，扛着枪的巡警们喝骂着开路，推搡着拥上来看热闹的人群。

头发凌乱、胡子蓬长的黑燕子被用桐油浸泡过的粗麻绳捆绑得结结实实，也并没有像传说中那样被挑断大筋，只是盘腿坐在敞车上，后背插着长长的囚板招子。他靠在身后两个要被枪毙的学生身上，脸已经醺红，看来沿路已经喝了不少商铺献的送行酒。他一脸满不在乎的模样，一张大嘴时而撇着，时而嘿嘿地得意傻笑，像是打了胜仗班师回朝的大将军。他看见一个看热闹的年轻妇女在给怀里的孩子喂奶，便阴阳怪气地大声调侃道：“我的亲妹妹哎，小胸脯够白的嘿！”看热闹的人群就喜欢这样的死囚，立刻大声笑着叫起好来！

那个妇女脸一红，也不计较，背了一下身，向他啐了一口道：“不要脸的死鬼，活该你挨枪子儿！”

“哈哈哈哈！”黑燕子得意地笑着。

人群里的闲汉趁机大叫了一声：“好汉，唱两句嘿！”

“对对对，唱两句，唱两句！”更多人一起附和，包括几个半大小孩。

“还想听？那……再唱两句？”黑燕子拿了一下腔，侧脸问道。

“好！唱！唱！唱两句！”

“好！”黑燕子甩了甩头，怪腔怪调地大声清了清嗓子，扯着脖子号出一段河北梆子：

忽听得谯楼上响起更点，
倒叫我田玉川左右为难！
男和女同舟船多有不便，
大姐她为救我不必避嫌。
月光下把大姐仔细观看，
渔家女只生得亚赛天仙。
他父女无辜地遭此大难，
害得她孤单单甚是可怜。
她虽是渔家女聪明有胆，
退官兵救我命恩德如山。

我为她她为我真情一片，
陌生人反变得休戚相关。
倒不如我二人结成亲眷，
做一对好夫妻恩爱百年。
我有心上前把大姐呼唤，
危难中怎能够提及姻缘。
闷悠悠对流水左右盘算，
何日里出苦海再见晴天。

他韵味十足地唱了这段《蝴蝶杯》，把一个春心荡漾的落魄公子唱得别有韵味。声音刚落，人群的气氛又到了个大高潮，叫好声大起，大家不顾巡警的推骂，眼睛不离黑燕子，脚下蹭着踩着拥挤着，跟着囚车往前走。

过了顺治门，街头已经被人群挤满了，街边许多商户纷纷截住囚车，给黑燕子披绸子和敬酒食。

每接一份送行礼，随车跟着收尸的杠房伙计就大声帮着喊出：

“德瑞祥绸缎庄给好汉披红，九尺大红绸喽！”

“东顺居谢老板敬好汉莲花白老酒三大碗！”

“致丰斋马老板敬好汉羊肉面一碗、酱牛肉一斤！”

“瑞宜轩鞋帽店送好汉呢子礼帽一顶、圆口布鞋一双！”

“徐记寿材铺送好汉松杨老木棺材一口嘞！”

囚车走走停停，黑燕子一边大声道谢，一边吃喝着送来的酒食，不出一里地，敞车上堆满了食物酒碗，吃剩的东西乱糟糟地堆在一起。黑燕子喝得满脸通红，身上挂满了红绿绸布，脑袋上歪戴着那顶簇新的呢子礼帽，显得滑稽又悲壮。

快到菜市口了，黑燕子身后的一个学生突然呜呜哭了起来。

黑燕子侧头骂道：“哭什么哭！不许哭！堂堂的大老爷们儿，死就死了，别临死了还让人看笑话！还老说自己是新青年，闹革命时的胆子哪儿去了？闭嘴，学学我……”他看了看左右，咧着大嘴大声喊道：“老几位！二十年后，爷们儿又是好汉一条嘿！”

“好！”人群热烈地回应。

黑燕子已经大醉，眼看菜市口就要到了，又见头顶惨白的太阳已近天中，他运了运气，语气激昂地大声喊道：“各位老少爷们儿，人死留个名，我说着，你们听着！”

人们不管他说的啥，一律接道：“好！”

黑燕子道："我，江湖人称黑燕子，大名魏五，河间府任丘县人，光绪九年生，干过义和拳，杀过洋毛子，平生没干过坏事，偷的盗的都是官老爷和黑心商人的昧心钱。今天被砍头，我认了，妈的也活得过儿了，山珍海味吃过，绫罗绸缎穿过，官姨太太的大白屁股我也摸过，你们说，值不值呀？"

"值！"

"值！那就给爷们儿喊个好儿嘿！"

"好！"

黑燕子很是满意，又扯着脖子唱起戏来。他的囚车车队最后边，警察厅厅长田逢济骑着一匹枣红色的高头大马，衣装齐整，一脸严肃。他似乎被囚车的行进速度弄得有些焦躁，吩咐副官上前去催一下。

终于到了菜市口刑场，看热闹的群众已经被好几十个警察拦在圈外，远处的房顶墙头和树上也爬满了人。

六个刑犯被推跪到法场中央，其中那几个学生已经沉默不语了，只有黑燕子醉醺醺地摇晃着身子看着四周，独自嘿嘿醉笑着，一脸得意的不吝神色。

警察厅厅长田逢济坐在从鹤年堂借来的太师椅上，拿出怀表看了一眼，侧头问副官："吴副官，差不多了吧？"

吴副官欠了一下身道："厅长，还有半个钟点儿！"

田逢济点点头，说道："那先验明正身吧，验完喽，老规矩，午时三刻行刑。"

"是！"吴副官一敬礼，跑到两个手下跟前，吩咐去给囚犯验明正身。

两个警察走到六个犯人跟前一一问话，菜市口刑场一下子安静下来，看热闹的人都想听听问的是什么内容。

其实问话就是走个形式，无非让囚犯承认自己就是本人，所以不一会儿工夫，验身完毕。

吴副官回来报告后，田逢济微微点点头，遥望了一眼远处的黑燕子，吩咐道："去，把黑燕子架过来，我有话问他。"

吴副官赶忙叫了几个巡警把黑燕子架到田逢济跟前。

田逢济低头看了看黑燕子，显然被他的酒臭气醺得难受，赶忙掏出一条白丝手帕捂着鼻子。

黑燕子一脸得意地笑着，抬头醉眼迷离地看着田逢济。

田逢济咳嗽一声，拿开手帕，欠身低头道："黑燕子，你是一条好汉，今天就要上路了，我也不跟你打什么官腔了。跟你说句实话，想当年家父瑞德公也是在这里被慈禧砍了头的，为什么你应该知道，就是他和义和团一起杀过洋人，最后当了朝廷的替罪羊，所以我对义和团出来的好汉都有亲近之感。要不是你偷了杨督军的‘玉蛤蟆’和‘翡翠山’，又杀了他的五姨太太，我肯定会想办法保你不死的，可现在没有办法了。这样，你说说，还有什么未了心愿，看在家父和义和团的渊源上，我定会帮你办到。”

黑燕子嘿嘿一乐，点点头，似乎清醒了许多，道：“好！你也是条汉子，我黑燕子犯在你手里，认了！你父亲瑞德公我见过，我那时刚刚二十岁，和他一起在廊坊杀过洋毛子，他当了替罪羊是朝廷无能，这事谁也想不到。今天你跟我说了这些实在话，我反而没有什么让你费心帮忙的了！”

田逢济点点头：“那就好，你就安心上路吧，枪毙时张开嘴巴，那样不致毁了面貌，能保你个囫囵全尸。”

黑燕子点点头，看了眼身旁巡警手里的长枪，叹了口气：“枪，是个好东西！想当年我的很多弟兄都死在这洋玩意儿上……”他顿了顿，突然说道：“田厅长，兄弟我又想求你一事了。”

田逢济一愣，看了眼左右，压低声音问：“什么事？说。”

黑燕子傲然地梗了下脖子，语气坚决地道：“你还是砍了我的头吧，我觉得那样痛快，像个好汉的下场！”

田逢济没想到他会求自己这件事，当下也是一愣。

黑燕子又说：“你不知道啊，虽然我们的长矛大刀比不了洋枪这玩意儿，可我打心里一直就瞧不上它。你还是找个砍头的直接砍了我的脑袋吧，我也想知道一下，我这一腔子热血，在午时三刻阳气最旺的时候，到底能喷多远。”

“好汉子！”田逢济情不自禁地夸道：“这事我答应你，吴副官……”

吴副官欠身：“厅长。”

“去，在附近找个刽子手，一会儿伺候好汉上路！”

“是！”吴副官应声跑去。

菜市口附近，干刽子手的行刑师傅有的是，不一会儿工夫吴副官就带来一个。这刽子手一脸美滋滋的神气，因为自打民国施行枪毙行刑以来，已经好长时间没有这种活计了，刽子手们也纷纷收刀改了行，但因为以前的特殊身份，街坊一直敬而远之。这突然由天而降的大好事，他当然乐意来，也想让老街坊看看自己祖传下来的砍头绝活儿。

这个刽子手扛着一把四尺多长的鬼头钢刀，刀身裹着厚厚的油纸，见到田逢济，赶忙跪下道：“给厅长老爷磕头了，您找我有何吩咐？”

田逢济看了他一眼：“起来说话，老兄贵姓？”

刽子手受宠若惊，赶忙回答：“小人贱姓周，叫周秃子，爷爷那辈儿就干这营生。”

“嗯……”田逢济看了看他手里的鬼头刀：“今天找你来，没别的事，是让你送这位好汉上路。”

周秃子看了眼黑燕子，道：“老爷放心，这事我一定办好喽，绝不会毁了我老周家三代行刑师傅的好名声。不瞒您说，谭嗣同的脑袋就是我砍的，没让他受一点儿罪……”说到这里，他小眼睛闪了一下狡猾的光，压低声音道：“老爷，实话跟您说吧，只要您想留谁性命，我刀上就能有分寸，我只要提前点好死囚穴道，砍头时再错它半寸，就算脑袋砍掉了，回头再缝上，这人还能活。他要不活，您砍我脑袋。”

田逢济知道他没有吹牛，好刽子手的绝活有的是，但不想再跟他费口舌，摆手说道：“那倒不用，让好汉痛快上路就行！你去准备吧，午时三刻，看你的本事了！”

“擎好儿吧您就！”周秃子闪到一边，显派似的解开鬼头刀外的油布，将阴蓝锃亮的大刀高高举起，之后得意地撇着嘴摸了摸刃口，又从随身所带的包袱里拿出一件大红色斜襟刑袍套在身上，一下子整个人都变了个模样，他身上所散发的那种霸道凶狠的气场顿时震慑住了所有人，大家纷纷议论惊赞。

此时，头顶的太阳突然明亮起来，天空中那淡淡的雾霾已在不觉中散去，整个菜市口刑场的温度也骤然升高，人们似乎闻到了一丝血腥味。没有风，但每个人都觉得后脖梗子凉飕飕的，看着肃杀的刑场，有的人竟然情不自禁地泛起了鸡皮疙瘩。

几个见过世面的老人低声和身边人说着自己见过的最难砍的头和喷得最远的血，孩子们也不再哭闹，大人们眼睛一眨不眨地盯着明晃晃的刑场，就等着午时三刻的到来。

阳光越来越晃眼，田逢济眯着眼睛，正等着最后的时辰，吴副官突然走近对他说道：“厅长，杨督军派赵德魁赵旅长过来一起监斩，您看……”

田逢济一愣，赶紧起身道：“先请。”

同时，一身戎装的赵德魁带着四个卫兵急匆匆地走了进来，他一脸凶相，浓黑的八字胡翘着，一身威严霸气。

田逢济脸上堆笑，抱拳道：“赵兄，您怎么亲自过来了？”

赵德魁回礼走到面前，摸了摸胡子，微微一笑道：“我也没办法，上午杨督军来电，让我必须亲眼看着这个黑燕子人头落地。田兄应该知道，我们督军最疼爱这个留在北京的五姨太了，没想到被这黑燕子杀了。不瞒田兄说，负责守卫五姨太私宅的那两个排长，出事后第二天就被督军下令军法处决了。”

田逢济点头道：“这我知道。”

“多亏田厅长缉拿有力，逮到这个黑燕子，又追回了被盗的‘翡翠山’，要不连我们也得跟着受处分。”

“哪里哪里，擒凶缉盗、保民平安是我们本职专责，五姨太之死也怨我督警不力，何况‘玉蛤蟆’仍然下落不明，等督军从前线回来，我一定要亲自上门赔罪，到时赵兄也要替我出言开脱一下啦。”

“田兄言重了，那‘玉蛤蟆’虽然价值连城，但我们督军已经无心再追究了，毕竟五姨太才是他最心疼的。今天督军派我来，就是让我亲眼看着这黑燕子受死，只要人头落地，事情就结了。”

“那好！”田逢济心里清楚，杨督军正在前线，根本没心情追寻宝贝下落，眼下只要把杀自己爱妾的黑燕子处死就行，便回头吩咐吴副官道，“来人，给赵旅长看座，我们一起监刑。”

眼看天已正午，围观的人群阵阵骚动，持枪巡警拦出的圈子被拱得越来越小，已经不成队形，还有不少人试着往附近的几棵大槐树上爬，上千人围看着法场中心跪着的六个人。

吴副官跑到田逢济旁边，问道：“厅长，还有一刻钟了，您是否训话？”

“当然！”田逢济看了一眼人群，站起身子，说的话像是给赵德魁听，“我今天亲自来，就是为了监斩示威，杀一儆百，让百姓们知道一下，在北京地界做土匪强盗是何下场！”

说完他整整衣领，向赵德魁点头示意了一下，快步向法场中央走去。

“大家安静！京师警察厅田厅长训话啦！”吴副官大声喊道。

顿时全场鸦雀无声，上千双眼睛齐刷刷地投向田逢济。

田逢济站定，目光威严霸气地扫视了全场，之后他清清嗓子，正要张口训话，突然南边一侧的人群躁动开来，大家似乎都在躲闪着什么。

田逢济眉头一皱，问吴副官：“怎么回事？”

“我马上去看看！”吴副官扶着腰间的手枪快步跑了过去。

田逢济也翘首遥望，只见人群涌动分开，似乎有什么东西要挤进来。

不一会儿，吴副官快步跑回，向田逢济敬礼道：“厅长，北京南郊孙记鼓坊的掌柜孙凤臣，拉来一面大鼓，说要给黑燕子击鼓送行！”

田逢济一愣，这孙记鼓坊的名声简直如雷贯耳，从清朝嘉庆年间开始就是朝廷礼部用鼓的独家供应作坊。从清初到民国好几百年，上下几代都是制鼓大师，不仅技艺精湛，而且鼓声独到，被全国鼓业同行封为“中华鼓王”，四年前还为紫禁城里的留守皇帝溥仪的大婚制了庆鼓三十六面、建鼓八台。他们往紫禁城里送鼓时，自己还派了一个营的巡警维持秩序。

田逢济愣了一下，向吴副官道：“让他们进来吧。”

不一会儿，围观的人群被推开一个大缺口，只见几个人拉着一个大排子车走进刑场中央，车上摆着鼓架，一面漆面鲜红闪亮的巨鼓摆在上边。这面鼓的鼓面足有七尺方圆，鼓身也有成人齐胸高，在太阳光的照射下，鼓沿上均匀密布的金色六棱钉和鼓身上的八个吞兽吊环闪闪发光。一眼看过去，鼓身散发的一种独有霸气震慑人心。

领头的是孙记鼓坊的掌柜孙凤臣，他三十多岁年纪，一脸沉稳，面目清瘦，穿了件月白竹布大褂，黑绸布裤，呢子面圆口布鞋，不卑不亢地看着田逢济。

他的身后跟着一个十岁左右的男孩，眼睛偷偷看着旁边捆着的那几个死囚，脸色惊恐，双手紧攥着孙凤臣的衣角。

鼓的旁边，站着一个五十开外的干瘦老头儿，一身粗布短打扮，手里拿着旱烟袋，持重沉稳。其他四个都是十七八岁的精壮伙计，每人手里都拿着粗如儿臂的鼓槌，槌把都系着鲜红的绸布，异常鲜艳。

孙凤臣上前两步，面带微笑，向田逢济拱手欠身道："田厅长，我是孙记鼓坊的掌柜孙凤臣，今天来不为别的，只是想敲上三通鼓，给黑燕子送行，您看能否通融？"

田逢济看了他一眼，又看了看天空，说道："送行可以，可你怎么来得这么晚？"

孙凤臣一笑："鼓太大，街头看热闹的人又多，我们从白纸坊走到这里，就用了半个多时辰。"

田逢济点点头，语气提高了些，说道："嗯！咱们打过交道，我不会为难你，可话得提前说好了，打鼓送行可以，但要离远些，这是法场，还是警戒为要。"

"那当然！"孙凤臣又向田逢济拱了下手，回头向身后鼓旁的干瘦老头喊道："皮爷，你让他们把鼓拉到那棵槐树下，时辰就要到了，不要耽搁！"

皮爷点头，吩咐那几个伙计把巨鼓推到刑场西北的老槐树下。

孙凤臣拍了拍身旁那男孩的肩膀，低声道："广文，你也跟皮爷去。"

孙广文点点头，脸带恐惧地低头快步跑了过去，到了皮爷身边，才偷偷回头看了一眼父亲孙凤臣。

田逢济满意地点点头，走到黑燕子跟前，低头说道："魏五，看看，你面子真不小，连'中华鼓王'孙家都来给你擂鼓送行了。"

黑燕子愣愣地看着远处的巨鼓，又看了眼孙凤臣，胸脯剧烈地起伏起来。他抬头看看头顶耀眼的太阳，突然两眼含泪，大声喊道："值了！我他妈死得太值了！中华第一鼓给我送行，我魏五死得痛快呀！痛快！"

孙凤臣上前一步，向黑燕子拱手道："好汉！一路走好！三通鼓后，鬼门关前和弟兄们相聚吧！"

黑燕子已经哭得满脸涕泪，不住点头，嘴里叨唠着："值了！值了！三通鼓过后，见我的弟兄们去，值了！”

皮爷手里端了一碗酒，来到黑燕子面前，单腿跪在他的面前，沉声说道：“魏五兄弟，不瞒你说，当年我也曾和你一样杀过洋毛清奸，但事败后苟活世上，比不了你！你到了那边，如果碰到我的弟兄，替我跟他们带个话，说皮祥富对不住他们，没能和他们同生共死！”

黑燕子一愣，直呆呆地看着皮爷，语气颤抖地问道：“皮祥富？你……你……你是朱红灯手下的飞虎将军‘皮阎王’？”

“惭愧，苟活性命，对不起朱大哥！”

“不不不，你是大英雄！杀了一百三十多个洋毛子的大英雄！”

皮爷眼睛湿润，摇摇头，把酒一递：“不说了，来兄弟，喝了吧，一路走好！”

黑燕子连连点头，凑过去喝酒，一边喝，身体一边兴奋地颤抖。

一旁的田逢济也没料到，这个干瘦的老头竟然是义和团的“皮阎王”，庚子那年，自己的父亲和义和团一起奉旨抵抗洋人入侵，这个人一把大砍刀所向披靡。但后来事败，慈禧为了讨好洋人，转回头来派兵清剿义和团不说，为了向洋人示好，就连当初奉旨抗敌的几个王爷也给砍了头，自己父亲也没能幸免。后来人事变革，这个“皮阎王”也没了消息。

喝完酒，皮爷站起身，向孙凤臣点了点头。

孙凤臣站直身子，对田逢济说道：“田厅长，可以开始了吧？”

田逢济看了眼怀表，点点头，吩咐吴副官：“保持警戒，三通鼓后，行刑！”

吴副官敬礼，回头高声喊道：“午时三刻已到，以鼓为令，三通鼓后，行刑开始！闲杂人等，一律靠后，如有违逆，枪不留情！”

喊话一出，全场顿时鸦雀无声，大家等待的一刻就要来临。

孙凤臣和皮爷也快步离开刑场，回到巨鼓旁边。

田逢济看了一眼黑燕子，不再说话，走回赵德魁身边坐下，简单说了一下情况，面色深沉地等着鼓声响起。

刽子手周秃子威严地撇着嘴，扛着亮森森的大刀走到黑燕子旁边，低头恶狠狠地看了眼黑燕子，猛地拔去他脖子上插的囚牌招子，又把他的头摁向地面，之后拨开黑燕子脖子上杂草般的麻乱头发，露出脖颈。

黑燕子窝着身，仍在闷声大笑，鼻子里喷出的气息让脸前地上的尘土扬起。

旁边跪着的几个学生，脸色煞白，低头不语，只有一个在呜呜低泣。

围观的人群里也传来家属的哭声，但声音不敢放出，压抑着。

孙凤臣站直身子，深吸口气，大声喊道：“午时三刻已到！击鼓，送好汉上路！备鼓——”

“咔！”四个精壮的小伙子一起用鼓槌磕响鼓沿，声音整齐尖锐。

躲在一旁的小孩孙广文用手捂住双耳。

孙凤臣接着喊道：“头通鼓！天威昭远！”

伙计们缓缓抡开双臂擂鼓，红绸飘摇！

嗵！

嗵！

嗵嗵嗵嗵！

嗵！

嗵！

嗵嗵嗵嗵！

鼓声快慢交杂着，震耳撼心，和着在场每个人的心跳而响，让听者精神为之肃然一凛，感觉鼓声像苍天一样威严而神圣。

响了约有两分钟左右，孙凤臣大声喊道：“鼓止！”

鼓声戛然而止。

但所有人的耳畔和心底还有回声颤动。

头通鼓响过，黑燕子竟然不再出声，只是身体微微颤动。全场所有人也面色肃穆，不再有调笑声音。

静了一下，孙凤臣又喊道：“二通鼓！地德臻厚！”

嗵嗵嗵嗵嗵嗵嗵嗵嗵……

鼓声连贯而低沉，慢慢响成一片，像万匹烈马飞奔而来，蹄声飒踏混合，响而不躁地铺展开来，刑场的土地也微微震颤开来。

大约持续了两分钟。

“鼓止！”孙凤臣喊道。

鼓声应声而停。

黑燕子已经像教徒忏悔一样伏跪着，石头一样不动不颤。

孙凤臣看了一眼刽子手周秃子，周秃子立刻会意，双手把大刀高高举过头顶，等待三通鼓声响起。他知道，这通鼓将由他控制止鼓时间。刀落头掉，鼓声立止！

孙凤臣大声喊道：“三通鼓！人善唯真！”

咔！嗵！咔！嗵！咔！嗵！嗵嗵！咔！嗵！嗵嗵嗵嗵嗵嗵……

鼓声由击沿开始，慢慢向鼓心递进，而后交替响起，到最后连绵成阵阵急促的催命鼓声，听得人胆战恐惧，就算逃躲也无力挪步。鼓声像无数索命恶鬼低吼而至，善者无事，恶者惊心，刽子手的大刀在午时三刻最耀眼的阳光下闪着刺目的亮光。大家都屏住呼吸，目光投向高举的大刀，等待它落下的那一刻！

只有刀落头掉，鼓声才会停止！

但刀迟迟不落，鼓声也越来越急，它催促着大刀，大刀独守着自己的威严，就这样胶着着，等待那一下默契的合拍！

周秃子突然沉喝一声："嘿！"

他头顶高举的大刀往后微微一扬，似乎灌上了所有力气！

鼓声也到了最急剧的时刻！

嗵嗵嗵嗵嗵嗵嗵嗵嗵嗵嗵嗵嗵嗵嗵嗵嗵嗵……

刀，就要落下！

鼓声，就要停止！

正在此时，人群中突然发出一声尖锐凄厉的叫喊："魏大哥！我来救你啦！"

所有人都是一愣，只见一个十岁左右的小男孩猛地钻出人群，利落地钻闪过巡警的阻挡，手举着一把长刀，直奔刑场中间的黑燕子！

第二章　名伶相助

刽子手周秃子一愣，赶忙收刀撤身后躲。同时，鼓声也停了，所有人惊异地看着这突发的一幕。

黑燕子猛地抬头，冲那孩子大声喊道："小捡，你来干什么！"

那个叫小捡的男孩扑通一声跪到黑燕子旁边，一边用刀割黑燕子身上粗粗的桐油麻绳，一边哭着喊："魏大哥，我救你出去！"

回过闷儿来的巡警们都立刻围了上来，七八个黑洞洞的枪口一起指向小捡。小捡根本不顾这些，仍然用力割着黑燕子身上的绳子。

黑燕子狂乱地对着小捡大喊："小捡！快跑！别干傻事！"

小捡一边割一边哭着喊："魏大哥，我要救你，我要劫法场！我不能让你死！"

黑燕子又赶紧对着身边的巡警求喊："几位！几位！千万别开枪！他还是个孩子！他犯糊涂病了！"

小捡费尽力气也没能割断用松胶桐油泡过的绑绳，但还是拼命地割着，嘴里不停地喊："我要救你！我要劫法场，我要救你！"

见到这个突发事件，田逢济也惊呆了，他赶紧吩咐吴副官："去！看看怎么回事，抓住那孩子！"

吴副官掏出手枪跑了过去，到了跟前，他抢过旁边军警的一把长枪，掉过来用枪托用力地砸向小捡的后脑。被击中后脑的小捡眼睛一翻，嘴里根本没发出声音，手里钢刀落地，头一歪就昏倒在黑燕子身上。

"小捡！"黑燕子大声喊道。

吴副官吩咐巡警道："绑上！"

几个军警找来绳子绑上了昏死的小捡。

围观的人们从惊诧中回过神来，一起往上拥，想看看究竟是一个什么样的孩子，竟敢在光天化日之下劫法场。

田逢济怕再有差错，大声高喊："吴副官，行刑！"

吴副官赶忙对周秃子厉声说道："愣什么呢！砍！"

周秃子慌忙摁倒黑燕子，举起了大刀。

被压在地上的黑燕子突然侧头对着皮爷和孙凤臣大喊："皮大哥！孙掌柜！看在兄弟的情义上，我死了，你们一定要帮我救下这孩子，救下小捡，求你们了！求你们了！"

还没等皮爷他们回应，吴副官已经一脚踩到黑燕子的头上，冲周秃子使了个命令的眼色，周秃子提刀比了一下，之后用力地砍了下去。

嚓！

呲——

人头掉了以后，鲜血猛地从黑燕子脖腔里喷射而出，之后直滋到人头上，又顺人头折射而上，溅了吴副官半身。

皮爷看到此处，脸上露出不忍之色，和孙凤臣对看了一眼，之后两人的目光都投向尸体旁边被捆绑着的小捡身上。

那孩子一脸鲜血和黄土，眼睛紧闭，昏迷不醒。

几声清脆的枪声响过，那几个闹革命的学生也被处死。巡警解除了戒严，围观的人群围拢过来，面无表情地看着杠房的师傅缝合收敛尸体，死去学生的家属哭得撕心裂肺。秋日烈阳暴晒着整个刑场，血腥气蒸腾开来散于空气之中，黑燕子的鲜血渗入了黄土地，变成一大片褐色的斑迹。

杠房的收敛师傅用大钢针和麻线把黑燕子的头草草缝到身体上，然后用一块草席盖住，寿材店的伙计赶着一辆马车拉来一口松杨板拼做的薄棺，卸在黑燕子的尸体旁边。

杠房的师傅看了眼四周，问道："这个有收尸的没有？"

孙凤臣向皮爷点了下头，皮爷明白了掌柜的意思，举了下手回应："这儿呢！"说完他快步走了过去，从怀里掏出两块银元递给那师傅，谢道："辛苦了老弟，这钱拿着，讨个吉利。"

刑场收尸打赏是老规矩，那杠房师傅也不多言，把手缩回袖里接过，微微点头道："嗯，找个好地方埋了吧。"

皮爷又是连连道谢，和几个伙计一起兜着草席把黑燕子的尸体放进棺材。

孙凤臣的儿子孙广文还是战战兢兢地躲在巨鼓后边，探出头恐惧地看着刑场中央忙碌的人们。孙凤臣走到他的跟前，低头问："广文，怎么？害怕？"

孙广文没回答，好奇地指着远处躺着的小捡问道："爸，他是不是死了？"

孙凤臣摇摇头，看了小捡一眼，道："不，那孩子只是昏了过去。"接着他叹口气说道："广文，爸爸要你记住今天的事，记住这个孩子。你看，他跟你差不多年纪，就这么讲义气，这么勇敢，你要跟他学，知道吗？"

孙广文点点头，又问道："爸，咱们什么时候回去？我想我妈了。"

孙凤臣对自己儿子的回答不是很满意，但懒得再去教导他，轻叹了一声，说道："等等吧，不行先让二青子带你回去。"

孙广文眼睛一亮，高兴地道："那先让二青子带我绕道去趟天桥，快八月十五了，我要买三个兔爷回家，我一个，玉瑛玉灵她们一人一个。"

孙凤臣听到这，脸一沉道："广文，我今天带你出来是长见识练胆量的，不是带你来玩的，知道吗？"

孙广文不敢再说话，低下了头。

皮爷把黑燕子的棺材钉好装车，快步走了回来，问道："凤臣，咱们去找找田厅长，看看能不能把那个叫小捡的孩子救下来，这是魏五临死之前托给咱们的事。"

"好！"孙凤臣点了下头，"这就去！"

两人快步跑到正要离去的田逢济马前，孙凤臣微微点头致礼："田厅长，您看，我们能把那孩子一起带走吗？他岁数小不懂事，戏文看多了，好像在胡闹。那一枪托砸得不轻，也算给了他一个教训，不如就放了他吧。"

田逢济坚决地摇摇头，道："这个不行啊，刚才杨督军派来监斩的赵旅长临走留下话，说这个孩子和黑燕子是同党，让我带回去一定好好看守审问。虽然杨督军被盗的'翡翠山'找了回来，可黑燕子偷盗的另外一些赃物还是没有查出，这孩子没准儿就是个重要线索，所以放人嘛，根本不行。"

"田厅长，可他还是个小孩子呀！"皮爷语气悲悯地说。

"孩子？孩子还敢劫法场！"田逢济掏出怀表看了看时间，"算了，人绝对放不了，放了我没法和赵旅长交代。我还有公事去办，你们不用再跟我说了，赶紧收拾一下回去吧。"说完也不等孙凤臣和皮爷再说话，拉了一下缰绳，掉转马头，边走边吩咐道："吴副官，派两队人轰散围观百姓，你亲自带人把那孩子弄醒，押回去严加看管，明天赵旅长过来要亲自审问。"

"是！"吴副官大声答应。

田逢济轻点了一下头，催马要走，又像是想到了什么，回头向孙凤臣问道："孙掌柜，当年义和团和洋鬼子在廊坊对战时，有个叫孙怀世的鼓师，用八面大鼓震惊他们数匹战马，他是你父亲吧？"

孙凤臣正色道："那正是家父。"

田逢济点点头赞道："孙家不愧'中华鼓王'的名号！当年我父亲提到那鼓声也赞不绝口，今天我也有幸见识了！你们孙家做的大鼓果然声音震心荡肺，鼓性中正刚直！"

孙凤臣拱手低身道："厅长过奖了！"

田逢济点头道："我说的都是实话，那孙掌柜，咱们后会有期啦！"说完微微抱了一下拳，催马离去。

见田逢济离去，孙凤臣低声说道："皮爷，救这孩子的事回家再商量，现在你赶紧去那边的鹤年堂请个大夫过来，弄醒他，看看伤得重不重！"

"好！"皮爷点头，跑去不远处的鹤年堂药店找坐堂大夫。

孙凤臣又赶忙请示吴副官，得到允许后去看小捡的伤势。

小捡已经醒来，眼神有些发直，看样子被那一枪托砸得不轻，头部受了震荡。

孙凤臣蹲下身，关切地问道："小兄弟，你还好吗？"

小捡愣痴痴地看了他一眼，嘴里嘟囔道："我要救魏大哥！"

孙凤臣不禁心头一软，又不想告诉他实情，怕他受不了刺激而疯了，只是扶起他拥在怀里，帮他松了松捆得紧紧的绑绳。

皮爷领着大夫跑来，那大夫草草地看了一眼小捡的伤势，说道："没事，皮外伤罢了，我给他清清血迹，再敷药包扎一下就行。他现在有点神志恍惚，过几天就无碍了。"

吴副官见大夫给小捡包扎完伤口，便走过来，对孙凤臣道："孙掌柜，任务在身，我得把这孩子带回去了，你们该回去就赶紧回去吧！"跟着他吩咐手下："来人，带走！"

几个军警上前架起小捡，在附近找了一辆人力车，把这孩子扔到车上。

吴副官跟了过去，带着队伍荷枪实弹地离开。

当人力车和孙家鼓车相错的时候，小捡突然奋力坐起，目不转睛地看着那面鲜红的巨鼓，神色兴奋，嘴里凌乱地喊着："鼓！大鼓！魏大哥！魏大哥！"声音凄惨而急切，似乎魏五就站在鼓边看着他。

一直在鼓车旁边的孙广文吓坏了，跑到孙凤臣身边，声音发颤地说："爸！他真吓人！"

孙凤臣扶着儿子的肩膀，不再言语，和皮爷一起目送押着小捡的人力车走远。

夕阳如血，染红半个西天。

远远的西山只是个黑色的剪影，连绵起伏如龙，延伸着，最后与破败的右安门城楼和城墙衔接成一体。附近几个村落已经炊烟飘起，在半空中汇成一条宽薄的云带，直延向丰台方向。暮色里，一群数以千计的乌鸦呱呱乱叫着盘旋在空中，鸦群如翻滚的黑色旋风，扭曲着，不停地改变着形状。

荒凉的北京城南陶然亭湖畔。

肃冷的秋风不时吹过，衬托着所有景物显得苍凉而幽寂。荒颓的湖畔芦苇丛生，风吹过唰唰作响。水鸟不时惊飞，成片的枯叶落满水面，几只破旧的孤舟搁浅在岸上。

陶然亭湖西岸的乱葬岗处。

长满黄绿相间蒿草的野坟大小不一地分布着，高矮不同的陈年墓碑和旧棺材板歪斜着戳在坟堆里，一群红眼野狗低声呜咽着在远处迂回观望，所有景象显得死寂恐怖。

黑燕子的坟前立了块木牌，上面写着“河北义士魏五之墓”。

献酒烧纸之后，孙凤臣和皮爷静静地站立在坟前，任寒冷的秋风吹拂着长衫的衣摆。

人的一生可短可长，可庸庸碌碌也可极尽繁华，但最终会埋于黄土让世人忘却。骨肉会化为泥土，墓碑会倒塌风化，古往今来，万亿的鲜活生命都随时间更迭而慢慢被后人统称为“古人”，真正留下名字事迹的只有那史书或传说中的区区万人而已。

皮爷点了袋旱烟，烟雾飘散在冷冷的空气中。他伸手拍了拍木牌道：“魏兄弟，你已经入土了，所有功过是非都跟这烟气似的散了，老哥愿你黄泉路上一路走好，下辈子再托生，还是个响当当的大老爷们儿！”

孙凤臣吩咐儿子孙广文跪下给黑燕子磕了三个头，轻轻地道：“魏兄，你临走时托付我们的事，我们一定帮你办到，一定救回那个孩子。我不知道你和他是什么关系，但你放心，救出他后我们一定让他好好做人，绝不让他走歪路！”话音刚落，呼啦啦一阵冷风吹来，坟前一蓬纸灰被卷扬而起，飘摇直上。所有人一起抬眼望去，只见纸灰飞处，一弯银钩似的月亮已经升起在灰蓝缎子般的东天。

救小捡迫在眉睫，所以孙凤臣没有回建在北京南郊的鼓坊，而是让伙计带着孙广文把巨鼓拉回去，自己和皮爷回到了位于哈德门外花市的老宅里。

因为生意忙，孙凤臣和全家都住在南郊的鼓坊里，这个四合院的老宅只有五十多岁的老鼓匠翟老头和他的老伴翟大娘一起留守看管。

这老两口忠诚可靠，平时总是大门紧插。翟老头耳背，所以皮爷敲了半天门，终于听见里边传来翟老头的问话：“谁呀？谁呀？”

“老翟，是我们，掌柜的回来了，开门！”皮爷扒着门缝冲里喊。

“掌柜的？好好好，等下！”之后听到拉动门闩的声音。

大门开了，翟老头赶忙让两人进院。

孙凤臣和皮爷笑着和翟老头道了安，一起走进跨院。院里让翟老头夫妇归置得干净利落。只见所有落叶都扫到院里的槐树下，玻璃窗前的葫芦架上挂满金黄可人的小葫芦，天棚下的两棵石榴树也硕果累累，院里中间的天棚架下，金鱼缸里落着几片槐叶，三条鲤鱼在缸里悠闲地游荡。正房门上挂的夏季竹帘子还没收起，四边缝的蓝布围套已经被晒得发白。

后院的小菜园里，翟大娘正在低头挖萝卜，见孙凤臣和皮爷走进来，她直起腰，揉了揉眼睛，看清后高兴地喊道："哎呀，掌柜的回来啦，我怎么没听见叫门？你们回来有事？"

"是有点儿事，得住上几天呢。"

"那好，一会儿我给您归置一下您的屋子。今年冷得早，晚上我把炕烧上，今晚你们爷仨好好喝点儿。"

孙凤臣和皮爷相视一笑，一起回答："行！"

晚饭过后，翟老头喝多了，早早睡去了，翟大娘在里屋烧炕，孙凤臣套了件棉马甲，静静地站在院中，眉头皱着，一言不发。

皮爷叼着旱烟袋，烟光闪烁，映在他深沉的眼睛里，发着微光。

秋虫低叫，雾气浓重，院子里显得清冷潮寒。抬头望去，天空中那弯橙色的月牙散发着朦胧的微光。

抽了几袋烟后，皮爷把烟锅里的残灰敲净，低声说道："掌柜的，这样，我明天去找找我的一个把兄弟，他的儿子在警察厅里做文书，咱们让他打听一下那孩子的情况，再问问用什么办法能救出来。"

孙凤臣点点头，回身说道："行！你先去试着打听一下，明天我也出去找找商会的那几个朋友。魏五是临死托付，所以我们一定要救出那孩子，那个叫小捡的孩子也值得一救，因为他讲义气！"

"对！"皮爷肯定地应和。

第二天下午，孙凤臣从商会回到家里，翟老头给他沏的茶还没容得沾嘴，皮爷就紧跟着进门了。

皮爷坐下，点上一袋烟，吸了一口道："凤臣，事情已经有了眉目，我那个在警察厅当文书的把侄中午请吴副官吃的饭，聊天时问清了那孩子的情况，没受刑，只是关着。"

"那就好！"孙凤臣放心了。

皮爷一边吸着烟一边接着说："听他话里的意思，他们厅长根本没把这孩子当回事，只是昨天在法场那个姓赵的旅长对这孩子倒是盯得很紧。据说，那个赵旅长是杨督军的心腹，魏五被抓后，除了一个'翡翠山'已经找回，好像还有一个'玉蛤蟆'不知下落，魏五临死都没招供，只是说逃跑时不小心丢了。昨晚田厅长和赵旅长吃饭时聊天，吴副官听了一耳朵，好像赵旅长不相信'玉蛤蟆'被魏五丢失了，他想借机拷问那孩子，找出'玉蛤蟆'的下落。听那意思，他找到后，想背着杨督军私吞。"

孙凤臣听到这里一惊："私吞？这么一说，他要找到那个'玉蛤蟆'，这孩子也活不了了。"

"那肯定的，必须杀人灭口。"

"不行，咱们还得赶紧想办法救那孩子！"

"对！"皮爷把烟袋插回腰里，"听话茬，吴副官也敬佩那孩子的义气，所以透露了这么多，最后说了一个办法，就不知道能不能行得通。"

孙凤臣眼睛一亮，急问道："什么办法？"

皮爷道："吴副官说了，那个赵旅长痴迷京剧，经常客串玩票儿，虽然唱得不怎么样，可就是喜欢。而且他就喜欢韩啸亭韩老板的戏，只要在北京，场场必到。"

听到这里，孙凤臣惊喜万分："皮爷，你的意思是……咱们去求一下韩老板，让他说个人情？"

"对！成不成咱们都得试试！"

孙凤臣兴奋地站起身，在屋里来回踱步，最后拍了一下手，道："皮爷！那事不宜迟，你赶紧备份拜盒，咱们这就去找韩老板！"

韩啸亭是个京剧名家。虽然还不到三十岁，却早已红遍京津，蜚声全国。他主攻老生，又以靠把戏为主，不仅扮相洒脱而且嗓子激昂慷慨，行腔洗练，最拿手的几出戏《阳平关》《战太平》《南阳关》《定军山》，让人看了无不称赞追捧。

孙凤臣和韩啸亭是朋友，因为在五年前，韩啸亭曾慕名上门拜访，想定做一面堂鼓演出《击鼓骂曹》时用，两人当时在鼓坊就聊得特别投机，后来孙凤臣为韩啸亭把堂鼓做好并亲自送上门。看到鼓后韩啸亭很是满意，一边试鼓一边和孙凤臣探讨一些鼓的发音和力道问题，又从这两点聊到一些鼓曲牌的分支渊源和特点，聊完很是受益，从此，两人也就成了朋友。

孙凤臣让皮爷上街定了份拜盒，又从老宅西厢房的密室里拿出一幅他收藏的范宽的《终南雪意图》，用布包好。然后出门叫了两辆人力车，两人直奔景山后街的碾子胡同，韩啸亭就住在那里。

到了胡同口，天已经擦黑，韩啸亭宅门口的电灯已经亮了。

皮爷上前叩门。

门开了，出来的是一个十岁出头的小男孩，剃着青青的光头，圆脸大眼，穿着粗布长袖大褂、黑色灯笼裤。他上下打量了孙凤臣和皮爷一眼，问道："二位老板找谁？"

"哦，这位小兄弟，请问韩老板是否在家？"孙凤臣客气地问。

"我师父哇，他在，给我们上晚课呢，您找他有事？"

"对！你帮忙说一声，孙记鼓坊掌柜的想见他一面。"

那男孩一愣："您是孙掌柜呀！那我知道了，您做的鼓真棒！得嘞，您请进，我赶紧叫我师父去！"说完他把门打开，做了个请进的手势，跑着直奔后院。

韩啸亭的家是个很大的四合院，院里种着两棵高大的枣树，窗台前摆了十多盆菊花和鸡冠花，在昏黄的庭院灯光下，色彩安静浓郁。

韩啸亭迎了出来。他穿了件蓝纱大衫，套了件薄马甲，下边穿着白底蓝道的府绸裤子，打着绑腿，白洋袜，千层底青缎子圆口布鞋，身材中等，面目精神和善，声音悠扬高挑："哟，孙兄！大驾光临呀！欢迎欢迎！"

孙凤臣一抱拳："韩老板，这么大老晚的打扰您，还请见谅呀！"

韩啸亭和皮爷点头示意，笑着说："孙兄不要说这种见外话，咱们是老朋友了，您什么时候来我都欢迎。"

"不敢不敢！"

韩啸亭伸手一让："请！咱们坐着说话！"他又吩咐那个开门的小徒弟道："远青，备茶，把你师妹叫来，让她见见客人。"

远青答应着跑了出去。

三人寒暄着往正堂客厅走，路过厢廊，孙凤臣看到五个七岁左右的小男孩贴墙站着，齐刷刷的都是单腿朝天蹬姿势，目不斜视，头顶顶着硕大的青瓷碗，碗里盛着米饭青菜。

看到孙凤臣一脸诧异的表情，韩啸亭笑着说："这是我的几个小徒弟，他们在练晚功，抻腿一个时辰，坚持不住摔了饭碗，今天晚上就饿着。我们梨园行就这规矩，'富连成'那帮学徒也这样，得让他们知道，唱戏就是苦功活儿，一旦怠慢，饭碗说砸就砸！"

孙凤臣点点头，没有说什么，毕竟人家是在教徒授艺，但也暗暗佩服韩啸亭的严谨师德。

皮爷一旁说道："韩老板这话对，我从小就在沧州学武，也是这么过来的。"

客厅里，三人落座，远青端着茶进来，后面跟着一个六七岁的小女孩，穿着鹅黄夹袄，豆绿长裤，面容清秀美丽，一脸腼腆。

她从远青拿的托盘里取了茶，羞答答地放在各人面前，低头后退。

韩啸亭指着这个女孩对孙凤臣二人说道："孙兄，皮爷，这是我独生女儿盈袖。"说完又跟韩盈袖说道："来，盈袖，这是孙伯父，那是皮爷，赶紧请个安。"

韩盈袖脸一红，微微行礼，低声说道："孙伯父好，皮爷好！"

孙凤臣微微一笑，对韩啸亭说道："韩兄好福气，生了这么俊的一个女儿，知书达理的，羡慕呀！"

"哪里哪里。"韩啸亭哈哈大笑，眼神骄傲慈爱地看着女儿，"她妈妈去世得早，就她这一个女孩家，天天跟外边那帮小子混，知书达理根本谈不上，让你们二位看笑话了。”

说完他回头吩咐徒弟和女儿：“远青，去，让你那帮师弟们吃饭吧。今天来了贵客，我高兴，给你们也放个假，吃完赶紧睡觉，明天五更起床，上景山吊嗓子。盈袖，你也回房休息吧。”

远青和盈袖一起行礼退下。

三人喝着上好的香片闲聊起来，聊过了一个话茬，孙凤臣开始切入正题。他从身侧拿出那幅范宽的画轴，双手递给韩啸亭，笑着道：“韩老板，今天来得急，没准备什么礼物，这有一幅范仲立的画送给您，不成敬意。”

韩啸亭一脸惊讶，没想到孙凤臣会送这么贵重的礼物，他连连摆手：“孙兄，你这是做什么呀？屈驾光临寒舍已经够给我面子了，还送礼物做甚？不能收！不能收！”

孙凤臣笑道：“名画送雅人，这是天经地义的，况且我还有一件事要烦劳韩老板帮个忙。”

韩啸亭道：“事可以办，礼不能收！咱们是朋友，你这样就太见外了。”他把画一推，“说吧孙兄，什么事要让我去办，只要我力所能及，我一定倾力办好！”

孙凤臣一脸感激和为难的颜色，看了一眼皮爷。

皮爷会意，放下手里的茶碗，对韩啸亭说道：“韩老板，我来说吧。”

接着，皮爷把昨天发生在菜市口刑场的所有事情一一说出，说到小捡单身劫法场时，韩啸亭不禁拍案喊了声好，当他又听到小捡被羁押审讯的结果时，就沉默不语了，皱着眉仔细地听着。

说到最后，皮爷顿了顿，道：“今天我和我们掌柜的过来找您想办法，就是这吴副官的主意，因为赵旅长就爱看您的戏，我们就想请您从中说个情，让赵旅长法外施恩，放了那个孩子。”

韩啸亭点点头道：“嗯，我和这赵德魁确实认识，我的演出他每场必到，确实很捧场，而且他也是个痴迷京戏的票友，一直求我，想拜我为师，可这事我真的不敢答应他。首先他的唱作确实不敢恭维，二来我清静独立惯了，不想沾惹这帮达官显贵和军阀武将，俗事牵扯太多。”他顿了一下后干脆地说道：“这样吧！这事我尽量去办，那个孩子讲义气，值得一救。我明天上午就去找一趟赵德魁，求他放人，你们要有时间，不如一起去，人多好商量。”

孙凤臣眼睛发亮，赶忙站起身抱拳行礼，感激地道：“那就有劳韩老板了！”

“孙兄客气了！”韩啸亭抱拳回礼道：“都是朋友嘛！咱们是以鼓结缘，更亲近些！这画你收回，明天咱们一起去找赵旅长，真要用得上，这画还是当作见面礼送他吧。”

两人又互相客气一阵，最后定好第二天上午一起去找赵德魁。

第二天，孙凤臣、韩啸亭和皮爷三人一起来到赵德魁位于地安门外的帽儿胡同的私宅，门岗问清三人身份后进去报告，赵德魁高兴地亲自迎出大门。

他穿了身深蓝色府绸短衫，八字胡翘着，大声笑着抱拳道："哈哈哈，韩老板，没想到您会光临寒舍呀！快点请进，请进！"

韩啸亭回礼道："赵旅长客气了，我和您认识这么久，只是在剧场后台聊过，一直没能登门拜望，您别见怪！"

"言重了韩老板，我根本没见怪！"赵德魁很是兴奋，"我是个丘八粗人，只会领兵打仗，常年跟外边打打杀杀的，平时没他妈什么爱好，就爱看您的戏，文戏武戏我都喜欢。您能屈尊而来，我心里高兴呀！今天您不能走，我得跟您学两手，您也给我指点一下，我最近学了出《战太平》。"

韩啸亭谦虚地微笑道："指点不敢，切磋罢了！赵旅长行武出身，肯定能演出黄忠身上的精气神儿！"

"好好好！"赵德魁听了这话，喜形于色，看了孙凤臣和皮爷一眼，问韩啸亭，"韩老板，这两位是……"

韩啸亭一笑道："这位是孙凤臣孙兄，咱们北京南郊孙记鼓坊的掌柜的。这是皮爷，鼓坊的技师。"

赵德魁恍然大悟道："我说怎么这么眼熟，前天在法场见过的！孙掌柜，好鼓！咚咚的就跟打大炮似的。"

孙凤臣一拱手，谦虚道："赵旅长过奖了，我只是个普通鼓匠。"

赵德魁一伸手，道："请，咱们里边说话。"跟着又吩咐手下，"周副官，去，到萃丰楼要桌酒席，速度要快，再把那坛'汾州白'取出来，今天我他妈高兴，要和韩老板他们好好喝顿酒！"

副官应声跑去。

片刻，一桌丰盛的酒席摆上，但孙凤臣三人并没有心思吃。他们只是和赵德魁聊闲天，听着赵德魁点评最近几年各地军阀们的胜败得失，而后又谈起他对京剧的痴迷。聊到欢处，赵德魁就站起唱一段，让韩啸亭点评自己的唱腔和身形架势。

这顿饭整整吃了一个多时辰，看到赵德魁被自己夸得高兴得意，韩啸亭赶忙结束了话题，委婉说明了来意，就是想让赵德魁不再追究小捡之罪，开恩放人。

赵德魁听完一下就绷起脸，不出所料，他打起了官腔道："韩老板，孙掌柜，其他都好说，放人这事，是万万不能的！"

第三章　义救侠童

韩啸亭沉住气，微微一笑道："不会吧赵旅长，我觉得这孩子小，那天劫法场就是为了好玩罢了，谁小时候没有个调皮捣蛋的事儿呢？我看，关他几天，吓唬一下就得了，您说呢？"

赵德魁的脑袋摇得像拨浪鼓，连连说道："不行不行不行，这个绝对不行！你们不知道哇，这个案子我们杨督军一直盯得很紧，虽然黑燕子已经伏法，但我们杨督军还是觉得剿贼未尽，应该还有同党余孽。毕竟保一方百姓平安是我们军人的职责，也许这个孩子就是突破口，能查出黑燕子其他的同党！我们督军一向律下严明，如果知道我私自放人，追究下来，我会被军法处置的。"

他说的都是冠冕堂皇的官话，话茬堵得很死，确实让人无法辩争。

孙凤臣想了想，道："赵旅长，您的意思我们都懂，从您的话里，我们能听出您也是个公正无私的人，放人这事确实有点为难您。您看这样行吗？我们出笔钱作为保金，先把这孩子赎回去好好看管，人丢了我负责。您接着查黑燕子的同伙，如果有事需要询问，我亲自送这孩子到警察厅，至于保金多少，您给个数，我拿。"

他这话一出，实际就是在告诉赵德魁，自己想花钱买这孩子一条命。

赵德魁心动了一下，毕竟黑燕子已死，找寻"玉蛤蟆"的事难度很大，也许费半天劲也没有这样来钱快。因此，他语气有些松缓，假作犹豫地说道："这个嘛……嗯…倒也是个办法，不过……"

孙凤臣看他动了心，马上说道："旅长放心，孩子我领回去，肯定好好看管，绝不放出来惹事，如果出了差错，您唯我是问！"

赵德魁想了想，摸了摸胡子尖，道："好！既然今天你和韩老板特意前来，我也不能驳你们的面子，毕竟都是朋友嘛！至于这保金……"

"多少钱，您说个数！"孙凤臣接问道。

赵德魁语气一缓，说道："这件事要是我一人说了算，看在朋友面子上，我一个大子儿不收都行。可你们知道，这里还扯着警察厅那层关系呢，我说可以保释放人，可田厅长那边不放，我也没办法，这还得上下打点，疏通关节……"他看了一眼孙凤臣和韩啸亭，接着说："这样吧，你们准备三千大洋，我就试着求求田厅长，让他放人。"

孙凤臣心里一沉，三千大洋可不是个小数目，但他并没有显出急躁神色，只是微微一笑道："赵旅长，这三千大洋，有点高了吧？"

"是有点高，但我也没辙，这还只是我说的数目，还不知道人家警察厅那边同意不同意呢。"

一旁的韩啸亭笑了笑道："我们都知道赵旅长的苦衷，您能答应放人，已经很够朋友了。说实话，三千大洋确实高了些，可这里边您担的风险也大……"看赵德魁听得连连点头，他又接着说："这样，既然今天我坐在这个桌面上，也说一下我的想法吧。既然保释这孩子的事咱们已经定好了，就奔成着来，保金嘛，赵旅长您看……是不是再压一压？"

"不能再压了，就这样我还担着风险呢，这要让我们杨督军知道了，我肯定挨骂。除非……"赵德魁话锋一转。

"除非什么？您说。"

"除非韩老板屈尊，到我家里来唱次堂会！"

韩啸亭一愣，这个要求让他十分为难，因为不给权贵唱堂会是自己的规矩，为此曾得罪过很多人，但一直保持不变。

赵德魁见韩啸亭犹豫，追问道："怎么样啊韩老板？"

孙凤臣知道韩啸亭这个规矩，也觉得心里不忍，在一旁道："韩老板，要不我们回去凑一下这钱吧，您就……"

韩啸亭手一挥："好！赵旅长，只要您再免一些保金，我答应您，亲自带着韩家班到您这里，给您唱一次堂会！"

他这话一出，一旁的孙凤臣心里猛地一热，感激之情充盈肺腑。韩啸亭作为一个京剧名家，向来孤傲清洁，像这种给达官富贾唱堂会的场子从来不接。今天为了帮助自己，竟然放下身架，委曲求全，着实做得仗义感人。

孙凤臣刚要出言阻止，赵德魁已经兴奋地站了起来，惊喜得双眼放光："韩老板，您说的可是真的？"

韩啸亭淡然一笑，面容洒脱，虽然已经放低身架，但声音依然高挑孤傲："当然！"

"那太好了！"赵德魁喜形于色，"韩老板，这真是天大的荣幸呀！您说吧，哪天？只要您说演，现在我就让他们搭台子！"

韩啸亭救人心切，不想耽搁，以防生变，索性丢了矜持，一笑道："那就明天晚上吧，全本《定军山》，您看行吗赵旅长？"

"好！"赵德魁兴奋地站起来，在屋里来回踱步，一边走一边道："这是大事，我得好好预备一下。戏台子就搭在我的大门口，那儿宽敞。里院我得摆它十来桌酒席，我还要把北京城有头有脸的朋友都请来。”他搓着手，边想边说，最后觉得要准备的事太多了，就大声喊道：“来人！”

“到！”门口的警卫跑进来敬礼道。

赵旅长道：“去，跟你们马营长和方管家说，等客人走后，让他们赶紧过来见我，我有事找他们。”

“是！”警卫敬礼跑出去。

赵德魁转过身，好像又想到了什么，笑着对韩啸亭道：“韩老板，有个事我想跟您商量一下。”

“赵旅长客气了，有事您尽管说。”韩啸亭傲然道。

“您知道，我喜欢京戏，平时也好喊两嗓子，您这回要来我这里演，我想也凑个热闹，扮个角儿，过过瘾。”

韩啸亭听了，无奈至极，但为救孩子只好忍住，面容洒脱地笑着道：“可以。”

赵德魁惊喜万分，问道：“那您说，我演哪个角儿好看呢？”

“这得看您的活儿了。”韩啸亭想了想，正色道：“只要上台不乱就行。我这人有个毛病，平时什么事都能马虎，可到了台上，不管是谁，万事必须精细严谨，身上每根筋都得绷着，一点儿错误都不允许出，咱不能砸了自己的招牌，您说呢？”

赵德魁连连点头：“是是是，要不您是角儿呢，就是细致。您的意思我明白，我一定好好演，绝不给您添乱。”

韩啸亭一笑道：“赵旅长言重了，我是演，您是玩儿，互相衬着点儿就行。”

“对对对！我听您的，只要让我上台，跑龙套都行，能跟韩老板同台演戏，已经够有面子的了。”他侧头对孙凤臣道：“孙掌柜，到时你们一定得来呀，都是朋友，过来喝酒捧场。”

“一定到！”孙凤臣抱拳道。

赵德魁高兴异常，回到桌前，端起酒杯道：“今天高兴，碰到这么一件大喜事，来！咱们接着喝。”

韩啸亭却没有举杯，沉声问道：“赵旅长，那咱们事先说的，那孩子的保金……”

“保金？还保什么金呀！堂会完了，直接放人！”

从赵德魁家里出来，已近黄昏，鼓楼大街上一片秋天傍晚的颓然景色。

破旧的鼓楼在灰蓝天空的映衬下显得更加突兀，一群乌鸦嘶叫着盘旋在楼尖脊顶，使人心生黯然。街上行人稀少，只有几辆人力车匆匆跑过，萧瑟的秋风把地上黄绿相间的落叶和黄土卷扬得四处都是。

三人默默地慢慢走着，低落的心情被这凄凉的深秋景色衬得更加压抑。

孙凤臣回首望了望高大的鼓楼，声音低缓地说道：“嘉庆五年，我曾祖被礼部钦点到京做鼓，我们家这一支也就从陕西举迁而来，后来再也没有回去。现在一算，已经一百多年了。想当年重修这鼓楼时，要做主鼓一面，群鼓二十四面，一时之间，全国技艺顶尖的鼓匠都聚集于此，当时的场景是何等壮观呀！所有鼓匠大师都暗暗较劲，用出平生绝学来做鼓，就怕输给同行。我曾祖就是主鼓的制造者，当时人人钦羡。鼓做完毕，楼修好后，嘉庆皇帝亲自到楼上敲起定更鼓，鼓声一响，那边钟楼的大钟也悠然呼应，‘紧十八，慢十八’，轮返三次，一百零八声鼓声响过，北京城的夜就开始了。也就是那次，嘉庆皇帝亲自为我孙家御书‘中华第一鼓’，现在想起确实荣耀之至。”

他轻轻叹口气，接着道：“庚子年，八国联军进京，把这鼓楼上的鼓都给毁了，当时我父亲身上受了枪伤，正在廊坊养伤，听到这事后，当时就吐血而死。我和皮爷也都在场，我父亲临死之时，嘴里还叨念着‘鼓，鼓’，现在想起依然心里难过。”

韩啸亭点点头道：“是，这鼓其实就是一份荣耀，一份尊严，被毁了，人的精气神儿就没了。”

孙凤臣叹口气，问道：“韩老板，如果有一天，我们中国再像庚子年闹八国联军那样，被外辱侵凌，我们又没有力量阻拦抵御，该当如何？”

韩啸亭微微挺了一下胸，深深吸了口气道：“如果真的有那么一天，家不成家，国不成国，我们能做的，就是拼尽最后的力气去反抗。如果还是没有挽回亡国的势头，那作为中国人，只有一死以明志，这，是人之大义！”

他的话说完，三人又都沉默了。沿后海湖岸向西，不觉中已经走到银锭桥上。扶着桥栏，看到夕阳如血，整个西天被染得像炭红色的绸缎，连绵的西山和层层烟树也被染透，身下的后海水面被秋风吹皱，泛着一片灿金色的粼粼微波。燕京小八景之一的“银锭观山”，在此刻，是这样落寞颓伤。

孙凤臣看了眼韩啸亭，轻声说道：“韩老板，您今天这么做，我们真是感激不尽，我们知道您演戏的规矩，这样委屈您，让我们如何是好呀？”

韩啸亭目光幽远地看着血色夕阳，轻轻说道：“男子汉大丈夫，为人处世，心中要秉存善义，这个‘义’字很重要。那个叫小捡的孩子冒死只身劫法场，说到根本就是‘义’，救他，值！”

第二天傍晚，孙凤臣和皮爷来到赵德魁的家，还没进胡同口，就看到街边停了大大小小二十多辆轿车，车边拉内眷的马篷车更是不计其数，远望去人头攒动，声音喧哗，北京城的达官显贵差不多都来齐了。大门口搭着一个高高的戏棚，灯光通明，巡警和士兵们站在台前维护着秩序。

孙凤臣和皮爷两人到大门接待处交了拜帖，正好遇到警察厅厅长田逢济，他身后跟着吴副官和一个十岁左右的男孩。

见到孙凤臣，田逢济先说了话："哟，孙掌柜，幸会呀！你也来给赵旅长捧场？"

孙凤臣笑着拱手施礼道："是呀，而且今天的主角儿韩老板是我的朋友。田厅长，没想到会遇见您，真是缘分。"

田逢济点点头，回身喊那男孩："子钧，来，见过孙掌柜。"

那孩子长得虎头虎脑，十分漂亮，他瞪着大眼睛，看了眼孙凤臣，鞠躬道："孙掌柜好！"

孙凤臣微微回礼，问田逢济："田厅长，这位公子是……"

"犬子田子钧。"田逢济一脸骄傲地道："今天带他出来看看，见见朋友。"

孙凤臣夸赞道："真是虎父无犬子，田公子长得真是精神。"

田逢济高兴地道："孙掌柜过奖了，走，咱们一起去后台，找找赵旅长，看看他今天扮什么角儿！"

田子钧听了兴奋异常，嚷嚷道："好嘿，我也要去！"

田逢济眼一瞪："你添什么乱！去，跟吴副官台前坐好，等着看戏。"

田子钧一脸失望，悻悻地说："哦，知道啦。"说完跟吴副官就要离去，刚走两步，他突然回头问孙凤臣，"孙掌柜，您那大鼓，什么时候让我瞧一眼？我听我爸说来着，想着就威风！"

孙凤臣一笑："行，只要田公子想看，什么时候都行。"

"好，咱就这么说定了。"田子钧一脸惊喜道："到时我找您玩儿去。"

听到他这样大人似的说话，孙凤臣哈哈大笑："没问题。"

田逢济也不禁莞尔，向孙凤臣说道："这孩子别的没学，跟吴副官他们这帮兵痞出身的巡警学得油腔滑调的，平时骑马打枪的，根本不像十一岁的孩子。我打过他几次，打了也没用，只能任他胡闹了。"

孙凤臣哈哈大笑："田厅长，这孩子一定有出息，不信您看着。我也希望我儿子广文能像他一样，什么场合都不怵，可那孩子让他妈妈惯得太娇气，唉！"

田逢济笑道："每人都有自己的性格，天生的，这种事不能比较。你那孩子也许是另一种心性，好好教导，也会有出息。"

"不提他了。"孙凤臣往后一欠身，让田逢济走在前面，"田厅长，走，咱们后台看看赵旅长和韩老板去。"

临时用草席围搭的后台里，演员们都在有条不紊地准备着。韩啸亭已经扮好，就是髯口没有戴上。他站在一个大立镜前仔细地找身上不合适的地方，漂亮乖巧的韩盈袖手里端着一把紫砂小茶壶，在一旁伺候着父亲。

见孙凤臣、皮爷和田逢济一起走进来，她轻声地告诉父亲道："爸爸，孙伯伯和皮爷来了。"

韩啸亭转头笑道："怎么不早说？啊，田厅长也来啦！"

田逢济笑道："韩老板，好扮相！今天我能看到您的演出，真是三生有幸呀！"

韩啸亭谦虚道："田厅长高抬我了，您能过来捧场，我也十分荣幸啊。"说完纳闷地问道："怎么，您和孙掌柜也认识？"

"当然！"田逢济拿起桌上的令旗道具边看边回答，"庚子年，我们父辈都是一起打过八国联军的，区别就在家父是朝廷领兵的，孙掌柜的父亲是义和团的。"

韩啸亭点头道："原来如此。"

田逢济左右寻找，问道："咦？怎么不见赵旅长？我今天是受他邀请来给他捧场的。"

一提到赵德魁，一旁的韩盈袖"扑哧"笑出声来。

韩啸亭佯作生气地说："盈袖，不许笑。"

田逢济看了眼韩盈袖，问："小姑娘，跟我说说，你在笑啥？"

韩盈袖脸一红，低声道："您说找赵旅长，我就想笑。"

田逢济来了兴趣，问道："说说吧丫头，怎么回事？"

韩盈袖微笑道："赵旅长今天中午第一个就扮好了，好像有点紧张，一直就躲在屋里，谁也不见，这会儿工夫，好几拨人找他，他都不出来。"

"哈哈哈哈哈！"田逢济大笑道："不会吧，战场上大枪大炮见识无数，这一棚子人反而吓着他了，是不是扮相不好看？"

韩啸亭怕自己女儿多说话，赶紧接道："不，赵旅长扮相挺好的，中午我让于师傅亲自给他扮的。他第一次上台，肯定有点不适应，我让他回屋静一静，演出时再出来。"

"今天他演谁？"

"这……"韩啸亭犹豫了一下，道："赵旅长不让说，要保密。"

田逢济很纳闷儿，心里好奇，又觉得不便细问，说道："行，那咱就等着看戏吧。"

孙凤臣走到韩啸亭面前，感情真挚地轻声道："韩老板，辛苦您了。"

韩啸亭微微一笑，道："孙兄，您客气了。待会儿您就踏踏实实看戏，我指定卖力气。”

孙凤臣很感动，点了点头。

戏棚舞台下已经热闹起来，除了前两排坐的赵德魁请来的高官富商外，后排竟然是一帮军官和他们所带的副官和卫兵，全场根本没有戏园子那种乱而不俗的气氛。戏园子里的听客都是戏迷或行家，都有一定的观戏素质。可今天这个场合就不一样了，那帮军官士兵平时肆傲惯了，又都不懂戏，只大声地喧哗笑骂着喝酒等待，有几桌竟然划起拳来。

坐在前排偏右的孙凤臣回头看了一眼，无奈地摇摇头。他知道，这种气氛，对脾气高傲的韩啸亭来说，就是一种侮辱，越是这样，孙凤臣越是觉得心里愧疚。

过了半个时辰，锣鼓点响起，演出正式开始了，戏棚里也一下安静了下来。

有几个喝得醉醺醺的军官站起身寻找，大声喊道：“哪儿呢？没见咱们赵旅长呀！”

“赵旅长，赶紧的吧，我们兄弟等着给您喊好呢！”

“赵旅长，出来嘿！”

锣鼓声中，韩啸亭主演的一出《定军山》开始了。

最先出场的是四个军士，他们都双手握着长刀，鱼贯走入场中，分两对亮相后，左右分开站好。

随后出场的是副将张著，他手托令旗，出场后立在帅台左侧。

锣鼓声缓，手摇羽扇的诸葛亮迈着方步出场，捋髯亮相后回身站到两个桌子搭就的将台上，张著跟着站上，四个持刀军士分列两旁。

诸葛亮念白道：“汉末三分，干戈不宁，领人马，抵挡曹兵，要把乾坤定。巴蜀稳定仗荆襄，联吴拒曹守边疆。一片丹心扶社稷，扭转汉室锦家邦。”顿了顿，接着念道：“山人，诸葛亮。闻听张郃攻打葭萌关，必须派一能将，前去迎敌。来，张著听令。”

张著接道：“在。”

“传令下去：可有能将，去至阆中，替回三将军，大战张郃？”

“得令。”张著走到台中，手摇令旗，念白道：“令出——下面听者：军师有令，可有能将，去至阆中，替回三将军，大战张郃？”

话音刚落，韩啸亭所扮演的老将黄忠在后台高声喊道：“慢——着！”

张著问：“何人阻令？”

“黄忠！”

“随令进帐。”

韩啸亭拖着高昂悠扬的长腔应道：“来呀——也——！”

这一句喊出，台下叫好声轰然四起，气氛热烈起来！

扮相持重硬朗的韩啸亭双手撩着战袍衣摆踱步出场了，在场中捋髯亮相后，向诸葛亮拜道："报，黄忠告进。参见军师。"

诸葛亮道："黄老将军少礼。"

"谢军师。"

"老将军因何阻令？"

"军师！闻听张郃攻打葭萌关，何劳三将军前往。末将不才，带领要马，大战张郃。"

"老将军年迈，岂是那张郃的对手？"

"军师，末将年迈勇，血气贯长虹。斩将如削草，跨马走西东。两膀千斤力，能开铁胎弓。若论交锋事，还算老黄忠。"

诸葛亮羽扇一指："帐下有一铁胎弓，你若开得，就命你前去。"

……

接下来，整座戏台上高潮不断，韩啸亭把个老当益壮的黄忠演得精彩至极。台下的观众也喝彩声不停，那群不懂行的官兵也起哄似的叫好。其中隐约听到一个童音也在跟着喊，那是田逢济的儿子田子钧的声音，只见他兴高采烈地站在一个椅子上，屁股坐着椅背上梁，又是鼓掌又是喝彩。

台上的黄忠拉完弓，暂时下台。诸葛亮又让张著寻找辅助黄忠的副将，这时严颜报名上台，为了显示自己的能力，舞起大刀来。

可这并没能引起台下观众的兴趣，特别是那些官兵已经有些急躁起来，因为他们今天就是为赵德魁捧场来的，等了半天也没见人影，就再也坐不住了。

有的士兵开始寻找，大声地问："赵旅长怎么还没上呀！我他妈的都等急了！"

"就是就是，换赵旅长呗，我们要看赵旅长唱的！"

"这都多半天了，人呢嘿！"

"下去吧嘿！"

大家正在寻找，突然，诸葛亮身后有个持刀静立的军士引起大家的注意，只见他的大刀微微地晃了几下，接着，脑袋也晃了晃，好像是想引起别人的注意。

田子钧小孩眼尖，站在椅子上指着那个晃动的军士大声喊："那儿呢嘿！下场门右首那个拿刀的，不就是赵旅长嘛！"

大家仔细辨认，那个军士果然是赵德魁。

"好！"一个军官站起来大声叫好。

这一下乱了套，所有的军官士兵都一起给赵旅长叫好。

台上其他的演员都愣了，他们演戏无数，但从没见过这阵势。因为自打有京剧以来，全场一起给跑龙套的喊好还是第一次，假如说是给扮演神仙老虎狗那种龙套演员叫个好还情有可原，毕竟人家连番儿跟头翻着呢，可这军士就负责举着大刀立着不动，身上什么活儿都没有，站对位置别走错上下场就行，这样站着能招来满堂彩简直就是不可思议的事情。

赵德魁比叫好的那群人更激动，他暗自佩服自己，首先妆化得很称心，虽然付出了大胡子被剃的代价。其次位置竟然没站错，虽然上台前都不知道先迈哪条腿了。唯一不称心的是，上场半天，竟然没人看到他，他觉得很寂寞，特别想跳到台中央，拉个云手亮个相，哇呀呀喊一嗓子才痛快，可他没敢，因为腿一直在打哆嗦。等戏演开了，他也适应了，又听到台下那帮兄弟大声找自己，忽然想到弟兄已经习惯了自己大胡子的形象，也许是一时没回过闷儿来。后来他越想越对，就再也安分不下来了，便试探地晃晃手里的长刀，轻轻摇摇脑袋，以引起他们的注意。果然，自己终于被发现了，他的虚荣心得到大大的满足，心里想，唱戏确实比他妈带兵打仗好玩多了！

那帮士兵军官一喝彩，前两排的高官富商也待不住了。他们虽然懂戏懂规矩，但毕竟是被赵德魁请来捧场的，见到这样的场面，也纷纷叫起好来。

“赵旅长好扮相！”

“赵旅长亮个相嘿！”

“赵旅长，耍个大刀呗！”

一时间整个戏棚叫好声此起彼伏，而且就数田子钧叫得最欢。

田逢济也没阻拦，只是呵呵笑着回头看着儿子起哄。他喜欢儿子这种豪爽不羁的性格，因为自己小时候也是这样，觉得这样才能有出息。

孙凤臣和皮爷苦笑着看着这场闹剧，心里有种说不出的滋味，无奈和愧疚充盈心间。

终于，一场闹剧乱乱哄哄结束了，所有客人都对军士打扮的赵德魁夸赞一番后离去。

等徒弟们把戏箱装上马车，已经是临近午夜了。

韩啸亭早已卸了妆，搂着睡熟的韩盈袖坐在空荡荡的戏棚边，两眼直直地愣神。

孙凤臣背手站在他的身边，低声不语，他想把心里的感激愧疚向韩啸亭表达出来，但不知该如何开口。

皮爷从赵家管家那里要来一件大衣，轻轻地盖在韩盈袖身上。

韩啸亭点头致谢，低头爱怜地看着熟睡的女儿，把大衣仔细裹掖好。

一脸兴奋的赵德魁仍然穿着那身戏服不舍得脱，他手握着黄忠用的大刀，哈哈笑着走了过来。

“辛苦了韩老板！”他把刀一背，做了个捋髯的架子，“今天我可是演了个全本儿，您看还行吧？”

韩啸亭微笑道：“挺不错，赵旅长架派够足的。”

赵德魁很高兴，把刀往地上一戳：“韩老板过奖了，我这门外功夫，怎么能和您比？还得抽空多向您请教。”

“赵旅长过谦了。”韩啸亭还是一脸不卑不亢的笑容，“您得空再练练，咱们有空再合一出《战太平》。”

赵德魁惊喜万分，道：“好好好，我一定好好学学，这些年带兵打仗都烦了，还是唱戏过瘾。”他看了眼韩啸亭怀里的韩盈袖，说道：“闺女睡着啦，这样吧，我派司机开车，给您送回去吧。”

“不用了赵旅长，我有辆篷车，外边等着呢……”他顿了顿，接着说：“您看方便的话，我们想把那孩子接出来。”

“孩子？”赵旅长一愣，又立刻回过闷儿来，连连说道：“忘了忘了忘了，您瞧我这记性，光他妈美了，忘了您那事了。行！我这就开张条子，你们明天就找田厅长提人，刚才送田厅长时，已经跟他说了。”

孙凤臣、皮爷和韩啸亭就等他这句话呢，当下三人一起道谢。

赵德魁意犹未尽，拉开架门，挥动着长刀，拿腔唱起《珠帘寨》里的一段：

城楼上助你三通鼓，十面旌旗壮壮威严。
哗啦啦打罢了头通鼓，关二爷提刀跨雕鞍。
哗啦啦打罢了二通鼓，人又精神马又欢。
哗啦啦打罢了三通鼓，蔡阳的人头落在马前……

唱到最后，他情不自禁地给自己喊了声：“好嘿！”

从赵德魁家里出来，三人一起坐在韩啸亭的马篷车里。

韩盈袖睡得很熟，呼吸均匀，篷顶昏黄的马灯照射下，她秀美的小脸泛着红晕。

已经过了午夜，车外起了雾，北京城一片黑暗幽静，马蹄踏踏，车轴吱呀，胡同里的狗叫声隐隐传来。

孙凤臣看了一眼韩啸亭，轻声说道：“韩老板，今天太让您为难了，戏棚里那么乱，没几个懂戏的。”

韩啸亭微笑着摇了摇头：“习惯了，从小跟着师父在天津唱过不少这种堂会，不懂戏的人有的是，咱们今天不是已经达到目的了嘛，您说呢？”

“是！”孙凤臣眼睛里跃出一丝喜色，下意识地摸了一下怀里的释放信，道：“救出那孩子，也能对魏五临死之托有个交代了。”

韩啸亭点点头：“我明天上午和你们一起去，我想看看这个讲义气的孩子到底什么模样。”

第二天一早，孙凤臣、皮爷和韩啸亭一起来到京师警察厅，门口的警卫问清来由后，派散哨进去找出吴副官。

吴副官接过孙凤臣递来的信后拆开看了看，道：“我们厅长一早去了天津，临走倒是跟我交代了这事。行！你们等一下，我进去提人。”

孙凤臣连连道谢。

等了约十分钟时间，吴副官领着小捡走出大门。

那孩子脑袋上缠着纱布，头发凌乱，精神却不错，乌黑的大眼睛纯净透亮。

吴副官揽着他的肩膀，带他走到孙凤臣三人面前，对他说：“知道吗？这三位是你的救命恩人，是他们保你出来的，要是没他们，就光劫法场这宗罪，你就够枪毙的！”

小捡看了眼三人，眼光落到孙凤臣身上，抬头问道：“您……您是那天拉来大鼓，给我魏大哥送行的？”

孙凤臣微微点头：“对！是我！”

小捡不再多说话，扑通一声跪在地上，磕了三个头，砰砰有声，嘴里喊道：“恩人在上，受小捡三拜。”

他先磕头，后说话，目的就是怕孙凤臣提前伸臂阻拦。

果然，孙凤臣再低身去拦已经晚了，小捡已经实实在在地磕了三个头。

皮爷和韩啸亭看他如此实在，心里很是欣慰。

孙凤臣扶起他，爱怜地摸了摸他的脑袋，指着韩啸亭道：“真正的救命恩人是韩老板，你应该给他磕头才对。具体他如何尽心救你，我会和你细说的。”

小捡看了眼韩啸亭，又要跪下磕头，被韩啸亭用力拦下。

吴副官一旁道：“行了，赶紧把人带走，这里是厅门重地，不能多待，有什么话回家说去。”

孙凤臣三人连声感谢。

皮爷对小捡说道：“孩子，为了救你，这位吴副官没少帮忙，你赶紧谢谢，谢完咱们就走。”

小捡看了眼吴副官，脖子一梗道：“我不！那天是他用枪托把我打昏的！”

吴副官哧地一乐，道：“小崽子，这事记得还挺清楚。对，那天是我用枪托砸的你，你想怎样？报仇？”

小捡一脸无畏，和吴副官对视数秒，然后也哧地笑了，抬头对吴副官道：“算了！你我无冤无仇，那天你也是在办差，我不记恨你。”他这样小大人似的说话，让所有人都是一愣，暗自佩服他的宽容和豁达。

吴副官听了赞道：“好！像个小老爷们儿！以后有什么事，尽管来找我，我叫吴昌毅，厅长的警卫副官。”

小捡拱手深深作了个揖，说道：“吴大哥，我现在就有事求您。”

吴昌毅一愣，痛快道：“说吧，什么事？”

小捡走到孙凤臣面前，问道：“大叔，您身上带钱了吗？先借我点儿，我有用。”

孙凤臣不知他要干啥，赶紧从衣兜里掏出三块大洋，递给他。

小捡鞠躬拿过，嘴里喊了声：“您几位等我一会儿。”说完跑开了。

不一会儿，只见他怀里抱着一个大草纸包，右手拎着一大坛酒，歪着身子跑回来。

到了四人跟前，他把纸包和酒往吴昌毅怀里一放，说道：“吴大哥，求您件事。这是从‘白柜子’买的十斤闷糟驴肉，这是街口‘福源居’大酒缸打的马驹桥的‘南路烧锅’，您帮我带给跟我同监的花牙子、郭七、薛大屁股、老冯头和辫子刘，跟他们说，出来后到永定门外的海慧寺来找我。他们是我新认识的朋友，您也多照应着点儿。”

听他条理清楚地交代了这些，吴昌毅点头道：“行，知道了。没想到你岁数不大，还挺讲义气。这样好，大了有出息。”

小捡摇头叹道：“吴大哥取笑了，我只是尽朋友的一份心罢了。”

所有人都对这孩子的言行佩服之至，心里都觉得救他出来真的很值。

从警察厅出来，四人坐着韩啸亭的马篷车一路向南，来到了枯草荒凉的陶然亭。

湖西边的乱坟岗，一堆新土埋葬着黑燕子魏五。

站在坟前，小捡看着木板做的墓碑，眼泪突然奔涌而出。他扑通一声跪在坟前，哭着说道：“哥，小捡来看您了！当年要是没有您救我，我就病死了！您黄泉路上一路走好，来生咱们还做兄弟，亲兄弟！”

他猛地把头埋在坟土上，肩头颤动，呜呜地哭起来，声音真挚，最后近乎号啕。

孙凤臣、皮爷和韩啸亭听他哭声悲烈，各自心里也是一阵伤感。

最后，皮爷上前拉起小捡，道：“好了小捡，给魏五爷敬杯酒，烧点钱，咱们就回去吧。”

小捡抽泣着点头，拿过事先买好的烧酒，撒在魏五坟前，又烧了几摞纸钱，然后愣愣地看着纸钱化作灰烟，被秋风卷扬而起，散于空中。

四人默默离开坟岗，来到马篷车前。

小捡转过身，猛地跪在三人面前，磕了三个头，仰头道：“孙大叔，皮爷，韩老板，您三位救命之恩，小捡永生不忘！等我长大了，我一定一一报答！”

韩啸亭扶起小捡，爱怜地看着这个懂事重义的孩子，温声问道：“小捡，你以后怎么打算？”

“我？我继续流浪江湖呗，天南地北到处走。魏大哥说过，江湖很大，也很好玩。”

“难道你不想学点本事，就这么混下去？”

“学本事？我没想过！魏大哥本事大，不也被逮住砍头了吗？”

这个回答，还是显出他幼稚天真的一面。

孙凤臣在一旁说道：“你魏五大哥确实是有本事，可他走了一条不归路。虽然他所偷盗的都是不义之财，可毕竟落了个贼盗的名声，我们不想让你跟他学，只希望你走正道。”

小捡点点头：“你们三位恩人放心，我一定学好的，要不也对不起你们三位的救命之恩。”

韩啸亭想了想，伸手搭在小捡肩膀上，道：“不行你就跟我走吧，我教你唱戏。你这岁数虽然晚了点，但你聪明，肯定会有出息的，文戏不行，做个武生也行。”说完他满眼期待地看着小捡。

小捡没有回答，眼睛看着地，像是在考虑。

孙凤臣三人一起等他的决定。

最后小捡抬起头，看了眼韩啸亭，突然跪了下去，仰头道：“韩老板，谢谢您对我这么好，您的心意我领了，我都记在心里了，可我不能答应您，因为……因为……”

“因为什么？”韩啸亭语气里有些失望地问。

小捡语气坚定地回答：“因为我想跟孙大叔学做鼓！做大鼓！”

他这话一出，孙凤臣三人都是一愣。

孙凤臣欣喜地和皮爷对望一眼，对小捡说：“你先起来，说说，为什么想跟我学做大鼓？”

小捡站起身，正色道：“因为您那鼓声能钻进我的心里。”

“孩子，我还是不明白，你仔细跟我说说。”

小捡看着孙凤臣，道：“孙大叔，不瞒您说，魏大哥被砍头那天，我藏着钢刀挤在人群里，从警察厅开始就跟着囚车走，好几次想跳出去救魏大哥，可都鼓不起勇气，就那么跟着，跟着，一直跟到菜市口法场，越到最后越胆小，心突突跳，手打哆嗦，不停骂自己没用。最后，您那大鼓响起，我突然胆子大了，觉得那鼓声和我的心跳连到了一起，让我浑身上下的血也流快了。最后那通鼓响起时，我不知哪儿来的那么大劲儿，就觉得自己跟喝了酒似的，想都没想就杀了出去！那一刻，我就觉得这鼓和我合成了一个人，催着我赶着我，让我连死都不怕了！”

听他这么一说，孙凤臣激动万分，他看了眼皮爷和韩啸亭，轻轻说道：“皮爷，韩老板，您二位看到没？这就是缘分，缘分啊！”

皮爷点头道：“嗯，他能这样想简直太好了。心直声必正，这孩子只要好好学，做出的鼓肯定是最棒的。”

“对！”孙凤臣语气激动地道：“做鼓，就是要付出自己的全部，要和鼓合二为一，这徒弟，我收定了！”

小捡是个聪明的孩子，他立刻跪倒在地，向孙凤臣磕了三个头，喊道：“师父在上，徒弟小捡给您磕头了！”

孙凤臣赶紧扶起他，眼中满是喜悦，嘴里不停地道：“好！好！好！”

韩啸亭一旁道：“恭喜孙兄呀，收了这么一个好徒弟。”

孙凤臣连连点头，摸着小捡的头道：“好孩子，我一定把你培养成最棒的鼓师。既然要跟我走，那就再给韩老板磕个头，跟我回家吧。”

小捡点头，犹豫了一下，道：“孙大叔，我还想回一下我的住处，那里有魏大哥送我的东西，特别重要的东西。”

“好，我们陪你去取，你住哪里？”

“永定门外海慧寺。”

“好！咱们这就过去。”

四人上了韩啸亭的马车，出了右安门，沿着城墙下护城河边的老道一路向东，到了破败的永定门城楼下，又折而向南，沿那条出京的老官道直奔五里外的海慧寺行去。

永定门外，一路上的风景已含秋意，路边大片大片的玉米地和稻田黄绿层间，远处低矮的村落里，几棵叶子落尽的柿子树挂满黄澄澄的柿子。老官道边枯草疯长，野坟点点，官道西侧高高的燕墩御碑台显得突兀苍凉。

几人聊着天，听着小捡说着魏五救他性命的往事，不由得唏嘘感叹。车轮吱呀声中，忽然一股若有若无的清香飘来，沁人心肺。

韩啸亭撩开马车的望帘向外张望，嘴里轻轻说道：“好香，是桂花香味。”

孙凤臣一旁说道：“对，就是桂花香，你们看，那里有一大片呢。”

韩啸亭微微笑道："快中秋了，八月桂花香嘛，蟾宫里的吴刚也要取花酿酒了，咱们看看去。"

车停在官道旁的一片桂花林前，香味更加浓郁了，满树黄花灿烂，远望如烟，一片繁盛。

韩啸亭深深吸了一下蕴含微香的空气，道："此花喜温，多生于南方，能在北方看到如此大片茂盛的桂花实属不易啊。"

孙凤臣点头道："是！浓而不烈，余香不绝，桂花也叫木樨，所以这里人管这片园子叫作木樨园。"

韩啸亭点点头，背着手轻轻吟道：

月待圆时花正好，
花将残后月还亏，
须知天上人间物，
同禀清秋在一时。

小捡瞪着明亮的大眼睛，听着他们吟诗赞景，不由得羡慕异常。

几人又流连了一阵，上车来到不远处的海慧寺。

这个寺庙已经破败，寺前的两棵古槐已经枯死，往南可以望到倒塌破败的北大红门城楼。寺门前的枯古井边，几个孩子在趴着玩耍。

几人跟着小捡进了寺门，走到堆满柴草的南配殿里，一尊罗汉像的座台下，就是小捡住的地方。

小捡跳上座台，歪身从罗汉身后摸出一个长长的麻布包裹，然后跳下来，把包裹轻轻打开，几人低头一看，里边包的是一把牛皮鞘钢刀。

小捡把刀一横，说道："这就是魏大哥送我的钢刀。"

皮爷习武出身，当年在义和团杀洋鬼子时用的就是大刀，人称"皮阎王"，所以他对大刀有一种发自内心的喜爱。他上前接过钢刀，抚摸了一下黑牛皮做的刀鞘，然后慢慢地抽出钢刀，刀身刚露，一股寒气就直扑虎口。他一愣，轻轻地把整把刀抽出，所有人见后都微微撤步，看着这把泛着阴蓝光芒的雪亮钢刀。

"好刀！"皮爷大声赞道。

他用力挥舞了几下，劲风旋起，又用大拇指试了试刃口，连声赞道："好刀！好刃口！"

小捡也很得意，眼睛放着光，他说道："这是魏大哥送给我的，但没教我刀法。劫法场那天，我本来想拿着它去的，但又怕劫不下，我死了倒没啥，这把刀要是再被缴了去，我就太对不起魏大哥了。"

皮爷点点头，突然拿起钢刀在自己胳膊上一抹，刀锋过后，皮爷的胳膊很快渗出血来。

大家一愣，不知皮爷为何要自残。只见皮爷在鞋底抹去刀上鲜血，低声喊道：“见血收刀！”然后把刀收回鞘内，交还小捡，接着轻轻说道：“这把钢刀煞气太重，有股阴凉气，必须心正刚直之人才能镇住！而且这种刀只要出鞘，必须饮血才能收刀，这是规矩，我不能破。孩子，你想学刀法吗？”

“想呀！”小捡一脸兴奋。

“那我教你，可是你得能吃苦，而且你还要学习做人，做个耿直正气之人，那样才能镇住此刀。”

小捡点头道：“您放心，我一定学好的！”

皮爷肯定地点点头，道：“好！那我一定教你。”

小捡把刀背到身后，跪下给皮爷磕头，皮爷也不阻拦。孙凤臣和韩啸亭都知道，这跟拜师大礼没什么区别。

孙凤臣心里也替小捡高兴，他知道皮爷武功高超，尤其是刀法最为精绝。但义和团事败后，他意志消沉了，只在自己鼓坊里勤勤恳恳地硝皮制革，平时根本不露身手，更别说收徒了。

礼毕后，几人走出海慧寺。孙凤臣让皮爷到旁边的海户屯村里雇了一辆马车，三人一起和韩啸亭告别后，坐上车一路往南，由南顶村折向东，经双庙、小红门、牌坊村，沿着破败的南海子皇苑海墙下的土道，回到位于北京南郊大羊坊角门外的孙记鼓坊。

第四章　鼓坊秋月

京城东南左安门外的大羊坊村，孙凤臣的制鼓作坊就坐落在那里。

这里是清朝南海子皇苑的东北角，以前是皇苑的一个角门，所住的居民大都是以前在海子里劳作护苑的海户，几代人繁衍生息，人口也逐渐增加兴旺，慢慢形成了一个很大的村落。而专供皇帝秋天狩猎的南海子禁苑，已经在庚子年后被朝廷拍卖，所得银两用来偿还战败后给八国联军的战争欠款。一时间，京城里的高官富贾纷纷前来圈地，不到一年就盖起数以百计的私人庄园，合称“亦庄”。再后来二十余年间，随着清朝灭亡民国兴立，慢慢地，海子里的树木被砍伐殆尽，海墙也被扒除取砖，二者都做了盖房修院的材料，大羊坊角门也只剩下一个孤零的破门楼。

孙凤臣的鼓坊很容易找到，因为还没进村口，就能听到“砰砰、咚咚”或闷或脆的试鼓声。

鼓坊分前后院，有十多间屋子，一进门，宽阔敞亮的前院里满当当地摆放着半成品的鼓坯，有的已经蒙好牛皮鼓面，绷着勒棍，随晒随紧。

东边五间棚房里摆满制好的成品鼓，各个均匀精美，泛黄的鼓面和鲜艳的红色鼓身对比强烈，让人看了心生喜庆之感。

西边的五间屋子各分其工，木工坊负责切割楦刨鼓身和鼓槌所用的木料，铁工坊负责钉制鼓沿上的铆钉和鼓身上所用的吊环鼓胆，漆工坊负责刷鼓身上的红漆和绘制客户预订的花纹或图案。

后院是木料和皮料仓库，皮工坊也设在这里，主要负责泡柔和切割剪裁牛皮，这里由皮爷一人负责。

在鼓坊的房后，是一个三十余亩的牛场，有牛棚、草料棚和池塘，里边养了四十多头南方运来的水牛和本地黄牛，因为做鼓的皮料必须是现剥的血皮。

整个鼓坊的人都是忙碌的，他们各分其工，井然有序，每天都有装好车的大鼓运往全国各地。

下了车，皮爷留下付钱，孙凤臣带着小捡进了门，他没有直接去后宅，而是先去各个工棚转转，几天没回来，他得先处理一下鼓坊的事务。

他在前院查看了绷鼓晒鼓的程度，毕竟鼓声的好坏除了取决于鼓身的材质以外，绷鼓时所有勒棍的力量是否平均也是重要的一点。

秋日的烈阳照射着院里那十多个绷好皮的大鼓，这是甘肃一个商人定的。每年冬天是售鼓的旺季，因为过年时的祭拜欢庆场合很多，鼓当然是主角。

孙凤臣手里拿着一根乌黑圆润的鼓槌，一丝不苟地敲着绷好的鼓皮，有时用力打一下，然后静止不动听着泛音。有时把耳朵贴在鼓皮上面“砰砰砰”地连续敲击，鼓槌所打部位也不固定，最后直起身，吩咐伙计再主要紧哪个勒棍。

小捡一脸好奇地看着眼前的一切，身边鲜红的一堆成品鼓，把他的小脸映得通红。

孙凤臣认真地查看了一遍，最后把已经绷晒合适的鼓一一点出，吩咐伙计：“这几个没问题了，可以翻过来绷那一面了。”

他把鼓槌别到腰间，又带着小捡来到木工坊。进了工棚，他背着手到处观看，摸了摸木料的湿度，领头师傅走过来道：“掌柜的，这拨料偏湿，三年了，还是没彻底风干，就算做完了送到天津也干不透，已经晒了好些日子了。”

孙凤臣点点头，道：“那就把这批鼓送甘肃那边吧，路远，那边也干燥，到了那里干得也差不多了。天津的这批货，先开前年拉来的那棵方子吧，我还是那句话，咱们是在做鼓，不是箍木桶，不能凑合。”

领头师傅连连点头。

接着他走进漆工坊，这里边就安静了很多，空气里飘散着浓重的油漆味道。看到工人们都在聚精会神地工作，有的在抹灰腻，有的在刷底漆，有的在往黑漆鼓上画描金的福兽图。孙凤臣没有出言打扰，只是拿起一根竹棍，伸进红漆里蘸了蘸，然后举在半空，观察着油漆的黏稠程度。领头师傅走过来刚要说话，孙凤臣伸手制止，示意不用说话，然后轻步走出工棚，小捡流连地紧看了几眼，赶紧跟出去。

还没走到铁工坊，铁工坊的领头师傅已经迎上来，手里拿着鼓胆，说道：“掌柜的，这批鼓胆的刚性差点儿，我怕毁了声音。昨天他们来送货，我看了看，没敢收下，要了这个样品给您。后来只收了圆钉二百斤、六棱钉一百斤，普通的吊环收了二百对，够甘肃那批活用的了。白铜兽头吞口吊环，我收了八十对，苏州那批活的就都出来了。”

孙凤臣仔细地听着，微微点头，手里轻轻地试着鼓胆的弹性，最后说道：“行，我都知道了。这鼓胆的好坏弹性很重要，别看就这么简单的一根簧，鼓腔里的共鸣就靠它了，咱不能凑合！这事你办得对，回头我再跟他们掌柜的说说这事，不行咱们到天津外国洋行买钢材让他们加工。洋人的钢虽然贵，但质量是真的不错。当年老爷子和八国联军打仗时缴获过他们的军鼓，当时就夸赞洋人绷在鼓面上的共振弹簧钢口好。”

他还要说些什么，妻子王秋棠已经迎了出来。她身材微胖，皮肤白皙，一双杏眼显得特别精神。

看了眼小捡，她问丈夫：“广文爸，这孩子是新招的小工吗？怎么背了这么一把大刀？”

孙凤臣摇头回答：“不是，这是我新认的小徒弟，叫小捡。来，小捡。”他用手一指自己的妻子，冲小捡道：“见过你师娘。”

小捡立刻跪下磕头，道：“师娘在上，小捡给您磕头了。”

一头雾水的王秋棠赶紧拉起小捡，问丈夫：“徒弟？这哪儿认的徒弟呀？”

孙凤臣道：“你先别问了，我先忙，你先带小捡去后院，给他换身衣服，再把广文的房子腾一下，以后让他们哥儿俩住一起。”

王秋棠还糊涂着，又打量了一下脏兮兮的小捡，眉头皱了皱，但又不敢跟丈夫多说话，冲小捡说了声：“那跟我来吧。”边说边带着小捡回了后院。

后宅里，孙广文正在和两个岁数相当的女孩一起打枣。

他和一个身材高挑些的女孩拿着篮子在树下捡，另一个身材匀称的女孩骑在高高的枝丫上，手里拿着一根竹竿仰头用力挥打着枣枝，红红的大枣不停地落在地上，滚得到处都是。

树下那个女孩长相甜美文静，一边捡一边仰头喊道：“姐，够了够了，你看着点儿，别摔下来。”

“没事儿！”树上的女孩不在乎地说道：“玉灵，你赶紧捡，这还多着呢！”

孙广文已经捡了半篮子，对玉灵道：“人都上去了，你就让她踏踏实实打够了吧。”说完仰头对树上的女孩喊道：“玉瑛，你就住上边吧，我和玉灵负责给你送吃的喝的。”

树上的玉瑛摘下一颗大枣用力掷向孙广文，嚷道：“你等着广文，等我下去有你好看！”

孙广文躲开掷来的大枣，跟着哈腰捡起，放在嘴里咬了一口，大声道：“真甜！真甜！”

玉灵一旁呵呵笑着，脸上露出两个漂亮的酒窝。

树上的玉瑛气坏了，见王秋棠走进院里，赶忙告状道：“婶儿，您看看您家广文，一个男子汉，胆子却小得可怜，自己不敢上树不说，求我上来后，他还在下边气人。”

王秋棠一直溺惯儿子，当下仰头回护道：“行了玉瑛，你又不是不知道，我们广文自来就身体弱，从小到大没摔过碰过，你跟皮爷学着武术，登梯爬高还叫事儿？你就让着他点儿吧！”

玉瑛笑道：“行，那怎么不行。我那是跟他逗着玩呢。”她一指小捡，问：“婶儿，他是谁？”

王秋棠看了眼小捡：“他是你叔叔新收的徒弟。”

“徒弟？不可能！我孙叔没徒弟，就算教，也得教广文。”

王秋棠看了眼儿子，笑道：“不行，我们广文不能学做鼓，又脏又累的，天天还得跟臭皮子打交道。他呀，得好好跟你爸爸学读书，长大了考秀才，考举人，当大官。”

孙广文一旁道：“妈，您懂什么？现在都民国了，哪儿还有秀才举人呀？现在都是中学、大学。”

“大学？那也得大了再学吧？你呀，好好跟顾先生学东西是正事。”

孙广文眼睛一亮，道：“我想跟顾先生学法术，那天他给我们演来着，手一指，能让水缸飞到半空。”

王秋棠知道玉瑛和玉灵姐俩的父亲顾秉轩会一些法术，因为她听丈夫孙凤臣和皮爷聊天时提起过，说顾秉轩年轻时是义和团的军师，能呼风唤雨，撒豆成兵，只要念句咒语，大活人都不怕洋人的火枪子弹。但这只是听说，她也不怎么信，就知道顾秉轩博学多才，把自己儿子的学业教授得很好。

她真怕儿子跟顾秉轩学那些奇门五行的法术，赶紧道：“那是顾先生哄你们玩呢，那么大的水缸怎么能飞起来呢？你呀，还是踏踏实实学文章吧，这么点儿孩子，别瞎想。”

树上的玉瑛哈哈笑着，道：“看见了吧，挨说了吧，我爸爸会的那些法术不会教给别人的，你呀，就甭想了。”

说完她摘了手边一颗大红枣，扔向小捡，喊了声：“那小孩，接着！”

小捡应声一抬手接到，笑着说：“谢谢！”但他没好意思吃，只是看了一眼。

身边的玉灵从篮子里抓起一把大枣递给他，道：“小哥哥，吃吧，又甜又脆的马牙枣，这都给你。”

她微笑着看着小捡，眼光清澈。

小捡也笑着看着她，心里一暖，轻轻地点头致谢。

一旁的孙广文突然对王秋棠说道：“妈，我想起他是谁了，他就是那天劫法场的那个孩子。”

王秋棠一脸诧异，赶忙搂过儿子，回头问小捡：“你……真的劫过法场？”

小捡点点头。

王秋棠有些惊惶，嘴里叨唠着：“这怎么行？这怎么行？我得赶紧跟你爸说去，这可不是闹着玩儿的。”

说完她拉着孙广文就走，边走边对小捡道："你先在这里等会儿，听见没？"

小捡捧着大枣，点点头。他自幼流浪，见过太多世间炎凉冷暖，对别人的冷落和鄙视已经见惯了，所以并没有在意。

树上的玉瑛从小就是男孩脾气，就喜欢听这种新奇的事，听到小捡竟然劫过法场，赶忙从树上跳下，跑到小捡身前，一脸惊奇地问："你真劫过法场？"

小捡点点头。

"太神了你！"玉瑛漂亮的大眼睛里充满敬佩的光芒，"快说说，快说说，怎么劫的？"

小捡心里一阵难受，突然想起那天劫法场时魏五向自己大喊的样子。

玉瑛看他眼露悲哀，问："怎么了你？难道没劫成？"

小捡嘴一抿，轻轻点点头。

玉瑛的好奇心减了些，叹口气，觉得有点失落。

一旁的玉灵轻声安慰小捡道："没事的小哥哥，只要敢劫就是好汉！"

小捡心头一暖，向玉灵笑了笑。

玉瑛一旁附和道："我妹说的对，只要敢劫就是好汉！我叫玉瑛，这是我妹妹玉灵，你叫什么？"

小捡大方地一抱拳道："我叫小捡。"

"小捡？好怪的名字。"玉瑛低声嘟囔了一句，眼睛又被小捡身后背的那把牛皮鞘钢刀吸引，问道："你这把大刀真神气，谁的？"

小捡回答："我魏大哥的，送给我了。"

玉瑛自幼和皮爷学习武术，对刀枪一类的东西自来感兴趣，马上问道："我能看看吗？"

小捡犹豫了一下，点点头，叮嘱道："这刀锋利，小心别伤到。"

玉瑛一脸不在乎的表情："没事的，我又不是没耍过大刀。"

小捡把手里的大枣放进玉灵的筐里，从背后摘下钢刀，双手递给玉瑛，叮嘱道："小心。"

玉瑛双手接过刀，立刻觉得双臂一沉，低声道："妈呀，好沉。"

她用左臂夹着牛皮鞘，右手轻轻伸展拔出刀身，寒光乍现，不由得道："这刀刃好冷。"

哧苍——她把整把刀都拔了出来。

顿时，刀身阴蓝锃亮的光芒直逼双目，一旁的玉灵下意识地后退，道："姐，小心点儿，这刀好吓人！"

玉瑛一脸不在乎，把牛皮鞘扔到枣筐里，双手擎刀，问小捡："小捡，你会耍它吗？"

“不会。”小捡摇摇头。

玉瑛脸露得意，道：“看我给你耍一套刀法。”说完拉了个起手式，接着像模像样地舞起刀来。

玉灵在一旁拍手叫好。

小捡往后退了一步，看着玉瑛一招一式地舞刀，心里很是羡慕。

皮爷还没有教玉瑛刀法，只教了她两套长拳，玉瑛只是在模仿皮爷舞刀时的架势和动作，到最后其实都是想当然地胡乱挥舞。她胳膊虽然有些力气，但那刀特别沉，渐渐地舞得就有些吃力了。她本来性格就要强，又架不住妹妹在一旁叫好和小捡看着，一直强撑着舞动着，到最后动作越来越吃力，脸上也沁出了汗。

突然，一件意想不到的事情发生了！

就在玉瑛返身舞“抬头望月”一招时，手腕猛地一软，那大刀突然离开她的手掼了出去，大刀脱手后带着风声，斜斜地直向玉灵飞去！

“呀！”玉瑛失声叫了一声。

那大刀眼看就要飞到玉灵的小腹前。

一旁的小捡早就看出玉瑛舞得没了力气，心里早就防着她失手，见钢刀突然脱手直飞向玉灵，他大叫一声：“小心！”跟着闪身挡在玉灵身前！

哧！钢刀猛地砍在他的右腕上，之后落地。

小捡的衣袖顿时被割破，殷红的鲜血汩汩地流出。

玉瑛的脸已经吓得煞白，立在当地不能动弹。

小捡用手捂住手腕，脸露痛苦的表情，血越流越多，从手指缝里渗出来滴到地上。

玉灵也吓坏了，她凑上前，语气惊慌地急道：“啊！这怎么办？怎么办？”

小捡咬着牙，眉头痛苦地皱着，说道：“没事，别怕，快去叫孙师父和皮爷，让他们找些药。”

玉灵已经急得眼泪闪烁，连忙慌乱地往前院跑去，去叫孙凤臣和皮爷。

玉瑛也回过神来，喊了声：“我去叫我爸！你等着！”说完急急地跑了出去。

不一会儿，孙凤臣和皮爷匆匆赶来，王秋棠也带着孙广文跟着跑来，嘴里不停叨唠着：“你说这可怎么好！你说这可怎么好！”

看到小捡的双手已经被血染透，孙凤臣赶忙吩咐皮爷：“皮爷，快！去木工坊拿止血白药！”

皮爷看了一眼小捡，点头又跑向前院。

木工坊的工人平时工作离不开斧锯刨凿，失手流血是常有的事，所以止血白药在柜子里常备着，不一会儿工夫，皮爷已经拿着药跑了回来。

孙凤臣扶着小捡坐在枣树下的凳子上，撩起被血染透的袖子观看伤口。只见小捡的手腕上侧已经被割出一条三寸长的大口子，深也得有半寸。

随后跑来的玉灵不忍观看，呜呜地哭着。

皮爷把白药的瓶盖拔开，把药粉撒在小捡的伤口上，说道："不要紧，伤得不深。"

孙凤臣问道："小捡，怎么回事？"

小捡疼得直冒汗，嘶嘶地倒吸着凉气："是我不小心，耍刀时砍到自己了。"

玉灵在一旁哭道："不是小捡哥，是我姐，是我姐，她非要耍小捡哥的大刀，结果没攥住，脱手了，小捡哥为了救我，才被砍到的。"

孙凤臣点点头，把钢刀交给皮爷。

皮爷擦去刀上的鲜血，低喊一声："见血收刀！"接着把刀插回牛皮鞘里。

那白药的止血效果特别好，撒上之后，伤口里的血慢慢地不流了。

皮爷把钢刀捧在手里，轻声说道："但凡是好刀，都有灵性，也就是一股气。我听老辈人说，如果有强敌临近，有灵性的刀自己就会从刀鞘里往出跳，告诉主人有了危险。而且人正刀正，人邪刀凶，小捡这把刀，一摸就知道，杀过不下一百个人。因为这刀有股凉气，阴凉阴凉的，假如持刀之人是个坏人，这刀就时时刻刻想出鞘见血。反之，如果所持之人是个正直的人，这刀甚至还有辟邪驱鬼的作用。"

玉灵在一旁问："皮爷，刚才是我姐姐拿着这刀才砍到小捡哥的，那我姐姐就是坏人了呗？"

"哈哈！"躲在妈妈身后的孙广文笑了出来。

孙凤臣回头瞪了儿子一眼。

皮爷也笑了："不不不，玉灵，你姐姐不是坏人，只是不会刀法，身体羸弱，镇不住这刀，所以这刀才欺生的。就像我拉着一只凶恶的老虎，我的话它当然听，但非要让你牵着，你肯定牵不住，它肯定会挣脱绳子伤了你或者别人。"

玉灵聪明伶俐，一下就懂了，接着道："那您先把这刀收藏好，等小捡哥长大了，这刀听他的话了，再给他吧。"

皮爷点点头道："嗯，这样也行。"他回头看了一眼小捡，问道："小捡，你看呢？"

小捡托着手，脸色有点苍白，语气执拗地说："不！我要随身带着它，我不信我镇不住它！"

皮爷赞许地点点头，夸道："好孩子！就冲你这句话，这刀就怕了你三分，我一定教你刀法，让这刀惩恶扬善，与人同正。"

孙凤臣在一旁点头道："皮爷说得对！所有事物都有这个规律，我们做鼓也一样，人正，所做之鼓的声音自然浩荡雄浑，人若势利，哪怕他用最好的皮子、最好的木料，做出来的鼓声也是轻浮不实。”

小捡若有所思地点点头，把孙凤臣的话记在了心里。

玉瑛领着父亲顾秉轩和母亲齐兰翠匆匆赶来，三人一脸着急。

顾秉轩中等身材，四十多岁年纪，面目清朗，留着长须，穿着打扮就是一个普通的私塾先生。但谁也不会想到，二十余年前，年纪轻轻的他，竟会是义和团里叱咤风云人见人敬的东路总军师。

他跑到小捡跟前，低头看了看伤势，关切地问：“孩子，没事吧？”

孙凤臣一旁道：“小捡，这是玉灵和玉瑛的爸爸，你叫顾伯伯。”

小捡笑着对顾秉轩道：“顾伯伯，我没事，伤得不重。”

齐兰翠也蹲到小捡面前，眼露慈悯，感激道：“孩子，谢谢你了，要不是你，我家玉灵就危险了。”

小捡微笑摇头。

玉瑛眼睛已经哭肿，上前道歉道：“小捡哥，是我不对，我不应该瞎动你的刀，害得你受伤。”

小捡微笑道：“没事的，玉瑛，你舞的刀法真的很好！”

玉瑛眼泪又流下来，哽咽着摇头。

玉灵不知什么时候取来棉布，凑过来给小捡仔细包扎着胳膊，她的眼睛也是哭得红肿不堪，让人看了心生疼爱。只见她低着头，手指纤细灵巧，手法轻灵，几下就把小捡的伤口包扎好了。

小捡站起身，把钢刀又背在身上，笑着对几个长辈一一致谢：“师父，皮爷，顾伯伯，师娘，顾大妈，我没事，你们别担心了。我五岁那年要饭时，整条左腿都差点被野狗撕掉，这不也好好的吗？这伤不叫事儿！”

孙凤臣点头道：“嗯，没事就行。”说完回头对妻子王秋棠道：“秋棠，赶紧给小捡找身衣服，再把屋子归置出来，让小捡躺下养伤。”

王秋棠一脸不情愿，低声道：“广文的衣服都是好料子的，真没有合适他穿的。再说，伤成这样，咱们鼓坊这么忙，谁伺候啊？要是半夜疼得乱叫，吵到广文咋办？”

孙凤臣听了很生气，怒气冲冲地喝道：“哪儿那些没用的话？赶紧去！”

王秋棠犹豫着，又不敢跟丈夫还嘴。

小捡看出师母的不情愿，立刻大度地说：“师父，不用麻烦师母了，您给我找个马棚仓库住下就行。我睡觉爱折腾，一人也睡惯了。”

王秋棠赶忙应茬儿：“对对对！凤臣，西院那个小磨房不是空着呢吗？我让工人归置一下，这孩子住那里就行。”

还没等孙凤臣发火，顾秉轩开言说道：“算了，这都快八月十五了，今年天凉得也早，不如这样，就让小捡住我那里。他是因为救玉灵受的伤，也应该我们照顾。”

玉灵一旁道：“好好，让小捡哥住我家。”

玉瑛也道：“对，我家有的是地儿！”

孙凤臣拿自己妻子没办法，也不能当面斥责，当下点头道：“好吧，先住顾先生那里也行，我给他收拾间房子，等伤好了再搬出来。”

小捡还有些不好意思，齐兰翠已经笑着搂着他道：“走，孩子，回家。”

玉灵、玉瑛和妈妈一起带着小捡回家了。孙凤臣又把小捡劫法场的事情和如何营救他都告诉了顾秉轩。

顾秉轩听完点点头，感叹道：“这确实是个好孩子，既然把他救回来，我们一定要好好地教导他，让他读书识字，诚实磊落地做人，我和兰翠也会把他当亲生儿子对待的。”

孙凤臣听到“儿子”两个字，下意识地看了眼自己的儿子孙广文，见他正在和母亲王秋棠一起收拾地上的大枣，一边捡一边吃着，不禁轻轻叹了口气。

接下来的日子，小捡感受到了从未有过的人间亲情和温暖。他住在顾秉轩家养伤，顾家所有人都对他关怀得无微不至。

顾秉轩是个洒脱不羁的人，表面文质彬彬的样子下却有着宽广豁达的心怀。举止言谈间，能感受到他当年快意江湖时候的样子。他不仅博学多才，而且一些理论和见解都特别独到大气，养伤期间，小捡最爱做的事，就是听顾秉轩、孙凤臣和皮爷聊天。

他们的话题里，有政事评点看法，也有一些江湖上的恩怨往事和新奇传闻，让小捡听得如痴如狂，津津有味。也通过这些话题，他幼小的眼界心胸拓宽了很多，以前魏五嘴里常常提到的“大丈夫”也投映到顾秉轩、孙凤臣和皮爷身上。

顾秉轩的妻子齐兰翠是个贤惠温柔的女人，她让小捡感受到母亲一样的关怀，小捡身上穿的新衣服和平日所吃所喝都是她精心打理的。她只有玉瑛和玉灵两个女儿，一直盼着有个儿子，小捡又懂事伶俐，所以在心里，她已经把小捡当作儿子看待了。

玉瑛和玉灵姐妹俩更是喜欢这个住到自己家的新客人，天天围着小捡，让他讲在京城里乞讨时遇到的好玩的事情。小捡是个随和的孩子，说话讲故事的时候也幽默风趣，常引得玉瑛玉灵姐俩哈哈大笑。这姐俩虽然性格不同，一个直爽外向，一个温良内向，但都和小捡相处融洽。

手伤稍微好些后，小捡也回到孙凤臣的鼓坊里居住，他和皮爷住在一个院子，平时帮着鼓坊干些力所能及的活。他生性耿直洒脱，慢慢地和鼓坊里的所有师傅和伙计打成一片，被他们当作小兄弟看待。

孙凤臣和皮爷也越来越喜欢这个孩子了，商量着等他手伤好了以后，慢慢地教他做鼓的手艺和武术的基本功。

转眼间，中秋节到了。

按老规矩，每到这个时节，孙凤臣一定会摆上几大桌酒席，和鼓坊那些伙计一起喝酒赏月。因为过了中秋，各地为迎接年关订鼓的活就多了，而且天也逐渐变冷，工坊里都是木料油漆皮料，为了防止火灾，所以不能大肆生火取暖，工人的工作有些艰辛，所以要借中秋这个大节日，犒劳一下所有工人，为年底这轮忙碌的工期鼓鼓劲。

而到了中秋，鼓坊所在的北京南郊也进入最美的季节。

这时候，空气是干净的，风是飒爽的，天空总是那么清澈而高远。每天都有成群的鸦雁齐声叫着越过头顶往南方飞去。这时节，西山也看得特别清晰，每天日落时，东方的天空都是浅浅的墨蓝，西方的天空却是晚霞一片橙红耀眼，那连绵于烟树之间黑龙一样的山脉剪影，镶着红边，起伏着，是能远眺到的最美的景色。

鼓坊旁边，是成片的果园和花圃稻田，各种鲜美的果实都挂满树枝藤蔓，等着人来摘取品尝。挂着白霜的葡萄，红灯笼似的柿子，饱满的小白梨，泛着香气的海棠、苹果和石榴，甜脆诱人的大枣，还有那成片深红喜人的鸡冠花，黄缎丝绦一样的菊花。种种美丽的颜色混着风中潜蕴的花香和稻香，让人迷醉。

多么美的北京秋天啊！

中秋节当天，鼓坊里热闹非凡。大人们说笑着，孩子穿梭奔跑着，享受这秋收的喜悦和忙碌前的狂欢。

每个桌上都摆满了丰盛的酒饭和水果。冒着油光的月饼也在盘里摞了好几层，一盆盆冒着热气、肉香扑鼻的牛肉摆在各个桌子中央，好几十坛从马驹桥拉来的烧锅美酒摆在桌下。那时北京城的烧锅酒分东西南北四路，东路是顺义牛栏山和通县西集，西路是海淀汤泉镇画眉山边的黑龙潭，北路是安定门外的立水桥，南路是采育和马驹桥，最有名的还是这马驹桥的“南路烧锅”，酒劲冲，醇香清冽，喝着烧心烫肠子的那种过瘾。

鼓匠的孩子们也像过年一样欢实自在，他们吃着皮爷架锅炒熟的良乡大栗子，跟着“孩子王”小捡到处跑，院子里不时传来玉瑛爽朗的喊声和玉灵欢快的笑声。

给孙凤臣照顾城里老宅的翟老头夫妇也特意赶来庆祝，他们从城里给孩子们买了漂亮的兔爷。这些兔爷大小不一，漂亮而神气，肩头插着旗，穿着红袍，下边是翠绿的莲座或黄色逼真的老虎，脸上抹着圆圆的腮红，小三瓣嘴也是拿红线画的，逼真可人。

一辆马篷车停在鼓坊门前，身形利落的韩啸亭下了车，身后跟着女儿韩盈袖，他们手里提着大拜盒，笑着走进大院。

孙凤臣和皮爷赶紧迎了上去。

韩啸亭笑道："孙兄，皮爷，过节好哇！"

孙凤臣还礼道："贵客呀！没想到韩老板大老远地光临寒舍，真是荣幸。"

韩啸亭笑道："哪里，这不是过节了嘛，带着我女儿盈袖过来转转，顺便看看小捡那孩子。"他回身招呼女儿，"盈袖，来，见过你孙伯伯和皮爷。"

漂亮的韩盈袖脸一红，施礼道："孙伯伯好，皮爷好。"

"好闺女！"孙凤臣高兴地答应，转头跟皮爷道："皮爷，您去把小捡叫来拜见韩老板。"

皮爷到后院叫来小捡。他身后跟着广文、玉瑛和玉灵姐俩，还有一起玩的鼓坊小伙计鼓槌。

小捡看到韩啸亭，赶忙跑上前，喊了声："韩伯伯，您来啦，小捡给您磕头了。"说完就要下跪，被韩啸亭伸臂拦住。

韩啸亭笑道："小捡，你也太实在了，不用每次见了我都磕头，我受不起呀。"

小捡一笑："应当的，我师父都给我讲了，您是我的救命恩人，我必须给您磕头。"

韩啸亭摇摇头："不用这么重礼，我只是做了件我力所能及的事罢了。"

孙凤臣哈哈大笑，伸手道："韩老板，咱们别在这里站着，走，里边请！"

韩啸亭点头，也伸了个同进的手势。

一边，玉瑛和玉灵凑到韩盈袖面前。

玉瑛心直口快，直接问道："小妹妹，你怎么这么好看呀？你叫什么名字？"

韩盈袖脸微微一红，害羞道："我叫韩盈袖。"

"真好听！"玉瑛笑道："谁给你起的？"

"我妈妈。"

"那你妈妈怎么没来？"

韩盈袖眼中闪过一丝哀伤，轻声道："我妈妈早已经去世了。"

玉瑛觉出自己问得冒失，赶紧道歉："对不起呀盈袖，我不是故意的。"

韩盈袖微微一笑："没事的姐姐，你叫……"

"我叫顾玉瑛。"她一指身旁的妹妹，"她叫顾玉灵，我妹妹。"

韩盈袖点头致礼道："姐姐们好。"

玉瑛拉着韩盈袖的手，亲切地说："甭这么客气，你叫我玉瑛就行，走，我带你到我家玩去。"

那边孙凤臣正让儿子孙广文给韩啸亭行礼，听到玉瑛说话，招呼道："玉瑛，去，把你爸爸叫来，让他也和韩老板见见面，待会儿一起喝酒聊天。"

玉瑛爽快地答应了一声，喊道："小捡，广文，鼓槌，走，咱们带盈袖到我家玩去！"

孙广文早就被父辈们的客套话弄得不耐烦了，听玉瑛叫自己，赶紧拉了小捡和鼓槌一下，喊道："走！"

孙凤臣叮嘱道："你们都大，不许欺负盈袖。"

孙广文应道："知道啦！"接着就跑了出去。

小捡规规矩矩地给几位大人行了礼，随后也跟了过去。

顾秉轩家的庭院很大，种满花树。他的书房虽然简单，但别有一番情趣。两个大书架，放满了各式书籍。北墙上挂着一幅立轴画，上面浓墨挥洒画了一枝衬着荷叶的荷花，墨色浓郁独到，画风极佳，看落款，正是顾秉轩自己的作品。

几个孩子跑进来时，见屋中央长长的书案上摆着文房四宝，案边是几摞宣纸。顾秉轩正聚精会神地站着低头写着一幅字。见孩子们进来，他放下手中的毛笔，笑着道："咦？今天怎么这么多人？这个小姑娘是谁？"

玉灵把韩盈袖介绍给了爸爸，顾秉轩很是高兴，他已经从孙凤臣那里听说了韩啸亭，知道他为了搭救小捡去给赵德魁唱堂会的事，心里也特别敬佩。

他笑着说："好有灵气的小姑娘，来吧，到我家别拘束，随便玩。"

韩盈袖微笑了一下施礼，之后走到书架前，抬头仔细看着上边的书籍。

鼓坊小伙计鼓槌自小调皮，他根本不客气，直接奔顾秉轩书桌前的椅子上一坐，大笑道："我是私塾先生，我是私塾先生！"

玉瑛笑道："鼓槌，你讨厌不是？有你这样的私塾先生吗？赶紧起来！"

孙广文哈哈大笑："没事儿鼓槌，你就坐那儿，看她能拿你怎么样！"

玉瑛喊了一声，满屋追着孙广文跑。

鼓槌把双手搭在椅子两旁的扶手上，嘴里却说："怎么这么不舒服，硌我胳膊。"

小捡过去一看，只见顾秉轩的椅子两边的扶手上，都安了两条窄窄的搓板形状的木条，像犬齿似的向上立着，看样子时间很久了，已经和椅身一样油亮光滑，起了包浆。

小捡摸了摸，确实有些硌手。

顾秉轩笑了笑，问小捡："小捡，你猜猜看，这两条小搓板是干什么用的？"

小捡又仔细摸了摸，摇摇头。

孙广文推开鼓槌，自己坐了上去，说道："我知道，这是按摩用的！我姥爷手麻，就天天拿着两个核桃揉，说可以治手麻，现在他的那两个核桃已经跟这搓板一样，又亮又滑。"

顾秉轩哈哈大笑道："广文说的这个作用，倒也不是没道理，可还是不对。"

小捡上前和孙广文一起挤坐在椅子上，轻轻地搓着自己胳膊下的小搓板条。

顾秉轩走上前，示意他们站起，自己坐到椅子上，两个胳膊顺势搭在两边扶手上，笑着说："我告诉你们吧，这两条硌胳膊的窄搓板，是我特意钉上去的，要问为什么，说白了，就是治懒。"

"治懒？懒还能治？"小捡一脸疑问。

"对！古人有头悬梁、锥刺股的故事，其实他们那也是在治懒，是想办法不让自己太安逸了，时时刻刻提醒自己要学习，要去干大事。你们知道，椅子其实是休息用的，人坐到椅子上，就是为了放松自己的身体，可这是读书椅，是用来读书写字的。我钉上这两块搓板，胳膊放上去就会很硌，这就是在提醒自己，我的胳膊应该放在书桌上拿书执笔，而不是搭在扶手上，不能坐在这里休息，不能偷懒。"

小捡听了以后恍然大悟，再次抚摸这两块窄窄的搓板，心里的感觉已经和刚才大不一样了。他低头看了顾秉轩所写的字，是极漂亮的行楷，但他不认字，不知道写的是什么。

玉灵凑上前道："小捡哥，这是首写鼓的诗，叫《军行》，唐朝大诗人李白的，里边还有你的大刀呢！"

小捡一愣，道："是吗？玉灵，那你给我念念。"

"好！"玉灵清清嗓子，低头念了起来：

骝马新跨白玉鞍，
战罢沙场月色寒。
城头铁鼓声犹震，
匣里金刀血未干。

她虽然是个女孩，嗓子轻细，但读的时候用了感情，所以小捡听了以后也是心里热血翻涌。

这首诗词藻简单，小捡能理解大半，他低头看着这幅墨迹未干的诗篇，眼神微微发愣。他指着纸上写得飞扬如风的"鼓"字，轻声问："玉灵，这是'鼓'字吧？"

玉灵很惊讶，眼睛一亮道："对呀！小捡哥，你怎么知道的？"

小捡语气低沉地道："我能感觉出来。"

"是吗？怎么感觉出来的？"

"我觉得它有一股劲，一股与众不同的劲！"

顾秉轩一旁听到后哈哈大笑道："小捡，你这孩子就是和鼓有缘呀！"

小捡轻轻点头，目光直愣愣地看着那个"鼓"字。

顾秉轩接着轻轻说道："鼓者，动也，含阳而动者也！最早的传说是九天玄女为黄帝制夔牛皮鼓八十面，一震五百里，连震三千八百里，伐蚩尤于涿鹿而大胜！历经几千年，我们中华民族就没有和它分开过，无论战场上将士鏖战的'击鼓而进，鸣金收兵'，或是礼乐祭祀，百姓欢庆，戏曲歌舞，升堂上朝，鼓都是主角，是'诸音之首，诸乐之节'。也就是说，所有的乐器都要听它节制，它是诸乐之王。更多的时候，鼓声是人的气势所倚，鼓舞人心，鼓动人心，都是这个意思。再说深一些，鼓就是人的一种精神，一种骨气！"

他环视了一下几个孩子，接着语气慷慨地说道："鼓，其实就是一个人，一个正气鼓荡的中国人。鼓面，就是我们中国人坚韧无比的皮肤！鼓槌，就是我们中国人硬邦邦的骨头！鼓身上的油漆，就是我们中国人一腔子鲜红的热血！鼓声，就是我们中国人，我们中华民族炎黄子孙的魂！"

"说得好！"有人在身后大声喝赞。

几人回头一看，只见孙凤臣、皮爷和韩啸亭一起站在门口。

顾秉轩赶忙迎上去，双手一揖道："三位见笑了，我只是自言感叹罢了。"

刚刚脱口喝赞的韩啸亭回礼道："顾先生说得太好了，听得我都心潮起伏。"

"您是……"

"哦，在下韩啸亭，唱戏的。"

顾秉轩恍然大悟，喜道："原来是韩老板，久仰久仰，您可是小捡的救命恩人呀！"

韩啸亭谦谦一笑道："顾兄过奖了。"

孙凤臣上前说道："刚才让玉灵叫你过去喝酒赏月，我们等了半天也不见人影，就干脆走来找你。"

玉灵一旁嘿嘿一笑："是呀，我给忘了。"

孙凤臣笑道："我猜也是！"他拍着顾秉轩肩膀道："顾先生，月亮已经升起来了，走，咱们边喝边聊。"

中秋节的夜晚，明亮皎洁的月亮已经升上墨蓝色的东天，明黄色的光芒洒在地上，如轻纱帷幔。高高的梧桐树梢上，几团白莲般的云朵镶着水晶似的光边，任那月亮在自己身内飞快地穿梭。

秋虫呢喃，秋气浓重。

鼓坊的大院子里热闹非凡，充满了温馨欢乐气氛。

看着孩子们高兴地穿梭玩耍，皮爷突然想起一件事，赶忙对顾秉轩说道：“顾先生，小捡这孩子来到鼓坊已经好些天了，您也看到了，确实是个好孩子。我想，还是给他起个大名吧，据他说，‘小捡’这个名字是一个老叫花捡到他时随便起的。”

顾秉轩点点头，大声叫道：“小捡，你来。”

小捡笑着飞快跑来，问：“怎么了，顾先生您有事？”

“对！”顾秉轩轻轻摸了摸小捡的头，道：“小捡，刚才皮爷跟我说，想让我给你起个新名字，你有了师父，有了兄弟姐妹，从今以后就不孤单了，就不再是以前那个捡来的孩子了。”

小捡点点头，诚恳地道：“嗯，我知道！我和广文、盈袖、玉瑛和玉灵都是亲兄妹，那您就给我起个新名字吧。”

顾秉轩微微一笑：“好，那就给你起一个新名字。”他抬头望着月空想了想，低声道：“你叫小捡，是秋天来到这里的，我就把你的‘捡’字改成‘节俭’的‘俭’，这样，就叫秋俭吧。”

“秋俭……”小捡念出自己的新名字，一脸惊喜地点点头，“好！我以后就叫秋俭了！‘秋天’的‘秋’，‘节俭’的‘俭’。”

早就凑过来的几个孩子一起呵呵笑着，玉灵拉着秋俭的手，高兴地道：“秋俭哥，这名字好听呀，一会儿我教你写。”

秋俭微笑着点头。

孙广文凑上前问：“秋俭，那你姓什么？”

秋俭脸上一阵忧伤神情掠过，他看了眼库棚下那面在法场给黑燕子送行的巨鼓，语气悲伤地道：“我大哥叫魏五，所以我姓魏，我叫魏秋俭。”

听到他这样说，所有人都沉默了。只见月光照射下，秋俭的眼眶里，泪水在微微盈闪。

孙凤臣倒了一碗酒，递给秋俭，道：“孩子，去，敬你魏大哥一碗。”

秋俭点点头，接过酒碗走到那面大鼓跟前，轻轻跪下，把酒洒在地上，低声说着话，接着呜呜地痛哭起来。

看到他这样悲伤，玉瑛和玉灵姐俩也靠在一起，轻声哭了起来。

韩盈袖也眼泪闪闪，轻轻走到爸爸身前，韩啸亭爱怜地把她拢在怀里。

韩盈袖抬头轻声问：“爸爸，小俭哥为什么哭？”

韩啸亭叹口气，目光直直地说道：“盈袖，秋俭此时很难过，你还小，现在不懂的。”

韩盈袖又往爸爸怀里扎了扎，问：“那我什么时候能懂呀？”

韩啸亭眉头微微皱了皱，深吸了一下潮寒的夜气，轻声回答：“十年吧，十年以后，你就能懂了。”

“十年以后？我十七岁了，就能懂？”

韩啸亭点点头：“对，那时你大了，就什么事都能懂了。”

一切仿佛已经静止了。不经意间，一片槐叶轻轻飘落到桌上的一个酒碗里，它荡散开里边倒映的月影，让酒面如碎银般闪了下微光，继而静浮不动了。

第五章　勇赴津门

十年，匆匆而过。

中秋节的月亮依然皎洁明亮，但物换时更，时间已经是1936年的秋天了。

鼓坊最累最脏的地方，是后院的皮库。

还没进库，就能闻到一股夹带着血腥气的恶臭，阴暗的最里屋，泡皮池的池水里浮着十来张待刮的牛皮，临窗的晾绳上搭着刮好的皮，滴着血水。

满屋的苍蝇嗡嗡乱飞着，有的落在池边的刮皮案上，有的落在地上零散的肉油堆上。

制作鼓皮，必须要经过这一道程序，要把刚从牛身上扒下来的脊皮烫一遍开水，刮去粗脏的表皮。然后放在刮皮案上刮去牛毛和里侧的赘肉和浮油，接下来清洗晾干，再仔细刮一次，这次必须要刮得均匀，否则会影响成鼓的音色。

根据客户定制鼓的大小，皮材会选择黄牛和水牛两种，一般一张未刮油的血牛皮，分量最少也得小一百斤，只取头背、二背、三背、前肋和横肋使用，所以烫皮、刮头遍、裁晒、刮二遍的工作烦琐而劳累。孙记鼓坊建坊百年，皮库这个最脏最累的岗位却是最需要技术和耐心的地方。自从皮爷接管这差事后，一直是他一人负责刮制。他的老家是河北肃宁县，那里自打明朝时候就是裘皮之乡，居民大多数是皮匠，甚至出生于此地的明朝巨宦魏忠贤也是皮匠出身，他发迹后封侄子魏良卿为肃宁伯，肃宁县也得名于此。皮爷年轻时到河北沧州学的武艺，但祖传的这一身制皮硝革的手艺根本没有丢下。义和团事败后，他就勤勤恳恳地跟着孙凤臣做鼓，但几十年一直没有收过徒弟，他知道一般的年轻人干不了这又脏又累的活计。让他欣慰的是，虽然现在自己身体大不如前了，但这个活计已经被勤快的秋俭接了下来。从秋俭十岁来到鼓坊，转瞬十年过去，皮爷一身的武艺和制革手艺都倾传给了秋俭。

此刻，裸露着健硕肌肉的秋俭正专心致志地刮着一张血牛皮。他裤子已经湿透，脸上和胳膊上溅满血油，虽然已经是深秋季节，但仍然是大汗淋漓。

皮爷叼着烟袋，打理着几摞干透的皮料，他身材已经略微佝偻，但整个人还是精神矍铄。

院门吱扭一响，玉灵提着饭篮走了进来。她穿了件浅蓝色碎花白底夹袄，黑布裤子，一条乌黑的大辫子留在脑后，面色白皙发光，眉梢细细，一双水灵灵的大眼睛暗蕴秋波，已经长成一个端庄美丽的大姑娘了。

进了门，她把饭篮放在院里的小石磨上，笑着喊道："皮爷，秋俭哥，吃饭了。"

皮爷在门框上磕了磕小烟锅，笑着道："太阳还没到头顶，你们就把饭做好啦。我还不饿，让秋俭先吃吧，他累了一上午了。"

玉灵一笑，道："您也一起吃吧，有稀的，我妈给您熬的棒渣粥。"说完她看了眼工棚里的秋俭，接着喊道："秋俭哥，先停了吧，赶紧洗手吃饭，不然饭就凉了。"

"好，这就来！"秋俭在屋里答应一声走出来，到水缸边的清水池旁清洗起来。

玉灵掀开饭篮上的屉布，端出一大碟咸菜，一碗蒸南瓜，六个暴腌咸鸡蛋，又拿出两个空碗，给皮爷和秋俭倒了两碗粥，篮子里还有好几个粗面馒头。

皮爷端着粥，放了几块咸菜，一边喝着一边去翻看院里晾绳上的十来张牛皮。

秋俭用擦脸布胡乱擦了擦湿漉漉的短发，走过来坐下，拿起馒头就狼吞虎咽地吃了起来。玉灵剥好了两个鸡蛋，放在他面前，然后托着腮在一旁微笑看着。

秋俭被看得不好意思了，拿起一个鸡蛋递给玉灵："给，你也吃一个。"

"不，我不饿。"玉灵摇摇头。

"吃！听话！"秋俭用命令的口气说道。

玉灵扑哧一乐，接过鸡蛋，轻轻咬了一口。

秋俭笑了，满脸灿烂，接着吃了起来。

玉灵举着鸡蛋，目不转睛地看着秋俭，眼里的倒影都是他。

秋俭一边嚼着食物一边和皮爷说话："皮爷，吃完饭，再有半个时辰那块皮子就刮好了。您给晾上，我还得去木工棚里盯着那鼓腔，王师傅指头受伤了，别人干不了。"

"行，孙掌柜临走时说了这事，不行吃完了你就过去看看，那块皮子我带手就刮完了。"

秋俭喝了一口粥，吃了块咸菜，说道："那也行，我过去盯着，下午那两个鼓腔就能箍完了。"

玉灵又给秋俭倒满了粥，轻声说道："秋俭哥，我觉得吧，有些活你就别那么费心了，不行让广文也试着干一点，这毕竟是他家的买卖，孙伯伯岁数渐渐大了，这买卖该得广文盯起来了，你说呢？"

秋俭点点头道："是这道理，可你也看到了，广文自小就没碰过这些活计，真要让他来，出残货不怕，伤到咋办？他脑瓜聪明，管管大账就行了，这种干活跑外的苦差事，我能盯着。"

玉灵摇摇头道："你说的道理对，可有人不这么想。我就听过他们说的一些坏话，说你鼓坊里进进出出什么事都揽着，各种工都精通，就是想擎这个家产。"

秋俭摇头苦笑道："这话我听到过，随他们怎么说吧，我自己有自己的主意，我的命是孙师父救的，我累死也要帮他把这鼓坊维持好。"

玉灵叹口气，道："傻哥哥，说你也不听，算了，还是吃饭吧。"

秋俭呵呵一笑："就是，吃饭要紧，吃得饱饱的赶紧干活，再过几天孙师父就从包头回来了，新活还不知道多少呢。"

玉灵无奈地摇摇头："孙伯伯那么一大把年纪了，还要自己去外边跑，留广文天天在家待着，真成大少爷了。"

秋俭点点头："师娘老是不放，怕他在外边吃苦得病。我想了，等孙师父这次回来，以后出门跨省进料送货的差事，我替他老人家去。"

玉灵愣了一下，轻声说道："秋俭哥，你要去远处，我也不放心，万一遇到个土匪强盗的……"

秋俭心里一暖，看了眼玉灵，笑了笑道："没事的，我不背着大刀呢嘛，真遇到，我砍了他！"

玉灵笑了："你呀，有时跟个大人似的持重，有时又跟个孩子似的这么莽撞，我姐那暴脾气，就是跟你学的。"

秋俭听玉灵提起姐姐玉瑛，扑哧一乐："你姐那是胎里带的暴脾气，打小就这样。你还记得吗，我俩一起跟皮爷学武术，每到让我们对打的时候，只要你姐输了，她肯定哭着继续缠着我打，皮爷叫停也不听。多少回了，我只能让着她，假装被她打倒才算完。"

玉灵听他这么说，苦笑了一下，低头看了眼秋俭的右手腕，道："秋俭哥，我永远忘不了你刚来的那一天，我姐玩你的大钢刀脱了手，你为了救我，才落下这个刀疤的。"

秋俭呵呵笑着摸了摸手腕上的刀疤，道："想着就后怕，差点把这手砍掉，这要少只手，不就废人一个了？鼓没法擂，大刀也耍不了，一辈子就是废物了。"

玉灵眼睛里柔光一闪，说道："真要那样，我就伺候你一辈子。"说完脸微微一红。

秋俭听她这么说，心里暖流奔涌，深情地看着眼前这善良端丽的女孩，不知说什么好了。愣了一下，错开这只有两人才懂的尴尬，嘴唇动了动，觉得话不好接，便低头大口喝起粥来。

玉灵笑了笑，也觉得脸有些烫，深吸了口气，看着秋俭吃饭的样子，又发起呆来。

皮爷走过来，把空粥碗放在桌上，问道："玉灵，你爸爸呢？"

玉灵回过神，笑道："我出来时，我爸和我妈一起归置私塾的教室呢。秋假马上就放完了，孩子们就要回来上课了，所有窗户的窗纸都要换新的。"

皮爷点点头，道："又该忙了。这样吧，等下午秋俭把那几个鼓腔箍好，让他过去干。"

玉灵一笑："是，我姐上午就嚷嚷着把秋俭哥揪去糊棚换窗纸，被我爸爸训了一句，才没过来。"

秋俭站起身，用擦脸布抹抹嘴，哈哈笑道："这玉瑛自来跟我就不客气，行，我这就去木工棚看一眼，把鼓腔箍好就去你家。"

玉灵收拾着碗筷，正要说话，突然院外传来急促的脚步声，有人喊叫着："皮爷！皮爷！秋俭！秋俭！"听声音是孙广文。

果然，孙广文一脸焦急地跑了进来，他留着背头，打着乌亮的发蜡，穿了身淡青色长褂，白皙光滑的脸上泛着潮红。

一进门，他就被院里皮子的臭味熏到，赶紧从怀里拿出一副白蚕丝手帕捂住鼻子，一脸难以忍受的表情，语声含混而焦急："皮爷，秋俭，不好了，不好了，出事了，出大事了！"

秋俭已经快步走到他的面前，问："怎么了？是不是师父有事？"

"不是我爸！不是！"他实在受不了院里的臭味，拉着秋俭就往外院走。

皮爷和玉灵对视一眼，赶紧跟了出来。

到了外院，孙广文终于可以呼吸到新鲜空气了，他深深吸了口气，叨唠道："哎哟我的妈，熏死我了。"

秋俭急道："赶紧说，出了什么事了？"

孙广文把手帕掖回兜里，说道："韩老板，是韩老板出事了。"

"什么！韩老板？唱戏的韩老板？"秋俭急声问道。

"还能有几个韩老板呀我的哥哥！就是那个唱戏的韩老板，韩啸亭。"

"他怎么了？"

孙广文把秋俭抓着自己胳膊的手拉开，揉着胳膊道："我说你先别急行吗！掐我胳膊够疼的。"

"行啦，说，到底怎么回事？"

"哦，刚才我正要吃饭，韩盈袖匆匆忙忙地就闯进门了，哭得跟个泪人似的，说她爸爸让天津南市混混头儿窦五爷扣下了，那姓窦的要砍韩老板一条胳膊。”

秋俭眼一瞪：“什么？砍胳膊？干吗要砍胳膊？”

“别急呀，你先听我说，韩老板中秋节带着班子去天津南市庆云戏院演出，谁知道前天晚上唱《定军山》时，一个跑龙套的手没把住，把单刀甩出去了，直接就砸到第一排窦五爷面前的桌子上，茶碗里的茶水碰翻后把他的右膀子溅湿了！这下可乱套喽，戏台也砸了，戏箱子也扣了，把韩老板抓起来关在他们的锅伙里，派了人到韩老板家里告诉，拿两万大洋给窦五爷赔礼置新衣裳，三天之内不交钱，就把韩老板的右胳膊卸喽！”

秋俭听到这里，眼睛像要喷出火来，右拳狠狠捶在身边的枣树干上。

孙广文见他这样，往后撤了一步：“咱们这儿是郊区，得到消息晚，现在北京城里边都嚷嚷动了，报纸都登了。听说梅兰芳梅老板都托关系帮着搭救，可那边窦五爷嘴硬得很，少两万就卸胳膊，也不怕咱这边报官，都放话出来了，砍了胳膊，自然有手下的混混顶罪，就算弄死韩老板，也有的是人排着队等着抵命呢！”

秋俭急了，懒得再听孙广文说话，问道：“盈袖呢？”

“前院我家客厅，正哭呢。”他话音还没落，秋俭早已往前院跑去。

皮爷对玉灵说道：“玉灵，去，赶紧把你爸爸叫来，孙掌柜去包头还没回来，这事你爸爸能拿主意，我先去前院。”说完急匆匆直奔前院。

玉灵和韩盈袖自幼交好，听说姐妹家里出了这样的大事，也很着急，当下连连点头，惶然地跑了出去。

院子里只剩下孙广文一人，他见秋俭三人转眼间都去了自己家院里，愣了一下，然后“唉”了一声轻叹口气，抬头看到头顶上方垂下的一串枣树枝，就顺手摘了枝头的一颗红枣，在前襟蹭了蹭丢到嘴里，一边嚼一边自言自语道：“这年月，也新鲜了，什么事儿都有！”说完往家里走去。

孙凤臣家的客厅里，气氛安静而沉闷，只能听到韩盈袖低声的哭泣声。

皮爷坐在桌旁的元宝椅上，俯着身子抽着旱烟。

顾秉轩坐在另外一把椅子上，目光淡然，右手轻轻摩挲着茶杯。

孙广文在屋子里来回走动着，不时唉声叹气。

玉瑛和玉灵姐妹俩和韩盈袖站在一起，韩盈袖已经哭得眼睛红肿，手被玉灵紧紧拉着。

看到孙广文不停地走动，玉瑛说道：“孙广文，你能老老实实坐会儿吗？这么来回来去地走，不闹心呀！”

孙广文停住脚步，一脸烦躁："我这不在想主意呢嘛！我坐下脑袋就不会转了。"

"去！"玉瑛一脸鄙夷道："把自己当多聪明似的，这都溜达二里地了，主意呢？我的爷。"

"你别急呀，办法肯定有。"孙广文看了一眼所有人，接着道："我还是那主意，报官！这明显是在讹人呢，给钱？给个屎！扔河里听响也不能便宜了他们。"

"得了吧你！皮爷不是说了嘛，天津混混星子最难对付，他们天不怕地不怕，为了卖味儿逞能，敢在油锅里洗脸，大斧子剁手都不吭一声。混混头子杀了人，单有不怕死的兄弟顶罪扛包出死签。"

孙广文点点头道："也是，就怕这种货。可张嘴就要两万大洋，哪儿凑去呀！我家这鼓坊辛辛苦苦一年也挣不到两万大洋呀！"

玉瑛语气烦躁地说："得了得了，怎么又扯你家买卖上去了，有主意没有？没有闭嘴！"

孙广文打小就怵这泼辣豪爽的玉瑛，当下不再还嘴，只说道："好好好，我闭嘴还不成。"

顾秉轩站起身，叹了口气："这还有一天了，我们不能再这样坐等了。报官不行，自来天津锅伙混混们都和官府牵扯着，衙门里，小到门房班头，大到千总、把总，大都是混混出身。"

韩盈袖抽泣着抬起头问："顾伯伯，那我爸爸该怎么救？"

顾秉轩轻轻抿了抿嘴，道："还是得托道上的朋友从中说和。可混混们都好脸面，既然事情说得这么死，就算说和，也得给他们个圆够脸面的台阶儿，要不，他们绝对不会轻易放人的。这样，我去找几个老朋友，他们肯定说得上话。"

正说到这，院里脚步声急，噔噔作响。只见秋俭换了一件月白短褂，灰青裤子，裤腿打着利落的蓝带子绑腿，后背背着他那把牛皮鞘钢刀，脸色沉冷，一团杀气。

几个人见他这身装扮，均是一愣。

孙广文指着秋俭道："秋俭，你这是要……别告诉我你要去天津……"

秋俭深吐了口气，点头答道："对，我就是去天津救韩老板。"

"你不要命啦！"孙广文大惊失色，"那儿都是帮要脸不要命的主儿，大刀砍下来，睁眼看着拿脑袋往上迎！你去了，不出事儿才怪！"

"死我也认了！"秋俭语气坚定，眼中闪着寒光，"韩老板是我的救命恩人，我必须去天津救他！他们要胳膊，就砍我的胳膊！要还不行，那我就豁出去了，谁拦着我就宰了谁！只要能救出韩老板，我替他死了都行！”

“你……你……”

哒！哒哒！皮爷用力地磕了磕烟袋锅，站起身走到秋俭跟前，仰头看了看自己心爱的徒弟，道：“好孩子，你这样做没错！去，我不拦着，可你不能莽撞，知道吗？这事关系着人命，有些事必须得过心过脑子，有句话叫见机行事，你一定要记住。”

秋俭敛去脸上的急躁神色，恭敬地道：“皮爷，我记住了。”

皮爷点点头，道：“天津卫的混混星子们拼的就是脸面，甚至为了脸面可以不要命，还是江湖风气。你到了那里，说话行事一定要慎重，最好不要动武解决，韩老板和你的安全最重要。”

“嗯，我记住了。”

皮爷又点点头，拍了拍秋俭的肩膀：“鼓坊这里我盯着，孙掌柜一回来，我立刻去找你。”

秋俭点点头。

皮爷身后的顾秉轩拿着纸笔写了几个人名地址，走过来交给秋俭：“秋俭，如果事情不好办，你赶紧去找我纸上写的这几个人，估计他们能帮上你。”

秋俭双手接过，点头收起。

孙广文一旁问：“秋俭，你真打算空手去？万一救不了，再把你扣下，又来个两万咋办？”

玉瑛一旁啐道：“呸呸，广文，你这张嘴能不能闭上呀！怎么什么都往外喷？”

孙广文赶紧解释：“我这不担心秋俭嘛。”

“担心？担心就别让秋俭哥去，你去不得了！”

“我去？您得了吧姑奶奶，真要把我扣下来，我妈还不急死呀！”

秋俭微微一笑，拍着孙广文的肩膀道：“广文，甭担心我。我不会有事的，放心吧。”

“我……我那不是怕你也给扣那儿嘛……”

秋俭冷笑，抬右手拍了拍肩头的钢刀刀把，语气豪迈地道：“想扣我？先得问问我这把大钢刀同意不同意！”

天刚过午，毒辣的秋阳照射着鼓坊所在的大羊坊村。

村口破落的皇苑角门门楼下，一匹大青马低头啃食着墙根黄绿色的蒿草。

去往马驹桥方向的官道，枯柳延绵，最高的枝头已经超过道旁的海墙。

玉灵、玉瑛和韩盈袖一起来给秋俭送行。

韩盈袖一脸悲戚颜色，三齐式的学生发已经有些凌乱，一双大眼睛已经肿起，让人看了之后心生爱怜。她看了眼秋俭，微微行了个礼，道："秋俭大哥，你到了天津一定要注意安全，实在不好搭救，咱们再想别的办法。你去了，先帮我照顾好我爸爸的身体，让他别太着急。"说完眼泪又流了下来。

玉瑛赶紧抱住她，轻声安慰。

秋俭点点头，道："放心吧盈袖，我这次就是把命搭那儿，也一定把韩老板救出来！"

玉瑛搂着韩盈袖，对秋俭道："秋俭哥，我真的想陪你去的，可你也看到了，皮爷不答应，说不让我掺和。你去了多加小心，救出韩老板，回头我给你打马驹桥的'南路烧锅'喝。"

秋俭微微一笑，道："好，咱俩还是老规矩，连干三碗，谁呛出眼泪就罚谁！"

"行！"玉瑛爽快地答应。

秋俭看了眼一旁的玉灵，两人四目相对，顿时心意已经相通。

玉灵目光里满蕴着柔情，抬头看着秋俭，轻声道："秋俭哥，一路小心！"

秋俭看着眼前这个端丽的女孩，心中激荡着爱意，这爱意已经深隐多年，但又羞于表达。他也知道，玉灵也深爱着自己，但也是没有说出来。两人一直就是这么彼此心意相连，灵犀相通，只等着爱的火花碰撞绽放的机会。

秋俭柔声对玉灵道："玉灵，你放心，我会把事情办好的。"

玉灵点点头："嗯，我等你回来。"

这么一句简单的话语，听在秋俭耳朵里，却含义万千，他不禁胸口一热，感动异常。

四目又深深地交会了一下，柔情暗达。

秋俭看了看眼前这三个女孩，最后说道："行了，都回去吧！我得赶路了，估计天黑就能到天津卫了，等我好消息！"

说完拉过大青马，翻身而上，扶了扶背后的大钢刀，拉缰绳让大青马盘转一圈，说了声："我走了！"

他一夹马肚子，大青马徐徐跑起，踏出朵朵黄尘，沿着老官道奔南而去。

一阵干爽的西风吹过，拂动起三个女孩的衣角，吹落了几片枯黄的柳叶。

看到秋俭的身影渐渐消失，三人才转身回去。走了几步，玉灵恋恋不舍地回头再望，眼泪已经不由自主地流了下来。

秋俭骑着大青马，由官道一路向南，经马驹桥、采育，过廊坊，再由武清县进了天津地界，一路上没怎么休息。到了天津，夜已经深了，而天津市里依然灯火辉煌，摊贩酒馆人头涌动。

天津，北方人习惯叫它天津卫。这里原本是一个水陆码头，一直以渔盐漕运生计为主。所以居民五方杂处，以经商为多，而且这里水咸土碱，民风霸道，重义尚气。人人脑瓜活分，嘴茬子厉害，好吃好喝懂享受，什么世面都见过，什么新鲜事物都能接受消化。这里又是租界云集的场所，洋务货运发达，下野官僚政客和前清遗老都在此购业居住，所以这是个难以界定性质的复杂城市，繁荣景象可与上海比肩，但又独有自己特色。

秋俭经常跟着孙凤臣来这里的码头运货收发，对市区道路特别熟悉。他的一身衣服在经过武清县时被郊野夜露打得湿透，到了天津后就觉出凉来，便催马来到目的地：南市。

南市是天津市最繁华也是最乱的区域，有点像北京的天桥，五行八作，各种买卖。时值前夜，这里街边的买卖已经没有白天的红火热闹，只有几个酒馆和路旁的馄饨摊有人在喝酒吃饭。

秋俭找了个旅店住下，换了身衣服，一人又溜达出来，直奔前街瑞芝堂药铺，想要看一眼具体的情况。

瑞芝堂药铺门面宽阔，起了二楼，楼栏乌漆描金，大门口立着一对丈高的青石葫芦，八开推扇榆木大门，显得气派稳重。谁能想到，这么一个普通端正的大药铺，竟然是天津卫最有名的大混混星子窦五爷盘聚的大锅伙。

此刻虽已进夜，药铺里边还是灯火通明，几个混混大耍在大堂里边喝茶聊天，不时发出笑声。

秋俭又围着药铺转到后门，这才看清，原来它的后边还有一个大院子，从门缝往里看了看，院里拉着电灯，很开阔，摆着刀棍斧石，像是个镖局的练武场。院里有平房四五间，就是不知道韩啸亭被关在哪里。

“嘿！干吗哪？”突然身后传来一声喝问，口音是天津本地人。

秋俭回头，只见两个男人向他走来，街边阴暗，看不清容貌。

秋俭掉身要走，那两人急步走了过来，前边矮个子从腰里拔出一把攮子，微微泛着寒光，指着秋俭又问：“说你呢，干吗哪？”

离得近了，看清这人一脸凶恶，眼神如狼。

第六章 八臂哪吒

秋俭不想把事惹大影响了搭救计划，赶忙用天津话回答道：“我买药。”

“买药？”矮个子狠狠盯了秋俭一眼，问，“买嘛药？”

秋俭并不慌乱，捂着肚子道：“我闹肚子，买……”

“买药去前大门！跟这里转嘛？”那人声音狠戾地道。

秋俭赶忙连连点头，捂着肚子道：“谢您了，从哪儿过去？”

那人又狠狠看了秋俭一眼，一脸不耐烦地下巴一挑：“从那跌打广告牌子转过去，出胡同就是。”

“好您嘞！好您嘞！”秋俭连连道谢，离开后门。

他偻着腰，急急地穿过那个窄窄的胡同，绕到药店前门。停看了一下，又在前门对面的馄饨摊旁坐了一会儿，看左右已经无人，便轻快地跑回那个窄胡同。到了胡同里，他双手双脚支撑着两边的砖墙，三两下就爬上药店的偏房房顶。

秋俭探头看了一下院里，院里空无一人，只能听到前院传来的哄笑声。他稳了稳呼吸，狸猫一样轻巧地蹿下房，转身躲在一棵桂花树后。然后仔细看了看四周的几座厢房，见只有一间亮着灯光，便轻身走了过去。到了窗前，他透过玻璃窗往里一看，果然看到韩啸亭被关在屋里，摇曳的烛光下，只见韩啸亭并没有休息，而是紧贴着北墙，正拿着朝天蹬在压腿练功。

秋俭不由得心里佩服，知道韩啸亭几十年如一日，无论风雪雨露，都要早晚吊嗓拿把式练功，就连今天被囚在此处，也不忘这个功课，可见心神已经淡然到无求无惧的程度。

秋俭左右寻看了一下四周，轻声来到门前，摸了摸，触手冰凉，一把大洋锁把屋门锁得紧紧的。他又回到窗前，轻轻叩了叩玻璃。

正在认真压腿的韩啸亭一愣，回头看了眼发出声响的玻璃窗，只见一个人影在窗外站着。他一愣，把腿放下，轻声问：“谁？”

秋俭低声回答：“韩伯伯，我是秋俭。”

“秋俭？”韩啸亭低声惊呼，快步走到窗前，仔细一看，果然是秋俭，急问，“秋俭，你怎么来了？”

秋俭左右看了看，回答：“韩伯伯，我来救您。”

韩啸亭眉头皱了皱，道：“救我？你要怎么救我？你这孩子，这里太危险，赶紧回去。”

秋俭摇摇头：“不，韩伯伯，您放心，我一定把您救回去，您再坚持一晚，我明天一早就找他们要人。”

韩啸亭道：“哪儿那么简单！他们都是些不要命的主儿，除非拿钱。”

秋俭道：“您就甭管了，我有自己的办法。我这趟来是想先看看您的情况，您别急，家里都挺好的，盈袖妹妹在我们鼓坊呢。”

“嗯，我就担心她，她要没事就行了。你赶紧走，这里太危险。”

秋俭目光坚定地看了看韩啸亭，语气沉稳地道：“放心吧韩伯伯，明天我一定救您出去。”

韩啸亭点点头。

秋俭不再耽搁，看了眼韩啸亭，回身跑到高高的院墙边，猛地一蹬，借着向上的蹿力双手够到墙头，右脚一勾，身形一晃，整个人利落地上了墙，翻了出去。

第二天一早，南市街头已经一片嘈乱繁华，买卖人的叫卖声纷纷传来。秋俭起了床，在旅店后院练拳完毕，回屋整装，把牛皮鞘钢刀背在身后，然后溜达到街边草草吃了些饭，径直来到瑞芝堂药店门口。

此时药店已经开了门，七八个混混在门前转悠，有两个搬了条春凳，一脸肆横地撇着嘴在门前把门。

秋俭看都不看他们，直接就要迈步进门。

那两人见他背着钢刀，一身豪气，根本不像买药的，立刻同时站了起来。

高个的那人喝问：“嘿！哪儿的你是？进去干吗？”

秋俭气定神闲，看了他一眼，道：“我找窦五爷。”

那人听他直接叫喊窦五爷的名号，知道来者不善，向那矮个的同伙使了个眼色，那人赶忙窜进药店叫人。

高个子挡在秋俭身前，一脸不吝地看着他，语气加重：“这里只卖药，没五爷。”

秋俭冷笑，道：“你去跟五爷说，我是北京来的，要带韩老板回去。”

那人知道了秋俭的来意，道：“钱呢？”

“没钱！”

“没钱，那你干吗来了？”

秋俭根本不愿跟他废话，道：“这就跟你没关系了，我找窦五爷。”

那人刚要说话，十来个混混已经从药店里边跑出，一下就把秋俭围了起来，一个个眼神凶狠，盯着秋俭。

秋俭脸色平静，扫视了一眼这群人，语气沉沉地道："我找窦五爷。"

药店门口一乱，顿时招来一群百姓，他们远远地观望着，议论纷纷。在天津卫，混混星子打群架是件精彩好看的事，谁也不想错过这个好机会。

"看嘿，那个大个子跑窦五爷庙门口卖味儿来了，胆子不小。"

"是，估计不死也得扒层皮。"

"还背着大刀呢。"

"看样子也是个不要命的主儿。"

……

人群越聚越多，转眼街头已经站了好几十个人。

"你这是找死呢吧！窦五爷是你说见就见的？不要命了？"那矮个子上前厉声问。

秋俭依然重复那句话："我找窦五爷！"

高个子向同伙们使了个眼色，低声道："上！废了他！"说完从后腰拔出一把匕首，猛地直蹿上来。

秋俭见他开始动手，也不惊慌，眼见那匕首寒光一闪奔自己前胸刺来，他右脚一蹬，侧身闪过，顺势一把就攥住那人的手腕，只听"哎哟"一声惨叫，匕首掉落地上，那人的右手已经被秋俭铁箍一样攥住，不能动弹。

那人疼得脸都扭曲了，嘴里还狠狠骂着："丫头养的，你有本事把爷弄死吧！"

秋俭冷笑，手猛地放开，就势一推，那高个子一下子就摔倒在地。

高个子在地上打了个滚，捡起自己的匕首，又站起来，喊了声："哥几个，上呀！"接着又蹿向秋俭。

秋俭看到身后药店门口摆着的青石葫芦，赶紧靠了上去，那帮混混纷纷掏出匕首，扇面一样围了上来。与此同时，秋俭肩头的钢刀已经嗒嗒轻响，像是要从牛皮鞘里跳出一样。

刚刚靠到青石葫芦，那高个混混就扑了上来，这回他没有用手里的匕首攻击，竟然低头用脑袋直顶向秋俭，嘴里嘶声喊道："我他妈活腻啦！跟你拼了！"

秋俭见他眼色如狼，不顾生死地向自己扑来，也不敢怠慢，伸手借劲拦住那人的肩膀，脚下一勾，又向身侧一推，那人立刻斜趴摔倒在地上，看样子挣扎着还要起来。

矮个子看伙伴又被打倒，立刻大声叫道："兄弟们，一起上！"

众混混喝骂着一起向秋俭扑了上来。

此时，药店突然传来一大喝："别打了！"

这一声叫喊出奇管用，所有混混都停了动作，一齐向药店看去。

只见从药店门里走出一个中年人，戴着圆框眼镜，中等身材，留着水光油亮的分头，穿着蓝绸短褂长裤，一双青缎布鞋。

秋俭看了看他，不知身份。

那帮混混倒是一副尊敬驯服的样子，纷纷闪开道路。那人走到秋俭身前，看了看秋俭，问："这位小兄弟好本事，请问尊姓，从哪儿过来的？"

秋俭听他语气和善，微微点了点头，道："我姓魏，北京过来的。"

那人一抱拳："原来是魏兄弟，你口口声声找我们窦五爷，不知有何贵干？"

秋俭回礼道："我找窦五爷赎人。"

"赎人？"

"对，赎人。"

"赎谁？"

"北京来的韩老板。"

那人点点头，仔细盯了一眼秋俭，问道："那你带赎金了没？"

秋俭微微一笑："赎金带不带的，您就甭问了，我现在就想见窦五爷。"

那人脸色没变，冷笑道："魏兄弟，窦五爷你随时能见，他现在就在里边，但今天你见不到。"

秋俭一愣："为什么？"

那人一笑："因为你见的方式不对。"

秋俭似乎明白了他的意思，问："依老兄的意思，我应该怎么见？"

那人道："你这么拎刀挂枪的，分明是来砸我们的堂口，你这一闹，四邻八坊的都看着呢，要随随便便放你进去，我们还怎么在天津卫混呀？"

秋俭一笑："那我该怎么进？"

"最次也得把你这大刀摘了吧？"

秋俭下意识地回手摸了摸背后的钢刀："这不行，这把刀跟了我十年，从不离身。"

那人也是一笑："我们窦五爷在天津卫混了这么多年，自来不玩虚的，撒泡尿是条河，拉泡屎是座山，我们这帮兄弟跟他老人家混，也讲究个诚信。你尽管把刀给我们，事情办完了，自然还你。"

秋俭也是个痛快人，听这人这么一说，也点点头道："行，我信你。"

那人手一伸。

秋俭解开胸口系刀用的布结，把刀一递，问："不知这位先生在窦五爷手下贵干？"

那人接过刀，一笑："我姓边，你叫我老边就行，我是这药铺的掌柜，平时帮窦五爷看着铺子，管些杂事。"

秋俭听他说得模棱两可，也不想细问，说道："那我现在可以见窦五爷了吧？"

"当然可以。"老边一边回答，一边低头看着手里的牛皮鞘钢刀，渐渐地脸色微变。他把刀轻轻拔出两寸来长，细看刀的吞口，语气有些发颤，问道："这刀，是你的吗？"

秋俭点点头："当然！"

老边一脸狐疑地看了眼秋俭："你认识魏五吗？"

秋俭听他说到魏五，赶紧正色道："认识，他是我大哥，不过十年前已经被害了。"

老边仔细看了看秋俭，又问："小兄弟，你……难道就是当年劫法场的那个小孩儿？"

"对，就是我。"

老边眼露敬佩，道："原来是你！失敬！失敬！"

秋俭一笑："是我又如何？"

老边道："话说这魏五和我也有交情，我们一起在义和团杀过洋毛子，不过我那时小，也就十来岁的光景。"

秋俭赶紧抱拳道："原来是边前辈。"

老边摇摇头："不敢称前辈，只是个胆小苟活之辈罢了，小兄弟如果不嫌弃，叫我一声边大哥就行。"

秋俭见他这样痛快，抱拳道："边大哥，兄弟秋俭有礼了。"

老边把刀夹在腋下，右手一伸："兄弟请进，我带你去见窦五爷。"

那帮混混赶紧闪开道路让老边和秋俭走在前边，随后一起拥着进了药店。

穿过药店正堂，从药柜旁的一个侧门挑帘进入，穿过黑暗的药屋，出了正堂后门，又绕过一个影壁进了中院大堂，秋俭一看位置，韩啸亭所囚的那个后院就在中堂房后。

走到大堂门前，混混们各自散开，老边停步示意秋俭稍等，自己拿着刀走了进去。

不一会儿工夫，他走了出来，面色凝重地看了眼秋俭，道："兄弟，请！"

秋俭点点头，迈步走进大堂，老边和那群混混一起跟着进入。

大堂空旷阴凉，左右各摆了四把太师椅，靠墙是数把条凳，正中摆着一把大号的太师椅，中堂挂着一幅《关公挑灯夜看春秋图》，画上边挂着一块黑漆金字横匾，上书：忠义千秋。

秋俭见正中的太师椅上没人，知道窦五爷还没出来，便静立在大堂正中，看了眼老边。

老边把秋俭的钢刀放在太师椅旁的条案上，向侧厅喊道："五爷，韩啸亭那边来赎人啦！"

"嗯！"侧厅传来闷闷的一声回应，接着步声踢踏，窦五爷走了出来。

这是一个五十开外的人，身量中等，一脸凶气，光头，络腮胡，三角眼眼珠昏黄，嘴撇撇着，穿着灰蓝长衫，紫洋缎子马褂，手里揉着一对狮子头铁核桃。他身后跟着一个年轻人，模样英俊帅气，穿了身灰色洋装，整个人利落干净，眼色干练，脚步极轻。

窦五爷仔细看了眼秋俭，一屁股坐在太师椅上，语带痰音，喘着问："你，赎人？"

秋俭正色回答："对，赎人。"

"韩啸亭是你什么人？"

"算是伯伯吧。"

"算是？什么叫算是？"

"我们不沾亲，但他老人家看着我长大，一直把我当侄子看待，所以我叫他伯伯。"

"哦……"窦五爷点点头，看了眼身边的钢刀，"这刀是你的？"

"对！"

窦五爷摸了摸钢刀的牛皮鞘，抬眼又问："赎金带了没？"

秋俭摇摇头："没带。"

窦五爷眼一瞪，语气加重道："那你拿爷们儿打镲来啦？不带赎金，你赎什么人？"

秋俭微微一笑："我来换人。"

"换人？怎么换人？"

"你放了韩老板，我留在这里当人质。"

窦五爷哈哈大笑，看了眼身边的那个年轻人，盯着秋俭："你把韩啸亭换走，自己留下，你就这么自信，自己值两万块大洋？"

秋俭点点头："当然值！"

"怎么个值法，你说说。"

秋俭一指窦五爷："因为我现在随时可以要你的命，只要我不杀你，你的命在，我就值两万大洋。"

他这一句话出口，身旁的混混们纷纷拔出匕首凶器，一起叫骂着围了上来。

窦五爷手一摆，示意手下不要喧哗，冷笑着看着秋俭问："那你怎么要我性命……”

话刚出口，秋俭突然豹子一样蹿了过来，桌上的钢刀也像附了灵气似的，唰的一声从牛皮鞘里往外跳出。人到刀出，只见灰影一闪，白光一晃，秋俭已经握着钢刀架在窦五爷的脖子上，整个过程只是眨眼工夫。

而窦五爷身后的那个年轻人已经掏出一把左轮手枪直指秋俭后脑，语气沉沉地道：“别动！”

窦五爷也被刚刚发生的一幕惊呆了，觉得架在自己脖子上的钢刀寒气逼人，所发的刃气仿佛都能把自己的脖子砍掉，接着觉得脖子湿凉，微微疼痛，估计是已被刀锋割破。他定定神，抬头看了眼秋俭：“好刀！好功夫！你把刀放下，有话好商量！”

秋俭冷笑，喊了声：“见血收刀！”手一送，眼睛看都不看，钢刀直接插回条案上的牛皮鞘。接着他转头看了一眼身旁举枪的年轻人，脸露不惧，坦然走回原地。

那年轻人收回手枪，一脸敬佩地看着秋俭。

秋俭问窦五爷：“您说，我这命值两万大洋吗？”

窦五爷点点头：“值值，当然值！”

秋俭傲然挑眉道：“那就放人吧五爷，我留下。”

窦五爷摇摇头：“说得太简单了，把你留下换走韩老板，这事行，可你刚才这手儿太不给我面子了，当着这帮兄弟上来就拿刀架我脖子上，这事传出去，我窦五以后就别在天津卫混了。”

秋俭看了眼窦五爷：“那你的意思，我应该怎么办才能换出韩老板？”

窦五爷道：“我这儿有我的规矩。”

秋俭一愣，问：“什么规矩？”

窦五爷嘴一撇：“韩啸亭在庆云楼唱戏，他的伙计钢刀飞出，直接砸我跟前。没伤到，我承认，但茶碗碰了，溅我半身水，当着那些老少爷们儿的面儿，我不能不急眼，要不这事在天津卫会传成笑话。所以我必须押下韩啸亭，哪怕我这里出人顶死罪，我也要砍他一条胳膊，要不，就拿钱换命。这是面子，不知道你懂不懂？”

秋俭冷笑：“这也太霸道了吧？”

“霸道不霸道，我说了算！”

秋俭点点头，问：“那我现在没钱，也不想让韩老板少条胳膊，你出个道吧。”

窦五爷脸色一阴，道：“那还有什么道不道的？要不他留，要不你留，反正我得见一条胳膊！”

秋俭哈哈大笑："这规矩倒挺公平！行，我答应你，我的胳膊留你这儿！"

"好！"窦五爷一挑大拇指，"是爷们儿！"

他站起身，慢慢走到秋俭面前，接着道："五爷看你是个爷们儿，给你个面子，留你左胳膊，怎样？"

秋俭笑笑："那得谢五爷了！"

窦五爷呵呵一笑："我自来公平讲理，胳膊一掉，我立刻放人，亲自派人送你们回北京。"

秋俭点点头，道："行，那就给你！"他手一探，唰的一声拔出条案上的钢刀，猛地砍向自己左臂！

"慢着！"窦五爷突然手一挥，"你着嘛急呀，我话还没说完呢！"

秋俭放下钢刀，问："五爷还有什么事？"

窦五爷冷笑："你容我说完嘛！你卸胳膊，是替韩老板还他的债，可你刚才拿刀架我脖子那事还没说清呢。你闹那一出，当着我这帮兄弟的面，我没脸了。"

秋俭把刀插回鞘里，问："那你想怎么办？"

窦五爷回头问老边："边爷，他这肆闹大堂的罪过，应该怎么处理？"

老边想都没想就道："八臂哪吒！"

"好！"窦五爷看着秋俭道："我们的规矩，你得来回八臂哪吒才行，算是给我赔罪圆脸儿。"

"什么叫八臂哪吒？"秋俭问。

窦五爷回答："八臂哪吒，就是你得在身上插上六把刀子，连你的两条胳膊，凑成八臂。我刚才拦你，是怕你少了条胳膊过不了这关。"

秋俭哈哈大笑："还真第一次听说，好！我答应你！先来八臂哪吒，再砍胳膊！"

窦五爷赞道："好胆量！可丑话说前边，不许喊疼，吭吭一声都算你输！"

秋俭冷笑："不会的。"

"好！"窦五爷手一挥，"来人！刀子给这位爷伺候着！"

"是，五爷！"一个混混大声答应着，跑到侧厅去取刀子。不一会儿，他托了个盘子出来，盘子衬着红绸布，里边整齐地摆着六把亮闪闪的尖刀。

秋俭看了看递到面前的刀子，伸手拿起一把，试了试刀尖的锐度，突然手一扬，猛地把那刀用力刺入左肩肩头，刀尖刺进约有两寸深，眨眼工夫，鲜血已经渗出。在场所有人没想到他说插就插，根本没犹豫，连一句场面话也没说，不由得都暗暗钦佩。

秋俭脸色平静，手一晃，第二把刀子又插到左锁骨窝处。鲜血开始汩汩流出，染透他的衣衫。接着，第三把连贯插入，秋俭已经额头沁汗，紧咬着牙，不哼一声。

窦五爷一旁大声喊道："够爷们儿，来，给他喊个好儿！"

"好！"

秋俭也不停手，忍着剧痛又把另外三把刀插到右肩上，顿时整个人就像血染一样。

"好一个八臂哪吒！够爷们儿！够爷们儿！"窦五爷大声叫好，接着吩咐，"来人，取最好的金疮药给这位大爷预备着……"

一个混混赶紧跑出去取。

秋俭满脸冷汗，肩上的刀子微微颤动，他忍着剧痛问道："五爷，能放人了吧？只要你放人，我再砍掉胳膊！"

窦五爷点点头："放！我说话算话，来人……"他冲那帮混混喊："赶快去请韩老板。"

血还在流，秋俭身子微微晃动，但他还是强忍着，不一会儿工夫，那个混混带着韩啸亭走到大堂。

韩啸亭一眼就看到肩插刀子、满身染血的秋俭，一惊之下急呼："秋俭！你……"边喊边跑到秋俭面前。

秋俭微笑道："韩伯伯，没事了，您可以走了。"

韩啸亭不知怎么回答，问道："你这刀……你这刀……"

正不知所措，那个取金疮药的混混跑了进来。

窦五爷吩咐道："赶紧给爷们儿拔刀止血！"

混混赶忙上来帮忙。

秋俭伸手示意不用帮忙，慢慢地把六把刀拔出扔到地上，六把刀触地，"当啷，当啷"作响，伤口处的鲜血又殷殷流出。

老边赶紧把金疮药撒在刀口上，血也立刻止住。

韩啸亭赶忙搀住秋俭，焦急地问："秋俭，你何苦要这样？"

秋俭向他一笑："韩伯伯，当年您对我有救命之恩，平时对我又这么好，我这点伤不算什么！您现在可以回北京了，窦五爷答应放您了。"

韩啸亭看了一眼窦五爷。

窦五爷点点头，一抱拳："这两天对不住韩老板了，以后天津卫的戏台您接着来，今天，这事算结了。"

韩啸亭点点头，搀着秋俭道："好，秋俭，咱们先走。"

秋俭还没说话，窦五爷在身后接茬道："别介！他还得愣会儿，有条胳膊还没留下呢！"

“什么？”韩啸亭一惊。

“没错，他已经答应了，卸掉左胳膊，替你赎罪。”

韩啸亭愣了，惊问秋俭：“秋俭，这是怎么个茬儿？”

秋俭点点头：“没错韩伯伯，我答应好砍条胳膊给他的，只要他放您回去。”

“不行！”韩啸亭语气坚决，道：“要砍砍我的，本来这就是我的事。”

秋俭摇摇头道：“韩伯伯，您别争了，赶紧回北京，盈袖妹子还在等您回家呢。我孤身一个，少条胳膊算什么？饭照样吃，酒照样喝，大刀照样耍，大鼓照样敲！”

“这不行！你年纪这么轻，我不能让你成了废人！”

秋俭摇摇头：“韩伯伯，我这条命当年是您救的，我就算死，报答您也值，您就甭拦着我了！”

韩啸亭还要说什么，秋俭喊道：“窦五爷，帮我把韩伯伯送出去吧。”

窦五爷大声答应：“好！来人，带韩老板去前堂喝茶！”

“是！”三个混混应声而上，夹起韩啸亭就往外拉。韩啸亭根本挣扎不过，嘴里连连喊：“秋俭，孩子，别砍，别砍！”说话间已经被三人强行拖出。

见韩啸亭出去，秋俭不再废话，强撑着走到桌前抄起钢刀，拔出后握在手中，俯身把左臂横放在条案上，右腕一抖，寒光闪处，直向自己的左臂砍去！

“慢！”突然有人大声阻止。

秋俭一愣，停下动作，回头一看，见发出声音的竟然是那个和自己年龄相仿的年轻人。

只见那年轻人走到窦五爷面前，微微颔首道：“五爷，恕我冒昧过问你们堂里的事，因为我看这位兄弟行事仗义，所以我有件事想求您。”

窦五爷眉头一皱，道：“田老弟，咱们兄弟这关系，有事你尽管说。”

姓田的年轻人道：“我想出两万大洋，替这位兄弟留住这条胳膊。”

窦五爷一愣：“田老弟，你未免也太仗义了吧，两万大洋，可不是小数目。”

“哈哈哈……”姓田的年轻人仰头大笑，“别说两万大洋，二十万我也出得起！我就是佩服这兄弟是条汉子，才决定这么做的。”

没等窦五爷说话，秋俭已经说道：“这位兄弟，多谢你的好意，你我素不相识，这人情我还不起。”

“不用你还。”那人帅气一笑道：“权当交个朋友。”

秋俭把刀一背，爽快说道：“那你这朋友我交定了，我叫秋俭，北京南郊大羊坊人。”

那年轻人一抱拳：“我也是北京人，我叫田子钧。”

“田兄，好意心领了，欠债还钱，我这胳膊必须留下。再说了，就算少条胳膊，也碍不了咱兄弟俩喝酒呀。”

田子钧拇指一竖：“秋兄，不如这样，两万大洋我出，胳膊你留着，就算我借你的，你慢慢还，我不定期限。”

秋俭听完还要说话，一旁的窦五爷大声嚷道：“行啦！你们哥儿俩你一句我一句地来回推让，反倒显出我不仗义了。这样，这胳膊我不要了，这位秋兄弟人仗义，我佩服，也算交他这个朋友。刚听边爷念叨，你和黑燕子魏五还有交情，那更不用说了，都是以前义和团的兄弟，算了，算了。”

田子钧一听，赶紧应道：“五爷仗义，不愧津门第一爷们儿！行，既然您都说这话了，我们哥儿俩也不费口舌了，这样，您昨晚说的那批古董，我一定都帮您卖给那些洋人，中间的辛苦费我也不要了，怎样？”

窦五爷一听，脸露喜色：“好！太好了！有你这句话，我就放心了。这批货出手，何止两万哪！”

接着他哈哈大笑，吩咐道：“边爷，麻利儿的，绝味楼订桌最好的酒席，今天中午，我要和这俩小兄弟好好喝次酒，就当结交了。”

秋俭见事已至此，也不想再多说，用钢刀在肩头蹭了下血，轻声说了声：“见血收刀。”然后把刀插回牛皮鞘，忍着痛向窦五爷行礼道：“五爷，结交您这事我十分乐意，可这饭我绝对不能吃了，我得赶快带着韩老板回北京，家里都着急着呢，日后有空，我秋俭亲自再登门拜望。”

窦五爷点点头：“那也行，看你这俩胳膊确实扛不住了，我让他们赶紧再给你包扎一下送你回京。只求老弟不要记恨你五爷，这是我们道上的规矩，换我，我也得来个八臂哪吒。”

秋俭道：“那就不麻烦五爷了，我还扛得住，我现在就想赶紧带韩老板回京，交情有了，以后有的是见面机会。”

“说得好！是条汉子！”

秋俭和窦五爷又客气了几句，忍着剧痛走到前堂药店，田子钧也跟着搀他出来。

见秋俭双臂完好地走了出来，一直惴惴不安的韩啸亭赶忙迎上来，接过钢刀，关切地问：“秋俭，你……”

秋俭一笑：“没事了韩伯伯，多亏这位田兄弟帮助，我这条胳膊保住了，咱们现在赶紧回北京吧。”

“你的伤？”

“我的伤没事，已经敷了药。”秋俭回头看了眼田子钧道：“田兄，多谢你这次帮助，我秋俭一定好好报答。”

田子钧一笑：“秋兄，你这话就见外了，咱们是朋友嘛！”

秋俭点点头，身形有些晃动，因为失血太多，他已经坚持不住了。他扶住韩啸亭伸来的手，道："那我们就回京了，咱们京城见。"

"好，京城见。"田子钧点头回答。

此时边爷从后堂跑出来，说道："秋兄弟，五爷吩咐了，派四个人套车送你们回京，车马上就套好。"

秋俭脸色已经煞白，觉得眼前景物模糊晃动。他还想说话，突然眼前一黑，就昏了过去。

第七章　儿女情长

等秋俭再次醒来，蒙眬中看到周围景物十分熟悉，再仔细辨认，竟然是自己的家。不过天色已黑，桌上的蜡烛微微晃动。他觉得有些口渴，四下看了看，见玉灵趴在自己腿上睡着了。再清醒了些，肩头刀伤的疼痛感也跟着袭来。

玉灵似乎觉察到他醒了，猛地抬起头，喊道："秋俭哥，你醒啦！"说着，美丽的大眼睛已经泪光闪闪，瞬间眼泪就流了下来。

秋俭勉强笑了笑："别哭玉灵，我这不没死嘛。"

玉灵点点头："秋俭哥，你吓死我了，傍晚他们把你送回来的时候，全身都是血。"

秋俭爱怜地看着玉灵，问道："韩老板呢，回来了吗？"

"回来了，吃了饭，跟我爸和皮爷聊天呢。"

秋俭点点头，道："那就好。"

玉灵语气里含着哭声道："秋俭哥，以后你再也别这样冒险了，好吗？我好害怕，万一……"

秋俭笑着打断她的话："好了玉灵，我知道了，再也不会让你担心了。"

玉灵点点头："嗯，那就好。那我赶紧去给你热饭，我姐炖了只鸡，说等你醒来吃的，我这就去端。"

秋俭已经没有了力气，觉得自己确实饿了，便轻轻地点点头。

玉灵飞快地跑了出去。

不一会儿，皮爷、韩啸亭、顾秉轩、王秋棠、孙广文、韩盈袖和玉瑛一起走进屋里，玉灵右手端着一碗鸡肉，左手拿着一个馒头也跟了进来。

秋俭欠身想坐正，韩啸亭上前一步示意不必，说道："秋俭，你感觉怎么样？"

秋俭笑笑："韩伯伯，我没事，您放心。"

韩啸亭一脸感激："谢谢你了秋俭，为了救我，让你受这么大的罪。"

"您别这样客气。"秋俭道："您救过我的命，我这样做是应该的。"

韩啸亭点点头："好孩子。"

孙广文也凑到床前："秋俭，你的胆子真够大的，这家伙多悬呀！下午那几个混混送你回来，我一看就急了，差点儿没揍他们一顿。"

玉瑛在旁边冷笑："就你这身子骨还想揍人，你没看见嘛，那四个混混根本就不怵。"

孙广文回头一撇嘴："别小看我，要不是你们都拦着，我还真敢花了他们！"

"就凭你？那去天津救韩老板，你咋不跟秋俭一起去？"

孙广文语塞，讪讪一笑："我去？我去了也是给秋俭添乱，我拿个大主意还行。"

王秋棠在一旁道："行啦行啦，这都什么时候了，你们还斗嘴，赶紧先让秋俭吃饭吧。"她爱怜地看了一眼儿子孙广文，道："这事我家广文也着急，要没有秋俭，他肯定去救韩老板。"

孙广文连连点头："对，没错，我妈这话说得对。等下次，你们就看我的本事吧！"

玉瑛瞪他一眼："得了吧你，还想有下次，这一次就够了。"

两人你一句我一句地斗嘴，玉灵已经走到床前，喂秋俭吃饭。秋俭确实饿了，忍着肩上伤口的疼痛，狼吞虎咽地吃着。

韩盈袖走过来道："秋俭大哥，谢谢你救了我爸爸，我怎么报答你呢？"

秋俭咽了一口饭，笑了笑："盈袖，这事不用报答，我应该做的。"

韩盈袖一脸感激，轻轻点点头。

韩啸亭一旁说："不如这样吧，这段时间，盈袖就住在玉灵家，帮着她们姐俩一起照顾秋俭，等秋俭伤好了，我一定摆几桌酒席，好好谢谢秋俭，谢谢大伙儿。"

玉灵听他一说，高兴地道："真好，我要和盈袖住一床！"

盈袖笑着看看玉灵："好！咱们一起照顾秋俭大哥。"

秋俭连连摇头："不用了，不用了，我这伤好得快，没事。"

皮爷在后边道："行了，你就别管了，踏踏实实养伤就行。盈袖还在上学，不要耽误学业，家里这么多人，我们照顾就行。"

孙广文一旁道："没错，明天天一亮我就找志武，我们一起打几只兔子野鸡，给秋俭补补。"

玉瑛瞪了他一眼："得了吧你，你们一起去，一天都敢交待在外边了，等你的兔子下锅，估计得过年开春儿了！"

孙广文就怵和玉瑛斗嘴，道："行行行，我说不过你还不行，咱就走着瞧，明天我们打不回兔子，你就吃了我。"

玉瑛刚要还嘴，顾秉轩皱眉道："行啦，别在这里打扰秋俭休息了，咱们前屋说话，秋俭吃完东西，早些睡吧。”

秋俭点点头，张嘴又吃了口玉灵喂来的馒头。

几人在前屋又聊了一个多时辰，韩啸亭带着女儿韩盈袖告辞离去，临走留下话，等秋俭恢复身体后要在城里宴请大家，皮爷和顾秉轩客气一番后答应了。

送走客人，孙广文急急地跑回自己的屋，从柜子上取下猎枪，对着油灯仔细擦拭着。

王秋棠走了进来，见儿子正在擦枪，问道：“广文，你明天真要去打兔子呀？”

孙广文头也不抬：“没错，我和志武说好了，明天一早就去，打兔子是次要的，主要是借机会玩儿一趟去。这不我爸不在嘛，他要在，肯定不让我去。”

王秋棠叹口气坐下：“你爸爸回来要知道家里出了这样的大事，还不急坏喽。”

“没事儿，妈，这不有我呢嘛。”

“有你管什么用！天天就知道玩儿，我跟你说啊，少跟志武一起瞎闹，他没爹没娘的，一人吃饱全家不饿，打架不要命，跟他学不出好来。”

孙广文一脸不以为然：“您老是看表面，志武虽然是个混不吝，可真仗义啊。您忘了去年秋天我们到马驹桥赶集，几个痞子找我碴儿，还不是志武护着我跟他们干起来了，花了他们好几个，自己也让那帮打得血葫芦似的。要没他，我小命儿早没了。”

王秋棠叹口气：“这事我记着呢，后来我也没亏待志武呀。好了，不扯远的，我的意思是，你都老大不小了，得踏实了，想想自己的事，赶紧把媳妇给我娶一个回来。”

孙广文吹吹枪筒，哈哈一笑：“妈，您这是着急抱孙子了是吗？”

王秋棠瞪了儿子一眼：“你说呢？我昨晚还做了个梦，梦见个大胖小子，长得倍儿俊，追着我管我叫奶奶。我说抱抱他吧，他还跟我转影壁，嘎嘎乐着，小脸儿红扑扑的那么爱人儿，到后来把我也乐醒了。”

孙广文大笑：“哎哟，我的亲妈吔！我这还没做梦娶到媳妇呢，您做梦都抱上大胖孙子了，咱不带这样的行吗？”

王秋棠眉头一皱：“我这没跟你开玩笑啊，跟你说，正不娶腊不订，过了这个冬天，来年开了春儿我就给你提亲去。”

“提亲？跟谁提亲？”

王秋棠一乐：“我和你爸都合计好了，你觉得玉瑛怎么样？”

“玉瑛？”孙广文急了，“哎哟妈，您饶了我吧，她整个一个母老虎，打小就欺负我，不行！不行！”

王秋棠瞪了儿子一眼：“你懂什么！你顾伯伯家虽然没钱，但咱们都知根知底，而且玉瑛长得也不丑，打小又跟皮爷练武术，身子壮实，模样富态，我看了，生三两个大胖小子没问题。”

孙广文看了眼母亲：“您这话就不对，模样富态就能生好多孩子是吗？那您这么富态，怎么就生了我一个呀？”

王秋棠啐了儿子一口：“怎么跟妈说话呢，你上边好几个都没保住不是。我上辈子做了什么孽，生了你这个不是东西的，天天让我操心着急。告诉你啊，我也不跟你废话了，就玉瑛了，我说了算。结了婚，赶紧撑起咱家的买卖，也该让你爸歇着了，可说好了，开春我就去提亲。”

“妈！”孙广文把枪咣的一声扔到桌上，“告诉您啊，没戏！这都哪儿跟哪儿呀，我先告诉您，我不同意！”

王秋棠眼一瞪：“你这孩子怎么不懂事呀？告诉你，你爸那儿已经点头了，他也觉得玉瑛不错。”

“可我不喜欢玉瑛！”

“不喜欢玉瑛？”王秋棠一愣，抬头看着儿子，“那你说，你喜欢谁？只要合适，我给你说去！”

孙广文道：“我谁也不喜欢。”

王秋棠见儿子不同意，赶紧问：“要是玉瑛不行，那就玉灵，玉灵行不行？”

“玉灵更不行。”

“为什么不行？”

“玉灵和秋俭好呢，您会不知道？”

王秋棠道：“嗯，倒听说了，这俩孩子确实挺般配。可这玉灵虽然漂亮，却不像有福气的人，还学了你顾伯伯在义和团当军师时候的一些法术。她这孩子心地好我知道，可你是没看见呀，那天她逗街坊的孩子们玩儿，手一指，竟然让咱院里的那个桌子飞了起来，绕着柿子树转了三圈，吓死我了！”

“哎呀！我的傻妈耶！那是玉灵变戏法呢，您不懂！再说我顾伯伯也跟我爸爸说过，世上没有鬼怪，义和团那会儿刀枪不入、撒豆成兵的本事其实都是障眼法，洋人叫魔术，说白了，就是稳定军心的大戏法。”

王秋棠不信：“再是戏法，那也够吓人的！”说到这儿她回过闷儿来：“哎不对！我这跟你商量和玉瑛的婚事呢，你跟我扯哪儿去了！”

孙广文急了：“妈！说出大天儿来我也不娶玉瑛！”

王秋棠懒得和儿子费口舌，只好先安抚：“行吧，这事我也做不了主，等你爸爸回来吧，听你爸怎么说。”

“就算我爸回来，我也不娶玉瑛！”孙广文依然固执。

王秋棠又瞪了儿子一眼：“我上辈子欠你的！咱俩说啥也没用，等你爸回来再说吧，你明天和志武打猎留点儿神，别走火伤到自己。”

见秋俭睡去，玉灵回家盛了碗鸡汤。刚走到胡同口，突然听到有人在背后叫她的名字，她回头一看，原来是鼓坊的木工伙计鼓槌。这鼓槌是鼓坊有名的混子，因为父母在一次鼓坊火灾里救火而亡，所以孙凤臣怜他孤苦，对他百般忍让，但鼓坊的其他伙计都厌烦他。

玉灵知道鼓槌喜欢自己，他也曾经半开玩笑地表达过，但玉灵碍于面子，没有出言驳斥过。

她回身问：“有事吗鼓槌？”

鼓槌嘿嘿笑着来到她身边，问：“又给秋俭送饭去？”

“对，你叫我有事吗？没事我赶紧去了。”

鼓槌连忙道：“有事！当然有事！”

“你说。”

“哦……”鼓槌从怀里掏出一瓶香水，冲玉灵一晃，“我去天津送货，给你买了瓶法兰西的香水，倍儿香，茉莉花味儿的，你肯定喜欢，不信你闻。”说完就要打开盖子。

玉灵一躲：“谢谢你，我不要。”

鼓槌连忙道：“是我大老远给你买的，贵着呢，你就收下吧。你不要我可扔了啊。”

玉灵微微一笑：“扔不扔随你，我得走了，要不鸡汤凉了。”

鼓槌有点恼火了，道：“我就不知道秋俭哪里好，一个叫花子出身，给不了你田，给不了你地的，你想想，他穷得连间房子都没有，你跟他好什么劲啊！”

玉灵冷笑，转头就走。

鼓槌赶忙跟上道：“玉灵，我一直喜欢你，你又不是不知道，别和秋俭好了，跟我一起吧！”

玉灵面色一沉，冷言道：“你再纠缠我，我可喊人了！我告诉你鼓槌，你不要再跟着我了，我不喜欢你，永远也不会喜欢上你！”说完急步离开。

鼓槌恨恨地看着玉灵的背影，又看了一眼手里的香水，嘀咕道：“那咱们就走着瞧！我得不到你，别人也甭想！”说完狠狠地把香水摔到地上，转身离去。

屋子安静异常，橘亮的煤油灯灯光晃动着，玉灵守护在秋俭的床前，托着腮，看着睡熟的秋俭，听着他轻声的呼吸。

秋俭再一次醒来，看到玉灵还在，眉头皱了皱："玉灵，你怎么还不去睡？"

玉灵微微一笑，目光晶莹："我怕你半夜发起烧来，跟我爸说了，留在这里看着你。"

秋俭一笑："我没事的玉灵，这么大，你见过我发烧吗？"

"可这回你伤得这样严重，万一……"

"真的没有万一，我身体棒着呢。天太晚了，你赶紧回屋睡觉吧，听话玉灵。"

玉灵笑了笑："我不困，你醒了，我陪你聊会儿天。"

秋俭点点头，眼里闪出一丝柔软的光。他抬头看了眼窗户，突然说道："玉灵，有月亮。"

果然，洁白的窗纸洒射着一片银光。

玉灵点点头："当然，刚过中秋节嘛，月亮特别亮。"

"那你打开窗子，我看看。"

"这哪儿行？太凉。"

秋俭笑笑："没事的，我想看看。"

玉灵点点头，起身掀起窗户，用支棍支好，一下，银色的月光照射进屋里，洒在床上和屋里。同时，一股秋天潮凉的夜气也扑面而入，让人精神一爽。

秋俭深深吸了口气："好舒服呀！"

玉灵给他盖紧被角，抬头望向天上那轮高高盈空皎洁的缺月，点点头。

两人一起看着窗外的月光，呼吸平缓，听着院里秋虫低低的鸣叫声。过了很久，秋俭叹了口气："十年了，过得好快！"

玉灵点点头，眼睛依然望着月亮："是！十年前中秋刚过，你来到这里，那时我还是个小孩。"

"我那时也是小孩呀，还不到十岁。"秋俭笑笑。

"可那时你在我眼里，就像个大人一样了。"

"是吗？"

"嗯！"玉灵点点头，"我记得那天也是这样一个晚上，也是这么亮的月亮，我爸爸和孙叔叔、皮爷一起在鼓坊院里喝酒，广文和我姐在院里捉迷藏。那时你为了救我，手刚被大钢刀砍伤。你刚来，不爱说话，对谁都是恭恭敬敬的，我也特好奇地远远看着你。"

秋俭呵呵一笑："那是你腼腆，我那时和广文、玉瑛已经有很多话说了。"

玉灵笑笑："也许吧。我记得那天晚上，你独自守在那面大鼓前边，不说话，愣愣地哭。"

秋俭叹口气："是，那是孙伯伯给我魏大哥送行的大鼓，魏大哥是听着它鼓响三通后死的。”

玉灵点点头：“我知道，那晚我就在你身后，特别想去劝劝你，可又不知怎么劝你。”

秋俭眼光温柔地看看玉灵：“我知道你在我身后，一直不言不语地等我回身，心里也特别感动。因为我从小就见过太多世间炎凉，处处被欺负，直到遇到魏大哥，遇到你们，我才感受到亲人一样的关心。”

玉灵点点头：“是，秋俭哥，我们本来就是亲人嘛！”

说到这里，两人默契地对望一眼，眼光里爱意闪动，心像是紧紧连在了一起。

安顿好秋俭，玉灵回到自己家里，姐姐玉瑛还没睡，就着油灯在缝着件衣服，见妹妹进来，她赶紧把衣服匆匆收起。

玉灵好奇地问：“姐，你怎么还不睡，缝什么衣服呢？”

“你少管！”玉瑛收起针线笸箩，起身铺着被褥，问，“秋俭哥睡了？”

“嗯，睡了。”玉灵一边回答一边绕到姐姐身后，猛地从被子底下拽出那件大褂，伸手展开问，“姐，这是谁的？肯定不是咱爸的。”

玉瑛急了，回身猛地抢过藏在背后：“死丫头，少问。”

玉灵一笑：“姐，你是不是有心上人了？”

玉瑛脸一红：“没有。”

“鬼信！”玉灵大眼睛盯着姐姐，“告诉你，我可会猜心术，咱爸亲传的，你不说我也知道是谁，肯定是志……”

玉瑛脸更红了，推了妹妹一下：“不许说……”

玉灵近身搂住姐姐：“姐，你不用瞒我，我早知道是志武了。这事我真不知道怎么说，我觉得吧，心里惦记一个人，爱一个人，不管他什么样，就算是土匪强盗，只要你爱上了他，怎么都值，这是缘分，谁也阻止不了。”

玉瑛脸色一哀：“玉灵，咱们是亲姐妹，咱们俩是最贴心的，我知道他这个人脾气不怎么样，可自打那年他从河里救起了我，我就喜欢上了他，打心底喜欢。我真不是感恩，而且，他越是对我爱答不理，我就越喜欢，这也许有点贱，可我就是管不住自己，见到他心就怦怦跳。”

玉灵紧紧搂住姐姐，玉瑛歪脸靠在妹妹肩头，眼泪已经落下，在油灯的照射下闪着光。

片刻，玉灵拍拍姐姐的后背道：“姐，他也不是对你爱答不理的嘛，我看见了，你给他做的布鞋，他穿着呢，这说明，他心里还是有你的。”

玉瑛抬头，抹了抹眼泪，微笑道：“嗯，我也看见了，心里也美滋滋的。”

玉灵笑着给姐姐擦着眼泪，道：“姐，瞧你这样，跟平时两人似的，平时王熙凤似的风风火火厉害着呢，现在怎么跟林黛玉似的，说出去谁信呀。”

玉瑛哧地一笑：“最坏了你！听着啊，不许跟别人说，跟秋俭哥也不许说。”

玉灵脸一红：“知道啦，我不说就是了，可……可你干吗还单提秋俭哥…”最后声音变小，神色娇羞。

玉瑛一笑：“傻丫头，这有啥可害臊的，秋俭多好的人呀，实在、仗义，他一定会好好待你的。”

“姐……”玉灵脸通红。

玉瑛笑：“好啦，赶紧睡觉，明天早起还得给秋俭做饭呢。”

第二天，孙广文和志武一直在野外转悠打猎。一上午工夫，已经打了三只野兔和四只野鸡。秋阳如火，两人坐在一棵茂盛的柏树下休息，四周秋草茂盛，秋风习习，偶尔会有一群鸟雀扑簌簌惊飞起来。

志武光着健硕的膀子，大口吃着干粮，手里摆弄着孙广文的猎枪。

孙广文一脸大汗，用凉帽扇着风。他踢了一脚地上的死兔子问：“志武，够了吧？”

志武点点头：“差不多了，主要是你这土猎枪不好使，你也看到了，声音大，却不见子弹蹿，好几只兔子都躲过去了，咱们就算再打，它们也不敢出来了。”

孙广文点点头：“是，我家这猎枪有年头了，听皮爷说还打死过洋毛子呢，这东西也是好汉不提当年勇啊！”

志武一乐：“嗯，回家就收起来吧，没法用了。不过今天这一上午咱们收获不小，够秋俭补半个月的了。”

“你累不累？”孙广文问。

“这累什么？再说了，这是给秋俭打的，他行为办事是个爷们儿，我打心里佩服他，这也算我一番心意啦。要不是枪不好使，我能把这南海子皇苑的兔子打绝了。”

孙广文知道他不是在吹牛，方圆十余里，提起志武的枪法准，人人都称赞拜服。

志武吃完干粮喝了口水，突然侧头问孙广文：“广文，敢不敢跟我干件大事？”

孙广文一愣：“大事？你要干吗？”

志武一笑，目光犀利：“弄杆真枪玩玩。”

“真枪？”孙广文惊异地看着志武，“你……你哪儿弄去？”

志武伸手向西一指：“南苑兵营。”

孙广文听到这里，脸都白了："你……你要到兵营偷枪！"

"嗯！"

孙广文声音都发颤了："你不要命啦？这不是老虎嘴下拔毛吗？别别别，千万别！"

志武哧地一笑："瞧你这点儿胆子！"

孙广文站起身，拍拍屁股上的土，道："行，我胆儿小行了吧。您胆儿大您去，我这还没活够呢，这差事我就不陪您了。"

志武也站起身："行，我也不强求你，你不敢去就算了，我已经和鼓槌说好了，你不去他去。可话说前头，我拿你当兄弟，才把这事告诉你的，你可千万别声张出去。"

孙广文连连点头："行！您是我亲大爷，这事就是碗红烧肉，直接化我肚子里了。"说完他又看了一眼志武，"可你弄枪打算干吗？"

志武目光炯炯地看着孙广文："不干吗，我就是喜欢枪。"

"我知道你喜欢枪，可去兵营偷枪，这事真不靠谱。"

志武一笑："靠不靠谱，这不是你操心的事，你既然不跟我去，我就跟鼓槌去。"

孙广文也不敢问了，愣了一下："你们去不去的单说，那南苑兵营都是兵，三步一岗五步一哨的，你怎么弄啊？"

"我前几天跟徐豁子给兵营送菜，特意看了，有个废枪库堆了好多枪，可以浑水摸鱼。"

孙广文点点头："那你得留点神，这可是掉脑袋的活儿。"

志武看了眼天色："嗯，我知道。这不是着急的事，得找对机会。"

孙广文咂了一下嘴："不说了，听着心里就突突的慌，不过鼓槌那小子适合干这个，他自小胆子就大。"

两人骑着马回到村口，志武把枪和猎物递给孙广文，自己溜达着回了家，刚要进家门，突然身后有人轻声喊他："志武。"

志武回头一看，玉瑛从胡同边的角落低头走出来。

两人都显得局促，玉瑛脸红红的。

志武看看周围，低声问："玉瑛，你找我有事？"

玉瑛点点头："嗯，天渐凉了，我给你做了件夹袄，你带手就穿上吧。"

志武哧地一笑："不用啦，我身体棒着呢，三九天穿件单褂都冒汗。"

玉瑛看到志武说话轻松，也恢复了一些平日的利落脾气，把手里的夹袄一递："给你做的，你就穿，不用客气。"

志武微微一笑："玉瑛，你怎么对我这么好，又做鞋又做衣服的？我光棍一根，家里有几只耗子大家都知道，你这老给我做衣服，我穿出去跟新姑爷似的，谁见喽都得寻思寻思，这要让人看见是你送的，你不怕别人笑话你？”

玉瑛脸一红，语气坚定地道：“不怕！只要你穿，我就不怕别人知道。”

志武一笑，点点头：“那就行。我就不客气了，谢谢啊。”说完接过夹袄。

玉瑛见他收下衣服，看了眼四周，低声说道：“一定得穿啊！”

志武把夹袄往腋下一夹：“行，我穿。”说完目光大方地盯视着玉瑛，一脸真诚。

玉瑛被他这样看着，脸又红了，点点头，最后抬头认真地看了一眼志武，也不再说话，转身匆匆走了。

志武看着玉瑛的背影消失，回身走进家门，在院里停住脚步，低头看了眼做工精细的夹袄，轻叹了一口气。

秋俭身体本来就强壮，身边的人又照顾周到，不到两个月，已经恢复得很好了。孙凤臣从包头办事回来后，听说了秋俭津门涉险的事，也是大吃一惊，最后听说所有人都平安无事，才放心下来。

进了腊月，也是鼓坊最轻省安逸的时期，天寒地冻，所有泡皮硝皮的活计已经停了，工人们劳累一年，纷纷回家过年，全国各地春节订的鼓也在年前送到了。

这一天，北风呼啸，韩啸亭坐着马车来到鼓坊。

孙凤臣听说韩老板上门来，赶忙和秋俭、皮爷一起迎出门来。

韩啸亭下了车，向三人拱手施礼道：“孙兄、皮爷，这大冷天的登门拜访，不要见怪呀！”

孙凤臣回礼笑道：“韩老板别这样客气，您是贵客，赶紧里边请。”

皮爷一起抱拳施礼：“韩老板好哇！走，先进家”又吩咐秋俭：“秋俭，你带车把式后院歇着。”

秋俭点头答应：“好！”跟着上前向韩啸亭行礼：“韩伯伯，您好！”

韩啸亭笑着看看秋俭：“孩子，伤恢复得如何？”

“已经没事了，您放心吧！”

韩啸亭叹气道：“都是因为我，才让你受了这么些罪。本来从天津回来一直想宴请大家，聊表心意，谁知家里又出了档子事，这不，刚把事弄清，就赶忙过来，请大家进京聚聚。”

孙凤臣一愣：“韩老板，家里又出了什么事？”

“唉，一言难尽！不过现在没事了。你们放心。”韩啸亭叹气说道。

皮爷道：“先进家，咱们再慢慢说。”

鼓坊的会客厅里，炭盆温暖，几人坐下喝着茶，听韩啸亭聊起家里刚刚发生的事。

韩啸亭喝了口茶，轻轻摇摇头道：“你们也都知道，自打民国二十年秋天‘九一八’事变，日本人占了咱们整个东三省，这仗就打个没完，咱们中国也到了生死存亡的时候了。这小日本的野心太大，今年又开始打咱们这里的主意，嚷嚷着要‘华北自治’，冀东十二县现在都闹独立，自建‘自治维持会’，其实都是日本人指使一群汉奸闹的。咱们中国人心一散，不就等着人家侵略割食嘛！去年 12 月 9 号，咱北平几所大学的大学生都到天安门游行示威，闹到最后，军警出动镇压，开始打人抓人。前些日子，这帮学生又组织了几次游行，结果……”

秋俭一旁听到，问道：“难道盈袖也去了？”

韩啸亭点点头：“是，我虽然知道危险，可这帮学生干的是正确的事，所以没有阻拦她，只让她注意安全。结果当天晚上，她的一个同学跑来报信，说眼看着她被军警抓走了。”

“现在怎样？”秋俭急问。

韩啸亭道：“现在没事了，已经放出来了，而且是那个在天津遇到的年轻人帮忙救出来的。”

“是那个姓田的兄弟？”

“对！田子钧！后来一细问，还算是故交。”

“故交？”秋俭疑惑地看看其他几人，“韩伯伯，这田子钧您以前就认识？”

韩啸亭喝口茶：“他我不认识，但他的父亲我认识，而且……”他看了一眼孙凤臣和皮爷，“孙掌柜和皮爷，你们也认识。”

孙凤臣一愣：“谁？”

韩啸亭道：“他的父亲，就是以前的京师警察厅厅长田逢济。”

孙凤臣恍然大悟道：“田逢济我当然认识，那孩子我也想起来了，当年您为了救秋俭，给那个赵旅长唱堂会，我还见过这个田子钧呢，不过那时他还小。”

“对，就是他。那天我正在家发愁，不知怎么去救我家盈袖，这田子钧竟然登门拜访，说去北平警察局办事，无意中看到被捕学生名单中有盈袖的名字，所以赶过来问问，是不是我女儿。”

“那后来呢？”秋俭问。

韩啸亭道：“我说盈袖就是我的女儿，这田子钧只是点点头，草草谈了几句话就走了。第二天，他就派人把盈袖送到家里来了，也不知道他托了什么关系，风声这么紧，还能救出盈袖。”

孙凤臣听完道：“嗯，田逢济已经退出警界从商，但上下级的故人交道还在，这田子钧能救出盈袖，也是理所当然之事。”

韩啸亭点点头："我想也是。但这年轻人帮了这么大忙，我也有些过意不去。这不，我也不敢再让盈袖露面，怕再惹上麻烦，毕竟还有好多学生没放出来呢。我叫她在家里待着不许出门，自己赶紧过来，想请几位到京城一聚，顺便叫上那田子钧一起，略备薄酒一并感谢。毕竟那回在天津，他也出面帮着说和，没让窦五爷为难秋俭。"

秋俭点点头："是，那天这位田兄确实帮了忙，要不还不知道结果如何呢。"

韩啸亭道："所以，孙掌柜，皮爷，还有秋俭，这顿饭你们一定要去，再叫上顾先生一起，咱们后天哈德门外萃珍楼聚聚，请务必赏光呀。"

孙凤臣笑道："那好，我们就不说客气话了，肯定叨扰。"

秋俭也一旁道："嗯，我也一道亲自谢谢这个田子钧。"

哈德门外，临近大街的萃珍楼灯光璀璨，客人进进出出，喝酒划拳，应酬推让的声音此起彼伏，生意特别红火。

二楼雅座里，韩啸亭置办了一桌丰盛的酒宴款待孙凤臣、皮爷、顾秉轩、秋俭、田子钧几人，满桌谈笑风生，频频碰杯敬酒。

秋俭和田子钧是年轻人，属于晚辈，坐了下首，两人挨坐着，边喝酒边聊天，特别投机。

看几位长辈喝得尽兴，谈的都是家国往事，两人也不便插话，田子钧拍了拍秋俭的肩膀道："走，秋俭兄，咱们出去透透气。"

两人走到二楼外的阳台上，并肩站在栏杆前。此时饭点已过，人少了很多，低头看去，哈德门外大街清寂萧条。此时已是初冬时节，街上行人行色匆匆，偶尔有三三两两的人力车急急跑过。细听，西面的前门火车站隐隐传来火车汽笛声音。往北望去，破败的哈德门城楼高耸突兀，在灰灰的夜空映衬下，只看到一个庞大的黑色剪影。

静默片刻，田子钧看了眼秋俭，问道："秋俭，咱们虽然认识不久，但我佩服你是条汉子，早就把你当亲兄弟看待了。我有件事想问你，你一身武功，性格又循情重义，难道就打算一辈子在鼓坊做鼓，不想干一番大事业吗？"

秋俭一笑："大事业？你说的大事业指的是什么？"

田子钧目光一闪："说大事业有些不符，我的意思，大丈夫嘛，应当做大丈夫该做的事，不能守着老婆孩子二亩地平淡一生，不求轰轰烈烈，也得无愧于心啊。"

秋俭点点头："你说的我都懂，我从小乞讨为生，也经常去茶馆酒楼，那里的说书先生讲的评书里的大英雄也是我钦佩的。我那时就觉得，做，就要做个让后人在评书里夸赞的大丈夫，这样才配得上人生一世。"

"对呀！"田子钧用力拍了一下栏杆道："所以我劝你，趁着年轻没有妻儿牵绊，应该出去闯荡闯荡。"

"闯荡一番我倒敢，但最终的成就目的是什么，你指点一下。"秋俭目光炯炯地看着田子钧。

田子钧微微一笑："那就看你想要什么了。男人嘛，最重要的无非钱权二字。钱，可以从各种路子挣，区别就是沾血和不沾血。现在天下大乱，眼看就要和日本人干仗了，发财挣钱的机会有的是。权嘛，也得借这国难当头的时机挣来，不过先要争取手里有枪，身后有跟随的人马，到最后不管成王成寇，只要你敢想敢做，想当多大的官都行。"

秋俭听到他这番话后很是吃惊，没想到身边这个干瘦挺拔的年轻人竟然有这么大的见识，虽然总觉得哪里不对，但从历史故事总结，又在情理之中。他无言辩驳，听完后，只是微微发愣。

见秋俭沉默了，田子钧哧地一笑，伸手拍拍秋俭的肩膀："秋俭，是不是我的话惊到你了？呵呵，你不用想太多，人各有志，道有其谋，每个人都有自己的做人准则和行为办事方法，我只是愿意看到你像个大丈夫一样，出去闯一片天下。"

秋俭轻出口气，点点头："我明白，你这话我记心里了，还是看时机吧，真有了让我值得一搏的机会，我肯定会好好把握的。"

田子钧赞道："好，我信你。"

秋俭笑："子钧，你现在如何去干你的事业？"

田子钧顿了顿，目视远处："我现在就是挣钱，积累实力，我不会做普通的商人，我要干成我所谓的大事。"

秋俭看着田子钧，看着这个既熟悉又陌生的汉子，心中隐隐感到一丝担忧。

田子钧没有觉察到秋俭的眼神变化，接着说："秋俭，不如你跟我一起干吧，我们一起去挣钱干大事，我信得过你。我过了年就去东北做一笔粮食买卖，可这次不是私人买卖，而是替军队做买卖。"

秋俭一愣："东三省现在是日本人的地盘，两国军队如同死敌，怎么还能做生意？"

田子钧一笑："这你就不懂了秋俭，就算咱们跟日本正式开战，可生意还是要做的，而且会做得更大，钱会挣得更多。你别忘了，现在东三省被日本人侵占了，可那里还有中国人嘛，只要有中国人，什么样的买卖都能做。别说粮食了，就算飞机大炮也能买进卖出，这就是所谓的国难财。你不知道，现在政府的一些高官都私下和日本人有经济往来，谁都想趁这战事将起的时候发笔横财。我这次的粮食买卖，说白了就是战前囤货，战事一起，粮食价格供需肯定见涨吃紧，不管卖军卖民都能挣钱。”

听到此处，秋俭叹口气：“子钧，你说的我都明白，这是你的事，我也不愿评议太多。我把你当朋友，当兄弟，只求你做到一点，无论何时何地，心中都要秉着一股正气才行，我们毕竟是中国人。”

“嗯，我明白你的意思。”田子钧点头，“这点我会记在心里的，你……不和我一起干？”

秋俭摇摇头，轻叹口气：“不了，眼下全国上下民不聊生，鼓坊生意不是特别好做，我孙伯伯也是很难，现在只有我能帮他了。”

田子钧点点头：“嗯，那我不强求，走，咱们进去再喝几杯。过了年我就要走了，初步定的两个月就能回来，可东北那地方的情形我也不算太清楚，也许困难重重，再回来和你喝酒就不知道什么时候了。”

秋俭点点头：“嗯，多注意安全吧。”

田子钧一笑：“知道，我虽然没有你这一身好武艺，但胆子还是有的，而且……”他边说边从西服衣兜里掏出把左轮手枪，冲秋俭晃了晃，“我有这东西，大不了就干起来！”

秋俭仔细看了看田子钧手里的枪，轻笑：“我认识这把枪，在天津的时候，它曾经指过我的脑袋。”

“哈哈哈！”田子钧大笑着收起手枪，道：“对，就是这把枪。没有它，我们也不会认识呢。”

秋俭点头：“我也是头一次被枪指着脑袋。”

田子钧点头：“所以说我佩服你，这枪指着你的时候，我在你眼里没看到一丝害怕和胆怯。”

秋俭一笑：“我那时已经把生死置之度外了，已经谈不上害怕。”

田子钧眼中全是敬佩神色，赞道：“真是条汉子！”说完顿了顿，突然说道：“秋俭，不如咱俩结拜为兄弟吧！”

秋俭大喜：“这当然可以了。走，咱们进去，让他们老几位做个见证，借桌上之酒，跪地结拜如何？”

田子钧眼中闪出惊喜之色，跟着却犹豫道：“嗯，不如这样吧秋俭，等我从东北回来，咱们再结拜，因为我这一趟生意还不知福祸呢，万一把命交待在了那边，也对不起你这个兄弟呀。这样，等我回来吧，两个月后，春暖花开了，咱们在你们南郊找一处桃园，学学刘关张桃园结义，那样多好！”

秋俭点点头，干脆地道：“好！春暖花开，我等你回来！”

第八章　古宅狐仙

1937年。

春暖花开，北京南郊的阳光也显得特别明媚。

秋俭穿着件石青色短褂，背着自己的钢刀，一副心事重重的模样，皱着眉头走进玉灵家的庭院。

宽阔的庭院充满了春日明艳的阳光，院里树枝草叶生机盎然，或浓绿或嫩黄，映衬着满院团簇如锦的花海，层次分明。

地上，晚柳的积絮随着他步履带出的风旋着飞了起来，飘摇扬起，然后又轻盈地落下。

院里杏花开得正浓，满树粉红，风吹来，雪片般的花瓣飘摇斜落，积在地上，满满的一层。

转过花瓣如雪嫩叶盎然的杏树丛，一片新植的夹竹桃开得正艳，花朵红白纷错，衬着绿玉般尖尖的叶子，美到极致。不断飘来的幽幽香气沁入心肺，使人熏然如醉。

书房里，顾秉轩站在书案前低头画着画，午后明亮的阳光从敞开的窗子斜射进来，洒在他的身上，白暗分明。

玉灵拿着一把鸡毛掸子，正轻轻地走来走去，细心地掸着书架和桌椅上的浮尘，秀美的脸庞红润光滑，一副认真的表情，掸起的轻尘飞舞在屋内的阳光里，飘忽着。

见到秋俭进屋，她眼露喜色，道："呀，秋俭哥回来了！"

秋俭点头："刚回来。"说完又恭敬地向顾秉轩打了招呼。

顾秉轩停笔抬起头，语气缓缓地问："秋俭，怎么了，你有心事？"

秋俭解下牛皮鞘钢刀，横在手里，一脸烦闷地坐到椅子上，语气低沉地回答道："是。"

玉灵微微一笑，放下掸子，走到秋俭身边，问道："怎么了秋俭哥，烦什么？保定的买卖遇到困难了？"

秋俭轻轻抚摸着手里的钢刀，叹口气道："跟这没关系，保定的事挺顺利。

就是刚认识的那个朋友田子钧，他去东北办事，说好两个月就回来，现在都快三个月了，还没有消息。我昨晚做了个梦，梦到他被一群黑狗追，身上都是血，我担心他出事！”

“哈哈哈！”顾秉轩爽朗地笑着走到秋俭面前，想了想，说道：“这样吧秋俭，这里有纸笔，你随便写一个字，我来用这个字帮你推算一下他的现况。”

秋俭一愣，诧异地问道：“顾伯伯，您还会测字？”

顾秉轩眼光晶莹，笑容和蔼，微微点头：“当然，触类旁通嘛。周易演卦，驱鬼伏邪，和测字解梦都是一路的。”

秋俭很是佩服，兴奋地道：“那好，您赶紧帮我推算一下，要不我心里老是惦记田兄弟的事。”

顾秉轩把秋俭拉到书案前，在桌上展开一张白纸：“那你写个字吧，随便写一个就行。”

秋俭挠挠头，想了想，一时间不知写什么字好，玉灵在一旁看着他笑。最后他晃了晃手里的牛皮鞘钢刀，说道：“就它吧，‘刀’字！”

顾秉轩递过一支毛笔，道：“写上。”

秋俭连连摇头：“还写它干吗？您直接推算就是！”

“你确定不写？”

“嗯，不写。”

“那好，我来给你推测这个‘刀’字。”

顾秉轩用毛笔在纸上写了一个“刀”字，双目炯炯地看着秋俭，缓缓说道：“你看，‘刀’字主凶，田子钧又可巧姓田，‘田’字下边加‘刀’，可以看作是个‘男’字，‘男’去了‘田’剩‘刀’，这样推来，他有杀头之灾！”

“啊！”秋俭惊呼一声，接着道：“顾伯伯，您可别吓我，我一直怕的就是这个。东北那边处处危险，他又是一人去的，算了算了，咱们重来，不用这个‘刀’字了！”

玉灵在一旁呵呵笑道：“你这人，测字这事是不能反悔的。”

秋俭焦急地道：“那怎么办？”

顾秉轩哈哈大笑，道：“秋俭，少安毋躁，此事有缓的。”

“有缓？顾伯伯，人都被砍头了，到哪儿缓去呀？”

顾秉轩微笑，一脸神秘：“你已经给缓了啊。”

“我给缓了？”秋俭张大嘴巴，又问，“我怎么给缓的？”

顾秉轩点着写在纸上的“刀”字，说道：“我让你把这个‘刀’字写到纸上，你嫌麻烦，没写，就破了我刚才说的砍头的凶测。”

秋俭糊涂了，惊讶地看着顾秉轩，等他解释。

顾秉轩接着解释："'刀'字写到纸上，再应和你所询之事，就自然成了凶测。然而你用口说出，反而是吉测了。"

"吉测？吉从何来！"秋俭赶忙问道。

顾秉轩提笔在纸上又写下一个"刀"字，解释道："你用口说出，所以就得在'刀'边加个'口'字，加完无外乎下面几种组合。你看，'刀'字左边加口，是'叨'字，正契合你此时状态，不停叨念这个田子钧。"

秋俭点点头。

顾秉轩又说："'刀'字右边加口，可以看作个'加'字，可推为他临时加了新事情，所以这么长时间没回来，或是他这次远行所办之事完成得漂亮，加了官位。"

秋俭点头道："官位倒不至于，他是去做生意，我只求他此行平安就好。"

顾秉轩继续推道："你再看，'刀'字上边加口，是个'另'字，这样更落实他应该是临时另有了新事情要办。"

秋俭点头，问："那他何时回来？"

顾秉轩道："这就简单了，你再看，'刀'字下边加口，是个'召'字，他去的日数太久，只要他家人召他速归，他肯定很快就会回来的。"

"很快？能多久回来？"

顾秉轩用手点了点纸上的"刀"字，笑着说："你看看，'刀'字像个'九'字，而且是'九'不出头，右边的钩往里拐。所以说，田子钧出不了九天头上，从今天算起，九天以里吧，就能平安回来。"

秋俭大喜过望，哈哈笑着道："顾伯伯，太好了！但愿如您所推，他能平安回来。哈哈，没想到犯了个懒，没在纸上写这个字，还做对了。"

一旁的玉灵见他这么孩子气的表现，也不禁莞尔，扑哧一声笑了。

顾秉轩也笑了："所以呀，一切事物都应该契合自然，不要刻意为之，该有的自然会有，不该有的自然也得不到。字虽相同，但嘴里说出和用笔写出，推测的结果也会不同，凶中有吉，吉亦藏凶，不宜此则宜彼嘛。"

秋俭点头："有道理，如果我刻意不在纸上写这'刀'字，那肯定是另一个结果了。"

顾秉轩笑道："是，万物随时在变，包括人心。"

秋俭点头称是，把刀放在桌上，心情舒畅地道："这回我放心了。玉灵，外边大好春光，今天鼓坊又没事，咱们和玉瑛、广文一起出去转转怎样？"

玉灵一笑，道："我们正要出去呢，已经想好叫上你，正好你来了。"

秋俭一愣："去干什么？"

玉灵回答："我们去捉狐狸。"

“狐狸？捉它干吗？”

“因为它成了狐仙，而且不好好在庙里坐着，出来为非作歹，就必须把它捉住。”

秋俭一脸不相信：“不可能，这世上没有狐仙的。”

玉灵又是一笑：“你不敢去？”

秋俭哈哈一笑，拿起钢刀：“这有何不敢！你说吧，咱们哪里捉那狐仙去？”

“孙伯伯的老宅子。”

“啊？”秋俭一愣，“这怎么回事？我去趟保定的工夫，老宅子闹起狐仙了？不可能吧？”

玉灵正色道：“真的没骗你，不信你问我爸爸。”

顾秉轩笑着正要讲述缘由，忽然听到院子里传来脚步声，人还没进屋，孙广文的声音已经传了进来：“顾叔，玉灵，归置完没有？这都下午了，咱们赶紧出发吧！”

接着孙广文急匆匆地推门进屋，手里还拿了把猎枪。他见到秋俭，道：“哟，你都回来了？也不说一声，皮爷早晨还念叨你呢，回来正好，走，咱们一起去捉狐仙。”

秋俭一乐：“我有急事，就先奔这儿来了。你也去老宅抓狐仙？”

“那当然！”孙广文举起手里的猎枪道：“哈哈，我家的老宅子闹妖，我不去谁去？赶紧走吧，一会儿我妈知道了，肯定过来拦着不让我去。”

草长莺飞，正是最美的人间节气，午后的太阳鲜艳而温暖。

为了享受这大好春光，他们并没有乘坐篷车，都骑着马，时快时慢地走在进京的那条老官道上。

从大羊坊角门直着向北，沿官道经过十八里店，再由周家庄往西，一路村落稀少，景物荒凉。路边野坟点点，古树枯零，冬枯春荣的蒿草青黄相间，一片片长满芦苇的小湖泊波光粼闪，水鸟惊飞。

过了一个叫十里河的小村子后，四人又沿着土道向北行去，边行边看，正西方向，是孤零破败的左安门城楼，黑龙一样的城墙隐现在松柏林中，向北绵延。正北方向，是十来个小山一样的砖窑，有几个正冒着袅袅青烟。砖窑周围是整齐的青砖垛和大片铺在地上的待烧泥坯，许多工人正在忙碌着，马车交错，人畜嘶喊，一番热闹景象。

玉灵不禁赞叹道：“好大的一个砖场，烧的砖能盖起半个北京城了。”

顾秉轩笑笑说：“对，这是潘家窑，专门烧制青砖，不光北京，就连天津都到这里拉砖，方圆十里，能和这潘家窑比规模的，我看也只有西南边的刘家窑了。”

四人骑马穿过潘家窑，人声的喧闹声渐渐弱去，眼前景物又荒凉起来，广渠门城楼已经遥遥可望，路旁都是高高的蒿草和粗粗的百年松柏，道路被枯草挤得时宽时窄。抬头仰望，树枝伸展交错，有的地方已经遮住阳光，一阵阵阴冷的幽风不时吹过，耳边只有马匹的喷气声和沉重的蹄声。树上暗处，偶尔会有乌鸦展翅尖叫着掠过，让人心惊。

孙广文嘀咕道：“这是什么鬼地方？阴惨惨的……”他看了眼玉灵，问：“玉灵，怕吗？”

玉灵微微一笑，摇摇头：“不怕的，不过这里阴气好重，孤魂野鬼好多，而且都是些当兵的。”

孙广文打了一个哆嗦，看了眼旁边一脸坚定的秋俭，嘀咕了一句：“你就吓唬我吧。”说完不由得四下观望，见昏暗的草荫树影间，仿佛确有鬼魂游走。也奇怪，四人所骑的马匹也不安分起来，有些躁动，用力晃着脑袋，时停时走。

顾秉轩轻轻拍了拍马颈，安抚了一下，轻轻地道：“这本就是个王爷坟地，葬的是肃亲王豪格。想当年满人数十万精兵从关外大举进攻北京城，就在此地，豪格和率九千精兵千里擒王而来的袁崇焕大战数场，兵马死伤无数。那袁崇焕确是个大英雄，背倚广渠门，苦战豪格大军，大胜后，却被城里受困的崇祯皇帝治罪羁押，第二年被千刀万剐于西市口！”

秋俭是习武之人，自来敬佩大英雄，不禁好奇，忙问道：“顾伯伯，这袁崇焕背城死拼豪格，应该是大功臣，为何要被害死？”

顾秉轩叹口气道：“是清军统帅皇太极现学现卖，用手边《三国演义》里的反间计害了袁崇焕，传谣言说袁崇焕里通外国，表面反抗，其实是暗助清军。那崇祯听信了谣言，宣袁崇焕独自进城，并从广渠门城楼上吊下一个大竹筐，让袁崇焕坐着上去，结果进了城就被绑了……”

“呃……”

“第二年行刑时，京城的老百姓听说要活剐卖国贼，都一起上街围看，行刑后纷纷花钱抢购袁崇焕的碎肉就烧酒生吃，以解心头大恨。唉！一代大英雄，为国死命抗敌，到最后竟落了这么个下场！”

秋俭叹道：“愚民如兽啊，正如您常说的，最厉害的鬼在人的心里！”

顾秉轩点头道：“袁崇焕死后，人头被部下偷偷盗走，埋在广渠门内的东花市斜街，直到乾隆年间才被昭雪平反。现在那里有个袁督师墓，左安门内大苇坑，里边有个袁督师庙，离这里不远。”

秋俭一脸悲愤：“前有岳飞，后有这个袁督师，都是含冤而死，今天完事；一定去拜祭一下。”

四人边说边走，一座破败不堪的蓝墙墓园出现在眼前，转过汉白玉碑楼和享殿，一座高大凸圆的灰色陵墓进入视线。墓碑已经残破，墓顶和基座缝里长满枯草，风从墓旁密密的古松林缝隙中吹掠而过，草叶随之摇晃。

顾秉轩道："这就是豪格的墓。"他声音很轻，仿佛怕打扰到墓的主人，"这豪格也是个能征善战、功绩显赫的人物，是皇太极的长子，后来被他的叔叔多尔衮囚禁至死。"

秋俭点点头，拉住马匹，静静地凝望着豪格墓，不发一言。

有时候，沉默的注目比夸扬赞叹更有力，更深沉。

静了片刻，玉灵低低地道："两个生为死敌的大英雄，死境却很相同，都死在权力争夺的暗战里，死后葬得竟也这么近，一个在广渠门里，一个在广渠门外，这像是命里注定一样。"

孙广文道："咱们赶紧走行吗？你们不觉得瘆人吗？"

四人又策马前行，不远处，几棵高大粗壮的白果松横在路前，其中最粗一棵，枝干竟然横长几丈，伸展如龙，几个主干已呈下探模样，被百余根粗粗的木桩架住，这些木桩有新有旧，旧的那些已经被包长在主干里边。

几人抬头看了看，都赞叹称奇，顾秉轩说道："这棵就是豪格墓旁有名的架松了。"他往远处一指，"那个小村子就是架松村。"

那确实是个规模极小的村落，凌乱而且没有规模，像样的房屋也都是从潘家窑拉来的碎砖盖成的，每户人家都围着爬满枯藤的篱笆墙，院里堆满松枝，鸡鹅狗畜不停地叫着。

村口是个渐高的土坡，停到坡上，四下景物尽收眼底，东面是大片长满芦苇的窑洼湖和大片荒凉的坟地；南面是刚刚路过的豪格墓和潘家窑；西面是荒凉的护城河和遥遥可见的天坛祈年殿；西北面是孤零的广渠门城楼和东便门城楼；北面是一大片如绿烟笼罩似的垂杨柳林，林里隐现着村落，更远处，河岸荒秃的通惠河只是一条发亮的水线。

四人进了广渠门，来到位于花市的孙家老宅门前。

一进院，一股浓浓的中药味迎面传来，只见翟大娘正蹲在炉前熬药。

见到四人，她惊喜万分，起身高兴地道："阿弥陀佛，你们终于来了！"

玉灵上前一步，微笑打招呼："翟大娘。"

翟大娘已经眼含热泪："顾先生，玉灵，你们赶紧救救我们家老翟吧！"说完呜呜哭了起来。

顾秉轩走到她跟前，安慰道："老嫂子，您先别哭，我们会尽力帮你们的，老翟大哥现在哪儿？"

翟大娘擦擦眼泪，指了指屋里："我家老头子多棒的身体啊，都给吓病了，现在瘫床上起不来了。这该死的狐仙儿啊，想要我们一家的命啊！”

顾秉轩点点头道：“老嫂子，您先别着急，我们先看看老翟的情况，好吗？”

正说着，屋里传来翟老头病怏怏的声音：“老婆子，是顾先生来了吧？”

翟大娘赶忙回答：“是是是，老头子，这回咱家有救了！不光顾先生来了，还有广文、秋俭、玉灵姑娘。”

“哦哦，快，快扶我起来，我先给顾先生磕个头！”

听到此话，几人赶紧进了屋，孙广文四下看了看自家宅院，也跟了进去。

屋很小，暗暗的，空气里混杂着中药和土坯墙的潮湿味道。土炕上，瘦弱的翟老头横躺着，身上盖了条棉被，脸色青黄，眼窝深陷。

见顾秉轩他们四人进来，翟老头在老伴儿的搀扶下就要起来，被顾秉轩拦住。

翟老头有气无力地又重新躺好，叹了口气，哀声道：“顾先生，您说，我这是招谁惹谁了啊！我老实巴交大半辈子，这几年一直住在这老宅子里，平时门都不出，为什么还遭这罪呀？”

顾秉轩点头道：“是，孙掌柜已经跟我说了，你从二十岁开始就在他家干活，任劳任怨的，这回我们过来，无论如何也会帮你消此横难的。”

翟老头满脸感激：“谢谢顾先生了，您这一说，我这病已经好了大半，我信得过您，年轻时也曾见过您的本事，高人啊！”

顾秉轩摇头道：“我这点东西根本不算什么的，翟大哥，你把事情的来龙去脉详细告诉我们，好吗？”

翟老头脸上显出一丝恐惧神色，眼睛发直，广文、秋俭、玉灵安静地看着他，他语气低沉地说出了事情的经过。

原来，几天前的一天夜里，翟大娘突然被院里的响动惊醒，她打开窗户往外一看，不禁吓了一跳，只见一个穿着白衣的男人站在院里的香椿树下，正静静地看着她。

这翟大娘“妈呀”一声赶紧关上窗户，在炕上哆嗦成一团，嘴里念着佛门六字真言，盼着驱走那个鬼一样的男人。不料，那白衣男人非但没走，反而凑到窗前，透过窗纸的破洞往里看，并用手“笃笃”地敲着窗棂，边敲边说：“赶快搬走！赶快搬走！你占了我的府邸！”足足吓唬了翟大娘多半个时辰，最后才悄声离去。

那翟大娘吓个半死，以为是做梦，哆嗦着叫醒老伴，说了这件事。

翟老头平时胆子大，根本不相信这件事，只说是自己妻子在做梦，骂了老伴几句就接着睡了。

翟大娘心里没底，天一亮，赶紧跑到哈德门内去找巫婆赵大姑，从她那儿请了好几道驱邪符，院里院外贴了不少。

半夜时分，就在翟大娘半睡不睡的时候，窗户又被敲响了，看身影又是那个白衣男人。他又透过那个窗纸窟窿往里看着翟大娘，嘴里叨唠着：“赶紧搬走，这是本仙的府邸！”说着一条粗粗的白色大尾巴捅破窗纸，伸进来用力拍打着翟大娘蒙躲身子的被子。

一直就这样闹了大半夜，清晨才离去。

翟大娘在被子里躲着，又不敢喊，怕翟老头骂她，后来听到那白衣男人没声音了，鸡也打鸣了，方战战兢兢地从被子里探出头，只见窗纸被弄开了个大洞，一大团白色的毛挂在了窗格上。

她知道老伴不信鬼神，天亮后，自己拿着那团毛又来到巫婆赵大姑那里。听了昨夜的经过，赵大姑看了那团毛，当即肯定地说：“这是白狐狸毛哇，翟嫂子，你惹上狐仙了！”

翟大娘听完吓得腿都软了，求赵大姑帮着送走这个吓人的白衣狐仙。

赵大姑心里也没谱，当下只能硬着头皮应下，翻箱倒柜地找出所有法器神符，跟着翟大娘来到她的家中。正好翟老头去了鼓坊拿菜种子，晚上不回来，两个女人仔细布置了一番，赵大姑又在翟大娘的苦求下留住了下来，一起等着晚上对付那白衣狐仙。

当夜，这两个女人也没敢睡觉，支着耳朵听着外边的响动。到了二更时分，房顶上突然传来“咚咚”的脚步声，踩得青瓦乱响。赵大姑壮着胆子跑到了院里，抬头一看，只见那个白衣狐仙立在房顶上静静地看着她！更恐怖的是，身后香椿树顶上也立着一个白衣狐仙，身子随着树枝摇摆个不停。

这两个狐仙俯视她片刻，房顶上那个说道：“你休要多管闲事，她占了我的府邸，我要她搬走。”

赵大姑虽然没有动地方，其实已经偷偷地把一身所学默默掐诀念咒地叨唠了好几遍，可根本不见作用，只好跪下恳求：“两位大仙啊，您二位高抬贵手吧，这老两口老实巴交的，这宅子也是替孙家照管的，你们饶了他们吧！”

树上的狐仙厉声说道：“不行！要想活命，今晚赶紧搬走！今晚要不搬走，我们就不饶她，连你也休想逃脱！”

赵大姑吓得赶忙磕头，跑回屋里，劝说翟大娘搬家。

翟大娘瘫坐在炕上哭了起来，只好大声向外喊道：“搬！我们搬还不行吗？”

接着听到一个狐仙“哼”了一声，屋顶上一阵乱响，声音渐远，似乎已经离去了。

两个女人哆嗦着盼到天亮，一起等到翟老头回来，巫婆赵大姑添油加醋地把这一晚所见之事告诉了翟老头。翟老头听完后将信将疑，他自来胆大，也不愿让孙掌柜替他们担心，决定晚上等着这俩狐仙。

挨到晚上，翟老头拎了把菜刀，坐在院里，一边喝酒一边咒骂，等那两个白衣狐仙现身。

翟大娘则躲在屋里，透着窗缝往外看，观察着动静。

半夜时分，几声怪叫由远而近，只见两团白影从房顶悠悠地飞来，那两个白衣狐仙又来了！

喀嚓！

一个站在了屋顶，踩碎了几块房瓦，接着静静地立着，低头看着翟老头。另一个又站在香椿树尖上，身体随着树的摆动微微晃着。

翟老头已经喝得大醉，胆子也壮了，提着菜刀指着屋顶的狐仙骂道："你们这两个畜生，都他妈活腻歪了是吧？赶紧给我滚，哪儿来的回哪儿去，爷爷不怕你们！"

两个狐仙低头俯视着他，面无表情。

见两个狐仙不言语，翟老头胆子又大了，他抄起手边的酒壶，猛地掷向房顶上的那个狐仙。

那狐仙低声喝道："你找死！"说完身体一晃，轻巧地躲开了砸来的酒壶。

见没砸中那狐仙，翟老头又指着他骂："畜生，你给我滚下来，我砍死你！"

那狐仙低声道："你斗不过我的，还是赶紧搬家吧。你占了我的府邸，赶紧搬！"

"不搬！你个畜生！"翟老头骂，"我倒要看看你能把我怎样！"

香椿树上的那个狐仙嘿嘿怪笑，突然俯身直冲下来，瞬间已经落到翟老头身前。还没等翟老头回过神来，他已经张嘴吐了口白气，白气猛地罩住翟老头，只见翟老头眼一翻歪倒在地，当时就不省人事了。

翟大娘大叫着跑出屋，扑在丈夫身上呼叫，又起身给两个狐仙连连磕头，求道："大仙啊，求你们饶了我家老头子吧，他多有冒犯，您高抬贵手放过他吧！"

房上那个狐仙冷笑道："知道我们的厉害了吧？要想活命，那就赶紧搬家，这是我们的府邸！"

"搬！我们搬！"翟大娘磕头道："求大仙饶过我家老头子就行！"

旁边那个狐仙道："他死不了，鸡叫三遍就能醒来，记住，限你们明天给我搬走，听见了吗？"

翟大娘抱着自己丈夫连连点头："好好好，我们搬，我们搬！"

接着只听一阵脚步作响，那两个狐仙瞬间已经消失无踪了。

第二天清晨，翟老头果然醒来了，但已经浑身无力，不能起床。翟大娘赶紧请来郎中，开了些定神安心的汤药，又托邻居到南郊鼓坊，向孙掌柜说了此事。

孙凤臣听说了此事，立刻找到顾秉轩，接着打发那邻居回去让翟大娘先照顾好翟老头，下午就让顾秉轩过去。

翟老头把这几天发生的事说完，顾秉轩微微点头，看了玉灵一眼，道："玉灵，你先四周看一下。"

玉灵点头，转身就要出门，秋俭有些不放心，问道："玉灵，用我陪你去吗？"

玉灵点点头："来吧。"

两人出了堂屋，走到院里。玉灵仰着头，围着那棵粗壮的香椿树看了一遍，又走出院门，在房子的四周转了一圈。秋俭也不说话，只是轻手轻脚地跟在玉灵身后。

孙家老宅房后是一片荒草丛生的土坡，玉灵走上去环顾四周，眉头微皱着，像是在推算什么。良久，她突然对秋俭说道："秋俭哥，你赶紧去把我爸叫来。"

秋俭一脸疑惑，也不敢问缘由，点下头，跑回院里叫来顾秉轩。

顾秉轩到后，玉灵和他低声说了几句，顾秉轩听完点点头，又环顾了一下四周地势，对玉灵道："小把戏，晚上等他们来就行了。"

玉灵看了一眼顾秉轩，道："那咱们也布置一下，这俩畜生，我就能斗了！"

顾秉轩在一旁点点头："嗯，晚上会会这两个狐仙。"

四人在翟老头家吃了晚饭，孙广文耐不住枯燥，自己去前门大栅栏散心去了，只剩顾秉轩、秋俭和玉灵一起陪老夫妇俩闲谈。翟老头也有了精神，不再卧床不起，把自己家的菜刀磨了又磨，准备一起和狐仙拼命。

等孙广文美滋滋地回来后，夜已经深了。满天星光，夜风煦暖，前门火车站的火车汽笛声隐隐地传来，胡同里时而传来狗叫声和卖夜宵的小贩的叫卖声。

夜更深了，四下也静寂无声了，孙广文胆小，和翟老头夫妇俩躲在屋里。顾秉轩、玉灵和秋俭三人坐在院中，静静不语，都在耐心地等待。

午夜时分，胡同里突然传来此起彼伏的狗叫声，突然一股邪风吹来，院里的香椿树枝叶也摇摆起来。

"是不是来了？"秋俭唰的一声从牛皮鞘里拔出钢刀，跃前一步挡住玉灵，目光炯炯地盯视风吹来的方向。

顾秉轩一脸平静，背着手抬眼观望。

果然，两个白影鬼魅似的跃过房顶，在低空快速飞掠而来。

挑窗观望的翟老头夫妇和孙广文吓得赶紧放下窗户，孙广文抓紧猎枪，哆嗦着捅破窗纸，从窗纸的破洞里往外观看。

片刻间，两个白衣男子已经飞到院子上空，一起停到香椿树尖上。他们静立不动，低着头，看不清面目，身体随着树枝微微晃动。

“你们是谁？”左边那个男子低声喝问道。

顾秉轩面色不变，仰头反问：“你们是谁？”

右边的白衣男子语气幽幽：“好大的胆子！见了本仙法体不赶紧下跪磕头，还敢多言！”

顾秉轩语气沉稳：“你们何神何仙，凭什么让我们下跪？”

“找死！”另一个白衣男子怒道：“我们乃白狐大仙是也，你等凡人不想活命了是吗？”

顾秉轩冷笑道：“你们若是狐仙，应当心存良善，为何一再为难这户人家？”

“他们占了我的仙府，就要赶紧搬离！”

还没等顾秉轩回话，一旁的秋俭已经怒火中烧，他突然抄起地下的一个榆木凳，猛地向两个狐仙掷去，嘴里喝道：“找死！”

榆木小凳带着风声，狠狠地飞向说话的那个狐仙。

眨眼间，木凳已经砸到狐仙身前，只见左边那狐仙猛地飞起躲闪开，白衣唰唰作响，一下就飞到院墙上，另一个也紧跟着俯冲而去，飞到同伴身边。

秋俭没容他们站稳，挥着钢刀就冲了过去。

顾秉轩急声阻拦：“秋俭，小心！”

秋俭已经跃到墙下，正要跳上院墙，那先到的狐仙突然大袖一扬，一股白烟猛地挥向秋俭。

秋俭见情形不对，赶忙侧身，躲过了那团白烟。等再抬头看时，那两个狐仙已经变为两只白狐立在墙上。他们个子有四尺多高，前爪收在胸前，靠后腿直立着，蓬松的大尾巴微微摆动。

秋俭一愣，顾秉轩已经抢站到他身边，拉住他的胳膊。

左边的狐狸竟然张嘴说话，道：“见到本仙真身，你们今日必死无疑，赶紧跪下受死！”

右边的狐狸厉声附和：“跪下！”

顾秉轩拉住秋俭的胳膊，朗声说道：“妖魔仙怪，自有其道，你们不好好修行，出来欺凌凡人，自不会有好结果的。既然如此，那我们就斗个高下吧！”

那两个狐仙听完尖声大笑，突然白光一闪，它俩又变为人形，各自手里多了两把宝剑，一起指向顾秉轩二人，其中一个说道：“来吧，让你们领教本仙的仙法道行！”

秋俭见他们亮出兵刃，登时胆气豪生，把手里钢刀一挥，怒声道：“好！我砍了你们这两个畜生！”

说完就要挺身向前，身后的玉灵突然说道："秋俭哥，等一下！"

秋俭回头看了眼玉灵。

只见玉灵轻轻走到他们身边，面色凝重地仰头看着墙上那两个狐仙，语气低缓地道："既然要斗法，我们奉陪，你们说，怎么斗？"

"你等女流之辈，本仙让你先说！"

玉灵轻轻一笑，道："好，那我就先来了！"

说完她静立不动，右手掐诀，嘴唇微微开合，低声念起咒语。整个人如观音临世，一身肃然。

秋俭愣愣地看着玉灵，不知她会使出什么法术。

顾秉轩轻轻一笑，拉着秋俭往后闪出几步。

那两个狐仙也静静低头看着，表情凝重。

玉灵念完咒语，右手慢慢举起，食指直指向天，突然沉声喊道："万界生灵，任我驱纵，律令在此，召！"

"召"字刚一喊出，突然一股风猛然打着旋吹来，吹得所有人的衣袂唰唰作响，院里那棵香椿树剧烈地摇晃起来，嫩芽新叶簌簌飞落。院子四周突然慢慢地云气弥漫，似雾如霾，直压下来！

秋俭惊诧地睁大眼睛，看着眼前奇异绝伦的场面。

云气越积越多，风声也越来越大，忽然，远处传来一片细密的唰唰声，由远及近，直向孙家宅院而来。声音越来越近，同时隐约听到野兽的吱吱低叫，声音此起彼伏，细听，那唰唰声原来是这群野兽蹬地飞跑的爪蹄声！

咚！

插好的院门被用力挤动了一下，门框上的灰土扑落而下！

咚！咚咚！

显然是外边的那群野兽在奋力顶着院门，想要破门而入。

墙上那两个狐仙回身低头看了一眼，身形一晃，似乎也被所见墙外的情景镇住了。

喀嚓一声，门终于被猛地撞开，只见一群狐狸洪水似的奔涌入院，开始还是没有秩序地乱窜，最后一起扑向院墙，挤成一堆嘶叫着冲向那两个狐仙，而且从院门那里仍然不停地冲入新的狐狸，片刻工夫院里已经聚满颜色和大小不等的狐狸，有数十只之多！再细听，院墙外也有不少狐狸，里外一起夹击墙上的两个狐仙。

那两个狐仙顿时乱了阵脚，看着院里院外、房上墙头数不清的狐狸，已经无处躲藏，站都站不稳了。

秋俭也是第一次见到这种场景，根本原地动弹不得，只能任脚下的狐群蹭着自己的小腿窜跑。立刻，满院一股热乎乎的腥臊味四处飘荡。

顷刻间，墙头已经站满狐狸，一起逼向那两个手足无措的狐仙。

左边那个狐仙开始反抗了，他袍袖一扬，一团白烟挥向身前的狐群，顿时，窜在前边的几只狐狸猛地滚落下来，被底下的狐群踩到下边，但接着是更多的狐狸围窜而上。

那狐仙有些手足无措了，又连着挥出几团白烟，但根本不能击退狐群的围攻。

砰！身后一声枪响，孙广文竟然在屋里隔着窗户向两个狐仙放了一枪！虽然没打中，两个狐仙也摇晃了几下，啊地叫了一声，一起跌到墙外。

顿时，墙外传来狐群吱吱的叫唤声，其间夹杂着两个狐仙的惨叫。院里的狐群纷纷涌出院外，也有的直接从房顶的墙头跳到院外。

顾秉轩和秋俭对望一眼，对玉灵说道："我们去看看！"

三人跑到院外，只见数十只狐狸堆山一样把那两个狐仙围埋在下边，惨叫声求饶声断续传出。

玉灵面色沉静地上前一步，喊了一声："令止！散！"

话音一落，狐群果然纷纷退开，四散而走，向不同方向水一样散去，片刻都不见了踪影，消失在胡同的黑暗之中。

再看地上的两个狐仙，已经衣袍破烂，惨不忍睹，低声哀叫着求饶。他们身边，多出了两个白色狐狸，一动不动地横在地上，不知真假。

玉灵轻声说道："我知道了，你们不是狐仙，是假扮的。"

其中一个狐仙抹了脸上的泥土，连声道："是是是，仙姑厉害，我们……我们确实是假扮的……"

顾秉轩上前一步，问："那这两个白狐，也是假的喽？"

"是，是狐狸皮做的。"

"说吧，你们为何假扮狐仙，吓唬这户人家？"

那"狐仙"咧着嘴哀求道："我们是财迷心窍，打听到这户人家……"

话没说完，突然他身边的另一个"狐仙"大声喝断："不许告诉他们！"说完突然跃起，手一挥，一个小球飞掷到身前的地上，砰的一声爆炸开来，跟着爆出一团浓烟。借着这团浓烟，他身形一窜，已经立刻消失无踪！

秋俭挥动钢刀，大喝一声："想跑，休想！"说完猛地穿过烟团，向黑暗处追了过去。

顾秉轩大声警告："秋俭，别追！"

话音没落，那边的黑暗里已经听到刀剑相碰的乒乒之声，听声音两人已经交上手了。

顾秉轩拉住玉灵，原地守望，急切地等待两人拼斗的结果。

片刻工夫，只听啊的一声低叫，听声音是那个“狐仙”被秋俭伤到。紧接着又是兵刃相击声，听到那“狐仙”边打边说：“我知道你是谁了，你是‘皮阎王’！”

黑暗里，秋俭回答：“眼力挺准，可我不是他老人家！”

虽然说着话，但两人刀剑撞击的声音也没停止，那狐仙又道：“皮阎王原来有了徒弟！都是武林道上的，你何必坏我好事？”

“是你装神弄鬼，吓唬老实人，先坏了武林规矩！”

“好！我认栽，后会有期！”话音刚落，突然白光一闪，那“狐仙”扔出一颗闪光弹，光芒耀目，所有人都被晃得闭上了双眼！

等再睁开眼后，那“狐仙”似乎已经逃走了。

接着听到秋俭在远处的黑暗里喊了一声：“见血收刀！”随后他走了回来，顾秉轩和玉灵上前问道：“秋俭，你没事吧？”

秋俭摇摇头：“没事。”

三人走到那被捉住的“狐仙”身前，秋俭低头问：“说，你是谁？你们装神弄鬼吓人，到底要干什么？”

那人赶忙磕头道：“大侠饶命，我叫唐耗子，陕西人，平时就靠挖坟盗墓生活。我和刚才那人也是刚认识，他叫影子飞。有一次找到我，说这户人家有宝贝，可这两口子白天黑夜的不离这院子，我们只好扮作狐仙，想把他们吓走。”

秋俭点点头，突然虚拔钢刀，厉声喝问：“那你说，要死要活！”

“啊！”唐耗子吓得一躲，“要活！要活！”

秋俭狠狠盯着他：“行，要活容易，那你赶紧给我滚出北京城，不许再回来，听见没！”

“听见了，听见了！”唐耗子连连点头，“我马上回老家，再也不敢回来了！”

秋俭点点头：“好，我信你这一次，要再犯我手上，我一刀砍死你！听见没？”

“听见了，听见了！”唐耗子连连磕头。

秋俭低声喝道：“走吧！”

那唐耗子不敢磨蹭，起身拿着那两个假白狐，跌跌撞撞地跑了。

三人见他跑远，正要回院，突然西北方向的一棵大树上传来影子飞的喊声：“使刀的，你听好喽！我不服你，有本事报个名号！”

秋俭冷笑：“我叫秋俭，南郊孙记鼓坊的，有种随时来找我！”

那影子飞回答：“好！等爷爷我有空了，定会上门取你人头！”

秋俭冷笑，低声对顾秉轩和玉灵说道：“顾伯伯，玉灵，让你们看看我推八卦的本事……”说完低身捡起一块婴儿拳头大小的石头，嘴里嘟囔道：“坎位出，坤位减四，时二更加六步，春，左让五尺……”说完突然回身，猛地把手中的石头向着身后南边用力掷去！

嗖！石头带着啸声消失在黑暗里。

“哎哟！”南边方向突然传来影子飞的惨叫声！

秋俭怒喝：“影子飞，服还是不服？”

影子飞的声音传来，但是越来越远：“姓秋的，你等着，我必报此仇，咱们后会有期……”

玉灵哧地一笑，问道：“秋俭哥，他明明在西北方向树上说的话，你怎么知道他会跑到南边呢？而且这么黑，这距离你怎么算出来的？”

秋俭一脸孩子般的得意：“这是武学里的八卦，我也只懂一点罢了。刚和他交手，我看出这影子飞本来就是八卦门的，他这个跑位的方法是遁术的一种，刚才他喊出第一句话后，就已经按着八卦五行推演移到另一个方向了。而且每次转移的方向位置，也会随着所处的季节、时辰、日期的单双数目等随时改变，也是一门高深学问，皮爷教过我。”

顾秉轩点点头：“八卦易理，博大精深呀！世事变迁，都隐蕴其中。”他环看四周，又道：“就像今天咱们路过的架松村，还有那潘家窑、豪格墓，沧桑变革，百年之后，也许会是另外一个模样。”

三人默默地静立着，一阵微凉的夜风吹来，拂进各人心里。

数十年后，他们所立的位置果然发生了天翻地覆的变化，繁华而喧闹。豪格墓不见了，墓前那几棵高大的架松也不见了，随之改变的还有它们的名字：潘家窑已经改名为潘家园，架松村也变为劲松小区了。

孙广文得意地举着猎枪从屋里走出来，笑道：“怎么样，我那一枪厉害吧？”

玉灵一撇嘴：“你呀，差点打到我们。”

孙广文连连说道：“不能不能，我和志武学了很久，枪法很准的。”他一顿，问道：“玉灵，你是从哪儿召来那么多狐狸的，真神了，看得我都心里发毛。”

玉灵一笑，看了眼父亲，道：“那些狐狸都是假的，幻术罢了，大戏法儿而已！”

顾秉轩点头道：“对，世上根本没有鬼神，我们所见的灵异之事都是人为的戏法而已，鬼神之说是人自己吓唬自己罢了。我还是那句话：鬼，来自人的心里。”

九天之后，秋俭收到田子钧托人送来的一封信，他迫不及待地打开一看，原来田子钧在东北倒运粮食时遇到大雪，耽误了一个月，现在正在通县交接货物，过几天就能来南郊鼓坊看他。

秋俭大喜过望，一脸欣喜地来到顾秉轩的书房。

刚进门，就看到顾秉轩满含笑意地问："秋俭，田子钧回来了？"

秋俭掩不住喜色，摘下钢刀，点头道："对，回来了，他给我捎信来了。顾伯伯，您测的字真准，他真是在咱们推字后九天头上回来的，而且一切顺利。"

顾秉轩笑着点头："嗯，回来就好。其实测字的目的，还是安抚你烦躁的心气，心静了，所有事就都会向着好的方向发展的。"

秋俭点点头："是，您这个意思我明白了，事事都要冷静对待。"

正说着，玉灵走进屋，左右寻找着什么。

"玉灵，找什么呢？"秋俭问。

玉灵一笑道："也没什么，天热了，给你新做了一双单鞋，前几天刚把底子纳好，我忘了放哪儿了。"

秋俭哈哈一笑道："我以为丢了什么呢，原来是一双鞋底子呀。"

玉灵还在寻找："我都找半天了，你还不当回事。"

秋俭笑道："当回事当回事，我等着穿呢。这样吧玉灵，你写个字，我给你测一下，没准儿能找到。"

"你？测字？"玉灵笑道："开玩笑。"

秋俭脸一侧："咋了？试试都不行？"

玉灵呵呵笑道："好，那就试试，我正巧也找烦了。"

秋俭兴冲冲地走到书桌前，拿起纸笔，递给玉灵道："写个字，随便写，我给你测！"

玉灵扑哧一笑，一脸不相信地看着秋俭，歪头想了想，在纸上写了一个"尋"字，递给秋俭，道："就它吧，寻找的'尋'。"

秋俭眉头一皱，左右端详了写着"尋"字的纸，嘀咕道："这个嘛……嗯……是有点难呀。"

玉灵笑道："秋俭哥，你到底会不会测呀？"

"会，当然会。"

"那你赶紧的。"

秋俭又看了看那个字，最后干脆地道："好了，测出来了！"

玉灵一愣，转头看了眼一旁满脸惊异好奇的父亲，问道："真的假的？"

"真的，骗你干吗？来，我给你推解一下这个'尋'字。"

“好好好，快点儿！”

秋俭指着这个“尋”字道：“玉灵你看，这个‘尋’字上边是个向左倒的‘山’字，所以呀，你要找到那双鞋，应该在咱家院里的假山左边的某个地方。”

玉灵一愣，透过窗子看了眼院里花丛掩映的那座假山，问道：“假山左边？假山左边是夹竹桃花和杏树丛，这么大一地方，我到哪儿去找呀？”她又转头询问顾秉轩：“爸，他这样测，到底对不对？”

顾秉轩微微一笑：“秋俭这种测字方法，我也是第一次碰到，谈不上对与不对，反正挺新奇的，你让他继续。”

秋俭笑着对玉灵道：“是，这是我自创的测字法，你别急，等我接着给你推。”他一指手里的纸，接着说：“你再看，这‘尋’字中间是个‘工’和‘口’，可推为你用嘴叨念你做过的工作，当然就是你给我纳的鞋底啦。下边是个‘寸’字，我要推个什么假山左边一寸，有点不对，是吧？”

“当然啦，假山左边一寸，那叫啥呀！”

“我当然知道这样不合情理，所以呢，我把这个寸字笔画拆开念，就是‘一、竖钩、下边还有一个点儿’，对吧？”

“对！”玉灵点头。

“你看，这就简单了，‘一、竖钩、下边还有个点儿’呢，咱们可以谐音读为‘一树沟下边一点儿’，所以呢，你那鞋底子应该在假山左边树沟……”

还没等秋俭卖弄完，玉灵蹦了起来，喊道：“对了，我想起来了，我昨天捡杏花瓣时，把那鞋底子落在那杏树树沟下了！哈哈，我这就去拿！”

她刚要跑出去，被秋俭得意地一把拉住，问道：“你先别急，说说，我推得灵不灵！”

“灵！特别灵！秋俭哥，你是什么时候学的这个本事呀？”

秋俭哈哈大笑道：“哪里是本事呀？我呀，是刚才路过杏树丛的时候，一歪头，看到那双鞋底了，哈哈哈哈……”

这一日，春光依旧明媚，秋俭正和玉灵在鼓坊后院拉新鼓的鼓皮，一个伙计跑进来道：“秋俭，外边有两个人来找你。”

秋俭赶忙草草洗了洗手，跑到鼓坊门口，一看竟然是田子钧。只见他穿着青布长衫，头上一顶薄呢礼帽，戴着一副玳瑁框水晶墨镜，一脸微笑地看着自己。他的身后，跟着一个矮瘦的年轻人，穿着一身深灰色西服，看年纪也就二十岁左右，面容干净和善。

秋俭大喜，喊道：“子钧，你终于回来了！”

田子钧摘掉眼镜，微微一笑：“是！这次在东北因为大雪耽误了太多时间，我也着急回来见你。”他说完一指身后的男子，“这是我在东北认识的新朋友，叫肖野，人特别好，今天带来一同看你。”

秋俭大喜，一抱拳：“肖野兄弟，欢迎来我们鼓坊，我是秋俭。”

肖野赶忙抱拳回礼：“幸会！”

秋俭伸手做邀请状：“来，里边请，我在拉鼓皮，马上完活。”

田子钧和肖野随着秋俭来到工场，远远看到，身穿粉红碎花春衣的玉灵裸着双脚站在一面大鼓上。她轻提着裤角低着头仔细均匀地轻踩，身旁的杏树上粉红的花朵随着轻柔的春风雪花般斜斜飘落，花瓣落在玉灵的头发上、衣服上、鼓面上。此刻春阳明媚，天空湛蓝，背景是绚丽多彩的花丛绿树，映衬着玉灵如舞蹈般曼妙的身影，简直是一幅人间最美的画面！

田子钧感叹道：“太美了！”

秋俭道：“这是玉灵。”

玉灵见来了客人，觉得自己赤着双脚有些不雅，赶忙跳下大鼓，穿鞋施礼。

田子钧和肖野赶忙还礼。肖野走到那面大鼓前边，发现这是一面未完工的鼓，只蒙了一片有些潮湿的鼓皮，鼓皮四周均匀穿孔数十，用熟皮条紧紧绷着。他连忙问道：“秋俭兄，为什么要用脚踩？”

秋俭道：“这是蒙鼓皮的一道工序，是为了让鼓皮最大限度地绷紧。如果是小鼓，就用木槌均匀去捶，皮子慢慢捶松了以后，就拧紧皮条使它紧绷，紧完后继续捶，之后再紧，这样要循环无数次。但这个鼓面太大，只能让人站上面光脚轻踩，踩皮子是个耐心活，不能着急，踩松一点就绷紧一点，最好是女孩干这事，女孩心细脚软，能让皮子更加薄更加紧绷！”

肖野用手按了按那鼓皮，道：“已经很紧了，还要踩吗？”

秋俭点点头：“当然，这只是开始。”

肖野连连赞叹，秋俭见他感兴趣，又带他参观了鼓坊的木棚、铁棚、漆棚，甚至养牛的牛棚水塘都参观了一遍。

参观完毕，田子钧道：“秋俭，我此次到来，是来兑现诺言的，我们约定好的，桃花树下兄弟结拜，不知今日是否可以？”

秋俭大喜：“好啊！我等这一天已经等了好几个月……”他回身招呼玉灵，“玉灵，去准备香案祭品，我和子钧去桃园结义！”

鼓坊后的桃园里，粉红的桃花开得正浓，蜜蜂飞舞，春风和煦。秋俭和田子钧跪在香案前，向北磕头，告拜天地，共饮三杯酒后，结为生死兄弟。

晚上，一轮春月爬上中天，夜风熏然，空气中飘散着若有若无的花香。鼓坊的杏树下，秋俭、田子钧和肖野围坐在一面红漆大鼓旁边饮酒聊天，玉灵来回穿梭给他们满酒端菜，没事时就在一边托着腮津津有味地听他们聊天。

田子钧道：“好舒服的夜晚，春月为灯，红鼓为桌，暗香浮漫，笑谈世事，神仙也不过如此，希望永远这样啊！”

肖野轻轻弹去落在自己酒杯里的一片杏花花瓣，仰头饮下后道：“我也是，今天见识了这么精湛的制鼓技艺，简直是佩服之至！我也永远不会忘了这个美丽的夜晚的！”

秋俭微微一笑：“我和子钧已经是亲兄弟了，这里也是你们的家，随时欢迎你们过来饮酒听鼓！”

田子钧赞了一声好，用手轻拍鼓面，三人酒杯里的酒随着鼓面震动荡起微微涟漪，只听他缓缓说道：“那我们就为了今夜，干一杯吧！”说完端起酒杯。

秋俭和肖野一起举杯相碰。

“干！”

“干！”

“干！”

此时，一片薄薄的浮云遮蔽了明月，四周忽然一暗，接着一阵凉风吹过，满树杏花花瓣随风纷然飘坠，或快或慢，积叠一地。

第九章　兵营荐盗

老宅“闹狐仙”的事算是平息了。这一天，孙凤臣和王秋棠两口子的话题又引到孙广文和玉瑛的婚事上。

王秋棠也愿意孙广文早点结婚，自己可以早点抱上孙子，她和孙凤臣商量道：“广文爸，我看趁着天还不热，不行就把两人的婚事办了吧，让他俩结完婚就住老宅子里。这事闹腾完，翟老头他们两口子身体也不行了，肯定照顾不过来，趁这机会，让广文他们搬进去得了。”

孙凤臣一直也是这个打算，因为老宅西厢房的密室里还有些值钱的古玩字画，都是父亲和自己多年收藏的。那天听秋俭叙述，那大盗影子飞扮狐仙就是为了密室而来，虽然不知道怎么让他们知道的，但事情已出，必须得想办法了。

想了想，他沉声道：“嗯，这也是个办法，反正他俩结婚是早晚的事，不行就定个日子，让两人结了吧。现在国内的局势挺紧，看样子日本人要和咱们打仗了，咱们鼓坊的买卖也不好做了，这俩月订单明显渐少，伙计们个人心惶惶的，趁这个婚礼机会，安抚一下。”

“好好好！”王秋棠两眼放光，高兴地道：“我早就问好曹仙姑了，四月二十六，好日子，咱就把他俩的婚事办了吧，我都着急抱孙子了。玉瑛那孩子自小练武身体好，给咱生两三个大胖孙子，没问题！”

孙凤臣无奈地摇摇头，看了妻子一眼：“天天就想着抱孙子！眼前要紧的事，是先说通了广文，我看他那意思，他还不乐意呢。说通他以后，咱们再请来秉轩、皮爷、韩老板，再把秋俭也叫来，大家一起商量一下具体的结婚事宜。”

王秋棠高兴异常：“广文那儿你就放心，我一准儿说通，他肯定同意。”

“我不同意！”孙广文听母亲说四月二十六要让自己和玉瑛结婚，当即反对。

王秋棠拍着儿子的后背安抚：“好啦儿子，你爸都吐口儿了，而且你顾伯伯他们都同意，你就别闹了。踏实地听话，把婚结了，别让我和你爸再为你操心。”

孙广文烦躁地在屋里来回走：“您说您和我爸这干的是什么事儿？这不是拉

郎配嘛！我不喜欢玉瑛，她自小就老欺负我，我打不过她也说不过她，这要是结婚了，还不擎等着她治傻了我啊！”

王秋棠佯装生气：“戏文里说过，婚姻大事，父母之命，你必须听。玉瑛那孩子脾气是泼辣，可是我眼看着她长大的，人没的挑。反正日子都定好了，你顾伯伯他们都乐意，这婚，你必须结！”

“不结！要结你们结！”广文急了，“妈，您和我爸都落后了，现在讲究婚姻自由！”

“自由不自由，我和你爸说了算！”王秋棠语气坚决，脸一沉，“告诉你啊，聘礼我已经让严媒婆送过去了，人家那边都收了，这婚结定了！你要再闹腾，我就让你爸跟你说。”

孙广文哭的心都有：“我的亲妈吔，这都什么事儿啊，您这是要活活逼死您亲儿子呀！”

王秋棠怜爱地看着焦躁的儿子：“广文，听话，把婚结了，然后先把日子过起来。女人嘛，当大姑娘时脾气泼辣常有，一生了孩子，过上日子，性情就会变的。”她把话音放低道：“再说了，也不是让你就娶这一个啊，以后有合适的，纳个妾啥的，也没事。”

孙广文都快哭了：“纳妾？我的亲妈吔，我要纳妾，玉瑛不把我活劈了才怪！”

王秋棠安抚：“这事以后再说，先结婚。现在鼓坊生意不好做，伙计们人心涣散，你爸的意思，趁你结婚的机会，让大家提提心气儿。”

孙广文绝望了，一脸愁容：“亲妈！您是我亲妈吗？”

王秋棠瞪了儿子一眼：“瞧你那样子，不就是娶个媳妇嘛，反正这事改不了了，鼓坊方圆十里的街坊都知道了，大家见了我都道喜呢。告诉你啊，下午蒋裁缝过来给你量衣服，结婚那天穿马褂还是穿西装，你自己决定，妈也是新思想新青年！”

孙广文叹口气：“行，我结！死活就她了！可说好了，我要不幸福，纳个妾什么的，你们可不许拦我。”

王秋棠脸露欢喜，怜爱地看着儿子：“好！只要你踏实地把这婚结喽，明年让我抱上大胖孙子，纳不纳妾的，听你的。”

孙广文眼露无奈：“您甭美，玉瑛那里肯定也不同意。”

王秋棠一愣：“玉瑛会不同意？”

“我不同意！”玉瑛语气决绝。

顾秉轩拿着花剪剪着桃花枝，在一旁笑看着自己妻子齐兰翠劝说女儿玉瑛。

见父亲在一旁不发表意见，玉瑛走到顾秉轩跟前：“爸，我不想嫁给广文，我不喜欢他。”

顾秉轩把花枝放到树旁的石磨上，微笑着看着女儿，也不说话。齐兰翠跟在女儿身后继续劝：“好啦玉瑛，你孙叔叔一家人都挺好，这聘礼都下了，婚期都定了，咱们别再让人家为难了。广文那孩子是我看着长大的，娇气是有点儿，但人心不坏，你俩挺般配，好闺女，听话！再说，广文都答应了。”

玉瑛拿起桃花枝，用力地扯着花朵：“他答应是他的事，我的事我自己做主，不嫁不嫁就是不嫁！”

玉灵从屋里出来，看到姐姐的样子，心里也不开心，她知道，姐姐深爱着的人是志武。她轻轻走到玉瑛跟前，拉着姐姐的手，侧头对父母道：“妈，我姐不同意这婚事，您就别逼她了。两人脾气不合适，怎么能过一辈子？爸，您倒说句话啊！”

顾秉轩放下花剪，掸掸长袍：“世事万物皆为缘，婚姻之事也是缘，所以人做的一切事也得应和缘法，有时抗拒反而会酿成更坏的变数。玉瑛，这婚结不结，都在于你，我都尊重你的意见。”

玉瑛见父亲支持自己，连忙对母亲道：“妈，您看，我爸不同意。”

顾秉轩哈哈笑道：“我可没说不同意，只是说了我的态度，我不管你怎么决定，你和玉灵都是我的女儿，我看到你们以后幸福安乐即可。”

齐兰翠道：“你拉你爸也没用，昨天严媒婆来下聘礼，给你爸美坏了，他那是不想得罪你，其实他挺愿意你们这门婚事的。好啦，用你爸平时说的话，木已成舟，好闺女，别闹了。”

玉瑛一气之下转身就走。

齐兰翠急问：“姑奶奶，你这要干吗去呀？”

玉瑛头也不回：“我找广文去！”

孙广文正躺在床上胡思乱想，心里的滋味又苦又甜。苦的是，自己不喜欢玉瑛，虽然玉瑛长得很好看，但她自小就欺负自己，脾气一直合不来。甜的是，自己就要结婚了，也要过那种温香软玉的日子了，如果玉瑛脾气像玉灵那样温和，娶了她也真是福气。孙广文心里还是有一丝幻想，也许正如母亲所说，女人结完婚有了孩子，脾气就会收敛了，而且，真能再娶个妾，那日子岂不是更美！想想自己已经二十岁了，却从来没碰过女人。他不止一次听鼓槌说起女人的滋味，也不知是真是假，反正听他所形容那意思，很舒服快活，是世上最美的事，也不知自己尝到这个滋味会是什么样子。他就这么想着，一会儿微微傻笑，一会儿皱眉发愁，一会儿长声叹气，但心里想到婚姻生活的各种美好，还是激动得不能自己。

正想着，突然听到院门被用力推开，一阵急促的脚步声“噔噔”地传来，孙广文一皱眉，起身一看，只见玉瑛沉着脸快步进院，他赶忙坐起，玉瑛已经推门进屋。

见玉瑛瞪着自己，孙广文吓了一跳，怯怯地问：“玉瑛，你……你……你怎么来了？”

玉瑛站在孙广文跟前，一副气呼呼的样子，她身上少女特有的体香猛地传到孙广文的鼻孔里，孙广文赶忙后退，一屁股又坐在床上。

孙广文结巴了：“玉……玉瑛，你要干吗？”

玉瑛深深吸口气，质问孙广文：“孙广文，咱俩的婚事，你答应了？”

孙广文犹豫地点点头：“是……是啊。”

“你凭什么答应？”

“凭什么？不凭什么啊，我爸我妈都说了，那我就答……答应了呗！”

“呵，你倒好说话！”

“我不好说话也不行啊，我爸我妈的话，我能不听吗？”

玉瑛皱眉看着孙广文，气呼呼道：“告诉你啊，我不同意，我不会嫁给你的。”

听到这话，孙广文心里突然有一丝失落：“可，聘礼都下了。”

“那你就跟聘礼结婚吧，反正我不结！”

“你……”

“我什么我？再告诉你一遍，我不结，听见没？”

孙广文挠挠头：“那你怎么和你爸妈说？”

“跟他们也是这话，不结！”

孙广文心里有点乱：“那你和你爸妈商量吧，你问我，我也说不出什么。”

玉瑛点点头：“行，就是这话，我走了。”说完转身出去。

孙广文看着玉瑛离去的曼妙身影，恍惚着站起身张望，刚才玉瑛身上的体香依然在空气中若有若无。他发起呆来，心里突然觉得十分失落，突然隐隐地不想让这婚事不了了之。对漂亮的玉瑛，他承认自己不喜欢，但婚姻的美好对此刻的他，只是对女人身体的好奇和幻想的滋味。

孙广文心烦，蔫蔫地溜达着来找鼓槌，到了鼓槌的住处，见志武也在，两人正围个小桌子喝酒。

见孙广文一脸心事地进门，鼓槌问：“怎么了孙少掌柜，丢钱袋子了？”

孙广文没理他，走到桌前拿起鼓槌的酒杯，一口喝干里边的酒，大声叹口气，又吃了颗花生米，坐在桌旁。

“怎么了广文？”志武问。

孙广文又叹口气：“心烦哪！”

鼓槌捶了他的肩膀一下：“你他妈还心烦，要死直说！到底怎么了你？”

“我要和玉瑛结婚了。”

他这话一出口，志武一惊：“啊？什么时候？”

“四月二十六，聘礼都下了。”

鼓槌哈哈大笑：“我说你怎么这么烦，原来娶了个母老虎！”

“去！”志武瞪了鼓槌一眼，问孙广文，“你同意了？”

“是啊，我爸我妈都定了，我不同意也不行啊。”

志武突然觉得一阵烦乱，问：“那玉瑛那里呢？”

“玉瑛不乐意，可聘礼都下了，日子都定了，肯定改不了了。”

鼓槌在一旁笑道：“那就娶了呗，玉瑛虽然脾气大，可长得挺好看。你这回终于尝到女人的滋味了。”

志武已经烦闷得难以忍耐了，他突然觉得心里大乱，猛地喝了口酒。

鼓槌给孙广文倒了杯酒：“来来来，孙少爷，别烦了。说实话，玉瑛确实挺好的，女人这东西，脾气再大，只要被男人骑在下边，她就算脾气再爆，到时也会服服帖帖。别想了，你来得正好，我和志武正商量那事呢！”

孙广文一听这个，心里一惊：“啊！你们真要去偷枪？”

志武根本没听见孙广文的话，心里在想玉瑛是如何看待这门婚事的。

鼓槌却和孙广文说偷枪的事：“南苑兵营有个废枪库，挨着兵营食堂。志武摸过底，里边的枪有好有坏，坏的就不说了，咱们肯定也不偷，有些枪确实只是枪托被炮弹炸折了，枪身没问题。志武见过，有一次几个木匠就在废枪库门口做新的枪托，有几个当兵的一旁帮着安，咱们要偷，就偷这种断枪托的。”

孙广文连连摇头：“等一下啊，你别咱们咱们的，我打一开始就没答应跟你们一起去偷枪，我顶多不说出去，偷枪这事别算上我。我马上就要结婚了，我还要好好过日子呢。”

鼓槌一脸鄙夷：“瞧你这点儿出息！我们知道你不敢去，也没打算叫上你。”

“反正我不去，多危险啊。我还是觉得你们别去了，这可是掉脑袋的事。”

鼓槌不以为然：“胆小不得将军做，我和志武明天就干！”

“啊！”孙广文吓了一跳，“明天？”

“对，明天晚上，志武进去偷，我接应。”

孙广文看着志武：“志武，你确定能搞到？没危险？”

志武点点头，看了一眼孙广文：“我自小就喜欢枪，无论如何也要搞到一把。明天不管成败，你别说出去就行。广文，你就踏踏实实结婚吧，结了婚……”志武语气一顿，“好好对待玉瑛。”说完眼眶有些泛潮。

孙广文不知志武心里所想，以为他是酒熏到眼睛，当下拍拍志武的肩膀：“放心吧，我肯定不说出去，不过我结婚你一定来喝酒啊。”

志武无奈一笑，起身道：“我头疼，回家了，你俩喝吧。”

志武一脸烦闷地回到家，刚要推门，玉瑛突然从一旁出现了，低着头，不敢看志武。

志武脸色发沉，看着玉瑛，不知说什么好。

玉瑛抬头看了眼志武，轻声说道：“志武，我想和你说句话。”

志武看看左右，冷冷地道：“什么话？说！”

玉瑛眼圈微红：“我要结婚了，可……”

“和广文？”

“嗯，你知道了？”

“是，刚听广文说的。”

“可我不想嫁给他。”

志武心里一颤：“哦，可结婚这是你的事。”

“我的事？可你不关心吗？”

“我有什么可关心的？我是个没爹没娘的穷光蛋，我自己的事还顾不过来呢，我哪顾得上别人。”

玉瑛想哭，忍住了：“可是，你知道，我心里……只有你一个人。”

志武鼻子一酸，强忍着，语气加重：“谢谢你玉瑛，我配不上你。广文挺好的，你家和他家世代交好，你俩真的挺合适，我都答应广文了，你们结婚我会去喝喜酒的。”

“你……”玉瑛此刻心里难过极了，她抬头坚定地看着志武，“志武，如果你愿意，你带我离开都可以，我心里只有你。”

志武看着玉瑛，硬下心肠：“算了，你还是好好嫁人吧。我从小什么苦都吃过，也被人欺负过，能活到今天，我已经很幸运了，我不想再连累别人，再让别人跟着我吃苦受罪，更没资格让人爱我。谢谢你玉瑛，你……你忘了我吧。”说完他看了眼玉瑛，推开门，说道：“你赶紧走吧，马上都要嫁人的人了，别让街坊看到说闲话。”

玉瑛眼泪流出，志武不敢直视她，咣的一声关上了院门。

玉瑛一愣，不知怎么办，呆呆地站在原地。

玉灵回到家，听母亲兴奋地说了孙广文家提亲下聘礼的事，知道姐姐肯定不愿意，赶忙来到姐俩的卧室。她一进门，就见玉瑛眼神愣愣地躺着，眼泪已经把枕头湿透。她赶紧坐到炕前，帮姐姐擦了擦眼泪，叹口气："姐，我听妈说了，其实这个婚事，你要是不愿意，我们可以去说的。"

玉瑛不说话，依然流泪。

玉灵看到姐姐这样，心里也是一酸："姐，不行让秋俭哥和皮爷去说一下，他们说话大家都听，还有……志武知道这事吗？你应该找他商量一下。"

玉瑛坐起，把头扎在妹妹怀里呜呜痛哭，肩膀颤抖耸动着，没有说话。

志武来找鼓槌，他浑身上下收拾得十分利落，一脸跃跃欲试的样子。

鼓槌见他进来，兴奋异常，赶紧问："志武，怎么着？今天去？"

志武点点头："对，我今天白天和徐豁子的马车去兵营里卸菜，特意又看了一下那个废军械库，长枪堆在外边，里边是短枪，有俩当兵的看着。围墙我也看了，食堂烟囱那里矮，咱们从那翻进去就行。"

鼓槌两眼冒光："还有短枪哪？那咱们多偷几把得了，我有门路卖出去。"

志武摇头："这不行，我就偷一支长枪来过过瘾，别的枪不动。"

鼓槌不以为然："偷一杆也是偷，偷十杆也是偷，怕啥？实话告诉你，我早就找好买家了，只要咱们偷来，就能卖出去。"

志武一愣："你打算卖给谁？"

鼓槌压低声音："廊坊的土匪袁大疤瘌。"

志武眼一瞪："不行！那人我知道，不是个好东西，平时为非作歹的，你少和他勾搭。"

鼓槌看志武生气，赶紧安抚："那就算了，你别瞪眼啊。我和袁大疤瘌只是通过别人认识的，我和他不熟。"

志武点点头："这样最好，少招惹那人。"

鼓槌问："那咱们什么时候去？"

"今晚。"

"全都安排好了？"

志武点头："对，我跳进去偷，你在烟囱后边接应我。"

鼓槌连连点头。

夜深了，志武和鼓槌来到南苑兵营后院的食堂处，借着天光，能隐约看到黑乎乎的墙头和冒着青烟的烟囱。

来到墙根，志武拿出事先准备的挠钩，用力地扔向墙头，挠钩钩住里侧墙檐，志武顺着绳子爬上了兵营墙头。伏蹲在墙头，他四下张望了一下，只见兵营前营灯光很亮，隐约有说话声，不远处两个高高的瞭望塔楼上有哨兵的身影晃动。相比前营，后院就安静得多，只有食堂里传来灯光，废军械库那里黑黑的一片，不见卫兵身影。

鼓槌在墙下边低声问："志武，怎么样？"

志武摆手让他噤声，又蹲在墙头观望了几分钟，见废军械库没人，他才用绳子把鼓槌拉了上来。他示意鼓槌躲在烟囱后边，在他耳边低声说："等我偷来枪你接着，完后拉我上来。"

鼓槌点头。

说完志武把挠钩搭在烟囱上，顺着挠钩的绳子溜了下去。

鼓槌心里怦怦跳，只见志武溜到地上，哈着腰轻手轻脚地向废军械库摸去。

志武摸到军械库，借着夜光看清门锁的位置，然后左右看了一眼，抻出腰后的铁棍撬开门锁，然后轻轻推开库门，进入军械库。

军械库里飘散着一股金属霉味和枪油味，四下散乱堆放着成捆的长枪。靠仓库里侧，是十来挺机关枪和迫击炮，最里面的一个大木箱里堆了几十把损坏了的毛瑟手枪和枪套。

志武看到步枪后两眼放光，自幼喜欢枪械的他像进入了宝库。他来到那几堆步枪前仔细一看，里边还是以"汉阳造"为主，有的枪管已经弯曲了。志武又左右寻看，终于在靠门口的地方发现几支捷克步枪。他大喜，挨个拿起，借着微微的天光辨别，终于找到一把像样一些的，仔细抚摸。他把那把挑好的步枪背在背后，然后伏身正要出门，突然一把硬硬的枪管顶到他的额头。他一惊，也不敢反抗，任由那枪管顶着自己后退回枪库。他仗胆抬头一看，只见三个黑影站在他的面前，拿枪指着他的人低声喝道："乖乖的，别动！"

志武被制住，根本动不了，也看不清拿枪那人的面目，只看到他的眼睛泛着贼光，只听他吩咐身后两人道："赶紧的，装枪！"

那两人四下寻看，找到那装着毛瑟手枪的木箱，一人道："大哥，这里有'盒子炮'。"

那人也不转头，低声回道："拣像样的装。"

那两人拿出一个洋帆布口袋，简单地摸摸看看，有像样的就扔进口袋，差不多装了十支左右后，又在枪堆里挑了几杆步枪。

见同伙装得差不多了，为首这人用枪顶着志武走出军械库，那拿枪的两人跑到墙角，用墙上垂到地面的绳子捆好所有的枪。墙上还有一人，那人把枪拎到墙头，解开后顺手扔到墙外，接着又把绳子扔回墙内。

天太黑，志武根本看不清墙上那人是不是鼓槌，正纳闷，突然后脑一疼，接着眼前一黑，被身后那人打晕在地。

偷枪的三人被墙上那人用绳子拽上墙头，墙头那人正是鼓槌，他对最后上了墙头的人道："袁大哥，咱们赶紧跑吧。"

姓袁的点点头，低声道："等下！"说完把手里的枪冲天开火，砰砰两声清脆的枪声响彻黑夜，在戒备森严的南苑军营，这两声枪响异常刺耳。果然，枪声刚住，前边军营和食堂里就传出嘈杂的皮靴声，十余名军人持枪向军营后院赶来。

墙头上的鼓槌犹豫地看了一眼远处地上的志武，只见志武已经晃悠着起身，步履蹒跚地迈腿要向前走，身后远处的一个军人大喊："站住！不许动！再动就开枪了！"

志武头部遭到重击，似乎还没有恢复意识，依然向前迈步走动，只听砰的一声枪响，志武应声倒地，不再动弹。

鼓槌吓得腿一软，已经溜到墙外的袁姓男人催促："鼓槌，找死呢你！赶紧跳下来！"

同时，跑来的军人里有人大叫："墙头有人！"

话音一落，枪声四起，数枚子弹在鼓槌脚下炸开，他脚一软，"妈呀"一声直接掉到墙外。

鼓槌自己都忘了是怎么跑回鼓坊的，尖啸的子弹声和自己杂乱的呼吸声，以及被打死倒地的志武的样子，在脑海里清晰地浮现。他不敢回家，现在只有孙广文家能去，索性一口气就跑了去。见到鼓槌，孙广文一愣，只见他脸色煞白，衣衫撕破，眼神慌乱。

鼓槌也不理孙广文，抄起桌上的茶壶"咕嘟，咕嘟"一阵猛喝，然后眼神发直地看着孙广文发愣。

孙广文急问："鼓槌，怎么了你？志武呢？"

愣了片刻，鼓槌长缓了一口气，道："我的妈啊，可算活着回来了。"

"你回来了，志武呢？"孙广文又问。

鼓槌两眼闪过一丝恐惧："志武……志武被枪打死了！"

"啊！"孙广文腿一软，瘫坐在椅子上。

鼓槌继续道："哎哟妈呀，可吓死我了，我亲眼看到志武给一枪撂那儿了！我要跑慢点，也回不来了。"

孙广文定定神，赶紧轰鼓槌："那你也别在我这儿待着啊，这要是人家追来，我也算随从窝藏你知道吗？赶紧的，回家，要不跑外边躲两天，别在这儿给我招事了。我这就要结婚的人，不能和你蹚这雷。我告诉你，今晚的事我什么也不知道啊，不知道！”

鼓槌惊魂未定，见孙广文如此怕事，指着他说：“好你个孙广文，没想到你是这样的人。行，我不连累你，我走！”说完瞪了孙广文一眼，愤愤出门。

孙广文见他出去，赶紧关上屋门，插好门闩，嘴里唠叨着：“我的如来佛祖观世音啊，这下事儿可大了！”

接下来的日子，玉瑛一直没有志武的消息，她去志武家找过几次，都是街门紧锁。眼看婚期马上就要到了，她心里的绝望一天重似一天。

玉灵看着姐姐日益消瘦的面庞，心里也不是滋味，她在劝慰姐姐的同时，也让秋俭四处寻找志武的下落，可每次看到的都是秋俭空手而归的无奈表情。

又过了一个月，已近初夏，天气越来越热了，玉瑛的心却寒冷无比。她无数次问自己，难道就这样嫁给不爱的孙广文了吗？可看着来往街坊对父母的祝福，看着孙凤臣和王秋棠对自己的慈爱眼光，看着志武家紧锁的大门和茅草初长的墙头，玉瑛对爱情的绝望已经慢慢转化为一种死心。她无数次对自己说：玉瑛，你认命吧。

她变得郁郁寡欢，不爱说话，开始顺从母亲的摆布，试嫁衣，做被褥，麻木地等着婚期的到来。

有时，一个人的精神寄托失去后，往往会自暴自弃，破罐子破摔。玉瑛性格一直泼辣勇敢，本不应该这样，但在父母强加的婚姻和爱人莫名离去时，她却变得脆弱无力了。

这一天，玉瑛又路过志武家门前，她下意识地看了一眼门锁，没想到这一眼看得她禁不住惊呼出来！

志武家的门锁不见了，家里有人！

玉瑛的心脏怦怦直跳，她上前仔细又看了一眼志武家的大门，门果然没锁，应该是志武回来了！

玉瑛赶忙推开大门，急急地冲进志武家里，突然屋里传出一个男人颤抖的声音：“谁？”

玉瑛一愣，这声音不是志武，她胆子一直就大，直接走进屋去，只见屋里的床柜被翻动得乱七八糟，一脸惶恐的鼓槌惊立在自己面前。

玉瑛一愣，问：“鼓槌，怎么是你？志武呢？”

鼓槌神色慌乱：“哦，志武，志武，我也不知道。”

“不知道？”玉瑛眉头一皱，“那你跑他家干什么来了？”

鼓槌慌乱地回答：“没事，我找东西。”

“找东西？找什么东西？”

“没什么重要东西，我借志武点钱，来找找。”

玉瑛更加怀疑了：“你骗人！说实话，志武去哪儿了？”

“不……不知道。”

“那你跑他家来干吗？难道是偷东西来了？”

鼓槌吓坏了，连忙道：“没，没偷东西……”说完就要往门口溜。

玉瑛跟皮爷学的一身武功，自然不怕瘦小猥琐的鼓槌。她挡住屋门，怒声道：“你肯定知道志武去哪儿了，今天不说出来，你甭想跑，再不说，我就把你带孙掌柜那里去！”

鼓槌赶紧求饶：“别别别，玉瑛姐，我告诉你还不行。”

“说！志武到底去哪儿了？”

鼓槌一脸哀相：“志武他……他……他死了！”

玉瑛听完大惊，急问：“死了？你胡说！”

“真的！真的死了！”

“怎么死的？”玉瑛声音已经颤抖了。

“一个多月前，他去南苑兵营偷枪，结果被发现了，让当兵的一枪打死了！”

玉瑛听完后，脑袋嗡的一响，眼前模糊一片。

鼓槌见她这样，赶紧溜到门口，一边侧身出门一边告诉玉瑛：“真的，我亲眼看到志武被打死的。不信你问广文去，他也知道。”说完窜到屋外，逃走了。

玉瑛觉得自己的心脏已经停止跳动，腿一软，眼前一黑，就昏倒在志武家里。

等她再睁眼时，看到的是母亲和妹妹关切的脸，她像做了个梦一样，此刻，这个梦已经醒来。

玉灵急切地问：“姐，你醒了，没事吧？”

玉瑛眼泪慢慢流出，看看玉灵，又看看母亲，语气平缓地说道：“妈，玉灵，我没事，我答应你们，我和广文结婚。”

第十章 新婚大耻

1937年的农历四月二十六这天，孙广文和玉瑛的婚礼在孙家老宅隆重举行。老宅被修缮粉刷一新，当天院里到处张灯结彩，孙凤臣所有的亲戚和在北平商会的同行朋友都来庆祝。

京剧名家韩啸亭带着女儿韩盈袖也早早来到，韩盈袖和玉瑛玉灵姐俩情同姐妹，自然是不拘束，帮着大家一起把玉瑛打扮得特别漂亮。

男方这里，秋俭里里外外地到处忙活，自己的兄弟孙广文结婚了，他自然也非常高兴。他正在前院忙前跑后接待贺客和处理杂事，一个鼓坊伙计跑来告诉他，大门迎客处有两位贺客是冲他而来。秋俭一愣，赶忙跑到门外仔细一看，竟然是田子钧和肖野二人。

秋俭大喜道："呀！子钧，肖兄，你们怎么也来了，太好了。"

田子钧一身利落的灰色中山装，戴着一顶巴拿马草帽，笑容依然帅气随和："我也是刚回北京，回来就听到这件大喜事，这不，赶紧约了肖野过来贺喜。"

秋俭高兴地笑着："我前几天去你府上请你来着，你家用人说你去了山西，我就留下请柬，没想到你真的赶上了。"

田子钧笑着从怀里拿出一个红信封，递给秋俭："这是我和肖野的贺金，请交给孙掌柜。"

秋俭致谢，双手接过，笑着对二人道："你们太客气了，一会儿可要好好喝几杯啊。"

肖野笑道："好！自从上回在鼓坊咱们围鼓赏月喝酒，我就对那情景念念不忘，今天我们一定好好喝几杯。"

秋俭正要接话，韩盈袖跑了过来，对秋俭道："秋俭哥，皮爷问你那八面大鼓放哪儿了，让你赶紧去。"

秋俭赶忙让她稍等，然后对田子钧和肖野道歉："子钧，肖兄，我先去一下，这是我妹妹韩盈袖，让她带你们进客座休息。"

田子钧仔细看了一眼韩盈袖，只见韩盈袖穿了一件桃粉红的旗袍短褂，下边穿了一条浅紫色的学生裙，乌黑的短发上箍着一条紫色发卡，眉目如画，清丽脱俗。他不禁心里暗暗赞叹，问道："这个韩小姐，是不是韩老板的千金？"

秋俭点头，然后想到："对了，上次就是你出面帮忙，才救出盈袖的，但那次萃珍楼的感谢酒宴，韩伯伯没让她来。"

田子钧向韩盈袖点头施礼："韩小姐你好，我是田子钧。"

秋俭赶忙对韩盈袖道："盈袖，这田兄不但救过你，而且那次在天津救我的也是他。"

韩盈袖看着帅气的田子钧，不禁脸一红，微微施礼道："谢谢田大哥对我们的救助之恩。"

田子钧目光温和，微微一笑："不用客气，都是自己人。"

秋俭赶紧让韩盈袖带田子钧和肖野入座，自己又跑到前院布置庆祝用的大鼓去了。

韩盈袖领着田子钧和肖野入座，又给二人端来茶水，再次感谢田子钧，然后致礼离去。

田子钧目送韩盈袖苗条的背影，心里一阵暖流涌动，目光也变得柔和了。

一旁的肖野看到后，轻声问："子钧兄，你难道喜欢上这个女孩了？"

田子钧微微一笑："窈窕淑女，君子好逑。"

肖野点点头："嗯，这是你们中国《诗经》上的一句词，我明白田兄的心意了。"

田子钧向肖野笑了笑，目光幽远深邃。

新房里，孙广文看着镜子里帅气的自己，心里有一种说不出的滋味。他开始对玉瑛还是有些抵触的，因为从小就觉得玉瑛没有女孩应有的那种温婉性格，两人自小不对付，有时还会对着干，但自从知道只能娶她之后，慢慢地，这种偏见渐渐变淡，心理竟然起了变化，一见到漂亮的玉瑛就怦然心动。最近这段时间，玉瑛的性格也突然变了很多，不再那么咋咋呼呼，有时甚至变得沉静寡言，孙广文这才发现，玉瑛安静时有一种别样的美。眼见婚期一晃就到眼前，在这喜庆氛围的烘衬下，他对今晚就要做自己妻子的玉瑛还是有了很多期许，毕竟洞房花烛是一个男人一生中最美好的时刻。

就要当婆婆的王秋棠这些天也是开心异常，想着就要抱上大胖孙子了，她心里就痒痒。婚礼这一天，她笑得根本合不拢嘴，虽然进进出出忙活，但她自来精明，一些别人容易忘了的细节她都能马上提醒指出，甚至连轿子走的路线，新娘子迈的火盆大小，儿子婚床上撒的枣、栗子、花生，她都精心挑选。

她兴冲冲地来到儿子的新房，轰走那几个和孙广文逗笑的鼓坊伙计，满意地看了看帅气的儿子，然后神秘兮兮地道："广文，有件事妈得交代你。"

孙广文一脸烦闷："又交代啥啊？您这一天交代我八百次了。"

王秋棠瞪了儿子一眼："你懂什么！不交代好喽，到时候抓瞎。"

"得得得，那您赶紧交代，这回我又要注意什么？"

王秋棠脸露正色："这个事最重要了，你看……"她从衣兜里拿出一块叠得整齐方正的白丝布，仔细放在儿子手里，"这你拿着，晚上要用的。"

孙广文抖开那块白布，仔细看了看，问："这白布干吗用？"

王秋棠瞪了儿子一眼："傻小子，记着啊，和玉瑛头睡觉前，把这白布铺在婚床上，等你们两人同房后，玉瑛破了身子，她的'女儿红'就会留在这白布上。记着啊，新娘初夜不见红，就不是黄花大闺女。"

孙广文听得一脸严肃："啊，真这么绝对？"

"那可不嘛，新娘第一晚哪有不见红的，除非她是'石女'。"

"'石女'？'石女'是什么？"

王秋棠懒得给儿子解释："跟你没关系，玉瑛不是就得了。"

"万一玉瑛是呢？"

王秋棠瞪了儿子一眼："别瞎说！咱们这儿的规矩，自己家的闺女要是'石女'，必须得告诉提亲的媒婆，这样不耽误对方。放心吧广文，玉瑛是个正正常常的闺女。"

孙广文一下觉得这件事确实很重要，要是妻子不是黄花大闺女，那这个男人一辈子怎么过？他赶紧小心翼翼地收好那块白布，对王秋棠道："行了妈，我记住了。"

王秋棠点点头："老规矩，作为婆婆，明天一早我得来收这块布，听见没？"

孙广文脸一红，连连点头。

忙乱而红火的婚礼举行完毕，无论接亲和赞礼，整个过程都事事顺利。天黑了，宾客们陆续离去，孙家老宅也恢复了安静，秋俭和一群鼓坊伙计闹完洞房后回南郊鼓坊了，孙凤臣和皮爷没有走，在正屋抽烟闲谈。

初夏的夜还是十分凉爽的，微风阵阵，吹动院内枝叶初绽的梧桐树，唰唰作响。天棚下，那两棵石榴树开出红艳的花朵，借着红灯笼的光，映衬着孙广文新房窗上红红的喜字。

新房里，红烛摇曳，灯影在墙上微微晃动。玉瑛穿着一身红艳喜兴的喜服，头上盖着红盖头，安静地坐在婚床边。

一脸疲惫的孙广文有些无所适从，他呆呆地坐在窗边的椅子上，心里空空的，不知接下来该怎么去做。

当！当！当！当！当！当！当！当！当！桌子上的大洋钟敲了九下，一下打破了新房里的寂静。

孙广文心慌了，他看了一眼桌上的那根秤杆，记起王秋棠交代过，要用秤杆挑起玉瑛头上的盖头，象征称心如意。

孙广文慢慢站起身，犹豫了一下，最后还是拿起秤杆走到玉瑛跟前，道："那什么，玉……玉瑛，我挑了啊。"

玉瑛知道这一步骤，点点头，盖头微动。

孙广文深吸口气，手心沁着汗，用秤杆小心翼翼地去挑盖头。

秤杆打着战，把玉瑛头上的盖头挑起。

盖头挑起，漂亮的玉瑛羞得脸色通红，她低垂着眼帘不敢抬头，睫毛绒长，嘴唇红艳，光滑美丽的脸被红烛照得娇艳无比，孙广文拿着秤杆看呆了。

玉瑛轻轻抬起头，看着孙广文，眼神里有一种说不出的娇羞神色。

见玉瑛这样看自己，孙广文有些慌张，赶紧道："哦，那什么，时候不早了，咱们睡……睡觉吧。"

玉瑛点点头，面色平静，她也不说话，起身开始铺床。

孙广文给弄得不知所措，只好站在玉瑛身后看着。

简单地把床铺好，玉瑛看了孙广文一眼，语气平和地道："睡吧。"

孙广文更加手足无措，想起母亲交代的那块白布，赶紧从抽屉里拿出，递了过去，怯怯地对玉瑛道："这……这个还没铺。"

这块布的作用，出嫁前母亲齐兰翠也跟玉瑛说过了，虽然有思想准备，但孙广文突然拿出，玉瑛也是脸上一红，她赶忙接过，草草铺好。

孙广文的心怦怦直跳，知道一个男人最幸福的时刻就要来临。他看着红艳醉人的玉瑛，呼吸也有些急促了，愣了一下，说道："我……我把蜡烛灭了行吗？"

玉瑛点点头。

蜡烛灭了，新房里一下黑了下来。黑暗中，听到一阵窸窸窣窣的脱衣声和孙广文粗重的呼吸声，突然一阵安静，最后只听玉瑛声音低低地说道："广文，你要好好对我。"

第二天天刚擦亮，婚房里突然传出孙广文和玉瑛的争吵声。

"孙广文，你血口喷人！"

"我怎么会血口喷人？东西在呢，这就是证据，你自己看！"

"可我也不知道是怎么回事！"

"就算你知道也不会承认！"

接着就听到桌椅和瓷器倒地的哗啦声和破碎声，可以听出，两人一边吵一边在砸东西，中间夹杂着玉瑛的痛哭声。

各屋的人陆续出来，都不知究竟发生了什么。

孙凤臣示意让皮爷拦住鼓坊的伙计，不让他们出来看热闹，自己披了衣服走到儿子的新房前。

王秋棠衣服没穿好，也随后跑到房前敲门，喊道："广文，广文，开门，你们俩怎么了这是？"

咣！门开了，孙广文光着膀子、穿了条短裤跳出门外，回头对屋里的玉瑛喊："顾玉瑛！我要休了你！我要退婚！"

玉瑛也衣衫不整地跑出来，眼睛都哭肿了，喊道："孙广文，你欺负人！"

王秋棠赶忙抱住儿子。

孙广文推开母亲，跳脚喊："你以为我不知道！我早就知道你和志武好，没想到你跟他好成这样了！你当我是什么了！"

"你不要诬蔑志武！我和他没什么！"

"没什么？那你那天怎么昏倒在他家屋里？"

"你……你……"玉瑛已经无力抗辩，只剩下呜呜哭泣。

孙凤臣怒斥儿子："广文，不许再嚷了！说，到底怎么了？"

孙广文指着玉瑛："爸，您问她！"

王秋棠赶忙上去抱住哭泣的玉瑛问："玉瑛，好闺女，跟妈说，这大早晨的，你俩为什么吵？"

玉瑛已哭得哽咽，说不出话来。

王秋棠又扭身问孙广文："广文，你要急死我是不是？说，到底怎么回事？干吗欺负玉瑛？"

孙广文气呼呼地道："我欺负她？我欺负她？好，您等着！"他一边说一边跑进屋里，然后拿着那块白布跑出来，摊开给母亲看，"您看！您看！是我欺负她吗？是她没有！没有！"

王秋棠也慌了，她似乎明白了什么，赶忙问玉瑛："玉瑛，跟妈说，怎么回事？"

玉瑛哭道："我也不知道怎么回事，他醒来就拿着那块白布跟我吵！"

王秋棠是个仔细人，赶紧跑进新房，在床上翻遍被褥，也没发现玉瑛的"落红"。

接着她出来，急走到儿子面前，问："广文，跟妈说实话，你和玉瑛同房没？"

广文点点头。

王秋棠脸色一阵惊惶，嘴里唠叨着："这可怎么好？这可怎么好？"

孙凤臣已经看出大概，但作为公公，他不能说太多，只好吩咐三人："先别吵了，都回屋。”

王秋棠拉着玉瑛回到屋里，让她穿好衣服。又仔细问了孙广文细节，最后她确认，两人确实有了夫妻之实，但玉瑛确实新婚当晚没有“落红”。

孙凤臣、王秋棠和皮爷坐在一起，三人商量此事如何处理。

孙凤臣道：“玉瑛是咱们看着长大的，这孩子的人品我们都清楚。秉轩和兰翠又和咱们几十年的交情，我觉得，不能因为这件事，闹得大家生分了。”

王秋棠道：“道理是这道理，我这儿也不想深究，不是黄花闺女就不是吧，以后好好过日子就行，就怕广文没完没了地闹腾。”

“他敢！”孙凤臣大声道：“一会儿我找他去，让他给玉瑛赔礼道歉，好好过日子，不提这事。”

王秋棠有些心疼儿子：“那不是太委屈广文了？这事又不是他的错。”

孙凤臣语气坚定：“你别护着广文！这事没有对错，玉瑛是个好孩子，这不影响她做咱们儿媳妇。”

王秋棠还想说什么，知道说出来也会被丈夫驳回，只好看了眼皮爷。

皮爷吸着旱烟，想了想，道：“我一辈子未娶，有些话没法说。但我以前听说过，有的练武的女孩子，因为练习武术过猛，会不小心把‘女儿红’落掉。我年轻时在沧州习武，遇到过这种事。”

孙凤臣点点头：“皮爷说得有道理。”他看了一眼王秋棠，“你就跟广文说，也许是玉瑛小时候练武时不小心碰掉了。”

王秋棠的内心里还是有些不甘心，老是觉得这事有点不称心，毕竟老规矩里，第二天清晨是婆婆去收那块白布的，再讲究些的地方，白布上有落红，这媳妇才算立住腰板。如果没有，男方家可以立刻写休书轰走儿媳。可现如今自己竟然遇到这事，碍于两家关系，却只能吃个哑巴亏。

孙凤臣最后说道：“无论如何，这事别让秉轩和兰翠知道，他们都是要脸面的人，别让他们为难。”

王秋棠无奈，只好来劝孙广文，让他忍下这口气，又和他讲了皮爷所猜测的那种情况，也许是玉瑛练武时不小心碰掉了女儿红。

孙广文听完母亲所说，哈哈地苦笑：“我的傻妈吔！这事搁着您，您信吗？告诉您，这媳妇我休定了，要不我一辈子硌硬这事儿！”

王秋棠道：“那不行，忍也要忍肚子里。哪怕你不碰她，接着纳个妾，玉瑛这正房也得做下去，要不大家都为难。”

孙广文无奈，只好和母亲说：“那得让玉瑛说出来，她的第一次给了谁，我不能这样傻柱子似的冤枉着。”

刚说到这里，门突然被推开了，玉瑛气愤地闯进屋里，她应该是听到了孙广文最后的话，所以大声地向孙广文道："孙广文，你可以休了我，但不能诬蔑我，我是清白身子！我这就走，回家等着你的休书！"说完她怒气冲冲地转身而去，留下愕然的王秋棠和冷笑的孙广文。

志武并没有死，当时枪响后，他只是被子弹打到肩膀，接着一群军人围上他以后把他制住。为首的军人看到他身上背的步枪，又清查了军械库里丢失的枪支，认定他是盗枪贼的一员，当下吩咐军医给他取出子弹包扎好伤口，然后关押在军营里，等待更高级别的军官回来审问。

一个多月过去了，志武的伤口渐渐痊愈了。他被关在军营里，自己暗暗算着日期，到了四月二十六这天，他彻底绝望了，心里开始隐隐作痛。知道玉瑛已经和孙广文结婚了，他有些悔恨，恨自己当时没敢面对玉瑛真挚的爱。

这一天，监押室的门突然打开了，两个士兵提着枪进来，一人拿枪指着志武："起来！我们长官要找你问话！"

志武慢慢站起，被两个士兵押到一个营房门口。

一个士兵大声喊："报告吴营长，盗枪贼带到！"

一个面色威严、中等身材的中年军官走出营房，目光炯炯地上下打量了志武一眼，仰头问道："是你偷的枪？"

志武并不害怕，点点头。

"胆子不小啊！这么大的军营你也敢进来偷！"

志武不说话。

那吴营长扶了扶腰里的手枪，问："说，和你一起来的那几个人呢，他们在哪儿？"

志武摇摇头："就我一人。"

"你一人？鬼信！你说你一人偷的，那我枪械库里的那些'盒子炮'哪儿去了？"

志武还是摇头："不知道。"其实他说的都是实话，那晚的三个人，他确实不认识。

吴营长围着志武转了一圈，又问："说，偷枪干什么？"

志武慢慢答道："喜欢。"

吴营长来了兴趣："喜欢？喜欢就来偷，胆子不小啊你！看来你会玩儿枪？"

志武点头。

"说说，能玩出什么花样？"吴营长盯着志武。

志武一脸坦然："五百步，我能指哪儿打哪儿！"

话一出口，旁边的士兵们一齐哄笑，吴营长也是哈哈大笑："吹牛呢吧？五百步，还指哪儿打哪儿，鬼信。"

志武冷笑，不回答。

吴营长看到他的表情，突然吩咐道："来人，拿把好步枪来！"

一个士兵跑来，递给吴营长一支崭新的德国步枪。

志武的眼睛一下就被这杆枪吸引了，泛着金属银光的枪管和枪栓锃亮诱人。

吴营长又吩咐："来人，找个步子大的，给我拿个凳子跑到操场那边，先来三百步。"

一个大个子士兵被叫到，他夹着一个长凳大步跑到三百步左右距离远近。

吴营长又吩咐："让他把帽子立在凳子上，躲远点。"

一个士兵大声喊话，远处的大个子按吩咐放好帽子。

吴营长把枪里的子弹退掉，只剩下枪膛里的一颗，然后把枪递给志武，道："你，如果打得到那个帽子，我就不杀你。"

志武小心翼翼地接过步枪，满眼惊喜，轻轻地抚摸着枪身，他身边的士兵们纷纷把枪口对向他，防备他用枪突然袭击。

志武仔细瞄了瞄枪管和准心，又看了一眼远处立在长凳上的那顶帽子，信心满满地道："三百步太近了，这距离，我能打中那帽徽！"

此话一出，士兵们哄堂大笑，可笑声还没落，志武已经开枪了！

砰！

枪声响过，那帽子被打得飞了起来。

见他枪法如此精准，大家纷纷赞叹道："好枪法！"

吴营长吩咐："来人，把帽子拿回来，我看看。"

一个士兵飞快地跑去拿回帽子，大家纷纷围上来观看，看后不禁惊叹，只见帽子正中的军徽已经被子弹穿透。

"好枪法！"吴营长赞道，接着吩咐，"去几个人，五百步立五个靶子，我要看看，他的枪法是真的好还是蒙的。"

大约五百米远的地方，五个靶子立好了，吴营长给志武的步枪弹仓内填上五发子弹，然后道："再打给我看，如果全中，我放了你。"

志武遥望了一下远处的五个靶牌，迅速拉上枪栓。砰砰砰砰砰！拉栓加射击，动作一气呵成，漂亮干脆，他连瞄准都不用，眨眼工夫，已经把五发子弹打完。

五个靶牌被士兵跑步送回，大家一看，五发子弹均中靶心！

"好样的！"吴营长喝彩道，他拍拍志武的肩膀，"这么好的枪法，做贼可惜了，看来你是真爱枪，不如留下来当兵吧。我既往不咎，还把军营最好的枪给你使。”

志武心里一动，这是他梦寐以求的事。可接着他突然想到玉瑛，一下露出迟疑神色。

吴营长见他这样，大声道：“原来只是枪法好，本人却是个孬种！听说让你留下当兵，怕了？”

志武摇摇头：“我不是怕死，我是想回家一趟。”

“好，那就先回家安置一下。我不怕你一去不回，因为我自来相信，心正，枪法才准。说说，你几天能回？”

志武想了想：“两天。”

吴营长点头：“那我就等你两天，后天此刻，你回到这里来找我就行，我叫吴昌毅，是警卫营营长。”

志武回到家中，见家里被翻得凌乱不堪，很是纳闷，好在没有什么值钱东西，便草草收拾了几件衣服，出门又找街坊打听，一问才知道玉瑛已经嫁给了孙广文。

他觉得心一下就空了，觉得什么都没有意义了。他没找到鼓槌，只好抱着一丝希望来到孙记老宅，想见见玉瑛。

敲了半天门，终于听到翟老头的问话：“谁呀？”

志武赶忙道：“您好，我找广文，我是从大羊坊来的，是广文的朋友。”

翟老头打开门，让志武进门，并告诉志武，广文还没起床。

志武试着问道：“那玉瑛呢？哦，就是广文的媳妇。”

翟老头摇头道：“他俩结婚时，我还在门头沟养病，等我回来后，就没见到我们少掌柜的媳妇。”

志武很纳闷，跟着翟老头来到广文门前，翟老头敲门道：“广文，少掌柜的，起来吧，有人找你。”

“谁啊这是？等下啊，我穿衣服。”里边传来孙广文懒散的语声。

等了片刻，屋门开了，孙广文揉着眼睛打着哈欠走了出来。他看了一眼志武，愣了一下，又揉了揉眼睛，脸色突然煞白，然后跳着大叫道：“妈啊，鬼呀！”

第十一章　廊坊救女

孙广文这么一喊，把志武也吓了一跳。他回头寻找，根本不见有鬼，再转脸想问孙广文究竟看到了什么，孙广文已经跳进屋里把门从里边插上，尖声大叫着："志武啊，我和你无冤无仇，你别来找我啊！"

志武很纳闷，又上前敲门，叫道："广文，开门，你怎么啦？"

"不开！打死我也不开！谁杀的你，你找谁去，干吗来找我？"

志武听他这么说话，才想到应该是误会了，赶紧解释："广文，你别害怕，我没死，只是受伤罢了。"

"不可能！鼓槌说亲眼看到你被枪打死了！"

志武哭笑不得："我真没死，真的，你不信开门看看。"

孙广文战战兢兢地把门开了条缝，看了眼志武脚下确实有影子，他这才小心翼翼地打开门，一脸狐疑："志武，你……你真没死？"

"骗你干吗？不信你看……"志武让孙广文看他肩头的伤疤。

孙广文放心了，慢慢走出屋，问："那你这些日子去哪儿了？"

"我一直被押在南苑军营，昨天才被放回来。"

孙广文这才放心："哦，没事就行了，吓死我了。"

志武看了一眼屋里，问："广文，你和玉瑛结婚了？"

孙广文一下又警惕起来："是，我们结婚了，你问这干吗？"

志武心里一疼："哦，我想见见她。"

听到这话，孙广文语气一下变冷："她不在家。"

"不在家？"志武很纳闷，"可我问了街坊，说你和玉瑛结婚后就住在老宅啊！"

孙广文有些生气："志武，你大难不死回来了，我替你高兴，你过来跟我说你没事，我也很开心。可现在我和玉瑛结婚了，她是我的女人了，你到我家不聊别的，直接上来就要找她，你什么意思啊？你这是非要见她一面是吗？"

志武听出孙广文语气里的不悦和醋意，赶紧解释："广文，你别误会，我就是想和玉瑛说句话，说完就走。我决定去当兵了，以后不知道死哪儿呢，所以……”他说到这里，心里有些气苦，想到玉瑛结婚了，现在见一面都这么难，以后自己真要死在战场上，不知道玉瑛知道后会是什么样的感受。

孙广文语气决绝：“志武，你当你的兵，你升你的官，这事跟我没关系，你想见玉瑛，我也不拦着，可她确实没在家，打结完婚就没在家待过。”

“啊！”志武大惊，“为什么？她怎么了？”

“怎么了？你还问我怎么了！要不是你干的好事，我能混到现在这倒霉样儿！”

志武更糊涂了：“广文，你和玉瑛到底怎么了？打架了？”

“要是打架就好了！算了，你也别问了，麻利儿的稍息立正向后转，踏踏实实当你的大头兵去吧！”

志武还想再问，孙广文已经把门关上。

志武非常纳闷，又叫了半天门，最后听到孙广文气急败坏地在里边喊：“别敲了！赶紧的，给我走着——”

志武了解孙广文的脾气，知道再问也问不出什么，当下想了想，又赶回南郊大羊坊，到顾秉轩家来找玉瑛。

敲了几下门，玉灵开门出来，她一见志武，也很是纳闷，问道：“咦？志武，怎么是你？你这些日子去哪儿了？”

志武往门里看看，问：“我最近一直在南苑兵营，玉瑛呢？”

玉灵猜到志武是来找姐姐，但姐姐一直没有回家，便道：“我姐结婚后一直没回来，她现在住在广文家老宅，在哈德门外花市那儿。”

志武道：“我去那里找过了，可广文说，你姐不在家，而且听他话里意思，你姐结婚后就没在家住过。”

“啊？”玉灵也愣了，“我不知道啊，那我姐去哪儿了？”

志武刚要接话，秋俭从院里出来，一见志武，他也一愣：“志武，怎么是你？”

“哦，秋俭。”

秋俭上下打量了一下志武：“这俩月你去哪儿了？”

志武答：“哦，我去南苑兵营当兵了。”

秋俭也纳闷，俩月不见的志武，转眼当了兵。

志武见秋俭纳闷，赶紧道：“我就是因为当了兵，才想回来见见玉瑛，没想到人都没见到。”

玉灵天性聪明，知道姐姐的脾气火爆倔拧，她一直没在老宅住，可能和孙广文打架了又不好意思回娘家，应该是去了别的地方。所以玉灵赶紧回头跟秋俭说：“秋俭哥，咱俩得去趟老宅，问问是不是我姐和广文吵架了，这事先别告诉我爸妈，免得他们跟着着急。我姐脾气大，两口子刚结婚，免不得拌嘴吵架啥的。”

秋俭点头：“好，我这就准备一下……”

说完他上前拍了拍志武的肩膀：“志武，你踏踏实实回兵营，找到玉瑛后，我去兵营告诉你。”

志武想了想也只能如此，眼看快到和吴昌毅约定的归营时间了，便赶忙赶回南苑军营报到。

接着秋俭和玉灵一起赶到孙家老宅，见到了孙广文后，两人问起玉瑛的下落，孙广文只支支吾吾地说和玉瑛吵架了，玉瑛一气之下就跑了，再没回来过。他以为玉瑛回娘家了，也不好意思去找。玉灵问他俩为何吵架，孙广文还是顾着脸面，没说结婚那夜发生的事。

玉灵知道孙广文自小被王秋棠宠惯了，虽然人性善良，但脾气倔拧偏激，所以也拿这个姐夫没辙，她想了想，只好和秋俭说道：“秋俭哥，咱俩分头去找找，有消息回这里聚齐。”

秋俭答应，急急出门而去。

见二人这样，孙广文觉得有些过意不去，觉得让玉瑛跑出去这么多天而不寻找，自己确实也有不对的地方，当下唯唯诺诺地问玉灵：“玉灵，那……我干点什么？”

玉灵无奈地看了眼孙广文，摇头叹口气：“你呀，就在家等消息吧。”说完转身出门。

玉灵找遍城里的亲戚朋友也没打听到玉瑛的消息，只好回到孙家老宅，刚走到院中，秋俭紧跟着也返了回来，韩盈袖也跟他一起回来了。

玉灵很纳闷，赶紧上前问：“咦，盈袖，你怎么过来了？”

韩盈袖拉过玉灵的手，看了眼孙广文，道：“我是来告诉你们一声，玉瑛姐在我家。”

“呀！”玉灵一愣，“我姐怎么跑你家去了？”

韩盈袖又看了一眼孙广文：“是，住了十来天了，看样子是和广文哥吵架了。我一直劝她回来，她就是不回来，正好我爸去上海演出，我就让她陪我就伴。今天秋俭哥找到我家，我才知道事情闹大了，怕你们着急，就赶过来告诉你们一声。”

玉灵松了一口气，道：“走，去你家。”

孙广文一旁问：“我用去吗？”

玉灵无奈地看了一眼孙广文：“你呀，接着等着吧。”

到了韩盈袖家，玉瑛见到妹妹后委屈地抱头痛哭。玉灵温言安抚姐姐，然后让秋俭出去，细问姐姐为什么和广文吵架。

玉瑛是直脾气，说话也不遮拦，当下和妹妹说起新婚之夜没有见红的事。听到姐姐这么一说，玉灵反而弄了个大红脸。她还是未经人事的女孩子，突然听姐姐说起这些男女之事，也听得直害臊。

玉灵给姐姐擦了擦眼泪，问："那你打算怎么办？总不能在外边住一辈子吧？"

玉瑛依然脾气倔强："我等他给我写了休书，就回家住。"

玉灵拍拍姐姐的肩膀："姐，别赌气啦，咱家和广文家世代交好，不能闹得这么僵。我看先这样，我们回去劝劝广文，让他别瞎想，然后让他给你道个歉，你们还是和好了吧。"

玉瑛也不知如何是好，呆呆发着愣。

玉灵又劝："姐，你放心吧，我们一定让你们和好的，和好以后你就别闹了，别让大家为你担心才对。你看，你这一消失，不光我们，连志武都急得够呛。"

"志武！"玉瑛大惊，急问，"他还活着？"

玉灵不知道志武偷枪的事，道："他压根儿就没死啊。他去南苑军营当兵了，昨天我和秋俭哥才见的他。"

玉瑛眼泪又流下来："他挺好的是吗？"

"嗯，气色挺好的，我们也没说几句话，他就匆匆地回兵营了，不过临走时秋俭哥告诉他了，等找到你就去告诉他。"

玉瑛心里不知是悲是喜，但隐隐觉得轻松了许多，这个让自己牵挂的男人竟然还好好地活着，自己应该放心了。

玉灵知道姐姐爱着志武，也不知如何再劝，静了静，道："姐，既然都结婚了，有的东西该放就放吧，还是踏踏实实过日子才好。我和秋俭哥先去劝劝广文，不行你先回咱家，这样在外边住着给盈袖添麻烦，也不是事儿。"

听到志武活着，玉瑛心也踏实了，听到妹妹这话，她的眼泪又流了出来："不了，我先陪盈袖住着，过些天再回家。"

玉灵微微一笑，帮姐姐理了理头发，点点头。

玉瑛突然想起什么，看了眼玉灵，眼中都是无奈："玉灵，我好像怀孕了。"

秋俭独自来到南苑兵营，走到大门前，和哨兵说想找一个叫志武的新兵。

志武的神枪本领已经传遍整个南苑军营，那哨兵本来就是警卫营的，志武的神枪才能就是自己营长吴昌毅发现的，他自然熟知志武其人。哨兵仔细盘问了秋俭的来历，叫另外一个散哨去叫志武。

志武气喘吁吁地跑了出来，他知道秋俭是来告诉玉瑛的消息，所以眼里全都是期待。

两人来到兵营大门的一棵槐树下，志武迫不及待地问："怎么样秋俭，玉瑛有消息没？"

秋俭点点头："她一直在韩老板家住着，我们已经找到她了。"

志武一下就放心了："她还好吧？"

"嗯，你放心，玉瑛挺好的。"

"那就好，那就好。"志武放心了，"秋俭，你回去告诉玉瑛，让她好好保重身体，不用惦记我，我挺好的。"

"行，你放心。"

志武又像是想起什么："你回去让大家都注意安全，现在日本人已经把北京围住了，丰台和长辛店的日本驻兵天天都在军事演习，看样子他们要打咱们北京城的主意。我们这些日子都是枪不离手，就连我们佟副军长也是到处视察，并嘱咐我们警卫营加强警戒。听他的意思，这仗一旦打起来就小不了。南苑兵营是北京的南大门，真要打仗，这里肯定是日本人攻击的大目标。"

秋俭点点头，道："行，我知道了，回去一定告诉大家。"

志武拍拍秋俭的肩膀："一定要把我的话带给玉瑛，跟她说我在兵营挺好的，让她不用惦记。"

"好！"秋俭答应。

志武看看身后布兵重重的南苑兵营，和秋俭告别："好啦秋俭，我得赶紧回去了，我们吴营长让我训练学兵团那些大学生打靶，还是那句话，一旦打起仗来，你们一定要注意安全！"

1937 年的夏天热得邪性，不见大雨，连天闷热，每个北平人都感到喘不过气来。这种感觉不光来自天气，还来自城外那天天打炮演习的日本军队。他们知道，北平城已经被虎视眈眈的日本人盯上了，一场大仗随时可以打起来。但经历了庚子年八国联军战火的北平老百姓并不十分慌张，知道就算打起来，最后北平还是北平，活着还是活着，日子变不了，炸酱面照吃，豆汁照喝。但京城里那些有钱有位的人已经感觉到苗头不对，他们开始往天津和外地运送财产和家眷，不知不觉中，北平城已经变成一个只有老百姓留守的"空城"。

既然还没打仗，所以日子还得过，老百姓们依然听戏遛鸟，当然，京剧名家韩啸亭韩老板的戏必须要听。

这一天，韩啸亭要在广和楼戏院演出全本《阳平关》，前来捧场的人还是那么多。可细心的韩啸亭发现，往日二楼的包厢雅座坐的都是权贵富人，但现在已经被那些有钱的普通百姓占据了。

他在后台有条不紊地准备着当晚演出的一切事宜。“戏比天大”，哪怕台下只坐着一个观众，也要把戏唱好，这是韩啸亭一直尊奉的梨园规矩，所以锣鼓家什戏服人事还是不能有一点马虎凑合。

韩盈袖也来为父亲帮忙，跑前跑后地帮演员递衣服和化妆。她知道，现在局势紧张，京剧演出市场不是很景气，所以她也要尽自己的一份力，帮父亲把戏演好演顺利。她正在忙碌，忽然身后有人叫她，一回头，原来是田子钧。

田子钧微笑着走到她面前，身后跟着肖野，两人都是一身青色丝绸大褂，肖野手里还拿着一把乌木折扇。

看到田子钧目光温和的注视，韩盈袖脸微微一红，略施一礼道：“田大哥也来听戏啦。”

田子钧一笑：“是，韩老板的戏一定要来捧场，我和肖野都特别爱看。”

韩盈袖自小腼腆，帅气的田子钧站在自己面前，她根本不好意思抬头直视对方的眼睛，只接着问：“田大哥，你们坐哪儿？”

田子钧虚手一指：“我们坐二楼。”

韩盈袖不知再问什么，赶紧道：“那我赶紧去告诉我爸爸，说你们来了。”

“不用，不用！”田子钧赶忙阻止，“不用打扰韩老板了，让他踏踏实实地备戏吧，我俩都等着叫好呢！”

韩盈袖微微一笑：“您多捧场。”

“一定的！”田子钧道：“好了，我们先去楼上坐着了，你忙吧，替我向韩老板带好。”

韩盈袖点点头，看了眼田子钧，又赶紧收回目光。

田子钧和肖野刚要转身离去，两个军人模样的人大大咧咧地快步走进后台，当前一人推开挡路的几个龙套演员，嘴里呼喝：“都闪开！闪开！”

见这两个军人霸道，后台没人敢惹他们，都赶忙纷纷让路，田子钧和肖野也略退一步让开道路。

紧接着，身穿军服的旅长赵德魁一脸威严地走进后台，他一边走一边问：“韩老板呢？我要见韩老板！”

走到田子钧旁边，他一愣，问道：“咦？这不是田兄弟嘛，你怎么也来了？”

田子钧抱拳：“赵旅长，有日子没见了！我是来听韩老板唱戏的，先过来看看。”

赵德魁哈哈一笑：“原来田老弟也喜欢听戏啊，那正好，一会儿坐我那儿，咱好好聊聊。上回你给我找的那尊白玉观音，我那四姨太特别喜欢，以后有好玩的宝贝，你别忘了给我踅摸着。”

田子钧微微一笑："您喜欢就好，那尊观音是我在天津窦五爷那里截下的，我要不买下，他又要卖给法国人了。"

"你做得对。以后接着这么来，有好宝贝先想着我，钱不是问题，这你放心。"

田子钧微笑："好，到时有好宝贝一定让您先品鉴。"

赵德魁哈哈大笑，点头道："田老弟高抬我这大老粗了，品鉴啥啊品鉴，有好货你就想着我就行。"

说完他突然看到了一旁的韩盈袖，不由得一愣，眼睛微微一亮，嘴里嘀咕道："咦？这姑娘真俊，谁家的？"

田子钧知道他在问韩盈袖，一旁道："哦，这是韩老板的女儿。"

韩盈袖见赵德魁目光不善，想立刻躲开，却被赵德魁叫住："原来是韩老板的千金啊，见到我躲什么？"

韩盈袖只好止步，微微施礼："赵旅长好！"

"嗯嗯嗯，好好好！"赵德魁把韩盈袖全身上下看了一遍，色眯眯地凑上前，"哟，还是个大学生呢吧。好！真好！"

韩盈袖躲闪着："赵旅长您稍等，我这就去叫我爸。"

赵德魁连忙拦住："不用不用，让他忙他的，你在这儿陪我就行。"

说完他还要往韩盈袖身前凑，后台走廊本就狭窄，韩盈袖已经无处可躲，正局促无措时，田子钧笑着挡到赵德魁身前护住韩盈袖。

田子钧依然满脸微笑："赵旅长，时间不早了，咱们先出去聊着。您看，这后台胡乱得，咱别碍事，耽误韩老板的演出。"

赵德魁眼中闪过一丝不悦，之后还是目不转睛地看着韩盈袖，嘴里道："耽误演出？能耽误什么演出！我他妈不发话，谁敢开始演！"

田子钧听完这句话，眼中略隐寒光，但随即又恢复微笑表情："别啊赵旅长，外边都是来捧场的老百姓，大家都是借机会来放松一下的，现在局势这么紧张，您要是一吓唬他们，谁还敢来听戏呀！走，咱们先出去坐着，正好我有个朋友介绍给您认识。"

说完他回身一指肖野，又凑到赵德魁耳边说了几句话。赵德魁听完肖野的身份，脸上立刻露出严肃惶恐的表情，赶紧道："好好好，咱们先出去先出去，一起等韩老板演出。"说完向肖野微微鞠身，满脸尊恐神色，匆匆带士兵出去了。

田子钧看着肖野摇头无奈一笑，回头看了韩盈袖一眼，道："韩小姐，我们先出去了，你忙吧。"

韩盈袖还是不敢久视田子钧，回答："谢谢你。"

田子钧一笑："不用谢，跟韩老板说，好好演。"

之后的几天，韩盈袖的脑海里都是田子钧温暖的微笑和明亮的眼光，她一想起他，心底就涌动出一股暖流，这种感觉像清凉的微风一样拂动着她少女的心池。在这日本军队炮声隆隆隐动的炎热夏天，这无疑是种让人愉悦且无法形容的感觉。

韩啸亭并没有觉察出女儿的内心变化，他整个人的关注点都在天天挑衅增兵的日本军队头上。他隐隐觉出，这次的事态发展下去，将不再像当年八国联军占领北京城那样简单了，因为日本人已经占领了东三省，他们的野心已经瞄向整个中国。

他经常抚摸摆放在卧室墙角那面黑漆花盆堂鼓，这是孙凤臣亲手做好送给他的，每次演出《击鼓骂曹》都会敲响它。这些日子日本人的演习炮声让他心烦意乱，他没有别的办法，只有拿起鼓槌敲一支鼓牌曲子，希望这咚咚作响的中国鼓韵，遮盖住日本人的放肆炮声。

这一天，他正在若有所思地轻敲堂鼓，一个徒弟进来道："师父，赵旅长来拜望您。"

韩啸亭一愣，他不知道这个赵德魁怎么会突然登门。他赶忙来到前厅，只见赵德魁正坐在客位喝茶，身后站着两个荷枪实弹的警卫。

"哟，赵旅长大驾光临，真是荣幸啊。"韩啸亭抱拳微笑说着迎客套话。

赵德魁站起，满脸堆笑："韩老板，一向可好啊，那天还去看你的演出来着，谁知半途有急事，提前走了，没能和你说上话。"

韩啸亭伸手示请赵德魁坐下，然后自己坐到主位，客气道："赵旅长百忙之中还抽空给我捧场，我真是感激不尽啊！一场戏还没听全，真是忙人啊！"

赵德魁道："可不是嘛！日本人在西南丰台宛平一带集结，天天演习，我们作为军人，不能麻痹大意，掉以轻心，拖怠了防务嘛！"

"赵旅长辛苦！不知今天大驾亲临寒舍，有何贵干？只要有我力所能及的事，我韩啸亭一定帮忙。"

赵德魁喝了口茶："韩老板真是义气之人。今天呢，我到你这里不为公事，只是想和你商量一件私人之事。"

韩啸亭很纳闷："私人之事？行！赵旅长您尽管说，我能办到的一定办到。"

赵德魁哈哈大笑："韩老板真痛快！这事你一定办得到！那我也不绕弯子了，事情是这样的，那天你演出，我去后台找你时遇到你的女儿，我觉得这姑娘知书达理的，很是喜欢。你也知道，我是个带兵打仗的粗人，我的媳妇和姨太太没一个识文断字的，我呢，想今天亲自来提亲，希望韩老板不要瞧不起我这粗人。"

韩啸亭一笑："赵旅长真是热心，我家盈袖自小粗鄙无识，真没法让您亲自费心了。”

赵德魁哈哈大笑：“我有啥费心的，这本来就是我的事嘛！看来韩老板听错我的意思了，是我要娶你家女儿，不是给别人提亲。哈哈哈，你放心，娶了她之后，我一定好好待她，让她享福。”

韩啸亭听他这无耻之言，不禁心中火起，想了想，还是冷静地笑道：“赵旅长玩笑了，我家盈袖自小失母，粗鄙懒惰，真的配不上赵旅长您！”

赵德魁哈哈笑道：“配得上，我觉得配得上！”

韩啸亭脸色一沉：“这事嘛，我觉得您还是细细考虑一下，毕竟我家盈袖还小，还没这个心思的。”

赵德魁道：“我就喜欢心智未开的小姑娘，韩老板您放心，我绝不会亏待她的。”说完不等韩啸亭反驳，接着大喊，“外边的，把聘礼抬进来！”

话音一落，两个士兵抬着一个樟木箱子进来。赵德魁挥手让他们退下，起身走到箱子跟前，拍了拍，对韩啸亭道：“你想不到的宝贝，这里都有，这些钱，够娶两个我那四姨太的！怎么样韩老板，你能看出我的诚意来了吧？”

韩啸亭已经控制不住自己的愤怒了，他大声冷言道：“赵旅长，你这是在用钱买我女儿，对这门婚事，我恕难从命！我虽然是个下九流的唱戏的，命比草贱，但男人的尊严还是有的！请你把箱子抬走，这件事我死也不会答应的！我还要给徒弟们授课，没空陪你了，请便！”

这明显已经是在轰赵德魁了，赵德魁听完面露凶相，右手不自主地摸向腰间的手枪。他瞪视着一脸倔傲的韩啸亭，问道：“姓韩的，你这是给脸不要脸！”

韩啸亭冷笑：“要杀要剐，悉听尊便，这事，我不会答应！”

赵德魁听到此话，猛地把枪套打开就要拔枪，突然一阵脚步声凌乱传来，只见十来个年轻小伙子手拿刀棍跑了进来，他们各个剃着光头，一看就知是韩啸亭的徒弟。这十来个徒弟一起挡在师父身前，对赵德魁怒目而视。

赵德魁一见这阵势，知道对自己不利，当下狠狠地对韩啸亭道：“好，姓韩的，有你的！今天我不理你，咱们后会有期！”

韩啸亭一声冷笑，大声道：“不送！”

孙凤臣这些日子也为鼓坊的生意发愁，局势一天一变，各地的生意订单已经越来越少，本来大鼓这东西就是节日庆典祭祀用得最多，即便买了，有时也要放上一年才会抬出敲擂一次。如果在干燥环境下没有虫鼠侵咬，一面大鼓能使用好几十年。现在战乱欲起，人们敏感得连听到鞭炮都心烦，所以更没心思购买大鼓了。

孙凤臣找来秋俭，递给他一份单据，让他仔细看了上边所列大鼓的品种和数量，说道："秋俭，这批货应该是咱们鼓坊今年上半年的最后一批活了，你清点好了，下午就出发，直接送往天津码头。"

秋俭仔细看了看清单，点头道："好，我这就去装货。"

孙凤臣提醒道："你去天津路上一定要小心，过了廊坊土匪就多了，现在城里人都往天津运送财产家眷，半路被那里的土匪劫去或绑架的事情出了好几起，你和伙计们一定要注意安全。"

秋俭点头答应，出去备好货物，又背上自己那把牛皮鞘钢刀，和玉灵告别后，带着几个聪明机灵的伙计，押着两车大鼓直奔天津。

车过廊坊，一路无事，天热得燥人，眼看快到杨村了。秋俭见大家被太阳晒得困顿，便让大家停下马车，一起来到官道边的一棵大柳树下休息吃饭。伙计们三三两两地分开坐下，掏出干粮边吃边聊，秋俭也找了个凉快树荫喝水歇着。

此时正值晌午，蝉声阵阵，热风扑脸，被太阳照得发白的大路上根本没有行人。

突然，远处传来一阵凌乱急促的马蹄声，隐约还有男人咒骂的声音夹杂其中。

秋俭一愣，放下水壶赶紧站起，扶了扶背后的钢刀，吩咐伙计们看好货物，向马蹄声传来的方向眺望。

不一会儿，只见一个穿着青色布衫的人骑着一匹枣红马向自己这边跑来，那人身后不远处，七个人骑着马在后边追赶，嘴里还不停地大声恐吓咒骂着。

被追赶的那个人身影晃动，像是身上有伤，再近一些细看，竟然是个女人！

那女人左手捂着鲜血直流的右臂，血已经把青色衣袖染成黑色。她见到秋俭等人，像是坚持不住了，身子一歪就摔落下来，滚到路边草丛里。秋俭赶忙往路中间一跃，拦住那匹红马，迅速交给身后来帮忙的伙计，然后跑到草丛里看那女人的伤势。

那女人并未昏去，只是咬着牙一脸痛苦的表情，她见秋俭过来，低声道："大哥救我！"

秋俭刚要问明情由，那七个人已经快马追到，一起吆喝着围住秋俭和那女人。

秋俭站起身，看看这几个人，问："你们要干什么？"

一个留着胡子的黄牙大汉看了秋俭一眼，道："少他妈管闲事，让开！"

秋俭冷笑，问："大白天的，你们几个人追一个受伤的女人，还是男人吗？"

那人根本不解释，突然从腰里拔出一把"盒子炮"指向秋俭："找死吧你？滚！"

剩下那六人纷纷下马，亮出手里的刀剑围住了秋俭，怒喝："没你的事就赶紧滚，要不一起弄死你！”

那拿枪的人也下了马，依然端枪指着秋俭，吩咐其他人：“把这死丫头绑了，撤！”

话音还没落，他突然觉得眼前黑影一闪，跟着右手一痛，自己手里的枪转眼已被踢飞，接着听到仓的一声，一阵寒风扫过，跟着感觉脖子一凉，一把冰冷泛蓝的大钢刀已经架到自己脖子上，刚才站在自己面前的秋俭，已经鬼魅一样贴在自己身后！

他那几个同伙也是觉得眼前一晃，再看，自己的领头人已经被秋俭制住，不禁大惊。

经常跟秋俭出门的伙计知道秋俭的本事，这种事也遇到过不少，他们一个个都胆大心细，当即就有一个伙计俯身捡起那把“盒子炮”，指向那几个男人。

被秋俭制住的男人也不害怕，狠狠道：“妈的身手还不错，原来是练家子！我劝你赶紧把我放开，我也不怪罪你，你该赶路接着赶你的路，我们今天要的是这个女人，你不要胡乱掺和事儿，得罪了我们，你离死不远了！”

秋俭握紧钢刀，冷笑道：“好大的口气！说，你们是谁？干吗追这个受伤的女人？”

那人哧的一声轻笑：“问我们是谁，说出来吓死你！我劝你最好别问，还是乖乖地先放开爷爷！”

秋俭见他嘴硬，手里钢刀一用力，那人的脖子已经泛红，他沉声喝问：“你到底说不说，干吗要追这女人，再不说，我大刀无情！”

那人觉得脖子微痛，叫道：“说出来你可别后悔，告诉你，我们是这里的土匪，这地方方圆一百里都是我们的地盘，今天你得罪了我们，明天就让你没命！”

秋俭哈哈大笑：“还让你说对了，我这人就爱得罪土匪！说，哪个土匪这么难得罪？”

“说出来吓死你，袁大疤瘌，听说过吗你！”

秋俭回答得很实在：“我没听说过。”

那土匪叫道：“袁大疤瘌都没听过，那你更是死定了！”

“好！”秋俭突然长刀一收，把那人用力推倒在地，冷笑着对七人道：“你们一起上，我看我是怎么个死法儿！”

那人赶紧从地上爬起，吐口唾沫，跑到自己马鞍上拔出长刀，和几个同伙一起恶狠狠地围向秋俭，狠狠道：“一起上，宰了他！”

秋俭把钢刀一横，挨个扫了那几人一眼，朗声道：“来吧！”

第十二章　玉玺遗踪

那七个土匪都是不要命的角色，见秋俭这么说，也不顾自己一方的“盒子炮”已经端在对方手上，一起挥刀围扑上来。

鼓坊伙计们都知道秋俭的本事，这种场面也都见过，一齐撤身站到一旁树荫底下，剔着牙喝着水，一起看热闹。

秋俭把刀一翻，刀背向前，迎着那七个人就扑了过去。

为首的那个黄牙大汉猛地把手里的大刀砍向秋俭的脑袋，秋俭用刀一架，右脚直踢他的小腹，动作连贯如闪电一般。那人根本躲不开，“妈呀”哀叫一声，捂着肚子委顿在地。

又有两个人一起持刀砍向秋俭，秋俭先躲开左边那人的一刀，右手大刀直砸那人肩膀。那人吓得一低头，肩膀立刻就被抽到，跟着大叫一声倒地。另一个人慌了，刚想刺秋俭后背，秋俭突然一扭身，手里的大刀直挑向他的鼻尖。那人吓得“啊”的一声怪叫，赶紧歪头想躲，谁知秋俭这一招只是虚招，大钢刀一挑一翻，直接又拍向那人肋部，“啪”的一下就把那人拍岔了气，倒地嗷嗷惨叫。

秋俭不光从皮爷那里学到了全部武功和刀法，临敌经验也学了很多。他知道面对敌人再多也不危险，最危险的是被打倒在地的敌人。往往这种受伤倒地的敌人，只要他手里武器还在，肯定会趁乱砍你的脚和小腿，哪怕没有武器，突然抱住你的大腿连拉再咬，也会让你无法迈步，继而受到牵制。所以和别人争斗时，第一个要防范的反而是倒在地上的敌人，这是皮爷年轻时刀尖卖命总结的实战经验。

秋俭见打倒了三个人，知道原地不能再待，刀虚挥一下，猛地跃到另一个宽阔地方，继续和剩下的四个人斗在一起。

那四个人根本不是他的对手，片刻间都被秋俭打倒在地，哀号连连。

那个黄牙大汉依然嘴硬，虽然疼得直流冷汗，还躺在地上骂道：“臭小子，有本事你一刀砍死我，你曹爷爷要是眨一下眼睛，我是姑娘养的！”

秋俭拎着刀走到他跟前，用刀一指：“我跟你没仇没恨，杀你干什么！我告诉你，今天这个女孩子我救定了，你要不服，起来接着再打！”

那姓曹的哪儿起得来，接着骂道："你姥姥的，有种你留下名字，我要不报此仇，我随你姓！"

秋俭听他骂人，眉头一皱："好，可以。我叫秋俭，北京南郊大羊坊人，你随时可以去找我，我奉陪。"

"好，你等着吧！得罪我就算得罪我们大哥袁大疤瘌了，你他妈活不了几天了！"

那几个人龇牙咧嘴地站起，纷纷挣扎着上马。那姓曹的起身后看了一眼被救的那个女孩，狠狠地道："马小蓝，你也等着，早晚我们抓住你，剥了你的皮！"

马小蓝冷笑："好，曹大个儿，你回去告诉袁大疤瘌，我马小蓝不怕他。"

"好，你等着，你们都等着吧！"曹大个儿指着秋俭和马小蓝威胁着，勉强上了马。

七个土匪刚要逃走，秋俭突然窜到他们的马匹之前，横刀一挡："慢着！"

那七人一愣，恐惧地看着秋俭，不知他又要寻什么茬口。

曹大个儿语音发颤，问："姓秋的，你……你还要干什么？"

秋俭把手里的大钢刀一甩，冷笑道："对不住，忘了跟你们说了，我这钢刀有个规矩，不见血不收刀，你们得找个人让它见了血才行。"

七个土匪大惊，纷纷互相观瞧，眼神中像是在互相推举，一时间每个人眼里，别的同伙都像是比自己德高望重之人，都有一定的权威性和代表性出去见血喂刀。

互相询望间，曹大个儿觉得其他同伙的眼神都有推举自己的意思，不禁骂道："你们这帮没良心的，都他妈看我干吗？挨刀你们自己去，我不去！"

那六个人不敢看他，却都像商量好了似的纷纷拨马后退，把曹大个儿一人一马孤零零地留在最前边。

曹大个儿大骂道："一群没义气的玩意儿，我他妈怎么今天才看出你们来！"

秋俭哈哈大笑："别骂了，我也看你挺合适！"说完猛地跃向曹大个儿，刀光一闪，只听曹大个儿惨叫一声，他的胳膊已经被秋俭手里的大钢刀划了一个大血口子。

一抹鲜血顺着钢刀刃口流动着，映得钢刀越加雪亮。

秋俭把钢刀上的血在脚底一蹭，喊了声："见血收刀！"回手插回背后牛皮鞘内，向曹大个儿一抱拳，"多谢！"

曹大个儿疼得冷汗直流，他哪敢再多待，想着万一那钢刀没吃饱，再出来见一次血，估计到时喂它的还得是自己，当下忍痛一夹马肚，喊了声："姓秋的，算你狠！走着瞧！"

说完和其他六人一起掉转马头离去，马蹄声远，但依稀还能听到曹大个儿大声咒骂同伙没义气的声音。

秋俭赶忙去看马小蓝的伤势，见她右臂有一处刀伤，便赶忙让伙计拿来药箱给马小蓝上药包扎。

马小蓝一脸感激表情：“多谢秋大哥！”

秋俭微微一笑：“不用谢，马姑娘，他们为什么要追你？”

马小蓝脸露悲色：“我是武清人，这些年兵荒马乱的，廊坊这里又是三不管的地界，所以经常闹土匪，甚至还有进庄绑票的事情发生，所以我父亲找了村里十来个年轻人组织了个联防会，每天保护村里人的安全。后来附近几个村的百姓也过来求我们照应，渐渐地，我们方圆十里的村子都联合到一起，只要有土匪进村，我们就互相帮忙，甚至过往的客商我们也会帮助，这样也就得罪了廊坊和通县的那几拨土匪。但他们怵我父亲武功高威信远，一直没敢正面对抗。但就在不久前，这里最大的一伙土匪，也就是刚才追我的袁大疤瘌一伙，不知从哪里搞到一批枪支，他们吞并了几个小的土匪帮，又开始找我们的茬儿。现在日本人马上就要打北京和天津了，这条老官道经常有来往运财物家眷的车队，所以袁大疤瘌恨我们断了他们的财路，昨晚突然袭击我们村，枪杀了我父亲，又打死了几个兄弟。我侥幸逃脱，被曹大个儿追到这里，多亏你救了我，要不我也得被他们杀了。”

秋俭点点头：“那你先跟着我们车队走吧，这样安全些，到了天津再做打算，我在天津有朋友，会帮助你的。”

马小蓝摇摇头：“谢谢秋大哥了，我还是得回村子里，我父亲就我这一个女儿，我就算死了，也要给他收殓埋葬。”

秋俭点点头：“那我陪你去？”

“不用了！”马小蓝摇摇头，“你们拉着这么多货，还是赶路要紧。我回村子，熟人多，没事的。”

秋俭点点头，帮马小蓝拉过她的马，扶着马小蓝上去。

马小蓝向秋俭一抱拳：“秋大哥，救命之恩，小蓝一定报答，咱们后会有期！”

秋俭抱拳还礼：“马姑娘，保重！”

马小蓝向他微微一笑：“叫我小蓝就好。”说完掉转马头要走，秋俭似乎想起什么，喊道：“对了小蓝，你等下。”

他从伙计手里拿过曹大个儿的那把“盒子炮”，递给马小蓝：“这把枪你拿着，防身。”

马小蓝点头接过，感激地看了一眼秋俭，然后纵马离去。

土匪曹大个儿带着六个同伙回到老巢，下了马就骂骂咧咧地直奔大厅，见到袁大疤瘌，就嚷嚷道："大哥，那马小蓝跑了！"

袁大疤瘌光着上身，手里拿个大蒲扇，一条刀疤像红蜈蚣一样贴在肥脸上。

他一愣，问道："妈的，一群废物，怎么让那小娘们儿跑掉的？"

曹大个儿拿起桌上的茶壶猛灌两口水，捂着臂上的刀伤说道："眼看就要追上了，谁知半路杀出个管闲事的，武功还挺高，我们七个人一起上都没斗过他一把刀，您看，我的胳膊也挂彩了。"

袁大疤瘌一皱眉："谁这么横，留下字号没有？"

"留了，姓秋，叫秋俭，北京南郊大羊坊的。"

他这话音一落，袁大疤瘌还没言语，旁边的一个人就蹿了起来："什么？秋俭？他在哪儿？我这就去找他报仇！"

袁大疤瘌看了眼那人，问："怎么？你也认识他？"

"何止认识！"那人用手一指额头一个伤疤，"我这疤瘌就是让他拿石块砍的！"

袁大疤瘌一愣："你影子飞轻功了得，竟然没躲过他一石头？"

影子飞叹口气，把扮作狐仙和秋俭在孙家老宅结下的恩怨告诉了袁大疤瘌。

听完他的叙述，袁大疤瘌若有所思："原来这小子这么厉害，那咱们得从长计议。"他一指曹大个儿："去，赶紧包扎一下，然后把鼓槌那小子叫来。"

曹大个儿应声出去，不一会儿，鼓槌跑了进来，向袁大疤瘌一哈腰："大哥，您找我？"

袁大疤瘌看了眼鼓槌："鼓槌，自从上回你帮我们偷回这批枪，这也俩月了，看样子已经没事了，你也别在我这儿耗着了，赶紧回你的大羊坊吧。"

"大哥您轰我？"鼓槌一脸委屈，"我不回去，还是您这儿好。"

"让你回去不是轰你，是让你办件大事，这事办成喽，我给你记一大功。"

鼓槌一脸疑问："大哥您要让我办什么事？您说。"

袁大疤瘌摸摸脸上的疤瘌："你刚才看见没？曹大个儿他们七个，跟影子飞一样，也是被你们鼓坊那个秋俭打伤的，你这次回去，给我盯紧他，找机会给我办了他。"

鼓槌一直因为玉灵的事记恨着秋俭，心想如果玉灵没有和秋俭相爱，也许自己能追求到玉灵，当下连忙点头："大哥，这事您放心！"

"还有……"袁大疤瘌接着说："孙家老宅有宝贝这事，到底靠不靠谱？你还得给我摸清喽！"

"有！肯定有！我们鼓坊少掌柜孙广文喝多了说过，后来我旁敲侧击地也问了好多次，没跑儿！上回要不是秋俭和玉灵掺和，影子飞大哥都不用扮狐仙，就能得手。”

一旁的影子飞骂道：“别他妈提这倒霉事行吗？我的江湖名声都毁在那天了！”

鼓槌赶紧赔笑：“不提了，以后不提了！影子飞大哥依然在江湖有一号！”

袁大疤瘌哈哈一笑：“那可不，谁没有个鞍长镫短的时候，这不叫事。”他接着吩咐鼓槌，“你这次回去，还得去找一趟赵德魁，我们劫的那些货，好多都是他买走了，甚至好几笔买卖都是他给咱们通的气，所以我们不能断了这个财神爷。你没事多找找他，他有什么需要，你赶紧告诉我们。眼见就要和日本人打仗了，这国难财必须发，赵德魁就是咱们发财的指路灯。”

秋俭在天津码头把两车货物和买方交接完毕，放了伙计们一下午假，他自己也来到天津劝业场转转，想给玉灵扯几米洋绸回去。

此时的天津已经人满为患，为了躲避战乱，北平的富户官商都早已把财产转移到了天津，这里租界里外国银行很多，存寄财物保险安全。有的人甚至开始在天津买房置地，打算长期住下。秋俭在街上随时可以听到操着北京话的人一起交谈。他买了洋绸正要准备回旅馆，突然背后有人拍了他的肩膀一下，他回头一看，好兄弟田子钧微笑着站在身后。

秋俭大喜：“哎，子钧，怎么是你！”

田子钧笑道：“大天津又不是只许你一人来，干吗这样大惊小怪。”

秋俭哈哈大笑：“这里人多，走，咱俩先找个酒馆坐下，边喝边聊。”

兄弟两人找了个安静的酒馆，要了一桌酒菜和两屉“狗不理”包子，畅快地喝起酒来。

秋俭问：“子钧，你怎么来天津了？有买卖？”

田子钧喝了口酒：“这回倒不是为买卖而来，是窦五爷找我有事，我才过来的。”

“原来是这样，那你怎么会找到我的？”

“我头来天津前去鼓坊找过你，听说你来天津了，我就立刻赶来了。到你们经常住的旅馆一问，你的伙计说在劝业场能找到你，果然，没让我扑空。”

“那你在天津待几天？”

“就今晚，明天正好和你一路回去。”

秋俭很高兴：“太好了！子钧，窦五爷找你有急事？用我帮忙吗？”

田子钧笑着摇摇头：“忙倒不用帮，你要没事，今晚和我一起去都可以。”

“到底什么事？”

田子钧压低声音道：“窦五爷得到一件宝贝，十余年前被大盗黑燕子魏五盗走的‘玉蛤蟆’重出江湖！”

“啊！”秋俭一惊，他无论如何也想不到会是这件宝贝，当下连忙问，“真的假的？”

田子钧摇摇头：“具体真假我也不知，反正窦五爷今晚会把‘玉蛤蟆’展出，同时还请了不少玉器行家和鉴宝大师，还有很多外国人和贵族富户，规模不小。看架势，应该是真的。”

秋俭点点头：“好，我陪你去看看。”

当晚，秋俭和田子钧一起来到窦五爷新买的小洋楼，只见门口停满马车和汽车，衣着光鲜的男女进进出出。秋俭一看，确实如田子钧所说，所到宾客都是非富即贵，有官有商，还有一些满清遗贵和北洋军阀旧官，外国商人也有十多个。

秋俭低声问田子钧：“子钧，这帮人都是为‘玉蛤蟆’而来的？”

田子钧摇摇头：“也不尽然，今晚窦五爷还会展览一些别的宝贝，但主角还是‘玉蛤蟆’。”

秋俭好奇心大起，就想马上看看这个“玉蛤蟆”到底是什么货色。

窦五爷见到秋俭高兴异常，连口夸赞秋俭够爷们儿，又叫来自己的几个把兄弟，把秋俭在自己药店后堂“八臂哪吒”的事说给兄弟们听。他那几个把兄弟都是天津有头脸的混混头子，平时就好勇斗狠，今天见到窦五爷经常提起的秋俭，自是钦佩异常。

窦五爷亲自带秋俭入了上座，寒暄几句后客气地告退，继续去迎接别的宾客。

秋俭也坐不住，便和田子钧一起去看展出的那些玉石书画珍玩宝贝。田子钧虽然年轻，但对古玩收藏竟然有特别深的知识造诣，每件宝贝他都能说出典故出处，还指摘出不足和败笔，这让秋俭暗自佩服。而且他和来宾里各色人等都十分熟识，所到之处都是互相寒暄。他洋文也十分流利，许多外国商人都和他是很好的朋友

客人到齐，窦五爷挨个给大家介绍了大堂中展示的宝贝，但他知道，在场的人今天来的目的，是一睹绝世珍宝“玉蛤蟆”的真容。

最后，窦五爷咳嗽一声，提高嗓音道：“各位，各位，请容兄弟说句话！”

大家话音渐低，一起看向会场中间的窦五爷。

窦五爷笑道：“今天兄弟很高兴，这么多老少爷们儿来给我这鉴宝大会捧场。刚才听说有几位已经相中了宝贝，我觉得这就是人和宝贝的缘分，我窦老五在天津卫能混到今天的样子，也都仰仗各位老少的帮忙抬爱。既然您和这宝贝缘分有了，那我这里价格好商量，您心里喜欢可是钱买不来的。”

大家一起鼓掌叫好。

“我知道，今天好多朋友是为了宝贝‘玉蛤蟆’而来，我也不再卖这关子。这‘玉蛤蟆’自从十年前被大盗黑燕子从杨督军府上偷走，一直就没了消息。最近兄弟偶然打听到它的下落，就赶忙派人出高价买来，回来找了京津十多位玉器大师和文物大家一起鉴别，确认这就是‘玉蛤蟆’。今天让各位来，就是让大家一起观赏一下这个绝世珍宝的面目。”

大家听到此话，一起朝窦五爷聚拢过来。

窦五爷回头道：“来人，把宝贝端上来！”

一个年轻人端了一个紫檀托盘，托盘上垫着深红绸子，绸子中间，摆着一块润绿的玉，远看就是蛤蟆的形状。

秋俭凑过去一看，无奈地轻轻摇头。

田子钧看到了秋俭的面部表情，低声问：“秋俭兄，怎么了？难道不是？”

秋俭微笑摇头，不置可否。

窦五爷把那“玉蛤蟆”拿到右手，用掌心托着，向周围人四下展示，“几位上眼，这，就是宝贝‘玉蛤蟆’！”

人群里都是京津古玩界的大家，也有三四位玉雕大师，见到宝贝，他们自然纷纷凑过去观看，仔细观看后，都不禁啧啧赞叹。

窦五爷把“玉蛤蟆”放回托盘，道：“现在，请咱们玉雕大师，天津‘玉器吴’吴冀增吴掌柜给我们品鉴一下这块玉。”

会场发出一阵惊叹，这吴冀增的名气特别大，祖上十余代都是玉雕界大腕，今晚他能出面品鉴，大家都很信服。

吴冀增走出人群，来到窦五爷身边，笑着向大家抱拳道：“窦五爷取笑了，我们吴家只是雕玉工匠，哪儿会品鉴？既然大家瞧得起，我就抛砖引玉，说说我的拙识。不过只是我一家之言，有对与不对的，各位朋友可以直接指摘，权当探讨学习罢了。”

大家知道他对玉器的深厚知识和权威性，一起纷纷道：“吴掌柜过谦了！”

吴冀增待大家话音落下，接着道：“那我只好厚着脸皮鉴认一下，有不对的大家指正。”

说完他从口袋里拿出一副白棉手套戴上，又拿出一个西洋放大镜，然后小心翼翼地拿起“玉蛤蟆”，就着明亮的吊灯仔细观看。

会场一下安静了，都聚精会神地看着吴冀增的动作。

反复看了很久，吴冀增把放大镜收到口袋里，手托着“玉蛤蟆”道：“诸位，刚才在下草草看了一眼这块宝贝，无论从雕功、玉的成色，都可以看出这是块千年古玉，没有一丝人工仿造的痕迹。简单到雕功这一点，我们‘玉器吴’都不敢与其比肩，无论刀凿深浅和形态美感，肯定出自古代玉雕大师之手。这块宝贝，确实是传说中那件‘玉蛤蟆’无疑。”

窦五爷听了之后哈哈大笑道：“吴掌柜是玉器大师，既然他都这么肯定地说了，那这宝贝肯定就是真的了。我刚说过，人和玉是缘分，我和这‘玉蛤蟆’也是缘成了，哈哈哈哈！”

他笑声刚落，突然人群中传来一声清脆的声音：“窦五爷，我觉得这宝贝不是‘玉蛤蟆’！”

这话一出，全场目光都转向说话之人，话音落处，田子钧快步走到窦五爷面前。

窦五爷一愣：“田兄弟，你为何出此判断？”

田子钧向他抱拳，又向吴冀增微躬行礼，说道：“窦五爷，吴掌柜，我也说一下我的看法。我和窦五爷是朋友，也经常去吴掌柜那里喝茶品玉求教知识，我想说下自己的拙见，您二位不要怪罪。”

窦五爷和吴冀增、田子钧是熟人，当下都一起道：“田兄弟若有自己的见解尽管说出来，咱们大家一起探讨。”

来客们有不少人都和田子钧做过文物买卖，都知道他对玉石有不少自己独到的见解，见他上台，也来了兴趣，都静下来听他的见解。

田子钧拿起“玉蛤蟆”仔细看了看，又拿起对着灯光照了一下，然后轻轻放回托盘，道：“这确实是一块古玉，看玉质应该是特别好的独山绿玉，雕的这个蛤蟆从线纹和立体感来看，少了礼器的‘礼’性，多了把玩的‘玩’性，应该是宋元时期的作品。可以肯定，这确实是一件真正的宝贝，但是……”他把话一顿，看了眼所有人：“我还是认定它不是黑燕子从杨督军家所盗的‘玉蛤蟆’，因为那件‘玉蛤蟆’的来头，比这件宝贝要大得多！”

他这话一出，众人纷纷议论，一下都来了兴趣，关注地看着他，想听他能说出什么更新奇的见解。

秋俭也是很好奇，往前凑了凑，一脸钦佩地看着田子钧。

田子钧看看大家，接着道：“因为机缘巧合，我有一个朋友，十多年前在杨督军家亲自见过那个‘玉蛤蟆’。据他描述，真品的样子和这件‘玉蛤蟆’根本不一样，因为，真正的‘玉蛤蟆’根本就不是蛤蟆！”

他这话一出，人群传来一片低低的惊讶声和议论声。

田子钧早就想到这个结果，接着说道：“所以，我一直在寻找有关‘玉蛤蟆’来历的文献书籍和传说，直到两年前，我遇到一位玉器行的老工匠，经他所说，我才知道‘玉蛤蟆’的惊天来历！”

大家又是一阵惊讶声。

一旁的吴冀增问："田兄弟，你说的这个老玉匠是谁？"

田子钧露出一丝得意神色，缓缓说道："温世昌。"

"啊？他还活着？"吴冀增大惊，"可据我所知，自从大清国国败，宣统爷下位后，这温世昌就不动玉刀了，有人说他祖上伺候皇宫玉器二百多年，宫里大到花瓶摆件，小到皇上戴的扳指，大多数都出自他家之手。大清亡国了，他觉得活着都没意义了，就绝望自杀了。"

田子钧一笑："您这话除了自杀这事，其余说的都对，我见到他时，他还为宣统爷留着辫子呢。他说过，大清国让他家风光二百年，现在大清国没了，他必须收了玉刀表示忠心。可惜这一代皇家玉雕大师，最后病饿而死。"

"死了？"

"对，我找到他时，他已经奄奄一息了，再带着医生去给他治病时，他已经死了。"

听到这话，不光吴冀增，在场玉器行的所有人都黯然心痛。他们每个人都是玉器雕刻大师级的人物，但温世昌家一直是皇家御用的雕玉修玉工匠世家，也是中国玉器行的荣耀，没想到落了个病死街头的下场。

田子钧接着说："我虽然和他只见过两面，但也从他那里学到不少东西，最重要的是，他告诉了我'玉蛤蟆'的来历。"

大家一起静心听他说"玉蛤蟆"的来历，都不再说话。

田子钧目光扫视大家，问道："我先问大家个题外话，你们说，假如秦始皇捡到一块普通的石头，一直放在手里把玩，那这块石头流传到现在，是否值钱？"

话音一落，一旁的窦五爷道："只要确定是他经常把玩的东西，别说一块普通的石头，就算一块破砖头，流传到现在，也会价值连城。"

田子钧点点头："这个真有可能。那么我再问问大家，秦朝的什么东西，在当时就价值连城？"

吴冀增道："当然是传国玉玺！"他作为一个玉雕大师，第一时间想到的肯定是和玉有关的东西。

在场的人都是文物界的行家，都有深厚的文化历史底蕴，吴冀增这话一说出，所有人都在心里把秦朝称得起价值连城的东西想了一遍，但都默默认可，这传国玉玺绝对是唯一的选择。

田子钧赞道："吴掌柜说得对。大家都知道，这玉玺是由'和氏璧'雕琢而出，'和氏璧'原料是春秋时代楚国人卞和发现，他先后把这璞玉献给厉王和武王，这两人的玉工湛验后将其定为普通的石头，结果卞和被分别砍掉左右腿。之后他抱着这块璞玉在楚山下大哭，被路过的文王看到，文王找到玉工剖开后得到一块美玉，所以就用卞和的名字命名为‘和氏璧’。接着这块美玉流连数人之手，最后落在赵国赵惠王手里。这事被秦始皇知道了，派人去告知，愿用十五座城池换这件宝贝……”他顿了顿，接着道：“接下来的事大家都知道，赵惠王派蔺相如带着‘和氏璧’去秦国，那蔺相如见秦始皇无意拿十五座城池来换，就高举‘和氏璧’要挟秦始皇，不给城就摔玉。秦始皇心疼美玉，只好放蔺相如带玉回赵，这就是著名的‘完璧归赵’。”

他见大家纷纷点头，接着说道：“最后秦国统一六国，‘和氏璧’最终还是落到秦始皇的手里。他让咸阳玉工王孙寿把‘和氏璧’雕琢成玉玺，丞相李斯在玉玺上篆刻八字‘受命于天，既寿永昌’，然后作为传国玉玺打算流传后代。接下来，这块玉玺作为王权的代表，历经辗转，有时丢失有时复得，无数人为它失去了生命。人们之所以争夺它，就是为了它那纯正的王脉，哪怕再有一块比它更好的美玉出现，就算雕成和它一个模样，但意义就根本不同了。隋唐时，隋炀帝杨广被杀，玉玺被逃跑的萧皇后带到漠北，唐太祖李世民没有得到这方象征纯正王权的传国玉玺，心里没有底气，索性制了好几块新的玉玺来安慰自己，可终归还是没有真的传国玉玺来得硬气。”

大家纷纷赞同，秋俭也暗暗联想当年人们争夺传国玉玺时所经历的惨烈场景。

田子钧接着道：“后来李靖西征，玉玺最终还是回到李世民手里，他自然开心异常。此后传国玉玺经过宋元明清四朝，颠沛流转，无数帝王霸主均抚摸持有过它。不过按温世昌所说，北宋靖康年间，金兵入侵掳走钦徽二帝，这真正的传国玉玺被这父子皇帝带到大金国，就此丢失。之后的元明清三朝，皇帝们所持的玉玺都是仿制的。”

大家又是一阵议论感叹声。

田子钧又道：“大家都知道，其实真正的传国玉玺有一个重要的标志，那就是‘金镶玉’！西汉末年，王莽篡位，当了皇帝的他，必须要得到玉玺证明自己的皇权的纯正，就派弟弟安阳侯王舜到汉室后宫，找掌管玉玺的孝元太后索要。其实这老太后是王莽兄弟的亲姑姑，这老太后见侄子们无耻逼要，一气之下，把玉玺狠狠摔到地上，结果玉玺被摔掉一角，从此不再完整。王莽没办法，只好让工匠用一块黄金镶到缺角处，而我们所要说的‘玉蛤蟆’，也跟这件意外有着千丝万缕的关系。”

他说到了正题，秋俭也凝神倾听。

田子钧道：“据温世昌说，古书上记载传国玉玺‘色绿如蓝，温润而泽，方四寸，背螭钮五盘’，另据他所看过的另一本古书所说，玉玺被孝元太后摔到地上后，上边五条螭龙钮被摔掉了一个，后被工匠用黄金补上，而那块被摔掉的螭龙龙头，被这个玉匠琢磨成一块小小的玉坠，传沿到今，几经易主，最后从清宫内流传到民间，又落到杨督军的手上。所以我说，真正的‘玉蛤蟆’不是蛤蟆，而是传国玉玺上的一个螭龙龙头，因为秦汉时期玉匠雕刻方法不同，所以样子近似蛤蟆，因此这一千多年以来，被拥有它的人俗称‘玉蛤蟆’。但这‘玉蛤蟆’的来历，只有不多的人知道，甚至温世昌告诉我，古人有个传说，说通过这个‘玉蛤蟆’可以找到传国玉玺。”

他这话一出，惊声一片，人们互相赞叹疑问。

田子钧知道会是这样的结果，继续大声说道：“一开始我们就说过，就算秦始皇把玩的一颗普通石头都会成为无价之宝，更别说这传国玉玺上掉下的一块玉了。”

他看了看窦五爷：“五爷也不用惋惜，您这‘玉蛤蟆’也确实是宝贝，刚才吴掌柜都验过了，不会有假。”

窦五爷哈哈大笑：“没事没事，我这也算抛砖引玉嘛，通过这个蛤蟆引出那个‘蛤蟆’，大家也长了知识，不赖嘛！唉，就是不知道真的‘玉蛤蟆’到底在谁的手里。”

田子钧笑了笑，看了眼身边低头沉思的秋俭。

孙广文在老宅已经待烦了，也不敢回鼓坊，整天睡觉喝酒，没事想起自己和玉瑛的事，就莫名地心烦意乱。孙凤臣倒也不催促他，因为北平城外的日本人天天军演，炮声就没断过，他也希望儿子留守在老宅照看。

这一天大门响了，翟老头跑去开门，门开了，鼓槌一脸大汗地走进来。他也不理翟老头，直接奔孙广文的屋而来。

孙广文从窗户看到是鼓槌，也是一愣，马上迎出去。

“鼓槌，你他妈还活着！这些天你去哪儿了？”

鼓槌进屋，拿起炕上的蒲扇扇风，一脸烦闷：“自打那天跟志武去偷枪后，我就没踏实过，老是梦见当兵的来抓我。现在正好要打仗，鼓坊没活，我就跟你爸请了假，出去躲了些日子。”

孙广文给他倒了杯水：“瞧你吓成这样子，我结婚你都没来。不过你别怕了，志武没死。”

鼓槌正喝水，听到此话呛得一口喷出：“啊！没死？”

“对，非但没死，还留在南苑当了兵。”

鼓槌假装松了口气：“那就好，那就好。”但心里开始打鼓，恐怕志武猜到偷枪那晚是自己把袁大疤瘌他们带去的。

孙广文终于见到了投脾气的玩伴，想着可以出去散心了，当下赶紧对鼓槌道："走走走，陪我出去转一圈去，我在老宅都憋坏了。我爸捎信让我在家守着，不让我瞎跑，我都待得快长毛了。"

鼓槌纳闷，四下看了看："你不是结婚了吗？老婆玉瑛呢？"

孙广文不愿提这糟心事："回娘家了，城里太乱，不安全。"

鼓槌道："都新鲜了，别人两口子刚结婚恨不得天天腻一起，你们倒好，刚结婚就分开住。"他捅了孙广文一下，坏坏地笑道："怎么样？玉瑛床上还行吧？我早说过，玉瑛自小练武，身体棒，劈叉拿大顶，姿势多着呢，肯定够你忙活的。"

孙广文一下就烦躁了，玉瑛不是处女这事他一直耿耿于怀："滚你妈的蛋，说什么呢你！"

"哈哈哈哈，还给说臊了嘿！"鼓槌大笑，接着想了想道："走，我带你去个好玩的地方，保证能让你学些新东西。"

孙广文和鼓槌一起出门，要了两辆人力车，鼓槌带路，穿街过巷来到前门外，孙广文四下一看，竟然来到妓院云集的八大胡同。

孙广文付了车钱，走到鼓槌跟前："鼓槌，你怎么带我来这地方？"

鼓槌一乐："怕啥，你都结婚了，也尝过女人的滋味了，算是成人了，这地方你可以随便玩了。"

孙广文有点局促："我看……我看咱们还是换个地方吧，要不咱们去天桥看宝三摞跤去？"

"瞧你这点胆儿，怕啥？你要是没结婚，我肯定不带你来这儿，可你结婚了，就没人管你喽！"说完他推着孙广文往里走，嘴里喊着，"有他妈人没有？买卖还做不做啊？赶紧出来接客了嘿！"

话音没落，几个打扮得花枝招展的姑娘已经跑了出来，笑嚷着把孙广文和鼓槌迎进一个叫"红香阁"的院落里。孙广文还是浑身不自在，一个浓香艳抹的老女人迎了出来，她似乎认识鼓槌，上来就叫道："鼓爷，您这些日子跑哪儿去了？走了也不吱声，害得院子里的姑娘们见了我就问，说鼓爷也不来玩了，想您着呢。"

鼓槌拉过那老鸨的手，笑道："我这些日子忙，一直在廊坊做买卖，这刚有工夫过来。赶紧的，把你院子里最好的姑娘叫出来，我把我一朋友叫来玩了，一定要伺候好了啊！"

那老鸨看了一眼孙广文，她阅人无数，从孙广文的眼神神色上一下就看出这是个没进过妓院的生客，这种人的钱最好赚了，当下她赶紧笑着扑过去拉住孙广文的手："哟，这位大爷长得真精神，第一次来吧？您别拘着，这里就跟家一样！大爷您贵姓？"

孙广文一直躲她，脸都红了。

鼓槌在一旁哈哈大笑："广文，没事，怕啥，她又不会吃了你。纪姐，他姓孙，是我们少掌柜，你赶紧找个漂亮懂事的姑娘伺候伺候。"

老鸨纪姐一听，满脸堆笑："鼓爷您就放心吧，保证让孙爷玩美了！"她搀着孙广文往里走，扯着嗓子喊道："小蜜糖，赶紧出来接客啊，孙爷来了！"

"来了来了！"院里传来脆浪的答应声，一个漂亮的姑娘跑出来。她打扮妖娆但不浓艳，一双大眼睛满含春意，身上清香诱人，直接笑着来迎孙广文。

孙广文自小虽然被母亲王秋棠娇惯，但也是传统规矩家庭，哪儿来过妓院这种地方。他活到现在，只和妻子玉瑛在结婚当晚有过亲近，猛地看到小蜜糖这么风情万种的女人，一下就呆住了。

第十三章　匪巢刀影

秋俭让伙计们先回了鼓坊，自己和田子钧去见了几个朋友，接着晚上又和窦五爷一起吃了饭。在天津耽误了两天后，两人各自骑着马，边走边聊，沿着老官道回北平。

过了杨村，天阴了下来，太阳隐入云里，燥热的感觉一下减轻了许多。两人心情很是舒畅，一齐下了马，在一棵大柳树下坐下休息，阵阵凉风吹来，十分惬意。

田子钧道："秋俭，据我看，日本人只要拿下北京城，那么下一个目标就是天津了。我从窦五爷的话里听出，他也是在聚敛钱物，把收藏的文物都换成金条。俗话说：太平收宝，战乱藏金。他也怕日本人占了天津后，咱们民国货币贬值或根本不能用，还是觉得金条最实惠，存在租界里的外国银行保险些。"

秋俭叹口气："日本人这是要干吗？吞了东三省还不算，难道还要吞了整个中国？"

"我觉得他们真有这企图。据我一个朋友说，前些日子，日本人又用大轮船运来几千吨军火，东北不少日本部队开始往北京运兵，这仗要打起来，小不了，到时时局一定大乱。"他看了一眼秋俭，"秋俭，如果打起仗来，你打算怎么办？"

秋俭面色沉静："这是大是大非的事情，不能有一点含糊。真要打起来，是中国人，就得去和日本人干！"

"那我们要是打不过他们呢？"

"打不过也要打，亡国奴当不得！顾先生从小就告诉过我，中国人就得有骨气，要像一面大鼓，鼓面是皮，鼓槌是骨头，鼓身颜色是鲜血，摆放着要平正威严，擂起来要咚咚作响！如果日本人欺负到家门口，我背后这大钢刀第一个就不答应！"

"说得好！"田子钧赞道："男子汉大丈夫本当如此！"

话音刚落，忽然听到一片嘈杂的马蹄声从南面传来。秋俭是习武之人，反应灵敏，立刻感觉不对。他赶忙站起，低声对田子钧道："子钧，情况不对！"

田子钧点点头，赶忙站起，从兜里掏出那把左轮手枪。秋俭也把背后的大钢刀拔出抄在手里，两人靠着大柳树向马蹄声方向看去。

片刻，二十来个壮汉骑着马出现在他们面前，这些人手里都端着枪，为首是个面目凶狠的胖子，脸上一条紫蜈蚣似的刀疤从额至嘴，甚是扎眼。

这帮人把秋俭和田子钧围住，手里的长枪一起指向二人。

秋俭一细看，那天被自己打败的曹大个儿也在其中，右臂扎着绷带，冷笑地看着自己。

秋俭立刻知道这帮人就是袁大疤瘌的土匪帮，为首那人，肯定就是匪首袁大疤瘌了。

袁大疤瘌冷冷地看了一眼秋俭，问身后的人："那个拿刀的，就是秋俭？"

他身后一人策马探出头，狠狠地盯着秋俭道："对，大哥，就是这小子。"他说完用手一指秋俭："姓秋的，你还认识我吗？"

秋俭仔细一看，原来是在孙家老宅装扮狐仙吓人的影子飞，不禁呵呵一笑："当然认得你，影子飞嘛！"

"认得就好！今天你甭想活着出杨村，我要报那晚一石之仇！"

秋俭冷笑，大刀一横："好！我奉陪！"

影子飞冷笑一下，从马鞍处拔出砍刀，对袁大疤瘌道："大哥，让我先报了那晚之仇！"

袁大疤瘌点点头："嗯，小心！"

影子飞轻功一绝，没等袁大疤瘌话音落下，脚一用力，整个人已经像黑鹰一样从马背跃起，直扑秋俭。

秋俭喊了声："好功夫！"跟着钢刀一领，直接迎向半空中的影子飞！

两人身影交错，脚步踏踏，两把大刀寒光闪耀，刀身相击，乒乒声不绝于耳，所有人都被刀风逼得纷纷带马后撤，两人脚下的空地越来越大。

影子飞心有仇恨，恨不得一刀就劈死秋俭，这次是发了狠，把平生所学武功都用上了。但他还是以轻功见长，要论翻墙越脊钩檐挂瓦，秋俭绝对不是他的对手，但论刀法，他根本没法和秋俭相比。所以两人打了三十多个回合，影子飞已经明显落了下风，好在他轻功了得，才躲过秋俭的好几次必中的攻击。

秋俭见他已经招架乏术，手里的大刀猛地使出十分力道，寻到影子飞一个破绽，大刀猛地直挑其左腿。影子飞见刀尖刺来，"呀"地大叫一声赶紧闪躲，可还是没有躲开，猛地觉得刀风掠过，跟着腿上一痛，左腿已经被秋俭的大刀划破一条长长的血口。他"哎呀"一声，身形一晃，就倒在地上。

秋俭刚要蹿过去踢他右手砍刀，突然听到田子钧喊道："秋俭，小心！"话音刚到，砰的一声枪响，秋俭觉得左肩一热一疼，大刀脱手。回头看去，袁大疤瘌手里的“盒子炮”冒着蓝烟，自己已经被他开枪击中。秋俭忍痛就地一滚，砰的又一声枪响，袁大疤瘌“啊”地惨叫一声从马上掉下，原来田子钧手里的左轮手枪已经开枪，把袁大疤瘌打伤在地。

这两声枪响和二人中枪只是眨眼时间，那帮土匪见状纷纷拔枪向田子钧射击。田子钧飞快地躲到柳树后，手里左轮枪又连打两枪，枪声响过，两个土匪应声坠马。

这一边，秋俭已经被几把步枪指住，根本无法反抗，他大声喊道：“子钧，快跑！”

那边田子钧已经把左轮枪里的六发子弹全部打完，但大道宽阔，两旁都是矮矮的玉米田，根本无法逃跑。他刚跑几步，就被两个土匪骑马追到，用步枪制住。

秋俭无奈，在七八个枪口所指之下，缓缓地低身，捡起钢刀插回刀鞘。

袁大疤瘌左臂被田子钧用枪打到，坠马后脸上都是污泥，肩膀的鲜血已经染透衣服。他忍着剧痛喊道：“都他妈的给我带回去，我要活剥了他们的皮！”

两人被押到袁大疤瘌的土匪窝，所谓土匪窝，其实就是个远离村庄的破旧的药王庙。

秋俭和田子钧被绑在主殿的大柱子上，袁大疤瘌把左臂的枪伤包扎好，恶狠狠地吩咐：“先给我打！”

几个土匪拿着竹鞭子对着秋俭和田子钧就是一顿乱抽，一旁的影子飞瘸着伤腿走过来，抢过一个土匪手里的竹鞭子，狠狠抽打秋俭，嘴里骂道：“姓秋的，没想到你也有今天！”

秋俭已经浑身是血，依然咬牙冷笑：“有种你就打死我！”

影子飞见他嘴硬，手下用了力气。袁大疤瘌见状，阻止道：“好了，别打残了，我得先让他们鼓坊出笔赎金，等拿到后，再慢慢折磨他不迟。”

影子飞狠狠看了秋俭一眼，吐口唾沫，扔下竹鞭子，回身走开。

秋俭的大刀已经被曹大个儿拿在手里，他反复抚摸钢刀，举起来准备拔出。秋俭见到后，声音微弱地制止：“喂，你不长记性是吗？我跟你说过，我的刀只要拔出，见血才收。”

曹大个儿吃过这亏，打了一哆嗦，见秋俭浑身是血地被绑在柱上，胆量又起，愤愤地把嘴一撇，仓的一声拔出钢刀，顿时寒光映闪屋内。他拿刀一指秋俭，揶揄道：“都这样了你还嘴硬，信不信我拿你的血收你的刀？”

秋俭无奈地摇摇头：“那是你的自由，你现在可以过来一刀砍死我，不过我估计你没这胆子。”

曹大个儿大怒：“你敢将我！”说完持刀奔向秋俭。

秋俭一脸无惧，盯着曹大个儿。

袁大疤瘌在后边大声制止：“曹大个儿，行啦，把刀放下！”

曹大个儿胡乱挥着大刀对袁大疤瘌道：“大哥，这刀不赖，归我了！”

袁大疤瘌点头：“行，喜欢就拿着！”

曹大个儿接着一边挥刀一边对秋俭说：“姓秋的，听见没？今天这大刀归我了，它改姓曹了。哈哈，既然归我了，我要给它立个新规矩，你说的见血收刀太麻烦，我嘛，想拔就拔，想插就插！”

秋俭呵呵冷笑：“那你记住，它还有一个规矩，是人在刀在，人亡刀亡。你非要把它据为己有，先得杀了我！”

曹大个儿哈哈大笑：“杀你是早晚的事！”他把刀一晃，“看着，我要收刀了！”说完当着秋俭的面把钢刀插回牛皮鞘中，然后得意地拿在手里。

田子钧看了一眼秋俭，只见秋俭只是微微冷笑，但细看，一直温和隐忍的秋俭，此刻眼中闪过一丝狼一般的寒光！

袁大疤瘌吩咐道：“去，把他俩关到后院柴房。曹大个儿，你和两个人看着，明天一早，你就拿着他的大刀，去北京南郊鼓坊要赎金！”

曹大个儿答应，让两个同伙去拉秋俭二人，自己犹自耍弄钢刀，反复拔插。

影子飞在一旁道：“把他俩绑结实点，尤其是那个秋俭，别大意！”

秋俭和田子钧被推向后院，秋俭走了两步突然停步，回头对袁大疤瘌道：“袁大疤瘌，我这个兄弟只是一路回京的朋友，跟你没仇没怨的，你没必要也把他扣下，能不能放了他？你们要能放他，现在要了我的命都行！”

田子钧道：“秋俭，不用求他，我陪着你，生死由命。”

袁大疤瘌嘿嘿一笑：“都挺仗义啊！告诉你姓秋的，你死了那条心吧，这小子我是绝对不会放的，我也打算拿他要赎金呢。万一是个有钱人家的少爷，没准儿比你还值钱。再说，他拿枪打伤我这事，没完！”

田子钧哈哈大笑：“好，我奉陪！”

后边的曹大个儿用大钢刀狠狠拍了他的后背一下，道：“赶紧走！别废话！”

秋俭和田子钧被捆绑结实，押到柴房。这柴房似乎就是袁大疤瘌关人质的地方，唯一的一扇窗户已经被木板钉死，只留着一扇门进出。

二人背靠背坐在地上，两个土匪在门口看守。

傍晚一过，柴房里已经黑了下来，只能听到前院土匪们的喝酒笑骂声。

秋俭用头碰了下身后的田子钧，低声问：“子钧，在想什么？”

田子钧道：“没想什么，我在琢磨怎么逃跑。”

秋俭一笑：“对不起，害得你一起受罪。”

“没事，咱俩是把兄弟嘛，能和你一起死，也是人生快事。”

“好兄弟！不过咱们必须想办法逃出去。”

“嗯，可他给咱们捆了两道绳子，自己解开太难了。”

“别急，我们再想别的办法。”

夜深了，土匪们都散去休息，柴房里黑暗一片，只能听到远处田野传来的阵阵蛙鸣和身边头顶蚊子飞来飞去的叫声。

门外的两个土匪开始还在闲聊，后来燃起蒲棒驱蚊，渐渐也没了声音，似乎睡着了。

秋俭和田子钧也是困倦不堪，背抵着背闭目养神。突然，门外传来两声闷哼，秋俭猛地把眼睁开。接着听到门锁被钥匙打开的声音，秋俭和田子钧一起向门口看去。门开了，只见一人轻步进入柴房，细看，门口两个土匪已经倒在地上。

那人蹑步来到秋俭二人身前，一阵清香随之飘来，来人是个女人。

果然，黑暗里那女人轻声道：“秋俭大哥，别出声，我是小蓝，来救你们。”

秋俭大喜，低声道：“小蓝，怎么是你？多谢！”

马小蓝掏出一把匕首，把秋俭和田子钧身上的绳子割开，然后低声道：“快，我们赶紧跑。”

秋俭搓着自己酸麻的双臂，回答：“不，我要拿回我的大刀。”

马小蓝道：“刀以后再想办法，他们人多，咱们就三个人，一旦惊动他们，咱们肯定斗不过！”

秋俭摇摇头：“你先和子钧跑，我必须拿回我的刀。”

三人低身出了柴房，秋俭捡起那两个土匪的步枪，递给田子钧一支。

到了前院，秋俭示意马小蓝带着田子钧先走，马小蓝摇头，低声道：“我不走。”

秋俭赶紧道：“那你们蹲在这里等我，我去找我的大刀，要是惊动他们，你们别管我，先跑。”说完俯身摸向一个有亮光的侧房。

他到了窗下，轻轻直身，透过窗缝往里看去，只见袁大疤瘌和影子飞在灯下喝酒聊天，并不见曹大个儿的踪影。

秋俭又俯身跑到下一个侧房窗前，刚要起身，那房门突然开了，一个土匪打着哈欠出来。秋俭赶忙把身体一侧，想躲到黑暗处，谁知脚边是一个木桶，一下就碰到了，咚的一声，木桶滚倒在地。

“谁？”那土匪看到秋俭，大声急问！

秋俭不容他再出声音，猛地一个旋风脚直踢他的脑袋。那土匪本来就是探身姿势，这一脚挨得结结实实，身子受力后横飞出去，狠狠倒地，昏死过去。

同一时刻，袁大疤瘌那屋的门也被猛力推开，影子飞蹿到院里。虽然他左腿有伤，但毕竟轻功在身，紧急时刻也并不见弱。

他见到秋俭，立刻暴声大喊："来人啊！秋俭他们跑了！"

秋俭也不怠慢，直扑影子飞！

影子飞也挥拳和秋俭打在一处。

袁大疤瘌和剩下的土匪们听到呼喊纷纷拿着枪械出屋，一下子七八杆枪一起指向和影子飞对打的秋俭。

袁大疤瘌叫道："开枪打死他！影子飞，闪开！"

影子飞因为腿伤已经落了下风，听到袁大疤瘌喊叫，立刻往后跃开，随之枪声响起，土匪们一起向秋俭开枪射击。

秋俭在听到袁大疤瘌的喊声后，也马上侧身躲避，几颗子弹擦着他的身体飞过。

紧接着，又是几声枪声，两个土匪惨叫倒地，大门处，马小蓝和田子钧一起开枪搭救秋俭。

土匪们赶紧回身纷纷向马小蓝二人开枪还击，秋俭躲过枪击，转眼一看，曹大个儿正拿着自己的大刀站在一间侧房门前指挥，当下也不顾打向自己的子弹，直向曹大个儿冲去！

曹大个儿见秋俭向自己扑来，一下就慌了，转头就往屋里跑去，秋俭左右闪了几下，也跟着追进屋。

屋子不大，曹大个儿见无处可躲，连忙把刀一举，直扑向秋俭。秋俭根本没把他放在眼里，迎着刀锋就直踢向曹大个儿胸口。曹大个儿拿刀猛地砍向秋俭踢来的右腿，谁知秋俭用的是虚招，半路突然收腿，曹大个儿一刀砍空，秋俭身形一晃，一招"左右逢源"使出，右掌劈向曹大个儿的脖子，左手直抓曹大个儿手里的刀柄。曹大个儿一个趔趄后仰倒地，大刀已被秋俭夺走。

秋俭刀交右手，一指地上的曹大个儿："看见没？这刀现在又是我的了！"

曹大个儿赶忙求饶："秋爷爷饶命！饶命啊！刀是您的，我不要了！不要了！"

秋俭冷笑："一句不要了就完了？想得倒好！告诉你，这大刀规矩不变，人在刀在，人亡刀亡！"说完也不等曹大个儿反抗，一刀挂着风声劈下，登时血光迸射，砍死了曹大个儿。

秋俭低身把刀上的鲜血在曹大个儿身上抹去，低低喊了声："见血收刀！"刚要把刀插回鞘里，门口五支枪已经指向了他。

"别动！放下刀！不然打死你！"

秋俭冷笑，慢慢把刀插回牛皮鞘，轻轻放到旁边桌上。

袁大疤瘌跑进屋，看到秋俭被制住，上前用枪指着秋俭道："举起手，出去！”

秋俭把手慢慢举起，走到屋外。

袁大疤瘌带着几个土匪一起跟出，大声喊道：“你们赶紧缴枪，不然我打死他！”

躲在房后的马小蓝和田子钧见秋俭被枪指着，对望一眼，无奈把枪扔在地上，从房后走出，来到秋俭旁边。

土匪把秋俭、田子钧和马小蓝团团围住，手里的长枪短炮一齐指向三人。

袁大疤瘌看着马小蓝，哈哈笑道：“马小蓝，没想到你自己送上门来了，这回我一下逮到三个！”

马小蓝怒视袁大疤瘌：“有本事你就杀了我！告诉你袁大疤瘌，我做鬼也不放过你！”

袁大疤瘌嘿嘿一笑：“你长这么漂亮，杀了你是便宜你，今晚我先好好睡睡你，明天再杀也不迟！”他扭头吩咐，“来人，把马小蓝绑到我屋里，我今晚要当回新郎！”

几个哈哈笑着的土匪一起上前把马小蓝绑住，马小蓝极力挣扎：“袁大疤瘌，你就是个畜生！”

袁大疤瘌哈哈大笑：“我还有更畜生的地方，一会儿单独让你见识见识！”

秋俭已经气得目露凶光，他目测了一下自己和袁大疤瘌的距离，又看了一眼袁大疤瘌身边土匪的站位情况，片刻之间已经想出一个最有效的进击方案。这个方案实行后，自己可以瞬间制住袁大疤瘌，但同时自己后背会最大限度地露出，这样就有可能被左边侧立的那个土匪用枪打死。

但他也顾不得这么多了，当即大声喊道：“袁大疤瘌，你要敢动马小蓝一下，我就让你身边的人一个都不剩，全都死掉！”

他说得这么自信，袁大疤瘌也是一愣，但马上恢复脸色，哈哈大笑：“秋俭，我承认你本事大，可我想知道你怎么让我的兄弟们一个都不剩？”

秋俭微微一笑：“我只要数三声，他们立刻就死！”

“哈哈哈哈哈哈哈，三声，你这唬小孩呢！”袁大疤瘌笑道。

秋俭再一次确定好进击顺序，当下冷笑道：“不信吗？好，那我可要开始数了！”

他这话一出，所有土匪都紧盯着他，怕他在三声之内，真会杀死自己和其他同伙。

马小蓝听秋俭这样说，也停止挣扎，一脸疑惑地看着秋俭，不知他如何杀死这帮土匪。

田子钧看着身边的秋俭，心里也是不敢相信。

秋俭目光炯炯地狠狠盯着袁大疤瘌，语气深沉地喊出：“一！”

所有土匪心头一震。

顿了顿，秋俭眼睛不眨，脸色沉冷地喊：“二！”

袁大疤瘌突然哈哈大笑：“赶紧喊‘三’吧！鬼他妈相信你能一下杀掉我所有的弟兄！”

秋俭已经把全身力气提起，只等自己喊出“三”后，就用最精确的顺序全力进击，第一时间制住袁大疤瘌，哪怕付出生命的代价！

这可以说是最后的逃脱制胜机会了！

他深吸一口气，大声喊道：“三！”

“三”字刚出口，突然几声枪声从不同方向同时响起！

砰！

枪声齐声响处，袁大疤瘌身边的土匪，包括看押马小蓝和田子钧的土匪，都被子弹猛地打中脑袋，所有人顿时脑浆迸裂，一齐被子弹爆头而死！

袁大疤瘌被这阵势吓得大惊，愣在了原地！

不光袁大疤瘌愣住了，连秋俭也愣住了。他看着地上躺着的这些土匪，一脸惊奇。

正惊异间，头上的屋顶传来一个沉稳随意的声音：“秋俭，久违了！”

秋俭赶忙借着微弱的火光向上看去，只见四周屋顶或站或蹲立了七八个人，各个都是黑衣打扮，每人手里举着一支步枪。

说话那个人右手拄着枪，单腿蹲在屋脊上，正向秋俭帅气地微笑。

秋俭仔细一看，竟然是志武！

也就在秋俭抬头的刹那，袁大疤瘌突然转身跑进身边药王庙的主殿。

秋俭和田子钧一愣，赶紧跑进去追赶，但大殿里漆黑一片，已经不见袁大疤瘌的身影。

志武和随行的几个人纷纷从屋顶下到地面，挨个查看土匪们的尸体。

秋俭进侧屋拿回自己的钢刀，走到志武面前，一脸惊喜：“志武，怎么是你？”

志武拍了拍秋俭的肩膀：“太巧了，我带着神枪队去武清执行侦察任务，路过这里听到枪声，就赶来看，没想到竟然是你。”

秋俭道：“要不是你，我们都得死了。”

志武微微一笑：“这是帮土匪？”

“对，跑的那个是他们的匪首，袁大疤瘌。”

“嗯，估计大殿里边有暗道，要不不可能跑进去就找不到了。”

秋俭赶忙把田子钧和马小蓝介绍给志武。

志武一一打了招呼，然后和秋俭道：“秋俭，你们赶紧回北京吧，我还有任务，不多待了。你回去让大家多加小心，看来和日本人的这场仗就要打起来了。真要干起来，我们南苑军营一定是最激烈的地方。”

秋俭点点头：“你一定要注意安全！”

“我会的！”志武顿了顿，又道：“回去要是见到玉瑛，跟她说，让她保重！”

秋俭点点头，用力拍了拍志武的肩膀。

志武和神枪队迅速撤去，马小蓝找到左轮枪，交给田子钧，田子钧谢过后收下。

三人清点了一下匪窝，发现影子飞也不见了，估计和袁大疤瘌一起跑了，当下也怕惹到无谓的麻烦，便放了一把火，把药王庙烧得一干二净。

三人骑马离开，秋俭回头看着熊熊冲天的火光，问马小蓝：“小蓝，你是怎么知道我们被抓的？”

小蓝美丽的脸庞被火光映得生动异常，她的眼睛也闪着晶莹的光：“你们被袁大疤瘌围住时，其实附近有百姓看到，他们都对这帮土匪恨之入骨，平时见到就躲起来。回来后，跟我说袁大疤瘌又在绑票，我一问，他们说有个人拿了把牛皮鞘钢刀，我就猜到是你。我以前和父亲夜探过那个药王庙，所以就偷偷潜入，用药箭撂倒了守门那两个土匪。”

秋俭点点头：“谢谢你小蓝。”

马小蓝微笑道：“你们赶紧回北京吧，这里不宜久留，袁大疤瘌和影子飞跑了，附近村子的老百姓们一定特别高兴，我还得处理一下别的事，希望后会有期。”

秋俭也是一笑：“好，后会有期。你要注意安全，有困难，来北京南郊找我。”

马小蓝点点头，向田子钧致意道别，纵马消失在夜色中。

秋俭回到鼓坊，和孙凤臣交接了这趟货的钱账事宜，正要离开，孙凤臣叫住他，道：“秋俭，现在时局紧张，我已经正式和伙计们说了，鼓坊暂时停业了。希望这次的仗不要打很久。你一会儿去和伙计们把木料和半成品收拾一下，全都清点入库。然后，你去老宅找一下广文和玉瑛，让他们两口子回来住吧。城里太危险，这要让日本人大炮一轰一炸，哪怕围住了，后果都不敢想象。”

秋俭点点头：“好，我这就去安排。”

秋俭和皮爷一起安排伙计们把鼓坊收拾利落，赶忙来找玉灵。

玉灵知道他回来了，但他一直忙，并没有去打扰他。此刻见他来找自己，也十分欢喜，赶紧给他打来水洗脸。

秋俭洗完，对玉灵说："刚才孙伯伯说，让我去把广文和玉瑛叫回来住。我觉得还是你和我一起去，好好劝劝玉瑛。"

玉灵点点头："嗯，我姐还是和广文较劲，一直住在韩老板家，现在怀孕了，脾气也大，要是两人再吵起来就乱了，不行我先把我姐接回家里住。"

秋俭点点头："好，正好我顺路去趟永定门外的海慧寺，有件事要办。"

两人骑着马，沿着南苑破败的围墙，从大羊坊一路向西，到了大红门又沿官道直向北去，行了一里地左右，来到那座荒弃多年的海慧寺。

这座寺庙是十多年前黑燕子魏五和秋俭藏身居住的地方，经过十年风雨，已经更加破败不堪。

秋俭下了马，带着玉灵跳过围墙豁口，进去一看，两个配殿已经坍塌，院里的那棵柏树已经枯死，地上蒿草疯长，有一人多高。

秋俭皱皱眉，让玉灵在院里等待，自己来到满是潮霉气味的正殿里。他跳到佛座之上，借着从破漏屋顶射进的阳光，探身在底座后摸了半天，最后抽出一块青石，又把手伸到青石孔中，摸出一个小小的油纸包。

他借着光低头看了看，拂去上面的灰尘，走出正殿来到院里。

玉灵见他拿着一个油纸包出来，很是纳闷，问道："秋俭哥，你拿的什么？"

秋俭翻看了一下："一件宝贝，但我也没打开看过。"

玉灵好奇心起，凑到秋俭身边。

秋俭小心翼翼地打开两层油纸包，见里边是一个镶着金丝的紫檀小盒，再把盒盖打开，里边用黄绸布掩着一物，秋俭把绸布翻开，一件雕琢精美的玉器出现在眼前。

"呀！好漂亮！"玉灵看到这块玉晶莹柔腻，微微泛着青色，不禁张口惊呼。

两人又细细翻看这块玉的雕纹，发现是一个虎头龙身模样的动物，样子栩栩如生，灵性中透着古朴庄重，但只是个虎头，下面一小截龙身被磨圆收边。

玉灵拿过这块玉，托到手上立刻就觉得触感宜人，一股清凉的气息直透皮肤，让人心里为之一爽。

玉灵把它整个放在阳光下，整块玉又散发出更加美丽迷人的色彩芳华。

玉灵很是好奇："秋俭哥，这漂亮的玉，叫什么名字？"

秋俭已经被这块美玉的色彩所震撼，他轻轻地回答："玉蛤蟆！"

"啊？这么漂亮的一块玉，怎么起了这么难听的一个名字？"

"这其实是个螭龙的头，因为工匠打磨的原因，像个蛤蟆。"

"那你怎么知道它藏在这里？"

秋俭把“玉蛤蟆”放回紫檀盒子，道：“走，路上告诉你。”

话音刚落，突然“哗”的一声巨响，西边的一段围墙突然倒塌，秋俭一把就把玉灵拢到身后，右手搭在肩头的钢刀柄上。

片刻没有动静，秋俭窜到倒塌的围墙处四下观望，墙外是一片刚刚长起的玉米田，一个人影也没有。

秋俭走回安慰玉灵：“没事，估计是墙角被雨水泡了，自己倒的。咱们赶紧走吧，这里太危险。”

玉灵眼神晶莹：“有你在，我什么危险也不怕。”

秋俭一笑，拉着玉灵的手走出海慧寺，一起骑马向北平城而去。

路上，秋俭和玉灵说了“玉蛤蟆”的由来。原来他和魏五一起时，魏五告诉过他，自己干的都是杀头的买卖，活过今天不知道明天，所以一旦自己遇到不测，就让秋俭拿着自己的牛皮鞘钢刀逃命。同时自己把这些年积攒的宝贝都藏在海慧寺里，一旦秋俭遇到困难，可以卖这些宝贝救命。秋俭不是爱财之人，魏五所留的遗物他只把那把牛皮鞘钢刀带在身上，剩下的财物他都分发给一起要饭的伙伴了。只是这件“玉蛤蟆”被魏五一再叮嘱不能变卖，他就没有给人，也没有打开看过，一直藏在海慧寺里。

玉灵听完，问：“那这个‘玉蛤蟆’很值钱吧？”

秋俭点点头：“是，不过我也是刚听说的。”接着，他把在天津窦五爷处田子钧所说的“玉蛤蟆”的来历告诉了玉灵。

玉灵听得津津有味，道：“太神了！这就是国宝啊！那秋俭哥，你打算怎么处理这件宝贝呢？反正我觉得，它是传国玉玺的一部分，肯定很多人想得到它，谁得到它，也就会招来很多麻烦。”

秋俭点点头：“你说得对，但如何处理它，我也没有主意呢。”

玉灵想了想：“这样吧，今天回家后让我爸给你出出主意，他有见识，肯定稳妥。”

听到这，秋俭心里一下轻松了许多，因为他知道，顾秉轩眼光长远，平时孙凤臣有大事抉择也要请他参谋意见。这块宝玉如何安置，顾秉轩是最好的咨询人选。

秋俭掂掂放着“玉蛤蟆”的紫檀盒子，道：“好，回去让顾先生决定。”

两人骑马经永定门进城，穿过热闹杂乱的天桥，接着一路向北，沿着天坛城墙折向东，穿过脏乱的龙须沟贫民区，再由法华寺改路向北，最后到了花市孙家老宅。

秋俭下马敲门，片刻后翟老头打开门，见是秋俭，他高兴地道：“啊，是秋俭啊！赶紧进来，进来。”

秋俭问："翟叔，广文呢？"

"广文？"翟老头一愣，"他没在鼓坊？"

"没有啊。"

"不会吧，自打上次鼓槌把他叫走，他就回来过一趟，之后都好些天没在家了，我以为他回鼓坊了。"

秋俭也很纳闷，不知道鼓槌怎么会来找孙广文，想了想接着道："翟叔，那您盯着点，广文要是回来，让他务必回鼓坊去。现在城外闹日本人，您也多小心，没事别出去。"

翟老头连连答应。

秋俭和玉灵没找到广文，只好又来到韩啸亭家接玉瑛。

见到姐姐，玉灵才发现玉瑛确实怀孕了，而且孕期反应特别厉害，一直是韩盈袖精心照顾她。

见秋俭和玉灵来了，韩啸亭也特别高兴，让韩盈袖做了一桌丰盛的饭菜招待。秋俭和韩啸亭席间闲谈才知道，因为时局动荡，北平的有钱人纷纷逃离这个是非之地，几个大戏园也暂时停业了。韩啸亭无戏可唱，也不想去天津和上海演出，索性把戏班停了，徒弟们全都遣散回家，只和女儿韩盈袖留在家中。

玉灵见玉瑛在席间不停呕吐，便劝道："姐，不行你跟我回家去吧，不要再麻烦韩伯伯和盈袖了。"

韩啸亭在一旁道："不用回去，玉瑛跟我亲闺女没啥区别，留在我家，正好和盈袖做伴呢。"

玉瑛听妹妹要接自己回家，执拗道："我不回家，除非孙广文把休书给我拿来。"

玉灵扑哧一笑："姐，你原来还在和广文较劲啊。你要是等他的休书，估计孩子生下来都等不到。我和秋俭哥去了老宅了，根本没见到广文，他压根儿就没在老宅住。我估计他也是不想再和你闹，但不知如何跟你和好。男人都要面子，他脸皮一直就薄，只好这样拖着不提，广文是和咱们一起长大的，他的脾气你还不知道？"

玉瑛听妹妹这样一说，心里宽松了许多，道："那我回老宅住，他没给我休书，我还是他孙家的媳妇。"

玉灵呵呵轻笑，点点头："行。我陪你在老宅住，照顾你，咱们先回去就行。"

玉瑛想了想，点头答应。

秋俭叫了一辆人力车，和韩啸亭父女道别，拉着玉瑛回到老宅。到了老宅，三人把一切收拾停当，玉灵留下照顾姐姐，秋俭拉着马准备回家，玉瑛跟着把他送到门前。

秋俭叮嘱道：“玉瑛，你有了身子，但脾气一直没改，广文要是回来，不要和他生气，有事让玉灵处理。看来咱们和日本人这一仗躲不过去了，你们一定要注意安全。广文再回来，千万别让他再出去了，一定把他留住，然后一起回鼓坊。”

玉瑛点头。

秋俭要走，突然又停住脚步：“玉瑛，我前天碰到志武了。”

玉瑛眼睛一亮：“啊，你在哪里碰到的？”

秋俭便把志武带着神枪队在杨村救自己的事告诉了玉瑛。

玉瑛听完眼眶湿润：“他还好就行！盼着这次和日本人打仗，他一切平安。”

秋俭看着一脸难过的玉瑛，心里也是一酸。

第十四章　喋血南苑

回到鼓坊，秋俭带着“玉蛤蟆”直接去找顾秉轩。

顾秉轩拿着宝玉，听秋俭讲了它的根源来历，不禁大为赞叹，连连说道：“国之重宝，国之重宝啊！这块小小的石头，传世几千年，无数帝王都碰触过拥有过它，那传国玉玺已经沉没在历史长河里，这块来自玉玺一角的碎玉，就是当之无愧的绝世珍宝了。”

秋俭点头，问道：“顾伯伯，那我怎么处理它呢？”

顾秉轩看看手里的“玉蛤蟆”，沉吟道：“玉玺就是江山，自来有德者据之。秋俭，这块宝玉你一定要好好保存，千万不要落到无德之人手上，那样就会造成不可挽回的恶果。”他看了一眼秋俭，“孩子，你不要光看到这块玉的美丽，其实它的每一寸都是鲜血和眼泪，都是国仇和家恨。它和传国玉玺一样，虽然珍贵但主凶，你想想，从它还是块未经打磨的璞玉开始，就有多少人为了争夺它而丧命，多少个国家为了拥有它而灭亡。这块宝玉要是到了有野心有胆识有王者心怀的人手里，一定可以利用它纯正的王脉，去游说苍生，去组织自己的军队，然后建立自己的王权，创建自己的雄图霸业！”

秋俭看着眼前这个激动的老人，知道他此刻通过手里的宝玉，联想到自己年轻时奋斗的那番事业。秋俭知道，如果这块宝玉让年轻时的顾秉轩得到，他一定会用它去成就一番惊天动地的事业的。

顾秉轩把“玉蛤蟆”交回秋俭手里，道：“此玉虽然主凶，但你心性刚直，能镇住它，好好保存吧，得失是缘，在你手里就珍存，不要让它流落就好。因为它不属于个人，而是属于咱们中华民族，如果天下太平了，它还是要归于国家。”

秋俭点头，仔细看着手里这块晶莹温润的绝世瑰宝，轻轻叹了口气。

孙广文这段时间一直沉迷在小蜜糖的温柔乡里，已经流连忘返。他终于知道，原来做男人可以这么舒服滋润。小蜜糖也是使出浑身解数，日夜缠着孙广文，把孙广文伺候得如在天堂。孙广文虽然在新婚之夜和玉瑛有过一次男女之事，但当时是在紧张羞涩的状态下草草完事的，甚至因为环境太黑，连玉瑛的身体都没看清。这回遇到靠床上功夫吃饭的小蜜糖，他觉得简直就像泡在蜜罐里一样。他爱极了妖艳贴心的小蜜糖，花钱也大方，不出半个月，兜里已经不剩分文。他去找鼓槌借钱，鼓槌也跟他面前哭穷，最后孙广文没辙，只好回了一趟老宅，到父亲收藏文物的西厢房密室里拿了两件字画，托鼓槌卖了换回些钱，然后继续在妓院和小蜜糖腻在一起，哪里也不去。

这一天，他正和小蜜糖在床上嗑瓜子闲聊，有人在外边轻轻敲门。

孙广文厌烦地问道："谁啊谁啊？"

外边传来老鸨的声音："孙爷，是我，也没啥事，您躺着您的，我只是跟您说一声，这月的酒饭钱该结了。"

孙广文听到要钱就烦："行啦行啦，少不了你的，明天给你！"

他嘟囔了一句闲话，起身穿衣，小蜜糖赶忙来伺候，给他系扣。

他亲了小蜜糖的脸蛋一口："宝贝儿，你先躺着，我出去取钱。"

小蜜糖搂住他的脖子："那你快点儿回来啊，别忘了，把那天我在洋货行看到的那瓶法国香水给我买回来。"

孙广文痛快答应，又亲了小蜜糖一口，出来找鼓槌。

在隔一条街的财源赌场里，孙广文找到了鼓槌，他抢过鼓槌手里的牌九扔到桌上，拉起鼓槌就往外跑。

鼓槌挣脱他："干吗呀你这是？我这手气刚起来！"

把他拉到了门口，孙广文一脸焦急："老鸨子又要钱呢，可我现在已经盆干碗净了。"

鼓槌连连摇头："我可没有。"

孙广文瞪了一眼鼓槌："我也没跟你借啊，我是找你让你帮我再卖两件宝贝。"

鼓槌一脸不耐烦："宝贝呢，带了吗？你赶紧给我，我卖完还去接着赌呢。"

"现在没有，我得回老宅去取，我找你的意思，是让你在这里等着我，别又跑得找不到人影儿。"

"那你赶紧的，我等你，快点。"

孙广文点点头，转身要离去。

鼓槌突然叫住他："算了广文，我还是跟你一起去吧，拿完宝贝我顺路就帮你卖了，咱俩就不来回折腾了。"

孙广文用钱心切，点头道："好，跟我一起回家。"

孙家老宅里，怀有身孕的玉瑛正和妹妹玉灵一起在院里摘杏，突然大门被敲响了。

玉瑛一愣，对玉灵道："谁呀？不会是广文吧？"

玉灵道："也许是，你先去开门。"

玉瑛过去把大门打开，看到来人一下就愣住了，站在门外的竟然是自己一直默默惦记的志武。

志武看到玉瑛，又看到她鼓鼓的肚子，神色有些不自然。

玉瑛也是心里一酸，低声道："志武，你怎么来了？"

志武不敢直视玉瑛，道："哦，我回大羊坊去办事，遇到秋俭，知道你回这里住了，正好来城里公干，就顺路来看看你。"

玉瑛眼眶湿润："我挺好的，谢谢你。"

志武不知再说啥，玉灵闻声从院里出来，惊讶道："咦，志武，怎么是你？"

"哦，我来看看你姐姐。"

玉灵赶忙把门全打开："那别站门外啊，赶紧进来。"

志武犹豫了一下，迈步进了门。

玉灵懂事，知道自己在场两人无法说话，便道："你们先聊，我去齐三那里把桑葚钱给他。"说完快步出去了。

院里绿叶茂盛的葡萄架下，志武和玉瑛默默而立，两人突然见面，却不知如何开口了。

片刻，志武道："玉瑛，你不要怪我，我知道你一直对我好，可我老觉得我是个穷光蛋，你家是诗书世家，我配不上你。"

玉瑛眼泪已经流下："志武，你现在说这些，不觉得晚了吗？你看……"她一指自己隆起的小腹："我已经有广文的孩子了，我这辈子只能和我不爱的人在一起了。"

志武叹口气："玉瑛，别生我气，对不起。现在说什么也晚了，无论怎样，你好好的就行。眼看要打仗了，你注意安全。"

听到志武这么柔声说话，玉瑛想起了结婚之夜所发生的一切，不禁眼泪滴落，低低饮泣。

愣了一下，她正要说话，大门突然被推开了，孙广文和鼓槌急匆匆地走了进来。

突然见到志武和玉瑛都在家里，孙广文一下就愣了，他大叫道："好哇，你俩跑这儿幽会来了！志武，你……你太欺负人了！"

志武赶忙解释："广文，别误会，我只是过来看看玉瑛。"

孙广文见志武语气谦让，更来了脾气："志武，你欺负我老实是不是？你和我媳妇相好，还给我戴绿帽子，今天还跑我家来幽会，你……你……"他气得直打转，又怕打不过志武，只远远地指着志武叫喊。

玉瑛冲孙广文怒道：“孙广文，你血口喷人！我和志武没什么！”

“没什么？鬼信！那你俩这哭哭啼啼的干吗呢？”

志武也生气了，道：“广文，所有的事不是你所想所见的，我和玉瑛是清白的！你要是个老爷们儿，就好好对待玉瑛，你看，他已经怀了你的孩子！”

孙广文两眼瞪得溜圆，大叫道：“我的孩子？我的孩子？一次就能怀上我的孩子？鬼信啊！”

玉瑛哭着大声质问道：“孙广文，你连自己的孩子都不认，是吗？”

“我的孩子我认！可你肚子里的孩子不是我的，我认他干吗？”

“孙广文，你……”玉瑛气得浑身发抖。

志武一旁怒道：“广文，你别冤枉玉瑛！”

孙广文道：“我冤枉她？我跟你说志武，你别装傻，这里的事你比我清楚！从开始到现在，都是你俩串通好了欺负我一大傻帽！孩子是谁的，你能不清楚？”

志武道：“你的意思，孩子是我的？”

“我没说，反正这孩子不是我的！”他正要接着嚷嚷，玉瑛已经走到他的面前，啪地打了他一个耳光。

孙广文被打愣了，捂着脸委屈道：“你打我？这光天化日的，你还要谋杀亲夫不成？”

玉瑛气得浑身打战，眼泪滚滚流下，突然转身直奔大门走去。刚走到大门口，遇到回来的玉灵，玉灵也被这一院子人弄晕了，她抱住哭泣的玉瑛，问：“姐，怎么了你们？”

玉瑛愤愤地把眼泪一抹，道：“玉灵，走，回家！”说完拉着玉灵就走出大门。

志武见玉瑛姐俩出门，怒气冲冲地看了孙广文一眼，赶忙追了出去。

孙广文见玉瑛和志武一同离去，向着大门叫道：“走！都走！走就别回来！你们俩带着肚子里的孩子过你们的日子去吧！”说完愤愤地推门进了西厢房。

院里一下安静了，只剩鼓槌呆呆地立在原地，愣了一会儿，他眨眨眼睛，自己跟自己嘀咕道：“怎么回事？我不在北京的这段日子，是不是错过了什么？”

他犹自发呆纳闷，只听西厢房里传出孙广文气急败坏的喊叫：“鼓槌，你他妈给我进来！”

鼓槌赶忙进了屋，见屋里西墙樟木衣柜的门开着，里边传来孙广文的声音：“鼓槌，赶紧的，进来。”

鼓槌赶忙轻轻钻进衣柜，到里边才发现，原来这是一个密室的进口，他借着外边的光亮低头走下去，到了地下密室里，只见孙广文举着一盏马灯在一个木架上翻找着。再细看，这是一个不大的密室，泛着一丝潮味，里边放着两个木架和一个铁柜，木架上面摆着一些字画和瓷器。

鼓槌小心翼翼地走到孙广文身后，问："原来真有个密室啊，以为你骗我呢，你这翻什么呢？"

孙广文没抬头，继续翻找："我找两幅值钱点的画，你帮我卖了。"

鼓槌看看那个铁柜，问："这里边是啥？"

"我家地契啥的，没值钱的。"

鼓槌拉开铁柜柜门，见里边放了很多书籍。他翻开看了看，是一些账本和地契，下边一格放着一个楠木盒子。他打开一看，见里边放着一本厚厚的书，封面上写着《孙记制鼓技要》。

他拿起翻了翻，见里边有图有字，还密密麻麻地画着一些奇怪的符号。

他很好奇，问："广文，这书值钱吗？"

孙广文回头看了一眼："这得分人。对我爸来说，这书是无价之宝，比这一屋子字画瓷器都值钱。对咱们来说，它就是一本没用的旧书。"

"干吗用的？"

"做鼓啊。这书是我家祖传的制鼓秘籍，里边都是我们孙家做鼓的经验和方法，给你看你也看不懂，卖谁谁也不要的。"

"那这是给你留着的呗？"

"我要他干吗？我又不会做鼓，以后给秋俭的。"

鼓槌听到秋俭的名字，心里就恨，恨秋俭和玉灵在一起，他愤愤道："秋俭又不姓孙，凭什么给他？"

孙广文依然低头翻找："秋俭和我是亲兄弟，给他给我不都一样嘛，你操什么心！"说完他拿起两卷字画，"行啦，就卖这两幅画吧，你赶紧把书放回去，麻利儿的，小蜜糖还等我给她买法国香水呢。"

街角，志武追上玉瑛和玉灵，见玉瑛依旧在痛哭，也不知如何劝慰。

玉灵抱着姐姐，安慰道："姐，听话，不许再哭了，你怀着孩子，小心哭坏身子。"

玉瑛气道："我不想生下这个孩子。"

玉灵道："姐，别这样，孩子是无辜的，不许说气话，要不，咱们先回家住吧。"

玉瑛抹去眼泪，点点头。

此时，西南方向又传来隆隆的炮声，日本人又在宛平城外演习了。

听到炮声，玉瑛心里一沉，知道这仗要是打起来，志武也许会有生命危险。她看了志武一眼，突然觉得在生死面前，自己和孙广文的这点纠纷根本算不得什么，这时自己应该做的，是让自己深爱的志武安心。想到这，她柔声对志武道："志武，你先回兵营吧，我没事了，真要打起仗来，你一定多加小心。"

志武心里一热，道："我会的玉瑛，答应我，你一定要好好的！"

玉瑛深情地看了志武一眼，点点头。

1937 年 7 月 7 日下午，日本华北驻屯军第 1 联队第 3 大队第 8 中队由大队长清水节郎率领，荷枪实弹开往紧靠卢沟桥的中国守军驻地。晚 7 时 30 分，日军开始演习。22 时 40 分，日军声称演习有一名士兵失踪，立即强行要求进入中国守军驻地宛平城搜查，中国守军 29 军严词拒绝。日军一面部署战斗，一面假意与中国方面交涉。7 月 8 日晨 5 时左右，日军突然发动炮击，中国守军第 29 军司令部立即命令前线官兵"确保卢沟桥和宛平城""卢沟桥即尔等之坟墓，应与桥共存亡，不得后退"。遂与日本军队展开顽强战斗，这就是著名的"七七事变"，它预示着中国人民的抗日战争全面开始。

之后经过十余天的谈判，7 月 28 日上午，日军按预定计划向北平发动总攻。

当时云集到北平周围的朝鲜军第 20 师团，关东军独立混成第 1 旅团、第 11 旅团，中国驻屯军步兵旅团约 1 万人，在 100 余门大炮和装甲车配合、数十架飞机的掩护下，向驻守在北平四郊的南苑、北苑、西苑的中国第 29 军第 132 师、第 37 师、第 38 师发起全面攻击。第 29 军将士在各自驻地奋起抵抗，谱写了一首不屈的战歌。

而位于北平之南的南苑军营是日军攻击的重点。第 29 军驻南苑部队约 8000 余人（其中包括在南苑受训的军事训练团学生 1500 余人）浴血拼死抗敌，死伤惨重。

听着窗外传来的隆隆炮声，孙凤臣皱着眉在客厅来回踱步。

屋里，顾秉轩、玉瑛、玉灵、皮爷、秋俭、王秋棠各自坐着，也都是一脸愁容。

王秋棠叹气道："这中国军队要是败了，咱们北京城是不是就归日本了？"她望着窗外，"也不知道广文这孩子去哪儿了，唉！"

玉瑛一旁劝道："妈，您别担心，广文应该没事的。"

自从孙广文和玉瑛新婚之夜大闹后，王秋棠对玉瑛也是心存芥蒂，觉得儿媳初夜未见红，的确是件让自己不称心的事。但孙家和顾家交好很多年，也不能把这事闹大。她只是独自犯嘀咕，觉得玉瑛肚里怀的孩子不是自己孙家的。

秋俭一旁也劝："婶，广文老实，不会去招惹是非的，您要不放心，我进城再去找找他。"

孙凤臣一旁阻止："别去管他了，现在城里城外这么乱，别搭上性命。"他看了一眼玉瑛，"玉瑛，广文不在，你就在家好好养着，别动了胎气，想吃啥喝啥，跟你妈说。咱两家离得近，她做完给你端过去就行。"

王秋棠听到在说自己，只好附和："对对，玉瑛，想吃什么尽管跟我说就是。"

玉瑛点头答应。

回到家中，玉瑛还是有些坐立不安，玉灵看到后，问道："姐，你怎么了？不舒服？"

玉瑛摇摇头："玉灵，我这心里老是放不下，一个是志武，一个是广文。广文是我丈夫，是肚里孩子的爸爸，我不惦记是瞎说，好在他老实，指不定躲在哪儿了。志武可不行，他现在在南苑，那里已经被日本人包围了。我听后街常二伯说，日本人把大炮架在小红门，直接往南苑里边吊炮弹，光团河的老百姓就死了不少。这志武要是出点事，可怎么办啊！"

玉灵拉住姐姐的手："姐，别担心，他们俩肯定没事的。"

玉瑛眉头微皱，看着窗外西南的天空，战火燃起的黑烟已经蒙遮了渐渐偏西的太阳。

到了夜里，南苑方向的天空通红一片，隆隆的枪炮声更加密集，大羊坊全村的百姓都站在村口往西南眺望，纷纷猜测双方战斗的结果。

玉灵陪爸妈去村口看动静，又担心姐姐玉瑛的身体，独自回到家里，家里却不见了姐姐的踪影。最后，她在桌上看到玉瑛留的一张字条，上面写着：

> 玉灵，我放心不下，去南苑找志武，会速去速归，勿告父母，免担心。
>
> 姐瑛

玉灵看完大吃一惊，拿着字条直接到村口来找秋俭。秋俭看完字条后，想了想道："玉瑛这样太危险，何况她还怀着身孕，我这就去南苑找她。你别急，也先别告诉大家，免得他们担心。"

玉灵道："秋俭哥，你一定要注意安全，找到我姐就赶快回来。"

秋俭点点头，转身回家把大钢刀背在身后，骑着马直奔炮火冲天的南苑。

过了旧宫，炮火声更响，炮弹爆炸声和机枪扫射的嗒嗒声震耳欲聋，秋俭骑的大青马没见过这种阵势，好几次吓得嘶叫着停蹄不前。

秋俭焦急万分，用力抽打着大青马，直朝枪炮声最剧烈的团河方向奔去。

到了团河，已经开始有炮弹在他身侧不时爆炸，流弹嗖嗖地从他耳边尖啸而过。大青马已经被吓坏了，不再停步惊闪，而是发疯一样不顾一切地奋蹄疾奔。

秋俭紧紧地抓住缰绳，任大青马胡乱窜跑，因为他也不知道玉瑛到底在哪里。

突然，五个人从远处火光硝烟中飞快奔出，一边跑一边回头射击，再近些，秋俭才看清是五个中国军人。

这五个军人浑身都是土灰和血迹，他们直向着秋俭奔来，看到秋俭是中国人服饰，为首一人大声喊道："赶紧跑！"

秋俭勒住马，那五个中国军人已经到了跟前，为首那人道："快跑！你不要命了！"

秋俭刚要回答，突然一阵枪声响过，两个中国军人被打中，歪身倒地死去。

秋俭大惊，往枪声打来的方向看去，只见七八个日本军人追来，嘴里喊着听不懂的话。

为首那个中国军人一把把秋俭拉下马来，喊道："快趴下！"

秋俭伏在地上，另外一个军人喊："营长，你赶紧跑吧，我来截住他们。"

营长用手里的步枪打死了一个日本人，喊："你们快跑，往南绕到黄村去追部队，我来拖住他们！"

那几个日本人已经卧倒在地，摆出一个简单的战斗排列向秋俭这边射击，那三个中国军人也拉着秋俭伏到一处矮墙后边和日本人对射。火力密集，秋俭根本不能抬头，子弹尖啸着在他身边爆开。

对射了一阵，几个日本人起身变换着攻击队形又逼近了一些，那营长又打死了一个日本兵。

这时，一个士兵喊道："营长，我没子弹了，你们快跑，我跟他们拼了！"说完从腰里抽出刺刀安在步枪上，猛地蹿出围墙，大叫着直向那几个日本兵冲去。

几个日本兵见这个中国军人安上刺刀独自杀来，赶忙互相喊了一句话，也一齐把自己的步枪安上刺刀，叫嚷着起身迎向中国军人。

那中国军人和冲到前面的日本军人拼上了刺刀，没几个回合，他闷哼一声，身体一晃，已经被刺到肩膀，但仍然继续拼命回刺。

营长和剩下的那个战士见此情景，立刻把刺刀安好，一起冲向战团。

三个中国军人和七个日本军人一起拼起了刺刀，第一个冲上去的中国军人已经倒地死去。

营长带领最后的一个同伴和三个日本军人拼死对抗，剩下的几个日本人持枪观望。

秋俭看到此处，热血沸腾，他猛地抽出背后的大钢刀，跳出矮墙，直向那几个日本兵杀去！

那几个观望的日本兵突然看到一个中国人挥着大刀杀来，一起大叫，其中一个挺着手里的刺刀迎向秋俭。

秋俭和这个日本兵交上手，发现这个矮矮的日本人刺出的每一刀都直接有效，看得出是经过多次训练的结果。

秋俭不愿和他恋战，磕开他刺向面门的一刀，手里的钢刀跟着一拨，带足了风声砍在那日本兵的大腿上。日本兵倒在地上，疼得抱着腿哇哇大叫。

跟着另一个日本兵又冲了过来，秋俭和他过了三招，一刀就把他砍死了。

那一边，一个中国士兵已经死去，只剩下营长和对手抗争，但他的大腿已经被刺刀捅穿，渐渐不支。

剩下的日本兵见秋俭刀法狠辣，知道再单个去和他较量肯定是死路一条，便和剩下的几个日本兵对视一眼，一起冲向秋俭。

秋俭提起精神，一把大刀左撩右刺，和三个日本兵拼斗起来。

那三个日本兵虽然凶狠，但根本斗不过秋俭，十来个回合后，秋俭把他们一起砍倒在地。

他见营长已经只剩招架之力，跳过去一刀砍死那个日本兵，扶住营长道："怎么样？"

营长捂着腿上的伤口道："你赶紧跑！快！"

秋俭道："我带着你一起跑！"

正说着，远处传来日本兵的叫声，细看，又有十多个日本兵朝这边跑来。

秋俭不再多说，把大青马拉来，扶着营长上马，然后自己也蹿了上去。大青马本来就害怕，猛一负重，知道主人要走，当下奋蹄一蹿，奔跑起来。

那些追来的日本人看到后，叫嚷着一起举枪射击，子弹擦着秋俭的脑袋嗖嗖飞过。

他带着营长回到大羊坊，敲响玉灵家大门，顾秉轩和玉灵一起开门，看到浑身是血的二人，都是一惊。

秋俭急道："玉灵，别耽搁，赶紧给他止血，他是被日本兵伤成这样的。"

玉灵和顾秉轩一起扶过营长，带到后院。

秋俭跑到水缸处，舀出一瓢水一口气喝完，玉灵跑进来："秋俭哥，找到我姐没？"

秋俭抹去嘴上的水："没有，刚到团河就遇到日本人了，我还得去找。"

玉灵一脸焦急："我姐到底在哪儿啊，不知道找到志武没？急死人了！"

玉瑛连夜骑马冒着炮火赶到南苑时，中国军队还在和日本人拼命抵抗，但已经战到无力反击，只能且战且退。队伍突围后分成两部分，一部分南撤去往保定，一部分北撤去往北平城区。那些暑期到南苑学军的大学生学兵团也勇敢地加入战斗，现场惨烈异常。

玉瑛见到一队撤退的中国军人，立刻迎上去，问当头一人："大哥，您看到志武了吗？"

那人摇头。

玉瑛接连问了几个，终于遇到一个认识志武的人，那人急急回答："你说的是警卫营的神枪手吧？他应该还在里边呢，他是学兵团的枪术教官，仗打起时，他和那帮大学生在一起。"

玉瑛赶紧道谢，骑马直奔南苑军营而去。

到了军营，只见炮弹横飞，尸横遍地，玉瑛下马在瓦砾炮坑里躲避着炸开的炮弹，左右寻找着，大声喊着志武的名字。

这时，一群学生兵跑了过来，玉瑛赶忙迎上问："兄弟，你们教官呢？志武！"

一个满脸是血的学生道："他在前边，让我们撤退。"

玉瑛连忙点头，向学生指的方向跑去，刚跑了几步，身后就传来两声炮弹爆炸的声音，回头看去，那十来个学生兵都被炸死了。

玉瑛不敢再停留，继续往前跑，她见七八个中国军人在一堆瓦砾中伏着和日本人交火，就连忙跑了过去。

"志武！志武！"她边跑边叫！

一人赶忙回头，正是志武，他见来人是玉瑛，登时大惊，赶忙叫道："玉瑛，赶紧趴下！"

玉瑛看到志武，大声喊了声："志武。"但话音刚落，一枚迫击炮弹就在她身边不远处轰然炸开，她被气浪推倒在地，顿时觉得眼前昏黑，耳边"嗡嗡"鸣响。她努力地睁开眼睛，只能看到暗红色的夜空，接着看到的是志武模糊的脸，在大声呼喊她。她想说什么，却张不开口，再接着，眼前就是黑暗一片了。

玉瑛再睁开眼，看到的是妹妹玉灵焦急的脸。

"姐，你终于醒了！"

玉瑛觉得脑袋昏沉异常，一些记忆又慢慢恢复，她急问："志武呢？"

外边的秋俭听到声音也跑了进来，一脸关切。

玉灵道："志武走了。他在战场上救了你，半路遇到秋俭哥，他俩一起把你送回来的。他没有留下，说去找队伍，让你别担心他。"

玉瑛意识已经完全清醒，她想起自己被炮弹炸晕前志武模糊的脸庞。

玉灵给姐姐倒了一碗水："姐，先喝口水，你没事就好了。"

玉瑛流下眼泪，摇摇头。

秋俭走到床前，一脸沉重："玉瑛，咱们北京，让日本人占了。"

秋俭端着饭食来到鼓坊木料库，给藏在这里的营长送饭。

营长很是感激，一边吃一边道："兄弟，谢谢你。那天要不是你拔刀相助，我也得死在日本人的刺刀下。我这是第一次和日本人交手，虽然他们个子矮，但拼斗能力太强了。"

秋俭把水递给营长："接下来你怎么打算？"

"我当然是归队伍。日本人这是开始侵略中国了，作为一个中国军人，必须以血卫国。"

秋俭很是佩服："那我保护你出去，现在北京和天津都沦陷了，日本人和汉奸在城里到处搜中国军人，我们这里离南苑近，也不安全。"

营长点点头："我要去保定，我们 29 军都撤到了那里。也不知道我们佟军长怎么样了。"

秋俭叹口气道："报纸登了，你们佟军长撤回北京的途中，在大红门外海户屯遇到日本军队的埋伏，牺牲了。"

营长听完神色黯然，狠狠地捶了一下木板。

秋俭又道："现在整个华北都是日本人的天下，不知道这场仗我们还会牺牲多少人。"

营长道："就算剩下一个军人，我们也不能屈服。我吴昌毅虽然只是一介武夫，也要把这一腔子鲜血泼在疆场上，中国人一定要有骨气！"

秋俭一愣："吴昌毅？您以前是不是在京师警察厅当过警卫副官？"

吴昌毅一愣："对啊，你怎么知道？"

秋俭惊喜道："吴大哥，我就是当年劫法场的小捡啊！"

吴昌毅惊讶地双眼放光道："啊！小捡，怎么会是你！十年不见，都大小伙子了！"

秋俭也是高兴万分，和吴昌毅叙述了这十年自己的情况，之后他安顿好吴昌毅，让他好好养伤，等伤好了，就送他去保定找队伍。

吴昌毅吃完饭，秋俭告辞锁好屋门出来。刚出大门，突然身后有人喊他，他回头一看，竟然是鼓槌。

秋俭十分纳闷："鼓槌，怎么是你？听玉灵说，你不是和广文在一起吗？他回来了？"

鼓槌赔笑道："没，就我自己回来了，我也不知道广文在哪儿。北京城现在满街筒子都是日本人，我看着害怕，就躲回来了。”

秋俭点点头：“鼓坊停工了，你先在家待着，没粮食到我那里，我先拆兑你点儿。”

鼓槌连连感谢。

秋俭离去后，鼓槌左右看看，凑身扒着门缝向木料库里看了半天，一脸怀疑。

1937 年 8 月中旬，北平城似乎又恢复了往日的平静，天气依然炎热，但所有中国人的心都是冰凉绝望。

这一天，玉灵刚给吴昌毅换完药，突然大门咚咚乱响起来。

玉灵听得心惊，让吴昌毅藏好，赶忙跑去开门，打开门后她吓了一跳，只见一群日本兵端着枪，虎视眈眈地站在门外。

第十五章　身困娼门

玉灵没见过日本人，猛地看到心里也不由得发怵，她强作镇定地扫了所有人一眼。

为首的一个人剃着光头，穿着紫青色府绸大褂，青鞋白袜，斜挎着一支“盒子炮”，看样子是中国人。他上下打量了玉灵一眼，问道：“喂，这院子里放的是什么？”说话口音是唐山乐亭一带的。

玉灵知道，这就是所谓的汉奸。她厌恶地盯了这汉奸一眼，回答：“这是鼓坊仓库，放的都是木料。”说完出门，回身就要把门关上。

“慢！”那汉奸阻止，探头又往院里看了看，道：“听说你们村有人窝藏中国军人，我今天奉命陪皇军来搜查。你让开，我们进去看看。”

玉灵一听，心脏咚咚狂跳，赶紧道：“这仓库没人，没床没炕的，一直没人住。”

那汉奸一脸狐疑，回身和为首的日本兵说了几句日本话，那日本头目往院里看了看，又盯视了玉灵一眼，用蹩脚的中国话喊道：“进去搜！”

玉灵吓坏了，因为吴昌毅就在屋里木料堆上养伤，这群日本人要是进去，一定会搜到他。

她焦急万分，想去叫秋俭，但实在无法脱身。

正在这时，“哗”的一声，院里突然传来了木料倒塌的声音，玉灵暗叫不好。那日本人听到后，警觉地拔出手枪，上前踢开大门，带着士兵们闯进院里。

玉灵想着赶紧去叫秋俭想办法，转身要走，身后那汉奸却喊道：“哪儿去你？跟我进去！”

玉灵回头，那汉奸已经把“盒子炮”端在手里。

同时，院里突然传出日本人的怒喊，听声音，已经抓到吴昌毅了。

玉灵觉得脑里一片空白，只好任由那汉奸把自己推到院里。

到院里，只见所有日本兵一起把枪口指向一人，再一细看，那人竟然不是吴昌毅，而是秋俭。

玉灵把心放下，赶忙道：“他是这里的工人，不是你们说的中国军人。”

那汉奸不信，跑过去用枪指着秋俭问："你是谁？"

秋俭一脸无辜，装出害怕的表情："我是这里的工人，做鼓的。"

汉奸狐疑地看了秋俭一眼，回身和日本头目说了几句日本话，那头目使了个眼色，几个日本兵端枪跑到库房乱搜起来，仓库里边不时传来木料倒塌的声音。

搜查未果，日本人出来报告。

汉奸还是不甘心，又叫人把村长叫了过来，经村长确认了秋俭的身份后，这队日本人才离去。

见日本兵走了，玉灵深松口气，这才觉得腿有些发软，后背已经被冷汗湿透。接着，听到消息的孙凤臣、顾秉轩和皮爷纷纷赶来。

几人回到屋中，秋俭才说出缘由，原来玉灵给吴昌毅送饭后，他也随后跟过来看望，谁知刚拐到街角就看到这群日本人。他知道不妙，立刻绕到库房后墙，翻墙过去后把吴昌毅藏在库房院里的枯井里，并用石板掩盖好。但自己在藏完回身的时候，不小心碰倒了一堆木料，等他再想闪躲时，日本人已经踢门冲了进来。

顾秉轩听到他的叙述，沉吟道："看来必须把吴营长送走了，这里离南苑兵营太近，而且那里已经被日本军队占领了，随时都会有危险。"

秋俭道："好，我这就去想办法。"说完又纳闷道："吴营长藏在这里的事，是谁传出去的呢？"

孙凤臣道："先不管这些了，把人送走要紧。"

第二天，秋俭赶着一辆马车，拉了六面大鼓出了鼓坊。刚到村口，几个农民打扮的人一起围过来，其中一人问："你去哪儿？"

秋俭知道他们是设卡抓人的便衣汉奸，并不慌张，语气平静地道："我是孙记鼓坊的，送货去。"

那人一脸狐疑："这兵荒马乱的，送哪儿去？"

"涿州。"

"不近啊！"

"可不是嘛，这货早订好了，一直打仗，就没送出去，现在太平了，必须给人家送过去了。"

那人上前拍拍其中一个大鼓，大鼓咚咚作响，他点点头："声音不小啊，都震手，行了，走吧。"

秋俭点头致谢，赶着大车往前走去。

刚走了几步，突然那人在身后叫道："等一下！"

秋俭心里一紧，回头问："您还有事吗？"

那人指了指秋俭的肩膀："你个送鼓的，背把大刀干吗？"

秋俭一笑："现在出了北京就特别乱，听说固安那边到处都是土匪，我拿它防身。"

那人点点头："你胆子够大。行了，走吧。"

秋俭再次点头致谢，赶着马车上了官道，继续赶路。

出了黄村，走到一片荒地，秋俭见四下无人，赶忙停住马车，把一面大鼓抬起，说道："吴大哥，你出来吧，现在安全了。"

那大鼓下扣着吴昌毅，秋俭把它抬起后，吴昌毅起身跳下马车，擦了擦脸上的汗："谢谢你，秋俭。"

秋俭把水递给他，又把那面鼓抱起扔到路边的深沟里，对吴昌毅道："吴大哥，你赶着这辆马车赶紧走吧，路上遇到盘查的，你就说送货的。"

吴昌毅点点头，一脸感激："谢谢你兄弟，那我不耽搁了，你也赶快回去吧，咱们兄弟日后再见。"

秋俭点头抱拳："好，吴大哥，一路保重。"

吴昌毅用力拍拍秋俭的肩膀，回身坐到车辕上，赶着马车拉着五面大鼓离去。

随着日本侵华战争的范围逐渐扩展开来，中国人民已到了水深火热的地步，有人奋起反抗，有人却做了谄媚软骨的奴才。1937年年底，"中华民国临时政府"在北平成立，赵德魁也等到了他人生最得意的时候。他左右逢源，见机倒戈，摇身一变已经成为华北治安军驻北平防务警备师师长，一时间风光无限。

他位高权重，无数官家商人都奉承巴结，攀亲说媒献女人的有的是，但他一直念念不忘的还是韩盈袖。随着北平局势平稳了，他也开始动了心思，想着自己现在这么风光，把韩盈袖搞到手应该是易如反掌。

这一天，他又来到韩啸亭家，为了不让身上的戎装吓到韩盈袖，他特意换了一身中山服，外穿毛呢大氅，而且只带了两个随从，拎着拜盒上门。

自从日本人占领了北平，韩啸亭也无心唱戏，虽然时局已经安稳正常了，他还是感觉到一种亡国奴般的屈辱。他每天深居简出，偶尔去南郊孙记鼓坊拜望好友孙凤臣和顾秉轩，因为他感到，只有从他们的谈话里，才能找到中国人的尊严和未来的希望。

这天午后，零星细碎的雪花从铅灰色的天空中飘摇落下，开始落地即化，后来慢慢地积存，像柳絮一样绒轻，白蒙蒙的一片。到后来雪片越来越大，越来越密，飘扬急坠，落在衣上簌簌作响。不到半个小时，天地已经白茫茫一片。

外边下雪了，韩啸亭和女儿韩盈袖守着炭盆聊天，突然，大门被叩响了。

韩啸亭一愣，起身去开院门，打开后一看，是一脸笑容的赵德魁。

赵德魁又胖了许多，脸上泛着油光："韩老板，久违了啊，哈哈，今天我踏雪访友，合不合古韵啊！"

韩啸亭不卑不亢地道："赵旅长辛苦，不知今日来到寒舍，有何贵干？"

赵德魁一脸得意："赵旅长？早就不是旅长喽，那是以前在冀东防共自治政府的军职，现在我蒙上司栽培，日本人信任，已经是主管北平防务的警备师师长了。韩老板放心，虽然我比以前权大兵多了一些，但我还是那个爱听戏的赵德魁，咱们还是朋友，我今天来就是特意拜望老朋友。"

韩啸亭微微冷笑："赵师长取笑了，我就是一个普通唱戏的，高攀不上你这样的朋友。"

赵德魁听完后心里火起，接着强自压住，也不等韩啸亭相让，直接走进院里。

走进屋，他一眼就看到了韩盈袖，一下两眼冒光："哟，韩小姐也在家，真好！真好！"

韩盈袖一脸平静，微微点下头，起身进到后室。

赵德魁见韩盈袖转眼就躲开自己，刚要追过去叫住，韩啸亭已经跟了进来，道："赵师长请坐。"

赵德魁只好脱掉大氅坐下，语不达意地和韩啸亭闲谈，韩啸亭也是随口敷衍，语气平淡。

最后，赵德魁还是把话题说到提亲这里："韩老板，我这次来，还是想继续求亲……"他伸手止住韩啸亭说话，"你先听我说，我承认，那次来我确实有些莽撞唐突，回去后我也挺后悔，想着抽空再正式上门提亲。可后来时局大变，我也就没有再提这事，可心里呢，是一直惦记着韩小姐。现在时局平静了，我呢，也升了官，觉得这是个提亲的最好时机。咱们北京在日本人的管理下一片安宁，慢慢一定会恢复以前的繁华稳定。你是京剧大家，到那时再把戏演起来，会风光依旧的。我认识的朋友多，肯定好好捧你，更可以在日本人那里替你美言，把你标榜为梨园界的'东亚共荣模范'，到时你名利双收，多好的事。你到外边一说，你是赵德魁的岳丈，别人指不定多羡慕呢。"

韩啸亭大怒，气得手直哆嗦。他看着一脸得意的赵德魁，愤声道："赵师长，你作为军人，作为中国人，知道廉耻是什么吗？"

赵德魁哈哈大笑："廉耻？在我这里，廉耻就是枪杆子，有了枪杆子，我就有了廉耻！"

韩啸亭猛地站起："赵德魁，你说的事，我不会答应的，现在，请你出去！"

赵德魁也站起："韩啸亭，你就是个臭戏子，能攀上我这样的，算你的福分，你别给脸不要脸！告诉你，你的闺女我要定了！要是不同意，跟我的枪杆子说话。”

韩啸亭大怒，拿起桌上的杯子砸向赵德魁，大声道：“滚！你给我滚出去！”

赵德魁闪身躲过，杯子在墙上砸碎。他把手摸向腰间，但发现没有带枪，跟着眼睛露出凶狠的光：“不识抬举的东西！等着瞧！”说完转身出门。

到了门外，赵德魁脚底一滑险些摔倒，他狠狠地对随从道：“回去派人把韩啸亭给我抓起来，就说他串通土匪！”

当天下午，韩啸亭被抓到监狱，赵德魁和北平警备司令打了招呼，自己带人亲自审问韩啸亭。

到了监狱，他进入韩啸亭的监牢，对韩啸亭威胁道：“韩啸亭，我们已经在你家中搜出你和土匪的私通证据，不光这些，还搜出你们刺杀日本人的计划书，你这回死定了！不过念在我们是老朋友，我会跟日本人那边替你开脱，但前提你要答应把你闺女嫁给我。”

韩啸亭哈哈大笑：“赵德魁，你这是无耻！我告诉你，就算你杀了我，我也不会答应你任何事！”

赵德魁眼中凶光一闪：“好！骨头够硬！那我今天让你见识见识我的手段！”他回头叫道：“来人，给我打！打死这个通匪的臭戏子！”

几个壮汉上前，把韩啸亭绑住，抡起皮鞭子就打，皮鞭触肉，啪啪作响。

赵德魁狠狠地瞪了一眼满身是血的韩啸亭，迈步走出牢房，鼓槌突然出现在他面前。

赵德魁一愣，问：“你怎么来了？”

鼓槌赶忙赔笑道：“我有事着急见您，到公署一问，说您到这儿来了，就赶紧找了过来。”

赵德魁看了一眼牢房里被抽皮鞭的韩啸亭，问：“什么事，说！”

鼓槌赶忙道：“袁大疤瘌和影子飞来找我，说要投奔您，还带来些文物宝贝，有几件正是您想送给日本人的，品相都不错，我这叫您赶紧回去看看。”

赵德魁道：“袁大疤瘌和影子飞这几个月去哪儿了？”

鼓槌回答：“自从上回他们让那个秋俭端了老窝，就到处投靠。后来正赶上打仗，别的土匪都吓得不敢做买卖了，所以没人收他们，这两人只好去了天津，趁乱偷了不少宝贝，现在太平了，才来投奔您。”

赵德魁点点头道：“行！我这就回去见见他们，看看他们弄来什么宝贝。”

鼓槌瞟了一眼监牢，见韩啸亭被打得浑身是血，不禁打了个冷战：“赵师长，那不是韩啸亭吗？”

“对啊，你认识？”

“当然认识，他是孙家鼓坊的常客。他这是犯了什么案子？”

赵德魁狠狠地看了一眼里边的韩啸亭："通匪，密谋刺杀日本人。"

"啊！"鼓槌根本不相信，也不敢多问，"那这罪过可大了！"

赵德魁点点头："先回去再说！"说完又向里边喊道："接着打！我倒要看看他骨头有多硬！"

鼓槌又往里看了一眼，眉头皱了皱。

赵德魁回到公署见到袁大疤瘌和影子飞，又看了他们带来的宝贝，十分高兴。他赞许道："你们的忠心可嘉呀。以后也别当什么土匪了，留下来跟我干，保你们升官发财。"

袁大疤瘌一脸赔笑："谢赵师长！谢赵师长！我们兄弟这回也是走了麦城了，知道您一向仗义，所以看时局太平了，第一时间就赶来投靠您。我们跟着您，也不是为了升官发财，只为一口热饭，一壶热酒，以后您要有事，尽管吩咐我们去干，我们一定卖命干好！"

"好，那你们就留下。我身份在这儿，有些私事那帮当兵的真的干不了，你们是江湖中人，行动反而方便。"

袁大疤瘌连连点头："我明白您的意思，您要看谁不顺眼，我们偷偷杀了他都行！"

赵德魁压低声音："小点声，明白就好。你们好好干，和秋俭那小子的仇，我找机会替你们去报。上次就有个机会，鼓槌跟我说秋俭在鼓坊藏了中国军人，我也报告日本人了，结果派人去搜，没搜到。那次要让我搜到了，直接就能枪毙了他们鼓坊那窝子人。"

鼓槌一旁道："也怪了，我明明看到他们往里送饭的，谁知翻遍那库房也没找到。不过赵师长说得对，以后有的是机会，早晚让你们报了仇。"

影子飞一旁道："赵师长，我们兄弟把命都给您了，风里来得，雨里去得，刀山火海您一句话！"

赵德魁满意地点点头。

鼓槌三人满心欢喜地从赵德魁处出来，找了家酒馆喝酒。

喝到一半，鼓槌说道："我刚才找赵德魁的时候，看到他把唱戏的韩啸亭抓起来正用大刑呢，也不知道他怎么得罪赵德魁了，看样子是没法活着出去了。"他看了一眼影子飞，"影兄，不成待会儿你陪我溜达一趟，你身子灵巧，咱俩看看他家有啥宝贝，这事儿不干一票，以后没机会了。"

影子飞骂道："去你个奶奶的！这事你自己去，我不奉陪。那年我就是听你报的信，说孙家老宅有宝贝，才和唐耗子扮作狐仙去偷，结果差点没死在秋俭手里。自那以后，我就没他妈顺过，我这江湖有一号的人物，现在却混得到处躲到处藏。今天我跟了赵德魁，想踏实几天了，也该消停清静一下了。”

鼓槌连连道歉，给影子飞满酒：“好好好，那我自己去！不过那孙家老宅确实有宝贝，当时我的意思是直接杀了那老两口，进去拿不得了，谁知你非要玩新鲜的，扮什么狐仙，唉！不过现在不用去偷了，孙家老宅那些宝贝，有人自己送到我手里了。”

“谁？这么有本事？”

鼓槌阴险地一笑：“你们知道也没用，看天色不早，喝了这杯酒，俺就要夜探韩宅去了！”

自从父亲被抓走，韩盈袖也无法出门，因为大门被两个男人守住，根本没法出去。她自己哭了半天，最后也知无用。安静下来后，她想到只有逃出去找孙凤臣报信，才能救出父亲。

夜深了，外边刮起了北风，风卷着地上的雪渣子打得窗户沙沙作响。韩盈袖偷偷跑到大门，顺着门缝看去，那两个人就坐在家对面的酒馆里盯着，看来从大门根本出不去。她又跑到后院，看了一眼围墙的高度，从库房找来一架梯子，支好后慢慢爬上围墙。雪夜的后街寂静无人，她试着坐在围墙上，低头看看下边的地面，犹豫着不敢跳。墙上满是积雪，触手冰冷，这时一阵大风呼啸而来，卷起的雪渣子打到韩盈袖脸上，她一害怕，身子被风吹得一晃，就呀的一声摔落到墙外。

好在墙边是一个盖着雪的土堆，韩盈袖穿得厚，摔得不是很厉害。她挣扎着刚要起身，突然一人跑过来扶她。韩盈袖吓了一跳，把那人的手推开，抬头借着雪光一看，来人似乎在哪里见过。

来人正是鼓槌，他独自来到韩宅正门，刚顺门缝往里看了一眼，就上来一个人骂他，借着雪光，他看到那人手里端着枪，知道不好惹，就赶紧借故躲开了。他不甘心，又溜达到韩宅后墙，看到一个土堆可以攀爬，转身到处寻找蹬踩物，拿了一个破春凳回来后，就看到有人从墙上掉下来。

鼓槌也吓了一跳，低头细看，竟然是韩盈袖。他是鼓坊伙计，韩盈袖对他也很面熟。

鼓槌扶起韩盈袖：“这不韩小姐吗？你这是干吗？”

韩盈袖摸着生疼的手腕，问：“你是……”

“我是鼓槌，孙记鼓坊的伙计，我见过你。”

韩盈袖记起来了，听他说是孙记鼓坊的，不由得十分亲切，又一阵气苦，眼泪流了下来。

鼓槌问："韩小姐，你别哭，到底怎么了？"

韩盈袖道："我爸爸被抓起来了，他们关住了我，我要去找孙伯伯报信，想办法救我爸爸。"

鼓槌左右看了一眼道："你别急，都是自己人，我帮你。咱们别在这里待着，先离开这里。这样，你先去我家躲着，我去南郊找孙掌柜报信，这么大的风雪，你就不用跟我往那边跑了。"

韩盈袖点头，起身随着鼓槌迅速离开。

鼓槌在街角叫了两辆人力车，带着韩盈袖来到一个宅院。他带韩盈袖进了院，回身把门关好，又把韩盈袖让进正屋，拉开电灯，对韩盈袖道："你先在这里等着，我去街上给你叫碗热馄饨面，你踏实吃着，我去鼓坊报信。"

韩盈袖一脸感激，连声道："谢谢你！"

鼓槌走出屋，把门从外边关好离去。

等了很久，鼓槌一直没有回来。韩盈袖有些着急了，走到门前想出去看看情况，但一拉门才发现，屋门已经被锁上了。她惊恐万分，四下观看，不知道自己身在何处。

又过了很久，突然院里传来一阵踩雪的脚步声，接着门锁被打开。韩盈袖赶快迎了过去，门开了，进来一个浓妆艳抹的胖女人，穿着狐狸毛围领棉旗袍，眼色不善。她身后跟着一高一矮两个男人，两人一脸流氓样，一看也不是善类。

韩盈袖见不是鼓槌，吓得直往后退。

那胖女人从头到脚打量了韩盈袖一番，点头道："还挺标致！"

后边那个矮男人附和："嗯嗯，水灵！值了！"

韩盈袖心里怦怦直跳，颤声问："你……你们是谁？"

"我们是谁？"那胖女人哧地一笑，"我们是你的亲人呀，从今天起，我们会把你当亲妹妹对待的，你叫我花姐就行。"

后边那个高个男人淫荡地笑道："你把我当哥哥也行！当丈夫也行！哈哈哈哈哈！"

韩盈袖惊恐地大声道："我到底在哪儿？你们到底是谁？"

花姐哈哈笑道："这能是哪儿，这是男人来找乐子的地方。"

"妓院？"

花姐得意地一笑："对，就是妓院，除了它还能是哪儿。啧啧啧，你长得这么俊，以后我就指着你给我挣钱了。只要你听话，花姐是不会亏待你的。"

听到此处，韩盈袖脑子一片空白，没想到自己已经被鼓槌骗卖到了妓院！

第十六章　权宜下策

韩盈袖知道自己已经到了一个地狱一样的地方，现在唯一能做的只有逃脱。她猛地迎头撞向花姐，把肥胖的花姐撞得哎呀一声后仰，那一高一矮的两个龟奴赶紧伸手去扶。韩盈袖绕过三人直奔屋门冲去。那矮个子的龟奴赶忙回身伸手一抓，只抓住了韩盈袖棉袍的袖子，韩盈袖用力一甩挣脱了，然后直接跑到院里，直奔大门而去。

屋里，花姐大声喊道："拦住她！别让她跑喽！"

韩盈袖已经跑到大门口，但因为太过于着急，脚底被积雪滑到，一下就扑倒在门廊前。

她奋力起身还要跑，那个高个的龟奴已经追到身后。韩盈袖见已经无法逃脱，一股刚硬之气直冲心头。她眼一闭，直接撞向大门，咚的一声，韩盈袖撞到了大门上，然后歪倒在地昏死过去。慢慢地，她头顶上的鲜血流了下来。

孙广文整日腻在小蜜糖的屋里，天天好吃好喝的胖了许多。在他看来，日本人来不来跟自己没有关系，自己只要和小蜜糖天天腻在一起就是最开心的事。

小蜜糖开始也是虚假逢迎，后来经过和孙广文数日厮守后，觉得这个男人人心不坏，花钱也大方，便加进了个人的私情在里边，对孙广文百般呵护伺候。几个月的相处后，她开始撺掇孙广文花钱给自己赎身从良了。

孙广文被小蜜糖说得心动，但知道自己身上的钱已经不多了，这段时间赶上打仗，托鼓槌变卖的字画也没有以前价格高了，所以他只能玩一天是一天，得过且过。

这一天他正在床上看闲书，小蜜糖推门进来，一屁股坐在他身边。

孙广文搂过小蜜糖亲了一口，问："你和那几个姐妹外边聊什么呢？叽叽喳喳的那么热闹。"

小蜜糖搂过孙广文的脖子："她们说，街南边花姐的凤香楼最近买了一个姑娘，听说可漂亮了，就是气性大，不接客。现在花姐开始到处招财，要卖这姑娘的初夜，听说不少人都争着买呢。"

听到她这么说，孙广文心里不是滋味，想到自己和玉瑛新婚之夜的糟心事，不禁烦躁地道："她卖她的，你们还挺上心。"

小蜜糖叹口气："我就是觉得冤，想当年我被卖到这里才十三岁，我也死拧着不接客，饿了我两天后，让关瘸子那个王八蛋破了身子。我要头那之前认识你多好，咱俩好好过日子，也少了这几年受这下三滥的罪。"

孙广文抱过小蜜糖安抚："好了好了，不想了，我这不天天和你在一起呢嘛。"

小蜜糖眼神发直："其实都是女人，都是人生父母养的，只要听到又来了新姐妹到这行里受罪，心里也酸酸的。唉！无论你出身如何，到了这里，再反抗也没用，最后也就是一个玩意儿，木偶一样任男人耍弄。听说这个女孩家里还是唱戏的，好像还挺有名，只因为得罪了人被下了大狱，她才被卖到这个脏地方。"

孙广文一愣，起身坐起："唱戏的？谁呀？"

"我也不知道，好像姓韩。"

"姓韩？"孙广文沉吟道："不会是………"

"怎么，你认识？"

孙广文下床穿鞋："不行，我得去看看！"

"啊！"小蜜糖一脸委屈，"广文你要干吗？难不成你也要买那姑娘的初夜去？那你也太没良心了吧？"

孙广文赶紧回来抱住小蜜糖狠狠亲了一下："心肝儿，你想多了，我就是去看看热闹。等我啊，马上回来。"

孙广文跑出妓院，来到南街的凤香楼，火急火燎地直接进院。

花姐迎了出来："哟，大爷来了您！您贵姓？想找什么样的姑娘？我们这里的姑娘一个个儿俊着呢，可会伺候人了，等我叫出几个您挑挑，保您满意。"

孙广文知道老鸨都没好东西，也不多理，直接问："听说你们这儿新来了位姑娘，能看看吗？"

花姐道："哟，您也是冲她来的啊？这两天过来打听问价的人不少，您是想……"

孙广文有点着急了："我想看看，看她长啥样！"

"哟，这可不行！姑娘刚来，怕见人。您要是真有心花钱买她第一晚，我倒是能让您透窗户看看。"

孙广文懒得再和她废话，从兜里掏出十块大洋递给花姐："我先看人。"

花姐大喜，赶忙把大洋放入怀里："行行行，您跟我来。"说完拉着孙广文来到后院，指着一间屋子低声道："就在那里边，您轻点脚步，她躲人。"

孙广文点点头，蹑足凑到那屋前，透过玻璃窗往里一看，果然在他意料之中，只见韩盈袖满脸泪痕，被绑在屋里的一把椅子上。

孙广文不忍再看，拉着花姐就回到前堂。花姐赶忙问：“怎么样大爷，那姑娘模样不赖吧？告诉您，这整个八大胡同您就溜达去吧，找不出这么漂亮的姑娘！”

孙广文懒得跟她废话，问：“我想买下她，多少钱？”

花姐一愣：“我们只卖她的初夜，人不卖，这么漂亮的姑娘，以后还指着她给我挣钱呢。”

孙广文道：“这样，你多少钱买来的，我加五成钱给你，买下她。”

花姐见有钱可赚，赶忙道：“买这姑娘我可是没少花钱啊，也不知您掏得起她的赎身钱吗？”

孙广文有点急了：“别扯别的，你就说多少钱吧！”

花姐一笑，伸出两个指头：“两千块大洋。”

孙广文大惊，眼睛瞪得溜圆：“你穷疯了是吧？两千大洋，我买个跟她一边儿大的金人，也用不了两千大洋。”

花姐嘴一撇：“反正就这价，大爷您看着办！这姑娘要是在我这儿，半年就能给我挣两千大洋。”

孙广文想了想：“再便宜点，一千五怎么样？”

花姐摇头：“两千，一个大子儿都不能少！”

“我再加一百，一千六！”

“两千！”

孙广文急了：“你再这么不松嘴，我可跟你说实话了。我看你也不是傻人，这姑娘的来路你肯定门儿清，她父亲是谁，你我都清楚。这事要传出去，让人家戏迷或者衙门知道了，你这窑子肯定关门，你这属于拐骗良家民女。”

花姐听他这样威胁，心里也没底，虽然鼓槌告诉她，韩啸亭已经死在监狱，但想到社会舆论的压力，自己也开始后悔宣扬得太过于高调，当下赔笑道：“大爷说的话确实对。好吧，我让让价格，一千八百块大洋。您觉得合适，交钱领人，觉得不合适，咱就当没说。”

一千八百大洋对广文来说是个大数目，但他救人心切，只好心一横：“好！成交！我这就回去拿钱，最晚明天这时候，我过来领人，这期间你要好好对那姑娘。”

花姐点头：“那您也得留个押金什么的，您这甩手一走要是不回来，我等不起您。”

孙广文一脸厌烦：“我还能骗你吗？算了……”他把手上戴的猫眼戒指取下递给花姐，“戒指押给你，明天还我。”

“好，那我最晚等你到明天这时候，你要不来，我就把她的第一晚卖别人了！”

“行！”孙广文答应。

出了凤香楼，孙广文一路小跑来找鼓槌。

自从私下跟了赵德魁，鼓槌的日子也好过起来。他在前门南边的榆钱胡同新买了一所小宅子，孙广文来找他时，他正在热炕上喝酒。

孙广文把韩盈袖困在凤香楼的事情跟鼓槌一说，鼓槌也后悔没把韩盈袖卖远点，只好假作惊讶道：“啊！韩小姐给卖窑子里去了？不会吧？谁这么缺德？”

孙广文急得直转圈：“我蒙你干吗！赶紧的，再帮我卖几幅字画，我得在明天之前凑齐一千八百块大洋去赎回韩小姐。”

鼓槌面露难色：“现在真的不好卖了啊，懂行识货有钱的人都在天津呢。”

“甭废话，那你也得给我想办法！”

鼓槌根本无心给他想办法，因为救出韩盈袖，自己的恶行也会被所有人知道。他现在就想把孙广文打发走，便想了想道：“要不你回鼓坊，找老掌柜去要。”

孙广文头摇得像拨浪鼓：“别别别，我要回去我爸敢活劈了我。我好不容易有点自由，回去之后肯定出不来了。再说，玉瑛……”他把话停住，觉得没必要跟鼓槌提别的。

鼓槌手一摊：“那我就没办法了，你想别的辙吧。”

孙广文想了想：“对，要不你回鼓坊一趟，告诉我爸盈袖被人骗到妓院，他一定会有办法的。”

鼓槌没辙，答应道：“行，那你先回去等，我这就去鼓坊找老掌柜报信。”

“好，你告诉他明天晚上必须过来赎人，只要别提我就行。我这就去凤香楼告诉那个老鸨子，明天有人替我交钱赎人。”

鼓槌连连答应，假模假样地穿衣换鞋糊弄走了孙广文，自己又跑赌场耍钱去了。

第二天傍晚，孙广文偷偷跑到凤香楼门口，等着父亲来救韩盈袖，可等到门口霓虹招牌亮了也没见父亲的影子。他心里焦急，跑进去找花姐。

花姐见到他就问：“大爷，您怎么刚来啊？这都过了咱们约定的时候了，那我可把那姑娘让别人了。刚才英贝勒过来，要花钱包那姑娘，今晚就入洞房。”

孙广文赶忙安抚：“再等等，再等等行吗？”

花姐脸一沉：“大爷，您把我们做生意的当什么了，拿我们当猴耍呢是吗？告诉你，现在已经过了一个钟点了，再拖，过一个钟点加一百大洋，您看着办！”

孙广文急得汗都下来了：“行，我答应你！”

大堂的英吉利落地座钟当当地报时，孙广文急得团团转。眼看又过了两个钟头，花姐幸灾乐祸地跟他报数，赎金加了两百，已经两千大洋了，并告诉他，英贝勒马上就到，顶多再给孙广文一个钟头时间想办法。

孙广文急疯了，心一横，拉住花姐道：“你等我，我去拿些古玩字画来抵赎金怎么样？”

花姐摇摇头：“我们院子的规矩，除了黄金和地契，别的东西再金贵也抵不了账。”

孙广文给逼急了：“黄金我没有，我有地契！你等我，我这就回去拿地契！”

花姐干妓院这一行世面见得多了，一般事事都留余地，当下赶忙痛快答应，许诺再给孙广文一个钟头时间，拿地契来抵两千一百块大洋的赎金。

孙广文急匆匆跑回老宅，到密室里取出老宅和南郊鼓坊的田产地契，然后马不停蹄地跑回凤香楼。花姐见到地契大喜，和孙广文立了字据，写明给孙广文三个月期限赎回，每月四分的利息，如果三个月一过不拿钱来赎地契，就上门收房验田。

孙广文也没辙了，把字据草草塞进衣兜，喊道：“甭耽搁了，赶紧放人！”

花姐利落地回头吩咐龟奴：“吴大屁股，去，放人！”

过了一会儿，韩盈袖被带了出来，她被大堂明亮的灯光照得有些眩晕，蒙蒙地左右看看，忽然听到孙广文的声音：“盈袖，你没事吧？”

听到这个声音，又看到了一脸关切的孙广文，她觉得浑身一下就没了力气，哭着向孙广文扑过去，扎进孙广文怀里呜呜大哭起来。

孙广文拍着韩盈袖的肩膀安慰：“盈袖，没事了，哥在呢，咱回家。”

孙广文把韩盈袖带回老宅，细问了事情的经过，韩盈袖便把赵德魁逼婚和自己被鼓槌骗卖之事告诉了孙广文。

孙广文听了大怒，起身道：“我这就找鼓槌那个王八蛋去！”说完怒气冲冲地跑出家门，到处寻找鼓槌。

寻找半天，他终于在赌场里找到鼓槌，他两眼冒火，一把揪住鼓槌就拉到街上。到了街口，他猛地一拳就打在鼓槌脸上，鼓槌哎哟一声倒在雪地上。

孙广文不解恨，上来又狠狠踢了鼓槌两脚，骂道：“鼓槌！你这畜生玩意儿，说，为什么把盈袖卖到妓院？”

鼓槌扶地蹿起，怯怯躲闪着孙广文道：“韩啸亭都下大狱了，我看她可怜无人照顾，就到花姐那里给她找碗饭吃！”

“找碗饭吃？你他妈怎么不带你妈到那里找碗饭吃！害得我把我家老宅地契抵给他们，才换出盈袖！鼓槌，你知道吗，你干的这缺德事要是让秋俭知道了，他不拿大钢刀活劈了你才怪！我告诉你，这事没完，我这就去报官，告你骗卖良家妇女，你就等着蹲大狱吃糠吧！”

鼓槌被他这句话激起了流氓心性，当下恶狠狠地道：“孙广文，你他妈别逼我！给我逼急了，你也甭想舒服喽！你要敢去告官抓我，我就去跟老掌柜说，你偷偷变卖家里的古玩字画换钱，换完钱后去窑子里包妓女。老掌柜要是知道了，不打折你的腿才怪！”

孙广文自小虽然娇惯，但家教极严，听到鼓槌这么要挟，他也害怕了，一时之间说不出话，气得指着鼓槌连连道：“你……你……你……”

“我什么我？”鼓槌见要挟见效，接着道：“我光脚不怕穿鞋的，孙广文，你鼓槌爷爷等你去报官呢，你去啊，去！”

孙广文气得无力反驳，大叫道：“你他妈给我滚蛋！滚得越远越好！别让我再见到你！”

鼓槌哈哈大笑，嘴一撇，转身大摇大摆地离去了。

孙广文满腹烦闷地回到老宅，韩盈袖赶忙迎上来：“广文哥，你终于回来了，我怕你去找鼓槌会遇到危险，你回来就好，咱不去理他了，好吗？”

孙广文被韩盈袖说得心苦，叹口气道：“我他妈窝囊死了我！”

韩盈袖安慰道：“广文哥，你不窝囊，你是个好男人，没有你救我，我早就死了。”

孙广文苦笑：“你和玉瑛、玉灵跟我亲妹妹没啥两样，我必须救你。现在重要的是赶紧回鼓坊去找我爸，让他和顾伯伯商量一下，怎么去救韩老板。”

韩盈袖连连点头：“好，那咱们这就回鼓坊。”

孙广文发怵回家见父亲，犹豫了一下，最后狠下口气道：“行！反正早晚都得回去！那咱这就走，不过……”他眼色为难地看着韩盈袖，“盈袖妹妹，我得先求你件事，你回到我家见到我爸，只说韩老板被押就行，千万别提鼓槌卖你到妓院这事，好吗？”

韩盈袖满脸疑问，但见到孙广文面露恳求之色，便痛快答应：“好！我绝对不提！”

鼓坊客厅中，孙凤臣、顾秉轩、皮爷、秋俭听着韩盈袖哭诉父亲被抓之事，都沉默着，一起考虑搭救的办法。

孙广文硬着头皮一旁陪着，不敢和父亲对视。

最后秋俭起身道："这样，我进北京去找一趟田子钧，他和赵德魁有生意往来，我问问他有没有什么办法。"

韩盈袖听到秋俭提起田子钧，心里也是一松，田子钧微笑的面容又浮现在脑海。她的印象里，田子钧是那么让人觉得踏实可靠，听到秋俭提到找他帮忙，立刻就觉得有了希望。

孙凤臣点头道："好，那你这就赶紧去，我们等你的消息。"

大家商量完事，顾秉轩带韩盈袖回自己家和玉灵住，其他的人纷纷起身出门，孙广文也亦步亦趋地跟着要出去。他腿刚迈过门槛，身后传来父亲孙凤臣严肃的声音："广文，你回来。"

孙广文心里怦怦直跳，知道父亲要问自己这几个月去了哪里，看来这顿骂肯定是挨上了，但他也不敢违抗，只好硬着头皮转身，低头道："爸，您叫我？"

孙凤臣喝了口茶，果然问道："广文，你这几个月去了哪里？"

孙广文结巴了："没……没去哪儿啊。"

"没去哪儿？日本鬼子打北京，全家人都在找你，也不见你在老宅，你还告诉我没去哪儿！说，干什么去了！"

孙广文吓坏了："我……我和几个朋友去做买卖了。"

"买卖？什么买卖要去这么久？"

"不是什么大买卖，都是朋友，不好意思回绝。"

"那为什么不跟家里说一声？"

"想说来着，但兵荒马乱的，怕您和我妈着急。"

孙凤臣点点头："行啦，我也不深问你了，你现在回来就行了。我再问你，玉瑛怀孕这事，你知道吗？"

孙广文点点头："知道。"

"知道就好，你这也回来了，就住在鼓坊吧。玉瑛肚子越来越大了，你这当丈夫的，得学着照顾一下，就算不会照顾，你在她身边，她就安心。"

孙广文一想到玉瑛就头疼，此刻他的心里都是小蜜糖的影子，这要是被父亲扣在家里，玉瑛再一缠住，就根本见不到小蜜糖了。

想到小蜜糖已经两天不见自己，一定很着急，他硬着头皮吞吞吐吐地道："爸，我真待不住，我还有事回城里去办。"

"不行，不许走了。有事，让秋俭帮你去办。你别忘了，玉瑛肚子里怀的是你的孩子，你不能放下不管。"

孙广文一直不信玉瑛怀的是自己的孩子，毕竟只和她有过一次男女之事。他和小蜜糖待久了，男女之事做过无数次，也没见她怀孕，所以孙广文内心深处一直以为，男女之间有过一次是怀不上孩子的，换句话说，玉瑛肚里的孩子肯定不是自己的。

孙广文有些焦躁，想着赶紧去找小蜜糖，语气执拗道："爸，玉瑛肚里的孩子根本不是我的！"

"什么？"孙凤臣大惊，"你不许胡说八道，不是你的能是谁的？玉瑛可是你明媒正娶娶回家的。"

孙广文烦躁了："爸，您又不是不知道，我娶回她的时候，她都不是黄花闺女了，没准儿肚里的孩子是别人的呢！"

孙凤臣气得大嚷："一派胡言！玉瑛什么样，我知道！我这二十年看着她长起来的，她不可能做对不起你的事！"

孙广文辩解："可她和志武好过！"

孙凤臣被儿子这话说得一愣，他确实听说玉瑛和志武有感情，甚至日本军队攻击南苑当晚，玉瑛都冒险去寻找志武，后来也是志武把她救回家中的。

他皱了皱眉："那只是风言风语，你信它做什么？玉瑛一直盼你回来，她心里在乎你。"

孙广文仗着胆子顶嘴："心里在乎我管什么用，肚里的孩子却是别人的！"

"你……你……"孙凤臣气得两眼一瞪，"你不许胡说！孩子就是你的，你不许屈枉玉瑛！"

"我没屈枉她，她肚里的孩子没准儿就是志武的。就算生下来，我也不认！"

刚说到这儿，屋门咣的一声被推开了，玉瑛眼含泪水站在门前，穿着素布棉袍，腹部已经隆起很高。

孙广文被玉瑛的突然到来吓得愣住了，张大嘴不知该说什么。

玉瑛眼含热泪，脸气得铁青，她喘着粗气怒视着广文，恨恨地道："孙广文，你欺负人！你把我顾玉瑛当成什么人了！好，既然你不承认我肚里的孩子是你的，那从今天起，我们就不再是夫妻。孩子我会生下来，但他只有妈，没有爸。你既然说这孩子是志武的，那我就去找志武，我就让他管志武叫爸爸！"说完转身离去。

孙凤臣和孙广文都愣在屋里，过了片刻，孙凤臣对着孙广文嚷道："畜生！还不赶紧给我追回来！不追回来，你别来见我！"

孙广文极不情愿地追了出去，到了外边找了一圈也不见玉瑛的身影。他也不敢去顾秉轩家打听，在村口雪地上呆立了半天，想起父亲最后一句话，想着自己没找到玉瑛，的确没法回去见父亲，便把气话当真话使，索性就不回去见父亲了，直接偷偷牵回自己的马，回了北平城里，去找两天未见面的宝贝小蜜糖。

秋俭找到田子钧，和他说了韩啸亭被赵德魁关押一事，问他是否有办法。

田子钧想了想，起身道：“这事我觉得有点难，因为赵德魁给韩老板扣了一个通匪的罪名。这样吧，我带你去见一个人，没准他能有办法。”

秋俭连连点头答应。

田子钧骑着马前边带路，引着秋俭来到朝阳门附近的锁匠胡同，到了一个四合院门口停下。两人刚下马，就有两个灰衣男人走了过来。他们似乎认识田子钧，赶忙微微点头致敬，又反复看了秋俭几眼，然后又躲到街角站岗。

田子钧带着秋俭进院，这个青砖四合院安静洁净，所有积雪都堆在院里的枣树下。两人穿过门屋绕过影壁来到正院，秋俭一抬眼，只见一个人笑吟吟地立在屋门前，他双手一揖道：“原来是秋俭兄，久违了！今天大驾光临寒舍，我不胜荣光啊！”

秋俭看到这人，当时就愣住了。

第十七章　太鼓刀光

那人竟然是肖野，秋俭不由得一愣。更让秋俭惊诧的是，肖野穿了一身日本男式和服。

田子钧看出秋俭的惊异，伸手拍拍他的后背，往里一让：“秋俭，进去说。”

肖野满脸开心，深深向秋俭鞠了一躬，道：“秋俭兄，请进。”

秋俭和田子钧进入肖野的客厅，到里边一看，满屋的摆设都是日本风格，只是地上没铺榻榻米。

肖野让秋俭坐到客位，又出去吩咐仆人送上清茶，微笑道：“秋俭兄，不必拘束，我们是好朋友。我到现在还常常怀想，咱们三人在你的鼓坊围着大鼓喝酒聊天，看春花明月，真是太美好了。”

秋俭勉强一笑，直接问道：“你是日本人？”

肖野赶紧起身鞠躬道：“是，肖野是我的中国名字，我的日本名字是小野敬一。”

秋俭看了一眼坐在对面的田子钧，眼中闪过一丝不快。

田子钧看到了，脸微微一红，赶忙解释道：“秋俭，别误会。我和肖野在东北认识时，他也没有告诉我他的日本人身份，他的意思是怕咱们中国人排斥他，所以只好隐瞒。”

肖野连忙道：“对对对！我喜欢中国的文化和历史，愿意到处去看去研究，所以扮成中国人的样子方便些。经过这么多年在中国的生活，我已经喜欢上这个国家和这里的人民了。”

秋俭心里已经很愤怒了，冷冷道：“难道你们日本人喜欢一个国家，就要侵略、占领是吗？”他沉着脸猛地站起身，道：“我得走了，失陪。”

田子钧赶紧起身拦住他：“秋俭，你误会肖野了，他是真的热爱咱们中国。听我的，别走，搭救韩老板的事，必须让他出面才行。”

肖野也慌忙起身连连鞠躬，挽留秋俭。

秋俭心中盘算了一下，觉得搭救韩啸亭是当务之急，只好忍住火气坐下，不发一言。

另一边，田子钧把赵德魁扣押韩啸亭的事详细告诉了肖野，并问他是否有搭救之法。

肖野听完田子钧的叙述，连忙道："好，我这就去打电话，你们稍等。"说完走到里屋办公室，之后传来他用日语说话的声音，听得出，他打了很多个电话，语气焦急但诚恳。

最后他终于走了出来，额头已是微微沁汗，连连道歉道："你们久等了，因为这个韩啸亭的罪名有密谋刺杀日本人一条，宪兵队也从他的家中搜出刺杀计划，确实很麻烦。不过现在已经没事了，我找到我的父亲，那赵德魁是他的中方下属，他已经和赵德魁说了，马上放人。我们稍等一下，电话里赵德魁的意思是，他会亲自把韩啸亭送到这里。"

秋俭听到此处松了一口气，但面色还是阴沉着，觉得亏欠这个日本人的人情，十分不舒服。

心思细腻的田子钧看出秋俭的想法，轻轻拍了拍他的肩膀，低声安抚道："救人要紧，不要再生枝节。"

不一会儿，几个仆人陆续提着菜盒走进屋，然后把菜盒打开，轮番把盒里的菜摆到桌子上，立刻，满屋都是菜香，桌上摆满了丰盛的热气腾腾的菜品。

肖野从仆人手里接过一坛酒，微笑道："秋俭兄，来，咱们坐下喝酒。自从上次从你那里喝了这个南路二锅头，我也喝上瘾了。这不，我自己存了几坛，今天咱们还和去年春天一样，开心地喝酒聊天。"

秋俭不卑不亢地道："谢谢你的款待，我今天来是搭救韩老板的，我要见到他的人才放心，我现在无心吃喝。"

肖野点点头："你的焦急我理解，那好，我们等韩老板来了一起吃，就算给他压惊了。要不这样，我给你看一样东西，你一定喜欢。"

说完他带着秋俭和田子钧出门来到东厢房，秋俭跟入一看，立刻被眼前的情景震撼住了！

只见屋里正当中摆放着一面巨鼓。鼓横放在鼓架上，直径得有五尺开外。鼓身黑漆涂遍，微微泛着油光，上面画着深红色的精美花纹。鼓面褐黄，中间画着一个三轮型图腾。整个大鼓在低矮的厢房里显得突兀霸气，一种深沉肃穆的视觉感震慑着屋里所有看到它的人。

秋俭自小就跟鼓打交道，对鼓有一种割舍不断的亲情，见到这面巨鼓，他也情不自禁地脱口喊道："好鼓！"

肖野听到秋俭的称赞，脸上满是惊喜，一旁道："这鼓是我和父亲一起做的，从日本运到北平，还有七面仍在路上呢。"

秋俭走过去，抚摸牛皮鼓面，手和粗硬的鼓皮摩擦后发出轻微的嚓嚓声，带得整个鼓身微微共鸣。

秋俭大为折服，用食指轻轻弹了鼓面一下，没想到只轻轻一碰，整面大鼓就发出咚的一声闷响，声音浑厚，鼓腔共鸣纯正。

秋俭绕着这面大鼓转了一圈，满眼都是赞叹神色，见鼓架上横摆着一副婴儿胳膊粗的油亮鼓槌，不禁问道："我可以敲一下它吗？"

肖野点点头："当然可以，但不要太用力，屋顶会被震塌的。"

秋俭已经大致猜出这面鼓的声音程度，知道肖野没在吹牛，便拿起一根鼓槌，手上留了力道，挥臂擂响这面黑漆巨鼓。

咚！声音沉厚而稳重，所有人的心脏都随之共振，屋顶糊的顶棚和窗上的玻璃也跟着嗡嗡作响，窗外的屋檐被震得扑簌簌落土。

"好鼓！"秋俭大声赞道。

肖野抚摸着巨鼓道："这是太鼓，是我们大和民族的灵魂。我家世世代代都是以做鼓为生。我的家在日本北部的青森县，那里有大片大片的森林，有几个人也围抱不过来的毛榉树。我很小的时候，就跟着爷爷和父亲进山去伐树。我们选好合适的榉树后，就在它的旁边搭下窝棚，每天从清晨到夜晚，不停地锯，有时锯倒一棵榉树要用一个月的时间。这时候，我就和妈妈去森林里采蘑菇，去小溪里抓肥肥的野鱼。我喜欢用野果子喂山里的猕猴，喜欢偷看黑熊靠着大树蹭痒。每当榉树倒地的时候，整个山都会跟着震动，然后爷爷和父亲把倒地的榉树锯成一段一段，这又会是段很长的时间，有时进山伐树时是春天，把整棵大树锯好就到秋天了。"

肖野轻轻地说着，像是在对自己说着儿时的快乐，说的同时，他眼睛也散发出孩子一样的光芒。

"爷爷和父亲把锯成段的榉树留在森林里，有时会放置好几年。等榉树干透后，我们会再进入山里，在房子一样的榉树段旁边搭上木架。爷爷就和父亲开始刮平树皮，掏空树干，大一些的树干掏到最后，整个人都要站进这个完整的'树筒'里慢慢掏，然后慢慢地修平里面。"他看了一眼田子钧，接着道："来中国给我印象最深的两件事，一个是我和子钧兄认识的那年，我独自在东北的大森林里，看着几个人都围抱不过来的那些大树，听着森林里黑熊的叫喊，仿佛又回到了我长大的青森县森林。另一个就是那次去你们鼓坊，看着熟悉的鼓，闻着木料的香味，听着大鼓咚咚的响声，甚至难闻的牛皮味，也都让我熟悉到感动，让我仿佛回到了童年。"

他动情地说着童年，听得秋俭的心也为之一软。

肖野刚要回忆在家乡击鼓祭山神的经历，一个用人跑进来和他报告，赵德魁亲自护送韩啸亭来到了门口。

肖野赶忙吩咐用人让赵德魁进来。

赵德魁一身戎装快步进入，见到田子钧和秋俭后微微一愣，然后向肖野敬了一个军礼，大声道："小野先生，卑职赵德魁报到！"

肖野微微一笑："赵师长不必行礼，我没有军职，只是个普通的商人。"

赵德魁哈哈大笑："您是小野大佐的公子，也算是我的上司，行个礼是应该的。我不知道韩啸亭和您是朋友，要知道有这层关系，也不会闹这么大误会。"

肖野问："韩啸亭现在在哪儿？"

"在我车上，我派人伺候着呢。"

肖野看看秋俭，秋俭会意，和田子钧一起跑了出去。

到了赵德魁的轿车前，秋俭看到韩啸亭脸上青肿，浑身都是干涸的血迹，衣服也破烂不堪，闭眼靠在车座上。

秋俭看了心疼不已，打开车门叫道："韩老板，您醒醒，我是秋俭。"

韩啸亭微微睁开眼睛，看到了秋俭："秋俭，怎么是你？"

"韩老板，我来救您了。"

韩啸亭挣扎着抬头："盈袖呢？盈袖怎么样？"

"韩老板，您放心，盈袖在鼓坊，她没事，和玉瑛、玉灵在一起。"

韩啸亭点点头，又仰靠在车座上。

这时肖野和赵德魁也一起走了出来。

肖野见状吩咐仆人："赶紧把韩老板搀进客厅。"

两个仆人和秋俭一起把韩啸亭搀进客厅，找了个躺椅让他坐下。

肖野请秋俭、田子钧、赵德魁入座，道："刚才赵师长跟我解释了，韩老板确实是误抓，现在事情说开了就没事了。来，咱们一起喝杯酒，算是给韩老板压惊，也算是赵师长给韩老板赔礼道歉。"

赵德魁听到这话受宠若惊，赶忙给肖野倒酒，嘴里不停说道："对对对，一切都是误会，误会，都是我御下不严，让韩老板冤枉了。"

秋俭冷冷地看着一脸开心的赵德魁，轻声说道："喝酒就算了，时候不早了，我得赶紧把韩老板送回去。他伤势太重，必须赶快治疗。"

肖野赶忙拦住："不用不用，我这就打电话叫医生来，就在这里给韩老板治伤。秋俭兄，我还有好多话想和你聊，你不要着急走。"

一旁的赵德魁这才知道，眼前这个背着大刀的年轻人就是袁大疤瘌和影子飞所说的死敌秋俭，当下脱口而出道："你就是秋俭！"

秋俭眼光如电："对，我就是秋俭。"

赵德魁被秋俭的目光逼得直害怕，赶忙道："哦，听说过，听说过。"

秋俭继续盯视着赵德魁："姓赵的，你别以为我不知道韩老板是为什么被你抓到监狱的。今天在肖野家里，我不搭理你，以后若让我再知道你和韩老板为难，我身后的大刀可不答应！”

赵德魁也是个杀人不眨眼的人物，自然不会轻易被秋俭吓倒，他心里怒火猛起，恨不得马上掏出手枪打死秋俭。但拘于肖野的面子，不愿得罪这个日本人，只好压下心头怒火，强挤笑容道：“秋兄弟言重了，言重了，误会，这事一开始就是误会。”

他举起酒杯，来到韩啸亭面前，赔笑道：“韩老板，这两天让您受苦了，来，我敬您一杯，就当赔罪，咱们以后还是朋友！”

韩啸亭轻蔑地看了他一眼，不发一言。

赵德魁尴尬地举着酒杯，愣了一下，只好笑道：“那我自罚一杯，给韩老板赔罪。”

肖野见局面不是很融洽，赶忙举起手里的酒杯道：“来，赵师长，我们一起喝了这杯酒，一起给韩老板压惊。”他又看了秋俭一眼，“秋俭兄，来，喝一杯，咱们坐下好好聊，正好我有件事想和你商量。”

秋俭已经想着赶紧离开这里，但听到肖野有事要和自己商量，想着肖野帮忙搭救韩啸亭有恩，刚才又听到他回忆儿时的往事，心里对他已经有些好感，便向肖野抱拳道：“肖野，酒我就不喝了，有事你尽管开口，我能办就尽力给你办，算是答谢你搭救韩老板之恩。”

肖野哈哈大笑：“秋俭兄客气了，我想和你商量的事，和鼓有关。”

“和鼓有关？”

“对，你刚才和子钧兄也看到我那面太鼓了，过两天还会有七面从日本运到。我曾经跟我父亲提起过你们所做的中国大鼓，我父亲是制鼓师出身，也很感兴趣。我有这么一个想法，咱们在各自国家都是做鼓的工匠，各自都有做鼓的独到技术。如果条件可以，我们何不来个擂鼓大赛，听听我们大和民族的太鼓和你们中华民族的大鼓，到底哪个声音更响亮。这不是平常意义上的比赛，而是个切磋制鼓技艺的交流方式，你看可好？”

秋俭听他这样一说，心里也是一动，因为他刚才见识了日本太鼓的独到音色，确实想找个机会做个比较。

他刚要说话，一旁的赵德魁已经大叫道：“妙！太妙了！这个比赛小野大佐一定喜欢！借这个机会，我们可以宣传一下大东亚共荣圈的和谐友好，让北平老百姓看看，我们日本皇军不是他们所以为的战争侵略，而是友好的、亲民的，是为了共同的东亚繁荣才来到中国的。我今天回去就去见小野大佐，让他高兴高兴，借这机会，我也想亲眼目睹一下小野大佐擂鼓的风采。这事，包在我身上了！”

他这话一说完，一旁的韩啸亭哈哈大笑："哈哈哈哈，老天爷，没想到我韩啸亭受尽大刑竟然没死，还有幸在这里看到汉奸奴才的无耻嘴脸，哈哈哈哈哈哈！"

赵德魁听到韩啸亭辱骂自己，心头火起，右手直接伸向腰里就要拔枪，可刚碰到枪套，身后就传来仓的一声轻响，紧接着猛地觉得脖子一凉，一把寒光刺眼的钢刀已经架到了他的脖子上！

身后传来秋俭冷冷的声音："别动！再动我就让你脑袋搬家！"

钢刀的寒气直逼皮肤，赵德魁觉得自己的脖子隐隐作痛，吓得根本不敢动弹。

田子钧一旁劝道："秋俭，不要莽撞，把刀放下！"

秋俭语气依然冰冷："我不是莽撞。当年我的命就是韩老板救的，没他，就没今天的我。我不管别的，反正谁要敢和韩老板撒野，我就要谁的命！"

韩啸亭一边说道："秋俭，把刀收了，我们走吧。"

秋俭点点头，把刀拿开，在鞋底蹭去刃口上的血迹，低声喊了句："见血收刀！"然后把刀插回背后鞘内，对赵德魁道："赵德魁，你要记恨于我，尽管到南郊孙记鼓坊来抓我。你脖子上的伤不致命，见血收刀是我的规矩，得罪了！"

赵德魁这才觉出，自己的脖子湿乎乎的发凉，抬手一摸，满手都是鲜血。

秋俭回身向肖野抱拳："肖野，我告辞了，多谢你搭救韩老板之恩，你说的赛鼓之事，我奉陪，再见！"说完又向田子钧抱拳道别，搀着韩啸亭离去。

屋里，赵德魁满头冷汗，低头看着一手鲜血发呆。

秋俭叫了辆人力车把韩啸亭送回家中，找来他的几个徒弟照顾，安顿完毕后快马赶回鼓坊，想赶紧告诉大家韩啸亭已经被解救的消息。回到鼓坊，他本以为没事了，可刚下马，玉灵就跑来告诉他，玉瑛离家出走，不知去向。秋俭赶忙骑马四处寻找，可玉瑛已经没有了消息。

这一天，赵德魁突然来到鼓坊，身后还跟了一群日本兵和伪军。

他满脸杀气，直接闯到鼓坊大厅，大声嚷嚷："秋俭呢？出来！"

孙凤臣以前为了搭救秋俭，见过赵德魁，赶忙迎上："哦，这不是赵旅长吗？不知您找秋俭有什么事？"

赵德魁身边的一个伪军骂道："瞎啊你，谁是赵旅长，这是我们北平防务治安军赵师长！"

孙凤臣连忙道："原来赵师长升官了，恭喜恭喜，不知您找秋俭有什么事？"

赵德魁看了孙凤臣一眼："我要没记错，你是鼓坊孙掌柜吧？"

"对，是我。"

“嗯，那找你也行。”赵德魁摸摸自己的胡子，“是这样，为了树立大东亚共荣圈典范，我的日本上司小野大佐想和你们中国人举办一次擂鼓大赛，用我们日本太鼓和你们中国大鼓比，时间定在大年初一上午，地点在钟鼓楼中间的广场。每方出大鼓八面，鼓宽五尺，高三尺，具体比赛规则到了那里再说。这可是小野大佐亲自批准的，所以你们必须参加，如若违抗，统统抓进监牢！”

孙凤臣眉头一皱，不卑不亢地道：“这事我得和鼓坊的人商量一下，今天没法答复您。因为入冬以后，鼓坊的工人都放假了，时间太短，我赶制不出那么多的鼓啊。”

赵德魁眼一瞪：“赶制不出自己想办法，我管不了那么多，反正初一上午你们必须到钟鼓楼广场参加比赛。好了，我不跟你们废话了，我这就回去禀告小野大佐，说你们答应参赛。”

孙凤臣还想说什么，赵德魁已经带着所有人往外走。走到门口，赵德魁突然想起了什么，回头对孙凤臣狠狠地道：“我先告诉你们，都他妈识相点儿，这是和日本皇军比赛，所以只许输，不许赢。要是敢赢了我们的太鼓，这鼓坊里的人，有一个算一个，我都扒了他的皮做成鼓！”

第十八章　火光贼影

孙记鼓坊的夜，漆黑一片。

窗外北风嘶吼，把院里的沙石卷扬到窗子上，沙沙作响。

屋内，孙凤臣、顾秉轩、皮爷和秋俭四人围坐在一个大炭盆边，红彤彤的炭火熏得屋里暖意盎然，他们在商量如何应对和日本人赛鼓这件事。

孙凤臣沉默了一阵，直身道："我不想和日本人比这次鼓，因为无论结果如何，都不公平。如果咱们真的去比了这次鼓，就是给了日本人一次美化自己的机会，宣传了他们所说的大东亚共荣和中日亲善，我不能昧着良心去给他们配戏！"

秋俭一旁道："孙伯伯说得对，这鼓不能比，咱不能陪日本人演这出戏。我这就去找赵德魁，跟他说我们不参加，有什么事，我一人顶着！"

皮爷低头抽着旱烟，皱眉道："就算比，春节之前做好八面大鼓也有些困难，咱们鼓坊停工半年多，料都不齐。"

孙凤臣一直敬重顾秉轩，到了这个时候，他最想听听顾秉轩的看法和主意，当下侧头问道："顾先生，您觉得应该怎么办？"

顾秉轩面色从容，直身朗声说道："我的意思，这场鼓赛，咱们要比！"

孙凤臣、皮爷、秋俭均是一愣，不知顾秉轩为何支持比赛。

顾秉轩站起身，在屋内慢慢踱步道："你们想过没有，自从日本人侵略中国后，占了北京、南京，杀我们同胞，抢我们财产，多少中国人忍气吞声地做了亡国奴。我想，这些中国人心里的憋屈都和我们一样。你们想想，我们只要听到中国军队打了胜仗，就打心里高兴解气，我相信别的中国人肯定也是同样的心理。"

他目光炯炯地看了几人一眼，接着道："所以，我们不光要参加，还要把这场鼓赛当作一场仗来打。我们要赢了，北京的老百姓得多扬眉吐气啊。我们要让他们知道，中国人的骨气还在，中国人还在！我相信，每个中国人的心里都有面沉默的大鼓，现在它没有破，没有坏，而是需要我们去擂响，然后让它和其它中国人的心鼓一起共鸣。我记得和秋俭他们这帮孩子说过，我们中国人就是一面大鼓，鼓面是我们的皮肤，鼓槌是我们的骨头，鼓身的红色是我们的一腔子热血，鼓声就是我们中国人的魂！所以这场比赛我们不光要比，还要赢，哪怕刺刀对着我们的心窝，哪怕一死，也要做个咚咚作响的中国人！”

他的这一番话，让孙凤臣三人听后热血沸腾，心里仿佛有面巨鼓，被激励擂响。

孙凤臣用力一拍桌子：“好！那就比！哪怕赢了是死路一条，也要死得痛快！”他兴奋地站起身道：“皮爷，你负责做这八面大鼓，用最好的木料，用最好的牛皮。秋俭，你负责召回所有的伙计，告诉他们，工钱翻倍。明天上午咱们就去准备，做它八面大鼓！”

皮爷和秋俭也是激动异常，一起答应。

接下来的一个月，一直冷清的孙记鼓坊突然热闹起来，所有人在天寒地冻的环境里干得十分火热。这个场景让借机回来打探消息的鼓槌都纳闷不已。

一个月后，经过所有人的团结合作，八面漂亮的大鼓正式完成。鼓身鲜红，鼓面橙黄，鼓沿上密密麻麻的铜钉在阳光的照射下闪闪发光。

孙凤臣特意举办了一场宴会，请所有工匠一起吃喝，所有人围着自己的辛苦成果开心地吃喝欢笑，那八面大鼓也散发着纯正绚丽的夺目光彩！

鼓槌一直躲在人们背后观望，他怕孙凤臣会把韩啸亭和韩盈袖请来，但找了半天也没见二人人影，于是壮着胆子去问秋俭。秋俭告诉他，韩啸亭在监狱受尽酷刑，被救出来后就在家卧床养伤治病。韩盈袖回家后一直照顾父亲，所以两人没有过来参加这次庆祝宴会。

鼓槌这才放下心来，看秋俭对自己也没有什么异样，想着韩盈袖应该没有把自己做的坏事告诉大家，心总算放下了。他并不知道，韩盈袖之所以没有把他骗卖自己的事告诉大家，首先是孙广文苦求的结果，其次是她不愿让父亲听到自己的悲惨遭遇而再动肝火，把病情加重。

酒宴正酣，孙凤臣举着酒碗来到八面大鼓前边，朗声道：“伙计们，你们这一个月辛苦了，可以说，这八面大鼓都是你们的血汗！我要亲自谢谢你们，在这里，我敬你们一碗酒！”说完举高酒碗向大家致意，然后一饮而尽。

所有人都端碗喝酒回礼，孙凤臣放下酒碗道：“后天就是大年初一了，也是咱们中国人过得最憋屈的一个春节！我不知道，这种亡国奴的春节以后还要过多少个，但我相信，只要咱们中国大鼓还能擂响，那咱们中国人的魂就没有丢！现在，咱们就把大鼓擂起来，一起过节，一起驱鬼！”

说完，他和秋俭带着六个壮实的鼓坊伙计一起走到那八面大鼓跟前，各自抄起粗如儿臂的鼓槌，互相看了一眼，一起把鼓槌指向鼓面。

孙凤臣凝神静气，大声喊道：“头通鼓！天威昭远！”

八个人缓缓抡开双臂擂鼓，鼓槌尾部的红绸飘荡！

嗵！

嗵！

嗵嗵嗵嗵！

嗵！

嗵！

嗵嗵嗵嗵！

鼓声由缓到急，快慢交杂着，震耳撼心，和着在场每个人的心跳而响，让听者精神为之肃然一凛，感觉鼓声像苍天一样威严而神圣。

响了约有两分钟左右，孙凤臣大声喊道："鼓止！"

鼓声立刻戛然而止。

但所有人的耳畔和心底还有回声颤动不休。

静了一下，孙凤臣又喊道："二通鼓！地德臻厚！"

嗵嗵嗵嗵嗵嗵嗵嗵嗵……

鼓声连贯而低沉，慢慢响成一片，像万匹烈马飞奔而来，蹄声飒踏混合，响而不躁地铺展开来，所有人脚下的土地也微微共振开来，桌子上的盘碗被震得哗哗直响。

鼓声持续了两分钟。

"鼓止！"孙凤臣喊道。

鼓声应声而停。

又是一阵寂静，最后孙凤臣环视所有人，高高举起鼓槌，大声喊道："三通鼓！人善唯真！"

咔！嗵！咔！嗵！咔！嗵！嗵嗵！咔！嗵！嗵嗵嗵嗵嗵嗵……

鼓声由击沿开始，慢慢向鼓心递进，而后交替响起，到最后连绵成阵阵急促的霸气鼓声，全场所有人都被这隆隆的鼓声震撼了。他们做鼓无数，但能与自己心跳共鸣的鼓声还是第一次听到。他们知道，这鼓声就是自己的心声，是一个饱受凌辱的中国人心里的愤怒呼喊！

三通鼓后，孙凤臣举起手里的鼓槌，大声说道："八面大鼓已成，后天就要和日本人赛鼓了，我知道此去无论输赢，都会是死路一条。但我就算死了，也要让日本人看看一个中国人的骨气。我在此发誓，我孙凤臣一定为中国人赢下这场鼓赛，如果输掉，便血溅此鼓！"说完抡起鼓槌用力击向大鼓，嗵的一声巨响，所有人听得心头一颤！

接着，秋俭也大声喊道："我，魏秋俭，也在此发誓，一定赢得这次鼓赛胜利，若输了，血溅此鼓！"

说完敲响身前大鼓，嗵的一声，人人听得心潮澎湃！

接着，剩下的六条年轻汉子都依次击鼓发誓，在场所有人都被这壮烈的场面感动了！

突然，一脸庄重的玉灵也跑到八面大鼓前面，脆生生地道：“在场的叔叔大爷，哥哥姐姐们，我是个弱女子，但也是中国人。今天孙伯伯和秋俭哥他们都击鼓发誓了，我也想在此说一下心里的话……”她侧头看了一眼秋俭，眼光晶莹坚定，“我顾玉灵在此发誓，无论这次鼓赛是赢是输，我都会在鼓赛结束之后嫁给秋俭哥。他若血溅赛场，我也随他共死！”说完拿过秋俭手里的鼓槌，用力擂向大鼓。

嗵的一声，全场所有人都投来赞许的目光。

秋俭感动异常，激动地道：“玉灵。”

玉灵向他微微一笑，火把把她的眼眸映射得晶莹闪亮，她的眼神里满是坚定和温柔。

鼓坊所有人都知道秋俭和玉灵是青梅竹马的恋人，看到玉灵如此表达，纷纷敬佩赞贺地鼓起掌来。

孙凤臣哈哈大笑：“玉灵，好丫头！你和秋俭这杯喜酒，我喝定了！”

全场又是一片掌声喝彩声。

秋俭和玉灵对视着，眼中满含爱意和惊喜，两颗心已经紧紧贴在一起！

人群中的鼓槌狠狠地盯着秋俭和玉灵，抄起桌上的一碗酒一口干掉，眼中都是嫉妒和仇恨的凶光。他已经醉了，把目光投向被火把映得通红的八面大鼓上，同时，一个阴狠的念头跳跃在大脑里。

夜深了，北风呼啸，鼓坊外的槐树树枝被吹得摇摆不停，满天都是寒亮的星星，四下寂静漆黑，远处偶尔传来一阵狗叫声。

鼓坊里也是漆黑一片，酒足饭饱的工人伙计们都在宴会狂欢后早早睡去。

鼓槌伏着身子偷偷来到存放那八面大鼓的仓库，轻轻地推开木门。他借着微弱的夜光摸到那八面大鼓跟前，从后腰拔出一把匕首，向着第一面大鼓用力刺去，砰的一声轻响，鼓面裂开一个口子。

鼓槌依次把剩下的大鼓全都割破，然后把匕首别回后腰，蹑手蹑脚地退出仓库。由于紧张，他快到门前时，不小心碰倒了半桶红漆，漆桶倒地，油漆洒了一地，鼓槌的裤子和鞋也蹭到很多红漆。他眉头一皱，心一横，找到角落里的一整桶油漆，拎起来一股脑都倒在那八面破鼓上，又把剩下的半桶油漆倒在后边工具架旁的木料堆上。他还不解恨，又跑到铁器工棚里拎出一大桶松油倒在木料仓库里的那些备用木方上。接着，他找到窗台上的洋火柴，点燃一支晚上宴会用剩的火把，小跑着快速点燃仓库里的大鼓和木料，又把漆棚里的所有油漆踢倒点燃。冬天正是风干物燥的时节，鼓槌点燃的又都是易燃的木料油漆，大火借着风势立刻蹿起，浓烟伴着火苗直跳到仓库屋顶，倾刻间燃起的火光把鼓坊照得红亮一片！

鼓槌见大火熊熊燃起，赶忙扔掉火把就往自己住的工棚跑去，他要在人们发现之前回到自己的被窝里。

刚跑到大门前，身后有人大声喝问："什么人？"

鼓槌回头一看，来人竟然是顾秉轩，他一下就慌了，颤声道："是我，鼓槌。"

顾秉轩披着棉衣，走到鼓槌面前，见他一脸慌张，又看到鼓坊熊熊燃起的火焰，猜到是他纵的火，大声质问："你为什么要放火？"

"不是我！"鼓槌狡辩道，转身就想跑掉。

顾秉轩一个健步蹿过去抓住鼓槌的左臂："你别跑！"

鼓槌奋力挣扎，但被顾秉轩死死攥住胳膊无法脱身，同时，鼓坊里已经有人大叫道："起火啦！快起来，起火啦！"

鼓槌用力挣脱，但怎么也挣不开顾秉轩的控制，一急之下，他从后腰拔出匕首，猛地刺入顾秉轩的腹部。顾秉轩没想到鼓槌会带有凶器，根本没有防备，只觉得腹部一凉，跟着一阵剧痛传来。他痛苦地低身捂住腹部，看着鼓槌却说不出话来。鼓槌二话不说，跟着又是狠狠一刺，这一刀扎在顾秉轩的腰部。顾秉轩低哼了一声，倒在地上。

鼓槌听到鼓坊里呼叫声越来越大，看到火势借着大风蔓延到整个鼓坊，便把匕首用力扔向远处，看了一眼地上微微打战的顾秉轩，上前用力踢了一脚，顾秉轩被踢得翻了一个身，脑袋一歪死去了。

鼓槌往地上吐了口唾沫，然后往火场跑去，和其余惊醒的伙计一起救火。

这场大火把整个鼓坊烧得只剩三分之一，房屋木料所剩无几。天亮后，大家在大门外发现了已经死去的顾秉轩。玉灵赶来后大惊失色，猛地扑到父亲身上大哭起来，在场所有人都神色黯然。秋俭想到顾秉轩这些年来对自己的关爱教导，也落下了眼泪。

鼓槌躲在人们后边，心里也是惊惧不已，可他看到秋俭扶起玉灵搂着安慰，心里又隐隐有一丝报复的快感。

孙凤臣已经顾不得收拾鼓坊残局，先和皮爷一起操办起顾秉轩的丧事。

秋俭默默地陪在玉灵身边，看到自己心爱的女人伤心欲绝，他的心也碎了。他望着顾秉轩的灵位，暗暗发誓，一定要找出纵火并杀害顾秉轩的凶手，然后砍掉他的脑袋祭奠顾秉轩在天之灵。

农历腊月二十九，这应该是一个全家团圆开心的日子，顾秉轩家却白缟一片，哭声阵阵。

丧事在悲痛的气氛下有条不紊地进行，突然村外传来一阵汽车停车声音和杂乱的喝喊声。众人很纳闷，这时一个小孩子慌慌张张地跑进院子，叫道：“日本兵来啦！”

所有人都是一愣，紧接着一阵皮靴踏地的声音传来，一队日本兵簇拥着一个中年日本军官进入院里，他身后边紧跟着一身戎装的赵德魁。

那日本军官见到院里正在办丧事，眉头一皱，看了赵德魁一眼。赵德魁会意，大声问道：“孙凤臣在哪儿？”

孙凤臣走到前边，道：“我在这里。”

“小野大佐，这就是孙凤臣。”赵德魁赶忙告诉那日本军官。

日本军官点点头，操着蹩脚的中国话对孙凤臣道：“我是小野康正，在日本是太鼓制作师，明天，我的太鼓要和你的中国鼓比赛。”

孙凤臣点点头道：“我答应和你比赛，但昨晚出了事，我的鼓坊起了大火，我做的比赛用鼓都被烧毁了，而且，我的一个朋友也被纵火之人杀害。”

小野康正听懂了孙凤臣的话意：“这么巧？”

孙凤臣冷冷地看了小野康正一眼：“你可以去看。”

“我已经看到了，我先去你的鼓坊找你了。”

孙凤臣点点头：“明天的鼓赛，我应该不能按约定参加了。我想，能不能改个日期，我再做八面新鼓来和你比。”

小野康正还未回答，一旁的赵德魁大声道：“小野大佐这么忙，没空跟你改时间再比。怎么这么巧，明天要比赛，你今天就着起大火？是不是怕输，才想了这样一个主意？”

他话音刚落，秋俭一步窜出：“赵德魁，你这话什么意思！”

赵德魁见到秋俭就发怵，猛地拔出腰里的手枪：“你要干吗！小心我一枪打死你！”

小野康正阻止道：“赵桑，不要打枪，要中日亲善。”

赵德魁赔笑点头，又恨恨地瞪了秋俭一眼，把枪插回枪套，接着说道：“我那天说过，初一上午在钟鼓楼赛鼓，参加不了就算输。我不管你们有什么原因，只要不来，你们就是承认中国大鼓比不过我们日本太鼓，我们日本太鼓才是亚洲鼓王！”

听到他这番话，鼓坊所有人都气愤异常。孙凤臣道：“赵师长，你这定论下得太早了，再给我一个月时间如何，我一定带新鼓参赛。”

“一天也不给，你直接认输吧！”

一旁的小野康正听出了大概意思，道："中国人，历来讲信用和诺言。你们这样，我很看不起。但我们是朋友，我可以等你一个月时间，你用新鼓，我们再比赛。"

他这话一出，鼓坊所有人都激愤异常，但又无法辩驳。

孙凤臣正要说话，秋俭在身后大声道："我们中国人是讲信用的，明天的鼓赛，我们应战！"

大家都是一愣，齐齐看向秋俭，秋俭和孙凤臣道："孙伯伯，我们还有那面巨鼓。"

孙凤臣这才想起，当年给黑燕子刑场送行的那面巨鼓没有被大火烧毁。

赵德魁一愣，问道："怎么回事？你们还有大鼓？"

秋俭道："没错，我们还有一面巨鼓，不知道能不能参加比赛？"

赵德魁哈哈大笑："什么新鲜事都有！你们敢用一面鼓就来跟我们比，行！这事都不用小野大佐决定，我就可以答复你，可以用，反正最后都是一个输！"

他赶紧跑到小野康正面前，简单说了几句，小野康正点点头，道："我想看看那面鼓，可以吗？"

"当然可以。"秋俭道。

他带着小野康正来到鼓坊后院，打开存放巨鼓的屋门，指着里边那面巨鼓对小野康正道："就是它。"

小野康正惊讶地看着这面巨大的鼓，慢慢走进屋里，小心翼翼地来到鼓前，探手轻轻地摸了摸鼓面，低声道："真是一面好鼓！"说完用手指轻轻敲了一下。

咚！巨鼓发出沉稳厚重的巨大鸣响。

小野康正没有想到自己轻轻一敲会是这么大的声音，完全出乎意料，当下说道："好鼓！我允许你用它来比赛，我们日本人也讲信用，我可以减少我的太鼓数目，用两面太鼓和你们比赛。"

"不用！"秋俭一脸自信，"你还用八面鼓，我就用这一面。"

跟进来的赵德魁道："你还挺有自信，那你就等着输吧！"

鼓坊所有人纷纷走进屋里。

秋俭冷冷地看着赵德魁，轻轻摸了摸巨鼓，拿起旁边的一只鼓槌，道："我可以再发一次誓。我，魏秋俭，将用此鼓和日本人赛鼓，如果输了，愿血溅此鼓！"说完甩起鼓槌用力捶向鼓面。

嗵！

这一声要比刚才小野康正敲的那一声大很多，鼓声响起，屋脊上的灰土随之纷纷落下，赵德魁被震得心里一哆嗦。他久经战场，听过枪炮响声无数，竟然被这鼓声撼得脸色煞白。

小野康正惊讶地睁大眼睛，轻声道："这鼓声，是怎么发出的？我怎么从未听过？"

秋俭不知他的话是何含义，也不回答，说道："好了！明天上午，我们带此鼓参赛，一言为定！"

小野康正点点头，又仔细看了看巨鼓，对赵德魁道："我们回去。"说完他快步走出去。赵德魁也看了一眼那巨鼓，眉头皱了皱，对秋俭和孙凤臣道："听好喽！我不管你们用几面鼓来参加鼓赛，反正不许给我赢！还是那句话，要敢赢了日本人，我扒了你们的皮做大鼓！"

秋俭听完哈哈大笑："那就看你的本事了！"

赵德魁心里一直忌惮秋俭，只好恨恨地说："我们走着瞧！"

鼓槌趁着大家忙乱偷跑出来，追到赵德魁身后，左右看看没有鼓坊的人，低声赔笑道："赵师长，昨晚那把大火是我点的，怎么样，是不是大功一件啊？"

"大功个屁！"赵德魁回身骂道："烧了半天，那面大鼓怎么还在？"

鼓槌一脸尴尬："我……"

"我什么我！今晚再想办法，把那大鼓也毁掉！"

鼓槌有些为难："这可不好办！不过您放心，我还会想别的办法！"

赵德魁点点头，嘀咕道："也他妈怪了，那面大鼓是怎么做的，轻轻一敲就震天响，吓了我一哆嗦！"

鼓槌道："他们孙家有自己的做鼓秘籍，做的鼓当然不一般！"

"做个破鼓还有秘籍？"

"当然啊！我亲眼见过他家的制鼓秘籍。"

"制鼓秘籍？"

"对，是一本书，叫《孙记制鼓技要》。"

赵德魁想了想："那你想办法给偷来，估计小野太君感兴趣。"

鼓槌拍着胸脯道："好，这事包在我身上！"

鼓槌回到鼓坊，秋俭叫住他："鼓槌，我正要找你，明天我们用巨鼓和日本人比赛，你赶紧去准备八对新的鼓槌，粗一些，明天我是主擂，我那对用最好的木料做。"

鼓槌赶忙答应道："放心吧秋俭，你知道，咱们鼓坊木工里，我做的鼓槌最结实称手，我鼓槌这个名字可不是白叫的。我一定给你做一对好鼓槌，明天一定赢了日本人。"

秋俭点头致谢离开。

鼓槌看着秋俭离去的背影，嘀咕道："好，秋俭，这回让你见识一下我鼓槌的好手艺！"

第十九章　国鼓之争

大年初一一早，天气干冷干冷的，阳光灿烂晃眼。孙凤臣让鼓坊伙计们把巨鼓装上马车，然后吩咐秋俭和皮爷运送进京，并告诉他们，自己打算先去趟韩啸亭家，看看韩啸亭是否能够出席鼓赛，并约好上午十点在钟鼓楼广场会合。

他顶着寒风一路骑马进京，见时间有些早，便没有直接去韩啸亭家，而是先去了哈德门外花市的自家老宅，到了门口，他下马上前敲门。

敲了半天，翟老头才开门，见是孙凤臣，忙道："啊，是掌柜的啊！您怎么来啦？赶紧进来！"

孙凤臣把缰绳递给翟老头："我也是路过，看看你，给你拜个年。"他左右看了一下，问，"广文呢？"

翟老头道："少掌柜有日子没回来了，我也不知道他去哪儿了。"

孙凤臣心中火起，又无处发泄，皱了皱眉。他来到里院西厢房，独自走进屋里，见屋里冷清异常，桌上满是灰尘，知道应该是很久没人居住了。

他回身把门关好，打开密室机关，点燃桌上的马灯，从那个樟木衣柜进入暗道，到了密室举着灯光一照，不禁大吃一惊！只见原来摆放着古玩字画的木架上已经空空如也，他心里暗叫不好，赶忙跑到那个铁柜前，借着马灯的光亮打开一看，自家的制鼓秘籍《孙记制鼓技要》还完好无损地放在铁柜里，不禁长出一口气。他赶忙把秘籍放入怀中，钻出密室。

孙凤臣到马棚找到喂马的翟老头，问："老翟，咱们家还有别人来过吗？"

"没有，除了广文有时回来，别人没来过。自打闹鬼子，我根本连门都不出，每天都插着门，您放心，肯定没有外人进来过。"

孙凤臣知道密室机关只有孙广文知道，当下想到一定是孙广文把古玩字画拿走了，不禁气愤地嘀咕道："这个小畜生！"

按他的脾气，恨不得立刻就去寻找孙广文，但上午还有鼓赛，只得压住怒火离开老宅，骑马来到韩啸亭家。

到了韩啸亭家，还未进院就闻到一股浓浓的中药味，他轻轻走进院子，见韩盈袖正蹲在炉子跟前给韩啸亭熬药。

韩盈袖见是孙凤臣，赶忙直起身，大喜道：“孙伯伯，您来啦！过年好您！赶快进屋。”

孙凤臣点点头，关切地问：“你爸爸伤势如何？这段时间恢复得怎么样？”

韩盈袖脸色一下黯淡下来，轻轻摇摇头，低声道：“我爸爸好像是内伤，一直咳血。”

孙凤臣心里一酸，叹口气，跟着韩盈袖进了屋。

韩啸亭躺在床上，面色发黄，眼窝深陷，见孙凤臣进来，高兴地起身道：“孙掌柜，怎么是你！你比我大，应该是我先登门给你拜年啊！”

孙凤臣强做笑容，上前按住欲起来的韩啸亭：“谁先看谁都是一样的，韩老板，感觉病情好些没？”

韩啸亭无奈摇摇头：“一直没见好，身上没劲，还经常咳血，估计是离死不远了。”

“韩老板不要开玩笑，你好好养病，等天暖了就会好起来的。”

韩啸亭微微一笑：“我的身体我知道，孙掌柜不用安慰我。”说完他叫女儿，“盈袖，去准备午饭，最好包点饺子，中午我要和你孙伯伯喝过年酒。”

韩盈袖答应着就要出去，被孙凤臣拦住。然后孙凤臣把今天要和日本人进行鼓赛之事告诉了韩啸亭。

韩啸亭听完兴奋地叫道：“好啊！孙掌柜，我们一定要赢了这次比赛，让中国人也借机会出出恶气！可惜我这身子没法去现场给你们助威加油了，但我相信，咱们中国大鼓一定能赢日本人的太鼓的！只要这场比赛赢了，我的病立刻就会好！”

孙凤臣又坐了一会儿，和韩啸亭父女告别后，出门骑马赶到钟鼓楼。到了会场一看，钟楼和鼓楼之间的小广场已经站满了看热闹的中国人。几十个伪警察已经到场维持秩序。

寒风中，只见钟楼和鼓楼的屋檐墙脊长满了枯黄的蒿草，褐红的墙皮已经脱落，窗棂破损不堪，这两个古老高大的建筑物被瓦蓝的天空映衬着，显得突兀颓然。一群鸽子落在高高的屋脊上，远远望去，只是几个微微活动的黑点。只见紧贴鼓楼墙壁前边，已经用松篙搭起一个高高的木架，足有二十余米高，三十余米宽，顶端是长长的一溜窄木板，绑得特别结实。大家都不知道这个架子要做何用途，纷纷议论。

忽然人群一阵喧哗，伪警察的喝骂声传来，接着四辆军用卡车开进会场，前边两辆车上装着那八面黑色的太鼓，旁边站着荷枪实弹的日本兵。

车停了，车上的日本兵分别把八面太鼓和鼓架抬到车下，紧接着，赵德魁带着一队伪军也气势汹汹地来到会场，他大声安排调度着，伪军们举着步枪分散到钟鼓楼外围，把会场圈了起来。

不一会儿，小野康正和儿子小野敬一也来到会场，他把所有的太鼓仔细查看了一遍，然后坐到赵德魁提前准备好的椅子上，等待中国大鼓的到来，面色肃静。

围观的中国人越来越多，他们纷纷议论着这件事，看着八面黑漆漆的巨大日本太鼓，眼中都是好奇。

突然人群一阵骚动，紧接着大家纷纷撤步让开了一条道路，一个看热闹的中国人喊道："看！我们的大鼓来了！"

大家顺着他指的方向一起看去，一下就被眼前的一幕惊呆了！

只见中国大鼓一方来了二三十人，所有人都穿着白色丧服，每个人都是面色凝重，簇拥着一面红漆巨鼓走进会场。

现场所有人纷纷议论，不知孙记鼓坊的人为什么全都穿着丧服参赛。

孙广文得到消息，早早来到会场偷偷躲在人群里。他看到这一幕也愣住了，赶忙把所有人看了一遍，发现没有了父亲孙凤臣，不禁双腿一软，以为父亲出了什么意外。刚要挤过去问，突然身后一人拍他的肩膀道："借光一下。"听到这个声音，孙广文吓得一缩脖，赶紧低头让开，父亲孙凤臣从他身边挤了过去。孙广文暗自庆幸这是冬天，穿的衣服厚，又戴着狐狸皮棉帽，所以父亲没认出自己，但刚刚就这么一拍，他的脑门就已经吓得沁出了汗。

孙凤臣走到鼓坊队伍里，换上丧服，带着大家一起来到会场中间。

小野康正起身走到孙凤臣面前，点点头道："孙先生，你很讲信用。"

孙凤臣不卑不亢地回答："我们代表的是中国人，所以必须讲信用。"

小野康正点点头："那我们准备比赛吧。"说完他向身后一队穿着日本便服的年轻人说了一句日本话，那几个人鞠躬点头，一齐脱掉外边的衣服，近乎裸体地站在寒风中，只用白色兜裆布遮羞。一旁的肖野也脱去衣服，和那几人装束一样，排在一起，正好八人。

见此情景，现场的老百姓又纷纷议论开来，妇女姑娘们都低头错开眼神不敢看。

小野康正看了赵德魁一眼，赵德魁会意，命令所有兵警一起清理会场。片刻间，偌大的钟鼓楼广场中只剩下双方擂鼓之人，还有红色的中国巨鼓和那八面黑色的日本太鼓。

赵德魁眼睛扫到了鼓坊人群里的鼓槌，鼓槌赶忙向他微微点了下头，示意已经做好了手脚。

赵德魁很满意，走到双方中间，大声道："都听好了！为了促进中日亲善，共建大东亚共荣圈，让中国人更加热爱我们友善的日本朋友，今天，我们在此举行一场鼓赛。比赛用鼓是中国的大鼓和大日本帝国的太鼓。我们提倡公平竞争，输赢自负。中国大鼓这一方，是南郊大羊坊孙记鼓坊的人；日本太鼓这一方，是北平日本驻屯军小野大佐的人。鼓，我已经派人验过了，没有问题。现在我先说一下比赛规则。”他顿了顿，仰头看了眼鼓楼前那个松篙木架，接着说：“你们已经看到了，我们已经派人在鼓楼前边搭起这个大木架子，比赛开始后，我会派人在上边的木板上摆放一百零八个瓷净瓶。然后，两边的鼓各擂十五分钟，最后以被鼓声震下木架的净瓶多少为判别输赢的标准。下面，我们先摆放净瓶，你们双方要是怕净瓶被动手脚或数目不对，可以派人上去挨个检查挨个清点。如果没有异议，我就吩咐摆瓶了！”

双方都没有说话。

赵德魁点点头，喊道：“来人啊，摆瓶子！”

不一会儿，鼓楼一侧传来瓷器的碰撞声，在场所有人都一起望了过去。只见一队伪军抬着四筐瓷净瓶来到木架前，接着人影交错奔走，有人爬上木架，有人在架下递瓶子，就这样上递下传地忙碌开来，不一会儿就把一百零八个细脖净瓶均匀地摆到那木架顶端的窄木板上。

有好事的老百姓拿手指着挨个去数，然后低声告诉大家，确实是一百零八个。

赵德魁见摆放完毕，便大声叫道：“好！擂鼓开始！中国有句古话，叫远来是客，我们日本朋友不远万里漂洋过海来到中国，和你们中国人共建东亚繁荣，所以我们请日本太鼓队先擂，以示敬意。”

说完低头笑着对小野康正道：“小野大佐，可以开始了。”

小野康正点点头，向儿子肖野示意。

肖野点头，派人把自方的八面太鼓抬到木架下边，然后走过去从鼓架上抽出鼓槌，把腿叉开，与肩同宽，双手把鼓槌高高举起，其他那七个日本青年也依样站在各自的太鼓面前，等待肖野号令。

赵德魁看了眼手里的怀表，喊道：“准备擂鼓！预备——开始！”

他话音一落，肖野高声喊了句日本号子，剩下七个人一起喊号子应和，号子声一落，八对鼓槌一起齐刷刷地擂向太鼓！

咚！咚！咚！咚咚！

嘿嗦！

咚！咚！咚！

嘿嗦嘿！

立刻，雷鸣般的太鼓声夹杂着有节拍的号子声传遍广场，日本人擂起了太鼓！不一会儿，整个广场都被隆隆的鼓声笼罩，广场旁的槐树枝也跟着微微颤动，有的人已经捂上了耳朵。

秋俭心里暗暗佩服，日本太鼓的声音确实浑厚有力，声音独到。

随着八个日本人手里鼓槌节奏的变化和加快，他们的鼓声已经融为一体，声声撼心。

随着鼓声的加剧，那个木架上的净瓶已经开始轻轻颤动，摇摇欲坠。

大家都仰头等着第一个净瓶落下。

没多久，只见一个瓶子一歪，迅速坠落，啪的一声掉到青石地上，粉碎开来。

接着七八个瓶子有快有慢地从那高高的木架上坠地，瓶影交错，啪啪的破碎声接连传来。

时间一分钟一分钟地过去，肖野见瓶子被自己一方的鼓声震得越掉越多，心里十分得意，口里的号子更加大声，几人整齐合一的鼓声也变得越来越大。

鼓声起伏中，夹杂着瓶子坠地碎裂的声音。

十五分钟到了，赵德魁大喊道："停！"

肖野八人猛地停下手里的动作，但隆隆的鼓声仍然回荡在每个人耳边，似未停止。

小野康正看到满地的碎瓷片，对自己太鼓的威力很是满意。赵德魁赶忙派人去统计震落的净瓶数目，结果马上被汇报回来，日本人的太鼓一共震落八十一个净瓶。

赵德魁见小野康正对结果很满意，赶忙喊道："都听好了，刚才我们日本太鼓共震落净瓶八十一个，大家鼓掌！"

说完，他满怀期待地扫视四周，可四周只传来一阵稀稀拉拉的掌声，这些掌声来自混在人群里的便衣和捧场的汉奸们，真正的中国人只是默然地把手插进兜里或袖口里不掏出来，急得那些伪军低声骂道："鼓掌啊！妈的，都残废了是吗？"

赵德魁也觉出场面尴尬，赶忙喊道："下面，由中国大鼓擂鼓！来人，把瓶子补齐，马上开始！"

老百姓们听说中国大鼓开始擂鼓了，一下骚动起来，纷纷往前挤，人群里发出一片掌声和叫好声。

鼓楼前木架上的净瓶被迅速补齐，全场的议论声慢慢收住，所有人的目光都投向秋俭等八个中国人。只要是有良心的中国人，心里都希望震落的净瓶数多于日本人。可他们看到中国这一方只有一面大鼓，心里都为自己的同胞捏把汗。

秋俭等八人丧衣似雪，在红漆巨鼓的映衬下显得庄重神圣且悲壮，只有鼓坊的人才知道，自己身上这一身丧服是为惨死的顾秉轩而穿。

人群里的玉灵眼眶有些湿润，她抱着牛皮鞘钢刀，看着这把刀的主人秋俭，心里又是激动又是难过。她知道，如果赛鼓胜利，秋俭和鼓坊所有人都会受到死亡的威胁，也许他们的生命会终止在鼓声停止那一刻。

秋俭面色凝重，把丧服袖子挽到臂弯，几人一起把巨鼓抬到木架前，然后伸手拿起新做好的鼓槌。这对鼓槌粗如儿臂，轻重称手，槌尾坠着红绸，是鼓槌熬夜精心赶制的。

那七个鼓坊年轻人均匀围站在巨鼓周边，每人都微叉双腿，手里擎着鼓槌，等待着领鼓人秋俭发出擂鼓命令。

秋俭抬头看了一眼木架顶端窄木板上的那一溜净瓶，慢慢把鼓槌高高举起，示意擂鼓就要开始。红绸微扬，全场的人都目不转睛地看着他，等待他下一个动作。

玉灵抱紧牛皮鞘钢刀暗暗祈祷。

孙广文也挤到人群最里侧，手紧紧地握着，替秋俭用劲。

肖野穿好衣服，聚精会神地看着秋俭手里的鼓槌，他把中国人的这次擂鼓当作一次学习的机会。

秋俭双手一挥，接着把鼓槌落到鼓上，八人一起由鼓沿磕起，十六根鼓槌磕击鼓沿的声音明脆尖锐。

咔！咔咔！咔！咔！咔咔！咔！

轮击鼓沿四遍后，几人擂动最外侧鼓面，和磕击鼓沿的声音形成特殊的交错节拍，所有人听了心里都是微微一动。

咔！咚！咔咔咚！咔！咚！咔咔咚！

慢慢地，磕击鼓沿的次数渐渐少去，八个人的鼓槌翻飞跳跃，槌尾缀着的红绸和着稳健浑厚的鼓声，像是蝴蝶飞舞一样让人眼花缭乱。

虽然鼓声已经很大了，但木架上的净瓶一个都没有被震下来。

所有观看的人暗自觉得不对劲，心里嘀咕，要照这样擂下去，无论如何也不会震掉净瓶的。很多人都想，秋俭他们应该用最大力气擂鼓才是眼下之重。

正纳闷间，鼓声猛然停止！八个人把鼓槌高高举过头顶静止不动。

突然秋俭“嘿”一声大吼，声震全场，八个人的鼓槌一起齐刷刷地落到巨鼓鼓面。立刻，巨鼓的声音突然大变，变得凶猛刚烈，如滚雷霹雳般在钟鼓楼间响起！

嗵！咚！嗵！咚！嗵！咚！嗵嗵咚！

每一声敲击都像擂在人的心头，有时让心跳加快，有时让心头一紧。每个有良心的中国人都似乎觉得，自己也是一面鼓，在应和着秋俭几人擂动的巨鼓鼓声一起共鸣！一旁的八面日本太鼓也跟着嗡嗡共鸣。同时，木架上的净瓶开始纷纷坠落，顷刻间已经掉落了二十余个，啪啪声不断，净瓶坠地摔得粉碎。

慢慢地，在场全体中国人突然沸腾了，他们有的热泪盈眶，有的挥动手臂，一齐自豪地应着鼓声大声叫喊，压抑了许久的心在这一刻彻底释放！

鼓声越来越强劲，净瓶坠落的数量也越来越多，眼看就要超过日本人所震落的数目了，突然，一件意想不到的事情发生了！

秋俭正使出浑身力量擂鼓的时刻，他右手的鼓槌突然咔的一声断裂开来，猛地折成两截，上边一截直飞到天上！

秋俭突遇这种情况也是心中大惊，但他马上冷静下来，因为他从老百姓的呼喊声中听出，自己一方震落的净瓶数已经马上就要超过日本人的数量了。

他把手里断了的那截鼓槌迅速扔掉，用左手的鼓槌继续用力单击鼓面！

七个伙伴也从慌乱中迅速调整过来，加大擂鼓力度，弥补秋俭失去的那半份力道。

净瓶又开始继续坠落，数目已经超过七十个了！

没想到事情并没有结束，新的危机紧跟着到来！突然，秋俭左手的鼓槌也咔的一声断掉，转眼间，秋俭手里已经没有了鼓槌！

所有人被这接连发生的变故惊呆了，眼睁睁看着双手空空的秋俭愣在原地！

那七个擂鼓的伙伴一下就慌了，鼓声也弱了下来，不知如何继续！

正犹豫间，突然秋俭大喊一声："不要停！"然后他竟然挥起拳头擂起鼓来！

全场老百姓先是一愣，接着欢呼叫好声大作！他们都为秋俭感到钦佩和激动！

秋俭的双拳随着节奏上下舞动，用力敲打着绷得像石头一样坚硬的鼓面。只擂了十来下，鼓面已经沾上斑斑血迹，大家一看，秋俭的双拳已经被震出鲜血！

鲜血越来越多，飞溅到鼓面上和几个人的身上，斑斑点点地落在几人的白色丧服上，像雪中红梅一样惊艳绽放！

玉灵看到秋俭每次扬手就会有鲜血甩出，不禁心疼得流下眼泪，盼着比赛立刻结束。

秋俭狠狠咬着牙，用力拿拳头擂鼓，木架上的净瓶已经震落得只剩十个了。

老百姓欢呼起来，纷纷大喊："赢了！我们赢了！不要再敲了，够了！够了！"

浑身溅满鲜血的秋俭却没有停，他似乎把满腔悲愤都发泄到鼓声里！

嗵！嗵！嗵！嗵！嗵！嗵！

到了最后，鼓声已经没有了漂亮的鼓点，只剩下简单的用力擂动，一下跟着一下，但这种单调的鼓声反而让所有中国人激动不已，他们也跟着鼓声一起吼喊！

嗵！嗵！嗵！嗵！嗵！嗵！

嘿！嘿！嘿！嘿！嘿！嘿！

这是愤怒而畅快的合唱！

是不愿做亡国奴的中国人的心底之声！

这声音回荡在钟鼓楼的广场！

回荡在北京冰冷晴澈的天空！

回荡在万里长城内外！

回荡在长江黄河岸边！

回荡在中国每一寸土地上！

鼓楼墙壁前木架上的净瓶已经都被震落。看到中国人兴奋的样子，小野康正无奈地摇摇头，起身迅速离开会场。

赵德魁见小野康正离开，想去追赶又无法脱身，因为场面有些无法控制了，全体中国人随着鼓声喊叫，群情激奋，欲罢不能。他气急败坏地跑到巨鼓前，叫道："别敲了！别敲了！你们输了还敲什么敲！"

秋俭停下手，问道："输了？我们怎么会输了？你看，我们把一百零八个净瓶都震落了。"

赵德魁把手叉在腰间："你用手敲鼓，违反了比赛规则，震落的瓶子不算！今天这场比赛日本太鼓赢了！"

秋俭哈哈大笑："你看看四周，像日本人赢了的样子吗？"

所有中国人都围到大鼓前，纷纷说道："是日本人输了！我们中国人赢了！"

赵德魁见人越来越多，自己已经被围到了中间，一怒之下拔出手枪向天鸣枪，砰的一声脆响，人们纷纷后闪，伪军和警察听到枪声迅速挤了进来。

赵德魁嚷嚷道："秋俭，你敢聚众闹事，你想造反是吗？来人！把他们鼓坊所有人都抓起来！一个都不能放掉！"

那些军警一起持枪把鼓坊所有人团团围住。

他这样一下命令，在场的老百姓不干了，都一起围上来质问赵德魁为什么抓人。

赵德魁指着几个言语激烈的人喊道："把这几个也抓起来，奶奶的！"

秋俭上前挡在那几人身前，对赵德魁道："跟他们没关系，要抓抓我吧。"

赵德魁恨极了秋俭，手一挥："绑起来！"

几个伪军刚要上前，突然有人喊了声："慢！"

大家回头一看，原来是肖野。

赵德魁赶忙满脸堆笑："小野先生，您还没走？"

肖野没回答，一指秋俭问："为什么抓他？"

"他输了比赛，气急败坏，煽动老百姓闹事。"

"输了比赛？明明是我们太鼓输了，为什么说他们输了？"

"这个姓秋的破坏比赛规则，用拳头擂鼓，所以结果无效。"

肖野摇摇头："不！这场比赛的确是我们太鼓输了，他们赢在鼓声，赢在顽强的精神，我们自愧不如。"

赵德魁为难了，不知如何去办，一旁的老百姓借机一起高喊："放人！放人！放人！"

赵德魁无奈，低声对身边的副官道："放人！收队！"说完向肖野赔笑道："小野先生，今天我有幸聆听大和民族的太鼓之声，很是折服，希望以后能有机会，再听到如此动听的鼓声。虽然按规则，咱们日本太鼓败了，可大家都可以证明，咱们太鼓是无冕之王！无冕之王！"

肖野惭愧一笑："请赵师长带走警卫军队，今天是你们中国的春节，让老百姓快乐地过节吧。"

赵德魁连连点头，狠狠地看了秋俭一眼，在老百姓的欢呼声里带着队伍匆匆离去。

秋俭对肖野点头致谢，道："肖野，谢谢你。"

肖野看看秋俭满是鲜血的双手，满眼都是敬佩："秋俭兄，我似乎明白了我们输在了什么地方。好了，你们尽情庆祝胜利吧，我回去了。"

秋俭点点头，看了眼周围欢乐的老百姓，对肖野意味深长地道："这只是一场鼓赛的胜利，不足为道，我们中国人真正的胜利还没到来。"

当晚，南郊孙记鼓坊在废墟旁燃起篝火，大摆盛宴庆祝鼓赛的胜利，孙凤臣特意派人接来韩啸亭父女一起庆祝。

韩啸亭的病情似乎好了许多，他也为这次胜利而欢欣。

宴会前，所有人聚在顾秉轩的灵位前，告慰顾秉轩在天之灵，中国人的大鼓赢了这场比赛！

玉灵眼泪滚滚而落，对着父亲的灵位道："爸，您安心瞑目吧！我们中国大鼓赢了！我们心里的鼓依然能敲响，能共鸣！您在天之灵保佑，我们中国人能早日把日本人赶出中国，让我们能过上安心的好日子。"

在场的所有人都流下眼泪。

孙凤臣走上前，大声喊道："擂鼓三通！给顾先生灵位敬酒！"

皮爷依然一身丧服，走到巨鼓跟前，一脸沉肃的表情拿起鼓槌开始擂鼓，激忿如诉的隆隆鼓声中，鼓坊所有人轮番上前给顾秉轩的灵位敬酒。

鼓响三通，酒敬三轮，顾秉轩灵前的烛火微微闪动，火盆里燃尽的纸灰随风卷扬飘起，直飞到被篝火映红的夜空中。

玉灵站到父亲灵前，向着所有人大声说道：“在场的大爷叔叔、兄弟姐妹们，鼓赛已赢，我父亲在天之灵也已经瞑目，我也要兑现我的誓言，就在今晚，在我父母面前，在你们面前，我宣布，灵堂就是喜堂，我要嫁给秋俭哥！”

大家听到这个消息，无不欢喜高兴，不禁欢呼起来！

秋俭也是一愣，心里不知是喜是悲，眼眶不觉中湿润了，他看着一袭白衣的玉灵，觉得她今晚是那么端庄清秀，漂亮美丽。

孙凤臣高兴地道：“好！我想顾先生此刻也会很开心！灵堂做喜堂，那么我们就即刻拜堂成亲！”

大家又是一阵欢呼。

皮爷赶忙招呼大家抬上桌椅，会吹奏唢呐的几个伙计也吹起结婚鼓乐，齐兰翠含着眼泪坐在丈夫灵前，接受秋俭和玉灵的参拜。一时间，鼓坊废墟上欢声笑语响成一片。

最后皮爷喊道：“夫妻交拜，送入洞房！”声音刚落，一个伙计喊道：“秋俭的屋子都给烧没了，连个床都没有，怎么入洞房啊？”

大家哈哈大笑。

齐兰翠赶紧道：“没事没事，要不直接结到我家吧。”

有人打趣地喊道：“顾婶，那不行，把洞房设在你家，就是玉灵招上门女婿了，不对啊！”

齐兰翠连连道：“那又怎么了，上门女婿就上门女婿，反正是我的姑爷就好！”

大家一起大笑。

孙凤臣一旁道：“鼓坊还有几间屋子没被烧毁，不如先当洞房吧，等开春再给他们小两口盖新房。”

一个伙计坏笑道：“不行啊掌柜的，那屋里啥都没有，入洞房这事，怎么也得有张床才行啊，要不两人怎么睡觉啊？你们说是不是啊？”

“哈哈哈哈哈哈！是！说得没错！”大家哄堂大笑，一起应茬儿。玉灵听到后，羞得满脸通红，一下就把头扎在身旁韩盈袖的怀里。

孙凤臣为难了，鼓坊大火，确实连张完整的床也没有，自己都是暂住在玉灵家里，他也没了办法：“这……这可怎么办？”

“孙伯伯！”脸若红霞的玉灵抬头说道：“那里不是有现成的婚床嘛。”说完她一指那面巨鼓。

孙凤臣恍然大悟，连连说道："好好好！就拿那面巨鼓当婚床！来人，赶紧去收拾洞房，把鼓抬进去！"

皮爷看洞房有了，立刻大喊："天地为证，大鼓为床，夫妻美满，送入洞房，礼成！"

洞房里，红烛微摇，地上的两个炭盆把屋里烘得异常温暖，红红的炭火和巨鼓把四周映得通红一片，给简单的洞房增添了别样的喜气。

玉灵就着红烛的光，仔细地给丈夫秋俭的双手换药。她晶莹的眼眸跳跃着烛火的微光，脸颊也被屋里的热气熏得微红，十分美艳可人。秋俭深情地看着漂亮的妻子，心里充满踏实的喜悦。

玉灵给秋俭的双手包扎完毕，靠在秋俭怀里，轻轻地道："秋俭哥，我们一定要好好地在一起，不要分离。姐姐走了，爸爸去世了，我不愿再失去你，以后你去哪儿，我就去哪儿，我们开心地过日子。"

秋俭抚摸着玉灵的头发："好！一定！你放心，我会去找回玉瑛，会找出杀害咱爸的凶手，让你过上舒心踏实的生活。"

说完他像是想起什么，伸手入怀从脖子上摘下一物放在玉灵手心，玉灵低头一看，是那块"玉蛤蟆"，这块美玉在红红的烛火光亮中散发着别样的绚丽光辉。

秋俭把"玉蛤蟆"戴到玉灵的脖子上，轻声道："这块玉虽然价值连城，但在我眼里它就是一块普通的石头，我并不想占有它。但咱爸生前特意嘱咐过我，一定要好好保护它，因为它的意义十分重大，一旦落入尘世被有野心的人占有，就会酿成特别大的灾害。所以，我们的任务是看管它，而不是拥有它，有朝一日天下太平了，我也会把它放到它应该存放的地方。"

玉灵点点头："既然它会带来灾害，为什么不把它丢掉，丢到深山或大海里？"

秋俭摇摇头，轻轻道："不，它是国家瑰宝，是属于全体中国人的财产，就像大鼓一样，我们中华民族的文化传承和人文精气都在它身上，我们没有权力销毁它，只能尽最大能力看护它。"

玉灵点点头，仔细地把"玉蛤蟆"贴身戴好，看了一眼屋中通红的巨鼓，不禁脸上一红，低声道："秋俭哥，夜深了，我们……"话到最后，羞得声音已经几不可闻。

秋俭也是脸上一红，轻轻地吻了玉灵的额头一下，拉着她的手，一起走向巨鼓，这是他们幸福的婚床。

接下来几天，孙凤臣带领大家埋葬了顾秉轩，办完后事，又开始清理鼓坊废墟，准备天暖之后重新建造所有房屋。

这一天，大家正有条不紊地在废墟上忙碌着，突然赵德魁带着一队伪军来到鼓坊，他一脸阴狠地大声喊道："包围鼓坊，不要放走任何人！"

伪军们端着步枪分头散开，把鼓坊包围。

孙凤臣一愣，赶忙跑到赵德魁面前，问："赵师长，你这又是要干什么？"

赵德魁不回答，问："秋俭在哪里？"

"我在这儿！"秋俭走到赵德魁面前。

赵德魁往后退了一步，向手下一努嘴："绑起来！"

三个伪军一起把秋俭押住，秋俭反抗道："为什么绑我？"

赵德魁回答："据可靠证据，你窝藏过中国军人，我必须把你带回去审问。"

秋俭道："证据呢，你说清楚喽！"

赵德魁抽出手枪："证据在我的军部，回去你就知道了。你再反抗，我现在就开枪打死你！"

秋俭怒道："好，我倒要看看你能有什么证据！"说完不再挣扎，任由伪军绑住。

孙凤臣赶忙道："赵师长，你这样无缘无故地抓人，凭什么！真要有证据，为何不在这里告诉我们！秋俭是我的伙计，真要有事也跟他没关系，我是掌柜的，要抓抓我！"

赵德魁阴险一笑："还真让你说对了，我今天不光抓他，你也跑不了。"他眼睛一瞪，"来人，把孙凤臣也绑起来，一起带走！"

第二十章　击鼓骂曹

秋俭和孙凤臣被抓到北平警备监狱，到了里边就被毒打了一顿。过了两天，两人被提出牢房，狱警说，赵德魁要亲自审问他们。

两人被带到审讯室时，赵德魁已经在里边坐着了。他抽着烟，一脸阴狠地看着秋俭和孙凤臣，声音低沉地问："怎么样，皮鞭子的滋味好受吗？"

两人瞪视着赵德魁，不发一言。

赵德魁点点头："好！骨头够硬！告诉你们，我做事一向光明正大，从不冤枉人。我抓你们进来，确实是因为你们犯了大罪！"

秋俭冷冷一笑："能说说我们到底犯了什么罪吗？"

"你们犯的罪可大了！"赵德魁把烟卷扔掉，站起身走到秋俭面前，语气加重，"你们犯了通敌罪！"

秋俭轻蔑一笑："通敌罪？怎么个通敌罪？"

"你们鼓坊偷偷窝藏中国军人，并资助中国军队和我们皇军作对！"

"我们根本不认识中国军队里的人，何来资助？"

赵德魁嘿嘿冷笑，转身从墙角拿出一片鼓皮："你们看看，这鼓皮上的烫字可是你们鼓坊的？"

秋俭低头一看，那片鼓皮破烂不堪，已经被烧焦一大块，边沿完好的地方确实有孙记鼓坊的烫记。他点点头："是我们鼓坊的，但这怎么了？我们鼓坊每年卖往各地的大鼓成百上千，这一片鼓皮怎么能证明我们通敌和资助中国军队呢？"

赵德魁把鼓皮扔到桌上，瞪视着秋俭："你不用跟我狡辩了。告诉你，半个月前，我们一路日本军队在山西离石伏击一队中国军队残部时，那队中国军队竟然擂起大鼓来催动士兵冲杀突围，我们皇军用迫击炮炸到了这个擂鼓队，但还是让他们突围逃脱了。不过我们在清理战场时发现炸烂的一个破鼓，细看上边的烫记是你们鼓坊的鼓。接着我们的卧底告诉我们，这个中国军队的军官不止一次提到，他就是藏在你们鼓坊大鼓里逃出北京的。"

秋俭听到此处，知道那个军官应该说的就是吴昌毅，听到他已经平安地找到队伍并立刻投身抗日斗争中，不禁心里暗喜。

他不想再辩解，看着赵德魁道："好，我承认是我帮助那个人逃跑的，但这跟我们鼓坊没有一点关系，你关押治罪只管对我一人来，和我们孙掌柜没有关系。"

赵德魁赞道："好，讲义气！孙掌柜可以放，但有个条件。"

秋俭问："什么条件？"

赵德魁看了一眼孙凤臣："你们得交出《孙记制鼓技要》！"

秋俭一愣，他是第一次听说这个名字，也不知道是什么东西，不由得看向孙凤臣。

孙凤臣心下大骇，不知道赵德魁是怎么知道自家这本秘籍名字的，因为全鼓坊只有自己和皮爷知道有这本书，如果再有另外一个人知道，那只能是自己儿子孙广文了。想到自家西厢房那空空如也的密室，他不禁暗自庆幸初一那天自己及时拿回了这本祖传制鼓秘籍。想到这，他坦然地摇摇头："这本书已经丢失多年，我也不知道它现在何处。"

赵德魁哈哈大笑："孙掌柜，你不要再嘴硬了，我既然能叫出它的名字，就肯定知道它就在你的手里，赶紧交给我，我就放了你！"

孙凤臣依然摇头："丢了，丢了很久了。"

赵德魁眼睛一瞪："看来我只能想办法帮着你说出来了！好，那就来着！"他回头喊道："来人！好好伺候孙掌柜！"

两个壮汉上前拖起孙凤臣就拉出审讯室，秋俭急了，大叫："赵德魁，你放了孙掌柜，有种你冲我来！"

赵德魁大笑："好！那就一起！来人，把他也拉过去，一起打！"

秋俭和孙凤臣又被毒打了一顿，但赵德魁还是没有问出《孙记制鼓技要》的下落，他见二人都晕了过去，只好吩咐先用凉水泼醒带回牢房，改天再审。

他郁闷地回到自己的军部，鼓槌已经等在那里。

见赵德魁回来，鼓槌马上上前接过赵德魁脱下的衣帽，赔笑问道："赵师长，怎么样，孙凤臣交出技要没？"

"交出个屁！我把他的皮都抽烂了也没问出来！都他妈赖你，打包票说技要就在他家密室里，我才拍着胸脯跟小野太君说，等他从天津回来就把孙家的《孙记制鼓技要》献给他。可我派了影子飞偷偷下到密室，连个书毛都没有！"

"不可能啊！我那回和孙广文一起下到密室，明明看到技要就在密室的那个铁柜里，连锁都没锁。"

"如果不是孙凤臣拿走的，那肯定是他儿子拿走的，看来我得把这孙广文抓回来审问。"

鼓槌连连摇头："肯定不是他。这孙广文我太了解了，他不可能藏起技要，他家密室藏的那些古玩字画都是我帮着卖出去的，他根本就没把那本技要放在心上，我要是跟他说拿去当擦屁股的纸，他肯定想都不想就扔给我。"

赵德魁听到鼓槌这么说，心里的火气立刻上来了："你现在给我找孙广文问去，不管直接问还是绕着弯问，你都要给我问出个下落，真要当擦屁股的纸给用了，你也给我洗干净熨平了拿回来！"

浑身是伤的孙凤臣和秋俭先后醒来，从牢房的铁窗看去，已经是深夜了。

两人浑身是血，衣服也都被抽烂了，牢房里冷若冰窖，牢外走廊灯光昏暗，一个背枪的狱警不时地来回走动。

孙凤臣用微弱的声音问："秋俭，你怎么样？"

秋俭爬到孙凤臣身边："没事，我身体壮。孙伯伯，您呢？"

孙凤臣微微一笑："我离死还远呢。"他看看铁栏外的动静，低声道："秋俭，我就算死了，也不会把技要给赵德魁的。孩子，如果你能活着出去，就到鼓坊牛棚外的老石碑下拿出技要，好好保存。其实上边也没有什么秘密了，该教的我都教你了。就是后边有一些鼓腔花纹的镟刻要诀，我还没教你。你也知道，咱们家做的大鼓之所以声音这么浑厚沉雄，最重要的制作步骤就是在鼓腔里镟刻花纹，而且每个鼓的花纹都不一样。我会根据每个鼓的特点，决定花纹的多少、深浅和角度，甚至连咱们做的拨浪鼓也不凑合。花纹的大小、深浅和角度，决定它吃的杂音多少，只要花纹镟刻合适，鼓腔共鸣时杂音就会降到最低，而鼓声会随之更加巨大和浑厚。"

秋俭仔细听着，脑里联想着平时孙凤臣在屋里给每个大鼓鼓腔镟刻花纹的样子。

孙凤臣接着道："你出去以后，一定带着技要去山西柳林榆树镇一趟，我的堂叔孙润久就住在那里，村里人都叫他孙老鼓。你找到他，好好跟他学习一下鼓腔镟刻花纹这个技术。他的技术比我要精，你要是对技要里所载内容有疑问，他都能给你讲解。"

秋俭点点头："可这是孙家的技术，应该广文学啊。"

孙凤臣一脸无奈，苦笑道："广文？唉，我就不指望他了。这孩子被我们从小娇惯坏了，根本没有心思学习做鼓。老宅有个密室，里边都是我这几十年收藏的古玩字画，我那天去了一看，都让广文这畜生拿走了。可总算万幸，那本技要他倒是没动。"

"孙伯伯，我是和广文一起长大的，他确实不爱学习做鼓，但他本性不坏，等我出去了一定找到他，然后找回玉瑛，让他们踏实过日子。我也会像亲哥哥一样，照顾他一辈子的。”

孙凤臣感激地点点头：“秋俭，好孩子，我当年没看错你！”

第二天下午，牢房门外突然传来一阵脚步声，一个人来到牢门前，轻声叫道：“秋俭。”

秋俭坐起一看，原来是田子钧。他忍着疼痛起身来到牢门前：“子钧，你怎么来了？”

田子钧关切地打量了秋俭一下，又看了一眼昏睡的孙凤臣，道：“是皮爷告诉我的，我就赶紧过来了。我刚才也见过赵德魁了，他还是不肯放你们，你先委屈一下，这事我再想办法。我春节陪父亲回山东老家了，没想到走的这段时间发生了这么多事。鼓坊着火，赛鼓，还有你结婚和被赵德魁抓起来，皮爷都和我说了，真是有喜有忧啊。”

秋俭点点头：“是，现在最要紧的是把孙伯伯救出去，他岁数大了，经不起折腾了。”

田子钧看了一眼牢里的孙凤臣：“好，我这就去想办法。”说完又叮嘱了几句，匆匆离去。

赵德魁这两天已经无心顾及秋俭和孙凤臣二人了，因为小野康正回来后，兴致勃勃地和他谈起在天津看的一场京剧，他在看完之后，一下子就喜欢上中国这门精彩纷呈的艺术了。他随后问赵德魁，北京是否有京剧名家的演出值得一看。赵德魁马上就想到了韩啸亭。他是不会放过这个巴结小野康正的好机会的，想想正好正月十五是自己的生日，所以他立刻决定要大办这次生日宴会，然后请小野康正参加。现在当务之急，是必须上门把韩啸亭叫来给自己的生日宴会演出。

他知道韩啸亭是把硬骨头，所以也懒得再装客气。他心里知道，只要自己手里有枪，所有人都会屈服从命的，所以他直接带了一队士兵，荷枪实弹地直接闯入韩啸亭家里。

到了韩啸亭家，他愣住了，只见韩啸亭正在招呼客人。客人们都是来给他拜年的，客厅里除了十来个徒弟，剩下的都是京城梨园界的名家。

见赵德魁突然闯入，大家也都愣了，见他气势汹汹的样子，不知有何用意。

赵德魁见客厅人多，自己带兵进入有些突兀，当下赶紧让一起窜进来的士兵退下，强挤出笑脸道：“啊，这么多人都在。韩老板，我给你拜年了，几位，你们也过年好！”

因为赵德魁是京剧迷，痴迷京剧很多年，平时经常出入京城各大戏院，所以屋里的人都认识他，见他拱手拜年，也只好纷纷作揖还礼。

韩啸亭冷冷地道："赵师长，你大过年的来寒舍有何贵干？我这里都是同行朋友，你若没事，请改日再来。"

这话一出，赵德魁心里已经火冒三丈，但当着这一屋人，他又不能发作，只好强笑道："哦，我来肯定是有事。"

韩啸亭傲然道："有事请说，要抓我，随时奉陪。"

一屋人听韩啸亭这么说话，都暗暗为他捏把汗，一旁的韩盈袖赶忙来到父亲身边，眼中露出惊恐神色，看着赵德魁。

赵德魁哈哈大笑："韩老板太会开玩笑了！我们是朋友，怎么会来抓你！我今天来，是请韩老板出山的，因为正月十五是我的生日，我想大办一次宴会，请一些日本朋友和政府官员来参加，因为我们小野康正大佐点名要看你的戏，我就赶紧来请你了。"

韩啸亭冷冷一笑："对不起，我身上的伤还没痊愈，没法唱戏，赵师长还是请回吧，我和这帮朋友还有话说。"

赵德魁眼露凶光："韩啸亭，你别给脸不兜着！这次宴会，你必须得演，哪怕演一段，你也得演！"

韩啸亭一脸傲气："这件事，恕难从命！"

赵德魁急了，喊道："你个臭唱戏的，看来监狱的滋味你还没尝够啊，信不信我把你再抓回去！"

"我信，你随时可以把我抓走。"

赵德魁大声喊道："来人，把韩啸亭绑起来！"

两个士兵跑进来，架住韩啸亭。

韩盈袖死死抱住韩啸亭，大声哭道："爸！爸！"

这时宾客里出来一人，是北京著名的京剧名家冯连世，他走到赵德魁面前赔笑道："赵师长，不必动怒。大过年的，又都是梨园故交，没必要抓人吧，您消消气，放了韩老板。您看，韩老板身体确实未愈，要不这样，您的生日宴会，我带几个同行过去替韩老板演，可好？"

"不好！"赵德魁眼一挑，"我就要韩啸亭给我演。不答应，我今天就把他带走，回去先让他和我的皮鞭子唱一出《阳平关》！"

冯连世僵住了，连连摇头叹气，黯然退下。

韩啸亭冷笑道："我就是死在狱里，也不会唱你这次戏的。赵德魁，你把我抓走吧！"

赵德魁点头道："行，那我就把你抓走，正好到里边和孙凤臣、秋俭两人做个伴！"

韩啸亭一愣："啊！你把他们抓起来了？为什么？"

“为什么？就因为他们和你一样，和我作对，和日本人作对！”

韩啸亭气得浑身直颤，突然脸色一白，一口血吐到了地上，他指着赵德魁道：“你……你……你也配做中国人？”

赵德魁哈哈大笑：“中国人我都当腻了，我马上就是日本人了。哈哈，正月十五，我就让你们看看我的日本太太。虽然不如韩小姐漂亮，但是是小野大佐亲自证婚娶过来的，比中国娘们儿洋气得多。”说完他色眯眯地看了韩盈袖一眼。

“汉奸！走狗！畜生！”韩啸亭气得浑身直哆嗦，大声骂道。

赵德魁冷笑：“骂！敞开了骂！骂完就去和孙凤臣、秋俭做伴！”

韩啸亭听到此处，身体一软，猛然瘫坐在地。韩盈袖赶忙抱住父亲，韩啸亭喘着微弱的气息，眼睛发直，沉默了。

过了片刻，他眼中突然光芒闪过，低声道：“好，我答应你，我演这出戏。”

赵德魁惊喜万分：“这就对了嘛，你只要好好演，小野大佐开心了，以后你有的是戏演，有的是钱挣。如果你听话，我会向日本人替你美言几句，推荐你为亲日榜样，让你代表中国梨园行去日本演出，让我们没来中国的日本人看看，中国京剧艺术是多么名不虚传。”

韩啸亭摇摇头：“正月十五，我会去演出，但只求你一件事。”

“好好好，只要你演，一千件事我都答应你。”

韩啸亭道：“我演戏，你得放了孙掌柜和秋俭。”

赵德魁想都没想：“好，我答应你。只要你演，我立刻放人！”

韩啸亭看看周围的梨园同行，道：“这么多人在场，你不要出尔反尔。还有，演出那天，我要亲眼看到他俩被释放，我才演。”

“可以，怎么都可以。这么多人作证呢，我不会说话不算话的，正月十五，你见到他们再演戏，我答应你。”

韩啸亭点点头：“好，还有，戏目得我定，我这身体已经来不了整场了，我要是累得在台上吐血，你也会觉得晦气。”

“那当然，我这就叫京城最好的医生给你看病，只要我生日那天你精神抖擞地给日本人唱一回戏，什么条件我都答应你。”

“好！只要你信守诺言，演出当天放了孙掌柜和秋俭，让我看到本人，我会给你唱出精彩的大戏！”

赵德魁高兴得直搓手：“好！韩老板仗义！一言为定！”

农历正月十五，元宵节。赵德魁的家里热闹异常，北京伪政府的主要官员和汉奸都来给他庆贺生日。这么重要的场合自然少不了日本人，在北平驻守的日本军界官员和日本商人纷纷到来，并坐了主位。赵德魁特意穿了一身日本和服，带着自己新娶的日本太太，一脸得意地在大门前迎来送往，鞠躬敬礼。因为日本军官商人很多，他特意派了一个连的伪军负责警卫工作，并在大门口挂满了花灯并燃放焰火爆竹，演出之前，又找来十多支秧歌花会表演助兴，陪着日本人一起观看。

酒过三巡，赵德魁向坐在主位上的小野康正笑道："小野大佐，知道您最近喜欢上了京剧，所以我今天特意请来北平最有名气的京剧大师韩啸亭，让他表演给您助兴。他此刻正在后台化妆，一会儿就让他给您和所有的日本朋友表演一出好戏。"

小野康正十分惊喜："太好了！我在东北就听过韩啸亭的名字，今天可以听到他的演唱，我很开心。"

赵德魁道："小野大佐要是喜欢，我一会儿让他多唱几段，您会十分满意的。"说完他起身微微鞠躬："我去催催他，马上回来。"

赵德魁来到临时作为化妆间的屋子，进门一看，韩啸亭已经把脸画好，红绸戏裤和高底戏靴已经穿好，正在独自发愣。

赵德魁道："韩老板，你还等什么呢？赶紧准备一下开始吧，日本人等急了。"

韩啸亭抬眼看了看赵德魁，问："你事先答应放了孙掌柜和秋俭，他们人呢？我要见到他们才开唱。"

赵德魁一脸厌烦："他们衣服破烂、鼻青脸肿的，我怕吓到日本朋友，所以让手下关押在后院了。你踏踏实实好好演，演完我绝对放人。"

韩啸亭固执道："不见到人，我不演。"

赵德魁恶狠狠地盯了韩啸亭一眼："好，那你等着！"语气里都是愤恨。

他出门吩咐手下把孙凤臣和秋俭带过来，并叮嘱不要让日本人看到，以免吓到日本朋友。

不一会儿，一身是血的孙凤臣和秋俭被带到化妆间，见到二人，韩啸亭马上迎上去，眼中都是关切："孙掌柜，秋俭，你们没事吧？"

孙凤臣嘴唇已肿，说话已经模糊："我们没事，韩老板，难为你了。"

赵德魁一旁不耐烦地道："是韩老板保你们出来的，别在这里添乱了，赶紧走！"

秋俭冷冷地看了他一眼，问："赵德魁，你是不是又威胁韩老板了？"

赵德魁一直就害怕秋俭，听他语气不善，眼神凶猛，赶紧往后退了两步，并对看押的士兵使了个眼色，那两个士兵一挺手里的"盒子炮"，厉声道："不许动！"

韩啸亭见秋俭眼里满是杀气，恐怕他做出不冷静的行动，破坏自己搭救他们的计划，便赶忙道："秋俭，不要乱来，这次演出是我自愿的。"

赵德魁也不想得罪秋俭太深，被秋俭的大钢刀架在脖子上的滋味确实不好受，所以他赶忙道："对，韩老板本来就是自愿演出的，你们想回家就回家，想看戏就外边等着。"

韩啸亭一旁道："你们都出去吧，我这就穿上行头，五分钟后，我叫板上台，演一场我这辈子最精彩的好戏！"

"好好好！"赵德魁大喜，"我们这就出去，你就等我们的碰头彩吧！可……"他左右一看："怎么没见锣鼓乐师啊？"

韩啸亭傲气地一笑："赵师长，乐师们都在过节，我没好意思打扰他们，今晚我一人清唱，但绝对会卖力气，让你这个生日过得与众不同。"

赵德魁高兴地道："好好好，韩老板就算清唱也会声飘十里，这个我信。"说完他兴冲冲地出去了，接着，听到他在外边大声告诉所有宾客，京剧大师韩啸亭马上出场演出，给自己的生日助兴。话音一落，满屋都是叫好声。

孙凤臣看了一眼韩啸亭，安慰道："韩老板，您受委屈了。"

韩啸亭一笑："孙掌柜，我们唱戏的人，天生命贱，但骨头硬，一辈子就盼着演一场让自己满意的戏，我今天就盼到这个机会了。您和秋俭外边等着，保证您看得痛快，擎好儿吧您就！"

赵德魁陪着小野康正坐在主位，和所有人一起等韩啸亭上场，五分钟后，就在大家议论喧哗之时，戏台上场门后传来韩啸亭一声念白叫板，声音如裂锦般洪亮高亢："韩啸亭来也……"

这一声喊出，全场立刻鸦雀无声，大家纳闷，韩啸亭演戏，为什么要喊出自己的名号上场，但这一嗓子确实腔味悠扬，所有人禁不住一起喊了个碰头彩："好！"

接着，只见韩啸亭身穿一身黑色戏服，抬着一面堂鼓从容上场，迈步来到赵德魁桌前不远处。他把堂鼓放好，一脸正色，用西皮快板的韵调唱道：

下席坐了汉奸赵，
上席倭寇众狼獠。
狗贼传令如山倒，
舍死忘生在今朝。
上元节与贼个不祥兆，
痛快淋漓耍耍汉奸巢。
我把青衣来脱掉……

唱到此处，韩啸亭把戏服上衣猛地脱下，光着上身继续唱道：

破鞋褴衫击鼓骂赵！

唱完冷笑着看了赵德魁一眼，走到花盆堂鼓前，拿起鼓槌。

在座的人有很多都是戏迷，都听出这是韩啸亭拿手的名戏《击鼓骂曹》，但戏词一上来就被他改得面目全非，简直就是在指着鼻子大骂赵德魁。

赵德魁听完韩啸亭所唱的这一段“戏词”后大怒，猛地站起就要上前阻止韩啸亭，一旁的小野康正却把他拉着坐下，低声道：“不要挡着我看戏，我要听他敲鼓。”

小野康正刚刚迷上京剧，他以为韩啸亭当众脱衣也许是戏里的剧情，更不知道戏词已改。

赵德魁强压怒火，不想扰了小野康正的兴致，只好瞪视着韩啸亭，勉强坐下。

小野康正在日本就是制鼓家族，他和儿子肖野一样，喜欢一切和鼓有关的东西。他见韩啸亭光着上身站到堂鼓前，以为这会是一场精彩的擂鼓配戏表演，便目不转睛地等待着。

在场所有人见赵德魁已经动怒，而韩啸亭是在以死的代价来羞辱赵德魁，他的下场可想而知。这种鱼死网破的方式，也许下一秒就会出人命，所以都吓得不敢说话，只有那些不懂戏的日本人还在兴致勃勃地等着看精彩大戏。

韩啸亭手拿鼓槌，看了眼所有人，用西皮摇板的韵调清唱道：

汉奸今日难猖狂，
舍死击鼓怒满腔。
即使鼓罢闻枪死，
亦学祢衡自担当！
鼓打一通天地响，
鼓打二通胆气扬。
鼓打三通骂奸党，
鼓不停歇慨而慷。
鼓发如雷千声响，
管教你奸贼死无下场！

唱完后，他用鼓槌双击两侧鼓沿……

咔！咔咔！

接着从容地摇晃双臂击向鼓面……

咚咚！咚咚！咚咚咚咚咚咚咚咚咚咚咚……

鼓声由慢到快，鼓槌由鼓面外沿慢慢击向鼓心，紧接着一停。

咚！咚咚！

咔！咔咔！

咚咚咚咚咚咚咚咚咚咚……

韩啸亭已经把生死置之度外了，当下把《击鼓骂曹》里边的那段鼓曲曲牌《夜深沉》从容敲出，鼓声悠扬，时而低沉时而亢振，低沉时如少女哭诉，亢振时如英雄笑骂，鼓槌急缓，时而紧张时而松弛，紧迫时如烈马脱缰，松弛时如婴儿熟睡，鼓声在客厅跳跃回荡，让听者无不动容。到了最后，韩啸亭已经把鼓槌敲得飞快，鼓声如珍珠落玉盘一样清脆昂扬而急促，鼓声里的忧忿与愤怒直撼人心！

到了最后，韩啸亭用力地把鼓擂动三声："咚！咚！咚！"

演出到此停止。

听鼓声停住，小野康正情不自禁地站起鼓掌，同一时刻，韩啸亭却把鼓槌扔到地上，猛地抬起堂鼓向赵德魁和小野康正砸去！

全场人都是一惊，只见那堂鼓黑影一晃，砰的一声就砸在赵德魁和小野康正面前的桌上，桌上的酒菜被砸得翻溅起来。

赵德魁大怒，凶相毕露，掏出身边侍卫的手枪就向韩啸亭开了一枪。

砰！

随着枪响，韩啸亭一捂胸口，仰面倒地。

紧接着，二楼房脊处突然又响起枪声。

砰！砰！

子弹直接打向小野康正，第一枪正打中他的肩膀，第二枪打到了他面前桌上的堂鼓上。

"有刺客！"一个士兵大喊了一声，端枪向屋脊处还击。

一下子枪声大作，宴会会场也跟着大乱，尖叫声、叫骂声、哭号声和枪声混杂在一起，所有人纷纷离座，不顾一切地跳窜奔逃，乱作一团。

第二十一章　深监遗恨

孙凤臣和秋俭见韩啸亭中枪倒地，马上跑了过去。此时，那屋脊上的刺客已经跳下，躲在一个木柜后和围上来的军警开枪对射，整个大堂已经狼藉一片，宾客也都跑光了，赵德魁和手下一起掩护着受伤的小野康正逃向后院。

孙凤臣搂着奄奄一息的韩啸亭，大声叫着他的名字，韩啸亭胸口中枪，眼看生命就要到了尽头。

枪声持续不断，那刺客也被枪火包围，还击的次数明显见少，稍一露头就会招来数发子弹的射击。孙凤臣看到后，对秋俭大喊："秋俭，去帮那个人，韩老板这里有我！"

秋俭关切地看了一眼韩啸亭，举起身边的一张桌子，直接砸向那几个军警。那几个军警赶忙回头向秋俭开枪，秋俭一个跳跃灵巧地躲开了。那刺客见势赶忙从后面射击，又打死两个军警。秋俭又举起一张桌子挡在自己身前直冲向剩下的军警们，那几个军警慌忙开枪，但子弹都被桌面挡住。秋俭一边拿桌子顶向手足无措的军警一边对刺客喊："快跑！"

那刺客翻向窗户，回头对秋俭喊道："你也快跑！"听声音竟然是个女子。

秋俭已经用桌子顶翻军警，随后踩着桌子跃起跑到那女刺客身边，猛地拉住她的手喊道："快！跟我来！"说完两人一起跳到院里，身后传来军警们的呼喊和枪声。

秋俭拉着那女刺客一路狂奔，躲过好几个士兵和军警的拦截，一口气跑到后花园里。到了后花园，见四处都是高墙，已经无路可逃，两人焦急地停步寻找出路，但后边一群军警错乱的脚步声已经传来，并听到他们的喊声："他们在后花园，快！去抓！"

秋俭和那女刺客又试着找了几处出口，但都是死路一条，眼看就要被活捉了，突然凉亭处有人叫道："秋俭，先藏在这里！"

秋俭一看，竟然是肖野，他赶忙拉着女刺客跑了过去。

肖野让两人蹲下，回身抱起亭下花匠干活用的两个土筐，分别罩在秋俭和那女刺客头上，刚罩完，十来个军警和士兵端枪追入。

他们都认识肖野，赶忙问："小野太君，您看到两个人没有？"

肖野向花园北边一指："他们往后门跑了。"

那些军警士兵听到后，叫嚷着跑了过去。

肖野见他们全都离去，赶忙拿起秋俭和女刺客身上的箩筐，低声道："跟我来！"说完带着二人来到花匠住的小屋，从屋后搬出一把修剪树木用的长梯，引着二人来到花园围墙边，把梯子支好后说道："秋俭，你们快翻墙跑了吧，一会儿他们还会追回来。"

秋俭感激地向肖野点头道："谢谢你！"

肖野低声道："赶紧上去！"

秋俭拉着那女刺客顺着梯子爬到墙头，肖野把梯子抬起递给墙头上的秋俭，秋俭迅速把梯子顺到围墙另一面，和那女刺客一起逃脱。

他们俩一路狂奔，终于来到一个安全的街角，那女刺客扯掉脸上的蒙布，喘着粗气对秋俭道："秋俭大哥，谢谢你！"

秋俭一愣，借着正月十五清冷皎洁的月光看去，那女刺客竟然是马小蓝！

韩啸亭已经到了弥留时刻，他用低弱的声音对孙凤臣道："孙掌柜，我今晚这出《击鼓骂曹》精彩吗？"

孙凤臣看着满身是血的韩啸亭，点头道："精彩！韩老板，您今晚这出戏演得特别精彩！绝了！绝了！"一边说一边流下眼泪。

韩啸亭微微一笑，声音更加微弱："好戏也要锣鼓衬，您给我做的花盆堂鼓……实在是……太好了……您刚听见没？那声音，金声玉振啊！"

孙凤臣看了一眼不远处地上的那面堂鼓，点头哭道："鼓再好，也得看谁敲！韩老板，能给您做这一面堂鼓，能认识您这样的朋友，我孙凤臣值了！"

韩啸亭勉强一笑："孙……孙掌柜，我有两件事……求……求您帮忙……"

"您说！您说！"

"第一件……帮我……照顾盈袖……第二件……第二……"他意识已经模糊，声音越来越弱，孙凤臣赶紧把耳朵贴近他的嘴唇，才听到他说道："我死之后……您……您用我的脊皮……做……一面鼓，等到把日本人……打败……打败那天，敲响它，我听到……也能瞑目了。"

孙凤臣连连摇头："韩老板，这怎么行？"

"孙掌柜……答应……答应我……算我……求……求您了！"韩啸亭用尽最后的力气，大声恳求道。

孙凤臣不得不点点头，颤声道："好！韩老板，我答应您！您放心，您说的这两件事我一定帮您办到！"

韩啸亭听到后，嘴唇微微动了动，眼神一散，头一歪，死去了。

孙凤臣难过地放下韩啸亭的身体，慢慢站起来。这时，赵德魁举着手枪带着一队军警跑了进来，见到地上死去的韩啸亭，他狠狠吐了口唾沫，接着一指孙凤臣："来人！把孙凤臣给我抓起来！"

马小蓝带着秋俭来到一处宅院，她四下看了看，拿出钥匙打开院门，引秋俭进院并插上门闩。到了屋里，她开灯后给秋俭倒了一杯水，并帮秋俭包扎了一下伤口。

秋俭问道："小蓝，你怎么到了这里？"

马小蓝道："那次和你们分开后，我安顿好所有事情，就去投奔我父亲的一个结义兄弟。我那叔叔也是土匪出身，但自打去年日本人占了咱们北京以后，他便解散了手下那些人，留下几个过命的弟兄，干起了抗日锄奸团，主要在北京和天津刺杀日本人和惩办汉奸。我觉得这才是中国人应该干的事情，就留下参加了。"

秋俭点点头："这个很危险的。"

"对，这几个月，我们经历了太多危险，也被日本人清剿过，被中国人出卖过，但我们都说好了，只要有一口气，也要跟日本人干到底！"

"那你今天到赵德魁宴会上，也是要刺杀日本人？"

马小蓝点点头："对，我们打听到今天会有很多日本人和汉奸出席这宴会，就来这里行动，没想到会遇到你。"

秋俭接着问道："那现在你怎么办？藏在这里还是去别的地方？"

"我必须赶快回我们据点，今晚闹得这么厉害，明天肯定全城清查，不光是我要赶紧跑，秋俭大哥你也要一起跑，那个姓赵的一定会到处抓你的！不如你先跟我回我们据点躲躲吧！"

秋俭点头道："好！不过我得先回趟鼓坊，交代一些事。"

马小蓝道："那好！我们就分头行动，你办完事情后到通州永乐店火神庙来找我，我们的据点在那里。"

秋俭点头道："好！"

秋俭连夜回了鼓坊，他先在鼓坊周围观望了一下，又按着孙凤臣所说的地址，到鼓坊牛棚后边的老石碑下取出《孙记制鼓技要》带到身上，然后趁着夜色跳墙进入自己的家。他到了院里一看，屋里还亮着灯。

秋俭轻轻敲了敲窗户："玉灵，玉灵，是我！"

话音刚落，就看窗户上玉灵的身影站起，玉灵在里边问："秋俭哥，是你吗？”

“是我，赶紧开门！”

玉灵把门打开，秋俭赶忙进入屋里，然后吹灭了油灯。玉灵猛地扑到他怀里，声音哽咽地道：“秋俭哥，你终于回来了！”

秋俭抚摸着妻子的头发，轻声道：“玉灵，让你担心了。”

玉灵往秋俭怀里扎了扎：“能再见到你，能让你这样抱着，我已经很知足了。你知道吗？刚才赵德魁派了很多当兵的过来抓你，说你从监狱潜逃了，我正担心你，你就回来了。”

秋俭道：“玉灵，今晚发生了太多事，韩老板也死了，孙伯伯应该也被抓起来了。我回来看你一眼，也得先出去躲躲，要不会连累鼓坊所有人！”

玉灵赶忙从秋俭怀抱里抬起头：“对，你赶紧跑吧，不要担心我们，我不想让你再被他们抓起来。”

秋俭点点头：“好，我先去外边躲躲。孙掌柜让我去山西柳林榆树镇找他的叔叔孙老鼓，让我好好学习一下做鼓的技术，那我就先奔山西，等风声过了，再回来。”

玉灵道：“我也想陪你去，我是你的妻子，我要跟在你身边。”

秋俭借着皎洁的月光，充满爱意地看着美丽的妻子，摇摇头：“玉灵，你不要跟我去，你在家好好照顾孙婶和咱妈，一起等孙掌柜回来。另外，记得把盈袖接来，她现在还不知道她父亲已经遇害了。”

玉灵点点头：“好，我知道了秋俭哥，我这就去给你收拾衣物，你赶紧躲出去吧，等风声过了，你回来也行，我去榆树镇找你也行。”

秋俭抱住玉灵，轻声道：“我们都要保重，为了对方。”

玉灵突然抬头道：“秋俭哥，我们现在已经不是为了对方保重，而是为我们三个人互相保重。”

“三个人？还有谁？”

玉灵脸一红，指着自己的肚子道：“还有他，我们的孩子。”

“啊！”秋俭一脸惊喜，“玉灵，难道你……”

“嗯。”玉灵点点头，“我好像怀孕了。”

秋俭高兴至极：“太好了！太好了！我要当爸爸了！”

玉灵微微一笑：“所以，我们要为我们三人，保重自己。”

秋俭紧紧抱住玉灵，温柔地说：“对，为了我们三人，为了我们所有的家人和朋友，保重自己。”

玉灵帮秋俭收拾好衣物，又把牛皮鞘钢刀帮丈夫绑在背后，然后依依不舍地扎在秋俭的怀里。

秋俭轻轻抚摸妻子的头，叮嘱道："玉灵，天亮让皮爷去给韩老板收尸并好好埋葬，再让他顺路接回盈袖。完事后让他去找我的兄弟田子钧，让他帮忙搭救出孙伯伯，一定没问题的，还有，你一定要照顾好自己和我们的孩子。"

玉灵眼中都是离别的眼泪，只是不停点头，紧紧抱着自己心爱的丈夫。

赵德魁这两天恼火异常。自己的生日宴会被韩啸亭闹得大乱，最后还横尸当场。秋俭和那个刺客也是如空气一样消失，自己翻遍北京城也没能找到。最让他烦心的是，上司小野康正因为参加自己的宴会被刺客用枪打中肩膀，虽然没有生命危险，但事情发生在自己家里，属于自己防卫失职，根本脱不了干系。好在小野康正没有怪罪，只让他把当晚韩啸亭所敲的花盆堂鼓送了过去，并没有别的责罚。但他还是出不了这口恶气，便把所有怒火都撒在监狱里的孙凤臣身上。

孙凤臣旧伤未愈，新伤又来，被赵德魁指派的手下打得遍体鳞伤，最后他尿血不止，几度昏厥。

赵德魁一心想逼问出《孙记制鼓技要》的下落，想赶紧献给小野康正，赎自己的罪过，但孙凤臣就是咬定牙关拒不开口，把赵德魁气得数次大发雷霆。

皮爷按秋俭的吩咐，把韩啸亭的尸身收敛，北平梨园界的艺人们悲愤异常，把日本侵占北平后的所有愤怒都借机发泄出来。他们经过韩盈袖的允许，办了一场大殡，韩啸亭被停灵七日，让全国梨园同行和戏迷凭吊。一时间，韩啸亭家聚集了数以千计的人，他们都怀着惋惜和悲愤的心情来吊唁这位京剧大师。

皮爷带着鼓坊的伙计们都来帮忙，迎送吊客。

这一天，田子钧穿着一身黑衣出现在灵堂前，他跪下为韩啸亭烧纸祷告后，对一旁跪坐守灵的韩盈袖轻轻说道："盈袖，你不要太难过了，要保重身体。韩老板一代京剧大师，却落得这样的下场，我们心里也不好受。"

韩盈袖面容憔悴，这几天已经哭得脱了人形。她见到田子钧这个数次搭救自己的人，心里突然涌出一阵悲伤，眼泪又流了出来，悲戚地微微点头。

田子钧爱怜地看着这个柔弱美丽的女孩，心里也是忧愤难抑，他抿了抿嘴唇，低声对韩盈袖道："盈袖，为了你的父亲，好好活着，这仇，一定会报的，相信我！"

韩盈袖抬起头，看着表情凝重的田子钧，心里不知是感激还是依恋，突然有一种扎进他怀里大哭的冲动。

田子钧轻轻拍了拍韩盈袖的肩膀："以后有事尽管来找我。"说完凝视了韩盈袖一眼，又给韩啸亭的灵位磕了三个头，起身离开。

他刚走到大门前，有人在身后叫他："田兄弟，留步。"

田子钧回头一看，是孙记鼓坊的皮爷。

田子钧赶忙问道："皮爷，您找我有事？"

皮爷点点头："田兄弟，我有一件急事求你帮忙，这两天忙着韩老板的七天大殡，没能上门找您，没想到在这里遇到您了。"

田子钧道："皮爷，我和秋俭是结拜兄弟，有事您说。"

"是这样，现在我们孙掌柜被赵德魁关押着，这已经很多天了，我们鼓坊所有人都很着急。我前天试着去探监，没想到被轰了出来。秋俭临走和我说，如果有事可以找你帮忙，我这就赶紧过来问问你，能有办法不？"

田子钧一愣："秋俭临走？他不是和孙掌柜一起被关押着吗？我过完年有急事去了青岛，临走前去探望过他们俩，答应他回来后会想办法搭救的，他怎么被放出来了？"

皮爷道："原来你还不知道这些天发生的事？正月十五，赵德魁让韩老板给日本人唱戏助兴，韩老板和他谈判，除非放了孙掌柜和秋俭二人，他才会去唱。那天赵德魁也当场放了他们两人，但韩老板觉得屈辱，就在宴会前击鼓大骂赵德魁，才引得这杀身大祸而丧命。秋俭也在现场和赵德魁的军警打了起来，后来逃跑了，现在被赵德魁通缉。"

田子钧眉头微皱："我只知道韩老板击鼓大骂赵德魁被害这事，原来那天秋俭也惹了这么大的祸。那好，我这就去想办法搭救孙掌柜，有眉目了，我立刻来这里找你。"

"好，那我就在这里等消息了，韩老板这个大殡要办七天七夜，我会一直在这里。那我接着去忙了，多谢帮助。"

田子钧点头，迅速离去。不过他没有回家，而是直接去找肖野，并对肖野说了孙凤臣被赵德魁关押一事，肖野立刻给赵德魁打去电话问可否放人。但赵德魁这次在电话里语气坚决，说孙凤臣有重案在身，无论如何都不能放人。最后，他只答应肖野，可以让孙家人去探监。

田子钧见只能如此，便答谢了肖野，赶回韩啸亭家来找皮爷。

皮爷听说可以去探视孙凤臣，当下高兴地道："好好，我这就去监狱看望我家掌柜的。田兄弟，谢谢你。"

田子钧摇手道："不用谢我，你赶紧去吧，以免夜长梦多。我和秋俭是结拜兄弟，这是我应该做的。"接着想了想又问道："皮爷，秋俭跑到哪里去了？"

皮爷压低声音："你和他是结拜兄弟，又帮了我们这么大忙，我也不瞒你，秋俭去了山西柳林榆树镇，投奔我们掌柜的一个亲戚。"

田子钧点点头，一脸焦虑道："那里现在正在打仗，希望秋俭不要遇到危险。"

皮爷带着棉衣食物来到监狱探望孙凤臣，等见到孙凤臣后不禁愣在当地！只见孙凤臣蓬头垢面、满身是血地躺在一堆稻草之上，整个人仰躺着一动不动，身边的碗里稀稀的豆面粥已经冻成冰坨。

皮爷心疼得要掉下泪来，赶紧跑过去扶起孙凤臣，轻声叫道："掌柜的！掌柜的！凤臣！凤臣！是我，你醒醒啊！"

过了许久，孙凤臣慢慢睁开眼睛，语音微弱地道："我……我还活着吗？"

皮爷赶忙用带来的棉袄裹住孙凤臣冰凉的身体："您还活着，活着。"

孙凤臣似乎意识已经不清了："韩老板刚才来了，带着堂鼓，一劲儿地夸，好听啊，我们孙家做的堂鼓……"

"掌柜的，您在做梦呢吧？韩老板已经去世了。"

孙凤臣依然自言自语："广文，广文是好孩子，和秋俭一样，是好孩子，以后鼓坊是他俩的，秋俭……秋俭是好孩子……"

皮爷见孙凤臣已经糊涂了，知道他大限将至，不禁老泪纵横，轻声问道："掌柜的，您还有什么放心不下的，尽管说，我一定把话带给他们。"

孙凤臣突然眼睛一亮，像是恢复了意识，声音大了许多，他看了眼皮爷："皮爷，是你吗？"

"掌柜的，是我，我是皮祥富。"

孙凤臣点点头："那我就放心了。皮爷，有件事你答应我，其实这件事也是韩老板嘱托我的，你帮我们俩一起办好。"

见孙凤臣意识恢复，皮爷赶忙说："行！掌柜的，您说，什么事？"

孙凤臣强撑起身子，微声说道："韩老板临死前托付我，让我用他的脊皮做面鼓，等咱们打败日本人的那一天敲响庆祝。看来我是等不到那天了，我死以后，你把我的脊皮和韩老板的脊皮合在一起做一面鼓，等到胜利的那一天，敲响它，让我们两个一起庆祝。皮爷，这是我唯一拜托你的事，你无论如何也要帮我办到，算我求你了。"

皮爷听完，眼泪已经滚落满脸："好，掌柜的，您就放心吧，我一定帮您和韩老板把这件事办好！会有那么一天的！会有的！"

孙凤臣点点头，突然眼睛发直，嘴里低声唠叨着韩啸亭所唱的戏词：

鼓打一通天地响
鼓打二通振朝纲
鼓打三通扫奸党
……

渐渐地，他的声音越来越弱，最后整个人都静止不动，眼睛睁着，停止了呼吸。

皮爷泪流满面，抱着孙凤臣仰头大喊："掌柜的！"

韩啸亭的七天大殡办完之后，并没有按梨园行的规矩埋葬在梨园义地，而是和孙凤臣一起埋在南郊大羊坊孙记鼓坊的旁边。

埋葬当天，天空阴沉，呼啸的北风掠过鼓坊废墟，万物萧瑟，四野一片凄凉。坟堆堆好后，雪，下了起来。开始只是些雪渣子，星星点点的，落到脸上丝丝冰凉，后来雪渣子渐渐变成了雪片，雪片由小变大，越来越密，落在地面上，慢慢地积为一层白纱似的浮雪。这层浮雪像柳絮一样绒轻，阵阵寒风吹过，马上就随风卷腾开来。接着，鹅毛般的雪片密集而降，飘摇急坠，打在肩头簌簌作响，只片刻工夫，大地已经白茫茫一片。

看着两块冰冷的墓碑，在场的所有人都失声痛哭，哭得最厉害的是韩盈袖，她知道，她在世界上唯一的亲人已经离她而去。

玉灵抱着韩盈袖安慰："好妹妹，以后你就是我家人了，在这里，你有妈妈，有姐姐，有哥哥，你不会孤单，我们会好好对你。以后你就住在我家，我们相依为命，一起等秋俭哥回来，一起看打败日本人的那一天。韩老板和孙伯伯的死，让我们看到了，一个堂堂正正的中国人应该是什么样子，无论从事什么行业，他们都是当之无愧的大师！"

京剧大师韩啸亭和制鼓大师孙凤臣在1938年这个最寒冷的正月去世，他们一同长眠于北京南郊的这片土地里，看着中华大地饱受异族铁蹄的侵踏蹂躏，一齐等待着中华儿女正气鼓声再次敲响的那一天！

两天后，刚刚恢复平静的鼓坊突然来了一群不速之客。

为首的是京城妓院凤香楼的老鸨花姐，她不找别人，点名要孙记鼓坊的人出来。

皮爷先走了出来，问："你有什么事？"

花姐穿了一件貂皮大袄，冻得有些不耐烦，看了眼黑瘦矮小的皮爷，问："你是孙记鼓坊的？"

"对，我是这里的伙计。"

"伙计？去去去，少跟这儿捣乱，叫你们掌柜的来！"

"对不住，我们掌柜的刚刚过世。"

花姐一愣："什么？哪儿这么凑巧啊！我来收房子他就死了！算了，那我问你，掌柜的死了，掌柜的媳妇还活着呢吗？"

皮爷眉头一皱："我们掌柜奶奶在，不过掌柜去世后，她一直卧床不起，您有什么事，我去告诉她。"

花姐点点头，问："孙广文你认识吧？"

"认识，那是我们少掌柜。"

花姐嘴一撇，从怀里拿出一张信纸和几张地契，打开一甩道："去，告诉你们掌柜媳妇，你们孙记鼓坊的房屋田产，在三个月前被你们少掌柜孙广文卖给了我。现在期限过了，他也没找我赎据。按照约定，我来这儿是收地验田的，该搬走都搬走，打今天起，这儿是我的了！"

皮爷拿过字据一看，确实是孙广文的字迹，地契更不用说了，确实是孙记鼓坊的田产，花姐赶紧一把抢回。

皮爷知道出事了，赶忙去叫王秋棠，不一会儿，一脸病容的王秋棠被齐兰翠搀着来到花姐面前。

花姐看看王秋棠，问："你是掌柜媳妇？"

王秋棠强撑精神回答："是。"

花姐把手里的字据地契给王秋棠看了一眼："你儿子孙广文把这里所有的房屋地产都抵卖给了我，我今天是来收房验田的。你们赶紧搬走，这儿不能再住了。"

王秋棠听完脸色变得更苍白了，她身体一晃，问："真的是我家广文卖了田产？不可能，这孩子干不出这事，他胆小。你们把他找来，我要当面和他对质。"

花姐哈哈大笑："你这当妈的，连儿子什么样都不知道！我可没那闲工夫找他，反正字据地契都在，赶紧搬家走人！"

王秋棠还是不相信孙广文会背着自己抵卖房产，又问："那他为什么把房产卖给你？"

"为什么？"花姐一笑，"就因为你儿子死活看上我们院子里的一个姑娘，换钱给她赎身！"

王秋棠听完这话，觉得眼前一黑，一下就气晕过去。身旁的齐兰翠赶忙按住王秋棠的人中抢救，片刻，王秋棠"唉"一声醒了过来，低声说道："人死了，家败了，搬吧，搬了清静！就算不搬，鼓坊也烧得差不多了，也没什么了。唉！多红火的鼓坊啊，自从闹了小日本，我丈夫没了，儿子儿媳没了，现在连家都没了。好吧，我去收拾一下，一会儿就完事。"说完拉着齐兰翠的胳膊站起，摇摇手示意不用她搀扶，然后独自慢慢地走回暂住的那间未烧毁的房子。

等了半天，不见她出来，齐兰翠怕她晕倒在房里，赶忙进去照看。谁知刚进去不一会儿，就听到她在里边嘶声大喊："快来人啊！不好了！"

皮爷和几个伙计赶忙跑进屋一看，只见王秋棠已经在房梁上吊身亡，地上是一面她蹬踩用的大鼓。

赵德魁这些天根本没睡过踏实觉，他经常半夜被噩梦惊醒，梦里，浑身是血的韩啸亭和孙凤臣一起敲着红彤彤的大鼓来找他索命。他杀人无数，却从来没有梦到过被自己所杀的人。开始他还不当回事，后来慢慢地，一见到和鼓有关的东西就心惊胆战。更麻烦的是，小野康正自从把韩啸亭演出用的堂鼓拿回去研究后，就一再催促命令他迅速找到《孙记制鼓技要》。

这可让他为难了，他一气之下找来鼓槌，上来就是一顿臭骂："你看看，小野太君又催我去找《孙记制鼓技要》呢，这他妈人都死了，我哪儿找去呀。都是你多事，非跟我提这本秘籍，提了你倒给我啊，还得让我自己去找。告诉你，事情都是你引出的，你赶紧想办法给我去找！找不到，哪怕你找几个会做鼓的胡乱写一本，我也能拿着糊弄一下啊！"

他这话一出，反而点醒了鼓槌，鼓槌赶忙赞道："赵师长，您这主意真不错，我们干脆就找个做鼓的写本书，您看怎样？"

赵德魁点点头："唉，妈的也只能这样了。可我一想着这是在欺骗小野太君，心里就觉得过意不去，不过现在只能这样了。"他想了想，问，"可孙凤臣已经死了，秋俭也跑了，我们哪儿去找做鼓做得好的人啊？难不成大街上抓个箍桶的来凑数？"

鼓槌嘿嘿一笑："赵师长，这事您就把心放肚子里吧，做鼓好的人现成的。"

"谁？"

"孙记鼓坊的皮爷！"

"皮爷？他做鼓做得好？"赵德魁一脸不信，"怎么听这名字像个燎毛硝皮的臭皮匠？"

鼓槌连连道："不是不是不是，您不知道，这皮爷做鼓跟孙凤臣不分上下的！"

赵德魁一拍桌子："好！立刻派人，把这个皮爷给我抓来！"

第二十二章　同袍相疑

鼓槌听赵德魁要去抓皮爷，赶忙拦住："赵师长，这皮爷可会武术啊，别看六十多岁的人了，一人多高的房子一跺脚就能蹿上去。秋俭的武术就是跟他学的，我看您得让袁大疤瘌和影子飞去，换了旁人，挨打都是次要的，要让那老不死的跑了就麻烦了。"

赵德魁一脸烦躁："这一家子怎么都这么难斗！妈的等我得到了秘籍，抓着所有的人，我给他们都用机关枪突突喽！去，把袁大疤瘌和影子飞叫来，咱们商量一下怎么抓那个叫皮爷的老东西。"

他不知道，此刻鼓槌还有个别的心思，只听鼓槌道："皮爷要抓，还有个玉灵也要抓，听说她已经嫁给秋俭了，抓到她，也许能顺藤摸瓜找到秋俭。"

"好！"赵德魁一拍桌子，"把秋俭的老婆也抓来。我必须钓出秋俭，活扒了他的皮！"

袁大疤瘌和影子飞接到这个活计十分高兴，觉得给赵德魁效力的时候到了。他们一直挺郁闷，那个以前可以随便打骂指使的鼓槌，现在却不一样了，虽然身上一点本事都没有，可凭着一肚子坏水竟然得到赵德魁的信任，而且现在越来越得意，开始敢和他们平起平坐了，袁爷和影爷也不叫了，直接就称呼大名。他们二人一身飞檐走壁的武功，却让鼓槌呼来喝去，想想就生气。所以二人商量，这回一定把抓皮爷这事办好，让赵德魁对自己二人另眼相看。另外，鼓槌让他们再把秋俭的妻子玉灵抓到，这是个更有诱惑力的事情，因为他们两人恨透了秋俭。

两人带了一队伪军，骑着马来到南郊大羊坊。到了村口，他俩让那队人马先找个背风的地方待命，然后二人一起走着进了村子。到了村子里，他俩直奔鼓坊，到了鼓坊一张望，见一群人正在一堆废墟瓦砾上搬砖抬梁地干着活。

袁大疤瘌一愣："咦？他们鼓坊着火了？怎么连个正经屋子都没有了？"

影子飞摇摇头："不知道啊，看样子是着过大火，要不咱们过去问问？"

袁大疤瘌点点头："行，你去问吧，我脸上的疤瘌太扎眼，万一皮老头在里边干活，看见我再跑喽。"

影子飞点点头，假装无所事事的样子走到那群人前。他看了一眼所有人，没有一个岁数大的，便上前客气地问道："请问……"

他"请问"两字刚出口，其中一个干活的人直接粗言打断他的话："请问个屁！妈的给我滚蛋！"

影子飞横行江湖这么多年，哪吃过这亏，眼看自己客客气气地问话，却被孙记鼓坊的人上来一句话就给骂了回去，当时就火了。

他眼一瞪："你他妈吃枪药了！我客客气气找你问个人，你上来就骂人，不想活了是吗？"

那人也不回答，低头抄起地上的一块砖头就砸向影子飞："滚！"

呼！那砖头带着风声砸向影子飞。

影子飞轻功盖世，这一块砖头怎砸得中他？见砖头飞来，他身子一侧，抬脚就势卸去那块砖头飞来的力道，也不等它落地，反身抬脚一个"蝎子摆尾"直接把那块砖头又狠狠踢了回去。那块砖头带着风声直接飞向那人面门，只听啪和哎哟的声音同时传来，那人捂着脸立刻就蹲在地上，指缝里马上就汩汩地流出血来。

其他那几个人一看，大骂着纷纷抄起废墟上的木棒和砖头一起向影子飞扑来，影子飞一看也愣了，心想孙记鼓坊的人怎么都这么浑蛋不讲理，可好汉不吃眼前亏，当下不敢盲目对抗，恐怕事情闹大了把皮爷惊走，只好使出轻功发足逃窜。

那边袁大疤瘌远远张望着，没想到影子飞上去就和鼓坊的人打起来了，心里暗骂影子飞鲁莽，但也不能见事不管，马上从腰里拔出枪迎了过去。

鼓坊那群人简直就是街头混混的打法，一边追一边把手里的砖头木棒扔向影子飞，影子飞也没见过这样过招的，只好在废墟瓦砾上深一脚浅一脚地拼命狂奔。他见袁大疤瘌迎过来帮忙，便大喊道："袁大哥，快跑，他们不按江湖规矩出招！"

袁大疤瘌土匪出身，杀人无数，这种混混打架方法见得多了，当下也不管太多，直接就开了枪。

砰！枪声响过，一人应声倒地，捂着腿哀叫连连。

那群人见对手竟然开枪了，一下就停下脚步，四散逃窜。

影子飞立刻停步，跑到中枪那人面前，狠狠踢了他一脚，骂道："要疯啊你们！怎么跟混混流氓似的，刚说一句话就扔砖头！说，皮爷在哪儿！"

那人咬牙捂腿骂道："皮你大爷！有种你一枪打死我，爷爷要是闭一下眼，我是姑娘养的！"

此刻，在村口待命的那队人也听到枪声跑了过来，他们一起围住这个受伤的人，一起喝骂恐吓。

影子飞又狠狠踢了那人一脚："你们孙记鼓坊的人素质怎么这么差，怪不得能出鼓槌那种货色。赶紧说，皮爷在哪儿，不说我他妈一枪打死你！"

那人见对方竟然是官兵，赶紧改口道："别别，先别打！我们不是孙记鼓坊的人，我们是前门八大胡同凤香楼的人。你们是北平治安军的吧？我们老板花姐和你们防务师赵德魁师长是老朋友。"

他这话一出，不光影子飞愣住了，就连袁大疤瘌也是一愣！

影子飞赶紧问道："你他妈一个开妓院的王八，跑鼓坊干吗来了？"

那人龇牙咧嘴地站起，一脸苦相："这鼓坊现在是我们花姐的产业，因为前两天我们院子跑了俩姑娘，花姐一生气，就把我们轰到这里捡砖头来了。这么冷的天，我们正没处撒火呢，你还往前凑着找骂。"

影子飞问："那孙记鼓坊的人呢？"

"不知道啊，听说自杀的自杀，上吊的上吊，死绝了。"

"你们难道没听说有个叫皮爷的？"

"没听说过。"

"玉灵呢，一个女的。"

"也不知道。"

袁大疤瘌厌烦地道："行了影子飞，别问了，问什么都不知道，他这脑子，也就能当王八和捡砖头的了。"

说完他大声吩咐那队伪军："枪响了，估计也惊动皮爷和玉灵了，那咱们赶紧包围整个村子，挨家挨户地搜，今天一定要把皮爷和玉灵抓到。记住，如果他们反抗，直接开枪！"

他万万没想到，他身后的围墙里边就是玉灵家，当第一声枪响后，玉灵的妈妈齐兰翠因为好奇，便从自家梯子爬到墙头看看到底发生了什么事，正好听到了这帮人所有的对话。

齐兰翠吓得腿都软了，慢慢溜下梯子，在院里急得团团转。好在玉灵没在家。埋葬了韩啸亭后，韩盈袖一病不起，回到城里到自己家里养病，甚至王秋棠上吊而死的事都不知道。玉灵见王秋棠死去，心里也不好受，便去了城里陪韩盈袖住，但今天她就要带韩盈袖回来了，一大早皮爷就套了辆马篷车去接她们。

齐兰翠心里没了主意，来到屋里顾秉轩的灵位前，作揖道："玉瑛爸，他们要来抓玉灵了，你显显灵，告诉我怎么办啊，顺便保佑他们没事。"

祷告半天，这女人心一横，来到邻居家借了一头毛驴，绕过袁大疤瘌一伙，沿着老道一路向北，直接进城去找皮爷和玉灵报信。

齐兰翠骑着毛驴刚走到十里河，隐约看到对面官道上来了一辆篷车，再细看，坐在辕上赶车的依稀就是皮爷。她赶忙催驴迎上去，到了近处，果然是皮爷。

皮爷看到齐兰翠骑了头毛驴赶来，哭得眼睛红肿，赶忙停下马车，对车篷里喊："玉灵，看，你妈怎么来了？"

玉灵从帘布里伸出头一看，正是母亲，赶忙跳下车喊道："妈，您怎么来了？哭什么？出什么事了？"

齐兰翠见到女儿，赶忙下驴，脚一着地腿就软了，一下就瘫坐地上，哭着道："玉灵，闺女啊，赶紧跑吧，赵德魁又要抓你啊！"

皮爷赶快上前扶起她，问道："兰翠，怎么回事，赵德魁又来了？"

齐兰翠点点头，抱住扑过来的闺女："是，不光抓玉灵，连你都要抓。"接着把在自家墙头看到袁大疤瘌和凤香楼龟奴打架的事告诉了皮爷。

皮爷听完眉头一皱，想了想，对玉灵道："玉灵，我们还是先出去躲躲吧。这些天咱们鼓坊已经家毁人亡了，咱们不能再犯险回家了。为了你死去的爸爸，为了韩老板、孙掌柜和广文妈，为了远在山西的秋俭，我们要忍，要好好活着。"

齐兰翠哭着点点头："对，皮爷说得对，你们赶紧跑吧。我在家等你们，他们不会抓我一个老太太的。"

玉灵哭着搂着妈妈，点头道："好，那我们就去山西找秋俭哥！"她给妈妈抹了抹眼泪，"您保重身体，好好照顾盈袖妹妹，我们找到秋俭哥以后就给您捎信回来。"

"嗯嗯，好！你怀孕了，路上一定要注意身子。"

一旁的韩盈袖想了想，跑回篷车里拿了一个布包回来递给玉灵："玉灵姐，这是我妈给我留下的首饰和一些钱，你带着，万一路上有个袖长手短的，也能救救急。你们放心去，齐婶我来照顾，我们娘俩一起等你们回来。"

玉灵推却半天只好收下，又和母亲依依不舍地说了些话，坐上篷车离去。

见篷车就要走远，齐兰翠突然想起什么，哭着大喊道："玉灵，在路上别忘打听一下你姐的消息，找到以后告诉她，让她赶紧回家，妈想她！"说完呜呜大哭起来，一旁的韩盈袖也是泪眼模糊。

而此刻的玉瑛正在回家的路上。她那天怀着身孕负气而走，一路寻找志武的下落。她先到了保定，没想到保定已经被日本人占领，满街都是日本军队。她只好继续打听着 29 军的消息一路往前寻找，最后奔波到了山西。到了山西各处都是战乱兵伐和土匪出没，根本找不到志武。玉瑛眼见自己肚子越来越大，只好一路搭车走路，往北平归返。

这一天她已经到了通县地界，见马上就要到家了，心里放松了许多。她找了一家饭馆坐下，要了一碗羊肉面，刚吃了两口，突然觉得肚子剧痛，她啊的一声捂着肚子慢慢地蹲在地上，脸上的汗珠也落了下来。

旁边的人见一个孕妇捂着肚子倒地大叫，都不敢上前，饭馆老板急忙跑过去问："姑娘，你怎么了？难道要生了？"

玉瑛咬着牙急道："不知道，哎呀，疼死我了，掌柜的，麻烦您赶紧帮我叫个大夫，快！快！"

掌柜的怕她在自己店里出事添晦气，赶忙跑出去叫大夫。玉瑛已经疼得几乎把嘴唇咬破，觉得肚里的孩子也一直在挣扎踹动。这种疼是她从没有受过的，她挣扎着想坐起，但根本没有力气。

这时，一个年轻女孩迈步进了饭馆，一眼就看到倒在地上挣扎的玉瑛，赶忙跑过来蹲下问："姐姐，你怎么了？"

玉瑛疼得都不能说话了，指指自己的肚子，接着双手抱住桌腿想要起身。那姑娘赶忙搂住她，把她脸上的汗抹去，接着大声喊："哥，快点来，这里有个孕妇！"

一个年轻汉子飞快跑进饭馆，低头一看，惊奇地喊道："玉瑛！"

玉瑛痛得就要昏去，她抬头看了眼前的年轻汉子，心里立刻一松，叫道："秋俭，救我！"说完就昏了过去。

玉瑛再次醒来，发现自己躺在一张床上。她觉得头昏眼花，见四周蒸腾着潮热水汽，像梦境一样，一个矮小干瘦的老太太来回走动，面目不清。玉瑛不知自己身在何处，轻轻呻吟了一声。那老太太听到后赶忙走了过来，看了她一眼，说道："好了，你醒了就好了。菩萨保佑，我又积了一份德，阿弥陀佛喽。"

玉瑛愣了一下，觉得自己是在做梦，但又不像做梦，正纳闷间，昏迷之前遇到的那个姑娘高兴地从外屋推门跑了进来，来到床前，微笑着对玉瑛道："玉瑛姐，你等一下啊，孩子马上抱给你。"

"孩子？"玉瑛突然想起昏迷之前肚子一直很痛。

"对，是个漂亮的女孩！"那姑娘一脸兴奋，"玉瑛姐，我叫马小蓝，是秋俭哥的妹妹。"

玉瑛这才想到昏迷前还看到了秋俭，连忙问："秋俭呢？"

马小蓝哈哈大笑："外边等信儿呢，我们女人生孩子，他个老爷们儿进来干啥？"

玉瑛这才意识到自己已经把孩子生了下来。这个念头一起，女人天生的母性突然激起，她挣扎着要起来："我的孩子！我的孩子呢？"

那个老太太从侧屋抱着孩子进来："别急，别急，这不，你的孩子来了！洗得干干净净，闺女呀，你这辈子有福喽！我接生过这么多不足月的孩子，这么壮实的还真是第一个见到。”

玉瑛看到眼睛紧闭、皮肤嫩红的女儿被放在了自己身边，突然心里一酸，这种感觉不知是颠沛的难过还是初做母亲的骄傲，一下子涌到了心头，瞬间化作眼泪流了出来。

在马小蓝和秋俭的精心照顾下，玉瑛很快就恢复了身体，女儿也健康壮实，很快就出了满月。

满月这天，秋俭摆了桌酒席，请饭馆老板和接生婆吃饭。玉瑛一个月没出屋，等她抱着孩子走到外边一看，四下风光已经是燕子飞舞、风暖天蓝的春天了。

春天来了，微风和煦，太阳也是明灿灿的，田野大地到处充满了春天的气息。柳枝抽出了细细的柳丝，淡黄色的嫩叶缀满枝头，五颜六色的花朵盛开在田野路旁。土地湿润，嫩绿的小草带着泥土的芳香钻了出来，一簇簇，一丛丛，充满了喜悦和生机。

马小蓝抱着玉瑛的孩子出去晒太阳，快中午了，她兴冲冲地回来，坐到玉瑛身边，笑道：“姐，小姑娘还没有名字呢，这都满月了，赶紧起个吧！”

玉瑛看着马小蓝怀里眼珠晶莹转动的漂亮女儿，想了想道：“她和你这么投缘，生下来就赶上这么好的春天，就叫蓝春吧。”说完她顿了顿，接着语气肯定地道：“孙蓝春。”

马小蓝大喜，高兴地叫道：“真好！小名就叫蓝儿吧，我和她，一个大蓝儿，一个小蓝儿。”

见玉瑛身体已经恢复，秋俭便把她出走以后所发生的一切变故都讲了出来，当听说父亲顾秉轩已经遇害的消息后，玉瑛大哭了一场，善良的马小蓝也抱着蓝春在一旁流泪安慰。

最后，玉瑛擦去眼泪，语气坚定地道：“秋俭，我要回家，我现在有了蓝春，就有了责任，不管广文认不认这个孩子，我都会把她养大，我带着她和我妈一起过日子，我要给蓝春一个安稳的生活。”

秋俭点点头：“好，我先把你送回家，让妈妈和玉灵放心。”

玉瑛道：“你都和玉灵结婚了，也不要再到处奔波了，回去帮着孙伯伯把鼓坊重新办起来，踏踏实实生活吧。”

秋俭摇摇头：“玉瑛，自从日本人侵略咱们中国以后，我亲身经历了身边亲人的生死分离，也看到了汉奸们的凶狠残暴，我决定不再安于平稳了。我有武功，有大刀，有一颗中国人的良心，所以我也要尽一份中国人的力量，去和日本人对抗！我从鼓坊逃出的这两个月，一直和小蓝的抗日锄奸团一起，在天津、三河、香河、保定这些地方和日本人、汉奸对着干，虽然遇到很多危险，但更多的是像韩老板一样，做了个能直着身子喘气的中国人！”

“那你走了，玉灵怎么办？”

秋俭心里一软：“她是我的妻子，一定会支持我的。”

秋俭这一番话，让一旁的马小蓝赞叹不已。在这段时间里，她已经爱上这个耿直勇敢的男人了，每次听到秋俭讲到妻子玉灵时，马小蓝心里都是酸酸的。她也一直在脑海里联想着玉灵的模样，而且深深地觉得，玉灵一定是个聪慧坚忍的美丽女人。

见马小蓝抱着孩子呆呆出神，秋俭问道：“小蓝，怎么了？心里有事？”

小蓝回过闷来，赶忙笑着摇摇头：“我没事！秋俭大哥，我是在想，现在咱们应该赶紧送玉瑛姐回家，让她们老少团圆。”

秋俭点点头：“好，我也是这样想的。可你就不用一起去了。因为赵德魁还在追捕咱们，你跟着过去太危险，你先回咱们锄奸团据点，办完事，我会和你们会合的。”

马小蓝点点头，想着秋俭能见到玉灵了，也替他高兴，但心里一股莫名的酸楚也同时涌了上来。她眼眶有些湿润，怕被秋俭看到，赶紧把脸扎在蓝春的襁褓里。

北平南郊。

春夜里，顾家的庭院一片安静。顾秉轩生前种植的各种花木已经繁花盛开，此刻夜色正浓，空气中弥漫着一股幽甜浓郁的香气，若有若无，沁人心脾。

齐兰翠正在屋里和韩盈袖说着话，突然外面院门传来几下敲门声，声音虽然很轻，但在寂静的夜里显得特别清晰。

齐兰翠一愣，低声惊道：“这是谁呀？这么晚还来敲门。”

韩盈袖也是一愣：“不知道，婶儿，您别怕，有我在呢。”

这时，街门又轻轻响了几下。

齐兰翠道：“声音这么轻，应该是自己人。盈袖，你先藏起来，要真是坏人，他们也不敢拿我老太太怎么样。”

韩盈袖摇摇头：“婶，我陪您一起去。”

两人揣了剪子来到院门前，齐兰翠低声问道：“谁呀？”

外边的人紧声回答：“妈，开门，是我，玉瑛！”

齐兰翠听到女儿玉瑛熟悉的声音，心里一阵激动，赶忙把门打开，借着夜色一看，果然是大女儿玉瑛，身后还跟着秋俭。

齐兰翠一把就抱住女儿，呜呜哭道："玉瑛啊，闺女啊，你可算回来了！"

秋俭低声道："妈，先别哭，进屋再说。"

齐兰翠点头，见女儿抱着一个大包袱，赶忙伸手要接："东西给我，先进屋，进屋。"

玉瑛低声道："妈，这可不是东西，这是您外孙女。"

齐兰翠一愣，赶忙接过低头一看，那"包袱"里果然是个正在熟睡的奶味熏熏的娃娃，她心里又惊又喜，紧紧抱着道："外孙女！我有外孙女了！"

四人抱着孩子进屋，玉瑛一眼就看到正堂里顾秉轩的灵牌，猛地就扑跪过去，大声哭了起来。

秋俭也眼中含泪，一起跪倒。一时间，顾秉轩温雅高洁的样子又浮现在脑海。

齐兰翠抱着外孙女蓝春来到丈夫灵前，悲戚道："玉灵爸，你看看，玉瑛回来了，还把外孙女给你带回来了，你就放心吧！只求你在天之灵保佑我们平安。"

见此情景，一旁的韩盈袖想到了父亲，也是泪水满眼，她上前扶起玉瑛："玉瑛姐，别哭了，咱们团圆平安就好。"

玉瑛缓缓站起，点点头，抚摸着父亲的灵牌，眼睛里都是依恋和酸楚。

秋俭问齐兰翠："妈，玉灵呢？"

齐兰翠一愣，道："啊，他们没找到你？"

"找我？"

"对啊，玉灵和皮爷去山西找你了，他们说你在那个什么榆树镇呢。"

秋俭眉头一皱，叹口气："我还没有去呢。"

"啊，那可怎么办？外边兵荒马乱的！"

"没事，有皮爷在，玉灵不会有危险的。我明天就去找他们。"说完他又想起什么，问，"妈，我走以后，孙伯伯放出来了吗？"

齐兰翠一脸悲色，哽咽道："死了，死在大狱里了。广文妈也死了，老两口都没了。"说完呜呜哭了起来。

秋俭听到后，突然觉得心里一阵疼痛，像是被重锤狠狠地砸到一样，急问道："这又是怎么回事？"

一旁的韩盈袖哭着把父亲七天大殡后发生的所有事告诉了秋俭。

秋俭听到赵德魁不但害死了孙凤臣，还派人来抓皮爷和玉灵并逼走了他们，怒火猛然上涌。他狠狠地捶了下桌子，低声恨道："赵德魁，我今晚就要你的脑袋！"

说完他怒气冲冲地急步出屋，到院外解开大青马，蹿上马背就要出院。

玉瑛、韩盈袖、齐兰翠一起追了出来。

齐兰翠抱着外孙女，急声问："秋俭，你要去哪儿？"

秋俭一脸怒火，狠狠地道："我去砍掉赵德魁的脑袋，给几位老人祭灵！"

玉瑛一直也是火爆脾气，她擦擦眼泪挺身道："秋俭，我也跟你一起去！"

秋俭摆摆手："玉瑛，你就不用去了，在家看好妈和孩子，取那畜生得脑袋，我一人足够！"

玉瑛知道秋俭的本事，也不阻拦："小心！我们等你回来！"

秋俭点点头，扶了扶背后的牛皮鞘钢刀，骑着马趁着夜色纵蹄狂奔，直接进城去找赵德魁算账。

他到了赵德魁的宅院，直接去了后花园围墙边。因为正月十五赵德魁宴会大乱时，肖野就是协助他和马小蓝从这里逃脱的。

他踩着马背上了围墙，又低身沿着花园围墙直接到了后院，后院灯火通明，只看到赵德魁的几个姨太太正在屋里打麻将，却不见赵德魁的踪影。秋俭又伏身沿着屋顶直奔前院，到了前院往下一看，这里已经有军警守卫了。秋俭尽量压低脚步，在几个屋顶间游走寻找，最后终于看到，在明亮的大客厅里，赵德魁正坐在大堂的椅子上喝茶，表情惬意。

秋俭看到赵德魁后，满眼都是怒火，他避开警卫的视线，直接来到客厅屋顶，使了一招"珍珠倒卷帘"，用小腿钩住屋檐，身体倒挂下来，再一挺身往里观看，确认屋里的情况。

他这一看不要紧，一下就愣住了，原来屋里不光赵德魁一个人，在大客厅侧面的古玩架前，自己的结义兄弟田子钧竟然背手立在那里！

秋俭心里纳闷，腰一用力，双手一够，直接钩住屋檐下边的檩条，翻身踩到屋廊的横梁，伏在上边往里观望。

只见田子钧转过身，朗声说道："赵师长，事情就这么定了吧，我给你出的已经是最低价了。现在到处打仗，土匪横行，货的确不好运，全国各地也不都是日本人的天下，这批货就算有重兵押送，也会有丢失被抢的可能。咱们也不是第一次做这样的买卖了，你有日本人关系确实不假，但我在国际慈善教会的关系也很硬，你知道，这种教会的慈善救助团到哪儿都可以通过，日本人不会拦，中国军队也不会拦，我们这批军火要是藏在救助团的货物里，肯定安全送到。"

赵德魁把茶碗一放，哈哈大笑："田兄弟，你精明啊！好吧，我也不是就这一锤子买卖了，以后还有很多合作机会，那你的条件我就答应你，这批军火送到后，咱们再说那批文物的事，毕竟要用轮船运送，海上也不安宁啊！"

田子钧笑道："买卖嘛，做完一笔说一笔，天下越乱越好挣钱。"

赵德魁哈哈大笑："田兄弟说得对，别的都是扯淡，挣钱要紧。"

田子钧道:“也希望赵师长继续帮忙,我的一些北方的买卖还就得日本人说话管用。”

赵德魁道:“日本人那里你放心,有我呢。”

“好,那咱们还是老规矩,金条结账!”

“好,金条结账!”

接着田子钧又和赵德魁闲谈了一会儿,出门告辞。出了赵德魁的府邸,他开着一辆轿车回到自己家门前。熄火下车后刚要进大门,突然身后传来一阵马蹄声。他一愣,借着煤气路灯的光亮看去,结义兄弟秋俭一脸冷峻,身后背着大刀,正骑着马慢慢向他走来!

第二十三章　亡命天涯

田子钧见到秋俭，惊喜万分，赶忙迎上去，道："秋俭，你回来了！"

秋俭下了马，脸色阴沉，他看了一眼田子钧，冷冷问道："子钧，你怎么和赵德魁还有生意往来？"

田子钧一愣，不知道这事秋俭是怎么知道的，四下看了看，赶忙道："走，先跟我回家。"

进了田子钧家后，田子钧让秋俭稍等，又吩咐用人做了一桌饭菜，然后拿出一坛"二锅头"给秋俭和自己各倒了一碗，之后举起酒碗道："秋俭，别的先不说，咱兄弟先干它三大碗！"

秋俭也不说话，拿起酒碗连干了三碗，然后接着问道："子钧，你和赵德魁是怎么回事？"

田子钧一笑："我们是在做生意，这很正常。"

"正常？"秋俭狠狠盯着田子钧，"那你利用他，和日本人合作运货物也正常？"

田子钧给秋俭倒了一碗酒："做生意嘛，当然得结交各种人物，本来现在到处战乱，生意不好做，所以有时必须得忍气吞声，得违心结交。你和孙掌柜经常出去运货，这里的事你肯定也懂。"

"我是懂，也确实遇到过土匪和军队的盘剥，但他们都是中国人。我的意思，你和中国人怎么做交易都行，为什么要和日本人有来往？"

"日本人怎么了？肖野也是日本人，你想想，他帮了我们多少忙？"

秋俭不得不承认这个事实，点点头："肖野确实帮过我，救过我，我承认。但我不希望你和屠杀我们同胞的日本军队有来往，还有赵德魁这样的汉奸，你就算挣到了金条，上面也是沾满我们同胞的鲜血。"

田子钧见秋俭已经知道自己和赵德魁的交易了，叹口气道："秋俭，你不懂我的苦衷啊。"

"苦衷？你有何苦衷？你不知道韩老板和孙掌柜都是死在赵德魁手下吗？实话告诉你，我今晚就是要砍他的脑袋去的，要不是看到你在场，他的脑袋现在已经放在韩老板和孙掌柜的坟前了！”

田子钧脸色一变：“多亏你没砍了他的脑袋，要是砍了就坏了我的大事了！你知道吗？我有好几笔药品买卖都是他帮我找日本人开的通行证，那几批药品运哪儿去了你知道吗？运到蔚县了！那里刚刚建立平西抗日根据地，很多抗日的军队需要药品。”

秋俭一愣，一脸诧异地看着田子钧。

田子钧接着道：“这就是我的苦衷。我也承认，我就是为了赚钱，但我是商人，商人就是要赚钱嘛。”

秋俭觉得田子钧说的话也不是没有道理，但细想，隐隐觉得有不对的地方，又一时说不出哪里不对，他叹口气，端起酒碗一饮而尽。

田子钧继续给他满酒：“秋俭，你逃跑以后，我真的特别想念你。你是我最好的兄弟，永远是！”

秋俭听到他说得真诚，心里也是一软：“你我是兄弟不假，但希望你以后不要再和赵德魁有生意往来……”他想了想，“算了，不能便宜了他，我这就去砍了他的脑袋！”

田子钧赶忙道：“秋俭，你不要这么鲁莽行吗？我的意思，赵德魁先让他活着，我们还有很多事要利用他呢。你知道吗，留他一条命，就能救很多人的命。”

“救很多人的命？我没看到！我只看到，我身边的亲人一个个都死在了他的手上，就连玉灵都被他逼到了山西，到现在都不知道是死是活！”秋俭四碗酒下肚，已经微醺，说话语气也有些激动。

田子钧拍拍秋俭的肩膀，语重心长地劝道：“你就听我的吧秋俭，还是让赵德魁先活着，然后借他的手和关系，去搭救更多的人。远了不说，北平监狱里有很多中国人等着咱们去搭救呢，有时他的一句话，就能救出一个人。”

秋俭想想也有道理，说道：“子钧，你的意思我都懂了，我只希望你做个正直的中国人，有的时候，金钱是买不来良心的。只要是能对抗日救国有利的买卖，我支持你做，也会帮你忙的。”说完突然话锋一转，一脸肃然地看着田子钧继续道：“但如果你昧起良心挣带血的钱，我的大刀可不认兄弟！”

田子钧听得激动不已，举起酒碗：“秋俭，好兄弟！我都记心里了。来，干！”

秋俭端起酒碗：“好兄弟，干！”

兄弟俩整整喝了一夜，一边喝酒，一边谈着家灾国难和胸怀抱负，直到天擦亮，才一起趴在桌上睡着了。

第二天清早，秋俭酒醒了后要告辞离去，田子钧一脸依依不舍。他给秋俭拉过大青马，问：“秋俭，你接下来要去哪儿？”

秋俭道："我去山西，去找玉灵和皮爷。"

"去山西柳林榆树镇？"

"对，你怎么知道的？"

"是韩老板大殡那天，皮爷告诉我的。"

"对，我去榆树镇，到那里先把皮爷和玉灵找到，再跟一位老鼓匠学习做鼓，这是孙伯伯临死前嘱咐我的。"

田子钧拍拍秋俭的肩膀："山西是抗日的主要战场，特别危险，你一定要小心。"说着他从兜里掏出自己那把左轮枪，递给秋俭，"拿着它，防身用。"

秋俭一笑："又是这把左轮枪，咱俩第一次见面时，你就是拿它指着我的脑袋。记得我后来说过，希望它以后再也不会指着我的脑袋了。"

田子钧大笑："肯定不会了，咱们是兄弟嘛！收下，拿着它防身用。"

秋俭摇摇头，拍拍后背的牛皮鞘钢刀："不用了，我有它呢，有时它比子弹还快。"

田子钧哈哈大笑，收起左轮枪，回身从抽屉里拿过一个布袋："这里是十五根金条，你拿着。这就不用和我客气了。听说玉灵怀孕了，就当是我这个叔叔给侄子的喜钱。"

秋俭很是感动，他和田子钧都是痛快人，也就不再推却，收下了金条，然后和田子钧告别离开。

秋俭骑着马来到孙家老宅，想试着找一下孙广文，因为听齐兰翠说，鼓坊发生了这么多的变故，孙广文根本就没露过面，不光这样，他还把鼓坊的田产给偷偷变卖了。他觉得，现在孙家已经家破人亡，玉瑛也带着女儿回来了，作为孙家的男人，作为孩子的父亲，孙广文必须回家担起责任。

秋俭来到老宅，却见大门紧锁。他回身刚要走，忽然听到有人喊他的名字，声音微弱，几不可闻。他回头一看，只见街角蜷缩着一个老乞丐，细看，竟然是翟老头。

秋俭赶忙跑过去，蹲下身子道："翟叔，你怎么在这儿？"

翟老头见到秋俭老泪纵横："秋俭啊，我没用啊，没看护好老宅，我没脸去见掌柜的啊！"

秋俭一愣："怎么回事？翟婶呢？"

"刚过春节，一帮人闯进院子，告诉老宅已经被广文卖了，我和老伴还没来得及细问，就被他们连打带骂地轰了出来。后来少掌柜来了，我一问，他承认是他卖的，但求我不要回去告诉掌柜的，我老伴也给急得病死了。我听了广文的话，没回鼓坊，其实也没脸回去了，因为老宅是在我手里丢掉的。我没办法，就一直守在这里，晚上睡在门洞里。”

秋俭心里一阵火起，问：“广文呢？”

“少掌柜不知道在做什么，只偶尔过来给我点钱，那天碰到枣儿胡同剃头的储大麻子，他说少掌柜好像住在天桥小喇叭胡同。”

秋俭点点头，赶忙叫了一辆人力车，付了车钱，让车夫把翟老头送到大羊坊鼓坊，自己又骑着马直奔天桥去找孙广文。

按翟老头所说，秋俭来到天桥三角市场旁边的小喇叭胡同，秋俭下马挨户打听，最后有人告诉他，孙广文住在最里边的那个小独院里。

秋俭拴好马，走到小独院门口，伸手刚要敲门，却听到里边传来孙广文“哎呀哎哟”的惨叫声。

秋俭一愣，推了下门，见门被人从里边插上了，他也不顾别的了，一抬腿就把门给踢开了。

他蹿进院子，见孙广文一身泥土躺在地上，右手举着，满是鲜血，六个地痞模样的壮汉围在他周围。

见到秋俭，孙广文仓皇大喊：“秋俭，救我！他们要弄死我啊！”

秋俭见他这样，一阵心疼，走上去问那六人：“你们是谁？”

一个矮个子光头一脸蛮横：“关他妈你什么事？滚蛋！”

秋俭心中火气，怒道：“凭什么不关我事？他是我弟弟！”

“他是你弟？”光头听了哈哈大笑，低头问孙广文，“他是你哥？”

孙广文连连点头。

光头摸摸下巴道：“好，那就好。你要是他哥哥，就把债帮他还了吧。”

秋俭眉头一皱：“什么债？”

“什么债都有，借了好几次，反正加一起二百块大洋呢。看，这是借据。”他从怀里掏出一张满是鲜血的借据，上边写着孙广文的名字，按着手印。

孙广文在地上喊：“秋俭，别听他们的，没那么多！是他们逼我写的欠条，我就借了他们五十块大洋！”

秋俭看到他鲜血淋漓的右手，问：“你的手怎么了？”

孙广文眼泪都流下来了：“他们逼我按手印，我不按，他们就把我的食指砍下来按了一个手印，我疼得直喊，他们就一起往死了揍我！”

秋俭心里一紧，脸一下就阴沉下来。他点点头，回身迈步向大门走去。

孙广文一愣：“秋俭，你别走！你走了我怎么办啊？”

秋俭回头看了一眼孙广文，没说话，走到大门前把门关上，又找了一根木棍插上了大门。

他回身走到那几人面前，问：“我弟弟借你们五十大洋，为什么要让他还二百大洋？”

光头听了哈哈大笑，看了一眼同伙：“这就对不住了，我记性不好，而且呢，还不识数。开始还记着是五十块呢，后来脑袋一晕，就记成二百块了。”

他后边的同伙听了一起大声坏笑。

秋俭眼中闪过一丝凶光，面色更加沉冷，微微点点头，从兜里掏出布兜，拿出五根金条甩手扔在地上，问：“这些，够还你们的账了吧？”

那六人哪儿见过这么大的金条，一起点点头。光头没想到秋俭会这么大方，笑道：“原来这当哥的这么有钱。行！够了！”说完捡起金条，在衣服上擦去上边的泥土，在手上掂了掂，回头对同伙道：“走吧！”

六人一起从秋俭身边走过准备离开，可还没走到门口，秋俭说道：“等等！”

光头一愣，回头看了眼秋俭，像是想起什么，道：“哦，对了，借据还没给你。”说完从怀里掏出借据，用力撕碎一扔，“借据撕了啊，咱们两清了，回见！”

他回头刚要走，秋俭冷冷地道：“谁告诉你两清了？我弟这手指头怎么办？”

那六人见秋俭不依不饶，互相看了一眼，眼露凶光，各自掏出腰里的匕首和斧子，向秋俭围了过来。

光头晃着手里的斧子，狠狠地道：“你他妈找碴儿是吧？指头？指头是他自己摔断的，跟我们没关系！”

孙广文大喊：“秋俭，别听他胡说，我的指头就是他拿那把斧子砍的！”

秋俭点点头：“好，我知道了。”回头对光头说：“听见没？我弟说了，他的指头是你砍的。”

光头眼一瞪：“是我砍的又怎么样？谁让他不听话！我那是教训他一下，让他长记性。”

秋俭冷冷一笑：“你这话不对。他办了错事，教训他的人应该是我，因为我是他亲哥，他是我亲弟弟，我的弟弟我这当哥的怎么打怎么骂都行，但轮不着外人教训，别说教训了，动一根手指头都不行！”

光头眼一瞪，斧头一指秋俭：“那你说，你到底想干吗？”

秋俭冷笑：“能干吗？我弟被你们欺负了，我得替我弟弟出气，因为你没经过我同意就教训他来着！我说了，我的弟弟，我打我骂怎么都行，外人休想教训，哪怕动一根手指头都不行！现在的情况是，你不光教训他了，还动了他的手指头！”

光头眼睛一瞪：“我动了怎么了？你难道还想动我一根手指头？”

秋俭突然狠声道：“还就让你说对了！”话音没落，他右手仓的一声拔出背后的大钢刀，豹子一样冲向那光头，光头还没反应过来，秋俭已经到了他面前。他刚想挥斧子反击，秋俭已经攥住他的手腕用力一拧，他疼得哎哟叫了一声，手里的斧子已经掉到地上。秋俭的动作却没停止，他拉着光头的胳膊直向院里的一张方桌冲去，光头根本无力反抗，脚下趔趄着，跟着秋俭的力道倒退到方桌前。秋俭把他的右手手掌猛地往桌上一按，手里大钢刀一晃，嚓的一声就把他的四个指头齐齐砍掉！

光头惨叫一声，捂着右手就躺到地上，疼得直打滚，嘴里叫道："给我打死他！"

那五个同伙一下回过闷来，大叫着挥着凶器一起冲向秋俭！

秋俭大刀一反，刀背向前，直接迎了上去，没几个照面就把那五个亡命之徒打倒在地。

秋俭冷冷地看了看地上哀叫的六个人，把手里钢刀刀刃上的鲜血在鞋底抹去，大喊道："见血收刀！"一甩手插回背后的牛皮刀鞘里。

他走到那六人面前，蹲下身，一指旁边的孙广文，对六人狠狠地道："记住喽！他是我亲弟弟，我打我骂怎么都行，别人休想动他一根手指头！谁要动他一根手指头，我就砍谁一根手指头！"

那光头疼得一脸是汗，托着鲜血淋漓的右手嘶声叫道："我只砍了他一根手指头，你为什么砍了我四根？"

秋俭微微一笑："这就对不住了，我记性不好，而且还不识数。开始还记得是一根呢，后来脑袋一晕，就记成了四根。"

他站起身走到院门前，把木棍撤掉打开大门，向六人喊道："都给我滚蛋！"

六个人哪敢再惹他，赶忙互相搀扶着起身，仓皇逃走。

秋俭沉着脸把孙广文拉起，领着他到街上找了个药店把手包扎好，然后回到院中。

孙广文从屋里水缸里舀水洗完脸，对秋俭道："秋俭，多亏你啊，要不然不让他们打死，我疼也得疼死啊！"

秋俭面色不变，也不理孙广文，坐在院子里的一把椅子上，嘴紧紧抿着。

孙广文奇怪："秋俭，你怎么了？"

秋俭抬眼看了他一眼："广文，我刚才说我是你亲哥哥，你怎么想？"

孙广文嘿嘿一笑："你本来就是我亲哥嘛，自小就照顾我！"

"那你承认了？"

"当然，一直承认！"

秋俭点点头，又问："广文，你说，我这当亲哥的，从小打过你吗？"

孙广文连连摇头："没有没有，你小时候宁可自己挨打，也不会让我吃一点儿亏。"

秋俭再次点头："好！广文！那当哥的今天就对不住了！"说完猛地起身蹿到孙广文面前，扬手啪的一声打了孙广文一个大嘴巴。

孙广文根本没反应过来，被秋俭狠狠抽了一个转，倒地捂脸，一脸委屈道：“秋俭，秋俭，你干吗打我？”

秋俭见孙广文的左脸被自己打得红肿起来，当下心疼不已，眼中滚滚流下眼泪，指着孙广文道：“广文，别怪你哥打你，父母不在，长兄为大。我今天就是用你兄长的身份，替父母教训你！”

孙广文从来没见秋俭哭过，看他这么悲伤，也不禁眼泪滚滚，大声悲叫道：“秋俭！哥！”

秋俭道：“孙广文，你知道吗，你毁了这个家，毁了所有人，连看门的翟老头都因为你成了乞丐，害得我们所有亲人死的死，亡的亡，害得你的媳妇和你的孩子差点也死在外边。你说，这个嘴巴我该不该打？”

孙广文大哭道：“该打，哥，你打得对！你接着打我吧，我知道错了。”

秋俭摇摇头：“我不会再打你，因为你是我的亲弟弟，永远都是。你要是有良心，是个男人，现在，你回鼓坊和玉瑛好好过日子，听到没？”

孙广文小声道：“可万一我爸打我怎么办？”

秋俭眼泪再次奔涌而出：“你爸和你妈永远不会再打你了，也不会再疼你了，因为他们已经去世了！”

“啊！”孙广文大愣，“不会啊！不可能！我爸和我妈怎么会……”说到一半就大哭起来。

秋俭擦了擦眼泪：“所有的事，你回了鼓坊自然都会知道，你是个男人，自己做错的事都应该承担起来，明白吗？”

孙广文呜呜大哭，狠命抽自己嘴巴：“孙广文！你就是个畜生！你害了全家！你不孝啊！”

秋俭也不拦他，独自仰头看着头顶一方碧蓝的青天，多年的委屈一起涌到心头，这个有情有义的汉子也号啕痛哭起来，眼泪滚滚地不停流下！

秋俭带着孙广文回到鼓坊，路上把这一年里发生的变故都说给了孙广文，孙广文听完更是悔恨不已，哭了一路。

回到大羊坊，孙广文见往日繁华忙碌的鼓坊已经是废墟一片，不禁呆呆地发愣。

到了玉灵家，大家见秋俭竟然把孙广文带了回来，都很诧异。玉瑛抱着蓝春在一旁流泪，不理孙广文。

孙广文先哭着给顾秉轩的灵位磕了几个头，然后又给齐兰翠跪下，道：“妈，我错了，我再也不走了，和玉瑛一起照顾您。”

齐兰翠也跪下搂住孙广文哭了半天，最后被韩盈袖搀起。

孙广文像个孩子一样低头来到玉瑛面前，也不知怎么开口，低声道："玉瑛，我能抱抱我们的孩子吗？"

听到他的这句话，玉瑛哭了起来，眼泪滴落到蓝春的小脸上。

孙广文猛地给玉瑛跪下，仰头道："玉瑛，原谅我吧，以前是我不对，是我委屈你了！"

玉瑛呜呜地哭着，身体颤抖。

韩盈袖走过来安慰，低声道："玉瑛姐，广文哥已经认错了，你就原谅他吧。他是个好人，你们都不知道，他之所以卖掉房产，也是为了救我。"

孙广文一旁叹道："盈袖，说这些已经没什么意义了，换成别人也会救你的。"

秋俭一愣，问道："盈袖，怎么回事？"

盈袖脸一红，低声道："去年冬天，我爸爸让赵德魁抓起来后，我被坏人骗卖到……那个只有男人才……才去的地方，后来是广文哥卖了房产救的我。"

秋俭眼一瞪："谁卖的你？说，我这就找他去！"

韩盈袖摇摇头："秋俭哥，都过去了，再去寻仇就没有意义了，坏人不会有好报的。我们现在需要的是平平安安的生活，不要再离散、哭泣和颠沛流离。昨晚咱们刚刚团圆，你就骑马去杀赵德魁，我们三个女人担心得一晚都没睡，就连小蓝春也整整哭了一晚。"

秋俭沉默了，过了片刻，他点点头，道："你说得对，我们团圆了，就不再分开了，该宽恕的就宽恕，该忘记的就忘记，过去的就过去吧。我今天就出发去找玉灵和皮爷，你们等我们回来。"

说完从身上掏出那包金条，走到孙广文身边递到他手上："广文，我走以后，你是这家唯一的男人，也是唯一的丈夫、父亲、儿子和兄长，你一定要看护好这个家，照顾好她们，等我和玉灵、皮爷回来。"

孙广文接过金条，点点头："秋俭，你放心吧，我一定照顾好她们。"

秋俭点点头："遇事能忍就忍，等我回来。"说完走到玉瑛面前抱过蓝春，低头怜爱地看了一眼，然后交到孙广文怀里，"这是你的女儿蓝春，看，多漂亮的一个小姑娘。"

孙广文抱着自己的女儿，心里滋味万千，他看了一眼玉瑛，玉瑛也流着泪看着他，瞬间的对视胜过千言万语。

秋俭临走前，和大家一起来到孙凤臣、顾秉轩、韩啸亭和王秋棠的坟前。他和孙广文一起给四位老人烧了纸钱，跪拜完毕后起身上马，向大家挥手告别。

走出去没多远，突然听到玉瑛在身后叫他，他停下马，玉瑛已经跑到他面前。

秋俭低头问："怎么了玉瑛，还有事？"

玉瑛摇摇头，犹豫了一下道："秋俭，你在山西如果遇到志武，告诉他，注意安全。”

秋俭听完点点头：“知道了玉瑛，放心吧。”说完看了下春意遍野的大羊坊，然后纵马离去。

秋俭骑马来到通县永乐店找到马小蓝，告诉她自己要去山西寻找玉灵，马小蓝听了以后喊道：“我也去！”

秋俭摇摇头：“这可不行，山西是抗日主要战场，败兵成匪，横行凶狠，你跟着去太危险，还是在北京好好待着吧。”

马小蓝执拗地说：“不行，我就要跟你去，我身上有枪，什么都不怕。而且我和你还能就个伴，咱俩去山西路上要是遇到汉奸啥的，还可以像茶馆说书先生讲的那样，做个武功高强的大侠，惩处完了他们就纵马而去！”

秋俭听完哈哈大笑，想起儿时黑燕子魏五讲的那些江湖奇闻和快意恩仇的英雄故事，不禁心里也是一阵激荡，便点头道：“好，那咱兄妹就结伴闯一次江湖！”

马小蓝听到后大喜过望：“太好了！”

两人和抗日锄奸团的战友们告别，带好了衣物一起骑马出发，决定由保定往西走石家庄和太原一线，去往柳林。

第一天就来到了涿州，两人在县城里找了一个饭馆休息，大街上不时有荷枪实弹的日本军队经过，但这也没有让马小蓝扫兴，她围着秋俭问这问那，一脸开心的样子。好几次，秋俭被她的天真问题逗得哈哈大笑。

秋俭正和马小蓝聊天，忽然有人在背后拍了他的肩膀一下，秋俭回头一看，竟然是鼓槌。

鼓槌也是一身行路打扮，惊喜地道：“秋俭，真的是你！”

秋俭也是一愣：“鼓槌，你来这儿干什么？”

鼓槌一脸愁容：“我去保定找亲戚，想投靠安家混日子，结果没找到，只好准备回北京。”

秋俭点点头：“那你还是回鼓坊吧，广文回来了，我让他把鼓坊再弄起来，正好缺帮手，你先回去干，我从山西回来就跟你们一起干。”

鼓槌摇摇头：“算了，我可不好意思回去了，你爱信不信，我连你都不好意思见。”

“为什么？”

“因为那次咱们和日本人比鼓，我给你做的鼓槌半路折了，害得你拿拳头擂鼓。后来他们都怀疑我动了手脚，我也没有证据反驳，那天的庆功宴我都没好意思参加，只好不言不语地悄悄离开了。”

秋俭一笑：“鼓槌，你想多了，咱们兄弟是从小一起在鼓坊长大的，我不会怀疑你的。”

鼓槌摇摇头：“那我也不回去了，要不我跟你去山西，然后一起再回鼓坊？”

秋俭摆摆手：“这可不行，山西都是日本人，太危险，我不能带你去冒风险。”

鼓槌赶忙求道：“秋俭，你就带我去吧，咱们兄弟还能多一份照应。”

秋俭想了想，只好点头道：“那好吧。我们是到柳林榆树镇找广文的堂爷爷，他是做鼓的老工匠，正好你也能学些做鼓的手艺。”

鼓槌听了十分高兴，接着秋俭又把马小蓝介绍给了他。

三人结伴一路往山西而去，虽然路途并不太远，但所遇到的困难要比想象中多得多。此时的山西已经被日本人控制，中国军队规模化的抗日战区还未形成，散落在山西各地的中国军队只能借助崎岖复杂的山地进行游击战，且伤亡惨重。因为战乱，一些称霸当地的军阀土匪也各自为战，他们惹不起日本军队就骚扰中国百姓，所以整个山西处处是家破人亡的流民和打完就跑的散战。而秋俭和马小蓝要去的榆树镇在晋陕交界的柳林，这一路走走停停，一直在躲避战乱，有时还要绕道而行，行路过程十分艰辛，三个多月之后才到了位于山西柳林的榆树镇。

榆树镇也被日本人占领了，秋俭三人问了很多人，才打听到孙老鼓的住处。

到了孙老鼓的门前，秋俭下马敲门，敲了半天门才打开，一个胡子花白、身材矮瘦的老头走了出来，操着浓重的山西口音问：“你们找谁？”

秋俭施礼道：“老人家，我们找孙老鼓孙爷爷。”

那老头一愣，道：“我就是孙老鼓，你们是北京来的？”

秋俭高兴万分：“对，我们是北京来的，孙记鼓坊的掌柜孙凤臣，那是我师父。”

孙老鼓听到侄子的名字，开心地道：“凤臣的徒弟啊！太好了太好了，先进家，进家！”

他高兴地带着秋俭三人进了自己家中，这是一个土窑为房的小院落，院里养着几只鸡，刚刚油漆完毕的几面腰鼓和十来个拨浪鼓晾在院里凳上。

秋俭很久没有看到红红的大鼓了，当下眼睛一亮，兴冲冲地走到那几个腰鼓前，拿起一旁的鼓槌敲响了其中一面。

咚！咚！咚！

声音浑正悦耳，回荡在小小的院里。

秋俭听得心里一爽，赞道：“好鼓！一听就是我们老孙家的鼓声！”

孙老鼓哈哈大笑，然后把他们的三匹马拴到荒废的羊圈里，回到秋俭面前，道：“不行喽，我老了，只能做个小鼓来解解闷了。想当年我们孙记大鼓那是全国都有名啊，我们孙家分了好几支，有去甘肃的，有去河南的，最有出息的是凤臣祖上这一支，被皇帝请到皇宫里做御鼓，可给我们孙记大鼓挣了大脸面。最没出息的是我这支，一直在这榆树镇哪儿也没去，虽然在西北有一号，可到底没有凤臣他们那一支有名气啊。”

秋俭赞道：“孙爷爷，您的鼓做得特别棒，我刚一敲，就知道是源正根直的孙记鼓啊！”

孙老鼓摇摇头：“要说做鼓，还是凤臣他父亲，我的怀世兄弟做得好，凤臣做得也不赖。当年，宣统爷大婚，皇宫造办处钦点他们做婚礼建鼓三十六面。因为人手不够，我被凤臣接到北京帮忙，那一次我就服了，凤臣这一支的孙记大鼓，做得是最棒的。”说到这儿，他顿了一下，又问秋俭，“孩子，凤臣他身体可好？我得有好几十年没见到他了。”

秋俭叹口气：“孙爷爷，说了您别难过，孙掌柜已经去世了。”

孙老鼓一惊，然后老泪纵横，叹气道：“唉，我们孙记小一辈儿的，就凤臣做的鼓好哇，唉！可惜了！可惜了！”

秋俭也是心里难过，接着问道：“孙爷爷，最近您家有没有一个老人和一个姑娘来过，他们也是北京的。”

孙老鼓问道：“老人？叫什么名字？”

“皮祥富。”

孙老鼓点点头：“祥富啊，我认识，那年去北京帮凤臣做鼓，就是他来接我的。可我一直没见过他啊，你说的姑娘我就更不知道了。”

秋俭心里一凉，一脸怅然。

马小蓝看到后，上前安慰：“秋俭哥，别难过，估计玉灵嫂子和皮爷在路上耽误了，我们就在这里等，他们一定会来的。”

秋俭叹口气道：“也只能这样了，正好我和孙爷爷学习一下做鼓的技术，咱们一起等他们来。”

从这天起，秋俭、马小蓝和鼓槌就在孙老鼓家住下了，平时秋俭就潜心和孙老鼓学习孙记制鼓的技术，他就随身所带《孙记制鼓技要》里的一些疑难问题请教了孙老鼓，在老人的指点下，一些难题疑问迎刃而解。鼓槌也跟着做一些活计，细心的马小蓝则照顾大家的洗漱吃用。

转眼已经到了年底，玉灵和皮爷还是没有找来，秋俭和马小蓝也经常去街上转悠，一看到有逃难的难民或做买卖路过的客商，就去打听二人的消息。

这一天，四人正在窑里聊天，突然街门响了。秋俭一愣，赶忙站起跑了出去，打开大门一看，顿时就愣住了，只见一队日本兵站在门外。

秋俭不知这群日本兵为何而来，接着一个穿着青布棉袍的年轻人从日本兵中间走了出来。

秋俭一看，竟然是肖野！

第二十四章　鼓动沙场

肖野看到秋俭也是一愣，惊喜地问道："秋俭，你怎么在这里？"

秋俭道："我在这里住了好几个月了，跟这里的老鼓师学做鼓，你怎么找到这里的？"

肖野道："我父亲的部队临时调派到这里，我也随军过来了。我知道中国甘肃和陕西制作大鼓的工艺博深悠久，所以借机寻找过来，想找到中国最好的制鼓师傅请教和探讨一些鼓方面的问题，总结一下中国大鼓和我们日本太鼓的各自特点。"

秋俭点点头，看了一眼门口的日本士兵："那你也不用这么兴师动众的吧？"

肖野一脸谦疚，给秋俭鞠了一躬："给你添麻烦了。因为最近这里经常有中国军队的游击队活动，我父亲怕我出危险，所以派这些士兵保护我。"

秋俭无奈地一笑："你这种阵势，是找不到愿意和你探讨技艺的中国制鼓人的，他们会觉得你这是挑衅和恐吓。"

肖野诚惶诚恐地又深深鞠躬道："对不起，我这就让他们撤离此处。"

秋俭刚要说话，马小蓝从屋里跑了出来，她看到门口一帮日本兵，大惊失色道："秋俭哥，怎么回事？"

秋俭向她一笑："小蓝，别怕，还记得他吗？去年正月十五在赵德魁家的后花园，就是他帮助我们逃跑的。"

马小蓝仔细看了一眼肖野，因为逃跑那天夜色太黑，她只模糊地看到肖野的样子，现在一看，果然是当天救助自己那人。她低声问秋俭："他怎么和日本兵在一起？"

秋俭回答："他是日本人，是个好人，是我们的朋友。"

马小蓝有些不信，只好道："那你们聊，我先回去了。"

秋俭和肖野来到榆树镇的一家酒馆，找了个靠窗的座位坐下，点了几个菜，又要了一坛"竹叶青"，一起喝酒畅谈。

看着大街上过往的日本军队和暮色苍茫的街头景色，秋俭的心特别沉重。

肖野敬了秋俭一杯酒，道："这个酒没有北京的二锅头好喝，一个淡一个烈，这酒像个女人，二锅头像个男人。"

秋俭看了眼酒杯里淡绿清澈的酒液，摇摇头："我觉得，无论酒味烈与淡，它们都是中国的酒，你说这酒像女人，但你多喝几杯就知道，在它柔淡似水的味道之下，是潜蕴的刚直和烈性！"

肖野点点头，把酒杯里的酒一饮而尽，沉思道："秋俭兄，自从那次钟鼓楼比鼓之后，你们中国大鼓的声音就一直在我耳边回荡，我总有种说不出的感觉。我们日本的太鼓做得再精细，也擂不出你们中国大鼓的那种声音，哪怕用最大的力量去擂也没有用，那是种独有的声音，简直是震撼。秋俭，你能告诉我为什么吗？"

秋俭也陷入沉思，过了一会儿，他道："我的一个长辈跟我说过，做鼓的人首先心要正，一面大鼓的制作工艺可以学到，但鼓声里的那种正气不是一般人能学到的。你所描述的那种说不出的感觉，我觉得是这股人之正气，有这股正气的鼓，也就是'人之鼓'！"

肖野眼睛一亮："'人之鼓'！说得好！秋俭，我也想要这股正气，让它存在于我所做的鼓里，我也要做出我的'人之鼓'。"

秋俭摇摇头："很难的。"

"为什么很难？我是个正直的人，应该有这股正气。"

秋俭把自己酒杯里的酒一饮而尽，轻声道："我承认你是个正直的人，我也相信你做鼓的技艺也是一流的，但你没感受过被欺凌的滋味，没感受过做奴隶的屈辱，没感受过无国无家、亲人死亡离散的痛苦，你明白吗？"

肖野沉思了片刻，回答："我明白了，你说的是现在中国人的处境，在这种处境下，会激发愤怒和反抗，所以一个正直的中国人在这种处境下，才能擂出那种鼓声。"

秋俭点点头："看来你已经明白了。"

"我是明白了，但按你的意思，难道我做的鼓永远不能有正气的鼓声了？我就永远做不出属于我的'人之鼓'了？"

秋俭轻轻一笑："可以的。"

"怎么可以？难道是让我们日本也被侵略被压迫，我才会拥有它？"

秋俭看着窗外渐深的夜色，目光坚定地道："也不是。其实我们中国是一个秉承着儒家思想的国度，儒家思想的中心，其实就是一个'和'字。我认为，'和'字就是和平，和平也是一种正气，如果我们互不侵犯，和平相处，彼此在自己的国家快乐地生活，那么你擂出的鼓声，就是一种蕴含着浩荡正气的鼓声。你做出的鼓，就是'人之鼓'。"

肖野听完秋俭的这些话，沉默了，他看着窗外，呆呆地愣神思考着。

夜渐渐深了，两个来自不同国家的制鼓人，在硝烟漫布的一个西北小镇，对饮相谈，说着一个共同的话题，没有争辩，只有潜心的交流和探讨。

秋俭和肖野道别离开，独自往孙老鼓家走，今晚和肖野的谈话，也触动了他心底很多的东西。

拐过一个街角，眼看就要到家了，秋俭突然觉得后腰一痛，一个硬邦邦的东西顶住了自己。

接着一个低沉的声音在身后道："不许动！动就打死你！"

秋俭正想着如何反击，两支枪也从黑暗中伸出，一齐指向他的脑袋。紧跟着他的大刀被旁边一人粗暴地解下，另一个人在身后道："把他的眼睛蒙上，绑回去！"

接着他被绑住双手，跟着眼前一黑，被蒙住了双眼。

不知走了多少路，拐拐绕绕地一直走走停停，最后终于停住了。但秋俭眼上的黑布一直没被取下。他被摁坐到地上，周围的人似乎进进出出，脚步凌乱。

一个人问他的同伙："怎么着，把他的脑袋砍了挂日本军部去？"

同伙回答："先等等，队长回来再说。"

那人恨恨地道："好，让这个臭汉奸再多活一会儿。"

秋俭听出这应该是一帮抗日锄奸团形式的组织，心里也就踏实了，说道："朋友，你们误会了，我不是汉奸。"

他话刚说完，猛地觉得肩膀一痛，被人从背后踢倒在地。

那人骂道："你奶奶的！临死还狡辩！你不是汉奸是什么？我们从下午就盯着你了，你跟那个日本人一起喝酒，还说说笑笑！"

秋俭无法辩解，也不知如何脱困。

又过了很长的时间，这些人总是进进出出地忙碌，也不再搭理自己。

又过了一阵，听到踢自己的人喊道："队长，你可回来了。我们抓了个汉奸，一直等你回来处置。"

队长干脆地答道："等我干吗？老规矩，砍了脑袋给日本人挂灯笼！"

"好嘞！"

秋俭听到几人进屋的脚步声，接着被架了出去，跟着觉得额头一疼，自己的脑袋被对方用力按在地上。

只听一个声音狠狠地道："臭汉奸！爷爷送你上路，下辈子祝你好运气，托生一条狗吧！"

接着听到仓的拔刀声。

秋俭赶忙说道："朋友，你们误会了！"

"误会？那你跟阎王爷解释去吧！"说完听到他举刀的声音。

秋俭心里一紧，知道自己就要被砍脑袋了。

正在这紧要时刻，突然听到那个队长大喊："先别砍！"

接着秋俭听到他急匆匆的脚步声，跟着眼前一亮，脑袋上的黑布口袋被人取下。

"秋俭兄弟！真的是你！"

秋俭一看，竟然是许久未见的吴昌毅拿着自己的大钢刀站在面前。

秋俭被吴昌毅拉到屋里，只见屋里陈设简单，点着煤油马灯，站着六七个粗衣汉子。

吴昌毅一脸惊喜道："秋俭，好险啊，多亏我看见你的大钢刀，要不你的脑袋就搬家了。"

秋俭笑了笑："吴大哥，你们这个抗日锄奸团下手就是麻利。我在冀东几个县也干过这个，遇到汉奸先得感化教育策反，上来直接砍脑袋的真没有。"

吴昌毅哈哈大笑："我们不是抗日锄奸团，是游击队。今天到镇里打探敌情，看到那个便服日本人带着一队日本兵在大街上走，以为他去抓人，就派人跟着他，我带别的弟兄去执行打探的任务，没想到他们把你抓来了。"

秋俭点点头，把大刀背回身后。

吴昌毅跟身边的人道："弟兄们，这就是我经常跟你们提到的秋俭，我的救命恩人，咱们据点那四面大鼓就是他的！"

一个游击队员大声称赞道："好鼓！我们跟吴队长打伏击时，都是听着你那大鼓的声音冲锋的，特别带劲！一听到那鼓声，就觉得浑身上下的血都沸腾起来，死都不怕了！"

吴昌毅笑了笑，一旁问："秋俭，你和那个日本人是什么关系？为什么一起吃饭？"

秋俭回答："他虽然是日本人，但他是一个好人，救了我好几次命。"

吴昌毅点点头："你的话我信，那就是误会了。你帮我从北京逃出来后，我就一路找部队，一路杀鬼子，直到留在这里组织了这个游击队。这一年多的战斗中，确实也遇到过有良心的日本人。"

接着他问清秋俭来山西的原因，连忙道："好了秋俭，你赶紧回去吧，我们也得撤退了。今天我们已经打探好敌人的情况了，后天就会在镇西十里的狗牙沟打次伏击战，到时你就在镇里听着吧，你的大鼓声一响，就是我们冲锋的时候！"

秋俭听得心潮澎湃，道："吴大哥，我也要去！"

“兄弟，那可不行，很危险的！”

秋俭哈哈大笑：“我秋俭什么时候怕过危险！”

秋俭回到孙老鼓家，和三人讲了夜里遇到吴昌毅的事。

马小蓝听到秋俭差点被游击队误砍了脑袋，不由得心怦怦跳，手心冒汗，道：“秋俭哥，多悬啊！你要是死了，我可怎么办？”

秋俭微微一笑：“哪儿那么容易死，没事的。”

马小蓝眼眶湿润，道：“秋俭哥，你如果死了，我就不活了。”

这句话让秋俭心里一热，感觉在哪里听过，细想，是妻子玉灵说过的，他一阵感动：“小蓝，不要说傻话。”

马小蓝已经流下眼泪：“我不是在说傻话，是真的担心你。后天在狗牙沟的伏击战，我也要跟你一起去！”

秋俭摇头：“这可不行，你不许去！”

“不要你管，我偏要去，我也要打鬼子！”

一旁的鼓槌道：“小蓝，咱们就老老实实在家待着吧，万一挨了枪子，后悔都来不及。”

秋俭也赶忙安抚马小蓝：“小蓝，听话，你在家好好等你玉灵嫂子，我要是出了意外，还要你来照顾她呢，算哥求你了。”

马小蓝见说不过秋俭，只好点头。

一旁的孙老鼓抽着旱烟，突然说道：“秋俭，我也去！”

秋俭一愣：“孙爷爷，您这么大岁数就不要去了吧。”

孙老鼓把残烟敲掉，坚定地道：“我八十二了，早就活够了，这要是打别的仗，我肯定不去添乱，可这一仗我必须去！因为我姓孙，我们孙家的大鼓在战场上呢！我要让日本人知道，不光孙家的大鼓敢上战场，孙家的人也是不怕死的！”

秋俭听完感动万分，点点头道：“好，孙爷爷，咱爷俩一起把孙家大鼓擂起来！”

第二天，秋俭带着孙老鼓去见吴昌毅，马小蓝在家为秋俭和孙老鼓缝制鼓服，鼓槌却借口上街去买酒，偷偷去日本驻屯军军部报信。

狗牙沟伏击战当天，秋俭和孙老鼓爷俩穿着整齐的鼓服，围着包头巾，威风凛凛地站在孙记大鼓前。

吴昌毅看了一眼怀表，离日本人经过的时刻已近，便吩咐所有游击队员进入战斗状态。

游击队员们纷纷把子弹上膛，向着日本人来的方向观望。

过了一会儿，车马声隐隐传来，一支日本军队排列整齐地进入狗牙沟沟口，队伍前面是一个骑着大洋马的军曹。

吴昌毅低声道："听我枪响，然后一起射击。"

游击队员们立刻聚集了精神，眼睛一眨不眨地盯着缓缓前进的日本军队。

那队日本军队渐渐进入了射击范围，吴昌毅把枪瞄向那个日本军曹扣动了扳机。

砰！

枪声就是命令，所有战士一起向沟底的日本军队射击。

一时间枪声大作，子弹像雨点一样呼啸着飞了过去，同时，十来颗手榴弹也在敌人身边轰然爆炸。

日本军队大乱，迅速找到障碍物伏下开枪还击，同时他们的三组迫击炮向着游击队埋伏的地方吊炮攻击。

一场恶战打响了！

秋俭和孙老鼓两人紧握着鼓槌，只等吴昌毅宣布冲锋的那一刻。

战场上，敌我双方均有人负伤倒地。枪炮隆隆，胶着间，突然游击队所在位置的后方响起机枪射击声，跟着无数发子弹猛地射来，几个游击队员背后中弹牺牲。

吴昌毅回头一看，一大群日本兵正从身后冲过来，他大惊道："大家注意身后，我们中埋伏了！一班二班，回身阻击，三班给我顶住正面的敌人，四班去抢占那个制高点，快！"

战斗仍在继续，但攻来的敌人越来越多，从两边夹击之势变成合围，游击队这一边伤亡惨重，不时有战士死伤。

眼看已经被包围了，吴昌毅把枪举起，大声喊道："兄弟们！和鬼子们拼了！秋俭，擂鼓！冲！"

秋俭和孙老鼓互相看了一眼，猛地挥动起手里的鼓槌，奋力击向身前的大鼓！

咚！咚！咚！咚！咚！

鼓声伴着枪炮声猛然响起，所有游击队员端起枪冲向眼前的敌人！子弹还在飞窜，炮弹还在炸裂，鼓声还在鸣响！

冲在最前边的游击队员已经和日本兵展开肉搏战，刺刀纷飞，鲜血满地！

秋俭和孙老鼓依然用力地擂着大鼓，不时有子弹擦着他们耳畔飞过。突然，一枚迫击炮弹在他们身边炸开，炮声过后，孙老鼓那边的鼓声一下就停了。秋俭一看，老人已经被炮弹击中，倒在大鼓上死去。

秋俭心里一疼，大喊："孙爷爷！"然后接着奋力擂鼓！

接着，好几枚炮弹在他周围炸开，炮声隆隆，石飞土扬，最后秋俭突然觉得左肩头一痛，原来一枚弹片已经打入他的身体。他咬着牙继续用右手擂着大鼓，看着游击队员们一个个陆续倒地牺牲。

日本兵已经离他越来越近，最后他把鼓槌一扔，从背后拔出大刀，直冲向最前边的几个日本兵！他已经抱着必死的决心冲杀，所以大刀所到之处立刻血肉横飞，惨叫连连。

不远处，六个日本兵围住吴昌毅，吴昌毅已经浑身是伤，但仍然拼死抵抗，手里的刺刀也沾满了鲜血。突然，一把刺刀捅到他的后腰，他大叫一声扶腰跪到地上，剩下的几个日本军人一起挺着刺刀刺向他的身体。最后，他猛地从腰里拔出一枚手榴弹，拉开引线，冲秋俭大喊："秋俭兄弟，我们来世再见！"

轰的一声巨响，手榴弹把吴昌毅和那六个日本兵一起炸死！

秋俭看到之后心痛不已，手里的大刀呼呼带风，接连又砍死好几个日本兵，渐渐地，他觉得手臂已经挥不出力量，肩膀伤口处的鲜血越流越多，最后他眼前一黑，就昏死过去。

等秋俭再次醒来，发现自己躺在一间牢房里，身上的伤口已经被包扎好了。监门外边，一个日本兵背着枪巡走监视着他。

他觉得口渴难耐，歪头一看，身边竟然放着一碗牛奶和两个馒头。他有些纳闷，觉得日本人对俘虏的待遇有些过好，然后也懒得去想，拿起馒头就吃了起来。

到了后半夜，突然监牢铁门被打开，四个日本兵走了进来，架起秋俭就往外走。

秋俭被他们架到日本兵营外的一片空地，秋俭一看，南面不远就是榆树镇的门楼。

那四个日本兵一起站好，其中一个拔出腰里的手枪，把子弹上膛，然后直指秋俭。

秋俭知道死期已至，心里已经没有了恐惧，坦然地看着眼前黑洞洞的枪口。

砰！

枪声响过，秋俭耳朵一阵鸣响，竟然发现自己没有死。那四个日本兵也不理他，转身离去。

秋俭很是纳闷，呆呆地站在原地。

这时，他身旁的树后走出一人，手里拿着他的牛皮鞘钢刀。秋俭仔细一看，是好朋友肖野。他一下明白过来，又是肖野救了自己。

肖野把大刀交给秋俭，低声道："跟我来。"接着把秋俭带到一个僻静的地方。

他见左右无人，低声道："秋俭，你赶紧走吧。你们中国话说得好，夜长梦多。那四个军人是我父亲的部下，也算是我的亲信。我模仿了我父亲的笔迹写了一个枪毙犯人的便条，又偷偷盖了印章，让他们四个人来监牢把你提出就地枪毙。现在你自由了，赶紧离开榆树镇吧。"

秋俭很是感动："肖野，谢谢你。"

肖野摇摇头："我应该谢谢你，是你让我知道我应该如何保存心里的正气。秋俭，相信我，我一定会做出充满正气的'人之鼓'的。"

秋俭点点头："肖野，我相信你！"

肖野一笑，问："你以后如何打算？"

秋俭眼神坚定地道："我经历了一场又一场生死考验，我看着我的同胞拼尽最后的一滴鲜血来捍卫自己的家园，我不想再做普通的鼓匠了。我有大刀，有一身功夫，有一腔热血，有一颗中国人的心，所以我要保卫我的国家，和侵略的人拼到最后。"

肖野听完，深深鞠了一躬："秋俭，不管以后我们会以什么方式见面，我都希望你知道，我有一颗热爱和平的心，请你多多保重！"

秋俭回到孙老鼓家，马小蓝看到他活着回来了，激动地扑到他怀里呜呜哭了起来。

秋俭轻轻拍着她的肩膀安慰道："小蓝，不哭了，我这不是回来了吗？"

马小蓝擦了擦眼泪："那天我在镇里就听到了战场上的枪炮声，心里急坏了，害怕再也见不到你了，这七天你知道我是怎么过来的吗？"

秋俭这才知道，原来自己在日本人的监牢里昏迷了整整七天，赶忙道："小蓝，谢谢你这么惦记我。不过我还是要离开你。我决定了，要去找中国军队，然后跟他们一起打日本鬼子，这才是我现在应该做的。"

马小蓝点头道："我也决定了，从今天起，你去哪儿，我也去哪儿。你要去打鬼子，那我也去！"

秋俭知道这回是无论如何也拗不过她了，只好走一步算一步，便吩咐旁边的鼓槌："鼓槌，收拾东西，我们走。"

鼓槌一愣："去哪儿？"

秋俭道："没有目的地，我们去有中国军队的地方。"

鼓槌犹豫了一下，不再说什么，进屋收拾自己的衣物。

秋俭在孙老鼓家给老人和吴昌毅设了灵位，拜祭了一下，和马小蓝、鼓槌一起出门。秋俭拔出钢刀在大门上刻下几行字：

玉灵爱妻：

见字速回鼓坊

我安好勿念

盼早日团圆

夫俭

看到秋俭这些简单却情深义重的刻字，一旁的马小蓝心里像打翻了五味瓶一样，酸甜苦辣的滋味一齐涌上心头。她知道，自己会爱这个男人一辈子，哪怕没有名分，哪怕这份爱只默默藏在心底。

三人一路往东回返，天气已是特别寒冷，路上遇到的难民也越来越多，到了汾阳后又赶上大雪，道路越加难走，有时听到前面有日本军队设卡在难民里抓壮丁，还要绕很远的路躲开。秋俭沿路也打听抗日军队和游击队的消息，但都如石沉大海。快到介休时有了好消息，一些从前面折返回来的难民告诉秋俭，再往前的太原方向有中国军队在和日本军队作战，但战场不固定，中国军队还是以游击方式和日本军队周旋。虽然消息不确切，但对秋俭来说已经是好消息了。

这一天他们正随难民沿着铁道线赶路，忽然听到空中有隆隆雷鸣声音。秋俭很纳闷，因为天空晴朗，根本不可能有雷雨。紧接着，难民里一阵骚动，突然有人指着远处的天空叫道："小日本飞机轰炸来啦！"

这一下难民队伍就像炸了锅一样，一时间人哭马嘶，瓢倒锅摔，到处是黑压压四散奔逃的人。

再看飞机群已经越飞越近，引擎声呼啸如雷。突然，远处开始浓烟四起，爆炸声猛地传来，原来那些飞机开始投弹了，顷刻间地面被炸得灰土激扬，有的铁轨也被炸得断裂开来，枕木飞得到处都是。

秋俭赶忙下马，跑过去把马小蓝拽下马来，然后拉着她躲到一堆铁路基石旁趴下，鼓槌也吓得跳到一个炮弹坑里躲了起来。

那群飞机投了二十余枚炸弹后就呼啸着飞走了，浓烟散去，难民死伤很多，到处是哭声和喊叫亲人的声音。

这时，一支三十多人的中国军队骑马赶到，他们赶忙下马帮助难民收拾散落的财物，救助受伤的人。有几个士兵到处大声喊："乡亲们，赶紧跟着我们撤离，一会儿日本人的飞机还会飞回来，不要在原地停留！"

难民们赶紧跟着这支中国军队一起撤离，秋俭让马小蓝牵着马，自己带着鼓槌一起帮着那些士兵抬伤者。所有难民一起拥入附近的一个大镇子里，那支中国军队的后续部队陆续赶来，迅速布置队形负责守卫，难民们安静了下来，开始搭帐篷做饭，照顾受伤的人。

秋俭也找了一间饭馆，和马小蓝、鼓槌坐下吃饭，因为正值战乱，这家小饭馆已经没有了别的吃食，只提供刀削面和醋，虽然简单，但三人奔波了一天，也吃得津津有味。

谁知刚吃了一半，街上又是一片喧哗，接着就听到天空中传来飞机的轰鸣声，然后炸弹爆炸的声音再次传来。那支中国军队的士兵纷纷举枪向飞机射击，但根本没有用。这次空袭十分厉害，不到十分钟，这个大镇子的很多房屋就被炸坏，又炸死了好几个百姓。

不一会儿传来消息，旁边的几个村庄都没能从这次日本人的空袭中幸免，被炸得物损人伤。

秋俭见那支中国军队在街上抢救埋在废墟里的人，也跑去帮忙。在一间倒塌的房子上，他正和几个士兵一起低头挖救时，突然身后有人叫道："是秋俭吗？"

秋俭回头一看，竟然是志武！只见志武穿着一身军装，蓄起了胡子，黑瘦了许多，眼睛依然炯炯有神。

秋俭高兴地直起身，大叫道："志武，怎么是你？"

志武哈哈大笑："我路过这里，从老远就看到你背后的大刀了！"

秋俭把手上的泥土掸掉，高兴地道："走，鼓槌和马小蓝也在，我带你见他们去。"

马小蓝见到志武很是高兴，因为她记得志武曾经在袁大疤瘌的老巢救过自己。

鼓槌见到志武却吓了一跳，因为当年去南苑兵营偷枪时，就是自己带着袁大疤瘌躲在志武后面，抢了志武刚偷来的枪，并差点让他命丧军营。想到这些，他只好硬着头皮对志武道："志武，你还好吗？"

志武并不知道偷枪那晚是鼓槌叫来的袁大疤瘌，所以表情自然地道："我挺好的！咱俩得有两年没见了吧？记得最后一次见面，是去南苑兵营偷枪，哈哈，那时真是幼稚，现在想起来，都觉得可笑。"

鼓槌见志武像是不知道自己做的坏事，心里轻松了许多，道："你记错了，咱俩最后一次见面是在广文家老宅，你光和广文嚷嚷了，没注意到我。不过那次偷枪真的够悬，可没那次，你也不会当兵，更不会是现在这样。"

"对，现在我是一个正经八百的军人了，那时天天愁摸不到枪，现在天天愁摸枪！"

说完他对秋俭道："秋俭，我不能在此多待，南边那个孟家集难民多，所以炸得更严重，死了很多人。我们营的卫生员都在那里忙活，我这就给他们送药去，晚上回来咱们再聊。”

秋俭点点头：“好，你去忙吧，我也和鼓槌去帮着挖砖救人。”

马小蓝在一旁道：“那我也不能闲着了，这样吧，我跟志武大哥去孟家集抢救伤员，我是女人，手底下细。”

秋俭高兴地答应了，四人分散开，马小蓝骑着马和志武来到五里外的孟家集。

到了孟家集，马小蓝和卫生队的士兵们一起救治伤员，她是个细致麻利的姑娘，不一会儿就得到卫生员和伤者的称赞。

这时，一个干瘦的老头跑来，神色焦急地对马小蓝道：“姑娘，麻烦你，我孙女的后背被房梁砸到了，她还在坐月子，现在疼得都喂不了孩子了。”

马小蓝一听，赶忙拿起医药箱，对那老头道：“走，您带我去！

马小蓝跟着那老头一起来到他们居住的小屋，只见屋顶已经被炮弹炸塌，屋里的家具被褥和屋门口的一堆拨浪鼓上都是土泥。一个年轻的妈妈后背都是鲜血，身子下躺着一个婴儿，不停地哭叫。

老头跑到年轻妈妈旁边道：“灵儿，找到医生了，你再坚持一下。”

灵儿疼得满头大汗，咬牙点点头，眼睛慈爱地看着自己的孩子。

马小蓝道：“爷爷，我不是医生，只是过来帮忙的，我先给这个姐姐看看伤势，要是厉害的话，我们再去叫军队的医生。”

爷爷点点头，帮着马小蓝一起挪开灵儿身边的房梁。

马小蓝看了看灵儿的伤势，倒是不大严重，只是皮外伤，马上简单处理包扎了一下。

马小蓝帮着灵儿包扎好伤口，又和爷爷一起把母子俩转移到一个没被炸毁的屋子里。马小蓝轻轻抱起那个孩子，仔细一看，是一个漂亮的男孩，不禁心生爱怜。

灵儿靠在床头，笑道：“妹子，看你的样子还挺喜欢孩子。”

马小蓝点点头，骄傲地道：“当然啦，我还给人家接生过呢，那是去年开春的事了。我和我哥在路边救了一个孕妇，和你长得还挺像呢，都特别漂亮。她生了一个特别好看的女孩，叫蓝春，中间这个“蓝”字就是我的名字。”

灵儿一笑：“小蓝，你也是个漂亮的姑娘。”

马小蓝脸一红：“灵儿姐，这孩子的爸爸呢？”

灵儿表情一阵落寞，眼睛一红：“也在山西，我们就是去找他，谁知在半路被一伙逃兵抓住，逼着我们跟他们一起逃跑，路上给他们做饭洗衣服。后来跑到太原，他们投降了伪军，就把我们放了，这一下就耽误了大半年。”

马小蓝亲了亲怀里的男孩："宝贝，好好长大，做个顶天立地的男子汉，保护你的妈妈，让她不再受欺负。"

那男孩像是听懂了马小蓝的话，嘴里咿咿呀呀地叫着，黑玛瑙一样晶莹的大眼睛好奇地看着马小蓝，突然嘴角一翘，笑了一下。

马小蓝喜欢得不得了，抱着那男孩又亲热了半天。

灵儿向外喊道："爷爷，给小蓝倒碗热水吧，忙活半天了。"

爷爷走进来，手里已经端着一碗热气腾腾的水，道："已经烧好了。"他把水放到一旁的桌上，"姑娘，把孩子放下吧，先喝口水。"

马小蓝道了谢，依依不舍地把孩子给了灵儿，端起碗喝了一口道："我还得赶紧走，还有好多人等着我们救助呢。明天我再过来，给你换药，再顺便看看小宝贝。"说完又逗弄了一会儿孩子，告别离开。

接下来的几天，马小蓝没事就去孟家集和士兵们一起帮着当地百姓修建房屋，给救治过的人换药清伤，一完成工作就跑到灵儿家和灵儿聊天，不撒手地抱着那可爱的小男孩逗弄。

这一天，爷爷从外边回来，对灵儿道："灵儿，我今天去镇上车站打听了，他们说太原那边的铁路已经修好，火车可以通行了，我们也该上路了。今天再歇一天，明天一早咱就走，坐火车的难民肯定多，必须早去。"

灵儿点点头："好，那我收拾一下。"

马小蓝听说他们要离开了，心里很不是滋味，紧紧搂着孩子，闻着他襁褓里的奶香味，道："灵儿姐，你们要走了，可我舍不得这个孩子呀，估计以后就见不到了。"

灵儿也喜欢上了这个直爽善良的姑娘，轻声安慰道："没事的小蓝，以后咱们还会遇到的，你记住，只要心里有这个人，哪怕离散错过，早晚还会重逢的。"说完眼睛有些湿润。

马小蓝听到灵儿这话后很是感动，心里想到了秋俭，她忽然觉得自己其实很幸福，自己爱着的男人就在自己身边，没有离散错过。她觉得应该好好珍惜这段相伴的时间，因为也许有一天，秋俭就会离她而去，相隔天涯。

马小蓝疼爱地看着怀里的孩子，问道："姐，记得你那天说过，咱们小宝宝的名字要让他爸爸起，我现在特想知道，他爸爸见到这孩子，会给他起个什么名字。"

灵儿一笑："我就是有那么个想法，我看你们娘儿俩有缘，不如你给他起个名字吧。"

马小蓝听后大喜，紧接着又紧张起来，恐怕自己起的名字不好听。她在屋里转了半天，想了好几个名字，但都不满意，便对灵儿说：“姐，我也起不好，干脆我回去问我哥吧，他一定会给宝贝起个响亮的名字的！”说完就往外跑，风风火火地骑马去找秋俭。

浑身是泥的秋俭正和志武一起帮老百姓修理被炸坏的房子，突然见马小蓝骑马回来，便站在房顶向下问道：“小蓝，你这么慌慌张张的，有什么事？”

马小蓝勒住马仰头道：“秋俭哥，赶紧的，帮我给一个男孩起个名字。”

秋俭一愣，哈哈大笑：“我又没见过那男孩，怎么起呀？再说你得告诉我人家姓什么呀，我要是给他起个名字叫发财，人家万一姓梅，不就叫没发财了嘛！”

一旁的志武也哈哈大笑。

马小蓝道：“你就别管了，应该不是啥怪姓，那是一个特别漂亮可爱的男孩，你赶紧的，人家妈妈等着呢！”

秋俭不再开玩笑，看了眼志武，想了想道：“现在中国到处战火，我们老百姓就希望多一些平型关大捷和台儿庄大捷那样的胜仗，早日把日本鬼子打跑了，我看就叫定捷吧，一定的定，大捷的捷！”

“定捷！”马小蓝道：“真好听，响亮还有寓意，就是它了，我这就告诉孩子妈妈去！”说完骑着马就跑了。

看着马小蓝远去的身影，秋俭对志武道：“等这两天忙完这里的活，我们去看看这个小定捷！”

马小蓝兴冲冲地回到灵儿家，高兴地叫道：“姐，宝贝的名字有了，是我哥起的，叫定捷，一定大捷的意思！”

灵儿听完高兴地道：“定捷！这个名字好！他爸爸听到了也会喜欢的！”

马小蓝跑过来抱着定捷道：“定捷，你要健健康康地长大，保佑咱们中国军队每次打仗都是大捷。”

灵儿在一旁笑道：“一定会的。小蓝，回去代我谢谢你哥哥。”

第二天一早，马小蓝借了一辆马车，拉着灵儿母子和爷爷一起去火车站。

爷爷在车辕上坐着赶着牲口，马小蓝和灵儿在车里依依惜别。马小蓝抱着还在熟睡的定捷，爱怜地替他掖了掖被角，突然一个东西从定捷的襁褓中滑落到脚下，马小蓝捡起一看，是一块漂亮晶莹的美玉，不禁夸赞道：“好漂亮的一块玉！”

灵儿赶忙伸手把玉绳重新系好，让马小蓝把这块玉套在定捷的脖子上。

马小蓝好奇地问：“姐，这块漂亮的玉叫什么名字？祖传的？”

灵儿摇摇头：“不是祖传的，是定捷爸爸让我保管的，但确实是个宝贝，叫‘玉蛤蟆’。”

马小蓝仔细抚摸着“玉蛤蟆”，赞道：“像定捷的小脸蛋，越摸越舒服！”

三人带着定捷来到火车站，虽然天刚亮，但车站已经聚满了数以千计的逃难旅客，远远望去黑压压的一片，难民们背着包袱领着孩子，吵闹着，静立着，等着唯一的那趟火车到来。

爷爷去打听发车时间，马小蓝和灵儿拉着手道别，语气和眼神都是依依不舍。

灵儿从包袱里拿出一个拨浪鼓递给马小蓝：“小蓝，这个小拨浪鼓送给你吧，这是爷爷做的，你留个纪念。”

马小蓝接过，用双掌合着轻轻一搓，拨浪鼓扑棱棱发出一阵脆响，十分悦耳动听。她很是喜欢，轻轻放到车里，抱过定捷亲了又亲，最后跳上马车和灵儿摆手道别：“姐，一路小心！我记住你的话了，只要心里有那个人，就算离别错过，以后一定还会再见面的！”

灵儿眼中都是离别的泪水，抱着定捷，和马小蓝告别。

马小蓝回到住处，一上午心里都是和好姐妹分开的惆怅。她漫不经心地做完午饭，等着秋俭、鼓槌和志武回来。

中午刚过，秋俭三人聊着天回到院里，秋俭喊了声马小蓝，马小蓝无精打采地应了一句。

听到三人正在洗手，马小蓝叹口气，仰躺到床上，随手拿起灵儿送的拨浪鼓合着双掌用力搓了一下。

扑棱棱！鼓声依然清脆悦耳。

马小蓝刚要再次搓动，突然秋俭急匆匆地窜进屋来，一把就把拨浪鼓抢到手中，急切地问：“小蓝，谁给你的拨浪鼓？”

小蓝被秋俭吓了一跳，赶忙道：“定捷妈给的啊。”

这时鼓槌和志武也跑进屋来，问道：“怎么了秋俭？”

秋俭举着拨浪鼓晃了晃，拨浪鼓清脆的声音响起，他眼中都是焦急：“志武，这是我们孙记鼓坊做的拨浪鼓，而且是皮爷做的，我一下就能听出来，因为它的声音永远是独一无二的！”

马小蓝愣住了，脸色慢慢也变了，眼睛瞪得溜圆，似乎已经意识到自己这些天忽略了一件重要的事。她看着秋俭，喃喃道：“秋俭哥，难道……那老爷爷是皮爷？定捷妈是……玉灵姐？”说到这儿，她把双手一拍，惊叫道：“呀！肯定是！”

第二十五章　离散夫妻

秋俭觉得那两人肯定是玉灵和皮爷，接着又问了一下他们大概的容貌，马小蓝详细地描述了一遍，最后突然想到了什么，赶紧补充道："对了秋俭哥，定捷脖子上还戴了一块玉，特别漂亮的一块玉，灵儿姐姐告诉我，那块玉是定捷爸爸托她保管的，叫'玉蛤蟆'！"

秋俭一听，知道肯定是玉灵和皮爷了，赶忙对志武和鼓槌道："我们现在赶紧去火车站，万一火车开走了，不知以后会怎样呢。"

志武和鼓槌齐声道："好，我们这就骑马过去！"

马小蓝一旁问："秋俭哥，那我呢？"

秋俭急匆匆地和鼓槌、志武一起往外走，边走边答道："马不够，我们先去，你自己找匹马再过去。"

马小蓝连连点头。

三人骑马赶到火车站，见火车站里人山人海，还没到大门就已经挤不进去了，但万幸的是火车还没启动，因为有很多难民爬到车顶不下来，所以一直耗到了中午。

秋俭和鼓槌、志武三人在人群里挤来挤去，四下寻找。因为正值冬季，人们都穿着深色棉袍，女人们也不例外，因为怕逃难时被日本兵或土匪骚扰，都不敢穿得太过于艳丽，各个都是深色的衣袄，所以放眼望去，火车站的人群一片灰黑。

秋俭只好和鼓槌、志武分开寻找，火车车厢里边都挤满了人，无论如何是挤不上去的，只能在车底下踮脚往车里眺望寻找。

最先发现玉灵的是鼓槌，但他根本没有去通知秋俭，而是暗暗记好车厢号之后，快速跑到火车站的站长办公室。

站长办公室里里外外也都是人，这些人里，有没有坐上火车找站长评理的，有提某个权贵名号来找站长解决座位的，有走失亲人前来寻找的，站长急得一脸是汗，嗓子干哑，左右答复。

鼓槌挤到站长面前，掏出一张写着字的信纸晃了晃，道："我有急事用电话。"

那站长一看纸上的文字和印章，大惊失色，赶忙点头哈腰地带着鼓槌来到办公室里屋，指着一部电话机道："您尽管用。"

鼓槌点点头，沉脸道："出去！"

站长赶忙退出，关好了门。

鼓槌摇通电话，等了一下，开始对听筒那边的人说道："我找到'玉蛤蟆'了……对，原来压根儿就没在秋俭身上，而是在玉灵身上，害得我们跟秋俭跑山西受了半年多的罪。玉灵我看到了，就在太原发来的火车上……对，肯定是她！您赶紧派人在下一站把她抓住，然后拿到'玉蛤蟆'，她在倒数第二节车厢……好，我马上骑马赶过去收货……好！好！对了，《孙记制鼓技要》我今天也能拿到，我已经叫他们去取了，秋俭没在家，他和我在车站。"

鼓槌说完挂上电话，匆忙走出办公室，站长赶忙上前道："您还有什么吩咐？"

鼓槌看了一眼窗外乌压压的人群和乘客严重超员的火车，低声道："赶紧把火车发出去！别管车顶上那帮人了，摔死活该！"

说完他挤了出去，又恐怕有闪失，赶忙跑到玉灵的车厢附近，躲在人群里守望着，等着火车启动。

呜——

火车冒着滚滚蒸汽已经慢慢开动了，没坐上车的人做着最后的努力，叫嚷着奋力往上攀挤。

秋俭见火车已经启动了，赶忙跑到站台上追着缓缓移动的火车焦急寻找。他被来回穿梭的人流阻挡推撞，开始还能勉强和火车同步，后来随着车速慢慢地加快，站台也到了尽头，他只能眼睁睁地看着火车徐徐出站，最后一脸失落地立在站台尽头。

而同一时刻，火车里的玉灵抱着定捷靠窗坐着，她见火车耗了大半天终于开动了，不禁心里一松。火车徐徐移动，她把头探出窗子深深吸了口气，冬季清冽的空气让她精神一振。她看着车下那些没能坐上火车的人，心里也替他们惋惜。因为战乱频繁，铁路这种运输命脉一直是中日双方军队争夺和摧毁的主要目标，今天发出一趟，下次再有火车就不知道什么时候了。

玉灵看着火车慢慢驶出了车站站台，刚要把头收回关窗，突然瞟到一个人背着大刀站立在站台尽头处，这个人的身影是那么熟悉，竟然是自己日夜思念的秋俭！玉灵心里一惊，以为是自己看花了眼，赶忙把头伸到窗外仔细观看，果然是秋俭！但火车继续徐徐加速，玉灵只能把身体最大限度地探到窗外，大声喊道：

“秋俭！秋俭！”

机器声淹没了她的喊声，秋俭已经默默回身准备离开了，玉灵着急万分，继续大声喊着丈夫的名字。

秋俭一脸失落地准备离开，突然隐约听到玉灵在喊自己的名字，他以为是错觉，接着那声音在背后又轻轻传来。他赶忙回身寻找，突然发现已经渐渐远去的一节车厢的车窗处，妻子玉灵正探身向自己招手叫喊！

秋俭一愣，透过团团飘散的蒸汽，仔细一看，果然是玉灵！

他赶忙大喊一声：“玉灵！”然后发疯一样跳下站台，顺着铁路路基拼命地追赶已经飞速行进的火车。

火车发着隆隆巨响开得越来越快，玉灵看着秋俭在车下努力追着火车，急得眼泪流出，大声喊着丈夫的名字。

秋俭脚下是铁轨边崎岖不平的土基和积雪，还有成片散落的铁轨基石石子，他根本用不上力道，只能不停趔趄着狂奔，最后脚下一绊，猛地摔倒在地。他不顾双手被石子硌破，迅速爬起继续追赶，但火车越开越远，自己根本追不上了。突然，他看到玉灵把一个婴儿抱着举到车厢窗外，大声对自己喊：“秋俭！看！我们的儿子！我们的儿子！他叫定捷！定捷！”

秋俭已经追赶不上了，眼看着自己的妻子和儿子随着火车远去，心里一阵难过，一下就精疲力竭地倒在铁轨旁的路基上。他泪眼模糊，看着火车越来越远直至消失，最后，只能隐隐听到火车的汽笛声回荡在远方铁轨延伸处的天空。

秋俭和鼓槌、志武骑马走后，马小蓝也赶忙出门去找志武的军队借马，但她刚锁上门准备离开时，突然一支枪口顶到她的脑袋，一人在身后狠狠地沉声道：“把门打开，进去！”

马小蓝对这个声音再熟悉不过了，一下就听出是自己的杀父仇人袁大疤瘌！

她打开门锁之后被狠狠推回住处，脚下一趔趄倒在地上。她抬头看去，袁大疤瘌和影子飞正奸笑着看着自己。

马小蓝被捆绑住并被堵住嘴，袁大疤瘌和影子飞在屋里到处翻找，最后听到影子飞在秋俭的卧室发出一声惊喜的低呼：“找到了，在这儿！”

袁大疤瘌赶忙跑进去，接着听他骂道：“奶奶的！终于拿到手了，这回终于能回北京了！”

接着两人走出来，影子飞手里拿着秋俭的包袱，袁大疤瘌手里拿着那本《孙记制鼓技要》。

影子飞看了眼马小蓝，问：“袁大哥，这女人怎么办？要不一刀捅死算了。”

袁大疤瘌色眯眯地看了眼马小蓝：“捅死岂不是便宜她了？先弄回咱们的住

处，我今晚跟她入洞房。”

影子飞无奈道：“你老是不长记性，回回说要跟她入洞房，回回都差点被她弄死！”

袁大疤瘌眼一瞪：“少废话，咱们辛辛苦苦从北京到山西跟了他们半年多，这回终于找到这本书了，还不让我好好享受一下。赶紧找辆马车去，咱们动作得快点，万一秋俭他们回来就坏了。”

两人把马小蓝带到镇边一个偏僻的小屋里，屋里一片狼藉，放着一个炭火盆，空气里都是烟酒的臭味，一个土炕上堆着两床脏兮兮的被子，一看就是临时而居的住所。

袁大疤瘌把马小蓝嘴里的布取出，拍拍她的脸蛋道：“小蓝，乖乖听话，别乱叫，晚上袁哥哥让你好好享受一下。”

马小蓝“呸”了一声道：“姓袁的，赶紧把我放开！”

袁大疤瘌哈哈大笑：“放开？想得美！放开你，你跑了怎么办？”

袁大疤瘌和影子飞点燃炭盆，靠在炕上一起翻看《孙记制鼓技要》，见上边除了字之外都是一些难懂的符号，便把它扔到一边。

袁大疤瘌道：“我们费死了劲就等来这一本天书，值吗？要不是因为它，我能跑这儿受这洋罪？肯定在北京我那小院儿享福呢。”

影子飞叹口气：“咱哥俩是越混越次啊！”他坐起身，“来！先喝点儿，那王八蛋指不定什么时候回来呢。”

袁大疤瘌点点头，起来和影子飞就着几个咸鸡蛋喝酒。马小蓝见他们只顾聊天没注意自己，便四下寻找解困的方法，最后她发现，在自己不远处的水缸旁边有一把锈迹斑斑的破刀子，看来是劈柴用的，便慢慢往那边挪动。当她刚把刀子拿到手的时候，影子飞突然一指她，喊道：“你要干什么？”

马小蓝迅速把刀子掖在自己的棉衣里，道：“我渴。”

袁大疤瘌嘿嘿笑道：“渴？那我嘴对嘴喂你口水吧！”说完拿起桌上的一把茶壶，色眯眯地走向马小蓝。

马小蓝挣扎道：“袁大疤瘌，你这个畜生，别过来！”

袁大疤瘌哈哈大笑：“我畜生的时候你还没见到呢，晚上让你好好领教。”

正说着，突然门开了，鼓槌急匆匆地进来，一看，问道：“你们干吗呢？”

马小蓝一看是鼓槌，赶忙大声喊道：“鼓槌，快跑！他们是坏人！”

鼓槌一愣，然后呵呵一笑：“没觉得他们坏啊，他们要是坏人，那我也就是坏人啦！”

袁大疤瘌和影子飞一起哈哈大笑，影子飞问：“你他妈怎么耽搁这么久？”

鼓槌拿过袁大疤瘌手里的茶壶喝了一口水：“火车一直没开，我怕秋俭看到玉灵，就等着来着，技要呢？”

影子飞一指土炕：“那儿呢，我们刚才看了，天书似的啥也看不懂。”

鼓槌赶紧跑过去拿起来翻了翻，合上敲了一下道：“妈的，找得它好苦！秋俭看得实在太紧，我根本没有机会下手。”

马小蓝这才知道，原来鼓槌也是坏人，她大声叫道：“鼓槌，原来你和他们是一伙的，我这半年多做的饭原来是喂狗了！”

鼓槌冷笑：“嗯，既然这样，那我就不谢你了。”

他把《孙记制鼓技要》包裹好，收在自己的包袱里，对袁大疤瘌两人说：“我还得去趟凤集，玉灵坐的火车在那里有一站，我已经叫人在那站抓她了，但我还是不放心，因为有皮爷在呢。我必须亲自去抓她，你们把马小蓝杀了，赶快回北京吧。”

影子飞看了袁大疤瘌一眼，笑着道：“那你把技要给我们不就得了，我们带回去给赵德魁，这功劳可是大家的，你自己装起来，有点说不过去吧？”

袁大疤瘌暗暗佩服影子飞想得周全，他也一直看不上鼓槌，觉得他自从跟了赵德魁后，已经越来越不把自己放在眼里了，所以附和道：“影子飞说得对，技要既然找到了，要走一起走。你自己装起来带走，我们也不放心啊。再说了，就算拿回去给赵德魁，他也是送到小野大佐那里，现在小野大佐就在山西柳林调防，连他儿子小野敬一也跟着来了，我们不如直接把技要给他送去。”

鼓槌摇摇头：“那不行，赵师长待咱们不薄，咱们不能背着他这么干。”

“那咱三人一起拿着技要，别你一人带着，你要去凤集抓玉灵，我们也跟着。”

鼓槌见袁大疤瘌和影子飞绑在了一起，自己肯定斗不过他们，只好道：“也行，那咱们赶紧把马小蓝杀了，连夜就去凤集，我怕夜长梦多，因为皮爷那老东西是个厉害角色。”

影子飞点头：“好，那咱这就走……”说完他拔出腰里的匕首走向马小蓝。

袁大疤瘌一看，赶忙拦住：“别别别，马小蓝是我的，我要做回新郎再要她的命，要不太可惜了。你们先走，我明早去凤集找你们。”

鼓槌无奈地摇摇头，看了一眼马小蓝，道：“好吧，玩完她就直接杀了，别留后患。”

袁大疤瘌哈哈大笑，色眯眯地看了一眼马小蓝：“那多费事，我直接玩死她不就结了。”

鼓槌和影子飞见他这样，一起叹口气，出门离去。

夕阳如血，寒冷的西风呼啸而过，吹得人身心俱凉。秋俭和志武一脸落寞地在车站待了很久，静静无语。两人坐在站台边上，看着站台下的铁轨像两条红线一样，闪着微光，笔直地伸向远方。

没有坐上火车的难民已经逐渐散去，天也慢慢暗了下来，马小蓝和鼓槌也不见人影。

两人默默骑着马往回走，秋俭道："志武，我要去下一站找他们，这就回家拿包裹，再和小蓝说一声，今晚就走。"

志武叹口气："下一站是凤集，难民应该也少不了，我怕你找不到他们。"

秋俭摇摇头："不会的，刚才玉灵已经看见我了，她肯定会在凤集下车，然后往回走来找我，我骑马沿着铁路去迎她。"

"可这一去好几百里，万一……"

秋俭目光坚定："我一定会找到她的！"

两人回到住处，进屋以后就呆住了，只见屋里被翻得凌乱不堪，马小蓝也不知去向，秋俭在附近找了半天也没找到，鼓槌也没有了踪影。更让秋俭焦急的是，自己包袱里的《孙记制鼓技要》不见了。

他又和志武到处寻找了一番，但因为天已经黑了，根本就不见人影。

两人正要回家，突然远处传来一阵枪声，紧接着，七八枚迫击炮弹在不远处分散着炸开，硝烟立刻腾空而起。刚刚入睡的百姓和难民大喊着都跑了出来，一时间，步枪声和机关枪声也交织着响成一片，炮弹炸开引燃的火光一下就映红了天空。

一个士兵骑马赶来，喊道："营长，日本鬼子偷袭来了，我们已经在镇口设置了火力阻击线，但他们有迫击炮，我们顶不了多久！"

志武道："好，你赶紧回去，带一队人突围出去，让驻扎在孟家集的三排抄敌人后路，最后听号声撤退！"

"是！"那士兵骑马奔去！

志武掏出手枪，对秋俭道："秋俭，你赶紧去找玉灵，日本人突袭来了，真要打起来，你就走不了了！"

秋俭道："可小蓝和鼓槌还不知去了哪里。"

志武喊道："你不要管了，赶紧去吧，我找他们。"

秋俭道："志武，注意安全，这是玉瑛让我告诉你的。"

志武点点头："好的，我记下了，你也一样。咱们后会有期！"

"后会有期！"

袁大疤瘌美滋滋地喝完酒，醉眼迷离地看着坐在地上的马小蓝，嘿嘿地淫笑道："好啦，咱们可以入洞房了！你不要怕，我会轻一点的。来，为夫我亲自抱你上炕！”

他下炕后摇晃着向马小蓝走过去，眼睛里都是欲火，而马小蓝此刻也急切万分，因为她一直在用那把偷藏起来的破刀割背后的绳子，但因为手腕被绑，手指根本用不上力量，只能一下一下地蹭。她见袁大疤瘌向自己走来，心里急得要命。

突然，窗外传来一阵枪声，接着炮声隆隆大作，袁大疤瘌一愣，赶忙爬到土炕上，推开窗子往外看去。同时，马小蓝也把绑在手腕上的绳子割断，见袁大疤瘌正向窗外张望，立刻举着那把破刀子直向他后背刺去。

袁大疤瘌听到背后有动静，马上回头一看，见马小蓝手握尖刀已经扑到自己面前。他吓了一跳，赶忙闪躲，但因为喝酒太多，已经微醉，想躲，但身子已经不听使唤。眨眼间马小蓝已经扑到眼前，袁大疤瘌啊的一声，只觉胸部一疼，马小蓝手里的刀子已经插入他的身体，他低哼一声就倒在土炕上，腿蹬了几下就死去了。

马小蓝见他已死，赶忙跑到外边，骑上袁大疤瘌的马冒着炮火流弹赶回住处。到那里一看，根本没有秋俭的踪影。她立刻掉转马头去找志武，她知道，志武应该带着队伍正和日本人拼杀。

她跑到枪声最激烈的地方，下马哈腰跑到一个中国士兵旁边，大声问：“你们营长在哪儿？”

士兵向远处一指：“在那儿！”

马小蓝一看，志武正抵着机关枪射击。她赶忙俯身朝志武跑去，可刚跑到一半，一颗迫击炮弹就在她身边爆炸了，同时一股气浪猛地把她震翻在地。她觉得头一阵发蒙，耳朵鸣叫，眼前的红色火光瞬间模糊，跟着眼前一黑，晕死过去。

等她再醒来时，发现自己躺在一架马车上，身后远处的村落燃着熊熊大火，依稀还有枪声传来，身边是一群匆忙行走的中国军人，志武骑着马在前边走着，不停回头催促。

见马小蓝醒了，志武赶忙勒住马，然后和马小蓝的马车并行，问：“小蓝，你能坚持住吗？”

马小蓝觉得自己身体无碍，说道：“我没事，估计是让炮弹震昏了。”她左右看了看，问，“这是哪里？我们要去哪儿？”

志武道：“我们已经突围了，现在去祁县和另外一支部队集结。”

“秋俭哥呢？”马小蓝意识全部清醒了，突然想起了秋俭。

“哦，他去凤集找玉灵了，那趟火车下一站是凤集。”

“你们在火车站没找到玉灵嫂子？”

志武叹口气："找到了，但发现她时，火车已经开了！"

马小蓝道："志武哥，赶紧把车停下，我不去祁县，我要去凤集，去找秋俭哥！"

"你伤成这样怎么去？"

"我没事，你给我一匹马和一把枪就行，真的不能耽搁了！"

"好，你们找到玉灵后，一起到祁县找我，不过路上要多加小心。"

马小蓝下车后，骑马挎枪匆匆和志武道别而去，但一时着急，忘了告诉志武鼓槌做的坏事。

玉灵和皮爷坐的火车一路走走停停，在第二天下午终于到了凤集，玉灵抱着定捷和皮爷赶忙下了车。

皮爷在车站外找了一个凳子，把包袱放在上面，对玉灵道："灵儿，我去问问有没有回去的火车，如果没有，我去找找有没有租马车的，咱们回去找秋俭，你先在这里等我。"

玉灵点头答应，坐在包裹旁边哄着怀里的定捷。

皮爷刚离去不久，突然，三个灰衣男人迅速围了上来，他们手里拿着刀子，冲玉灵低声道："不许喊，要敢喊就宰了你的孩子！起来跟我们走！"

玉灵吓了一跳，也不敢叫喊，只能紧紧抱着定捷，被三人推搡着上了一辆席篷马车。刚坐到车上，玉灵的脸就被蒙住了。马车摇摇晃晃地走着，玉灵感觉那马车左拐右绕地走了很长时间才停下来。

玉灵被推搡着带到一间小屋里，被拿去了蒙布。玉灵四下一看，只见这是一间普通的屋子，窗子玻璃被刷了白漆，屋里只有一张单人床和一套桌椅。

其中一人低声喝道："好好给我在这里待着！"说完几人走了出去，把门锁上了。

玉灵愣了愣，把定捷放到床上，听窗外没有任何声音，也不知道自己身在何处。到了后来，四下渐渐暗了下来，已经入夜了，玉灵又累又困，歪在床上和儿子昏昏沉沉地睡去了。

第二天一早，外面突然传来脚步声，接着门锁一阵响动后，门一开，鼓槌走了进来。玉灵一愣，她万万没想到会在这里遇到鼓槌，不禁问道："啊！鼓槌，怎么是你？"

鼓槌冷笑着没有回答，他身后，影子飞也走了进来。

玉灵认出了影子飞，记得他是那年春天在孙家老宅装扮狐仙的坏人，见他和鼓槌在一起，心里已经暗觉不妙。

玉灵赶忙抱起孩子，盯着鼓槌："鼓槌，你怎么和他在一起？"

鼓槌看了眼影子飞："怎么？我俩在一起不行是吗？"

玉灵冷笑："当然行。现在这世道，连人都能做狗，还有什么不行的。"

鼓槌微微一笑，看了一眼玉灵怀里的孩子，道："秋俭的？"

玉灵面若冰霜："鼓槌，你想怎么样，说吧。但是你要敢动我孩子一下，我就和你拼命！"

鼓槌哧地一笑，语气变软："玉灵，你想多了，我只是和你叙叙旧啦，咱俩都是在鼓坊一起长大的，我还能把你怎么样？我又不是坏人。"

玉灵轻轻冷笑。

鼓槌回头对影子飞道："你先出去等我，我有话和她说。"

影子飞看了玉灵一眼，提醒鼓槌："你可小心点，她会障眼法，说不定一矬身就遁地跑了。"

鼓槌一笑："不会的。"

影子飞出去了，玉灵抱着定捷坐到了床上，背对着鼓槌。

鼓槌坐在椅子上，叹了口气："玉灵，没想到咱俩还能碰面，你说，这是不是老天的安排？"

玉灵默然不语。

鼓槌继续道："我在鼓坊混了这么多年，心里一直惦记的就是你，我最倒霉的时候、挨欺负的时候，只要想到你，心里就不难受了。我现在享福了，第一个想到的也是你。你想想，你跟了秋俭以后，享过什么福？就看你天天受罪了。要是当初跟了我，肯定不是现在这样。玉灵，我一直喜欢你，不如你现在就跟了我，我保证让你过上阔太太的日子。"

玉灵没有转身，只是冷冷地道："你出去！"

鼓槌起身上前接着求道："玉灵，你就跟了我吧。秋俭现在还不知道在哪儿呢，就算你找到他，也是跟他过穷日子。"

玉灵突然转头，眼中都是寒意，愤声道："鼓槌，你说什么都没用，你说得越多，就越让我厌烦你。我不知道你把我关在这里要干什么，但无论你提出什么我都不会答应你的！你出去吧，我不想看到你！"

鼓槌脸一沉："玉灵，你这是好话不听对吗？那你别逼我做绝的。反正你已经在我手心里，答应不答应我说了算。告诉你，你现在已经是我的女人了，因为我曾经发过誓，早晚要得到你！"

"滚！鼓槌，你就是一个畜生！"

"好，骂我是畜生，那我可就做畜生做的事了！告诉你，你要不答应跟我，我就把你手里这小崽子摔死！"说完眼露凶光！

玉灵听到鼓槌说出这话，眼中闪过一丝惊恐。她抱紧定捷，大声道："鼓槌，你敢碰我的孩子，我跟你拼命！”

鼓槌哈哈大笑：“那我要看看你怎么和我拼命！”说完他喊道：“都进来！”

影子飞和那三人开门走进来，一起看着惊惶无助的玉灵。

鼓槌凶狠地道：“把那小崽子给我抢过来！”

影子飞四人一起扑过去，玉灵大喊着挣扎保护，定捷猛地哇哇大哭。争夺中，玉灵不忍心拉扯孩子，心一软，最终还是被影子飞把定捷抢走了。

三个灰衣人用力把玉灵制住，她大哭着喊道：“把儿子还给我！”

鼓槌抱过定捷，仔细看了一眼孩子的模样，阴狠地道：“别说，还挺像秋俭的。”说完把手伸进定捷的怀里掏出“玉蛤蟆”，用手掂了掂，道：“这个东西我拿走了。”说完放进自己衣兜。

玉灵哭喊道：“鼓槌，你这个畜生！畜生！”

鼓槌哈哈大笑：“好，那我就畜生到底。影子飞，麻烦你一趟，把这小崽子给我处理掉。”说完把定捷又递给影子飞。

影子飞点点头，抱着孩子就出去了。

玉灵猛地挣脱那三人的控制，扑向门口，却被鼓槌一把抱住，道：“玉灵，听话，咱不要那野崽子了，跟了我，我会让你生个比他可爱十倍的儿子！”

玉灵大怒，一挥手，啪的一声抽了鼓槌一个大嘴巴。

鼓槌觉得左脸麻辣辣的生疼，一摸之下发现嘴角都是鲜血，他恼羞成怒，回手也打了玉灵一个嘴巴，玉灵一下就被打倒在地。

鼓槌吐了口唾沫，气急败坏地道：“把她给我绑起来，等袁大疤瘌到了，就带着她回北京。”

影子飞骑着马抱着定捷出了大门，穿过几条街，到处寻找丢弃孩子的地方。定捷在他怀里大哭着，引得过往的行人纷纷观望。他厌烦异常，催马飞奔，最后来到一座桥上，见桥下是冻了冰的河床，一片枯黄的芦苇。他见四下没人，就双手把大哭着的定捷高高举起，用力扔到了桥下面，接着他听到定捷的襁褓坠地的声音，再也没听到那孩子的哭声，心想一定是摔死了，而且就算不死也会被冻死，便吐口唾沫，掉转马头回去了。

皮爷打听完回程火车的消息，回到车站去找玉灵母子，却发现连人带包裹都不见了。他在火车站的人群里到处寻找，甚至连火车上都找了，也不见母子两人的踪影。他在火车站的候车室熬等了一夜后，第二天一早，就跑到凤集城里又开始寻找。临近中午的时候，他见前面河边桥上围着一群人，便赶忙跑过去看，只见人们指着桥下芦苇中的一个婴儿襁褓在议论着。皮爷趴到桥栏往下仔细一看，那婴儿竟然是定捷。他心里一惊，赶忙顺桥边河坡下到河床里，然后踩着冰面来到那片芦苇丛。他抱起定捷一看，定捷竟然还活着，正闭着眼睛睡觉。一入皮爷的怀抱，这孩子突然醒来，哇哇大哭。皮爷的心放了下来，抱着定捷爬回河岸，然后继续在小县城里找寻玉灵。

秋俭骑着马赶到凤集时，已经是第二天傍晚了，因为他在路上一直耽搁，只要一遇到沿着铁路逃荒的难民就一边问询一边在难民里寻找，希望遇到回来寻找自己的皮爷玉灵二人。一路赶来，最后他来到凤集火车站，但问遍所有人也没能打听到玉灵和皮爷的下落，天渐渐暗了下来，他茫然地立马站在街角，看着暮色中的凤集城，心里都是迷茫和焦急。

而另一个街角，马小蓝也是茫然地静立着，她也是寻找了半天，根本没有秋俭的影子。这个城突然显得那么大，大得让她无助，她想哭，却哭不出来。她根本没想到，她苦苦寻找的男人，此刻就在离她不远处的另一个街角。马小蓝此刻的心中，一直萦绕着玉灵的那句话："如果心里有那个人，就算离散错过，最终也会再见面的。"

另外不远处的街角，劳顿不堪的皮爷抱着定捷坐在一个削面摊前，皮爷让摊主用面粉做了一碗疙瘩汤，用勺子一口一口地喂定捷，那孩子吃得津津有味，不停地用舌头舔着嘴唇。皮爷眼中都是爱怜，低头道："孩子，告诉爷爷，你妈妈到底去了哪里？"

马小蓝一脸失落，骑马在凤集街上漫无目的地走着，希望能遇到秋俭。突然，前面一个人骑着马飞快地跑过，马小蓝心里一惊，那骑马的人竟然是影子飞！

她也赶紧催马追去，见影子飞拐过几条街后，下马进到一个大院子里。

马小蓝心里起疑，赶忙追了过去。到了院子的后墙，她踩着马背翻到墙上，然后跳到院里，悄悄来到一个亮灯的窗子往里望去，只见鼓槌靠在椅子上翻看着一本书，影子飞在一旁喝水。

只见鼓槌把书收回一个粗布包袱里，说道："也怪了，袁大疤瘌怎么还不来？莫非让马小蓝给杀了？"

"还真悬！那马小蓝多么古灵精怪的一个女人，估计袁大疤瘌上了她的道。我的意思别去管他了，技要在咱们手上，明早他再不来，咱们就回北京。"

鼓槌坐直身体："行，我也怕夜长梦多。"

影子飞又问道："那玉灵你怎么处置？也要学袁大疤瘌入洞房吗？刚生完孩子的女人有啥意思，不如杀了得了。"

他这话一出，窗外偷听的马小蓝心里一惊，原来玉灵已经被鼓槌二人抓住，就关在附近的屋里。

鼓槌在屋里道："杀她哪儿行？我还要把她带回北京呢。"

影子飞无奈摇头：“真是没法说你和袁大疤瘌两人，英雄好汉都毁在‘色’字上边了。但愿能平安回京，出来这半年多，我都烦了。”

马小蓝不再听他二人闲谈，掏出志武给的手枪，伏身挨屋寻找，终于在最里边的一间屋子里发现了被关押的玉灵。

她自幼和闯江湖的父亲学过开锁，见是一把普通的插锁，便从头上拔下银簪子弯了一个小钩，很快就把那锁打开。她进门低声道：“灵儿姐，别说话，我是小蓝。”

借着屋里油灯的光，玉灵一看是马小蓝，不禁一阵惊喜，点点头，并示意自己手脚被绑着。

马小蓝赶忙跑过去帮玉灵解开绳子，道：“灵儿姐，我们快走！”

玉灵起身，姐俩拉着手一起来到院里，一齐低身蹑脚向墙边跑去。到了墙下，马小蓝搬来一个木架，示意玉灵先上。玉灵突然想起什么，低声对马小蓝道：“我还不能走，《孙记制鼓技要》和‘玉蛤蟆’还在他们那里，我得抢回来。”

马小蓝一皱眉：“灵儿姐，你不能去，太危险了，要不我们先跑，然后偷偷跟着他们回北京，半路想办法偷回来。”

正说到这里，突然有人一旁道：“费那劲干吗？东西就在这儿，你们有本事拿走啊！”

马小蓝和玉灵一惊，回头一看，鼓槌手里拎着自己的包袱摇晃着冷笑，影子飞站在他身后。

第二十六章　颠沛天涯

马小蓝一见是他二人，二话不说，抬手就是一枪。

那两人根本没想到马小蓝手里会有枪，砰的一声，这一枪直接打到鼓槌脑袋上，鼓槌啊的惨叫一声就倒在地上。

马小蓝根本没犹豫，打倒鼓槌后，第二枪就跟着响了，子弹直接射向影子飞。

那影子飞轻功在身，手脚灵活，在鼓槌中枪倒地的瞬间就已经侧身闪开，所以马小蓝开的第二枪根本没有打到他。他飞快地低身拿起鼓槌身边的包袱，然后就地一滚，直身后斜窜到一旁。马小蓝跟着又连开两枪，但都被影子飞闪过，最后影子飞突然手一甩，掷出一枚烟雾弹，只听啪的一声响，同时电光一亮，一阵烟雾猛然腾起。马小蓝赶紧回身挡住玉灵，等烟雾散去，影子飞已经没了踪影。马小蓝赶忙持枪去看鼓槌，借着微弱的夜光，只见鼓槌满头满脸都是血，眼睛翻着，已经一动不动了。

马小蓝低身伸手一探，鼓槌已经没了呼吸，便用力踢了他的尸体一下："畜生！死有余辜！"

玉灵见到鼓槌满头是血死去的样子，心里不由得恐惧异常，赶紧道："小蓝，我们赶快走吧。"

两人正要出院，突然黑暗里听到影子飞的声音远远传来："马小蓝，你们等着，这账早晚跟你们算！"

玉灵向着声音传来的方向喊道："影子飞，你还我孩子！"

只听到影子飞哈哈大笑："你想都别想了，小崽子已经被我摔死了！"

"啊！"玉灵大叫一声，身子一软就晕了过去。

马小蓝赶忙抱住玉灵，大声喊道："影子飞，你这个畜生！为什么摔死定捷？"

"那小崽子是秋俭的，我落到这个倒霉下场，都是秋俭害的！那孩子摔死活该！我影子飞名声在外，不是怕死的人，你让秋俭尽管来北京找我报仇！哈哈哈……"说着声音渐渐变远。

马小蓝赶忙抱起玉灵，轻轻摇晃她的肩膀叫："灵儿姐，你醒醒！"

摇晃了很多下，玉灵终于醒来，失声哭道："我的定捷……没了！没了！我也不活了！"

马小蓝也流下眼泪，道："灵儿姐，我们这就回北京，去找影子飞报仇！"

第二天一早，天光初亮，伴着暮冬寒冷的晨风，马小蓝带着玉灵准备踏上回北京的旅程。她俩在凤集城的北关城楼下，回望这座还未醒来的小城，心里是说不出的滋味。

而同一时刻，凤集城的西关外，秋俭也骑着马站立着。他看了一眼头顶上方破败的城楼，心里也是一阵凄凉。最后他把背后的大钢刀正了正，轻轻拍了一下大青马，踏上去山西寻找妻儿的漫漫旅途。

此时凤集城的东关下，皮爷抱着熟睡的定捷，回头看了一眼炊烟飘荡的凤集城，满眼都是茫然。这时，襁褓里的定捷醒了，哇哇地哭了起来。皮爷轻轻摇晃着安抚，低头对他道："定捷，好孩子，爷爷带你去找你的爸爸妈妈，我们一定会找到他们的，山西特别小，你的爸妈就在不远的地方等咱们呢。"

一座小城里，几人就这么错过了，也许只要他们临时改变主意或提前错后几分钟出发，一切就不会是这样。可世事就是这么捉弄人，这个寒冷的清晨，几人从不同的城门离开，开始了一场颠沛错过的旅途。

肖野跟着父亲小野康正一起回到了北平。这次的行程让他特别难忘，因为他不仅走访了晋陕一代有名的鼓匠，收藏了几十种形态各异的中国鼓，而且还在榆树镇遇到了好朋友秋俭，那晚和秋俭喝酒谈鼓的情景让他久久难忘。从那天起，秋俭所说的"心之鼓"一直在他脑海里萦绕不散，他经常静静发愣，试图感悟出这句话的真正意义。

这一天，他派人把从晋陕带回来的鼓都摆到院里，这些鼓形状大小各异，有新有旧，有竖有横，而且皮质和木质都不一样。肖野穿梭在这些中国鼓之中，眼中都是惊叹，有时用力拍敲，有时蹲下仔细摆弄观看，已经入迷了。

此时，小野康正快步走进院子，见儿子在一片高矮不一的中国鼓里蹲着，不禁眉头一皱，问道："敬一，你在做什么？"

肖野见父亲到来，赶忙跑过来鞠躬道："父亲，我正在研究中国人的大鼓。"

小野康正看了眼满屋的中国鼓，走过去敲了敲其中一个腰鼓，一敲之下，鼓声清脆动听。他一愣，拿起鼓来摇晃了一下，鼓胆簧也铮铃铃地随之轻响。肖野一旁道："这是我在永坪找到的，他们那里用这个鼓庆祝节日。"

小野康正点点头，又挑了几个形状特别的鼓仔细敲了敲，最后道："中国的鼓，确实有自己的特色，有的技艺，我们大和太鼓还是应该借鉴的。”

肖野眼睛一亮，道：“父亲，我这次来中国，确实是到了一个新天地。我见到太多神奇的鼓，有时一个不起眼的小鼓，一敲起来，它的声音就能把你吓到，让你感到震撼。另外，我觉得中国一些制鼓工匠的思想和理念，独到而自我，让人心生尊敬，更应该值得我们学习。”

小野康正有些不耐烦了，大声道：“敬一，你有些失态了，你不要夸赞一个被我们大日本帝国占领的国家。这里的疆土和人民，已经都是我们的了，这些鼓还有那些鼓匠，也都是我们的财产和奴隶，他们的东西我们随时可以拿走！”

肖野反驳道：“父亲大人，您错了，如果您见到我的中国朋友秋俭，就会知道，这个民族还没有臣服，而是一直在抗争。他们有的东西，是我们永远拿不走的，因为那个东西，在他们的心里。”

自从看了儿子从晋陕收集带回的中国鼓，小野康正的心里也是久久不能平静。虽然那些鼓的鼓身已经破败开裂，油漆褪色，斑驳不堪，但它们的声音依然是那么纯粹而充满活力，像是有一种魔力始终蕴藏在鼓腔里，一直没有丧失。小野康正最后决定，一定要找出这种魔力的来源，现在最直接的方法就是让赵德魁找到《孙记制鼓技要》，他要把中国鼓的这种魔力据为己有，然后把它施在自己的太鼓里，让自己祖辈传承的太鼓制作工艺变得更加完美强大。

赵德魁这两天也是心急如焚。之前收到鼓槌从山西凤集传来的消息，说《孙记制鼓技要》已经找到，他大喜，正好小野康正从山西回来了，他便迫不及待地跟小野康正报告了这个喜讯。但时间已经过了半个多月，鼓槌、袁大疤瘌和影子飞三人还是不见踪影。这两天，小野康正一再催促，要马上见到《孙记制鼓技要》。

赵德魁正焦急间，影子飞终于回来了，只见他一脸疲惫地跑进办公室，进门就道：“赵师长，我回来了。”

赵德魁赶忙起身：“辛苦辛苦！技要呢？”

影子飞把手里的包袱递给赵德魁：“在这里。”

“好好好！”赵德魁赶忙打开包袱拿出《孙记制鼓技要》，立刻满脸惊喜，“终于拿到了，哈哈哈哈，我这就给小野太君送去，你赶紧回去休息吧。”

影子飞道：“赵师长，鼓槌死了，袁大疤瘌也没了消息，这趟买卖咱们赔了。”

赵德魁头也不抬地翻看《孙记制鼓技要》：“有什么可赔的？技要拿回来了，你也回来了，这不就得了。他们死了正好，大功都记在你身上。”

影子飞虽然阴险凶恶，但在江湖上混了这么久，骨子里多少还是有些义气的，听赵德魁这么一说，心里也是一寒，不禁替袁大疤瘌和鼓槌喊冤。这一趟山西之行，鼓槌在明，自己和袁大疤瘌在暗，到处跟踪协助，受的罪吃的苦数不胜数，到头来却被赵德魁一句话就打发了。他心里想，要是死的是自己，估计赵德魁也会和鼓槌他们这样说的。他心里有些不满，但又不能得罪赵德魁，只好带着怨气离开了。

赵德魁立刻兴冲冲地来到小野康正军部，见小野康正和肖野正在把一面中国鼓锯开分解研究，便高兴地道："小野大佐，《孙记制鼓技要》找到了！"

小野康正一愣，起身大喜道："好，赶紧给我！"

赵德魁赶忙哈着腰双手一探，毕恭毕敬地把《孙记制鼓技要》献给小野康正。小野康正拿过来迫不及待地翻阅着，脸上都是欢喜的表情，一旁的肖野也凑到父亲旁边一起观看。

小野康正大致翻阅了一遍技要，低声对儿子道："敬一，你看，孙家制鼓确实有秘诀，比如这里，他们会在鼓腔内璧上雕刻花纹，这个办法我们怎么没想到？这样一来，就能有效地消除鼓身共振所产生的杂音，这花纹，我们刚才拆解的那面鼓就没有。"

肖野点点头："确实很有道理，我们也可以把这个方法用在太鼓制作上，可是……这是不是有些不光彩？"

小野康正不以为然："我们来中国就是促进大东亚共同繁荣的，以后中国所有的资源和技术，我们都可以借鉴，敬一，你想得太多了。"

肖野还是觉得不妥："那这本技要我们看完后，应该还给孙家人，那天我去鼓坊打听秋俭的下落，见到孙记鼓坊的继承人孙广文了。"

小野康正此刻心里高兴，也不想斥责儿子："你不要说了，技要我留下了，如果要还给孙家人，那只有等到咱们做的太鼓的声音比他们的大鼓响的时候了。"

接下来的几天，小野康正一直仔细研究《孙记制鼓技要》，并开始用从东北运回的木料实验，但结果没有他想象的那么容易，因为技要里一些特殊符号难住了他。

他找来赵德魁，说了这件事，赵德魁拍着胸脯道："小野大佐，我这就亲自去把孙广文抓来，让他告诉您。"

小野康正赶忙纠正："请，要用请！"

赵德魁连忙点头，也不敢耽误，直接带了一队伪军就赶到孙记鼓坊。

虽然说是孙记鼓坊，但其实鼓坊早已经不存在了。鼓坊地产被花姐收走之后，孙广文只好把没有烧毁的木料和工具都搬到玉灵家，他踏踏实实地和玉瑛一起抚养女儿蓝春，照顾岳母齐兰翠和韩盈袖，平时用秋俭留下的金条做些小买卖。

这一天，几个人正在给蓝春过生日，突然赵德魁带人闯了进来。

他进屋后一眼就看到了韩盈袖，先是愣了一下，然后道："哟！韩小姐原来在这里！自从你把自家房产卖了以后搬走，我找了你很久，没想到住到了这里。"

韩盈袖眼神冰冷地看着杀父仇人，嘴用力抿着。

蓝春被这一群人吓得大哭起来，齐兰翠赶忙抱起外孙女，一边哄着一边拉着韩盈袖进了里屋。

赵德魁看着韩盈袖离开时妙曼的背影，眼里都是贪婪。

玉瑛一直脾气直倔，当下不客气地问："姓赵的，你来干什么？

赵德魁立刻脸一沉："我没事不来！谁是孙广文？我要把他带走。"

一旁的孙广文吓坏了："你……你要带我去哪儿？"

"日本人请你去，有事。"

孙广文使劲摇头："我……我不去！"

"去不去你说了不算！赶紧的，跟我走！"

孙广文吓得直往玉瑛身后退。

玉瑛挡住丈夫："有事的话，我跟你去，他不行！"

赵德魁一声冷笑："我带你回去有什么用？我就要孙广文！"

"不行！今天你甭想把我丈夫带走！"

赵德魁眼露凶光："那就甭怪我不客气了！来人，把孙广文带走！"

他身后的两个伪军上去就抓孙广文，孙广文大惊，掉头就跑进屋里，玉瑛赶忙上前挡住屋门："不许抓人！要抓抓我！"

那两个伪军怒骂着一起上前拉扯玉瑛，他们根本没想到玉瑛身负武功，一下就吃了亏。只见玉瑛左臂一抡，搪开左边伪军的胳膊，跟着右拳直击那人面部，那伪军根本躲不开，"哎哟"一声大叫，捂着脸蹲到地上。另一个伪军一愣的工夫，肚子上已经挨了玉瑛重重的一脚，闷叫一声倒地。

赵德魁大叫："反了啊！快，把这小娘们儿给我抓起来！"

剩下的伪军一齐围向玉瑛，突然，孙广文从屋里窜出，大喊："你们住手！"喊完挡在玉瑛身前，"我跟你们回去还不行吗？不准动我媳妇！"

赵德魁冷笑："早这样多好！那就走吧！"

孙广文回身跟玉瑛道："玉瑛，我去去就回来，你看好咱家蓝春。"

玉瑛道："广文，他们要害你怎么办？"

"不会的，我又没犯法。"

赵德魁一旁催促："赶紧的！"

孙广文拍拍玉瑛的肩膀安慰了一下，然后跟着赵德魁往大门走去。

突然，屋帘猛地掀起，韩盈袖从屋里跑了出来，手里举着一把剪刀，直向赵德魁冲去。

赵德魁大惊，赶忙躲闪，但已经晚了，韩盈袖的剪刀已经狠狠地刺进了他的胳膊。赵德魁一声惨叫，赶忙捂着胳膊跑开，几个伪军一起抱住韩盈袖。韩盈袖哭着奋力挣扎，也不说话，眼睛里满是仇恨地盯着赵德魁。

赵德魁拔出手枪，又看了一眼流血的胳膊，气急败坏地喊道："把她给我绑了，一起带回去！"

赵德魁带队押着孙广文和韩盈袖回到了军部，先让部下把韩盈袖关到自己家中严密看管，又简单包扎了一下伤口，带着孙广文来见小野康正。

小野康正十分高兴，上前笑着对孙广文道："孙先生，很高兴你能过来。我把你请到这里的原因，赵桑告诉你了吗？"

孙广文看了眼四周的环境，摇头道："他没说。"

"哈哈哈，你不要害怕。事情是这样的，我最近得到一本《孙记制鼓技要》，据说是你们孙家的。我简单翻阅了一下，确实写得很好！但里边有些符号我不明白它们的意思，请你过来，不知你能不能指点我一下？"

孙广文一愣："我家的技要，怎么在你那里？"

小野康正眼珠一转，道："哦，这是你们的一个叫秋俭的伙计送给我的。"

孙广文听了哈哈大笑："您别开这玩笑行吗？我要说这技要是秋俭给你的，你信吗？别人我不敢说，秋俭绝对干不出这种事。就算他把大钢刀给你，把命给你，但我家《孙记制鼓技要》是不会给你的。"他突然停顿了一下，急问，"你们是不是把他杀了？"

小野康正摇摇头："没有没有，他没有死，你不用担心。好了，我们就不说别的废话了，来……"他从桌上拿起《孙记制鼓技要》，翻开其中一页给孙广文看，"请你告诉我，这些标在花纹上的符号是什么意思？深度？力度？手法？还是什么？"

孙广文摇摇头："对不住您，虽然这是我家的书，可我连看都没看过。别看我是孙记鼓坊掌柜的，但我自小连鼓毛都没摸过，这天书一样的东西，我不懂。"

赵德魁一旁喝道："别装蒜，你家的东西你能不懂？"

孙广文坦然地看了赵德魁一眼："我家的东西？我家的东西怎么在你们手里？"

赵德魁大怒："你找死是不是？"

小野康正向赵德魁摇摇手："赵桑，你先不要和孙先生发脾气，我们在友好地交谈。"

说完他把书放回办公桌，问："那么，你们鼓坊有谁能看懂这些符号，我可以请他来。"

孙广文一笑，摇摇头：“没戏了。实话跟你说吧，能看懂这些符号的，我们鼓坊就两人，一个是我爸，估计你见不到了，已经没了。一个是秋俭，可我琢磨，就算你把他请来，可让他说出这些符号的含义，别说他自己了，他背的那把大钢刀也不答应！”

小野康正一脸失望，叹了口气。

赵德魁见他这样，对孙广文怒道：“姓孙的，小野太君好骗，我这儿可不好骗！你说不知道这些符号的含义，谁信啊！你想想，你爸爸不把这些东西教给你，却教给一个伙计？一个外人？”

孙广文赶忙纠正：“你说错了，秋俭不是外人，他是我哥，我亲哥！”

赵德魁恶狠狠地道：“好，嘴硬是吧，那我让你好好软一软！来人，带监牢里去，我一会儿亲自审问！”

小野康正知道赵德魁要用刑逼问，觉得除了这样也没有别的办法了，只好不说话，黯然默许。

两个伪军把孙广文带了下去，赵德魁向小野康正鞠躬道：“小野大佐，您放心，我一定让他说出来。”

小野康正点点头，赵德魁急匆匆地走了出去。

赵德魁一到了监牢，就对孙广文用大刑逼问。那孙广文长这么大，自来娇生惯养，哪儿受过这么大罪。他大叫，大哭，喊爸妈，喊秋俭玉瑛，甚至几次昏厥，但确实是说不出那些符号的含义，几次大刑下来，他已经被折磨得没有了人样。

没问出结果，赵德魁气急败坏地回到家里，到了家一看，生意伙伴田子钧已经在客厅等待多时了。

田子钧见赵德魁一脸阴郁，赶紧起身问：“赵师长，您这是怎么了？有事？”

赵德魁把帽子扔到桌上：“遇到一个嘴硬的，大刑用了好几遍，也不张嘴！”

“赵师长先别急，慢慢来。”田子钧突然看到赵德魁胳膊上缠的纱布，“哟，赵师长，您胳膊上的伤是怎么回事？”

“哦，被一个小臭娘们儿拿剪刀刺的。”

田子钧一笑：“不会是韩啸亭的闺女韩盈袖吧？”

赵德魁一愣：“咦？你怎么知道的？”

田子钧哈哈大笑：“我来得早，到你家大门时，刚好看到你的手下押着韩盈袖进了你家后院。”

赵德魁脸上一阵尴尬：“哦，是是是，我先让手下把她带回家里，打算一会儿审问。”

田子钧面色和善，笑道：“赵师长，您这事做得就有点莽撞了。您想想，您是北平军界有头有脸的大人物，把一个弱女子私押回府，说到哪儿去都不好听。

再说，全北平的老百姓都知道，韩啸亭是您在生日宴会上开枪打死的，您再把韩盈袖绑到家中，这事要传出去，肯定会把事情闹得很大。刚才大街上那么多人，万一有个小报记者看到了，明天要登出新闻，您赵师长以后怎么在大庭广众之下抛头露面啊？这事，您办得有欠考虑，做得太不漂亮了。”

说到这里，田子钧把话一顿，见赵德魁眉头紧皱，知道自己的话已经起了作用，接着又道：“您再想想，她都敢拿剪刀刺你了，肯定有很大血性，这要是在您家里上吊自杀了，事情传出去，您的前途名声不就彻底毁了？”

赵德魁一听，心里也犯嘀咕，连忙道：“你说得对，那我这就把韩盈袖押往军部大牢。”

田子钧笑着摇摇头：“现在再转押也晚了，不如这样，您还不如堂堂正正地把韩盈袖放了，这样还落个以德报怨的好名声。毕竟当年韩啸亭是举鼓砸向你和小野太君，是他攻击伤害在先，您开枪打死他属于自我防卫，老百姓就算说你打死人不对，但也说不出什么。但你关押韩盈袖到府上，就有寻仇灭口的嫌疑了。这样吧，我父亲和韩啸亭有些交情，我和韩盈袖也认识，不如我出面劝劝她，不让她声张，也不让她再找你寻仇。我出面带走她，你这里也保存了脸面，可好？”

赵德魁听了连连点头道：“好好好，还是田兄弟想得周全，那你赶紧进去劝劝她，她只要不声张不寻仇，我就不说什么了。”

田子钧点点头：“赵师长是明白人，识时务者为俊杰，这点兄弟特别佩服。这样，这次咱们的买卖，我让你两个利点，咱俩三七分账，我三你七，就算给你赵师长压惊，出个医药钱。”

赵德魁大喜，知道自己又多赚了好几百两黄金，大笑道：“田兄弟真是个爽快人！”当下心里想着赶紧甩掉韩盈袖这个定时炸弹，便吩咐道：“来人，去把韩盈袖带到这儿来！”

一会儿，手下把韩盈袖带到，韩盈袖一眼就看到了田子钧，见他正满眼关切地看着自己，心里忽然一阵委屈，眼泪不禁涌出。

赵德魁脸一绷：“韩盈袖，刚才田兄弟亲自来到我这里，跟我求情让我放了你。我寻思再三，觉得还是应该以德化怨，毕竟韩老板是被我误伤至死的。你可以回去了，你刺我胳膊这事，我也不再追究了。”

田子钧怕韩盈袖再说出过激的话把事情闹僵，赶忙走过去给韩盈袖解开绑绳，低声在她耳边道：“盈袖，听我的话，脱身要紧。”

说完大声笑道：“盈袖，你也不要再犯女孩脾气了，赵师长不止一次和我说，韩老板确实是被他误杀，你也别再寻仇了。这也多亏是赵师长，要是别人，恐怕你的命早就没有了。”

说完回头对赵德魁道："赵师长，我先带盈袖回去，晚上我在正阳楼设宴给你压惊，咱们的生意酒桌上谈。"

赵德魁听完大喜，赶忙道："好好好，晚上见。"

出了赵家宅门，田子钧带着韩盈袖上了自己的轿车，车缓缓启动，田子钧长舒口气，一边开车一边道："好险，多亏被我碰见，要不你难逃他的手心。盈袖，你还是暂时住到我家吧，这赵德魁反复无常，不会轻易放过你的，你回鼓坊太危险，我家相对安全些。"

韩盈袖的眼泪已经流下，委屈地哭了。田子钧掏出手帕递给她，让她擦去眼泪，柔声道："别哭了，有我呢。"

韩盈袖点点头，泪眼蒙眬地看了一眼田子钧，眼中都是感激和信任。

田子钧把韩盈袖带到自己家中，把她介绍给自己的父亲田逢济。

田逢济因为腿病早已瘫痪，出入都是由用人用轮椅推着。听说韩盈袖是京剧名家韩啸亭的女儿，大感亲切，又听儿子田子钧说了韩盈袖的遭遇，心里也是十分同情，当即说道："盈袖，你就踏踏实实在我家里住下吧，这样最安全，我一定会把你当亲女儿看待的。就算赵德魁知道你在我这儿，他也不敢怎么着。我当警察厅厅长的时候，他还是个给杨督军看家护院的小小警卫旅长呢！"说完让田子钧帮着韩盈袖去安置住房，又设宴款待韩盈袖，父子俩特别热情。

韩盈袖也怕再给鼓坊添麻烦，只好在田子钧家住下。她是个懂事达理的女孩，平时细心照顾瘫痪的田逢济。田逢济独自在家也寂寞久了，突然出现了这么一个像女儿一样体贴温柔的女孩子，心里特别高兴。田子钧也是个心细的人，经常出门做生意，但每次回来都给韩盈袖带回很多礼物，礼物贴心而且漂亮。韩盈袖也觉得在这个家里住得十分安稳，渐渐地，美丽的笑容又开始挂到脸上。

韩盈袖和田子钧说了孙广文被关押一事，田子钧立刻找到赵德魁说情，赵德魁只答应不再用刑，但放人不可能，因为日本人不会轻易让孙广文回家的，除非他说出技要里面符号的含义。田子钧无奈，只得安排玉瑛进监狱探望了孙广文几次，这些事看在韩盈袖眼里，都化为对田子钧的感激和敬佩。

同时，田逢济已经越来越喜欢韩盈袖了，他觉得这个女孩和自己儿子田子钧很是般配，时间一久，便想撮合他们两人在一起。

这一天田子钧做生意回来，韩盈袖做了一桌丰盛的饭菜迎接。酒桌上，三人谈笑风生。田逢济见时机到了，便把筷子放下，对韩盈袖道："盈袖啊，你来到我家已经这么久了，一直陪着我照顾我。你知道，子钧经常出去忙生意，我一人腿脚不方便，确实有些孤单，所以你来了以后，我从来没有像这段时间这么开心过。我呢，有一个想法，今天借着酒劲说出来，你听了呢，也别怪你田伯伯唐突。"

韩盈袖放下筷子道："田伯伯，您说吧，没事。"

田逢济点点头，看了一眼田子钧："你也知道，子钧的母亲去世得早，他一直缺少母亲的关爱，这事我也很愧疚。他也不小了，也该安稳了。我觉得你是一个好孩子好姑娘，和我家子钧很般配，你又是自己一人，无依无靠，也需要一个安稳的家，不如就嫁给我家子钧吧，那样我会特别高兴的，你父母在天有灵，也会特别欣慰的。"

田逢济这话一出，韩盈袖已经羞得面红耳赤，低着头不发一言，心里怦怦乱跳。

田子钧听到父亲提到这事，又惊又喜，因为他也喜欢韩盈袖很久了，就是一直没敢表达，赶忙道："爸，您怎么说这个，我哪儿配得上盈袖啊。您要喜欢她，认作干女儿不就行了，我生意忙，而且四处战乱，万一出点事，就太对不住盈袖了。"

田逢济哈哈大笑："子钧，我早就看出你喜欢盈袖了，这事你不要插话，你那里我做主了，就看我们盈袖答不答应。如果不答应，我再把她认作女儿也不迟。如果答应，那就更好了！现在天下大乱，我们都需要一个安稳的家和依靠啊！"他看了一眼盈袖，柔声问道："盈袖，你说呢？"

韩盈袖沉默了一阵，轻声说道："田伯伯，子钧大哥确实是个好人，他救了我很多次，我也觉得亏欠他很多。但我无父无母孤零零一个人，能得到你们的关心爱护，我就已经很知足了。我自幼和一群师兄弟长大，不知书不达理，您让我嫁给子钧大哥，我觉得有些配不上他，但我愿意照顾你们，报答你们。"说完眼眶湿润。

田逢济哈哈笑道："盈袖，你们俩都说配不上对方，我看哪，简直就是天造地设的一对！我今天就卖个老，做主了，你们就结为夫妻吧，可不许回绝我这个残废人哟！"

田子钧心里大喜，也不再扭捏，看了盈袖一眼道："爸，我是很愿意。就不知道盈袖的意思。"

田逢济看了眼韩盈袖："盈袖，我家子钧已经表态了，不知你什么意思啊？"

韩盈袖脸上一红，心里却十分欢喜，低声道："既然子钧大哥都同意了，那我也只好同意。你们对我太好了，我只能好好照顾子钧大哥，照顾您，来报答你们。"

田逢济大喜："哈哈哈，好好好！那我马上给老朋友老部下送去消息，就说你们就要结婚了！"

韩盈袖却阻止道："田伯伯，我能说一下我的想法吗？"

"当然可以，你说！"

"您也知道，我父仇未报，这样大办婚礼对他老人家的在天之灵有些不敬。我的意思，简单办了就好，等有一天我父仇报了，日本人被打败了，我们再请所有的亲人朋友补办婚礼。”

田逢济很是感动：“嗯，这样也好。子钧，你的意思呢？”

田子钧看了一眼一脸娇羞的韩盈袖，爽快道：“好，我都听盈袖的。”

过了几天，一场简单的婚礼在田逢济家举行，请来的朋友只有玉瑛、齐兰翠和肖野，所有人都开心地祝福二人，场面温馨而快乐。

当夜，田子钧和韩盈袖一起到了洞房里。屋里红烛闪闪，两人静静相望，眼里都是爱意，觉得人生能拥有彼此是最幸福的事。

夜渐渐深了，田子钧轻声道：“盈袖，不早了，我们睡觉吧。”

韩盈袖脸一红，看了眼帅气的丈夫，点点头，轻声问：“子钧，你会好好爱我吗？”

田子钧抱住妻子道：“会的，会永远好好爱你的！”

韩盈袖眼波流转，深情地抬头望着丈夫：“子钧，我不求你对我如何好，只求你帮助我，让我给父亲报仇。”

田子钧看了一眼眼神坚定的韩盈袖，突然心血翻涌，一种为她去死的冲动直冲头顶。他伸出右手，语气坚定地道：“我田子钧在此发誓，一定亲手杀了赵德魁为我妻子韩盈袖报杀父之仇，如若违背，不得好死！”

韩盈袖赶忙捂住田子钧的嘴，心里一阵感动，把头轻轻扎到丈夫怀里，心中又是酸苦又是甜蜜。

肖野参加完田子钧的婚礼回到家中，见父亲还在一堆木料里研究《孙记制鼓技要》，便上前道：“父亲，很晚了，您怎么还不休息？”

小野康正叹口气：“这本秘籍是越看越深奥啊，不过我也从里边学到了不少东西。咱们的太鼓多以整木掏空制作，但中国大鼓多以木板拼箍而成，他这技要里，就举了很多例子说明木板箍鼓的有利之处。我们的太鼓一般只用于祭祀，而中国大鼓可以用在很多地方，比如祭祀、庆祝、戏剧、战争，甚至皇帝上朝或县官升堂都会用到。就光音乐这一点，它就已经超越了我们太鼓，我一直以为鼓就是节奏乐器，它的音高是由鼓的大小决定的，要想敲奏多个声部，就必须像中国编钟那样，摆好大小粗细不等的鼓，来演奏从高到低各个声部。这本书里却指出，只用一面鼓，就可以敲出各种高低音律声部，这是用娴熟的擂击手法和轻重来实现的，但前提是，你要做出一面这样的鼓。”

肖野听完敬佩不已，点头道：“父亲，我们太鼓也有自己的特点，您放心，我一定会做出一面能敲出前所未有美妙声音的太鼓的。”说完他看了一眼父亲手里的《孙记制鼓技要》，劝道：“父亲，我今天去参加了一个中国朋友的婚礼，遇到了孙广文的妻子和女儿。她们母女俩和自己的丈夫与父亲分离了很久，样子特别可怜，这也让我想起留在日本的母亲和小妹。我看那个孙广文确实不知这书里符号的意思，不如先把他放回去和妻子女儿团圆吧。”

小野康正想了想，最后点点头：“好吧，我明天叫赵德魁放了他。”

肖野十分惊喜，深深给父亲鞠躬：“谢谢父亲！”

第二天，孙广文被释放回家。全家人见到他后惊喜异常，孙广文赶忙抱过女儿蓝春亲了又亲。玉瑛给丈夫换了一身衣服，和母亲一起做了一桌饭菜。

一家人刚坐下，突然街门响了，孙广文一愣，起来走到院门前问：“谁啊？”

门外无人应声。

孙广文纳闷，打开门一看，见外面根本没有人。他很是奇怪，低头准备回去，却突然发现一个布包放在门槛外。他赶忙拿起打开一看，里边竟然是自家的《孙记制鼓技要》！

孙广文赶忙拿起技要和布包，回身关门插好，回到屋里在桌前坐下，对玉瑛道：“玉瑛，不知道是谁把咱们家的制鼓技要送回来了。”

玉瑛接过打开一看，十分纳闷，想了想道：“甭管它，先藏起来。”

孙广文点头，回里屋把技要妥善藏好后，又坐到桌前准备吃饭。刚拿起筷子，街门又响了，他一愣，赶忙跑出去开门一看，门口竟然是田子钧和韩盈袖夫妇。孙广文大喜过望，道：“怎么会是你们俩？我听玉瑛说你们结婚了，没想到这么快就见到了！”

田子钧夫妇也很纳闷，田子钧问道：“你什么时候出来的？”

“就上午啊！”

田子钧大喜：“太好了！我今天是陪盈袖‘回门子’，因为这里是她的娘家嘛，没想到，回来就碰到大舅哥了！”

孙广文哈哈大笑，赶忙让两人进屋，大家相见都是开心欢喜，齐兰翠又赶紧炒了几个菜端上。

孙广文兴冲冲地给田子钧倒满酒，拿起自己的杯子道：“子钧，来，我敬你们夫妻一杯，祝你们百年好合，白首恩爱！”

田子钧赶忙把酒杯拿起，和孙广文碰了一下，刚要举杯喝下，突然街门又响了。

玉瑛一旁道：“这又是谁啊？你们先喝，我去开门。”

玉瑛跑到院门前，拉开门闩把门打开，抬眼一看站立在门口之人，一下就惊呆了！

第二十七章　狭路豪争

门口站的竟然是玉灵和马小蓝！

"玉灵！"玉瑛看到妹妹，猛地扑过去搂住，眼泪滚滚而下，然后回头大声喊，"妈！玉灵回来啦！"

玉灵也是抱着姐姐痛哭，一旁的马小蓝也一起跟着流下眼泪。

所有人听到玉瑛的喊声，一起跑到门口。齐兰翠抱着蓝春出来看到女儿玉灵，连忙把孩子放到地上，扑上去就抱着女儿大哭起来。

孙广文、田子钧和韩盈袖看到这个情景，感动异常，全都眼眶湿润。

玉灵抱着妈妈和姐姐呜呜大哭，刚会走路的蓝春仰头好奇地看着。韩盈袖赶忙过去劝开娘仨，让玉灵先进家。马小蓝看到站在地上的蓝春，眼中一丝柔光闪过，她蹲下身，看着蓝春轻声问道："漂亮的小姑娘，你叫什么名字？"

蓝春奶声奶气地回答："我叫蓝春。"

马小蓝心里一软，问："我能抱抱你吗？"

蓝春点点头，伸开双臂。

马小蓝高兴地抱起蓝春："你知道吗，我叫小蓝，咱俩都是一个蓝字。"

蓝春歪头问："妈妈和姥姥为什么哭？"

马小蓝亲了亲蓝春嫩嫩的小脸蛋："因为你小姨回来了，她们开心呀。"

"那小姨还走吗？"

"不走了，小姨永远和我们蓝春在一起。"

玉灵进院以后，和孙广文、田子钧和韩盈袖互诉了离别之情，到屋里后又跪在父亲顾秉轩的灵牌前哭了半天，大家一起在后边跟着抹眼泪。

最后，孙广文喊道："好啦，今天终于团圆了，大家一起吃个团圆饭吧！"

热腾腾的菜饭再次上桌，桌前一下多了这么些人，整个屋子里都充满了欢乐的气氛，所有人围坐在桌前时哭时笑地聊天。最后，玉灵把自己和皮爷这一年多在山西的经历告诉了大家，马小蓝也把自己和秋俭一起遇到的事讲了出来。

听完二人的叙述，孙广文拍案大骂："鼓槌这个王八蛋，我恨死他了，死了活该！"

齐兰翠只是抹泪，道："定捷呀，我那多好的小孙子啊，就那么没了，我这当姥姥的，都没和他见一面。要是这个畜生影子飞在我跟前，我非拼了这条老命掐死他不可！"

田子钧在一旁说道："当务之急，第一个是找到秋俭和皮爷，我会通知我山西的朋友们留心打听的。第二个是找到影子飞，问他到底把定捷怎么样了。"

听到儿子的名字，一旁的玉灵又开始流泪。

抱着蓝春的马小蓝道："秋俭和皮爷，我去找。"

玉灵一愣："小蓝，你不许再走了。外边多危险，留下来吧。"

玉瑛也一起道："对，小蓝不许走了。你是我们姐俩的救命恩人，和我们的亲妹妹没啥两样，你就住下来，和我们一起等秋俭他们回来，你看蓝春和你多亲，别走了，听到没？"

马小蓝亲亲蓝春的小脸蛋，摇头道："玉瑛姐，灵儿姐，谢谢你们的好意。可我一人漂泊惯了，已经习惯在江湖闯荡，江湖才是我的家。"

玉瑛姐俩又劝了半天，但马小蓝执意住两天就离去。

田子钧最后道："好了，小蓝既然不想留下，你们也不必再挽留了，又不是再也见不到了。只要小蓝记住，北京南郊有你的一个家，有你的姐姐、母亲和哥哥。"

大家一起点头赞同。

马小蓝微微一笑："记得玉灵姐和我说过，只要心里有这个人，就算离散和错过，早晚有一天，还是可以和他重逢的。现在你们已经团圆了，如果秋俭大哥知道了，也不愿你们再离散。他肯定和我一样，希望你们好好在一起，忍耐着，等待着，直到有一天，你们心里惦记的那个人，平平安安地回来！"

玉灵点头，看看身边所有亲人，动情地道："嗯，我们不再分离，好好在一起，等着亲人回来，等着日本人失败的那一天！"

自从玉灵回到家里，韩盈袖发现，所有事都在往好的方向发展。丈夫田子钧告诉她，赵德魁已经跟随小野康正正式调派到山西驻防，已经不会再骚扰大家了，所以这段日子过得开心而安静。田子钧仍然经常出去忙生意，韩盈袖在精心照顾公公田逢济之余，经常会去鼓坊看望大家，和大家一起开心地聊天。

这一天，她从鼓坊回到家中，一进门，见公公田逢济的轮椅不在，知道是被用人推出去散心了。她放下包，坐在客厅里的椅子上，让用人给自己沏了一杯茶，正要喝，突然从楼上传来一阵争吵声，听其中一个声音，应该是丈夫田子钧。韩盈袖感到很奇怪，马上站起来顺着声音走到楼上，只见自己的卧室门开着一条缝，越走近，争吵的声音就越大。更令韩盈袖惊异的是，另一个人的声音，自己似乎在哪里听到过。

她蹑手蹑脚地走到门前，透着门缝向里张望，这一看立刻吓了她一跳！只见丈夫手里拿着左轮手枪指着一个人的脑袋，而被枪指头的那个人，竟然是曾经骗卖过自己的鼓槌！

韩盈袖吓得心脏怦怦直跳，这才回过闷来，原来鼓槌没有被马小蓝打死！再由门缝看去，只见鼓槌剃着光头，皮肤黑黑的，向着自己这边的左耳朵已经没了！

只听田子钧持枪大声道："我说了，该给你的都给你了，你自己想想在山西都做了什么好事！你再这样变本加厉，信不信我一枪打死你！"

鼓槌狞笑："我承认我拿到了我应该得到的，可我不信你敢打死我！打死我，你没什么好果子吃，你别以为你和赵德魁做的那些生意我不知道！"

田子钧手里的枪一抬，冷笑着道："是，我承认我和赵德魁是做了些昧心生意，但我是生意人，我的目的就是挣钱，别的我管不了太多。你现在要是聪明，就赶紧给我走人，接着去山西给赵德魁卖命，但你再敢给我兄弟秋俭使坏，再去为难他，我绝不饶你！知道吗？我既然敢打死你，也就有办法不让别人知道。我今天懒得理你，现在数三声，你赶紧给我滚蛋！"

鼓槌身体不动，只是冷笑。

田子钧握紧左轮枪，沉声喊道："一！"

"二！"

当他准备数三时，韩盈袖怕他开枪，当下大喊一声："子钧，不要！"一边喊一边推门进屋抱住丈夫的胳膊。

田子钧见妻子韩盈袖突然进来，眉头一皱，问："盈袖，你怎么回来了？"

韩盈袖死死拉住丈夫的胳膊："你甭管我为什么回来，你不许开枪！就算他罪大恶极，也没必要杀死他。我们刚过上安静的日子，我不想再动刀戈，让亲人分离。"

田子钧见韩盈袖已经眼眶湿润，心一软，对鼓槌道："好吧，今天我不杀你，那个抽屉里有十根金条，拿了赶紧滚蛋，别等我后悔！"

鼓槌看了韩盈袖一眼，知道田子钧当着她不会开枪，便慢慢警惕地后撤到田子钧所说的那个抽屉边，从里边拎出一个袋子，冷笑着说了声："姓田的，后会有期！"说完迅速离去。

田子钧见他离去，把手里的左轮枪放到桌上，抱住妻子韩盈袖，问道："盈袖，没吓到你吧？"

韩盈袖摇摇头，抬头问道："子钧，我怎么不知道你和这个鼓槌认识？你们为什么拔枪相向？"

田子钧轻轻一笑，抚摸着妻子的头发："我也是通过赵德魁认识的他，他和袁大疤瘌、影子飞都给赵德魁卖命。今天他来找我讹诈，说要不给他钱，就把我偷偷往抗日根据地卖药品的事报告给日本人。我们吵了起来，我一生气就拔枪了，正好被你碰到。"

韩盈袖松了口气，眼中都是赞佩的表情，道："子钧，原来你还往抗日根据地卖药品啊，你真是个好男人！我能嫁给你太幸运了！"

田子钧一笑："我是商人嘛，做买卖就是为了挣钱。"

"可你干了件大好事，你和秋俭一样，都是有担当的男子汉。"

田子钧摇摇头："秋俭比我强得多。知道吗？我已经打听到他的消息了，但不是很准确。"

"啊！他在哪儿？"

"据我一个朋友说，秋俭好像在山西阳泉一带，他好像组织了一个游击队，专门和日本人斗，但行踪不确定，所以我也不敢确认这个消息的准确性。"

韩盈袖高兴地道："那总比杳无音信强啊，我这就告诉玉灵他们去。"

田子钧赶忙阻拦："先别去，等消息确定了再说。你这么就去告诉玉灵，她会更担心的，万一她去找秋俭怎么办？"

韩盈袖点点头，温柔地靠在丈夫的胸口，低声道："唉，咱俩可以这么紧紧挨在一起，我能听到你的心跳，你能感觉到我的体温，可玉灵仍然独自一个人，在等，在盼，在想着她心里的那个人，那个和她错过离散的人。不知这种痛苦，还要持续多久。"

田子钧抱紧韩盈袖："这真不好说啊。等待一个人，可以等一天、一个月、一年、五年、十年，或者一辈子。"

韩盈袖眼泪流出，低声道："子钧，我不想和你分开，哪怕一分钟都不想。因为我不愿意像玉灵那样，苦苦地等着一个人，等到望眼欲穿，等到满头白发。"

田子钧一笑道："哪会等那么久，最多五年，玉灵和秋俭就会见面的。"

"五年？好长啊！那时会是什么样子？五年之后，我们还能这么紧紧靠在一起吗？日本人会被打跑吗？"

田子钧摇摇头："不知道啊。不过，五年很快就会过去的！"

五年之后，中国抗日战争已经进入最激烈的时刻，随着中国人民抗战的节节胜利，日本侵略者已经渐渐呈现败势，他们集结残余兵力，在做最后的困兽之斗。

秋俭带领着自己那支精锐的抗日小队出没于敌人身后，有时伏击，有时刺杀，每次攻击都像一把刺出的尖刀，给日本人最深最狠的打击。

他这一次的任务，是和手下乔装潜入临湟县日本军司令部，去刺杀临湟县日本驻军司令松田。

他们这次的行动十分成功，秋俭亲手开枪打死了松田，并带着手下迅速撤离。但眼看就要离开临湟县城门时，一队日本兵迅速围追而来，秋俭见暂时很难摆脱，只好让大家找街角隐蔽反击，且战且退。

他带的几个手下都是子弹堆里爬出来的好汉，都有以一当十的经验和身手，战斗持续了一阵后，只有一个人腿部受伤。那伙追击的日本兵见秋俭一伙不好对付，也不盲目追击，只是像狼一样尾随着，一边打一边跟进。

因为是刺杀任务，秋俭几人带的弹药不是很多，被这群有经验的日本兵咬上后，一时根本无法脱身。正发愁间，突然从敌人右侧方向传来一组密集的枪声，子弹直接打向日本军队一方，秋俭大喜，喊道："兄弟们，那边有自己人帮忙，给我狠狠地打！"

一场激烈的交火后，日本军队惨败而退。

秋俭吩咐部下跟着援助队伍一起从县城东关迅速撤离，出城后到了一个安全地带。秋俭让大家原地休整，然后跑到援助队伍那里，想打听一下对方领导是谁，想要感谢一下，可还没到对方跟前，他就已经认出，这个援助队伍的领导是志武！

秋俭大喜："志武！"

志武见到秋俭，也高兴地迎过来："秋俭，原来是你！哈哈，可别忘记账上啊，这回是我救了你一次。"

秋俭哈哈大笑："好好好，记账上，攒十次就喝一顿酒！"

原来两人都在山西吕梁这一带进行抗日活动，只是人员编制和队伍性质不同，但经常偶遇并互相救助协作，和日本军队进行斗争。

志武指了指秋俭肩膀背的大钢刀，问道："秋俭，好久没拔你的大刀了吧？找个机会也该让它见见血了。"

秋俭哈哈大笑："我今天去刺杀松田，本来想拿刀砍死他的，可当时被敌人发现了，情况紧急，只好开枪了。"

志武问："打死没？"

"当然，我们小队干的就是这个行当，必须成功。"

"太好了！那估计临湟县的小日本又得闹腾几天了。"

秋俭点点头："咱们先撤，找个安全的地方聊！"

临湟县日本军司令官松田被刺身亡，敌人兵力调派一下增加了很多，所以接下来的几天，秋俭和志武带着队伍一起在临湟县旁边的鹰盘山躲避休整。不久，有消息传来，新一任的临湟县日本军司令官已经接任，名字是小野康正。

秋俭对这个名字再熟悉不过了，赶忙来找志武商量对策。

志武听秋俭简单介绍了小野康正的情况，说道："据县城里我们的人说，这小野康正不光接任，还宣布说，要在临湟县县城东门召开祭奠大会，到时要亲自擂响太鼓，为松田祭奠武魂。"

听到这个消息，秋俭想了想道："志武，我觉得这是一次挫挫敌人锐气的好机会，咱们可以混进县城，在他这次祭奠鼓会上闹一下子！"

志武皱眉道："可听说这次鼓会戒备森严，我们要去，一定要小心，并且闹完就得跑。我枪法好，要不我一人混进去，找个制高点一枪打死他算了。"

秋俭摇摇头："恐怕很难，县城东门我去过，最高的地方是城楼，那里肯定有鬼子重兵把守。我觉得还是混进去，找机会下手。"

"好，那我们一起去。现在日本人已经是强弩之末了，我们一定要把他们的气焰打掉！"

三天后，秋俭和志武带着几个战友化装成农民，赶着两辆马车拉着两车甜瓜进了临湟县县城。他们游击经验丰富，把武器藏得十分隐秘，顺利通过了关口盘查。

几个人到了东门城楼前的祭奠会场，分成两组，假作卖瓜的样子蹲在马车旁边观望。

此时正值夏中天气，太阳毒辣如火，会场蒸腾着热浪，东门附近的商铺也都早早关门上板。会场已经布置好了，会场两侧八面招魂幡随着风懒洋洋地轻轻摆动。中间是临时搭起的灵棚，松田的骨灰盒摆在灵棚当中，背后是一面日本军旗。灵位前，是一面黑漆太鼓，在太阳的照射下发着刺目的光。

秋俭远远看到，全副武装的赵德魁正在紧张地调配现场警戒。他胖了很多，一张肥脸满是油汗，挺着大肚子伸着手连喊带骂。

志武暗暗记下了敌人在城楼制高点的武器布置情况，因为他的任务是第一时间用步枪打死这些敌人。临湟县东门城楼不高，作为神枪手的他，打死这几个敌人根本不算什么。

正式祭奠时刻马上就到了，临湟县的老百姓也陆续来到会场。他们不是自愿而来，都是赵德魁派伪军挨家挨户赶出来的，所以一个个蔫头耷脑，面目木然。

上午十点，两辆卡车轰鸣着从城里驶来，两队日本兵全副武装来到会场。下车后，他们分别排列到灵棚左右。不一会儿，一身戎装的小野康正面容冷肃地来到会场，人群一下安静下来。只见他环顾了会场一周，然后讲了一段话，说的无非就是东亚共荣和对前任司令官松田战争功绩的赞扬，之后又讲了一段自己的接任宣言，最后宣布要亲自擂太鼓为松田的武魂祭奠。在场的老百姓根本就没有听进去，最后在伪军的呼喝下胡乱地鼓起掌来。

小野康正演讲完，来到松田灵前鞠躬致哀，脱掉军装上衣，露出里边的白色衬衣，独自走到太鼓前，从鼓架上拿起鼓槌高高举过头顶，然后两腿一叉，手臂摇晃甩动，用力击起鼓来。

咚！咚！咚！咚咚！咚！咚！咚！咚咚！

鼓声沉厚，直震全场，所有人也随着鼓声一起看向小野康正。

秋俭向所有同伴使了个眼色，然后慢慢从身边的马车下拔出一把“盒子炮”，按事先的约定，他手里枪声一响，志武就第一时间用步枪打死城楼制高点警戒的敌人，然后他负责和同伴去刺杀小野康正。

鼓声大作，小野康正用足了力气，全身晃动地擂动着那面黑漆太鼓。

秋俭慢慢把枪举起，正要准备开枪，突然，从城楼北侧传来一阵鼓声，虽然距离很远，那鼓声却响动天地。

嗵！嗵！嗵嗵嗵！嗵！嗵！嗵嗵嗵！

秋俭听到这鼓声不禁一惊，这不但是中国大鼓的声音，而且是孙记鼓坊才有的鼓声！

他赶忙向鼓声望去，只见一个干瘦矮小的老人胸前挂着一面直径三尺多的红漆大鼓，双手一边擂动一边向会场迈步走来。

秋俭一看，来人正是许久未见的皮爷！

会场一下大乱，小野康正的鼓声立刻被皮爷的鼓声盖住。他一愣，停下擂鼓，转头看向皮爷。

灵棚侧边的赵德魁也是一愣，赶忙大声吩咐道：“快，抓住那个老头！”

几个伪军一愣，赶忙推开人群去抓皮爷。

秋俭见情势大乱，赶忙低声对身边的志武低声道：“动手，然后救皮爷！”说完举起枪砰的一声向天开了一枪。

志武动作利落地从马车底下抽出步枪，拉开枪栓后根本不瞄准，一枪就打死了城楼上唯一的一个机枪手。接着他根本没犹豫，枪栓频拉，枪声连响，制高点上的几个敌人都被他一一干掉！

这时会场已经大乱，老百姓们大喊着四下跑开。

那几个同伴也纷纷从马车下抽出枪来举枪射击，又有几个伪军和日本兵受伤倒地，一个战士磕碎车上的甜瓜，里边露出几个手雷，其他同伴纷纷抄起后拉开引信就扔向灵棚边上的几个日本兵。

轰！轰！轰轰！几声巨响，那几个手雷炸开，瞬间把灵棚一侧炸烂，同时炸死了好几个日本兵。

秋俭见几个伪军已经把皮爷摁倒在地，立刻对志武喊："志武，我杀小野，你们救上皮爷，撤！"说完从马车下取出自己的牛皮鞘钢刀，一边跑一边背在身上，直向灵堂太鼓前手足无措的小野康正奔去。

志武又连开几枪，打死捉拿皮爷的伪军，然后率领自己的人去救皮爷。

秋俭拔出钢刀，砍倒几个日本兵，几步就蹿到灵棚前，然后猛地跃起，大刀寒光一闪，带着风声砍向小野康正。眼看就要砍到，突然眼前人影一晃，一个人挺身挡在小野康正前边。秋俭下意识地大刀一翻，刀劈歪了半尺，但还是砍中那人的肩膀，那人"啊"地喊了一声，捂肩倒地。

秋俭一看，竟然是肖野！

他赶忙蹲下问："肖野，怎么是你？"

肖野大声道："赶紧跑！"

秋俭点点头，起身又向皮爷那里冲去。但他远远看到，皮爷已经被几个伪军抓住，而前去救皮爷的志武和几个同伴已经被敌人包围，正浴血奋战。

秋俭大刀一挥，杀向近处几个日本兵。他刚砍倒一个敌人，突然觉得后背一痛，探手一摸都是鲜血，紧接着，一颗子弹又打在他的左肩！

这时，他听到志武喊："秋俭，赶紧跑，我掩护你！"

他回身一看，志武带着几个同伴且战且退，不停举枪射击，已经跑到城门前，他便忍着剧痛挥着大刀杀开一条血路，抢到一匹马后逃出临湟县县城。

跑出县城，身后的枪声越来越远，秋俭也觉得头部一阵眩晕。他忍痛趴在马身上，颠簸中，感觉大概已经跑出了六七里地，四下景物已经是玉米田和荒草地。渐渐地，他感觉四周的景物已经模糊，最后眼一黑，就没了知觉。

等再醒来时，发现自己躺在一座土地庙里，一个六七岁左右的男孩正眨着一对黑亮的大眼睛看着自己。

第二十八章　骨肉相离

那小男孩转身拿来两枚子弹头，一手捏了一个对秋俭道："叔叔，这是我从你身上取出来的，我是不是很有本事？"

秋俭点点头："对，本事特别大！谢谢你，你叫什么名字？"

听秋俭夸奖自己，那男孩一脸开心的样子，笑道："我叫鼓儿。"

秋俭点点头，四下看了看庙里的陈设，又问："鼓儿，你自己在这里住？"

鼓儿摇摇头："不，我和爷爷一起。"

"那你爷爷呢？"

鼓儿眼中闪过一丝难过："我不知道，前天爷爷去临湟县送货，就再也没回来。"

秋俭安慰道："别难过孩子，有叔叔在呢，爷爷也许是有事，一定会回来的。"

鼓儿点点头："叔叔，你饿了吧，我做好饭了，我去给你端。"说完跑出去端来一碗高粱粥，对秋俭道："我来喂你吧。"

秋俭摇摇头："谢谢你鼓儿，我自己起来吃吧。"说完勉强坐起，接过鼓儿手里热腾腾的高粱粥，大口吃起来，但动作大时，还是觉得伤口疼痛，头有些晕。

鼓儿在一旁托着腮看着秋俭连吃了三碗高粱粥，也是十分高兴。他抚摸着秋俭枕边的牛皮鞘钢刀，问："叔叔，这大刀我能拔出来看看吗？"

秋俭笑着摇摇头："不行的，鼓儿，这刀很锋利，会伤到你的。"

鼓儿很是懂事，点点头，便不再动那钢刀。

接下来的几天，鼓儿精心照顾着秋俭，每天细心地给秋俭换药做饭，秋俭也越来越喜欢这个懂事的孩子了。

这一天，秋俭觉得自己身体已无大碍，而且心里挂念着皮爷的安危，决定去找志武会合，便对鼓儿道："鼓儿，叔叔要走了，去忙我的事情，你自己怎么办？要不跟我走吧。"

鼓儿眼中闪出留恋表情，摇摇头："我要等爷爷回来。"

"这都快十天了，你爷爷一直没有消息。要不这样，你先跟我一起走，我住的地方离这里不远，到时你还可以随时回来。你要不放心，我们给爷爷留个字条可好？”

鼓儿想了想：“好，那我去收拾衣服。”

秋俭点头起身，把钢刀背在身后，到柴房去拉大青马。不一会鼓儿也从西配殿出来，背后背着一个大包袱，手里拿着一个拨浪鼓。

秋俭很好奇，问：“鼓儿，这拨浪鼓是你的？”

“对呀，爷爷给我做的。”说完他搓响了拨浪鼓。

咚咚咚咚咚……擂珠儿摇动，击打鼓面，拨浪鼓声音清脆动听。

秋俭听到这熟悉的鼓声，赶忙问：“鼓儿，你爷爷是不是姓皮？”

鼓儿摇摇头：“我也不知道，反正他是我爷爷。”

秋俭问：“那你爷爷是做什么的？”

“做大鼓的呀。你还没去过西配殿吧？那里都是我爷爷做的鼓。”

秋俭已经肯定，鼓儿的爷爷一定是皮爷，当即来到西配殿一看，只见里边有几堆木料，一地刨花，还有简单的木工工具和漆料，几个未完工的大鼓摆在神案上。

秋俭走到一面鼓前，拿起旁边的一根木棒用力一敲，咚的一声，鼓声浑厚，震得大殿的窗户嗡嗡直响。秋俭心里一阵亲切感油然而生，因为这鼓声再熟悉不过了，果然是孙记鼓坊才能做出的鼓。

秋俭想起吉凶未卜的皮爷，心里一酸，轻轻放下木棒，对鼓儿道：“好孩子，咱们先走，爷爷一定会回来的。”说完他把所有大鼓妥善盖好，又用红漆在木料板上给皮爷留了话。

秋俭骑着大青马带着鼓儿来到部队隐蔽的村子里，到了据点，志武已经迎了出来：“秋俭，你可算回来了！没你的消息，我们也不敢离开。”

秋俭见到志武和那几个同伴都很安全，心里的一块石头也算落了地。他抱鼓儿下了马，带着他拉到志武面前，道：“这是鼓儿，是他救的我，要是没有他，我死定了。特别巧的是，他是皮爷收养的孩子。”

志武满眼惊喜，拍拍鼓儿的脑袋：“小家伙，一看就机灵。放心吧孩子，我们一定救出你爷爷。”

鼓儿一愣，问志武：“大叔，我爷爷怎么了？”

志武一脸黯然，道：“孩子，你爷爷让日本鬼子抓起来了。”

鼓儿一惊：“啊！大叔，我要救我爷爷去！”

志武刚要回答，秋俭在一旁爱怜地拍拍鼓儿的肩膀，指了指院里擦枪的战士们，道：“鼓儿，听话，你去外边和那些叔叔玩会儿，我和志武叔叔商量一下怎么去救爷爷。”

鼓儿十分懂事，点点头道："好，可你们一定要救出我爷爷！"

秋俭温和一笑："鼓儿，放心吧，我们一定救出爷爷，去，先找他们玩吧。"

鼓儿一进门就看到那几个战士正在擦枪，早就想去看了，当即点点头，小鹿一样跑了出去。

看着鼓儿的背影，秋俭叹口气道："多好的孩子啊！我家定捷应该也这么大了，就是不知道她们母子流落在山西哪里。"

志武拍拍秋俭的肩膀，安慰道："放心，她们一定没事的。"

秋俭摇摇头："不好说啊。皮爷没和她们在一起，肯定出事了，现在我们得赶紧救出皮爷，然后就知道她们母子的情况了。"

志武道："应该不会有事的，也没准回鼓坊了呢。"

秋俭脸上闪过一丝忧虑："那样最好。我这几年一门心思打鬼子，看着身边这些弟兄放着父母妻儿不去照顾，都不怕生死不回家地跟我一起拼命，我真不能舍下他们去找玉灵和定捷，就盼着早日把日本人打跑，我们就能欢天喜地和亲人团圆了。"

志武点点头："我也一样。秋俭你也知道，我以前是个争强斗勇的愣头青，连做贼偷枪的事也干过，多亏当了兵打起鬼子，才明白真正的男人应该做什么。我都不敢想，以后要是没仗打了，没枪摸了，我还能干什么。"

秋俭微微一笑："那是以后的事喽，我们先说眼前的吧，想想怎样才能救出皮爷！"

志武道："你有什么想法？"

"我想了一个保险点的办法。咱们那天大闹小野康正的祭奠鼓会，我失手把他的儿子肖野砍伤了。那肖野是一个正直的日本人，我们可以说是好朋友，我想先去看看他的伤势，然后让他帮忙救出皮爷。"

正说到这里，院里突然传来鼓儿快乐的笑声，两人一齐往窗外看去，只见鼓儿正和几个战士逗闹。其中一个战士从背后抱住了他，他怎么挣扎也挣脱不开，笑着大叫，另外一个战士在挠他的痒痒。

秋俭看到后哈哈大笑，走出屋子叫道："好了，放开他，鼓儿，你来！"

战士放开鼓儿，鼓儿赶忙跑到秋俭面前："叔叔，什么事？"

秋俭拍拍他的头："没事。我看你被他抱住没法脱身，就教你一招，让你学学被别人在背后抱着怎么脱身。话说，当年我像你这么大的时候，还在要饭，是我魏大哥教我的。"说着他站到鼓儿身后，道："鼓儿，你个子矮，所以只要比你高的对手，一般都会像我这样勒住你的脖子，因为他要箍你双臂必须得半蹲。还有一点，这种从身后勒脖子的情况，一般都是单手勒，所以我教你一招，你可以很快脱困。"

鼓儿眼睛一亮："好好好！"

秋俭一笑，单手轻轻勒住鼓儿的脖子，教道："被人在身后锁喉脱困，有两种办法。第一种有些不好看，但特别实用，就是装晕过去。你是个孩子，一般装晕过去以后，对手都会下意识地放开你，因为他没必要再控制一个烂泥一样瘫软下溜的孩子。只要他松开你，你就可以倒地后抬腿直踢他的裆部，但一定要用力，还得准确，要不他就会立刻攻击躺在地上的你。"

鼓儿被秋俭单手勒着脖子，说道："不学这个装晕的，太不英雄了！"

秋俭一笑："那好，我就教你第二种，第二种要的是速度和爆发力。你先要用最大力气猛踩敌人的脚趾，然后歪头用脑袋侧边顶他的嘴唇或下巴。这时他头脚吃痛就会下意识松手，然后你立刻沉下身体用拳头猛击他的裆部。这三个动作一定要连贯迅速。我肩膀有枪伤，就让志武叔叔陪你练练吧。"

鼓儿听完大喜，问："叔叔，这招叫什么？"

秋俭回答："踩敌人脚趾是'立地'，顶敌人下巴或口鼻叫'顶天'，所以这招叫顶天立地！"

鼓儿点点头："顶天立地，我记住了。"

志武在一旁道："来，鼓儿，我陪你练练顶天立地，学会后看他们怎么欺负你！"

那几个战士一起哈哈大笑，鼓儿对他们做了一个鬼脸："你们就笑吧，等我学了顶天立地，看你们再怎么抓住我。"

接着他连玩带闹地和志武学习如何脱困，反反复复学了半天，两人的动作不时引来围观战士们的一阵阵笑声。

第二天中午，秋俭穿着一身日本军装混进日本军部医院，查了病床名单后直接来到肖野所在的房间。

到了病房门口，他拿出证件给门口的两个日本兵看了一眼，然后推门进入。

肖野见秋俭进来，一愣，忙问："秋俭，怎么是你？我那天倒地后明明看到你中了两枪啊，现在伤口没事了？"

秋俭一脸关切，低声道："先不要管我，你的伤怎么样了？"

"没事，伤得不重。"

秋俭一脸愧疚："肖野兄弟，不要怪我，我当时不知道你会出现，替你父亲挡这一刀，唉！"

肖野微微一笑："秋俭，你不必内疚，无论我的父亲在你们中国人的眼里多么罪大恶极，但在我的心中，他是一个伟大的父亲，是我们日本最棒的太鼓制作大师。我替他挡这一刀，是应该的。如果没有这场丑恶的战争，也许我们会是好朋友，会是最好的合作伙伴，也许会一起做出世界上声音最美妙最震撼人心的鼓。这个鼓不是大鼓，也不是太鼓，而是属于我们全人类的和平之鼓，也就是你说的‘心之鼓’。秋俭，如果战争结束，我会来找你，我们一起实现这个愿望。”

秋俭点点头：“好的肖野，我答应你，等战争结束了，一定和你一起做出这面和平之鼓。”

肖野激动得脸颊泛红：“秋俭，那天出现的那个擂中国大鼓的老人，是不是我第一次在鼓坊见到的皮爷？”

“对，就是他。我这次来，也是想问问你有没有搭救的办法。”

肖野摇摇头：“很难的。前天赵德魁来看望我时，说了一句，皮爷已经让他严密关押，他想着等我父亲处理完这些事情后，让皮爷给我父亲讲解制作大鼓的技艺。皮爷那天所擂的大鼓，已经被我父亲得到了，现在放在他的书房日夜研究。”

秋俭问：“那你知道皮爷被赵德魁关在哪里吗？”

“临湟县老县衙的大牢里。”

秋俭和肖野告别之后，急匆匆地走出日本军部，刚要准备找地方换下身上的日本军服时，突然身后有人喊道：“喂，你站住！”

秋俭心里一紧，已经准备好随时攻击反抗，他慢慢回过头一看，竟然是好久不见的鼓槌。

鼓槌脸露惊喜，赶忙跑到秋俭面前：“秋俭，果然是你！”

秋俭也是一愣：“鼓槌，怎么是你？你的耳朵怎么回事？怎么没了？这几年你去了哪里？”

鼓槌眼泪流出：“唉，别提了！那天在火车站和你们失散后，我赶回咱们的住处，发现屋里被翻得特别乱，你们都不在了，我就到处寻找你们，谁知晚上又赶上日军偷袭，我就躲了起来，等风声过去后就没了你们的消息。我的耳朵是被日本人开枪打掉的，当时差一点我就没命了。秋俭，这回找到你，我再也不走了，我要跟你在一起。”

秋俭点点头：“好，那等我换下这身日本军装，咱们赶紧走。”

“好！”

秋俭带着鼓槌一起回到营地，志武见到鼓槌后特别开心，鼓槌又流着眼泪和志武诉说自己这几年悲惨的遭遇，志武连连劝解安慰。鼓儿在一旁忽闪着大眼睛看着这个缺了一个耳朵的男人呜呜地哭，觉得很奇怪。

秋俭道：“鼓儿，别看了，这是鼓槌叔叔，是我的好兄弟，赶紧叫叔叔。”

鼓儿低声叫道：“鼓槌叔叔。”

鼓槌摸摸鼓儿的脑袋：“乖孩子！”

到了屋里坐下，秋俭、志武和鼓槌一起商量如何去临湟县县衙牢房搭救皮爷，志武和鼓槌出了几个主意，都被秋俭否定了。最后秋俭想了想道："你们说的一群人去劫牢，太不现实了。我今天去看望肖野时，发现日本人的警戒兵力增加了不少，估计是那天鼓会闹的。我觉得还是人少为妙。我这里枪伤未愈，也不能和敌人有太多正面冲突，最好的办法是混入牢房。"

志武点头道："那也行，咱俩去。"

听到这里，一旁的鼓槌道："秋俭，我有个兄弟在这个县衙牢房里做饭，我可以通过他让你们进去。不如你们装作往牢房里送糙米，我在牢房食堂接应你们，怎么样？"

秋俭摇摇头："不行，这样太危险，你又不会武功，会丢了性命的。"

鼓槌一脸坚定："没事，为了救皮爷，应该的！"

听到这里，一旁的鼓儿喊道："我也去救爷爷！"

秋俭很欣慰，拍拍鼓儿的脑袋："好孩子，你乖乖在这里等我们，我们很快就会把爷爷救回来的。"

鼓儿一直懂事乖觉，听话地点点头。

鼓槌道："那就别耽误了，我这就回临湟县县衙大牢去找我那个兄弟。今晚八点整，你们拿牲口驮着糙米到衙门后门找我。"

志武和秋俭对望一眼，齐声道："好！"

鼓槌点头："那就不耽搁了，我这就去，咱们晚上八点见。"说完摸摸鼓儿的脑袋，匆匆告别离去。

傍晚天刚擦黑，秋俭和志武驾着一辆驴车拉了四袋糙米来到临湟县县衙后门。秋俭看看怀表，见时间已近八点，便和志武蹲在墙角等待。

八点钟，鼓槌一脸警觉地从县衙后门跑出来，看到秋俭和志武后，迅速地招了招手。秋俭和志武马上起身，左右看看，然后轰着驴车随鼓槌进入大牢食堂。

到了县衙后院，鼓槌指着一间屋子道："你们先把糙米抬到那屋子里，我去给你们找两件衣服。"说完匆匆离去。

秋俭和志武把糙米抬到屋里，回身准备出门时，突然院里脚步声大作，只见一群荷枪实弹的伪军冲了进来。两人大惊，正想着如何反抗，伪军们手里所有的步枪已经一起指向他们俩。接着，一人急步走进，秋俭一看，竟然是赵德魁！

赵德魁手里拿着手枪，一脸阴险地笑道："姓秋的，久违了！"说完吩咐手下，"给我拿下！"

秋俭和志武见已经无法脱身，只好垂手而立，几个伪军一起上前把他们捆住。两人被捆绑押走后，鼓槌从旁边一个小门跑出。他来到赵德魁身边，轻声道："赵师长，我今天已经亲眼看到了，秋俭和志武的队伍还在那个村子里藏着呢，不如我们杀过去，给它来个连锅端！"

赵德魁摇摇头："他们那帮当兵的太厉害，我觉得还是先摸清人数和枪支数为妙。这样，正好你的身份没暴露，明天一早就带着影子飞去一趟，到那儿摸清情况后来报告我，我再派兵去端他们老窝。"

鼓槌点点头，赶忙到军部找到影子飞，跟他商量计划。

秋俭和志武被押到一个牢房，两人进去一看，牢房里有个人躺在地上，满身鲜血。

秋俭一愣，赶忙跑过去一看，地上那人竟然是皮爷，看样子已经受尽大刑，闭着眼睛昏迷不醒。秋俭心里一疼，赶忙蹲下抱起皮爷，大声呼唤："皮爷！皮爷！您醒醒！我是秋俭！"

过了很久，皮爷慢慢睁开眼睛，眼神涣散地看着秋俭，虚弱地低声道："秋俭，孩子，是你吗？"

"皮爷，是我，我是秋俭！"

皮爷深陷的眼窝里隐隐湿润："孩子，我们找你找得好苦！"

秋俭也是虎目含泪："皮爷，您没事吧？"

皮爷强打精神，轻轻摇摇头："秋俭，我应该是快不行了，不过临死之前看到你，我也知足了。"他顿了顿，身体发颤，语气更加微弱，"秋俭，临湟县县城东门外十里有个土地庙，有个孩子在那里等我，那孩子不是别人，他是你的儿子定捷。你一定要从这里出去，和你的儿子团圆。"

秋俭大惊："什么？鼓儿就是定捷？我的儿子定捷？"

皮爷眼中闪过一丝喜悦的光芒："对！他小名就叫鼓儿，难道你们见面了？"

"对！我们见面了！那天鼓会后，我中枪逃跑，是他救了我！"

"那就好！那就好！"皮爷似乎有了精神，"鼓儿是个好孩子，仁义，聪明懂事，这几年我们爷俩相依为命，一路靠卖鼓为生来到这里。那天我去县城给一个订户送鼓，遇到那个日本人敲他们的太鼓，我没忍住，想着这是咱们中国人的地方，凭什么要响日本的鼓，就擂着新做的大鼓冲了过去，结果被抓到这里。"

秋俭点点头："皮爷，您挺住，我们一定要想办法出去，然后带上定捷，找到玉灵，一起生活，一起做声音震天的大鼓！"

皮爷摇摇头，眼神又变得黯淡："不行了，我估计等不到那天了……"他似乎想起什么事，接着道："秋俭，还有一件事。我有个包袱，鼓儿替我保存呢，里边有一面扁鼓，那面鼓的鼓皮不是牛羊皮的，而是韩老板和孙掌柜二人的脊皮……"

"啊！"听皮爷说到这，秋俭不禁大惊。

皮爷长吸口气，接着缓缓说道："这是他们临终前托付我的，要我用他们两人的脊皮做一面鼓，等到日本人失败那天，等到我们中国人胜利的时候，把这面脊皮鼓敲响，让他们也和我们一起庆祝胜利，他们也能在九泉之下瞑目了。秋俭，你一定要好好保存这面鼓，为了让韩老板和孙掌柜能瞑目九泉，为了咱们中国人胜利的那一天。”

秋俭眼泪已经流出，点点头：“皮爷，您放心，我一定把这面鼓保存好，让他们看到中国人胜利的那一天！”

皮爷点点头，露出一丝微笑，慢慢地，老人的眼神渐渐迷离，最后慢慢地闭上，头一歪死去了。

第二天清晨，鼓槌带着影子飞一起出了县城，骑马来到部队隐藏的据点。那些战士知道他是秋俭和志武的兄弟，也没有过多怀疑。鼓槌乐呵呵地挨个打了招呼，暗暗记下人数和枪支情况，刚要准备和影子飞离开，鼓儿忽然从屋里跑了出来，来到鼓槌面前问：“鼓槌叔叔，你们把爷爷救出来没有？秋俭和志武叔叔呢？”

鼓槌笑着拍拍他的头，道：“爷爷已经救出来了，在县城里，你好好在这里等着吧，我们这就去接他回来。”

鼓儿道：“你们等一下……”说完回身跑进屋里，接着背着秋俭的钢刀和一个大包袱又跑了出来，道：“我也去！”

鼓槌道：“你跟着干吗去？就在这里等着吧，我们马上就回来。”

鼓儿执拗道：“不行，我要见爷爷！”

鼓槌没辙，怕久留生变，当着那么多战士又不好发作，只好一指影子飞道：“好，那你和他骑一匹马，我们带你去见爷爷。”

定捷高兴地上了影子飞的马，和战士们笑嘻嘻地告别，三人一起离开据点向临湟县县城而去。

走到半路上，鼓槌见前面有一片树林，便向影子飞使了个眼色道：“天太热，我们去那树林里凉快凉快。”

影子飞会意，催马一起来到树林里。

下了马，鼓槌对影子飞道：“你带鼓儿去里边解决一下，我等你。”

影子飞道：“你这胆小心黑的毛病就改不了是吗？”

鼓槌看了鼓儿一眼，眼露凶光道：“我一直心就软啊，没辙。”

鼓儿是个聪明的孩子，见两人对话苗头不对，突然发足狂奔，钻进树林。

鼓槌大喊：“别跑！”

影子飞赶忙伸手去抓，但没有抓住，还把自己带了个趔趄，他赶忙掏出腰里的“盒子炮”追了过去。

此时正值盛夏，树林里树木杂乱，藤蔓株连，鼓儿背后又背着一把钢刀和一个大包袱，所以没跑多远就没了力气。他强忍着，想钻出树林往最安全的大路上跑，眼看就要到了，突然脚下被一根树根一绊，呀的一声就摔倒在地。

影子飞轻功一流，几个纵跳随后追到。他喘着气，用枪指着地上的鼓儿，凶狠地道："小兔崽子，跑得还挺快！"

鼓儿抬头道："你们是坏人！你们骗了秋俭叔叔和志武叔叔！"

"哈哈，你这小崽子倒是聪明。没错，他们俩现在正在县衙大牢里凉快呢。不过你的待遇也不错，这儿也挺凉快，就死在这儿吧。杀了你，我们就去端他们老窝！"说完上前探身举枪指向鼓儿的脑袋就要开枪,。鼓儿急了，猛地一歪身，双手一探，抓住影子飞的手腕一拉，一口就咬向影子飞的手背。影子飞想撤手已经来不及了，只觉手背一疼，啊的一声"盒子炮"掉在地上。鼓儿张嘴又狠狠咬了一口，影子飞猛地感到小拇指一阵钻心的痛，再一看，鼓儿已经把他的小拇指齐根咬下。

他疼得哇哇直叫，一脚踢到鼓儿的肚子上，忍着剧痛捡起"盒子炮"，然后举枪就要射向鼓儿。就在他刚要开枪的一刹那，突然身侧一声枪响，影子飞啊的一声惨叫，左胳膊被一颗子弹打中。他不知道是谁暗中打了自己一枪，但知道站在原地仍是危险，赶忙滚倒在地，捡起自己的断指，接着一个蹿跃，一身是血地跑掉了。

鼓儿捂着肚子起身一看，只见一个青衣女人骑马从树林里跑出，她来到鼓儿身边道："孩子，快，上马！"

鼓儿麻利地上了马，抱紧那女人的腰。那女人催马窜出树林上了大路，一直向南跑去。

跑了很远，到了一棵大树下。见四下安全，那女人勒住缰绳下了马，然后抱着鼓儿下来，擦了一下他额头的汗，低头问鼓儿："孩子，你叫什么名字？你身上这把大刀是哪儿来的？"

鼓儿见这女人容貌秀美和善，刚刚又救了自己，便回答道："我叫鼓儿，这把大刀是秋俭叔叔的。"

那女人点点头："好孩子！秋俭叔叔在哪儿？"

"他和志武叔叔，还有我爷爷，一起被刚才那两个坏人关到了县衙牢房。"

那女人又详细地问清来龙去脉，然后拍着鼓儿的肩膀道："鼓儿，你带我去你和爷爷住的那个土地庙，赶紧的！"

鼓儿点头，赶忙上马带路，带她来到自己和皮爷居住的那个土地庙。他们并没注意到，鼓槌也悄悄骑马跟了过来，见两人下马进了庙门，鼓槌想了想，没敢跟着进去，骑马迅速离去。

那女人和鼓儿一起进庙后，轻声道："鼓儿，你先躲在这里，我得赶紧去给那些军人报信，恐怕他们的行踪要暴露了，现在带你去太不安全，你在这里等我。"

鼓儿赶忙点头。

那女人上马，向鼓儿摆摆手，策马就要离去。

鼓儿大声问："姑姑，你是谁？"

那女人冲他一笑："我是你秋俭叔叔的妹妹，你叫我小蓝姑姑就行。好孩子，等我回来！"

一个多时辰过后，马小蓝骑马回到土地庙，鼓儿赶忙迎出。马小蓝下了马，一脸兴奋地道："好啦，部队已经安全撤离了！"

鼓儿帮马小蓝牵过马："小蓝姑姑，你是秋俭叔叔的亲妹妹？"

马小蓝摇摇头："不是啦，但我们比亲兄妹还要亲，我也是很久没见到他了。"

"那我们赶紧把他救出来吧。"

马小蓝点点头："嗯，现在天亮不安全，咱俩先吃饭，今晚我就去救他们。"

天黑了，马小蓝收拾好行装，让鼓儿好好在土地庙里等自己，然后骑着马直奔临湟县县城而去。

到了临湟县县城，只见城门大开，马小蓝被眼前的一幕惊呆了：只见临湟县县城嘈杂一片，日本军部门前更是人车喧哗，所有日本兵排着队上了卡车陆续匆匆离去，所有伪军也帮着日本人从军部里进进出出地抬柜搬箱，场面凌乱紧张，看样子是整个日本军部在全体紧急撤离。

马小蓝感到很奇怪，但想着还是救秋俭要紧，也许趁乱更易得手，便赶忙躲着人群来到县衙。

到了县衙门口，只见大门敞开，里面虽然亮着灯，但根本没有人。马小蓝警觉地掏出手枪，下马走进县衙，左右看看没人，便直奔后院的大牢跑去。到了大牢门前，见牢门也是大开着，一地凌乱的杂物，每个囚牢的木门也都打开着，不见一个犯人的影子。

马小蓝十分纳闷，见最里侧一个小屋里有人影晃动，端枪走近一看，是一个腰背佝偻的矮瘦老人在收拾被褥。

马小蓝收好枪，敲了一下门，问："大爷，这里的犯人呢？"

老头吓了一跳，回头一看是个女人，松口气，道："犯人？都拉出去枪毙了。真是造孽啊！关在这里的，有几个坏人啊！"

马小蓝一惊："为什么要枪毙？"

老头眼露兴奋："难道你不知道？日本鬼子投降了，就是前几天的事。这不，这帮畜生在他们回家之前，就把这里关的人都枪毙了。我啊，也得卷铺盖回家喽，回家喽！"

听到日本投降的消息，马小蓝兴奋异常，赶忙问："大爷，他们在哪里枪毙人？"

"还能在哪儿，老地方，瓮城城墙下，这一天都好几批了。"

马小蓝大惊，赶忙跑到县衙门口骑上马，朝县城瓮城城墙处飞奔过去。

到了瓮城附近，远远一看，只见这里停着十多辆卡车，几十个伪军正进进出出忙着搬运军用物资。

马小蓝躲着人，直接往瓮城城墙跑去，还没到那里，就看到几辆军用卡车亮着车灯，灯光直射瓮城墙根儿处。十来个犯人被绑着，面向墙面，一队伪军正举着步枪瞄准，看来马上就要行刑。

马小蓝仔细一看，自己朝思暮想的秋俭就在左首第一个。但她根本无法上前去营救。正焦急间，突然后脑一疼，一支坚硬的枪管顶到自己的后脑上，身后传来一个男人阴沉的话语："马小蓝，没想到我们在这里见面了，看你这意思，是要去救秋俭？"

马小蓝听到这个声音，心里大惊，慢慢回头，只见鼓槌正狞笑着看着自己。她一愣："鼓槌，你没死？"

鼓槌用左手指了指脑侧："哪那么容易死？多亏当时装死，才躲过一劫，不过我的这个耳朵让你打掉了！"

马小蓝怒道："后悔子弹歪了一寸！"

"哈哈哈，这是吉人自有天相嘛！"

他还要说别的，只听脚步声传来，回头一看，赵德魁一脸焦急地匆匆走来，见鼓槌正拿枪指着马小蓝，赶忙问道："什么天相地相的！她是谁？"

鼓槌赶紧道："是马小蓝，袁大疤瘌就是她害死的。"

"那还愣什么，一枪打死！"

他身边的影子飞左臂和左手都缠着纱布，凑过来拦道："别打！我要把她带回北京，亲自杀了她给袁大疤瘌祭灵。我还要找到那个叫鼓儿的小王八蛋，也一起带回北京，砍掉他的手指，慢慢让他受罪，以解我心头之恨！"

赵德魁急道："你们这些跑江湖的，怎么这些狗屁规矩。别废话了，鼓槌，直接打死！"

鼓槌连忙答应，举起手里的枪就要杀死马小蓝。

马小蓝心里一阵悲伤，侧头看了眼远处就要被行刑的秋俭，知道和这个心爱的人就要永远分开了。但接着心里又是一阵欣慰，想着和心爱的人一起死去，也是一种最完美的结局。

鼓槌正要开枪，突然听到有人用日本话喊着："快！"顺声音一看，一队日本人匆匆赶到，为首的一人是肩部绑着纱布的肖野。

赵德魁见肖野到来，赶忙吩咐鼓槌："先把这马小蓝押回北京。"

鼓槌点头，一推马小蓝，低声道："赶紧的！走！"马小蓝被推得一趔趄，恋恋不舍地侧头看向远处墙根下的秋俭，心里悲痛不已。

赵德魁跑到肖野面前，敬礼道："小野太君，您有何吩咐？"

肖野看了一眼远处的秋俭："我父亲有命令，让你就地释放那些犯人，立刻！"

"可秋俭在里边……"

"就是因为有秋俭。我父亲要把他带到日本去，他就是一本活的《孙记制鼓技要》。"

赵德魁有些犹豫。

肖野道："赵桑，难道你要让我的父亲亲自来吗？"

赵德魁连连摇头："不敢！不敢！卑职不敢！"说完无奈地大声吩咐道："让他们停止行刑，释放犯人，收队！"

一个伪军大喊着跑了过去，肖野不再理会赵德魁，赶忙也跟了过去。

秋俭和志武被解开绑绳，见肖野走过来，知道是他救了自己，当下感谢道："肖野，谢谢你救了我们。"

肖野摇摇头："先不用谢。你们赶紧跟我走，我先把你们送到城外，因为现在我只能保证日本军队不找你们麻烦，但赵德魁的军队就不好说了！"

说完他领着秋俭和志武来到一辆吉普车前，示意两人上车，然后亲自开车把两人送到城外。

下车后，他回头看了一眼嘈杂混乱、灯火通明的临湟县城，对秋俭说："秋俭，我只能送你到这里，我还要赶紧回去。你还不知道吧，我们日本天皇宣布投降了，你可以和家里人团聚了，我也可以回日本做我的鼓匠了！"

听到日本投降的消息，秋俭和志武大喜，秋俭看着肖野道："肖野，我很欣慰能遇到你这样有良知的日本人，我也相信，你一定会做出蕴含着浩荡正气鼓声的大鼓。因为我说过，鼓声来自心中，你的心正，鼓声就正。"

肖野点点头："好，我也替我们日本人犯下的罪行向你们道歉。你们的《孙记制鼓技要》曾经被我父亲得到，不过我已经还回你们鼓坊了。我提醒你一下，一个叫鼓槌和一个叫影子飞的人，他们是赵德魁的亲信，我曾经不止一次见到过他们，你们《孙记制鼓技要》的丢失就跟他们有很大关系。"

秋俭想起被鼓槌骗到县衙大牢的事情，点头道："这我已经知道了，我不会放过他们的！"

肖野道："好了，我要回去了。秋俭，希望有一天我能看到，你做出一面蕴含着浩荡正气鼓声的大鼓，也就是我们约定好的'人之鼓'！"

秋俭语气坚决，眼神炯炯地看着肖野，点头道："好！一定！"

日本军部里，一身戎装的小野康正眼神黯然。他呆坐在一片狼藉的指挥室里，角落里的收音机正放着日本天皇裕仁的投降演说。

指挥室中央，一把日本军刀横放在地上。军刀两旁是两面鼓，左边是日本的黑漆太鼓，右面是中国的红漆大鼓。

小野康正失落地跪到军刀前，轻轻叹口气，慢慢拿起手边的一根鼓槌，用力地敲了敲左边的日本太鼓。

咚……咚……咚……

太鼓鼓声震得指挥室的玻璃嗡嗡作响。

小野康正闭上眼静了静，又敲了敲右面的中国大鼓。

嗵……嗵嗵……

鼓声雄浑中正，也把指挥室的玻璃震得嗡嗡作响。

小野康正放下鼓槌，抚摸着自己的日本太鼓鼓面，指尖与粗糙的鼓面摩擦，发出嚓嚓的微响。

他用力抿着嘴，缓缓脱掉军服上衣，露出里边的白色衬衣，然后拿起地上的军刀，拔出后反握刀柄，刀尖指向自己腹部，接着深吸了一口气，眼一闭，猛地把军刀刺向自己的腹部。呲的一声，锋利的军刀一下就刺进他的腹部。他疼得一窝身，然后一咬牙，扶着军刀用力横着一割，鲜血随即流出，他的身子晃了晃，随即倒在地上。

这时，肖野开门跑进，看到父亲小野康正剖腹自杀了，赶忙跑过去抱起喊道："父亲！你为什么要这么做？"

小野康正看了一眼儿子，又指了指右边中国的大鼓，用最后的力气微弱地说道："敬一，我们……输了……"说完闭目死去。

土地庙里，四周黑暗一片。鼓儿抱着秋俭的牛皮鞘钢刀，靠在大包袱上等着马小蓝的归来，外面院里夏虫低鸣，远处隐隐传来纷乱的蛙声。

突然，一阵急促的马蹄声传来，已经有些困意的鼓儿猛地把眼睁开，赶忙站起，抱着大钢刀就跑到院子里。借着微弱的夜光，他抬头一看，来人不是马小蓝，而是左臂左手缠满纱布的影子飞！

影子飞哈哈大笑："果然让鼓槌说对了，你就在这里。来吧小崽子，跟我回北京吧！"

第二十九章 鼓庆团圆

秋俭和志武回到据点后发现，战士们和鼓儿都已经不见了踪影。两人简单地商量了一下，决定分头去找，秋俭去土地庙找儿子鼓儿，志武去临近兄弟部队据点打听战士们的下落，并商量好天亮在原地会合。

秋俭敲开相识村民的院门，借了一匹马，趁着夜色赶到土地庙。到了庙里，他找到佛台上的蜡烛，点燃后低声叫着鼓儿的名字挨屋寻找，但没有回应。他来到西配殿，见殿里没有被翻动的痕迹，只是刨花堆前多了一个大包袱。

秋俭一愣，知道这是鼓儿经常背的那个包袱，记得那天带他去找部队时，这包袱已经被鼓儿背了过去，不知为何又出现在这里。

他把蜡烛放在旁边的贡桌上，低身打开包袱，只见里边是皮爷的几身衣服，再细看，还有一个二尺见宽的硬硬的圆布包。秋俭很是纳闷，轻轻打开布包，借着烛光一看，心里不禁一阵难过。原来里面是一面二尺见宽、八寸多厚的扁鼓。秋俭知道，这应该就是皮爷所说的那面用韩啸亭和孙凤臣二人的脊皮所做的鼓。

秋俭轻轻抚摸着这面鼓，然后把它抱在怀里，眼泪也滚滚流出。这两位和他如父子般至亲至爱的长辈，此刻却以这种方式和他紧紧拥抱在一起，一瞬间，多年来两人对他的关爱和谆教一起浮现在脑海，久久不能散去。

天亮之后，秋俭和志武碰头。志武两眼布满血丝，看来也是奔波了一夜。他一脸兴奋地对秋俭道："秋俭，咱们的部队已经转移到了果口峪。据他们跟我说，咱俩被抓以后，第二天一早，鼓儿就让鼓槌给带走了，之后不久，一个年轻女人骑马来报信，让他们赶紧转移。"

秋俭想着定捷被鼓槌带走，肯定凶多吉少，轻轻叹口气："那现在怎么办？"

"日本投降了，但我们不能掉以轻心，得防着日本人和伪军以没接到投降命令为由拼死反扑。这样吧，我带着队伍去和大部队集结，你赶紧到临湟县城去找鼓儿。"

秋俭点头："好，那就辛苦你了，让兄弟们注意安全。"

秋俭骑马直奔临湟县县城，他要第一时间找到赵德魁，因为鼓槌一定和赵德魁在一起。但他到了县城发现，整个县城已经空了，只剩下一片狼藉和上街欢庆的老百姓。原来一夜之间，在这里驻守的日本军队和伪军已经全部撤离，再一打听，所有日本军队和伪军都去了太原。

秋俭没有耽搁，直接骑马奔往太原，一路奔波，两天后终于到了太原。可到那里找到中国军队一询问，才知道小野康正的部队已经正式投降了，正和其他的日军投降部队坐火车一起分批运往天津，准备陆续坐船回国。秋俭又到处打听赵德魁部伪军的消息，这才知道，赵德魁的部队已经被俘虏收编，师长赵德魁已经逃跑，不知去向。

经过八年不屈不挠、艰苦卓绝的斗争，中国人民终于把日本侵略者打败了，在1945年的这个夏天，迎来了抗日战争的最后胜利。这时的北平城已经是一片欢腾！老百姓们笑逐颜开，纷纷上街庆祝，他们燃放爆竹烟花，一起跳舞唱歌，场面热烈欢欣！

听到胜利的消息，玉瑛和玉灵高兴异常，一起做了一桌丰盛的菜肴来款待大家。吃完饭，大家带着祭品到孙凤臣夫妇、韩啸亭和顾秉轩的坟前，一齐烧纸告慰他们的在天之灵。

北平城里的各种庆祝活动一波接一波，来鼓坊买大鼓的顾客也多了起来，各界团体纷纷上门要购买大鼓。孙广文也愿意为庆祝胜利出一份力，赶忙把鼓坊的伙计召集回来，在顾家花园里搭起工棚，夜以继日地赶制大鼓和腰鼓，忙得不亦乐乎。

这一天，北平商会会长许德清来到鼓坊，他见到孙广文，上来就道："孙掌柜，我有事得求你一下啊。"

孙广文抱拳一笑："许会长，有事您尽管吩咐。"

许德清道："孙老掌柜在世时是我们商会的副会长，他虽然去世了，但我们的交情一直没有断。现在有这么一件事，明天上午，我们北平商会要组织各大商户在钟鼓楼举行庆祝活动，迎接中国军队返城进驻，这可是件大喜事啊！所以呢，我想让咱们鼓坊出个节目庆祝一下，这事您一定要帮我啊！"

孙广文点头道："这是件好事，可我们鼓坊现在忙得脚踢屁股，怎么帮您出节目啊？"

许德清赶忙道："这还不简单，你们抬几面大鼓敲一敲不得了。"

孙广文一脸为难："我们鼓坊已经没有大鼓了，现在还欠人家十多面没赶制出来呢。"

"合着你们做鼓的，愣没有大鼓敲？"

孙广文一摊手："谁说不是呢！"说完他想了想，接着道："行啦许会长，我再想想办法，您也别为难，这欢迎大会，我们鼓坊一定参加。"

许德清听完大喜："好好好，那就有劳孙掌柜了。"

送走许会长，孙广文把大家召集到一起说了这件事，所有人你一言我一语地纷纷出主意，玉灵微笑着说道："鼓，咱家有啊。你们难道忘了，咱们鼓坊的巨鼓还在。"

大家一阵惊喜，孙广文道："玉灵，那巨鼓可是你睡觉的床啊，我们拿去庆祝，你睡哪儿？"

大家一起大笑。

玉灵笑道："我不睡了呗，我也跟着你们去擂鼓庆祝！"

孙广文拍手赞道："那这样吧，咱们干脆就用那面巨鼓参加，也不用外人了，家里男女老少一起上阵就够了。"他看了眼齐兰翠，道："妈您就别敲了，您负责旁边抱着蓝春听响儿就行。我、玉瑛、玉灵、盈袖、子钧，五个人绝对够了！"

大家纷纷赞同，赶忙招呼伙计帮忙从玉灵的屋里把巨鼓抬出。阳光照射下，巨鼓闪烁着喜气祥和的夺目光彩，它似乎也知道，自己将再一次被主人擂响，和全北京城的老百姓一起，去迎接抗日英雄们的到来。

第二天上午，天气晴好。钟鼓楼中间的广场被前来参加欢庆活动的老百姓挤得满满的，北平商会和市内各大公立私立的组织都准备了锣鼓和秧歌，会场里彩旗飘扬，人们兴高采烈地集合在一起，欢迎从东直门这一路入城的中国军队。

钟鼓楼广场中央，北平商会的巨鼓格外显眼，很多老百姓都认出，这面大鼓就是当年和日本太鼓比赛的胜利者。大家一起围着它，纷纷赞扬喝彩。

孙广文、玉瑛、玉灵、田子钧、韩盈袖五人穿着鲜红喜庆的鼓服，一起围在巨鼓边沿，手里攥着鼓槌，一脸兴奋地等待中国军队路过钟鼓楼会场。

这时候，鼓楼东大街方向的鞭炮声和欢呼声突然大了起来，老百姓纷纷喊道："咱们军队过来啦！"

接着，会场里的锣鼓秧歌一起敲响，顿时响彻四周。

孙广文把手里的鼓槌一举，大喊一声："开始！"

嗵！嗵！嗵！嗵嗵！嗵嗵嗵！嗵！嗵！嗵！嗵嗵！嗵嗵嗵！

五人一起用力擂鼓，鼓声奔腾激越，滚滚如雷，一下就把广场里的锣鼓秧歌声压下，全场百姓听到后，齐声鼓掌叫好。

一下子，会场的气氛达到高潮，锣鼓鞭炮声和欢呼声在广场上空飞扬而起！

擂了十多分钟，玉灵和韩盈袖已经有些吃力了，鼓声也渐渐小了，围观的老百姓纷纷给两人加油鼓劲，孙广文和田子钧也是边敲边鼓励。玉灵和韩盈袖咬着牙，脑门沁着汗，用尽最后的力气继续坚持。

正在这时，一人突然窜到鼓旁，他手拿鼓槌，双臂奋力甩动，开始与大家一起擂鼓，鼓声也因为他的加入随之变大。几人一看，来人竟然是秋俭！

秋俭擂动久违的大鼓，加上见到了久别的亲人，不禁意气风发，激动地大声喊道：“不要停！让老百姓好好听听咱们孙家的鼓声！”

嗵！嗵！嗵嗵嗵！嗵嗵嗵！嗵！嗵！嗵嗵嗵！嗵嗵嗵！

五人见到秋俭，又是惊喜又是难过，一下突然有了无穷的力量。鼓声隆隆，六人一起擂动巨鼓！

玉灵一边擂鼓，眼泪一边滚滚而下。她最爱的人回来了！现在就在她身边，而且这次回来就永远不会离开她了，她流下的眼泪，是夫妻团圆后幸福的眼泪！

这时，又有一个人跳到巨鼓旁边，他拿着鼓槌大声道：“我也来凑个热闹，痛快痛快！”

大家一看，原来是志武！当下又是一阵惊喜。

就这样，所有人都哭着，用力擂着，把这些年心里的委屈、压抑和重逢的喜悦都加在隆隆的鼓声里。这鼓声震到每个人的心里，然后一起和着直震向天空，震向头顶上那片属于中国人自己的和平的天空！

当夜，团圆的家宴在顾家举行。吃完饭，大家围坐在一起，聊起这些年各自的奔波经历。秋俭也向大家详细讲述了皮爷在临湟县城死去的经过，大家听完全都黯然心伤。当听到秋俭提起依然音信皆无的定捷时，玉灵不禁低声哭泣，懂事的小蓝春赶忙凑到小姨怀里，伸出小手，替玉灵擦眼泪。

最后，秋俭一脸郑重地从屋里捧出那面扁鼓，轻轻放在桌上，然后沉声道：“这就是那面用韩老板和孙伯伯的脊皮做的鼓。”

一旁的韩盈袖看到扁鼓，大喊了一声：“爸！”然后扑到那面扁鼓之前，号啕大哭起来。她的眼泪滚滚而出，泪珠滴到鼓面上，轻轻发出咚咚的声响。这用眼泪击出的鼓声，虽然微弱，但此刻听来如雷声鸣动，震撼在每个人的耳畔心头。

孙广文上前一步，扑通一声跪倒在桌前，哭着道：“爸，您原谅我这不孝的儿子吧！”

全家人见此情景，无不纷纷掉泪。

秋俭擦擦眼泪，一旁轻声道：“韩老板和孙伯伯的遗愿，是让咱们在日本人失败那天擂响这面鼓。现在，这用眼泪擂出的鼓声我们也都听到了。我相信，他们二老在天之灵肯定也瞑目了。这面鼓，我们还是把它埋进他们的坟里吧。”

大家全都擦着眼泪点头赞同，韩盈袖轻轻抱起那面鼓，把它拥在怀里呜呜哭泣。

夜深了，北平南郊的夏夜一片寂静，只能隐隐听到城里传来庆祝礼花焰火燃放的隆隆声。

秋俭和玉灵一起坐在他们的鼓床上，互相倾诉离别的心酸和苦楚。

最后，话题还是回到儿子定捷身上。听到秋俭描述儿子可爱聪明的样子，玉灵时哭时笑，真想立刻见到这个让她苦苦牵挂的孩子，但又想到儿子被鼓槌掳走，知道肯定凶多吉少，不禁又把头扎进秋俭怀里哭泣起来。

秋俭搂着玉灵，轻抚她的头发，安慰道："玉灵，不要难过，相信我，咱们的定捷一定不会有事的，他一定会欢蹦乱跳地回到咱们身边的。"

玉灵点点头，又往秋俭怀里扎了扎，愣愣地看着桌上那盏红烛，眼中晶莹的泪珠被烛火映照得闪闪发光。

第二天，韩盈袖突然急匆匆地来到鼓坊，一进门，她惊慌失措地道："不好了！我看到赵德魁了，他正从家里往外搬运东西，看样子要逃跑！"

所有人都一愣，秋俭走到韩盈袖身前问："盈袖，你确定是他？"

"就是他！"

秋俭听后眼中杀气立现，对身旁的志武道："走，咱们去拦住他！"

一旁的孙广文、玉瑛和玉灵纷纷起身："我们也去！"

秋俭点点头："好！我们一起去！"

赵德魁正在自己宅院里催促着手下搬运他的财物，他必须要赶上傍晚的轮船逃往日本。他知道，自己留下来就是死路一条，肯定会被军事法庭以汉奸罪关进监狱。这几十年他敛财无数，知道只有逃跑才是最好的办法。

眼看财物箱子快运完了，他松了口气，看了眼时间，开车去天津港口的时间还足够。

他正得意的时候，秋俭、志武、孙广文、玉瑛、玉灵和韩盈袖六个人突然闯进他的院子，出现在他面前。

秋俭一脸怒容，一指赵德魁："赵德魁，想跑是吗？"

赵德魁慌了，惊问："你们要干什么？"

秋俭道："找你讨债！"

"什么债？"

秋俭语气冰冷："血债！"

赵德魁那些手下已经是惊弓之鸟，见这场面，知道赵德魁凶多吉少，互相看了一眼，纷纷溜之大吉。

赵德魁见院里只剩下自己，语气一软："秋俭，我外边车上的箱子，每一箱里边的东西都很值钱，你们随便拿，随便拿，权当抵债行不行？"

秋俭狠狠盯着他，摇摇头："不行！血债要用血偿！"

赵德魁眼中凶光一闪，突然从袖子里露出一把“鲁格”手枪，伸出后直指秋俭，厉声道：“秋俭，你给我让开，不让开，我就一枪打死你！”

秋俭身后的志武哈哈大笑，突然手一晃，一把“勃朗宁”手枪也拿在手里：“赵德魁，有种你就开枪，我倒要看看，是你的枪快，还是我的枪快！你打死秋俭，我就打死你！”

赵德魁被他的气势吓到了，握枪的手直打战，根本没有胆量动手。

秋俭见他胆怯了，当即怒喝：“把枪放下！”

志武也跟着喝道：“放下！扔过来！”

赵德魁浑身一哆嗦，犹豫了一下，只好手一松，把枪扔到志武脚下。志武低身把枪拿起，别在腰间。

秋俭刚要上前找赵德魁算账，突然听到定捷的声音喊道：“秋俭叔叔！”

秋俭一愣，见鼓槌拿着自己的大钢刀架在定捷的脖子上，影子飞拿着一把左轮枪顶着马小蓝的脑袋，四个人从赵德魁身后的正厅屋里慢慢走出。

秋俭见到定捷被挟持，大喊：“鼓槌，放开我的孩子！”

鼓槌一愣：“你的孩子？”

秋俭继续怒喝：“放开他！”

一旁的玉灵看着定捷，见这孩子眉眼间依稀有秋俭的神采，急问：“秋俭哥，这就是咱们的定捷？”

秋俭点点头，眼睛没有离开儿子，回答妻子：“对，他就是咱们的定捷。”

玉灵突然见到儿子，心疼不已，哭着道：“鼓槌，放了我儿子，你要什么我都答应你，只要你不要伤害他！”

鼓槌点点头，冷声道：“那就都不许动！把路让开！”

大家都怕定捷受到伤害，只好慢慢后撤让开道路。鼓槌架着定捷，影子飞押着马小蓝，四人一起走到院门口。赵德魁见状赶忙也跑了过去，赞道：“鼓槌，有你的！”

双方彼此怒视着交换了位置，秋俭几人不敢轻易动手，赵德魁一方也不敢盲目地转身跑出大门，他们只能谨慎地慢慢倒退向门口。

见马上就要出门，鼓槌冷笑道：“秋俭，你没想到你们一家三口是在这种情况下重逢的吧？”

秋俭狠狠盯着他，问道：“鼓槌，我自来办事讲究问心无愧，现在我就想问问你，我究竟哪里对不起你了，才让你做出这种下三滥的勾当？”

鼓槌用大钢刀一指玉灵：“对不起我？你没对不起我！我就是恨你娶了玉灵，就这么简单！”

秋俭点点头：“那这么说来，那年钟鼓楼鼓赛，我用的鼓槌也是你搞的鬼吧？”

“对！没错！”鼓槌冷笑，“不光那副鼓槌，就连鼓坊那把大火也是我放的，顾秉轩也是我杀的！哈哈哈哈哈！”

孙广文在一旁道：“秋俭，当年把盈袖卖到妓院的也是他！”

鼓槌把刀往地上一戳，左手紧紧勒住定捷的脖子，仰头大笑：“哈哈哈，我干的坏事还很多！你们要听，一天也听不完！”

秋俭正要说话，突然身后的玉瑛喊了一声：“你还我爸爸的命来！”紧跟着她疯了一样直向鼓槌扑去！

见玉瑛扑向自己方向，鼓槌旁边的影子飞赶忙举枪打向玉瑛！

砰！枪响了，但枪响的同时，一个人猛地蹿过去挡在玉瑛身前，枪声响过，志武猛地倒在地上，是他在千钧一发的时刻替玉瑛挡了一枪。

玉瑛大喊一声：“志武！”然后猛地扑到志武身前。

秋俭见玉瑛哭着摇晃着志武，那一边鼓槌只是单手勒着定捷的脖子，当即对定捷大声道：“鼓儿，记得‘顶天立地’吗？”

定捷机灵聪明，马上明白了，见鼓槌已经把刀垂了下去，知道是个脱身的好机会。他用尽全力猛地一踩鼓槌的双脚，鼓槌脚趾剧痛，呀的一声下意识地低头，紧接着定捷又踮脚用头往上猛顶鼓槌的鼻子。鼓槌登时觉得鼻子一酸，眼前一黑，等再睁眼看时，秋俭已经到了自己面前，跟着他觉得腹部剧痛，被秋俭踢倒在地上。

就在秋俭发动攻击的同一时刻，马小蓝突然一把攥住影子飞拿枪的胳膊，用力磕向身边门廊墙壁，影子飞啊的一声，身体一歪，但立刻腰部用力一挺，一下就挣脱了马小蓝的手腕。他刚要冲向马小蓝，突然身后砰的一声枪响，他大叫了一声，中枪倒地。

另一边，被玉瑛抱着的志武用最后力气开枪打死了影子飞，接着头一歪，也闭眼死去。

“志武！”玉瑛抱着志武的身体惨声惊叫。

门廊那一边，马小蓝已经拿起影子飞的手枪制住了赵德魁。

玉灵大喊一声：“定捷！”跑过去一把紧紧抱住儿子。

秋俭也拿起了自己的大钢刀架在鼓槌的脖子上，急声问：“说，‘玉蛤蟆’在哪儿？”

鼓槌见秋俭眼中凶光迸射，已经吓得结巴了：“在……在……”

秋俭钢刀用力正要逼问，突然一支冰冷的枪管顶到他的后脑，身后传来田子钧沉静的声音：“秋俭，不要动！”

秋俭没想到田子钧此时出现在自己身后，慢慢回头，一脸诧异地看着自己这个亲如手足的结义兄弟，叹口气道："子钧，没想到，同一把枪再一次指着我的脑袋。"

院里的韩盈袖见秋俭被制，不敢上前激怒田子钧，只大声哭道："子钧，不要这样，把枪放下！"

田子钧看了一眼妻子，没有听从，接着对旁边的马小蓝道："你，放开赵德魁。"

马小蓝无奈，把赵德魁放开。赵德魁一把夺过马小蓝手里的左轮枪，哈哈大笑道："田老弟，你真沉得住气啊。你要不来，我就死定了！"

田子钧冷冷一笑，从怀里掏出一件东西，大家一看，正是"玉蛤蟆"。他把宝贝递到秋俭面前："秋俭，你知道吗，'玉蛤蟆'早已经在我手里了。从我在窦五爷那里见到你，就知道你是当年劫法场的那个男孩小捡，不因为别的，就因为你拿着黑燕子的大钢刀。再以后，我就买通了鼓槌，让他一直跟着你，直到你和玉灵去大红门海慧寺取出这个宝贝。但我没想到你会把她给了玉灵，白让鼓槌跟你跑了大半个山西，最后多亏马小蓝遇到了玉灵，要不鼓槌也拿不到这'玉蛤蟆'。"

赵德魁一旁哈哈大笑道："好了田老弟，咱们赶紧走吧。如果赶不上去日本的轮船，外边车上的那些宝贝咱们就带不走了。"

田子钧晃晃手里的"玉蛤蟆"，道："赵德魁，你知道吗，我手里这块'玉蛤蟆'顶你那一船的宝贝。"

"啊！是吗？我说当年为什么杨督军这么看重它呢。好啦，都带走，都带走！"

田子钧一笑，摇摇头："可现在我改主意了，我觉得'玉蛤蟆'和那船文物都是我的也不错！"说完突然开枪，砰的一声枪响后，赵德魁头部中弹，倒地死去。

见田子钧动手打死了赵德魁，鼓槌赶忙跑过去拿起赵德魁手里的左轮枪，然后跑回门前用枪对着众人。

田子钧看了眼地上满头是血的赵德魁，对痛哭的韩盈袖缓声道："盈袖，我兑现了对你的诺言，替你报了杀父之仇！"

韩盈袖呜呜地哭道："子钧，放了秋俭，不要这么拿枪对着他，他是你结拜的亲兄弟啊！"

田子钧叹口气："是！我从不否认我和他是亲兄弟，但我还是个商人，我要挣钱，用我的大脑挣很多很多的钱！"

"那你就不要亲情了吗？"

田子钧摇摇头："要！当然要！你现在就出去等我，我们带着这些宝贝去南洋，去那里过我们开心的日子！”

鼓槌在门口催道：“赶紧走吧，要不我们真的赶不上船了。”

田子钧继续用枪指着秋俭道：“秋俭，咱俩是亲兄弟，我不会轻易杀你的，只要你和他们原地不动就行！”说完用力一推秋俭，然后举着枪倒退到门前，对妻子道：“盈袖，赶紧跟我走！”

韩盈袖原地不动，哭着摇头。

秋俭拎着大钢刀，对田子钧道：“子钧，你可以走，但要留下‘玉蛤蟆’和鼓槌！”

田子钧已经退到门口，看了眼身边大门旁的鼓槌，摇摇头：“不会的！”

鼓槌哈哈大笑道：“田子钧，你还挺仗义！”说完手里的左轮枪突然指向田子钧的脑袋，厉声道：“把‘玉蛤蟆’给我，不然打死你！”

田子钧没想到鼓槌会来这一手，但并不慌张，呵呵一笑，无奈地摇摇头，把手里的“玉蛤蟆”递给了鼓槌：“你够狠！”

鼓槌拿到“玉蛤蟆”后嘿嘿冷笑：“田子钧，没想到吧，你这个商人，这回也做了一笔赔本的买卖！”

田子钧刚要说话，鼓槌手里的枪突然响了，砰的一声，田子钧头部中弹倒地，韩盈袖大喊一声扑到门口，抱起满头是血的丈夫哭喊。

鼓槌见此情景，冷笑了一下，抬头正要说话的时候，秋俭猛地把手里的钢刀甩出。那钢刀挂着风声旋着寒光唰的一声直向鼓槌飞去，等鼓槌刚反应过来，钢刀已到了胸口。只听噗的一声，大钢刀直插进鼓槌胸口，他整个人被钢刀往前的冲力带得直向后退，最后直接被钉到身后那半扇厚厚的木门上！

被钉住后，他眼睛发直，嘴大张着，喉咙里发出“哦、哦”的声音，低头看了一眼露在胸口外的半截钢刀，然后身子一沉，头一歪，死去了。

秋俭立刻跑到田子钧身前，蹲下身大声喊道：“子钧！子钧！”

田子钧躺在韩盈袖的怀里，眼睛微微睁开，眼神涣散，嘴角动了动，轻声道：“秋俭，不要恨我，我一直把你当作我最好的兄弟。”

秋俭心中五味杂陈，点点头：“子钧，我不恨你，我们永远是亲兄弟！”

田子钧微微笑了笑，道：“秋俭，帮我照顾盈袖。”

秋俭看了眼韩盈袖，点点头。

田子钧勉强地笑了一下，眼睛慢慢闭上，死去了。

“子钧！”韩盈袖紧紧抱着丈夫，惨声大喊！

秋俭慢慢起身，叹了口气，迈步走进正厅拿到自己的牛皮刀鞘，然后一脸落寞地走回院子中央。他把刀鞘慢慢系到后背，接着走到鼓槌的尸体前，从他手里拿过“玉蛤蟆”，然后用力地把钢刀拔出，鼓槌的尸体随之倒地。秋俭把钢刀上的鲜血在鼓槌身上擦净，直起身，看了一眼田子钧和志武的尸体，轻轻叹了口气，接着语气悲壮沉切地喊了一声："见血收刀！"

八月十五，中秋节，天上一轮皎洁的明月照着千家万户的团圆，北平城再次进入一轮新的狂欢，老百姓迎来了日本投降后第一个中国传统的大节日！此刻，这座历史古城是一片欢乐祥和的海洋！

孙家老宅外，秋俭带着大家一起来到街上观看满天流光溢彩的焰火。往北望去，哈德门城楼被斑斓的烟火映得如披彩妆。定捷和蓝春拉着手欢叫着，为每一个绚丽绽放的焰火而欢呼雀跃！

秋俭轻轻搂着妻子玉灵的肩膀一起仰望着，他们知道，从今天开始，他们两人将永远不会分离，因为今天的月亮圆得让人欣喜，让人心醉。

灯影下，马小蓝看着秋俭夫妻二人恩爱相拥，心中是说不出的一种滋味。此情此景，让她突然想起玉灵说过的那句话："只要心里有这个人，无论离散或错过，他们早晚还会重逢的。"

想到这里，她抬头看着满天盛开的焰火，轻轻流下了眼泪，而满天绚烂的焰火也映红了她眼里晶莹的泪滴。马小蓝神情失落而平淡，依依不舍地看了秋俭一眼，然后轻轻转过身离开，她的身影消失在灿烂美丽的烟火光影中。

天津码头，海浪击打着石岸，远处汽笛阵阵，最后一批战败的日本军人正排队准备离去，场面死寂默然。

秋俭和肖野面对面站在一起。

秋俭眼光坚定，对肖野道："肖野，希望我们以后还能再见面。"

肖野微笑点头："一定会的。因为我们约定好了，要做出鼓声充满正气的'人之鼓'。"

秋俭点点头："是，我们的确约定过。不过，这面'人之鼓'已经被做出来了。"

肖野很好奇："是吗？这鼓现在在哪里？"

秋俭语气深远地道："我已经把它埋在土里了，同时，也埋在了心里。"

肖野对秋俭的话深信不疑，直接问道："它的鼓声如何？"

秋俭目光一闪："它是我听过的鼓声最好的一面鼓，因为它的声音能撼动每个中国人的心。"

肖野点点头："嗯！我似乎也听到了。"

秋俭微笑，从怀里拿出《孙记制鼓技要》，伸手递给肖野："肖野，这本技要送给你，书里的那些符号我都用字注明了，希望你收下它，用它做出一面有着和平之声的太鼓。”

肖野双手接过，给秋俭深深鞠了一躬道：“我会的，请相信我！”

秋俭点点头。

最后，肖野问道：“秋俭，中国大鼓能擂出那么动听震撼的声音，除了‘鼓声自心’之外，还有别的东西在里边吗？”

秋俭看了眼远处旷辽的大海和一轮正蓬勃蒸腾而升的红日，轻声道：“有！我的一位前辈曾经告诉我，鼓，其实就是一个人，一个正气鼓荡的中国人！鼓面，是我们中国人坚韧无比的皮肤！鼓槌，是我们中国人硬铮铮的骨头！鼓身上的漆，是我们中国人一腔子鲜红的热血！鼓声，就是我们中国人，我们中华儿女的魂！”

（全书完）2014年06月29日20点34分